Tara Haigh

Das schwarze Gold des Südens

TINTE & FEDER

Das Buch

Bamberg 1887: Das Süßholzimperium Imhoff ist in Schwierigkeiten. Nur eine Vernunftehe mit einem Bankier könnte das Familienunternehmen noch retten. Doch die freiheitsliebende jüngere Tochter Elise flieht mit ihrem Geliebten nach Paris. Um jeden Preis will sie ihren Traum von einer eigenen Confiserie verwirklichen – auch wenn sie damit das Verhältnis zu ihrer Schwester Amalie schwer belastet.

Die pflichtbewusste Amalie muss sich fortan in der heißen Ödnis Kalabriens um den Anbau von Süßholz kümmern, aus dem Lakritz gefertigt wird – das schwarze Gold. Bis auch sie sich in den falschen Mann verliebt und diese Liebe ihr ganzes bisheriges Leben infrage stellt …

Die Autorin

Tara Haigh schreibt seit vielen Jahren große TV-Unterhaltung und als Tessa Hennig Frauenromane mit Herz und Humor, die bereits erfolgreich verfilmt und alle Bestseller wurden. Mit ihren historischen Romanen erzählt sie spannende Liebesgeschichten an exotischen Sehnsuchtsorten, die mit viel Liebe zum Detail recherchiert sind und dabei Aspekte der Weltgeschichte aufgreifen, die weniger bekannt oder bisher kaum literarisch in Erscheinung getreten sind … Weitere Informationen unter www.tessa-hennig.de.

Tara Haigh

Das schwarze Gold des Südens

Roman

TINTE & FEDER

Deutsche Erstveröffentlichung bei
Tinte & Feder, Amazon Media EU S.à r.l.
38, avenue John F. Kennedy, L-1855 Luxembourg
November 2020

Umschlaggestaltung: zero-media.net, München
Umschlagmotiv: © Roman Kybus / Shutterstock; © Edimur / Shutterstock;
© jackie ellis / Alamy Stock Photo; © Joanna Czogala / ArcAngel;
1. Lektorat: Ute Köhler
2. Lektorat: Cathérine Fischer
Korrektorat: Herwig Frenzel/Angelika Wiedmaier
Gedruckt durch:
Amazon Distribution GmbH, Amazonstraße 1, 04347 Leipzig /
Canon Deutschland Business Services GmbH, Ferdinand-Jühlke-Straße 7,
99095 Erfurt /
CPI books GmbH, Birkstraße 10, 25917 Leck

ISBN 978-2-49670-570-6

www.tinte-feder.de

Kapitel 1

Bamberg, Juni 1887

Amalie wusste, dass man ihrer Kundschaft nur die allerbeste Ware verkaufen konnte, um den guten Ruf der Firma zu wahren. Gerade in schwierigen Zeiten war das unabdingbar. Die Wurzelschneider scherten sich ja nicht darum, die Ernte sorgsam auszusortieren. Früher, als sie es sich noch hatten leisten können, ganzjährig eigene Arbeiter zu beschäftigen, war es nicht notwendig gewesen, die Ware vor der Auslieferung persönlich in Augenschein zu nehmen. Drei randvoll mit den schwarzen Pfahlwurzeln gefüllte Kisten standen neben dem Fabriktor. In einer Stunde würde sie Franz, ein Kurier, der regelmäßig für sie die Tabakfabriken, Brauereien und Gewürzhändler belieferte, abholen.

Amalie griff tief in eine der Kisten hinein und zog eine etwa fingerdicke Wurzel der kürzlich eingebrachten Frühjahrsernte heraus. Sie fühlte sich verkorkt an. Ihre Rinde ließ sich kaum noch abschälen. Auf den ersten Blick ein sicheres Anzeichen dafür, dass das Süßholz hochwertig war. Dann brach sie es am Wurzelende entzwei. Die Bruchstelle wies nur wenige dunkelgelbe Stellen auf. Das Innenleben war überwiegend schwarz wie Amalies Haar – Vaters treffender, wenngleich augenzwinkernder Vergleich, um festzustellen, ob es sich um beste Qualität handelte. Seiner Ansicht nach gab es aber schlussendlich nur eine Möglichkeit, um sich vom Süßegehalt zu überzeugen. Obwohl Amalie ihre traditionellen Imhoff-Lakritztaler seit Kindesbeinen an mochte und sogar Schokolade oder anderen Süßigkeiten vorzog, scheute sie sich vor dem Biss in das Holz, um dann die Süße mit dem Speichel zu lösen und sie herauszusaugen. Die Rinde mit den Zähnen abzuschaben, verursachte ihr Unbehagen, doch dafür wurde der Gaumen belohnt. Die Süße übertraf bei Weitem die von Zucker, was wiederum auf reichhaltige Inhaltsstoffe schließen ließ. Für die Apotheken war Letzteres naturgemäß am wichtigsten, weil sie kein Naschwerk aus Lakritz daraus fertigten, sondern der Kundschaft aus dem Rohlakritz gefertigte Pastillen insbesondere bei Magenverstimmung und Erkrankungen der Atemwege verabreichten. Eine zweite Lieferung für eine Apotheke lag ebenfalls zur Abholung bereit. Amalie überzeugte sich davon, dass die Lakritzblöcke fein säuberlich in Lorbeerblätter eingewickelt waren, um sie während des Transports vor Feuchtigkeit zu schützen.

War die Wurzel einmal von der Rinde befreit, konnte man gar nicht genug vom Saft der Glycyrrhiza bekommen. Amalie saugte erneut daran, um sich zu stärken. Die zähe Flüssigkeit vertrieb sogar das Hungergefühl eines knurrenden Magens, der noch auf das Frühstück wartete. Lebenssaft nannte Vater ihn. Immerhin hielt er ihre Firma seit Generationen am Leben. So gesehen hatte er recht. Die Vorräte an getrocknetem Süßholz im Lagerraum, der fast ein Drittel ihrer Manufaktur in Anspruch nahm, gingen allerdings wegen der dem Frost geschuldeten mageren letzten Ernte im Frühjahr langsam zur Neige. Die Felder mussten nun ruhen, die Sträucher neue Blätter austreiben, die abgeschnittenen Stalonen wieder nachwachsen. Vom Spätherbst bis zum Frühjahr, wenn die Wurzeln nach und nach aufs Neue schnittreif wurden, zöge hier wieder Leben ein. Dann würden die Wurzelschneider die Fabrik bis zur Decke mit dem schwarzen Gold füllen.

Um die momentan eher düsteren Aussichten gedanklich zu vertreiben, stellte Amalie sich vor, wie die Arbeiter die Wurzeln an den Trögen vor dem Haus wuschen, sie zum Trocknen in die Sonne legten, schnitten und die Mühlsteine sie zerkleinerten. Ein Teil der Wurzeln, der für die Weiterverarbeitung gedacht war, wurde dann in ihren holzbefeuerten Öfen ausgekocht, damit der wertvolle Sud zu Lakritz verdickte und in Formen gegossen werden konnte. Jetzt herrschte hier Totenstille. Sah man von wenigen Hilfsarbeitern, meist Tagelöhner, die ihre Ware zum Bahnhof brachten, ab, war die Zeit nach der Ernte eher besinnlich.

Amalie vernahm Schritte auf dem Kiesweg, der vom Haus zur Manufaktur führte. Sie warf das abgekaute Stück der Süßholzwurzel in einen Bottich neben der Tür und trat hinaus. Elise kam wie ein blonder Rauschgoldengel daher. Sie brachte es doch glatt fertig, im Morgenrock das Haus zu verlassen. Das geziemte sich nicht für eine junge Dame.

»Guten Morgen, Amalie. Kann Franz mich heute zum Seminar fahren? Mutter meinte, er müsse sowieso in die Stadt, zur Apotheke«, rief sie ihr vom Vorgarten aus zu. Es überraschte Amalie nicht, dass sie dank ihrer Schwester wieder einmal alle Pläne über den Haufen werfen durfte. Und das würde in Zukunft vermutlich öfters passieren, denn von nun an war Elise ja jeden Tag hier. Mit der Besinnlichkeit war es dann wohl vorbei.

»Er nimmt dich sicher mit.«

Elise wirkte erleichtert.

Wenigstens ein Gutes hatte es. Sie würden sich fortan die täglichen und nicht gerade kostengünstigen Kutschfahrten zum und vom Stephansberg zurück nach Hause sparen.

»Kann ich mir deine goldene Haarnadel ausleihen?«, wollte Elise dann noch wissen.

»Ist in der zweiten Schublade im Spind«, rief sie ihrer Schwester zu.

Gold? Nun ja, das würde wohl dem Anlass Rechnung tragen. Ob es an Elise, die sich nichts aus feiner Robe machte, auch glänzte, stand auf einem anderen Blatt.

»Danke, Schwesterherz«, antwortete Elise fröhlich, machte auf dem Absatz kehrt und huschte zurück ins Haus.

Amalie inhalierte die kühle Morgenluft und seufzte. Ja, Besinnlichkeit und Ruhe, zumindest tagsüber, das war einmal.

Normalerweise war der letzte Schultag vor den Ferien doch etwas Schönes, dem jeder entgegenfieberte, Lehrer wie Schüler. Während Elise sich ein schattiges Plätzchen im schuleigenen Park oben auf dem Stephansberg suchte, erinnerte sie sich daran, dass es ihr als junges Mädchen im Gegensatz zu ihrer momentanen Verfassung nicht anders ergangen war. Auch noch während der vier darauffolgenden Jahre am königlichen Lehrerbildungsseminar, von dem sie sich heute schweren Herzens für immer verabschieden musste. Es war zweifelsohne ein Privileg gewesen, nicht in irgendeiner Dorfschule in die Lehre gehen zu müssen, um fortan unterrichten zu dürfen. In den Genuss einer derart guten Ausbildung, die einem Studium gleichkam, kam nur, wer in einer fortschrittlichen Stadt wie Bamberg lebte, die bereits seit über zehn Jahren so ein Seminar anbot. Hinzu kam ein weiteres Privileg, denn Elise hatte sich dank eines finanziell gut aufgestellten Elternhauses diese Ausbildung ohne Inanspruchnahme eines zusätzlichen Stipendiums leisten können. Letzteres war nämlich nichts weiter als eine Fessel, weil es die Verpflichtung mit sich brachte, irgendwohin versetzt zu werden und schlimmstenfalls in der Einöde eines Hundertseelendorfes das Lehrerinnengelübde ablegen zu müssen. Lebenslang den Titel »Fräulein« zu tragen und somit im berufsbildbedingten Zölibat zu leben, kam für Elise, aber auch für einige andere der Anwärterinnen ihres Jahrgangs jedoch nicht infrage.

Elise schaute hinüber zum Pulk der frischgebackenen Lehrerinnen, die sich an den Treppen des Schulgebäudes versammelt hatten und artig die Hände ihrer Ausbilder und des Direktors schüttelten. Die Menschentraube vor dem prächtigen zweistöckigen weißen Gebäude wirkte wie ein königlicher Empfang. Die Herren trugen Frack, die jungen Damen waren dem Anlass entsprechend in festlichen Kleidern, mit gefiederten Hüten, in elegantem Schuhwerk und fein frisiert erschienen – ein Abbild ihrer selbst, sah man davon ab, dass sie als Einzige ihre Locken nicht einmal mit Amalies Haarnadel zu bändigen imstande gewesen war und sie sich aus Hüten mit Federn nichts machte.

Hedwig ließ die Hand des Direktors ja gar nicht mehr los. Wenn der wüsste! Sie würde nämlich sicher heiraten und ihre gerade erworbene berufliche Selbstständigkeit gegen ein trautes Heim eintauschen, überlegte Elise kopfschüttelnd, während sie sich unter der schattigen Esche niederließ und sich gegen ihren Stamm lehnte. Was würde ihre Freundin wohl mit ihrer Bildung anfangen? Sie in ein paar Jahren an ihre Kinder weiterreichen? Angeblich sei ihr künftiger Mann ein hochrangiger preußischer Offizier, der eine gebildete Frau an seiner Seite schätzte. Da wäre er der Erste. Ein Schmuckstück würde sie an seiner Seite sein, weiter nichts. Elise verwarf diesen ketzerischen Gedanken sogleich wieder, obwohl er vom Hörensagen ja der Regel zu entsprechen schien. Gut möglich, dass Hedwig genau wie Amalie ein trautes Heim wichtiger war als die Vorzüge eines selbstbestimmten Lebens, stellte Elise resigniert fest. Hedwig und ihre Schwester sahen sich ja sogar ähnlich. Beide hatten feine Gesichtszüge, seidiges Haar, meist nach oben gesteckt, und waren eher eine fragile Erscheinung, die jedoch über ihre Willenskraft und eiserne Disziplin hinwegtäuschte. Amalies Hochzeit war in ein paar Tagen. Wenigstens konnte sie sich im Gegensatz zu Hedwigs künftigem Schicksal bei ihrer Schwester sicher sein, dass sie ihrem künftigen Gatten auf Augenhöhe begegnete. Schließlich heiratete Hermann sich in einen renommierten Bamberger Traditionsbetrieb ein, in dem Amalie viele Fäden in der Hand hielt. Aus dem Angestellten wurde der Ehemann, was von vornherein die Rollen naturgemäß etwas gerechter als üblich verteilte.

Ob Wilhelmine, Berta und Christel wohl auch ein schlechtes Gewissen hatten? Die Abschiedsrede des Direktors und wie er sie voll Inbrunst auf die Ehre und Verantwortung eingestimmt hatte, künftig an einer höheren Mädchenschule unterrichten zu dürfen, verursachte Elise immer noch leichtes Unbehagen. Sie wusste, dass sie genau wie ihre Freundinnen guten Grund dafür hatte, denn weder sie selbst noch Berta, Wilhelmine und Christel hatten vor, irgendwelche Gelübde abzulegen, weder an der Schule noch am Traualtar. Letzteres jedenfalls nicht so schnell, ohne vorher vom Leben außerhalb eines trauten Heims, an Wiege und Herd gekettet, gekostet zu haben, räumte Elise sich notgedrungen ein. Denn frei war ihr Herz seit geraumer Zeit auch nicht mehr. Es schlug für Ferdinand, der im Gegensatz zu den meisten heiratswilligen Männern im Dunstkreis des gut situierten Bamberger Bürgertums keine Frau brauchte, um seinem Ego zu schmeicheln oder für einen Erben zu sorgen. Vielleicht lag das aber auch daran, dass man es von einem einfachen Feldarbeiter gar nicht erwartete und er selbst eine Ausbildung genossen hatte, die es ihm ermöglichte, die Fesseln seines Standes eines Tages abzustreifen. Wissen sei Macht, sagte man nicht zu Unrecht. Macht über sein eigenes Schicksal gehörte Elises Ansicht nach definitiv dazu.

»Es ist doch nicht unsere Schuld, wenn eine junge Frau sich heutzutage gute Bildung nur auf diesem Weg erwerben kann.« Wie recht Wilhelmine damit hatte! Und wie sonst sollte man sich Fremdsprachenkenntnisse in Englisch und Französisch aneignen? Zum schlechten Gewissen, das sich mit diesen Gedanken nicht so recht niederringen ließ, gesellte sich die ernüchternde Gewissheit, dass es mit ihrer Freiheit nun trotzdem vorbei war. Diesbezüglich hatte sie Oberstudienrat Schneiders Frage noch im Ohr. Es lag wohl in der Natur eines Lehrers, wissen zu wollen, was aus seinen Schützlingen wurde.

»Wohin wird es Sie verschlagen, wertes Fräulein Imhoff? Mit Ihren Leistungen und allerbesten Referenzen werden Sie uns Bambergern doch hoffentlich erhalten bleiben.« Mit Letzterem hatte er leider recht, aber anders, als er sich das für sie erhoffte. Dass sie vorerst im Betrieb ihrer Eltern aushelfen müsse, weil die Gesundheit ihres Vaters es erfordere, hatte sie ihm zu verstehen gegeben – ohne rot zu werden, weil Vater tatsächlich etwas kürzertreten musste und sein Herz altersbedingt nicht mehr das stärkste war. Dass sie im *Aushelfen* lediglich das geringere Übel sah und sich im Familienbetrieb etwas mehr Freiheiten als im Schulbetrieb erhoffte, ging Schneider ja nichts an.

»Elise. Kommst du jetzt? Du hast dich lange genug ausgeruht«, rief Wilhelmine ihr vom Eingang aus zu.

Elise nickte, in der Hoffnung, dass der quirlige Rotschopf es aus der Distanz sah. Wilhelmine hatte ihr als Einzige einen wissenden Blick zugeworfen, als sie sich mit der Ausrede, dass es ihr in der prallen Sonne zu heiß geworden war, in den Park verzogen hatte. Jedem die Lüge aufzutischen, wie dringend sie im elterlichen Betrieb gebraucht wurde, überstieg Elises Kräfte. Nachdem nun auch noch Christel nach ihr rief und Berta sie herbeiwinkte, blieb Elise gar nichts anderes übrig, als sich zu erheben, um mit den anderen den letzten Akt ihres Lebens in Freiheit zu zelebrieren.

Natürlich ließ sich Bamberg nicht mit Metropolen wie Berlin vergleichen. Eine Stadt mit etwas über dreißigtausend Einwohnern war gemessen an der Hauptstadt des Kaiserreichs eher unbedeutend. Nicht aber für die Menschen, die hier lebten. Die Bamberger hielten ihre Stadt für das fränkische Rom, und das nicht nur, weil ihre Heimat auch auf sieben Hügeln errichtet worden war. Elise hielt auf Bamberg ebenfalls große Stücke, denn es tat sich viel. Die Geschäfte der Kaufleute, die auch mit dem Ausland regen Handel betrieben, liefen gut und füllten die Stadtkassen. Überall wurde gebaut. Bald würde die Markusbrücke über die Regnitz eingeweiht. Ein Gerüst aus Stahl und Stein, um die beiden Stadtteile vom Leinritt zur Fischerei miteinander zu verbinden. Bis es so weit war, musste Elise im Pulk mit ihren Kameradinnen allerdings noch wie üblich auf die Fähre warten, die sie ans andere Ufer mit all den Geschäften, Schenken und Gasthäusern bringen würde.

Elise ließ ihren Blick über die Häuserfront gegenüber schweifen. Dort bummelten die Einwohner am Regnitzufer entlang oder tätigten Einkäufe. Wieso Vater hier im Zentrum nicht schon längst einen Süßwarenladen eröffnet hatte, erschloss sich Elise nicht. Dabei konnte man aus Lakritz doch so vieles machen, weit mehr als nur Lakritztaler, die sich sowieso nicht mehr so gut verkauften wie noch vor Jahren. Elise seufzte. Dass sie sich nicht an den erheiternden Gesprächen über gemeinsam erlebte Missgeschicke der Lehrkräfte und kleine unterhaltsame Episoden aus ihrer Ausbildungszeit beteiligte und inzwischen gedankenverloren auf den Flusslauf starrte, war Wilhelmine offensichtlich nicht entgangen.

»Ich werd die Zeit auch vermissen«, sagte Wilhelmine, nachdem sie an sie herangetreten war.

Elise nickte und ließ dies zunächst unkommentiert, denn ihr war gerade nicht danach, über den Hauptgrund zu reden, warum sie dem Lehrerbildungsseminar nachtrauerte. Dies würde nämlich erfordern, Vaters Sturheit anzusprechen und wie eingefahren er war – zum Schaden seiner eigenen Firma.

»Ich fürchte, wir werden uns aus den Augen verlieren«, sagte Elise stattdessen, denn dies war nicht minder gewichtig.

»Wir können uns schreiben«, schlug Wilhelmine vor. Welch schwacher Trost.

»Du hast ja wenigstens allen Grund, dich auf etwas zu freuen. Berlin! Der Nabel der Welt. Theater, Cabaret, Kunst, Musik und Tanz.«

Nun war Wilhelmine es, die seufzte, aber es war eher ein Seufzer der Glückseligkeit. Ihr war anzusehen, dass sie ihrer Zeit in dieser aufregenden Stadt entgegenfieberte. Das war nur allzu verständlich. Dank des dortigen Küchenchefs, ihrem Onkel, hatte sie eine Stelle im Kaiserhof sicher – die erste Hoteladresse in Berlin gleich in der Nähe des Reichstags. Wie sie von Wilhelmine wusste, verfügte das Hotel sogar über eine Dampfheizung, pneumatische Aufzüge und jedes Zimmer war mit Elektrizität ausgestattet. Internationales Publikum und hohe Staatsgäste gingen dort ein und aus.

»Ich fürchte, dass ich für all diese Vergnügungen anfangs gar keine Zeit haben werde. Ich fange ja ganz klein an. An der Rezeption. Und ich muss mich in alles erst noch einarbeiten«, erklärte Wilhelmine.

»Bei deinem Fleiß und Charme wirst du sicher bald befördert«, konstatierte Elise. Allein schon die Fremdsprachenkenntnisse waren in so einem Hotel Gold wert.

»Du kannst mich ja besuchen.« Wilhelmines Versuch, sie aufzuheitern, misslang. Elise nickte halbherzig, denn ihr Vater würde sie wohl kaum allein nach Berlin reisen lassen, ins verhasste Preußen.

»Berta will schon nächsten Monat kommen«, sagte Wilhelmine, was Elise ebenso wenig aufheiterte, denn auch Berta war um ihr künftiges Leben zu beneiden. Sie würde sicher von London aus anreisen, ein ebenso aufregendes und inspirierendes Pflaster, das Berlin sicher bald in nichts nachstand.

»Und sie will wahrhaftig Schriftstellerin werden?«, wollte Elise sich vergewissern.

»Sie hat Talent. Ihre Schulaufsätze waren immer doppelt so lang als unsere und sie bekam jedes Mal eine schlechtere Note, weil die Fantasie mit ihr durchgegangen war«, erinnerte Wilhelmine sich.

»Und wovon wird sie leben?«

»Ihr Vater exportiert Porzellan. Die Briten lieben seine Porzellangemälde, vor allem auf Teegeschirr. Ihr Englisch ist sehr gut und sie wird für ihn die Auslandsvertretung leiten.«

Elise bedauerte in diesem Moment, dass es für den Export von Lakritz keine Assistenz im Ausland brauchte. Bei sinkender Nachfrage sowieso nicht.

»Und Christel? Hat sie auch schon einen Besuch angekündigt?«, fragte Elise reißerisch, denn sie wusste, dass es Christel ebenfalls ins Ausland verschlagen würde, oder vielmehr gleich auf einen anderen Kontinent. Ihr Vater hatte im Mittleren Westen Land erworben und erhoffte sich mit Rinderzucht das große Glück. Er hatte von Anfang an gewusst, dass aus seiner Tochter keine Lehrerin werden würde. Ihren Eltern hingegen hatte Elise das erst nach und nach und schonend beibringen müssen, unter Vorgabe aller möglichen nur erfindlichen Gründe, die allesamt mit dem Familienbetrieb zusammenhingen. Wie wertvoll ihre Sprachkenntnisse doch für den Export ihrer Waren seien, bei Verhandlungen oder der Abwicklung von Korrespondenz mit dem Ausland, die auf Englisch und Französisch erfolgte. Ihr Vater würde sich das Geld für Übersetzer sparen. Das war für ihn wohl das schlagkräftigste Argument zugunsten der hohen Bildung seiner Tochter gewesen. Dass man sich ihrer schmücken konnte, kam sicher noch mit hinzu. Dabei hätte es schon gereicht, anzudeuten, eines Tages eine Familie gründen zu wollen. Das Lakritzimperium brauchte schließlich einen Erben. Dafür war in Elises Augen aber ihre Schwester zuständig. Verlobt war sie ja bereits.

Ihre Freundinnen schienen das Glück gepachtet zu haben, doch war man nicht des Glückes eigener Schmied? Zumindest das hatte sie aus der Abschiedsrede des Direktors mitgenommen. Allerdings musste das zu schmiedende Eisen erst einmal erhitzt werden, wohingegen das der anderen bereits glühte und nur darauf wartete, geformt zu werden. Etwas Eigenes auf die Beine stellen. Das war es, was sie wollte, und nicht nur irgendwelchen Verpflichtungen nachgehen. Eine lag jedoch noch vor ihr. Die Fähre legte mit Getöse am Bootssteg an, um sie mitten ins Herz der Stadt zu bringen, sprich auf die Insel zwischen den beiden Regnitzarmen überzusetzen. Die Schenke, in deren Garten sie ihren Abschied feiern würden, lag ganz in der Nähe. Elise machte sich in dem Moment klar, dass es eigentlich gar nichts zu feiern gab.

Amalie glaubte, sich bereits an den strengen Geruch von Jauche und Stallmist, der selbst Wochen nach Düngung der Felder noch wie eine Dunstglocke über ihnen hing, gewöhnt zu haben. Heute war es jedoch besonders schlimm. Zum einen war das der Wärme geschuldet, die dem Boden die restliche Feuchtigkeit entriss. Sie schlug sich nachts nieder und verstärkte somit die natürliche Ausdünstung des Feldes. Zum anderen dem Todfeind eines Süßholzbauern. Der Pilz hieß, wie Vater ihr erklärt hatte, *Rhizoctonia violacea*, im Volksmund aber nur Wurzeltöter. Und genau das tat er mit der unausweichlichen Folge, dass der Schmetterlingsblütler, der einmal im Jahr sogar wunderschöne bläulich bis hellviolett leuchtende Blüten hervorbrachte, seinem Namen keine Ehre mehr machen konnte. Vater blickte ebenfalls besorgt auf das vor ihnen liegende Blätterwerk. Er bückte sich, zog einen der etwa eineinhalb Meter hohen rauen Stängel heraus und hielt ihn ihr und Hermann, ihrem Verlobten und Vaters rechter Hand, hin. Normalerweise waren die großen gefiederten Blätter mit Stacheln an den Spitzen kräftig. Was Vater nun in Händen hielt, war fleckig, an den Blattkanten gerollt und teilweise verdorrt.

»Ausgerechnet hier. Hätte der Wind diese Pest nicht auf das kleine Feld tragen können?«, stieß Vater wütend aus und zermalmte die Blätter samt dem Stängel in seiner Hand, die er zur Faust ballte.

»Vater. Immerhin haben wir noch das kleine Feld. Die Ernte wird für unsere Lakritztaler und die Apotheken reichen«, versuchte sie ihn zu beruhigen. Es half nichts. Amalie machte sich Sorgen um ihn, denn sie hatte mittlerweile den Eindruck, dass jede schlechte Nachricht ihn schlagartig um Jahre altern ließ. Sein Gesicht wirkte trotz seiner stattlichen Fülle eingefallen. Die Haare gingen ihm aus. Nur sein gezwirbelter Oberlippenbart schien all das Ungemach der letzten Jahre schadlos zu überstehen. An dessen spitzem Ende zwirbelte er nun mit der noch sauberen Hand und ließ dabei nachdenklich seinen Blick über das gut zweihundert Meter lange Feld schweifen. Der Wurzeltöter hatte es für mindestens drei Jahre unbrauchbar gemacht.

»Amalie hat recht. Wir haben schon Schlimmeres überstanden«, brachte sich nun auch Hermann mit ein. Es wirkte auf Amalie wie eine Floskel, denn seine ohnehin schon für einen Blondschopf typisch fahle Gesichtsfarbe hatte er nun gänzlich verloren. Er stand stocksteif da, stramm wie ein preußischer Offizier im Angesicht des Feindes, der dabei war, ihnen ihre Existenz zu rauben.

»Der Frost hat die Pflanze geschwächt. Das Feld ist hier dem Wind ungeschützt ausgesetzt«, überlegte Vater laut. Er lag damit sicher richtig, denn das kleinere befand sich im Schutz von Buschwerk. Dort war es ihrem Empfinden nach auch nie so kalt.

»Lakritztaler und die Apotheken«, fuhr er kopfschüttelnd und gefolgt von einem abfälligen Laut fort, bevor er unvermittelt weiterging. Den Blick auf das befallene Feld gerichtet.

»Aber wir machen mit Letzterem immerhin noch gut ein Drittel unseres Umsatzes«, wandte Amalie ein. Sie wusste das sicher, weil sie sich um die Bücher kümmerte.

Hermann sah sie eher skeptisch an. Er folgte Vater wie immer auf Schritt und Tritt. Amalie blieb nichts anderes übrig, als sich den beiden anzuschließen.

»Fragt sich nur, wie lange noch. Ist doch eh ein Wunder, dass es unseren Betrieb noch gibt. Diese verfluchte Pantscherei. Hat uns alle in Verruf gebracht«, sagte Vater sichtlich agitiert. Er spielte darauf an, dass andere Bauern die aus dem Süßholz gewonnene süße Schlacke mit Ochsenblut streckten. Sogar Rohrzuckermelasse wurde auf diese Weise als Lakritz verkauft. Leute fingen daher an, zu glauben, dass Lakritz aus dem Blut eines Ochsen gewonnen wurde. Dazu kam noch das Gerücht, wie Amalie sich in diesem Zusammenhang erinnerte, dass Lakritz dazu genutzt wurde, um den Geruch von verdorbenem Fleisch zu kaschieren.

»Joseph. Das ist doch schon Jahre her. Die Italiener bereiten mir viel größere Sorgen«, wandte Hermann ein.

»Seit dem Wegfall der Einfuhrzölle vor fünf Jahren machen sie die Preise kaputt. Ist ja auch kein Wunder. Müssen nichts investieren. Dort wächst das Zeug ja angeblich wie Unkraut und wir mühen uns ab. Aber mit der Qualität von Bamberger Süßholz … Nein, damit können sie es wahrlich nicht aufnehmen.« Vaters Worte klangen wie eine Kampfansage, doch Amalie wusste, dass er sich irrte, denn aus Gesprächen mit ihren Abnehmern hatte sie herausgehört, dass Süßholz aus dem italienischen Süden aufgrund idealer klimatischer Bedingungen sogar noch succushaltiger war als ihres. Mehr Wurzelsaft und noch mehr Süße. Düngen und aufwendig bewirtschaften mussten die Italiener die Felder nicht. Da hatte Vater recht. Das machte den Anbau natürlich kostengünstiger und trieb alle Bauern in nördlicheren Gefilden an die Grenze des Machbaren.

»Mährisches Süßholz gewinnt seit Jahren Preise. Zuletzt vor drei Jahren auf der Weltausstellung in London und ein paar Jahre zuvor in Paris und Melbourne. Das italienische hat noch nie etwas gewonnen.« Es wunderte Amalie nicht, dass Hermann ihrem Vater nach dem Mund redete, auch wenn er es sicher besser wusste und seine Aussage, wenngleich gut gemeint, um die Qualität des Süßholzes aus nördlichen Anbaugebieten zu untermauern, ihr eher Sorge bereitete. Vater offenbar auch, denn Bamberger Süßholz stand mittlerweile tatsächlich nicht mehr hoch im Kurs.

»Selbst die Österreicher machen uns schon Konkurrenz«, erwiderte er. Hermann hätte den Erfolg des mährischen Süßholzes besser nicht erwähnen sollen.

»Vater. Ich fürchte, du übertreibst«, gab Amalie ihm zu verstehen, sonst zerfloss er noch in Selbstmitleid und der Gram fraß ihn auf.

»Die Österreicher und Italiener bereiten mir weniger Kopfzerbrechen als der Weber. Der baut jetzt noch mehr Zuckerrüben an«, sagte Hermann.

Amalie warf ihm daraufhin einen mahnenden Blick zu. Auch das hätte er sich besser erspart.

»Wie gut, dass in unseren Breitengraden der Anbau von Zuckerrohr unmöglich ist. Der Weber hätte schon längst eine Plantage«, echauffierte sich Vater.

»Die Leute werden mit der Zeit schon merken, dass Süße aus der Glycyrrhiza viel gesünder ist«, sagte Hermann, der wieder in seine gewohnte Rolle als Vaters Seelentröster hineingefunden hatte.

Vater nickte daraufhin recht zuversichtlich.

»Wir werden die nächsten Jahre schon überstehen. Die Kunden sind uns treu«, setzte Amalie aufmunternd nach.

Es wirkte, denn Vater nickte erneut. Er blieb unvermittelt stehen und blickte sich um. In seinen Augen war wieder etwas Leben.

»Bamberger Süßholz wird niemals aussterben«, schwor er. Sein Wort in Gottes Ohr.

Elise hatte nicht damit gerechnet, dass ihr der Abschied vom Lehrerbildungsseminar dermaßen schwerfallen würde. Studieren und sich mit Gleichgesinnten über Gott und die Welt auszutauschen, war noch eines jener wertvollen Dinge, auf die sie künftig verzichten musste. Vor allem mit Wilhelmine.

»Und schreib mir. Versprich mir das«, hatte sie ihr nach einer innigen Umarmung noch vor Ankunft der Fähre am anderen Flussufer mit auf den Weg gegeben. Sie beide waren früher von der Abschiedsfeier aufgebrochen, jedoch aus unterschiedlichen Gründen. Elise hatte das Frohlocken der Lehrer und unentwegtes Anstoßen auf die neue aufregende Zeit als Lehrerin nicht mehr ertragen. Sie mochte zudem kein Bier, das es hier in jeder Schenke gab und heute ausnahmsweise nicht nur Mannsvolk serviert wurde. Vom eigens für diesen feierlichen Anlass auf den Tisch gezauberten Rehbraten mit Bamberger Hörnla hatte sie kaum etwas heruntergebracht, obwohl sie diese wohlschmeckenden kleinen Kartoffeln normalerweise gern aß. Dass Wilhelmine stets von einem Hausangestellten abgeholt wurde und es sich nicht gehörte, ihn warten zu lassen, war für Elise der ideale Anlass zum Aufbruch gewesen. Es hatte genügt, vorzugeben, dass Wilhelmine sie nach Hause bringen würde. Natürlich hätte sie das auch getan, doch Elise hatte sich bewusst dagegen entschieden und stattdessen eine der Kutschen herbeigewunken, die häufig an der Anlegestelle vorbeikamen, um Passagiere aufzuklauben. Was brachte es, den unvermeidlichen Abschied mit einer gemeinsamen Kutschfahrt schmerzhaft in die Länge zu ziehen? Elise brauchte auch Zeit für sich, um etwas zur Ruhe zu kommen und sich von den vielen Umarmungen zum Abschied zu erholen. Die gut zwanzigminütige Kutschfahrt nach Hause machte ihr aber auch klar, dass sie künftig nicht mehr so oft in deren Genuss kommen würde und sich daher kaum noch Gelegenheiten ergeben würden, Ferdinand klammheimlich zu sehen. Vater und auch ihre Schwester waren zwar darüber im Bilde gewesen, wie lange der Unterricht dauerte, doch oft genug war sie später heimgekommen. Das hatte an Exkursionen oder Besuchen an Schulen gelegen, um die Luft des bevorstehenden Alltags zu schnuppern. Es war bisher also nie aufgefallen, mal früher, mal später anzutanzen. Elise überlegte daher fieberhaft, wie sie es wohl künftig anstellen sollte, sich glaubhaft davonzustehlen. Vor allem am frühen Abend, denn Ferdinand arbeitete von morgens bis um fünf, und das auch noch bei Weber, einem Bauern, der Vater mit seinen Zuckerrüben ordentlich Konkurrenz machte. Sie könnte vorgeben, ihre Kameradinnen zu besuchen. Das würde ihr Vater abnehmen. Einige hatten eine Stelle in der Gegend angenommen, aber nur zwei blieben direkt in Bamberg. Sie darum zu bitten, auf Nachfrage zu bestätigen, dass sie einige Stunden mit ihnen verbracht hatte, damit daheim niemand Verdacht schöpfte, kam nicht infrage, denn ausgerechnet mit diesen beiden hatte Elise sich nie sonderlich gut verstanden. Sie könnte Einkäufe tätigen. Vater erwartete ja, dass sie im Betrieb mithalf, bis auch sie in den Hafen der Ehe einlaufen würde.

Konnte der Kutscher nicht etwas langsamer fahren? Elise kam kaum nach, die Flut an Problemen, die auf sie zukamen, einigermaßen zu ordnen. Dazu gehörte ja auch, in welcher Form sie sich künftig in den elterlichen Betrieb einbringen konnte. Vielleicht gab er ja noch nach und nahm ihre Vorschläge ernst, wie er den Familienbetrieb wieder auf Vordermann bringen konnte. Er musste doch selbst am besten wissen, was man alles aus Lakritz machen konnte. Feine Confiserie zum Beispiel. Elise dachte augenblicklich an ihre Zeit im Internat zurück und an Madame Regnier, ihre belgische Lehrerin für Hauswirtschaftskunde. Sie hatte ihren Schülern das Geheimnis guter belgischer Pralinen verraten und sie deren Zubereitung gelehrt. Lakritz schuf genau wie exotische Gewürze ungewöhnliche Geschmackskontraste. Bei ihren kulinarischen Experimenten waren Kreationen herausgekommen, die die feine Bamberger Gesellschaft ihnen aus der Hand reißen würde. Aber nein. Schnöde Lakritztaler mussten es sein.

Als die Kutsche das kleine Wäldchen hinter sich gelassen hatte und auf einen Weg bog, der direkt durch ihre Felder auf ihr Haus zuführte, wunderte Elise sich darüber, warum heute so viele Arbeiter mit Hacke und Pflug auf dem Feld zugange waren. Anders waren die fingerbreit dicken Wurzeln der Staudenpflanze ja nicht aus der Erde zu kriegen, weil sie sich bis zu einem Meter tief darin eingruben und ihre Ausläufer meterlang und weitverzweigt sein konnten. Zwei der Arbeiter sammelten dickes Wurzelwerk mit einer Egge auf und luden es auf einen Karren. Sie hatten das Feld doch erst kürzlich geerntet. Wieso gruben sie nun gleich alles aus? Auch die Hauptpfahlwurzeln. Hatte Vater etwa vor, das ganze Feld neu anzusäen und fortan wie Weber Zuckerrüben anzubauen?

»Halten Sie kurz an!«, rief sie dem Kutscher zu. Elise musste einfach wissen, was hier vor sich ging. »Wieso reißt ihr alles heraus?«, fragte sie einen der Arbeiter, der in unmittelbarer Nähe der Kutsche stand.

»Der Wurzeltöter. Das ganze Feld ist befallen«, erklärte der kräftig gebaute und von Kopf bis Fuß mit Erde eingedreckte junge Bursche, einer der Wurzelschneider, die normalerweise vom Spätherbst bis hinein ins Frühjahr bei der Ernte halfen. Elise kannte ihn vom Sehen.

»Aber die Pflanzen wirken doch gesund«, erwiderte sie, weil sie an den zarten jungen Blättern eines Strauches direkt neben der Kutsche auf den ersten Blick keinen Schädlingsbefall erkennen konnte. Erst bei genauerem Hinsehen bemerkte sie die braunen Ränder und dass sich einige Blätter kräuselten.

»Weiter hinten ist schon alles hinüber. Auch die Mutterpflanzen müssen raus«, sagte er und deutete auf das andere Ende des Feldes, wo ebenfalls Arbeiter damit beschäftigt waren, dem Boden jeden Strauch zu entreißen.

Heute Morgen beim gemeinsamen Frühstück hatte es noch geheißen, dass nur ein Teil der Ernte dem Frost zum Opfer gefallen sei und sich die Schäden sicher in Grenzen halten würden. Zumindest Hermann war davon überzeugt gewesen. Das waren ja goldene Aussichten, denn wenn das große Feld keine Ernte mehr hergab, sah es auch mit ihren eigenen Zukunftsplänen zappenduster aus.

Amalies Sorge um den Gesundheitszustand ihres Vaters war momentan größer als die um ihren Betrieb. Aller Voraussicht nach standen ihnen harte Zeiten bevor. Wenn sie bereits selbst unbearbeiteten Lakritz zu sich nahm, um ihren nervösen Magen zu beruhigen, läuteten auch bei Hermann die Alarmglocken. Eigentlich hatten sie nach Einweisung der Wurzelschneider vorgehabt, gemeinsam mit Vater im Salon über die Anpassung der Produktion an die neuen Gegebenheiten und den Zukauf von chinesischem Süßholz zu sprechen, doch er hatte sich hingelegt, was er normalerweise nur dann tat, wenn er von einem harten Arbeitstag oder einer längeren Reise erschöpft war. Er sollte sich viel häufiger ausruhen, denn Hermann war in der Lage, ihn in allen Firmenbelangen zu vertreten. Amalie schätzte ihn besonders dafür, dass er auch ihr Halt gab, was sie in ihrer

Entscheidung, Hermann zu ehelichen, in den letzten Monaten bekräftigt hatte. Er saß seelenruhig am Sekretär im Wohnzimmer und besah sich die Auftragsbücher, um festzustellen, ob sie aus den Lagerbeständen überhaupt noch genug Lakritz produzieren konnten, um die Apotheken mit Lakritzblöcken zu beliefern. Amalies Aufgabe war es dann, auszurechnen, wie viel sie mindestens absetzen mussten, um alle laufenden Kosten zu decken. Sie hatte sich aber eigentlich vorgenommen, noch einige letzte Einladungskarten für die Hochzeitsfeierlichkeiten kommende Woche zu schreiben, und sich zu diesem Zweck an den großen Tisch im Salon begeben. Vater war nämlich der Meinung gewesen, dass sie zu wenige Leute geladen hatte. Für ihn war die Hochzeit vermutlich mehr, als seine Tochter in guten Händen zu wissen. Er wollte mit Sicherheit ein Zeichen setzen. Seht her! Das Imhoff-Imperium wird nicht untergehen und bald einen Erben haben. Hermann hatte ihm den großmundig versprochen. Mutter war dieses Versprechen, das Hermann vor ein paar Tagen zu Tisch hatte fallen lassen, aufgestoßen, denn man sollte den Tag ja nie vor dem Abend loben, auch wenn Amalie gesund sei und zu erwarten war, dass sie nach der Eheschließung schnell in andere Umstände geraten würde. Mutters Ansicht nach brachte es Unglück, Dinge zu versprechen, die nur der Herrgott in der Hand hatte.

Amalie betrachtete die vor sich ausgebreiteten und noch unbeschriebenen Hochzeitskarten und stellte fest, dass sie sich auch zum Schreiben weiterer Einladungen momentan nicht aufraffen konnte. Sie griff stattdessen zur Teekanne und goss sich etwas nach.

»Magst du auch noch eine Tasse, Hermann?«

Er drehte sich um, verneinte und schenkte ihr dabei ein aufmunterndes Lächeln. In solchen Momenten wie diesem war es für Amalie vorstellbar, dass sie sich näher kamen als bisher üblich, nah genug, um ein Kind zu zeugen. Das Wirken des Herrgotts allein reichte ja nicht, um eines zu empfangen.

»Du machst dir zu viele Gedanken«, hatte Mutter ihr versichert, weil sie bei ihr nachgefragt hatte, wie sie sich in der Hochzeitsnacht zu verhalten habe.

»Lass dich von ihm küssen. Alles andere kommt ganz von allein. Der Ruf der Natur. Du wirst sehen«, hatte es geheißen. Amalie hoffte, dass sie recht behalten würde, denn nach den wenigen Küssen, die sie bisher mit Hermann getauscht hatte, war denkbar wenig in ihr passiert. Manchmal ein leichtes Kribbeln in den Lenden. Gelegentlich ein Gefühl der Wärme und Nähe, jedoch nicht das, was sich vom Hörensagen normalerweise bei Verliebten einstellte. Weder überbordende Gefühlswallungen, von denen sie in Goethes Leiden des jungen Werther gelesen hatte, noch Herzklopfen – Mutters Einschätzung nach ein untrügliches Zeichen für die große Liebe. Andererseits war Amalie froh, dass sie nicht so lüstern war wie eine Dirne. Es schickte sich nicht für eine Dame und schon gar nicht für eine Geschäftsfrau, die eher der Vernunft zugeneigt sein sollte.

»Hat sich Minna etwa auch hingelegt?«, fragte Hermann unvermittelt.

»Sie wird sich um Vater kümmern. Vielleicht bringt sie ihm Tee und Kekse.« Wo sonst sollte ihre Mutter stecken? Zuletzt hatte sie sie bei Mathilde in der Küche gesehen, Mutters Zufluchtsort bei Problemen. Davon hatten sie im Moment ja genug. Vermutlich hatte sie deshalb gemeinsam mit Mathilde Kekse zubereitet.

Hermann gab sich damit zufrieden und widmete sich wieder den Auftragsbüchern, aus denen er sich Notizen auf einen Block niederschrieb.

Amalie nippte an ihrem Tee und versuchte, sich dabei zu entspannen. So viele Veränderungen standen an. Elise würde ab morgen wieder den ganzen Tag im Haus sein. Noch war überhaupt nicht klar, was sie hier tun sollte, vor allem jetzt, wo nahezu die gesamte nächste Ernte weggebrochen war. Amalies umherschwirrender Blick verfing sich an dem Gemälde, das über dem Kamin des Salons hing. Vater hatte es in jungen Jahren bei einem Bamberger Künstler in Auftrag gegeben. Es bildete sein Lebenswerk ab, sein Lakritzimperium, wie er es gern nannte. Zu Recht, denn die Firma Imhoff gab es bereits seit über zweihundert Jahren. Ein Traditionsunternehmen und seinerzeit mit Sicherheit die erste Adresse für Süßholzprodukte. Und das weit über die Landesgrenzen hinaus. Das Gemälde erweckte diese glorreiche Zeit zum Leben. Die Fassade ihres zweistöckigen Fachwerkhauses musste damals genauso ausgesehen haben, nur das Satteldach war neu und natürlich der Anbau, ein zweites Fabrikgebäude mit Lagerräumen, die in guten Jahren randvoll mit ihrem Süßholz gefüllt gewesen waren. Ein Teil des Gebälks hatte Vater originalgetreu restaurieren und ersetzen lassen, was viel Geld verschlungen hatte. Es sollte herrschaftlich aussehen und doch kein Herrenhaus aus Stein sein, wenngleich sein Innenleben mit Möbeln aus edlen Hölzern, Brokatvorhängen und Ölgemälden der hiesigen Landschaft wie in einem Jagdschloss daherkam. Amalie riss sich vom Anblick des Anwesens aus vergangenen Tagen los. Viel wichtiger war es, an die Zukunft zu denken. Da fiel ihr ein, dass sie Karl Furtenbach unbedingt noch auf die Gästeliste setzen musste. Der Bankier war nämlich ein wichtiger Baustein für die Zukunftsplanung, denn ohne einen Kredit würden sie kein Süßholz aus dem Ausland ankaufen können, um ihren Lieferverpflichtungen nachzukommen. Dummerweise kannte Furtenbach die Ertragslage der Firma genauso gut wie sie selbst, doch er war ihnen wohlgesonnen, mehr als für einen Bankier üblich. Angeblich hatte er Vater sogar in Aussicht gestellt, sich an seinem Betrieb zu beteiligen, was angesichts der gegenwärtigen Lage nun wohl vom Tisch sein dürfte. Es sei denn, Elise würde sein offensichtliches Werben um sie zu würdigen wissen. Wofür sonst sollte ihre teure Ausbildung denn gut gewesen sein? Einen Lenz mit Schöngeisterei hatte sie sich jahrelang gemacht. Höchste Zeit, sich den Pflichten des Lebens zu stellen. Amalie schämte sich zugleich dafür, dass sie bereits wie ihr Vater daran dachte, Elise den Bankier schmackhaft zu machen, zum Wohle der Firma. Doch heiratete sie Hermann denn nicht letztlich aus dem gleichen Grund? So ein abwertender Gedanke sollte kurz vor einer Eheschließung nicht in einem aufkeimen. Amalie spülte ihn mit einem Schluck Tee sogleich hinfort.

Elise war froh, dass ihr Mutter als Erstes im Haus begegnete. Als sie Elise an der Tür bemerkte, nahm sie die letzten Treppenstufen so schwungvoll, dass ihr schwarzer Glockenrock dem Namen alle Ehre machte. Für ihr Alter war sie noch recht rüstig, auch wenn der Dutt sie älter machte und ihr eine äußere Strenge verlieh, die aber ganz und gar nicht ihrem Wesen entsprach.

»Meine Elise. Ab heute eine waschechte Lehrerin«, begrüßte sie ihre Tochter und nahm sie erst einmal in den Arm. Das war Mama. Herzlich und aufrichtig.

»Ich bin froh, dass ich dich jetzt wieder mehr um mich habe«, fuhr sie fort, ließ von ihr ab und musterte sie. »Und du bist dir wirklich ganz sicher?«

Mutters Frage überraschte Elise keineswegs, denn noch am Vorabend hatten sie erneut über ihre Entscheidung, nicht doch an einer höheren Mädchenschule zu unterrichten, gesprochen. Mit Mama konnte man offen reden.

Elise nickte.

»Elise?«, tönte es vom Salon. Amalie musste wohl mitbekommen haben, dass ihre Schwester im Haus war.

»Eigentlich hätten wir ja heute einen Grund zu feiern, aber Vater fühlt sich nicht wohl. Das große Feld … Es ist von einem

Parasiten befallen. Das macht ihm sehr zu schaffen«, erklärte ihre Mutter.

»Ich hab die Arbeiter draußen gesehen. Das ganze Feld?«

Mutter nickte. Ihr Lächeln verflüchtigte sich. »Lass uns reingehen. Du musst uns von der Feier erzählen«, verlangte Mutter.

Amalie stand bereits Spalier. Hermann ließ von irgendwelchen Büchern ab und erhob sich ebenfalls.

»Meine kleine Schwester«, sagte Amalie kopfschüttelnd. Ihr Tonfall klang alles andere als abwertend oder verniedlichend. Elise glaubte, sogar Stolz und Anerkennung herauszuhören.

»Muss man dich jetzt mit Fräulein Imhoff ansprechen?«, fragte Hermann, der sich zu Amalie gesellt hatte und seinen Arm um ihre Hüfte legte.

»Untersteh dich, auch wenn ich zugegebenermaßen eines bin. Du wirst den Titel ja bald verlieren«, sagte Elise an ihre Schwester gerichtet.

»Ja, wie mir scheint, wird sich hier im Haus einiges verändern«, erwiderte Amalie. Warum sie dabei so sorgenvoll klang, erschloss sich Elise nicht.

»Das Gute an deiner Ausbildung ist doch, dass du etwas in der Hand hast, etwas Solides. Für alle Fälle«, merkte Hermann an.

Elise registrierte Amalies irritierten Blick, vermutlich, weil ihre Schwester nichts in der Hand hatte, sah man von ihrer Berufserfahrung als Buchhalterin im väterlichen Betrieb ab. Hoffentlich ritt Hermann nicht weiter darauf herum, denn Elise wusste, dass ihre Schwester sie insgeheim darum beneidete, einen Beruf erlernt zu haben, der es ihr ermöglichte, finanziell unabhängig zu sein. Wenngleich man sich dafür in andere Abhängigkeiten begeben musste. Alles hatte im Leben anscheinend seinen Preis.

»Wir sollten zur Feier des Tages einen guten Wein aus dem Keller holen«, schlug Mutter vor.

»Nicht meinetwegen. Man hat mich heute Nachmittag bereits dazu genötigt, Bier zu trinken. Es gibt ja eigentlich gar nichts zu feiern«, stellte Elise zur Ernüchterung ihrer Mutter fest.

»Wenigstens Tee?«, fragte Amalie nach.

»Da sag ich nicht Nein.«

»Oh, ich denke, Joseph hat mitbekommen, dass die Familie wieder vollzählig ist.« Hermann hatte die Schritte von der Treppe als Erster gehört.

»Er ist etwas angeschlagen«, warnte Amalie ihre Schwester vor.

»Ich habe die Auftragsbücher durchgesehen. Wir müssen zum ersten Mal in der Firmengeschichte Süßholz beziehen, um überhaupt unseren Verträgen nachzukommen. Nur noch ein Feld ohne Befall. Das reicht nicht«, sagte Hermann.

»Gottlob das beste«, sagte Mutter mit gutem Grund, denn die dort gewonnene Ernte war auch Vaters Ansicht nach hochwertiger, weil deren Wurzeln mehr Süße enthielten.

»Und was machen wir daraus? Lakritztaler?« Elise stellte es wie einen Vorwurf in den Raum. Die aktuelle Krise schien ein guter Zeitpunkt zu sein, um ihre Idee, andere Produkte aus dem Süßholz herzustellen, aufs Neue ins Spiel zu bringen. »Ich könnte mich an den Lakritzpralinen versuchen!«

»Du weißt doch, was dein Vater davon hält«, wandte Hermann ein.

»Ich finde Elises Vorschlag durchdenkenswert. Gerade jetzt.« Dass Amalie ihr zur Seite sprang, überraschte sie. Vermutlich tat sie das aber auch nur, weil Vater nicht anwesend war. Am Ende sah Amalie darin aber auch eine Chance, denn das kleine Feld gab genug her, um Köstlichkeiten aus Lakritz herzustellen. In Paris schossen Confiserien wie Pilze aus dem

Boden, das wusste Elise aus der Zeitung. Warum um alles in der Welt sollte so etwas nicht auch in deutschen Landen florieren?

»Aber Lakritzpralinen? Die Leute hier sind doch viel zu bürgerlich und eingefahren«, überlegte Hermann laut.

»Hermann hat recht«, kam es von der Türschwelle. Vater war also bereits im Bilde. Elise war sich nicht sicher, ob sie in Anbetracht seines eher schroffen Tonfalls weiterhin auf diesem Thema herumreiten sollte. Sie entschied sich aber doch dafür.

»Du hast doch selbst gesagt, dass der Umsatz der Lakritztaler zurückgegangen ist. Ich könnte mich einbringen«, schlug Elise vor.

»Mit dem bisschen Erfahrung aus deiner Schulzeit? Wir sind keine Confiserie, Kind«, ermahnte sie ihr Vater.

»Wollen wir es uns nicht erst einmal alle bei einer Tasse Tee gemütlich machen?«, schlug Mutter vor, sichtlich darum bemüht, Vater milde zu stimmen.

»Ich habe doch jetzt Zeit und unser Süßholz eignet sich vorzüglich für Süßwaren. Lasst es mich doch wenigstens versuchen. Ich brauche nur eine geringe Menge«, setzte Elise nach. Wann, wenn nicht jetzt, sollte sie versuchen, ihn umzustimmen? Die Zeiten standen sowieso auf Umbruch.

»Es könnte doch nichts schaden, wenn Elise sich daran ausprobiert.«

Elise rechnete Amalie hoch an, dass sie ihr in dieser Angelegenheit zur Seite stand, wo sie doch sonst immer Vaters Meinung vertrat. *Ausprobieren* wäre zumindest ein erster Schritt.

»Papperlapapp! Wir sind ein Großbetrieb und wir schaffen das auch ohne so einen Kokolores.«

»Aber in Paris …«

»Wir sind nicht in Paris!« Vater schnitt Elise das Wort ab und ging schnurstracks zu seinem gepolsterten Lesesessel, in den er sich schnaubend fallen ließ.

»Einen Tee, Vater?« Amalie sah wohl ein, dass es keinen Sinn mehr hatte, ihn weiterhin damit zu bedrängen. Elise hingegen biss sich trotzig fest, denn aus Vaters jüngst geäußerten, aber ziemlich vagen Vorstellungen, ihm und Hermann beim Vertrieb des Rohlakritz zur Hand zu gehen, weil eine junge und charmante Frau so manchen Abnehmer mit ihrer Anmut bezirzen konnte, wurde ja wohl mangels Süßholz nun nichts mehr. Und weil er so bockig reagierte, war es um ihre Anmut im Moment sowieso geschehen.

»Was soll ich denn sonst hier machen?«, fragte sie zwar an ihren Vater gerichtet, aber letztlich in die Runde.

»Ach Kind. Wir haben hier doch genug zu tun«, versuchte ihre Mutter zu vermitteln.

»Da findet sich schon was. Mutter hat recht«, sagte Vater und ließ sich von Amalie den Tee servieren.

Elise verstand Mutters mahnenden Blick und ihre heimliche beschwichtigende Geste. Das sollte so viel heißen wie: »Ich rede mit ihm. Wird schon werden.« Wenn jemand Vater zu irgendetwas bewegen konnte, was ihm gegen den Strich ging, dann sie. Insofern beließ Elise es doch dabei. Amalie warf ihr einen mitleidsvollen Blick zu und auch Hermann sah etwas betreten aus der Wäsche.

»Berichte uns von deinem letzten Tag. Ich bin neugierig darauf, was die anderen machen. Wollte Wilhelmine nicht nach Berlin gehen?« Erneut war es Mutter, die eine angespannte Stimmung, wie Elise sie schon so oft im Haus erlebt hatte, geschickt in Luft auflöste.

»Ach. Berlin. Hermann, versprich mir, dass wir eines Tages dort hinfahren werden. Allein schon wegen der Theater und Cabarets.« Amalie griff Mutters Faden dankbar auf.

»Das wäre doch eine wunderschöne Hochzeitsreise«, schlug Elise versöhnlich vor.

Vater sah Elise entgeistert an, obwohl sie es doch nur gut gemeint hatte.

»Ich fürchte, die müssen wir angesichts der aktuellen finanziellen Lage noch etwas verschieben«, sagte Hermann, woraufhin Vater sich wieder entspannte und schlussendlich seinen Tee trank.

Alle spurten und wagten nicht, ihm zu widersprechen. Hermann ja sowieso. Nachdem Amalie ihr nun auch eine Tasse Tee eingeschenkt hatte und sie ihr reichte, nahm Elise auf dem Sofa Platz. Es gab ja genug von ihrem letzten Tag zu berichten. Das fühlte sich im Moment sogar richtig an, denn zugleich, so nahm Elise sich vor, war dies der letzte Tag, an dem alle im Haus nach seiner Pfeife tanzten. Sie war zurück. Die Zeiten änderten sich, also musste sich auch in ihrer Familie etwas ändern.

Kapitel 2

Hieß es nicht immer, dass der Tag der Vermählung der glücklichste im Leben einer Frau war? Mutter hatte Amalie das einmal gesagt und sie hatte es sich eingeprägt. Einmal im Leben so glücklich zu sein wie nie zuvor, im siebten Himmel schweben. Im Moment konnte von Schweben aber keine Rede sein, auch nicht von einem Privileg, den Tanz zu eröffnen, denn Hermann war ein miserabler Tänzer, wenngleich ein recht bemühter. Die unabdingbare schwungvolle Führung des Mannes bei den Linksdrehungen des Wiener Walzers, den sie mitten in der Gartenlaube der Schenke auf die Holzplanken legten, wollte nicht so recht gelingen. Rechts herum ging, links herum musste sie ihn regelrecht herumbugsieren. Dass er ihr dabei auf die Füße trat, nahm sie billigend in Kauf, schließlich war doch heute der glücklichste Tag ihres Lebens. Für Hermann zumindest schien dies uneingeschränkt zuzutreffen. Seitdem sie sich in der Stephanskirche vor gut zwei Stunden das Jawort gegeben hatten, strahlte er wie ein Honigkuchenpferd. Amalie tat es auch, aber eher, weil die gute Laune der Hochzeitsgesellschaft wahrlich ansteckte. Gut einhundert Leute waren erschienen. Die Hälfte davon war sicherlich wegen des schmackhaften Wildbratens und anderer Köstlichkeiten hier, die Vater eigens für ihren großen Tag beim Wirt geordert hatte. Die Wahl der

Schenke direkt am Regnitzufer und unter schattenspendenden Linden hätte besser gar nicht sein können, obwohl doch ursprünglich geplant gewesen war, die Hochzeitsfeierlichkeiten zu Hause, im eigenen Garten, abzuhalten. Per Eilboten hatte Vater die geladenen Gäste wissen lassen, dass die Feierlichkeiten um der Bequemlichkeit der Anreise willen woanders stattfanden. Dies hatte natürlich einen ganz anderen Grund, denn gut die Hälfte der Geladenen waren Geschäftsleute. Sie durften auf keinen Fall mitbekommen, dass ihre Haupteinnahmequelle, das große Süßholzfeld, komplett umgepflügt und bar jeden pflanzlichen Lebens vor ihnen lag. Diese Trostlosigkeit passte zudem zu keiner Hochzeit. Furtenbach, der ebenfalls geladen war, durfte es schon gar nicht sehen, weil eine Kreditvergabe sonst mehr als nur fraglich war.

Die Köpfe der Gäste, die sich mittlerweile kreisförmig um sie versammelt hatten, auch die ihrer Familie, schwirrten wie bunte Schemen im Taumel des schnellen Dreivierteltakts an ihr vorbei. Um aufkeimendem Schwindel zu entgehen, fixierte Amalie wieder ihren Gemahl und der strahlte noch immer, sah ihr aber erst direkt in die Augen, als sich ihre Blicke zufällig gekreuzt hatten. War das ein verliebter Blick, wie man es in Romanzen las? Amalie erwiderte zwar sein Lächeln, kam aber zu dem Schluss, dass Hermanns Antlitz eher Zufriedenheit ausstrahlte. Glänzende Augen, aus denen Verliebtheit nur so heraussprühte, gab es vermutlich nur in entsprechender Prosa für einfach gestrickte Gemüter.

»Bravo«, tönte es von gleich drei Seiten. Die schweißtreibende Mühe, Hermann im Takt zu bewegen, zeigte Früchte.

»Hoch lebe das Brautpaar!«, rief einer ihrer Lieferanten aus, und zwar bereits zum dritten Mal. Weil Hermann endlich den richtigen Schwung gefunden hatte und sie sich nun beinahe elfengleich zum *Wiener Blut* bewegten, fing Vater so frenetisch zu klatschen an, dass andere Gäste sich ihm anschlossen. Er und Mutter waren sicher überglücklich. Amalie hatte Mutter noch nie so viele Tränen vergießen sehen. Tränen des Glücks. Vor allem, während Hermann ihr den Ehering im Beisein der Trauzeugen, ihre Schwester und Vater in seiner Rolle als Schemelführer, an die Hand gesteckt hatte. Mutters Schluchzen war so laut gewesen, dass selbst der Priester für einen Moment irritiert zu ihr hingesehen hatte. Mutter schluchzte erneut, doch die Musik übertönte es. Amalie taten bereits die Füße weh. Ihr Arm fühlte sich schwer wie Blei an, doch mindestens einen weiteren Tanz hatten sie noch zu absolvieren, denn es gehörte ja zum guten Brauchtum, dass der Brautvater nun alle zum Tanz bat.

»Ich glaube, ich könnte mich daran gewöhnen«, sagte Hermann unvermittelt und außer Atem, als die letzten Takte des *Wiener Bluts* verklungen waren.

»An das Heiraten oder den Walzer?«, fragte Amalie nach.

Hermann antwortete nicht gleich, sondern sah sie nur an.

»Dir so nah zu sein«, hauchte er.

Amalie stellte zu ihrem großen Erstaunen fest, dass diese kleine Nettigkeit das größte Kompliment war, das er ihr je gemacht hatte. Doch diese Feststellung verblasste gegen das Gefühl der aufrichtigen Zuneigung, die sie nun hautnah spürte, weil er sie innig umarmte. War es das? Die Liebe, die sich einstellte, wenn man jemandem das Jawort gab, die Nähe, die Tag für Tag wuchs und einen lebenslang wachsend zusammenschmiedete, wie es wohl bei Mutter und Vater gewesen sein musste? Ein Hauch von Glück, jetzt und hier, und ein bisschen Glanz in seinen Augen, die ihr bisher immer nur in aller Nüchternheit begegnet waren, selbst als sie sich vor dem Pfaffen ewige Liebe und Treue geschworen hatten.

»Na los, alle aufs Tanzparkett! Ziert euch nicht so!«, rief Vater aus, woraufhin sich mehr und mehr der festlich gekleideten Gäste in Bewegung setzten und auch die kleine Kapelle in

Tracht wieder zu spielen begann. Das musste es wohl sein. Das Glück. Insofern nahm Amalie sich vor, diesen Tag genau wie ihre Mutter als den glücklichsten im Tagebuch ihres Herzens zu führen.

Elise musste als eine der wenigen anwesenden Frauen nicht gegen Tränen ankämpfen. Die Augen ihrer Mutter waren bereits stark gerötet und ihr Taschentuch konnte man sicher auswringen. Ihre Rührung konnte Elise nicht teilen, obwohl sie meist aus reiner Sympathie mitflennte. Diesmal jedoch nicht, dabei machte ihre Schwester einen glücklichen Eindruck – rein oberflächlich betrachtet. Wobei man das bei ihr nie so genau wusste. Sie hatte sich stets im Griff. Das war schon in ihrer Kindheit so gewesen. Beneidenswert. Oder vielleicht doch nicht? Elise fand keine Antwort darauf. Sie wusste noch nicht einmal, ob ihre Schwester Hermann liebte, denn darüber hatten sie nie gesprochen. Obgleich die eigene Schwester, hatte sie ihr Elise nicht einmal erzählt, wo und wann sie sich in Hermann verliebt hatte. Auf einem Erntefest im Dorf hätten sie sich kennengelernt. Mehr wusste Elise nicht. Fast könnte man meinen, Vater hätte sich in ihn verliebt, denn der schwärmte während der Feierlichkeiten ja mehr von seinem Lieblingsschwiegersohn als von dessen frischgebackener Gemahlin.

»So ein hübsches Paar«, kommentierte Mutter erneut und riss Elise damit aus den Gedanken.

Schon war Vater bei ihr. Wer die anderen zum Tanz aufforderte, der konnte ja schlecht wie angewurzelt mit einem Krug Rauchbier herumstehen.

»Minna.« Mehr musste er gar nicht sagen. Er hielt ihr seinen Arm hin, damit Mutter sich einhängen und zum Tanz führen lassen konnte. »Und du? Du solltest auch dein Tanzbein schwingen«, sagte er und blickte bedeutungsvoll in Richtung Furtenbach.

Alles, bloß das nicht. Vater sah ihr ihre ablehnende Haltung sicherlich an, denn er setzte nach. »Es kann uns nützlich sein. Außerdem hält er große Stücke auf dich. Ist doch ein adretter Bursche«, fuhr er fort.

»Joseph. Jetzt reicht es aber! Du wolltest tanzen, also wird jetzt getanzt!« Nun war Mutter es, die ihn fortzerrte.

Elise atmete augenblicklich auf, doch anscheinend hatte sie sich zu früh gefreut, denn Furtenbach nahm sie erneut ins Visier. Das war schon den ganzen Vormittag so gegangen, seitdem sie von der Kutsche vor der Stephanskirche gestiegen waren. Er fraß sie mit Blicken ja geradezu auf, obwohl ihn eine Dame in feinem Seidenkleid in Beschlag genommen hatte. Hoffentlich endete ihr Redeschwall nicht. Elise wendete sicherheitshalber ihren Blick ab und starrte Interesse mimend auf den Brautstrauß, den sie ihrer Schwester kurz vor der eigentlichen Zeremonie, wie sich das für eine Trauzeugin gehörte, abgenommen hatte. Sie nahm ihn aus der Vase und inhalierte den Duft der dazugebundenen Sträucher. Der von Myrte klärte die Sinne. Angeblich fügte man sie bei, damit die Braut nicht in Ohnmacht fiel, weil es in Kirchen seit jeher etwas stickig war und man dieser Pflanze eine beruhigende Wirkung nachsagte. Elise tat die Myrte gut. Ihr wohltuender Effekt verflüchtigte sich, als Furtenbach sich in Bewegung setzte. Wie enttäuscht die in Seide Gekleidete ihm nachsah. Warum um alles in der Welt konnte er nicht mit ihr tanzen? Das rote Tuch, das er sich in seine Fracktasche gesteckt hatte, passte doch so hervorragend zu ihrem Kleid. Warum er gern rote Accessoires trug, hatte er ihr bereits auf dem Bierfest vor gut zwei Monaten erklärt. Rot war angeblich eine Farbe des Wohlstands. Der Glaube käme aus China, das er in Begleitung eines preußischen Geschäftsmannes vor einem Jahr bereist hatte. Elises Hoffnung, dass Furtenbach sich vielleicht doch nur etwas zu trinken holen wollte, erfüllte sich nicht. Er steuerte direkt auf sie zu. Was blieb ihr anderes übrig, als ihm das wohlgefällige Lächeln der Tochter eines seiner Kunden zu schenken?

Vater tanzte an ihr vorbei und bedachte erst ihn und dann sie mit einem Lächeln. Elise stand nun unter Beobachtung. Bei jeder Drehung reckte er den Kopf in ihre Richtung, um ja nichts zu verpassen. Er verrenkte ihn sich noch, wenn er so weitermachte.

»Wertes Fräulein Imhoff. Wir hatten heute zu meinem größten Bedauern noch keine Gelegenheit, auch nur ein einziges Wort zu wechseln, dabei brennt es mir schon seit Stunden auf der Seele, Ihnen zu sagen ... Ich weiß, es gehört sich nicht, aber ... Ich kann nicht umhin. Sie sind die leuchtendste Erscheinung dieser Gesellschaft.« Furtenbach log, denn zweifelsohne kam der Dame mit dem roten Kleid diese Rolle zu. Sie schmollte immer noch und lugte verstohlen zu ihnen herüber.

Redete man so in guten Kreisen? Anscheinend hatte er zu viel Zeit in Berlin unter Preußen verbracht. Oder war er am Ende selbst einer? Eine einfache Begrüßung hätte es getan. Nichts war ihr mehr zuwider als aufdringliche Männer, die ihr Komplimente dieser Art machten. Sie beließ es bei einem unverbindlichen Lächeln. Daraufhin richtete er seinen Blick auf Amalie.

»Dieser Hermann. Er ist ein Glückspilz. Die Frau fürs Leben an seiner Seite zu wissen, ist eines der größten Geschenke. Wenn nicht das größte.«

»Sie haben sicherlich recht, auch wenn ich mir in der Reihenfolge der Glückseligkeiten nicht so ganz sicher bin. Gesundheit gehört sicherlich auch zu den wichtigen Dingen, unter anderem.«

»Was ist noch für Sie wichtig?«, wollte er sogleich wissen.

»Im Leben das zu tun, wofür man bestimmt ist. Seine Talente entdecken und das Geschenk von Gottes Gnaden annehmen, sie hegen und pflegen, sodass aus dem gesäten

Samen irgendwann etwas erblüht, wofür man bestimmt ist und auf das man stolz sein kann.« Elise passte sich bewusst seinem Duktus an, stellte dabei aber fest, dass sie das eben Gesagte sogar unterschreiben würde. So klar und deutlich hatte sie es sich selbst noch nie formuliert.

Furtenbach hingegen sah sie völlig entgeistert an.

»Verstehe«, sagte er. Sie sah ihm aber an, dass er es nicht verstand. Frauen gehörten doch an den Herd und bestenfalls als Schmuckstück in das Arsenal eines karrierebewussten Mannes, der sich ihren Glanz zu eigen machte.

Der Walzer kam zu einem Ende. Elise atmete auf, obwohl Vater nun stocksteif dastand und ihr erneut ein ermutigendes Lächeln zukommen ließ, das sie allerdings als aufdringlich empfand. Mutter hingegen warf ihm einen etwas missmutigen Blick zu, was Elise nicht verwunderte, denn ihr gegenüber hatte sie ja bereits offenbart, dass sie diesen Aufschneider nicht ausstehen konnte. Unglücklicherweise gönnte sich die Kapelle keine Pause. Der nächste Walzer setzte ein.

»Erweisen Sie mir die Ehre?«, fragte Furtenbach.

Vaters fordernder Blick war kaum noch zu ertragen. Er brauchte Furtenbach, oder vielmehr sein Geld, für eine Kreditvergabe. Das war Elise klar, doch dass seine eigene Tochter die momentan wenig ersprießliche Kreditwürdigkeit wettmachen sollte, versetzte sie in Rage.

»Später sehr gern. Der Abend ist ja noch lang. Die ganze Aufregung am heutigen Tag … Sie verstehen.« Weil er es sicher nicht verstand und wahrscheinlich auch gar nicht verstehen wollte, aber auch, um ihr Gesicht zu wahren, zupfte Elise gleich etwas von der Myrte aus dem Brautstrauß.

Furtenbach sah sie irritiert an. Das sollte er auch. Elise hielt das Büschel demonstrativ an ihre Nase, sodass auch ihr Vater es sehen musste, und inhalierte den intensiven Duft dieser Pflanze. Sie seufzte dabei wohlig.

»Sie stärkt … Wollen Sie auch einmal?« Schon hielt sie ihm das Büschel hin. Er ergriff es und roch ebenfalls daran. Bei ihm erzielte es offenbar keine Wirkung. Elise überlegte bereits, sich für momentan unpässlich zu erklären, doch das war nicht mehr notwendig, denn Amalie war im Anmarsch. Sie wirkte etwas außer Atem, was Elise nicht überraschte, weil sie Hermann anfangs wie eine steife Marionette hatte bewegen müssen.

»Sie erlauben?«, fragte sie Furtenbach charmant. Schon nahm sie ihm das Myrte-Büschel aus der Hand, um es ihrer Schwester zu reichen.

»Amalie … Du bist ja ganz blass um die Nase«, konstatierte sie, auch wenn das gar nicht stimmte. Immerhin rang sie etwas nach Luft, was den Eindruck einer vorübergehenden Schwäche glaubhaft untermauerte. »Hier. Nimm. Das wird dir guttun.« Weil Amalie es gewesen war, die ihr vom Brauch, Myrte in den Brautstrauß beizugeben, erzählt hatte, konnte Elise darauf bauen, dass sie ihren Vorschlag willig annahm.

Sie inhalierte den kraftspendenden Duft mit Wonne.

»Ich glaube, wir beide müssen uns ein bisschen ausruhen und uns frischmachen«, sagte sie an Hermann und Furtenbach gewandt. Zwei Geschäftsleute unter sich. Das passte doch wunderbar. Elise atmete zunächst auf, doch noch immer spürte sie Vaters stechenden Blick auf sich lasten. Sie wagte es nicht, sich zu ihm umzudrehen, und zog es vor, sich schnell mit Amalie davonzustehlen. Amalie ließ sich willig am Arm abführen. Furtenbach nickte freundlich, als sie sich vom Ort des Geschehens entfernten – der Myrte sei Dank!

Obwohl Amalie nur sehr wenig vom Rauchbier getrunken hatte, und das nicht, weil es sich für eine Dame nicht schickte, sondern weil es ihr nicht sonderlich schmeckte, erzielte es seine Wirkung. Während sie die Treppen in den ersten Stock des Elternhauses nach oben schritt, fühlten sich ihre Beine so schwer wie Blei an. Schon auf der Kutschfahrt nach Hause hatte sich jene Schwere eingestellt, von der sie wusste, dass sie mittlerweile mehr von ihrem Herzen und weniger vom Bier kam. Auf Hermann hingegen schien das Bier belebend zu wirken. Und das schon den ganzen Abend. Sie hatte ihn noch nie so oft lachen gesehen –und wenn er freiwillig noch ein Tänzchen wagte, war er ja schon nicht mehr er selbst. Letztlich war er seit heute Morgen gewiss ein anderer, nämlich ihr Ehegatte, der in Gottes Gegenwart geschworen hatte, sie in allen Lebenslagen zu ehren, zu schätzen und zu unterstützen. Das tat er momentan, indem er seinen Arm um sie legte. Das Treppensteigen fiel deswegen nicht leichter. Amalie musste sich eingestehen, dass sie die Angst vor dem Unausweichlichen fast lähmte. Angst vor dem Grund, weshalb sie sich, wie es bei frisch Vermählten üblich war, früher von der Hochzeitsgesellschaft verabschiedet hatten. Auch wenn Hermann sie erneut am Hals küsste und begann, sie an der Hüfte zu streicheln, wollte diese Angst einfach nicht vergehen. Es waren nur noch wenige Stufen, bis sie ihr Schlafgemach erreichten. Keiner war im Haus. Sie sollten Zeit für sich haben und ungestört sein. Vater hatte ihr das zu verstehen gegeben, bevor sie aufgebrochen waren. Jeder wusste, warum ein neu getrautes Paar nicht bis zum Ende der Feierlichkeiten blieb. Es ging um die Pflichterfüllung einer Ehefrau in der Hochzeitsnacht. Auf den letzten Stufen fingen Amalies Gedanken an zu rasen. Was hatte ihr Mutter alles ans Herz gelegt, wie man sich als Ehefrau in jener Nacht zu verhalten hatte? Den Dingen seinen Lauf lassen, sagte sich so einfach. Der Mann wisse schon, was zu tun sei, und die Natur täte ihr Übriges. Amalie hatte auf einmal solche Angst davor, dass sie sich unwillkürlich am Geländer festhielt, nachdem sie das erste Stockwerk erreicht hatten.

»Du bist so schön«, hauchte Hermann ihr ins Ohr. Seine Stimme klang rau vor Erregung. Bekam er denn gar nicht mit, dass sie bereits am ganzen Körper wie Espenlaub zitterte? Vermutlich missinterpretierte er es, denn dass man eventuell zittrig wurde, wenn man sich dem Drang der Natur hingab, auch darauf hatte sie ihre Mutter vorbereitet.

Hermann nahm sie an der Hand und führte sie in ihr Schlafgemach, in dem sie bis zum heutigen Tage stets allein genächtigt hatte. Erst vor einem Jahr, kurz nach ihrer Verlobung, hatte er sein Studentenzimmer in Erlangen aufgegeben und war zu ihnen ins Haus und ins Gästezimmer gezogen.

Amalie erschrak, als sie sich im Spiegel neben ihrem Kleiderschrank sah. Ihr Gesicht war bleich. Sie zuckte förmlich zusammen, als sie die Tür ins Schloss fallen hörte. Gefangen und ausgeliefert, schoss es ihr durch den Kopf, gefolgt von weiteren Ratschlägen ihrer Mutter, wie man sich gegebenenfalls der natürlichen und immer präsenten Lust des Mannes entziehen konnte. Unpässlichkeit oder Kopfschmerzen vorzutäuschen, kam in der Hochzeitsnacht jedoch nicht infrage. Sie trug auch kein langes Baumwollunterhemd unter ihrem Hochzeitskleid, das Mutter ihr für die Nacht empfohlen hatte, weil es die Reize einer Frau kaschierte und so dem Mann nicht unentwegt Anlass gab, sich ungezügelt seiner natürlichen Lust hinzugeben.

Amalie spürte den heißen Hauch seines Atems im Nacken, als er an sie herantrat. Vergeblich wartete sie auf den Ruf der Natur. Es passierte gar nichts von allein, außer, dass sich ihr die Nackenhaare aufstellten und ihr der Geruch von Bier in die Nase stieg. Er verursachte ihr Übelkeit. Dennoch ließ sie ihn gewähren. Seine Hand fuhr an ihrem Hals entlang. Dann nahm er ihr den Blumenkranz vom Haupt. All das sah sie im Spiegel. Amalie redete sich ein, dass es gar nicht mehr sie sei, die dort stand, sondern eine Fremde. Bis jetzt hatte sie sich doch in seiner Nähe wohlgefühlt, geborgen und in ihm den idealen Lebenspartner gesehen, genau wie Vater. Nun war aus ihm ein Fremder geworden. Seine Küsse fühlten sich nicht mehr so zart an, so behutsam, wie sie es kannte. Sie schloss die Augen, weil sie den Anblick ihrer selbst nicht mehr ertrug. Ihr wurde heiß, doch nicht aus Begierde, sondern weil der Moment immer unausweichlicher wurde, in dem sie sich ihm hingeben musste. »Ein kleiner Schmerz, weiter nichts. Nicht viel schlimmer als ein Mückenstich«, hatte Mutter ihr versichert. Warum beruhigte sie der Gedanke nicht? Selbst durch den Stoff ihrer Kleidung spürte sie seine warmen Hände auf ihrer Haut. Sie berührten ihre Brüste. Er küsste sie schwer atmend ihren Rücken entlang, während er ihr eng anliegendes Kleid aufknöpfte und dann den Stoff wie die Schale einer Orange von ihr pellte. Hermanns Hände schienen zu glühen. Sie machten sich an den Ösen des Korsetts zu schaffen. Seine Liebkosungen und Küsse wurden immer heftiger und fordernder. Ihr Korsett schmiss er achtlos auf einen Stuhl. Amalie nahm es immer heftiger zitternd nur noch aus halb geöffneten Lidern wahr. Ihr Rock ging keine zwei Atemzüge später wie der geraffte Vorhang in einem Theater zu Boden. Am liebsten wäre Amalie in diesem Stoffbündel zu ihren Füßen versunken. Bis auf das Unterhemd entkleidet stand sie nun vor ihm. Dann packte er sie am Rücken und den Beinen, um sie zu ihrem Bett zu tragen. Amalie fühlte sich wie leblos, als er sie dort hinlegte.

»Der Mann weiß, was zu tun ist.« Amalie hatte Mutters Stimme im Ohr.

Sie zitterte nicht mehr. Sie starrte auf Hermann, der sich in Windeseile aus Jacke und Hemd schälte und die Hose von sich streifte. Nur noch das Unterhemd bedeckte seine Scham. Ihres raffte er nach oben, um ihre zarten Knospen zu entblößen. Seine Männlichkeit konnte sie nicht sehen, dafür aber spüren, als er sich an sie schmiegte, mit seinen Händen ihr Gesicht umfing und begann, sie auf den Mund zu küssen. Ein Kribbeln stellte sich ein. War das etwa der Ruf von Mutter Natur, die sie nun gewähren lassen sollte? Wenn nur diese Angst vor dem Schmerz nicht wäre.

Seine Hand fuhr über ihre Brust. Das Gefühl kannte Amalie nicht. Sie war sich noch nicht sicher, ob sie es mochte, von ihm dort so fest berührt zu werden. Er scherte sich nicht darum, denn sie spürte seine Finger an ihrer Scham. Dann raffte er sein langes Unterhemd nach oben und rollte sich auf sie. Mit seinen Knien trieb er ihre Beine auseinander, sanft, aber fordernd. Als sich ihre Blicke begegneten, sah sie die Augen eines Fremden. Sie waren beängstigend verschleiert. Amalie las nur noch nackte Begierde darin und verzweifelte schier daran, dass sie im Moment nichts an ihm begehrte. Stumm flehte Amalie ihn an, sie weiter zu streicheln, zu küssen, damit sie fühlte, was sie fühlen sollte, doch er verstand es nicht und drang in sie ein. Ein Messerstich konnte nicht schlimmer sein. Amalies Hände krallten sich ins Bett. Der Schmerz ließ nach. Sie spürte die Wärme des Blutes, das an ihren Schenkeln herunterlief. Hauptsache der Schmerz kam nicht wieder. Erneut schloss sie die Augen und versuchte, sich zu entspannen. Amalie konnte nur noch sein Keuchen hören und gab sich dem Rhythmus seiner schneller werdenden Bewegungen hin. Es ist bald vorbei, sagte sie sich. Bald vorbei. Ihr Stoßgebet wurde erhört, denn mit einem fast schon animalischen gutturalen Laut ließ er sich erschöpft auf sie fallen, um dann schwer atmend von ihr abzulassen und neben ihr ins Bett zu gleiten. Es fühlte sich an wie eine Erlösung. Warum sagte er nichts? Er lag schweigend neben ihr, dann suchte seine Hand die ihre. Sie spürte den Ehering an seiner Hand. Er war kalt. Aus den Augenwinkeln bekam sie mit, dass er zu ihr hersah. Sie vermied es, sich ihm zuzuwenden, aus Angst, dass sie wieder ins Antlitz der Begierde blickte, doch das ging nicht, weil seine Hand an ihre Wange fuhr und ihren Kopf zu ihm drehte. Neben ihr lag auf einmal wieder der Mann, den sie kannte und schätzte. Für einen Moment war Amalie danach, von ihm in den Arm genommen zu werden, doch er stand abrupt auf.

»Ich hole uns Tücher«, sagte er und ging hinüber zum Schrank.

Hoffentlich fragte sie Mutter nie nach dieser Nacht.

Elise machte drei Kreuze, als sie endlich wieder zu Hause waren. Normalerweise mochte sie große und vor allem festliche Gesellschaften, aber nicht, wenn überwiegend Vaters Geschäftskontakte samt Anhang, die er alle als Freunde der Familie ansah, geladen waren. Sie hatte sowieso das Gefühl gehabt, dass es ihm wichtiger gewesen war, über seine Geschäfte zu sprechen als über den eigentlichen Anlass, denn auch den hatte er vor seinen Karren gespannt. Amalie war schließlich ein Teil seiner Firma. Dies hatte an diesem Abend jedoch auch den Vorzug, sich von Furtenbach fernhalten zu können und, was sie sonst nicht tat, die brave Tochter eines Geschäftsmannes zu spielen, die sich notgedrungen auf Gespräche vor allem mit den Frauen seiner *Freunde der Familie* einließ. Genug Wissen über Süßholz hatte sie ja. Auf der Kutschfahrt hingegen hatte sich Vaters Euphorie gelegt. Er war während der Fahrt eingeschlafen. Dass Mutter nicht nur im übertragenen Sinn die Zügel in der Hand hielt, zeigte sich sinnbildlich auf dieser Fahrt. Sie war es auch, die Vater wachrüttelte, als sie zu Hause angekommen waren. Mit vereinten Kräften gelang es, ihm von der Kutsche zu helfen.

»Da hat wohl jemand einen über den Durst getrunken«, stellte Mutter augenzwinkernd fest.

»Papperlapapp«, winkte er ab, woraufhin Mutter ihr einen bedeutsamen Blick zuwarf.

»Kannst du stehen?«, fragte Elise sicherheitshalber nach, die neben ihn getreten war.

»Ich bin ja nicht der Ehemann und kann es mir erlauben, heute nicht mehr ganz so standfest zu sein.« Vater lachte.

»Also Joseph!«, empörte Mutter sich.

»Nun zier dich nicht so. Elise ist erwachsen und einen kleinen Scherz kann ihr Gemüt durchaus vertragen.«

In diesem Fall täuschte sich Vater nicht, denn was er damit meinte, darüber hatte sie mit Wilhelmine bereits ausführlich gesprochen. Elises Freundin wusste bestens Bescheid, weil sie ihren Bruder in ihrer Gartenlaube auf frischer Tat beim Spiel mit seiner Männlichkeit erwischt hatte. Prompt dachte Elise an ihre Schwester. Sie warf einen Blick nach oben zu Amalies Zimmer. Es brannte kein Licht. Vielleicht hatte das Starkbier Hermann außer Gefecht gesetzt, überlegte Elise sich, allerdings hoffte sie es nicht, denn Amalie gönnte sie eine Liebesnacht voller Leidenschaft. Auch darüber hatten ihre Freundinnen oft genug gesprochen, vom Traumprinzen, und wie es sich wohl anfühlte, einen Mann mit Bart zu küssen. Nichts als Träumereien.

»Aber wer weiß, ob unsere Elise überhaupt einen Mann will«, fuhr Vater auf dem Weg zum Eingang fort.

»Joseph. Wir gehen jetzt erst einmal ins Haus und dann mache ich dir einen Schlaftee«, schlug Mutter vor.

Elise war angesichts seines eher plumpen Versuchs, sie während der Feierlichkeiten mit Furtenbach zu verkuppeln, nach einer Klarstellung – und zwar bevor Mutter ihm den Tee einflößte.

»Wie kommst du darauf, Vater? Weil ich mit Furtenbach nicht getanzt habe?«

Damit handelte sich Elise einen rüffelnden Blick ihrer Mutter ein.

»Ist doch wahr«, setzte Elise nach.

»Er wäre eine gute Partie. Andere Frauen würden sonst etwas dafür geben, mit einem Mann seines Standes …« Vater sprach nicht weiter.

»Das ist mir gar nicht aufgefallen, Vater. Ein Mann, der so begehrt ist, sollte es doch schaffen, wenigstens eine der geladenen Damen zum Tanz zu animieren.«

»Was ist nur los mit euch beiden? Das muss das Bier sein.« Wenn Mutter etwas nicht ausstehen konnte, dann waren das Sticheleien.

»Amalie hat ihr Glück gefunden, an der Seite eines guten Mannes. Es wird Zeit, dass du auch deines findest«, sagte Vater.

Am liebsten hätte Elise ihm jetzt unter die Nase gerieben, dass es doch letztlich nur um das Glück der Firma ging, doch Mutter hätte ihr das übel genommen. Noch bevor sie den Eingang ihres Hauses erreichten, blieb er stehen und sah sie eindringlich an.

»Du könntest ja zumindest etwas netter zu ihm sein. Du weißt, dass wir auf ihn angewiesen sind. Ein kleines Tänzchen und …«

»Es wird höchste Zeit, dass du deinen Rausch ausschläfst, Joseph. Elise ist keine Dirne, die nur mit einem Mann tanzt, weil es der Firma nützlich sein könnte.« Mutters harscher Tonfall wirkte anscheinend ernüchternd, denn Vater stand plötzlich kerzengerade da.

»Ich muss schon bitten.« Sein Blick wanderte von Elise zu ihrer Mutter und verharrte auf ihr. Mutter verzog keine Miene. Vater winkte daraufhin ab, ging zur Tür und sperrte sie auf. Anstatt auf sie zu warten und sie ihnen aufzuhalten, ging er schnurstracks zu den Treppen, die zum elterlichen Schlafzimmer führten.

Mutter sah ihm besorgt nach und sprach erst weiter, als sie sicher sein konnte, dass er sie nicht mehr hörte. »Du musst ihm das nachsehen, Elise. Seine Nerven … Er meint es bestimmt nur gut. Jeder Vater wünscht sich seine Tochter unter der Haube. Aber eines darfst du mir glauben. Niemand wird dich dazu zwingen, jemanden zu heiraten, den du nicht liebst.«

»Wenn er nur nicht so stur wäre. In allen Bereichen«, stieß Elise aus.

»Die Confiserie?«

Elise nickte.

»Wir haben eine Küche. Mathilde mag Süßes und sie versteht sich aufs Backen«, deutete Mutter an. Ihr Vorschlag, gemeinsam mit ihrer Haushälterin heimlich Leckereien aus Lakritz zu zaubern, war mehr als nur eine Belohnung für die Mühsal des heutigen Abends.

»Wir werden ihm dein Gebäck unterjubeln – und wenn es ihm schmeckt, wird er sich schwertun, zu behaupten, dass es anderen nicht auch schmecken würde«, fuhr Mutter lächelnd fort. »Du könntest es auch an unserem Stand verkaufen. Früher haben wir nicht nur die Taler auf dem Walberla verkauft, auch Lakritzkuchen. Es spricht doch überhaupt nichts dagegen, neben unsere Süßholzkränze noch etwas von deinen Kreationen zu legen«, schlug Mutter vor.

»Ach Mutter. Wenn ich dich nicht hätte«, stieß Elise aus vollem Herzen aus.

Mutter trat vor und schloss sie in die Arme. Noch nie zuvor hatte ihr Mutters Umarmung so gutgetan.

Kapitel 3

Elise hatte es sich angewöhnt, früh aufzustehen. Das brachte die Ausbildung im Lehrerbildungsseminar nun einmal so mit sich. Heute Morgen war sie jedoch erst gegen halb acht aufgewacht und hatte sich förmlich aus den Federn quälen müssen. Zu viel war ihr am Vorabend durch den Kopf gegangen, vor allem Mutters Ermutigung, Vater auf listige Art und Weise davon zu überzeugen, dass er gut daran tat, seine Produktpalette endlich umzustellen und mit der Zeit zu gehen. Eine Katzenwäsche musste daher reichen.

Elise rechnete damit, dass sie nicht die Letzte zu Tisch war, denn in ihrer Vorstellung ging sie davon aus, dass ein frisch vermähltes Paar am Morgen nach der Hochzeitsnacht nicht gleich um sieben, wie sonst üblich, Spalier stand, um mit der Familie gemeinsam zu frühstücken. Vater war das ja generell sehr wichtig, um den Zusammenhalt der Familie zu festigen. Erstaunlicherweise war ausgerechnet er heute nicht zugegen, jedenfalls nicht an seinem angestammten Platz, wie Elise schon von den letzten Treppenstufen aus sehen konnte. Mutter kam ihr mit einer leeren Teekanne entgegen und wünschte ihr einen guten Morgen.

»Ist Vater nicht da?« Elise hoffte, dass Mutter sich nicht mit ihm wegen ihrer gestrigen kleinen Auseinandersetzung in die Haare bekommen hatte. Das kam zwar selten vor, doch sie hatte es bereits erlebt und in solchen Momenten ließ Vater das Frühstück ausnahmsweise ausfallen.

»Er ist mit Hermann auf dem Feld hinterm Haus. Wollen wir hoffen, dass es nicht auch noch befallen ist«, sagte Mutter, was Elise zumindest hinsichtlich ihrer Bedenken beruhigte. »Pfefferminze oder Kamille?«, fragte sie.

»Mir wäre eher nach dem Tee aus Ceylon«, erwiderte Elise.

»Und vermutlich soll ich ihn nicht so lange ziehen lassen, damit er dich wach macht.«

Elises Augenringe und ihr noch etwas ungesunder Teint waren nicht zu übersehen.

»Amalie und Hermann war heute nach Kamillentee«, flüsterte Mutter ihr zu, was auch darauf schließen ließ, dass ihre Schwester sich im Salon aufhielt.

Elise feixte unterdrückt, denn den trank man doch, um sich zu stärken. Mutter lächelte süffisant. Es bedurfte keiner weiteren Worte.

»Plätzchen stehen auf dem Tisch. Magst du Rührei oder Pfannkuchen? Mathilde hat die Küche noch nicht aufgeräumt«, sagte Mutter.

Elise schüttelte den Kopf. Kekse gingen immer und passten sowieso viel besser zu einer Tasse Tee.

Mutter nickte und ging in die Küche.

Mathilde, die Elise von Kindheitsbeinen an kannte, rief ihr einen Morgengruß aus der Küche zu. Elise wunderte sich immer wieder, woher so eine alte Frau, die gut und gern schon über sechzig Jahre auf dem Buckel hatte, so viel Kraft nahm. Die schweren Töpfe aus Eisen hievte sie mit Leichtigkeit ins Waschbecken und die schwergängige Eisenpumpe, um kaltes Wasser in einen riesigen Topf auf dem Herd zu füllen, bediente sie mit geschmeidigen Bewegungen, ohne das Gesicht dabei zu verziehen.

Elise ging in den Salon und bedachte ihre nun verheiratete Schwester mit einem Morgengruß und einem Lächeln, das von Herzen kam. Amalie erwiderte den Gruß eher knapp, was sicher daran lag, dass sie an einem der Kekse knabberte.

Elise setzte sich zu ihr und schnappte sich auch etwas vom Gebäck. Sie brannte vor Neugier, von der Hochzeitsnacht zu erfahren, doch sollte sie es wagen, Amalie darauf anzusprechen? Früher hatten sie jede noch so unbedeutende Erfahrung miteinander geteilt. Wann hatte sich das eigentlich verloren? Elise entschied sich dazu, Amalie von allein erzählen zu lassen.

»Hast du nicht gut geschlafen?«, wollte Amalie wissen, nachdem sie sie kurz in Beschau genommen hatte. Sie selbst sah jedenfalls auch nicht danach aus.

»Und du?«, fragte Elise.

»Doch«, gab sie knapp zurück und fischte sich ein weiteres Zuckergebäck aus der Glasschüssel.

Früher hatten sie sich morgens sogar ihre Träume erzählt, überlegte Elise, die, während sie ihren Keks aß, immer noch darüber sinnierte, ab wann all das aufgehört hatte. Vermutlich mit dem Eintritt ins Lehrerbildungsseminar, weil sie ab diesem Zeitpunkt nicht mehr so oft zu Hause gewesen war. Seither lebten sie in unterschiedlichen Welten. Vielleicht waren die neuen Horizonte, die einem eine solche Ausbildung öffnete, neue Interessen, die weit über das Geschehen auf dem heimatlichen Hof hinausgingen, auch der Grund dafür, dass sich Gemeinsamkeiten verloren hatten. Das Alltägliche, über das man für gewöhnlich in einer Familie sprach, spielte keine so große Rolle mehr.

»Wie fühlt man sich als Ehefrau? Anders als noch am Tag zuvor?« Elise konnte ihre Neugier nun doch nicht mehr zügeln.

»Jetzt sei nicht albern«, sagte Amalie.

Damit war klar, dass ihre Schwester nicht gedachte, über die Hochzeitsnacht zu sprechen. Wäre Amalie eine von ihren guten Freundinnen, hätte Elise keine Sekunde gezögert, sie über alle Details des ersten Mals auszufragen. Der ernste Blick ihrer Schwester bezwang schließlich Elises brennende Neugier.

»Es ist ein schönes Gefühl, in den sicheren Hafen der Ehe einzulaufen«, sagte Amalie dann doch. So wie sie es daherbrachte, klang es eher nach einer Floskel.

»Du machst Vater damit überglücklich«, erwiderte Elise. Sie rechnete damit, dass das Thema nun vom Tisch war.

»Wenn Mutter und Vater einmal nicht mehr sind. Man hat einen Mann, der einem zur Seite steht. Und Hermann ist ein wahrlich aufrichtiger und fleißiger Mann. Mehr kann sich eine Frau nicht wünschen«, fuhr Amalie fort.

Es überraschte Elise, dass ihre Schwester nun doch weiter darauf herumritt. Auffällig war, dass sie nicht von sich sprach, sondern im Allgemeinen, von »man«.

»Da hast du sicher recht.« Elise hielt es für das Beste, sich auf keine Debatte darüber einzulassen, denn diesbezüglich waren sie sicher unterschiedlicher Meinung.

»Vater war sehr verärgert, wie du Furtenbach behandelt hast.«

War Amalie auf Streit aus? Überhaupt wirkte sie viel zu schwermütig für jemanden, der doch eigentlich vor Glück nach einer Liebesnacht mit dem Auserwählten nur so strahlen sollte.

»Er wird sich wieder beruhigen.«

»Um das geht es doch gar nicht. Du denkst immer nur an dich.«

Diesen Vorwurf gedachte Elise allerdings, nicht auf sich sitzen zu lassen. »Jetzt sag mir bitte nicht, dass ich mich derart herablassen soll, nur damit Vater einen Kredit bekommt.«

»Und du neigst zu extremen Gefühlswallungen«, kam es brottrocken zurück.

Elise glaubte, nicht recht zu hören.

»Es war ein Affront. Man kann auch mal im Interesse der Firma zurückstecken.« Amalie redete sich in Fahrt.

»Hast du deshalb Hermann geheiratet?«, platzte Elise heraus.

Amalies Gesichtszüge verhärmten sich augenblicklich. Nachdem sie sowieso schon einen Streit vom Zaun gebrochen hatte, sah Elise keinen Grund mehr, sich um des lieben Friedens willen zurückzuhalten.

»Liebst du ihn denn?«

Amalie zuckte regelrecht zusammen. Mit der Antwort ließ sie sich so lange Zeit, dass eine Antwort eigentlich gar nicht mehr vonnöten gewesen wäre. Sie kam dennoch.

»Ach, du bist ja noch so naiv. Vom Traumprinzen träumen nur kleine Mädchen. Liebe. Was ist schon Liebe? Und wohin führt sie? Doch nur in die Verderbnis.«

»Du liebst ihn also nicht?« Elise sah ihrer Schwester dabei direkt in die Augen. Amalie wandte sich daraufhin von ihr ab.

»Eine Ehe, weißt du. Das ist etwas viel Schöneres. Die Geborgenheit und …«

»Sicherheit, wenn Vater und Mutter einmal nicht mehr sind?«, fiel Elise ihr ins Wort.

»Vielleicht bist du ja wirklich noch zu jung, um solche Dinge zu verstehen.«

Wie überheblich Amalie das eben von sich gegeben hatte, versetzte Elise in Rage. Sie reagierte sich an einem weiteren Keks ab, weil Mutter eben in den Salon trat.

»Na, ihr beiden? Ich hoffe, Mathildes Backkunst hat eure Lebensgeister wieder geweckt.«

»Ihr entschuldigt mich«, sagte Amalie steif und abweisend.

»Ich hab dir doch extra noch Kamillentee gemacht.« Mutter sah sie irritiert an.

»Ich möchte Hermann nicht zu lange warten lassen«, erklärte Amalie sich, stand auf und ging schnellen Schrittes hinaus.

Mutter sah ihr besorgt nach.

»Hat sie dir gesagt, warum sie so schlecht gelaunt ist?«, fragte Mutter, nachdem die Haustür hörbar ins Schloss gefallen war.

»Wenn das die Folge einer Eheschließung ist, werde ich wohl nie heiraten«, sagte Elise mehr zu sich.

»Ach Kind …« Mutter stellte die Teekanne ab und setzte sich zu ihr.

»Hast du dich in Vater damals verliebt?«, wagte Elise, freiheraus zu fragen.

»Damals hatte man wenig Gelegenheit, sich zu verlieben. Es gab nur die Arbeit und die Familie.«

Elise bemerkte, dass der Blick ihrer Mutter in die Ferne schweifte.

»Als junges Ding … Da gab es diesen Bäckerburschen. Er hatte so viele Sommersprossen im Gesicht und sein schwarzes Haar war lockig. Der Wind blies es in alle Richtungen. Er war so kräftig und schnittig. Und jeden Morgen, wenn er mich sah, lugte er aus der Backstube. Ein Lächeln von ihm und es war um mich geschehen.« Mutter seufzte.

Elise beruhigte, dass Gefühle dieser Art auch ihrer Mutter begegnet waren, denn genau das empfand sie, wenn sie Ferdinand auch nur ansah, mal ganz abgesehen davon, dass er genau wie Mutters Bäckerbursche ebenfalls dunkles gelocktes Haar hatte.

»Mein Vater wollte, dass ich Joseph heirate. Er war adrett in jungen Jahren und nicht verkehrt. Ich wollte ja schließlich eine Familie gründen. Ja, und dann bin ich hierhergezogen. Karl habe ich nie wiedergesehen.«

Wie traurig Mutters Stimme nun klang. Das bestärkte Elise darin, weiterhin auf ihr Herz zu hören.

»Jetzt trinke deinen Tee, bevor er kalt wird. Mathilde weiß schon Bescheid und Vater fährt nachher in die Stadt.«

Elises Gemütsverfassung hellte sich augenblicklich auf. Mutter war in der Tat die Beste.

»Übrigens. Es ist wieder Post für dich gekommen. Von Henriette. Sie war mit dir in der Grundschule, oder täusche ich mich? Warum schreibt ihr euch? Sie wohnt doch auch in Bamberg.«

Mutters Nachfrage war heikel. Sie dämpfte die Freude über den Brief, den sie ja bereits sehnsüchtig erwartet hatte, was in diesem Fall nicht das Verkehrteste war. Wenn nämlich ihr Herz vor Freude höherschlug, sah man es ihr an, zumindest Mutter hatte ein Auge dafür, wenn ihre Tochter strahlte.

»Keiner weiß so recht, was sie hat. Die Schwäche will einfach nicht vergehen«, sagte Elise, wissend, dass sie ihre Mutter eben anschwindelte.

»Hoffentlich nichts Ernstes. Nicht, dass sie die Schwindsucht hat und du dich noch bei ihr ansteckst. Dann ist es wohl besser, sich zu schreiben.«

»Keine Sorge. Es muss etwas erblich Bedingtes sein.« Elise hoffte, dass ihre Mutter ihr diese Erklärung abnahm.

Sie tat es.

Auf ihrem Weg hinaus zum Feld war Amalie hin- und hergerissen zwischen Scham und Selbstmitleid, doch diese Gefühle führten zu nichts. Obgleich dieser Einsicht, ließ sich beides nicht so einfach zur Seite schieben. Sie wusste, dass ihre Schwester im Grunde genommen recht hatte, und sie beneidete sie um ihre unbeschwerte Art, die sie ihr gegenüber als naiv bezeichnet hatte. Dazu gesellte sich eine unterschwellige Angst, dass Elise trotzdem, auch ohne nur das geringste Opfer zu erbringen, ihr

Glück finden würde. Amalie kannte sich gut genug, um zu wissen, dass sie in diesem Fall die Eifersucht plagen würde. Elise war zwar die Jüngere, doch ihr inzwischen um so viel Wissen voraus. Ein weiterer Grund, um ihre kleine Schwester zu beneiden. Das hatte ja bereits in der Schule angefangen, mit Elises besseren Zensuren, mit mehr Freundinnen. Mit ihrem bezaubernden Lächeln konnte sie alles haben, doch das Leben war trotzdem kein Spaziergang, wie Elise anscheinend glaubte. Es ging darum, seinen Pflichten nachzukommen, Verantwortung zu übernehmen. Mit so einer Lebenseinstellung kam man weiter. Wie stand sie denn jetzt da, die kleine Elise? Eine Lehrerin ohne Schüler war sie, weiter nichts. Flausen im Kopf hatte sie. Und wohin sollte das führen?

Mit jedem Schritt, dem sie sich Hermann näherte, stellte sich wieder jene Gewissheit ein, das Richtige im Leben zu tun und Gott dafür danken zu müssen, dass er sie im Gegensatz zu ihrer Schwester mit Vernunft und Willenskraft gesegnet hatte. Hermann mit Vater in Eintracht auf dem Feld zu sehen und sie dabei zu beobachten, wie sie zusammenarbeiteten, verlieh ihr augenblicklich wieder Halt und schenkte innere Ruhe. Hermann nahm Vater die schwere Hacke ab. Auch wenn sie aus dieser Distanz nicht verstand, was er ihm sagte, so sah man doch an seinen Gesten, dass er sich um ihn sorgte und nicht wollte, dass er sich weiter abmühte. Das war Hermann. Auf ihn konnte man bauen – und als er sie bemerkte, winkte er ihr freudig zu. Es war wie immer. Im Nu stellte sich das Gefühl von Verbundenheit ein. Es verscheuchte die Schrecken der letzten Nacht. Vermutlich war sie nur zu ängstlich gewesen und zu verlegen, von falscher Scham in eine abweisende Haltung getrieben worden. Das musste es wohl gewesen sein und er trug es ihr nicht nach. Hätte er sie sonst heute Morgen mit einem Kuss geweckt und sie so behutsam in den Arm genommen? Das hatte sich viel schöner angefühlt als seine Berührungen in der

Nacht. Es wird alles gut, sagte sie sich, als sie ihn erreichte. Sein Kuss, auch wenn er flüchtig war, schien diesen erleichternden Gedanken zu unterstreichen.

»Wir haben jetzt schon an fünf Stellen die Erde ausgehoben. Nichts«, sagte Hermann erleichtert.

»Es ist also noch genug da, um wenigstens die Apotheken weiterhin zu beliefern?«, wollte sich Amalie vergewissern.

»Damit allein können wir aber nicht überleben«, sagte Vater.

»Du wirst sehen. Wir bekommen den Kredit. Und wir haben sicher noch genug auf Lager, um so lange durchzuhalten, bis wir neues Süßholz bezogen haben. Sorg dich nicht so sehr, Vater«, sagte sie. Die Rührung in seinen Augen infolge ihrer ermutigenden Worte war das größte Glück, das sich eine Tochter wünschen konnte.

»Drei Jahre müssen wir durchhalten. Der Ankauf wird unsere Gewinne mindestens halbieren. Gut, dafür sparen wir uns die Löhne für die Wurzelschneider«, sagte Hermann nachdenklich. Amalie griff nach seiner Hand, um ihm Halt zu geben. Das war das Mindeste, was eine Frau für ihren Gatten tun konnte. Er schenkte ihr ein dankbares Lächeln. Auch wenn die Umstände, mit denen sie im Moment zu kämpfen hatten, schlimmer nicht sein konnten, so erwuchs aus der Zuneigung und Wertschätzung, die sie von Vater und Hermann erfuhr, die Gewissheit, dass sie es schaffen würden, die Firma zu retten.

Elise saß in ihrem Lesesessel am Fenster und konnte *Henriettes* Brief gar nicht mehr aus der Hand legen. Bisher hatte Ferdinand ihr Nachrichten ans Lehrerinnenseminar zukommen lassen oder sie hatten sich nach einem Treffen bereits für einen bestimmten Tag verabredet, an dem er frei und sie eine Exkursion geplant hatte. Das war nun nicht mehr möglich. Hoffentlich kam Mutter nicht auf den Gedanken, sich nach dem Gesundheitszustand von Henriette zu erkundigen. Auch wenn Bamberg kein Dorf war, wurde immer geredet, meist in der Apotheke, die Mutter regelmäßig aufsuchte, um dort exotische Tees zu kaufen und Kontaktpflege zu betreiben. Andererseits war Mutter nicht die Art von Mensch, die anderen hinterherschnüffelte oder sich am Gerede beteiligte. Über kurz oder lang gedachte Elise sowieso, sie in das Geheimnis ihres Herzens einzuweihen. Es konnte ja nicht ewig so weitergehen, auch wenn diese Geheimnistuerei natürlich ihren ganz besonderen Reiz hatte.

Elise hörte Geräusche von draußen, schob den Vorhang zur Seite und lugte aus dem Fenster. Vater war bei den Stallungen und spannte zwei Pferde vor die Kutsche. Früher hatte das immer ein Stallbursche gemacht. Nun kümmerten sich Hermann und Vater selbst um die Pferde – mangels Finanzen, wie es hieß. Gottlob hatte wenigstens Mathilde ihre Stelle behalten. Sie war unersetzlich und gehörte zur Familie. Seit einer halben Ewigkeit stand sie schon in ihren Diensten. Kost und Logis waren frei. Mathilde wohnte im Anbau neben ihrem Haus. Daher hielten sich Vaters monatliche Zahlungen in Grenzen.

Elise konnte gar nicht mehr erwarten, dass sie endlich aufbrachen. Amalie und Hermann wollten Vater in die Stadt begleiten. Das gab ihr mindestens zwei Stunden Zeit, um in der Küche ans Werk zu gehen. Wieso dauerte das denn so lange? Elise nutzte die Zeit, um Ferdinands Brief noch einmal zu lesen. Kaum zu glauben, dass ein einfacher Arbeiter sich so wohlgefällig ausdrücken konnte. Das war nur einer der Gründe, warum sie Ferdinand in ihr Herz geschlossen hatte.

Wenn ich die Möglichkeit hätte, die Lebensuhr schneller laufen zu lassen, bis wir uns wiedersehen, ich würde alles daransetzen, denn die Zeit ohne dich erscheint mir verloren.

Einfälle hatte der Kerl, aber war das nicht allerliebst? Elise stieß einen wohligen Seufzer in Gedanken an ihren Ferdi aus, wie sie ihn seit gut einem Jahr nannte. So lange kannten sie sich. Sie tat es, weil seine Kameraden ihn so riefen. Wenn Vater wüsste, warum sie in den letzten Ferien so oft zum Baden nach Heiligenstadt gefahren war. Der See war eigentlich ein Anziehungspunkt für Menschen, die sich einer Kneippkur unterzogen, doch im Sommer naturgemäß von allen sehr begehrt, um sich abzukühlen. An einigen Stellen und im Schutze von Gebüsch war das sogar möglich, ohne ein sittsames Badekleid zu tragen. Ferdinand war auf die gleiche Idee gekommen, was unweigerlich dazu geführt hatte, bis zum Hals im Wasser stehend darüber zu debattieren, wer als Erster herausging. Der andere hatte seine Augen dabei selbstverständlich geschlossen zu halten. Elise hatte ihm den Vortritt gelassen, dabei aber gezwinkert, um einen Blick auf ihn, wie Gott ihn erschaffen hatte, zu erhaschen. Ihm war dieses Glück nicht zuteilgeworden, weil er sich einem Baumstamm zugewandt hatte, als sie aus dem Wasser gewatet war, um sich schleunigst mit ihrem Unterhemd zu bedecken. Elise dachte immer wieder an ihre erste Begegnung, vor allem vor dem Einschlafen und in der Hoffnung, dann von Ferdinand zu träumen.

Ich zähle die Stunden, bis du mich mit deinem elfengleichen Zauber glücklich machst. Oder bist du eine Hexe? Dann auf zum Hexentanz.

Und wie sich Elise auf das Walberla am Ehrenbürg freute. Walpurgisnacht. Die Nacht der Hexen, des Tanzes, der ausgelassenen Freude und der Masken, auf dem traditionsgemäß auch das Süßholz gefeiert wurde. Es war klar, dass Vater sich das nicht entgehen lassen würde, allein schon, weil dort sicher auch andere Süßholzbauern zugegen waren. Um eine Kutschfahrt musste sie sich daher bestimmt nicht bemühen.

Jetzt fahr endlich los, Vater! Elise rief ihm das in Gedanken zu. Hermann half Amalie auf den Kutschbock. Es wurde allerhöchste Zeit, sich ihrer großen Leidenschaft hinzugeben. Der feinen Confiserie.

Wie üblich, wenn Vater sie zu wichtigen Geschäftsterminen mitnahm, hatte Amalie sich hübsch gemacht. Sie trug ihr schönstes blaues Kleid, das auf Taille geschnitten war und sich daher ohne eng geschnürtes Korsett gar nicht tragen ließ. Wer attraktiv sein wollte, musste leiden. Ein wenig Puder gehörte zudem ins Gesicht einer feinen Dame. Die goldenen Ohrringe mit eingelassenen Saphiren, die wie für das Kleid gemacht waren, und ihre Perlenkette durften natürlich nicht fehlen. Damit konnte man sich in Bamberg selbst in besten Kreisen sehen lassen. Hermann hatte ihr die Kette angelegt und sie bei dieser Gelegenheit sogleich mit einem Kompliment bedacht. Wie hübsch sie doch sei. Amalie wusste, dass sie sich nicht für ihn, sondern für Vater so in Schale geworfen hatte, oder vielmehr für den geschäftlichen Anlass. Das eine war ja untrennbar mit dem anderen verbunden. Sie mussten Furtenbach davon überzeugen, dass es sich lohnen würde, einen größeren Kredit für den Ankauf von Lakritz aus dem fernen China zu gewähren. Die Argumente, die dafürsprachen, lagen auf der Hand. Es mangelte ja nicht an Aufträgen, sondern am Rohstoff.

Während der Kutschfahrt in die Stadt kam Vater ihr vor wie ein Schulbub, der sich auf eine mündliche Prüfung vorbereitete. Wieder und wieder ging er mit Hermann durch, wer was zu sagen hatte, auf dass sie ja nichts vergaßen.

»Und kein Wort über Weber – und wenn er davon anfängt, erinnerst du ihn daran, dass die Süße von Zuckerrüben minderwertig ist. Man kann es ja zu kaum etwas anderem als zum

Süßen verwenden, wohingegen unser Süßholz vielseitiger einsetzbar ist«, führte Vater bestimmt zum dritten Mal aus.

Hermann nickte es kommentarlos ab.

»Er raucht Zigarren. Möglicherweise weiß er gar nicht, dass Süßholz auch in Tabakwaren verarbeitet wird. Auch das kann die Zuckerrübe nicht leisten.« Amalie war dankbar, dass ihr dieses Argument eben eingefallen war.

»Ein ausgezeichneter Vorschlag. Bring das an, Hermann. Dagegen kann er nicht anargumentieren.«

Auch das musste man Hermann nicht zweimal sagen.

»Wenn Otto noch da wäre. Nur ein Wort hätte genügt. Ohne mich hätte er damals den Posten nicht bekommen«, sagte Vater.

»Furtenbach ist sicher ein kluger Mann. Er scheint mir zudem sehr fortschrittlich eingestellt zu sein. Außerdem braucht er ja nur in die Bücher der letzten Jahre zu schauen. Dann sieht er ja, dass wir profitabel arbeiten«, sagte Hermann.

»Profitabel … Als ich noch ein Junge war, da hat mir mein Vater von rauschenden Festen erzählt. Wer Süßholz hatte, dem gehörte die Welt, hatte Einfluss. Und heute …«, sinnierte Vater und seufzte resigniert.

»Die Zeiten ändern sich, doch daran ist ja an sich nichts Schlechtes«, erwiderte Hermann, unmittelbar bevor ihre Kutsche das imposante Bankgebäude ganz in der Nähe des Doms erreichte. Und wie wohl es Vater tat, dass ihn ein älterer Herr mit Bart und in feinem Anzug grüßte, nachdem er abgestiegen war. Erkannt zu werden, jemand zu sein und die gesellschaftliche Stellung bedeuteten ihm sehr viel, das wusste Amalie nur allzu gut.

»Wohlan denn!« Vater holte tief Luft, rückte seinen Frack zurecht und öffnete die Tür.

Amalie ließ Hermann den Vortritt und wie bei jedem ihrer Besuche in der Bank bewunderte sie die kupfernen elektrisierten

Kronleuchter und das feine hochpolierte Mobiliar, insbesondere einen wuchtigen Schreibtisch, an dem die Empfangsdame saß – natürlich elegant gekleidet und mit so viel Schmuck behangen, dass man glauben konnte, sie wäre blauen Blutes.

»Herr Furtenbach erwartet Sie bereits«, sagte sie und bedeutete ihnen zu folgen. Amalie bestaunte auch diesmal die feinen Orientteppiche und Ölgemälde an der Wand. Zu gern hätte sie sich das vom Dom mit seinen vier Türmen näher angesehen, doch wie auch bei ihrem letzten Besuch war dazu keine Zeit. Die Dame vom Empfang öffnete bereits die Tür zu seinem Büro.

Furtenbach erhob sich und reichte zuallererst Vater die Hand zum Gruß. Manieren hatte er anscheinend keine, denn Amalie begrüßte er erst, nachdem er auch Hermanns Hand geschüttelt hatte. Welchen Stellenwert eine Frau in seinen Augen hatte, konnte man dadurch nicht deutlicher zum Ausdruck bringen.

»Darf ich Ihnen etwas anbieten? Vielleicht einen Tee? Wir haben auch Kaffee aus Afrika. Der weckt sogar Tote«, sagte Furtenbach.

»Noch sind wir ja unter den Lebenden«, entgegnete Vater und lachte. Hermann schloss sich ihm an, wohingegen Furtenbach nur ein betretenes Lächeln für ihn übrighatte.

»Nehmen Sie doch Platz«, bot er ihnen an. Immerhin rückte er nun Amalie den gut gepolsterten Lederstuhl zuerst zurecht.

Eine geöffnete Akte lag ausgebreitet auf seinem Tisch. Amalie erkannte die Abschrift ihrer Buchhaltung, denn sie selbst hatte sie auf dem schönen blütenweißen Papier mit einer goldfarbenen Verzierung um das Firmenlogo herum gefertigt.

»Ich habe mich ausführlich mit Ihren Zahlen beschäftigt«, sagte Furtenbach und nahm dann selbst Platz.

»Ich hoffe, unsere Aufzeichnungen und insbesondere die aktuell günstige Auftragslage konnten Sie überzeugen«, sagte Vater.

Furtenbach schwieg und ließ seinen Blick über die Abschriften schweifen.

»Der Absatz der Eigenprodukte ist in den letzten Jahren drastisch eingebrochen«, stellte Furtenbach dann fest.

»Da sind wir sicher nicht die Einzigen in der Branche. Viel entscheidender sind doch die Abnehmer des Rohstoffs, für Süßholz und natürlich für naturbelassenen Lakritz, als Pulver oder in Blöcken«, entgegnete Vater.

»Ist die Gewinnung von Süße aus der Honigwurzel denn überhaupt noch zeitgemäß?«, fragte Furtenbach.

»Mehr als das. Ich weiß, einige setzen jetzt auf den Import von Zuckerrohr und den hiesigen Anbau der Zuckerrübe, doch Sie werden sehen, sobald die Menschen erkennen, dass diese Pampe nicht viel mehr zu leisten imstande ist, als allem Essbaren einen undefinierbaren Geschmack von Süße zu geben, wird die Nachfrage wieder sinken.«

Amalie teilte Vaters Meinung und nickte zur Bekräftigung seines Vortrags.

»Es müssen immer mehr Menschen ernährt werden. Ich habe mir sagen lassen, dass sich mit der Zugabe von Zucker allerlei Lebensmittel strecken lassen. Darin liegt zweifelsohne die Zukunft.« Dummerweise hatte Furtenbach damit nicht so ganz unrecht. Amalie konnte Vaters wachsende Anspannung förmlich körperlich spüren.

»Tragen wir denn nicht auch gesellschaftliche Verantwortung und sind wir nicht in der Pflicht dagegenzuhalten?« Hermann brachte sich mit ein, sehr zu Vaters Wohlwollen.

»Moralität und Geschäfte. Das ist ein weites Feld …«, kommentierte Furtenbach, was so viel hieß wie, dass man heutzutage für den Profit über Leichen zu gehen hatte.

»Sehe ich das richtig, dass Sie die Bestellungen der Pharmazie selbst mit Ihrem noch nicht befallenen Feld abdecken können?«

Vater wurde augenblicklich bleich. Er hatte bei der Herfahrt darauf spekuliert, dass Furtenbach noch nichts vom Befall des großen Feldes wissen konnte. Er unterlag einem Irrtum.

»Gewiss, doch wir werden Süßholz ankaufen, um allen Bestellungen gerecht zu werden.« Vaters Stimme klang überraschend besonnen und ruhig.

»Dauert es nicht Jahre, bis sich ein Feld von so einem Befall wieder erholt?«, fragte der Bankier und schob dabei die vor ihm ausgebreiteten Blätter etwas lustlos hin und her.

»Auch aus diesem Grund benötigen wir den Kredit. Zur Überbrückung«, präzisierte Hermann.

»Ich fürchte, das Risiko ist für unsere Bank etwas zu hoch.«

Furtenbachs Einschätzung traf auch Amalie wie ein Schlag ins Gesicht.

Vater holte tief Luft und war sichtlich darum bemüht, seine Fassung zu wahren.

»Unser Haus und Grund. Sie dienen als Sicherheit«, gab er zu bedenken.

»Dafür ist die Summe zu hoch«, kam es zurück.

Hermann tauschte einen Blick mit Vater.

»Ihre Entscheidung überrascht mich. Noch vor Tagen hatten Sie Ihr Interesse bekundet, sich selbst an unserem Betrieb zu beteiligen.« Hermann ließ die Maske der Diplomatie fallen.

»Das war, bevor ich von diesem Unglück, das Sie jederzeit wieder treffen kann, erfahren habe.« Furtenbach entpuppte sich als eiskalter Geschäftsmann, doch waren sie letztlich nicht alle so? So langsam dämmerte Amalie, warum ihre Schwester keinen Hehl aus ihrer Abneigung gegen diesen Mann gemacht hatte. Sie schien ein Gespür für Menschen zu haben.

»Vielleicht ändern Sie Ihre Meinung, wenn Sie uns vor Ort besuchen und die Fabrikation in Augenschein nehmen. Die ist ja nicht vom Befall betroffen. Es wäre uns ein Vergnügen, nicht wahr, Hermann?«, schlug Vater vor.

Furtenbach wandte seinen Blick ab, schien für einen Moment zu überlegen und nahm dann nur Vater ins Visier.

»Ich fürchte, mein Besuch wäre nicht allen recht«, sagte er.

Amalie wusste sofort, was er damit meinte. Vater offenbar auch, denn die Farbe wich gänzlich aus seinem Gesicht. Furtenbachs Anspielung auf Elises Fehlverhalten wog für ihn vermutlich noch schwerer als Furtenbachs Kreditabsage.

»Nun denn …« Vater erhob sich und reichte Furtenbach zum Abschied die Hand.

Amalie kannte ihn. Wenn etwas entschieden war, dann gab es für ihn kein Zurück. Auf diese Weise konnte er wenigstens Stärke demonstrieren und sein Gesicht wahren.

»Es tut mir wirklich sehr leid.« Was für ein Heuchler dieser Bankier doch war.

»Geschäft ist Geschäft.« Vaters Stimme war gefestigt.

Furtenbach drückte ihm kurz die Hand und nickte zunächst in Hermanns Richtung, dann in ihre, denn weder Hermann noch Amalie wollten ihm die Ehre eines Händedrucks erweisen.

»Alles Gute«, sagte Furtenbach noch, doch Vater ignorierte ihn und schritt durch die Tür, die ihm Hermann bereits aufhielt.

»Wir werden es auch ohne den Kredit schaffen«, versicherte Amalie ihm.

»Gewiss doch«, sagte Furtenbach so, dass man glauben konnte, er meinte das Gegenteil. Amalie war froh, die Gegenwart dieses Mannes nicht mehr länger ertragen zu müssen.

Vater ging wortlos nach draußen – schnellen Schrittes, was eher ungewöhnlich für ihn war. Grußlos eilte er am Empfang vorbei und ging nach draußen.

»Das haben wir alles nur deiner Schwester zu verdanken. Sie hätte ja nur einmal mit ihm tanzen müssen. Niemand hätte von ihr verlangt, dass sie ihn gleich ehelicht«, flüsterte Hermann ihr zu. Die Dame am Empfang grüßte er dann im Vorbeigehen.

»Da kennst du meinen Vater aber schlecht. Er hat bereits davon gesprochen«, gab Amalie ihm zu bedenken.

»Und selbst wenn. Eine gute Partie wäre er allemal.«

Amalie sagte nichts darauf, weil ein Teil in ihr ihm recht gab. Der andere protestierte, doch spätestens, als sie die Tür erreicht hatten und sie Vater mit zornigem Blick vor der Kutsche stehen sah, erstarb jeglicher weiterer Protest. Elise hatte der Firma Schaden zugefügt und letztlich der Familie. Nur das Ergebnis ihres selbstsüchtigen Verhaltens zählte. In diesem Punkt musste man Vater uneingeschränkt recht geben.

Elises schlechtes Gewissen, hinter Vaters Rücken in der Küche zu agieren, hatte sich aus zwei Gründen gelegt. Erstens war es ja nur zu seinem Besten und zweitens war grundsätzlich nichts gegen leckeres Teegebäck einzuwenden. Mutter hatte sie nicht nur dazu ermutigt, sondern ihr auch noch gesteckt, dass Vater sich immer, wenn sie auf Reisen gewesen waren, in der einen oder anderen Confiserie an Lakritzplätzchen gütlich gehalten hatte.

Mathilde rührte bereits den Teig an. Er bestand aus Mehl, Butter, Ei und gemahlenen Vanilleschoten. Mutter befeuerte den Backofen, während Elise das Lakritzpulver mit einem feinen Verschnitt des guten schwarzen Tees aus Ceylon mischte und dann mit einem Mörser fein mahlte. Zu dritt ging es schneller – und wenn Vater früher als erwartet nach Hause kam, dann würde er in Mutters Gegenwart keinen Zinnober machen.

»Tee und Lakritzpulver. Was für eine verrückte Idee«, hatte Mathilde gesagt. Für sie waren solche Dinge etwas Neumodisches. Sie war dennoch mit Eifer dabei. Nur zwei Teelöffel davon genügten, um dem Teig einen exotischen und zugleich vertraut süßlichen Geschmack zu verleihen.

»Reicht das bisschen?«, wollte Mutter sich vergewissern.

»Lieber weniger als zu viel.« Diese Maxime hatte ihr ihre belgische Hauswirtschaftslehrerin mit auf den Weg gegeben. Sie hatte sich stets bewährt.

»Am besten, wir nehmen die kleinen Gläser zum Ausstechen«, wies Elise ihre Mutter an. Für die Backformen für Weihnachtsgebäck, die Mutter bereits aus dem Keller geholt hatte, war es Ende April noch etwas zu früh.

Mathilde rollte den Teig flink aus. Mutter begann, die ersten kreisrunden Plätzchen auszustechen.

»Die müssen erst ein bisschen im Keller kühlen«, erklärte Elise.

»Aber warum? Die kommen doch sowieso in den Backofen«, wollte Mathilde wissen.

»Der Teig nimmt dann besser das Aroma an.« Auch das war eines der Dinge, die sie im Hauswirtschaftsunterricht von Madame Regnier gelernt hatte.

Mathilde drapierte die Plätzchen auf ein vorher mit Mehl bestäubtes, bestimmt zwei Meter langes Holzbrett und machte sich dann mit der ersten Ladung auf den Weg zum Keller. Mutter stach unterdessen weitere Plätzchen aus, während Elise ein zweites Brett mit Mehl bestäubte.

»Vater wird sie lieben. Glaub mir. Wenn es um gutes Essen geht, ist er käuflich«, sagte Mutter schmunzelnd.

»Man sieht's an seinem Ranzen«, erwiderte Elise augenzwinkernd.

»Manchmal frage ich mich, ob er sich damals in meinen Entenbraten oder in mich verliebt hat«, sagte Mutter und seufzte.

»Entenbraten?«

»Er war am zweiten Weihnachtsfeiertag zu Gast bei uns und angeblich hatte er noch nie so einen guten Entenbraten verzehrt. Deine Großmutter hat ihn in dem Glauben gelassen, dass ich ihn zubereitet hätte, und Großvater sprach von mir, als ob ich die begnadetste Köchin der Welt sei. Nichts als Kuppelei.«

»War er denn schon immer so ein harter Knochen?«, wagte Elise zu fragen.

»Außen hart, innen weich. Das ist bei Männern doch immer so. Je härter sie sich nach außen geben, desto weicher der Kern«, erklärte Mutter.

»Vater ist ständig angespannt und von Jahr zu Jahr wird er sturer«, merkte Elise an.

»Im Alter wird wohl auch der Kern etwas fester«, sagte Mutter und lachte.

»Und hast du dich denn später in ihn verliebt, wenigstens ein bisschen oder genauso wie in den Bäckergesellen?«, fragte Elise freiheraus.

»Er war ein attraktiver Mann. Aber verliebt? Das ist ein schönes Gefühl, aber darauf habe ich nichts mehr gegeben. Ist doch einer wie der andere. Als junges Ding will man das ja nicht glauben. Und mit der Verliebtheit ist es sowieso schnell vorbei, aber was rede ich. Das ist nun einmal der Lauf der Dinge. Die Natur hat es schon so eingerichtet, dass sich auch gegenüber einem Ehemann, den man nicht selbst gewählt hat, Gefühle ergeben, ja sogar eine gewisse Verliebtheit, wenn man sich nahekommt.«

»Du meinst Dinge, die man in der Hochzeitsnacht tut? Aus Fleischeslust wird Liebe?«, spekulierte Elise.

Mutter überlegte für einen Moment, zuckte erst unschlüssig mit den Schultern, aber nickte dann doch.

»Lust und Liebe … Lust ist aber doch sündhaft«, gab Elise zu bedenken.

»Ohne die Sünde wärst du jetzt nicht hier.« Mutter lachte erneut auf.

»Wie viel Zeit haben wir noch?«, fragte Elise.

»Sie kehren bestimmt noch in der Alten Post ein. Genug Zeit, würde ich sagen.«

»Auch für etwas Ausgefallenes?«, fragte Elise.

Mutter sah sie fragend an. Sie wirkte dabei etwas beunruhigt.

»Figuren aus Lakritz.«

»Bildhauerei? Sag bloß.«

Elise nickte, und wie das ging, wusste sie auch, jedenfalls nach einem Rezept aus dem vorherigen Jahrhundert. Es war gar nicht aufwendig.

»Haben wir Muskatnuss?«

»Ja, ich denke schon«, erwiderte Mutter.

»So. Da wäre ich wieder.« Mathilde ging zu ihnen, um das zweite Brett zur Kühlung in den Keller zu tragen. Es fehlten nur noch zwei Plätzchen darauf, die Mutter zügig ausstach und auf die noch freie Fläche legte.

»Was kommt als Nächstes dran? Du wolltest doch zwei Dinge machen«, wollte Mathilde wissen.

»Wir kochen Succus mit Iris ein. Eigentlich bräuchte man noch Traganth, aber den haben wir nicht. Es geht auch ohne. Mandeln kommen hinein, Gummi arabicum. Vater hat etwas davon in der Fabrik. Mit Zucker wird das Ganze in einem Wasserbad evaporiert. Iriswurzeln und etwas Zitronenöl dazu und dann ist eine künstlerische Hand gefragt. Man kann die Masse formen und sogar glasieren.«

Mathilde sah sie aus großen Augen an. Mutter tauschte Blicke mit ihr.

»Ist ganz einfach«, versicherte Elise ihnen.

»Also gut. Und was formen wir?« Mathilde sah sie immer noch ungläubig an.

»Etwas, das so aussieht wie ein Entenbraten?« Elise amüsierte sich noch immer darüber.

Mutter lachte lauthals los, was Mathilde vollends irritierte. Sie zuckte mit den Schultern und schnappte sich das mit Lakritzplätzchen beladene Brett.

»Dann hol ich mal das ganze Zeugs aus der Fabrik. Du kannst ja schon mal den Succus einkochen«, sagte Mutter.

»Er wird uns den Kopf abreißen«, sagte Elise.

»Das soll er mal versuchen«, erwiderte Mutter, bevor sie aus der Küche verschwand.

Wenn Vater kein Wort mehr sagte, dann schwieg man besser auch. Amalie wusste, dass auf der Fahrt nach Hause jeder Versuch, über geschäftliche oder triviale Dinge zu sprechen, zum Scheitern verurteilt war. Hätte sie sich doch besser gleich zu Hermann auf den Kutschbock gesetzt. In der Regel unterhielt man sich dann weniger, weil man sich für eine Konversation umdrehen, also den Hals verrenken musste. Jede Bemerkung wäre in Vaters augenblicklicher Verfassung verfänglich. Hermann schwieg vermutlich aus den gleichen Gründen, vielleicht aber auch, weil es nach dem Fiasko in der Bank noch schlimmer gekommen war. Sie hatten im Anschluss eine der Apotheken in der Innenstadt aufgesucht. »Kontaktpflege«, nannte Vater das. Es steckte aber noch mehr dahinter, denn eine der größten Apotheken am Ort, die zu ihrer Stammkundschaft zählte, hatte seit ungewöhnlich langer Zeit keine Bestellungen mehr aufgegeben. Hermanns Mutmaßung, dass dies sicher an diesem besonders milden Frühling lag und die Nachfrage nach Lakritz, der gut für die Atemwege und sehr wirksam bei Husten war, dann zwangsläufig zurückging, hatte sich als falsch erwiesen. Der Imhoff-Lakritz war dem Sohn des Apothekers, der seit einigen Wochen das Sagen hatte, weil sein Vater im Ruhestand war, schlicht und ergreifend zu teuer geworden. Er bezog ihn vom Importeur und verkaufte nun Ware aus China. Ein fürwahr schwarzer Tag für die Firma. Amalie graute vor dem Abend, den

Vater in der Regel im Kreise der Familie ausklingen ließ. Daraus wurde heute aller Voraussicht nach nichts. Noch nicht einmal, als sie das Haus in der Dämmerung erreicht hatten, fiel auch nur ein einziges Wort. Hermann war vom Kutschbock gestiegen, um ihr und Vater beim Aussteigen zu helfen. Vater winkte nur ab.

»Ich bringe die Kutsche in die Stallungen«, sagte Hermann wohl eher aus Verlegenheit, denn dass Vater dazu im Moment keine Lust hatte, durfte auch Hermann klar sein.

Amalie folgte ihm im Abstand von ein paar Schritten ins Haus. Sie holte tief Luft, bevor sie eintrat. Mutter stand schon Spalier. Sie hatte die Kutsche sicher kommen gehört und wollte gewiss in Erfahrung bringen, ob es gute Neuigkeiten gab. Vater nahm grußlos seinen Hut ab und hängte ihn an den Haken der Garderobe.

»Nun sag schon«, bedrängte Mutter ihn. Noch bevor er antwortete, sah Mutter zu ihr. In Amalies Augen stand alles, was Mutter wissen wollte. Seine angespannte Miene sprach ebenfalls Bände.

»Die Bank gibt uns keinen Kredit?«, wollte Mutter sich vergewissern.

»Weil sie nicht mit ihm getanzt hat«, sagte Vater derart scharf, dass Amalie regelrecht zusammenfuhr. Mutter hingegen wirkte irritiert.

»Joseph. Was redest du da?«

Er ließ sie stehen und ging schnellen Schrittes schnurstracks in den Salon. Amalie hoffte inständig, dass Elise aus irgendeinem Grund auf ihrem Zimmer oder sonst wo im Haus war, doch da irrte sie sich. Sie saß in einem der Sessel, las in einem Buch und begrüßte Vater mit einem Lächeln, das jedoch ins Leere lief, denn er stürmte an ihr vorbei und direkt zur Anrichte mit den Spirituosen. Dort schnappte er sich eines ihrer guten

Gläser und schenkte sich vom selbst gebrannten Lakritzlikör ein.

Elise sah Mutter fragend an, woraufhin sie ebenfalls ins Wohnzimmer ging und sich kraftlos auf das Sofa sinken ließ.

»Der Kredit … Sie geben uns das Geld nicht«, erklärte Mutter.

Amalie setzte sich zu ihr.

»Sag es ihr doch«, forderte Vater sie angriffslustig auf.

In Mutter fuhr wieder Leben.

»Das ist dummes Zeug – und selbst wenn es so wäre, werden hier im Haus keine solchen Anschuldigungen gegen unser eigen Fleisch und Blut ausgesprochen«, hielt sie ihm mit strenger Stimme entgegen.

Elise legte das Buch zur Seite und wandte sich an Amalie.

»Was um Himmels willen meint ihr?« In Elises Blick lag die Bitte, ihr diesen Wortwechsel zu erklären.

»Furtenbach. Er trägt es dir nach, dass du ihn ignorierst.«

Elise traf Vaters Bemerkung sichtlich. Sollte sie ihr zur Seite stehen? Für einen Moment fühlte Amalie diesen Drang, denn Furtenbach war wahrlich kein Mann, mit dem man gern tanzte oder mehr Beachtung schenkte, als die Höflichkeit es erforderte. Andererseits ging es um den Fortbestand der Firma und ihrer aller Existenz, die ihre Schwester leichtfertig in ihrer unbekümmerten Art doch wahrscheinlich sogar bewusst aufs Spiel gesetzt hatte. Vater litt sichtlich, denn seine Hand zitterte, als er sich nachschenkte.

»Wir sind ruiniert«, stellte er fest.

»Joseph. Du übertreibst. Dann müssen wir halt kürzertreten. Unsere Familie hat schon schlimmere Zeiten durchlebt«, erinnerte Mutter ihn. Sie hatte recht. Die Imhoffs hatten sogar Kriege und Seuchen überstanden.

Vater ging schweren Schrittes zu seinem Lieblingssessel mit den hohen Kopflehnen und ließ sich dort erschöpft nieder.

»Glaubt ihr etwa, dass ich nur an die Firma denke? Es geht um mehr. Wovon sollen wir denn leben? Und du, Elise? Was willst du zu einer Firma beitragen, die es bald nicht mehr gibt?«

In diesem Punkt konnte Amalie ihm nur beipflichten.

»Ich habe so viele Ideen … Das gesunde Feld, das wir noch haben. Es reicht für die Herstellung anderer Dinge, die viel lukrativer sind«, wehrte Elise sich.

»Sie hat recht. Wir haben heute Lakritzplätzchen gebacken, nach einem belgischen Rezept. Sie schmecken großartig. Wir könnten sie morgen auf dem Fest verkaufen, zusätzlich zu den Talern«, eröffnete Mutter ihnen.

»So ist das also … Hinter meinem Rücken. Ist das etwa schon entschieden?«, fuhr er die beiden an.

»Probier doch wenigstens eines, Vater.« Elise war anzusehen, dass sie sich nichts sehnlicher wünschte, doch er wies sie mit einer schroffen Handbewegung ab.

Amalie überlegte, ob sie eines probieren sollte, doch sie nahm sich vor, das später zu tun. Wenn sie jetzt eines der Plätzchen nähme, wäre das ein Affront Vater gegenüber. Das konnte sie ihm unmöglich antun.

»Das Walberla ist ein Volksfest. Glaubt mir. Im Moment ist mir nicht nach Bier, Gesang und Tanz zumute. Elise hat ihre Abneigung gegenüber Letzterem ja bereits unter Beweis gestellt. Wir sollten dieses Jahr hierbleiben. Es gibt Wichtigeres zu tun«, sagte Vater. Die Anspielung auf Elise, die einer Strafe gleichkam, erschien Amalie als höchst unvernünftig, weil er sich damit ja schließlich auch selbst bestrafte.

»Joseph. Wir sind jedes Jahr dort. Alle Lakritzbauern kommen, Geschäftsleute. Wenn wir dort nicht zugegen sind, gerade jetzt. Die Leute werden reden.«

»Ich finde, Mutter hat recht«, pflichtete Amalie ihr daher bei, zumal ihr Argument stichhaltig war.

»Mathilde und ich haben seit Wochen Süßholzringe geflochten. Der Verkauf war immer lukrativ«, fuhr Mutter fort.

Amalie konnte Vater ansehen, dass er mit sich rang. Vielleicht war es auch nur dem hochprozentigen Likör geschuldet, doch seine bis eben verdrossenen Gesichtszüge entspannten sich etwas.

»In Gottes Namen. Aber kein Wort von unserer Misere. Wahrscheinlich wissen es noch nicht alle. Und wenn wir schon untergehen, dann wenigstens würdevoll«, sagte er, erhob sich und wünschte eine gute Nacht.

»Er hatte einen schweren Tag. Die Apotheke von Petzolt nimmt auch nichts mehr ab. Sie kaufen aus China«, bekundete Amalie, nachdem sie Vaters Schritte auf der knarrenden Treppe hörte.

Mutter ließ die Schultern hängen.

Elise hingegen bot ihr eines ihrer Plätzchen an. Amalie zögerte nun keine Sekunde, es entgegenzunehmen, und kostete davon. Es zerging förmlich auf der Zunge. Die milde Süße und der Geschmack von Vanille neben anderen Zutaten, die sie nicht identifizieren konnte, schienen die ganze Aufregung des heutigen Tages mit nur wenigen Bissen ungeschehen zu machen. Sie musste gar nichts sagen, denn Elise strahlte.

Kapitel 4

Amalie steckte noch immer die kurze Nacht in den Knochen. Von Bamberg bis zur Ehrenbürg waren es gut und gern vierzig Kilometer. Da hieß es früh aufstehen. Die Neugier, ob Vater mitfahren würde, hatte sie schneller als üblich, sogar noch vor dem ersten Hahnenkrähen, aus dem Bett getrieben. Er tat es und auf der gesamten Kutschfahrt hatte er sich in Anbetracht des gestrigen Ungemachs als überraschend redselig erwiesen. Natürlich vorwiegend über Geschäftliches. Im Wesentlichen waren es Instruktionen gewesen, wen sie unbedingt auf dem Fest treffen mussten. In erster Linie Otto, Furtenbachs Vorgänger. Was er sich von ihm erhoffte, war Amalie klar. Vater ließ den Kopf zum Glück noch nicht gänzlich hängen und diesmal war eine Konversation zu dritt auch rein von den Gegebenheiten möglich, denn einer ihrer Wurzelschneider, dessen Familie aus Forchheim kam und anlässlich des Walberla sowieso mit seinem Besuch rechnete, kutschierte sie. Elise und Mutter, die in der großen Lastkutsche hinterherfuhren, hatten seinen Bruder und zwei weitere Wurzelschneider, die sich das Fest nicht entgehen lassen wollten, als Begleiter. Die saßen jedoch auf der Ladefläche inmitten der Süßholzgeflechte. Mutter hielt die Zügel in der Hand und hatte gemeinsam mit Elise fahren wollen. Um ein Haar hätte sie ihr das übel genommen. Sie konnte sich sowieso seit ihrer Kindheit des Eindrucks nicht erwehren, dass Elise und Mutter sich näherstanden, doch gab es das nicht in jeder Familie?

»Ihr habt sicher viel Geschäftliches zu besprechen«, hatte Mutter ihnen kurz vor der Abfahrt zu verstehen gegeben. Die Ausrede war durchschaubar. Die beiden wollten unter sich sein.

Sosehr sich Amalie auf die Abwechslung, die das Walberla naturgemäß mit sich brachte, freute, so sehr graute ihr nach Ankunft am Fuße der Ehrenbürg vor dem Aufstieg. Der Berg, auf dem sonst nur Schäfer mit ihren Herden umhergingen, war nicht sonderlich steil. Doch auch ohne eine Last zu tragen, strengte es an, von unten am Hang, wo die Kutschen der Besucher in unmittelbarer Nähe einer Tränke Halt machten, auf gekrümmten Pfaden und über Stock und Stein bis hinauf zur Walpurgiskapelle zu wandern. Nun bedauerte Amalie es umso mehr, nicht auf Mutters Kutsche Platz genommen zu haben, denn nur den Händlern und Schaustellern mit schwerer Ladung war es gestattet, bis ganz nach oben zu fahren. Hunderte von Menschen schienen von allen Seiten herbeizuströmen. Jung und Alt und wie jedes Jahr viele Studenten aus Erlangen. Wer so früh am Morgen bereits sang, hatte bestimmt schon vom Bier an den unten am Hang befindlichen Ständen gekostet. Es war ein schöner Spazierweg über saftige Wiesen und Frühlingsblumen, vorbei am frischen Grün von Nadel- und Laubbäumen und blühenden Sträuchern. Auch das Wetter spielte mit. Über der Idylle spannte sich ein Himmelblau, das dem ersten Mai und den damit verbundenen Feierlichkeiten angemessen war. Es machte dem heiligen Berg der Franken alle Ehre. Den Hexentanz hatte er schon hinter sich. Die Hexen waren die Nacht zuvor auf Besen um ein Lagerfeuer geritten und mit lautem Peitschenknallen vertrieben worden. Ein ausgebranntes Scheit kurz vor der letzten Anhöhe zeugte von den nächtlichen Festivitäten. Angeblich sollte das Glück bringen.

Das sagte man im Übrigen auch ihren Süßholzringen nach, die Mutter geladen hatte.

Vater hatte bereits einen seiner Kunden erspäht und sich beim Aufstieg, den er sowieso etwas langsamer angegangen war, zurückfallen lassen. Hermann hingegen half beim Tragen der wenigen Sachen, die nicht mehr auf Mutters Kutsche gepasst hatten. Drei Körbe gefüllt mit Schalen und dekorativen Tüchern, die sie auf ihrem Stand drapieren wollten, waren für zwei kräftige Mannsbilder wie Hermann und ihren Kutscher ja kein Problem. Man kam zu Fuß auf dem Spazierweg sowieso schneller vorwärts. Mutters Kutsche hingegen blieb auf dem breiteren Weg immer wieder stehen, weil sie buchstäblich eine Schneise durch die Menschentrauben schneiden musste, um vorwärtszukommen. Oben auf dem Berg wimmelte es bereits von weißgeschürzten Mädchen, jungen Burschen, Bauern, Forchheimer Fußvolk und Besuchern von weiter her, vorwiegend aber aus Nürnberg, Erlangen und Fürth. Die ersten Stände waren bereits aufgebaut, um die leiblichen Bedürfnisse des Hungers, der sich nach so einem langen Aufstieg zwangsläufig einstellte, zu stillen. Der Duft von gebratenem Geflügel und Bratwürsten zog bereits in Amalies Nase. Im Nu machte sie einen riesigen, an Ketten befestigten Rost über einer offenen Feuerstelle ausfindig, doch die Leckereien mussten warten. Es dauerte aber erfahrungsgemäß nicht sehr lange, bis ihre Arbeiter die Bretter zu zwei Ständen zusammengebaut hatten.

Um die Walpurgiskapelle herum, die Amalie wegen ihrer Schlichtheit und der blütenweißen Wände so sehr mochte, herrschten Jahrmarktstimmung und heitere Ausgelassenheit. Es war ein fröhliches und lautstarkes Gelage zu ländlicher Musik zweier bei den Bierschenken befindlicher Kapellen. Die aus der Orgel des Karussells übertönte jedoch alles.

Auf den letzten Metern bis nach oben kreuzten sich die von unten kommenden Wege. Mutters Kutsche hatte es schließlich auch geschafft, das Hochplateau zu erreichen. Wohingegen Amalie noch um Atem rang und sich durchgeschwitzt fühlte, sprang Elise quietschvergnügt von der Kutsche und besah sich das vor ihnen liegende Treiben. Mutter lenkte unterdessen die Kutsche an den steinigen Wegrand und stieg ebenfalls schwungvoll ab. Übermut tat selten gut, denn es sah fast so aus, als hätte sie sich dabei den Fuß vertreten.

»Oh nein!«, rief Mutter aus, bückte sich und hielt den Absatz ihres Schuhs in der Hand. »Ich fürchte, ich muss gleich zum Schustermarkt«, jammerte Mutter.

Sie hatte Glück im Unglück, denn der Schustermarkt war seit Jahrhunderten fester Bestandteil des Fests, auf dem es in unzähligen Buden und Zelten, gut gefüllt mit bunten Waren, von Luxus bis hin zu Dingen des täglichen Bedarfs, ja sogar Gerätschaften für den Feldbau und das Handwerk gab.

»Wo soll der Stand denn hinkommen?«, wollte Hermann wissen, was Amalie nicht überraschte, denn er war zum ersten Mal mit dabei und konnte nicht wissen, an welchem Platz sie ihren Stand normalerweise aufbauten.

»Neben dem Stand mit Tee, Punsch und Wein ist noch Platz«, sagte Elise und deutete auf eine freie Fläche in unmittelbarer Nähe der Kapelle. Sie grenzte an den Trampelpfad, der nach oben führte. An sich keine schlechte Idee, denn dort kamen sicher viele Menschen vorbei.

»Aber wir waren bisher doch immer auf der anderen Seite«, wandte Amalie sicherheitshalber ein, denn dort standen die Zelte, an denen Bier ausgeschenkt wurde, und wo es Bier gab, lungerten die meisten jungen Burschen, vor allem aber das studentische Volk herum. Und die kauften ihre Süßholzgewinde bevorzugt, um sie sich um den Hals zu legen oder zu schultern. Andere lösten das Geflecht und wanden die Wurzeln wie einen Gürtel um die Hüfte.

»Ist doch Jacke wie Hose«, meinte Mutter.

Elise ließ es unkommentiert, was Amalie sofort durchschaute. Ihr ging es natürlich in erster Linie darum, ihre Plätzchen an den Mann zu bringen. Die passten besser zu Tee als zum Bier. Als ob man mit Plätzchen eine so große Firma wie die ihre retten könnte.

Wie schade, dass Vater nicht mit ansehen konnte, wie gut sich ihre Lakritzplätzchen verkauften. Dazu müsste er sich Elises Einschätzung nach in spätestens einer halben Stunde von seinen Geschäftskontakten loseisen – der Berg hatte ihn ja geradezu verschluckt –, andernfalls würde nichts mehr von ihrem Gebäck übrig sein. Die Besucher an ihrem Stand, und nicht nur Damen, denen man ja nachsagte, eine besondere Vorliebe für Süßwaren zu haben, hatten schon fleißig zugegriffen. Sogar noch bevor die Arbeiter mit dem Aufbau des Bretterverschlags, über den sich ein Leinentuch als Sonnensegel spannte, fertig gewesen waren. Ihre Lakritzhexen waren sowieso nach nur zehn Minuten weg gewesen. Sie hatte aber auch nur zwei Dutzend davon gemacht. Mehr Zeit hatten sie ja nicht gehabt. Männchen aus Lakritz mit garstigen Gesichtern, langen Nasen und auf einem Besenstiel, verdorrtes dünnes Geäst, das Mathilde vor ihrem Haus aufgeklaubt hatte, passten natürlich perfekt zum Anlass dieses Fests. Vater hätte seinen Augen nicht getraut und die Figuren bestenfalls als albern bezeichnet. Vermutlich würde er seine Meinung ändern, wenn er wüsste, wie viel sie für diese possierlichen Hexen eingenommen hatte. Sie gingen pro Stück für zwei Mark über den Tisch. Ein Leinensäckchen mit Plätzchen für eine, wohingegen ihre Lakritztaler nur mit sechzig Pfennig für zehn Stück zu Buche schlugen. Ein Süßholzkranz für die Damen, in dem jede Menge Handarbeit steckte, brachte gerade einmal fünfzig Pfennige ein. Genauso viel kosteten die reifenartigen Gewinde, die bei den Studenten für ihre Rituale besonders begehrt waren. Es hatten sich sogar immer wieder kleine

Schlangen vor ihrem Stand gebildet, weil es sich anscheinend herumsprach, wie vorzüglich ihre Plätzchen waren. Mutter kam mit dem Eintüten gar nicht mehr nach, wohingegen Amalie am anderen Stand daneben wie eine Marktfrau mit erhobener Stimme auf ihre Süßholzkränze aufmerksam machte, die sich aufgetürmt vor ihrem Stand stapelten.

»Vielleicht sollten wir Vater doch ein paar davon aufheben«, sagte Elise an ihre Mutter gerichtet, die gerade einer jungen Fürtherin in weißem Festkleid und Blumenkranz im Haar das Wechselgeld reichte.

»Er wird es uns nicht glauben«, sagte sie knapp.

»Von irgendwoher muss sich die Schatulle doch mit Geld gefüllt haben. Außerdem hat Amalie es ja mitbekommen«, sagte Elise.

»Süßholzgewinde! Wer hat noch nicht, wer will noch mal?«, rief Amalie erneut mit Inbrunst in Richtung vorbeischlendernder Passanten, die ihr jedoch keine Beachtung schenkten. Dafür, dass hier vor allem das Süßholz gefeiert wurde, war der Absatz eher bescheiden.

Elise tauschte einen Blick mit ihrer Mutter.

»Ich denke, sie braucht eine gute Tasse Tee, sonst hat sie heut Abend keine Stimme mehr«, merkte Mutter mit süffisantem Lächeln an.

»Vielleicht doch lieber ein Bier? Das heitert das Gemüt auf«, sagte Elise nicht ohne Grund, denn gut und gern die Hälfte aller jungen Kerle, die an ihrem Stand vorbeigeschlendert waren, hatte bereits um die Mittagszeit zu viel davon im Blut und dementsprechend ungehemmt herumgegrölt. Mutter lachte und wandte sich dann Amalie zu.

»Einen Tee? Ich hol uns welchen.«

»Limonade. Mit Zitrone«, verlangte Amalie und begann dann von Neuem, in die Menge zu rufen. Es schien diesmal zu wirken, denn eine studentische Burschenschaft wurde auf sie aufmerksam und näherte sich dem Stand. Zwei der vier jungen Männer hatten bereits Mühe, sich beim Gehen gerade zu halten.

Mutter mühte sich die Anhöhe hinauf, wo neben Bier auch Limonaden verkauft wurden. Aus dem Augenwinkel bekam Elise mit, dass sich wieder jemand an ihrem Stand eingefunden hatte.

»Für mich bitte einen dieser leckeren Kekse.«

Ferdinand! Und wie er sie anstrahlte, der fesche Kerl. Er trug traditionelle Tracht, eine Kniehose aus Leder, aus der seine strammen Waden ragten, und eine bestickte Weste über einem blütenweißen Hemd, das über seinen muskulösen Armen spannte. So hatte sie ihn noch nie gesehen. Mit seinem Dreispitzhut, an dem Kordeln baumelten, und dem großen geknoteten roten Halstuch, das alle Aufmerksamkeit auf sich lenkte, hätte sie ihn in der Menge ähnlich Gekleideter gar nicht erkannt. Elise war zunächst unfähig, sich auch nur zu bewegen, und versank nahezu in seinen strahlend blauen Augen. Der Wind spielte mit seinen Locken und sein Lächeln mit ihrem Herz. Und das schlug immer höher. Hoffentlich kam Mutter nicht so schnell zurück.

»Man hört, sie sollen unwiderstehlich sein«, sagte er.

»Das sind sie, ganz gewiss«, stammelte Elise und griff nach einem der letzten gebundenen Säckchen.

Ferdinand kramte Münzen aus seinem Lederbeutel hervor und reichte sie ihr. Für einen Moment berührten sich dabei ihre Hände. Elise wurde augenblicklich heiß.

»In einer Stunde hinter der Kapelle«, flüsterte er ihr zu.

Elise vergewisserte sich mit einem Seitenblick, dass Amalie nichts davon mitbekam. Sie atmete auf, weil ihre Schwester damit beschäftigt war, den jungen Burschen die Süßholzringe schmackhaft zu machen.

Elise nahm das Geld mit zittrigen Händen entgegen.

»In einer Stunde«, flüsterte sie und fing bereits an, sich eine Ausrede zu überlegen, um sich, ohne großes Aufsehen zu erregen, vom Stand davonstehlen zu können.

Ferdinand öffnete den Beutel und zog eines der Plätzchen hervor. Er nahm einen Bissen und schloss dabei genussvoll die Augen. Von wem sie waren, musste er gar nicht fragen, denn oft genug hatte sie ihm von ihrer Leidenschaft für Lakritz in allen Variationen und vor allem die Confiserie erzählt.

»Schau dir den an«, vernahm Elise plötzlich vom Stand ihrer Schwester. Einer der jungen Kerle der Burschenschaft deutete ohne Zweifel auf Ferdinand.

»Wusste gar nicht, dass die Bauernburschen neuerdings Plätzchen so viel Genuss abgewinnen«, sagte er. Den Spott konnte er sich schon allein deshalb sparen, weil er immer noch vergeblich versuchte, sich die gelösten Süßholzgeflechte um die Hüfte zu wickeln. Anscheinend war sein Hochmut vom Bier etwas angefacht, denn er hörte einfach nicht auf. »Ein klitzekleines Plätzchen. Hast du etwa ein Schätzchen?«, grölte er. Seine Kumpane lachten.

Ferdinand ließ das Säckchen in seiner Westentasche verschwinden, ging die paar Schritte zu ihnen und baute sich breitbeinig vor ihnen auf.

»Hat jemand etwas dagegen?«

»Ärger will er haben, der Bauernbursch«, fuhr der junge Student fort, dessen Gesicht eine Narbe der Burschenschaft zierte. Dann rülpste er Ferdinand flegelhaft an, woraufhin seine Kumpane dreckig lachten.

Elise bekam mit, dass Amalie ebenfalls angewidert das Gesicht verzog.

»Meine Ruhe möchte ich. Normalerweise wissen sich feine Leute, die ihr mal werden wollt, besser zu benehmen, vor allem in Gegenwart von zwei jungen Damen«, gab Ferdinand zurück.

»Was geht dich das an? Du Einfaltspinsel.«

Ein Zweiter reichte ihm ein Stück vom Süßholz.

»Hier, damit du es raspeln kannst«, provozierte er Ferdinand, der es ignorierte. »Nimm schon. Feinen Herren schlägt man keinen Wunsch ab.«

Aufs Neue grölten sie.

»Feine Herren? Betrunkene Tunichtgute seid ihr. Vom Leben keine Ahnung, aber sich aufplustern wie die Pfauen«, gab Ferdinand trocken zurück.

Der Provokateur trat vor und stieß ihn mit der flachen Hand gegen die Brust. So schnell konnte er gar nicht schauen, hatte Ferdinand ihn im Schwitzkasten.

Einer seiner Kumpane schnappte sich eines der Süßholzgeflechte, riss es auf, sodass es zur Peitsche wurde. Damit schlug er auf Ferdinand ein. Er steckte es weg und drehte den Kerl in seinem Klammergriff so, dass er den zweiten Schlag abbekam.

Elise hielt den Atem an. Weil Ferdinand ihr zuzwinkerte, beschloss sie, sich in diesen Streit nicht einzumischen.

Amalie hingegen schritt ein. »Wenn ihr euch prügeln wollt, dann bitte nicht vor meinem Stand!«, herrschte sie die Streithähne an.

Ferdinand entließ daraufhin den eingebildeten Schnösel aus der erniedrigenden Position. Der richtete sich auf, schien für einen Moment zu überlegen und zog sich dann ohne ein weiteres Wort die Weste vom Leib. Der Schlag, den er versehentlich abbekommen hatte, schien ihn nicht ernüchtert zu haben.

»Prügeln? Das ist hier doch Tradition«, sagte er an Amalie gerichtet, noch bevor auch sein Hemd zu Boden ging.

»Zeig, was du draufhast, Bauernbursch«, forderte er Ferdinand auf.

Der zog sich auch die Weste vom Leib und das Hemd. Mit entblößtem Oberkörper, auf dem die Muskeln spannten, baute er sich vor ihnen auf. Der andere war etwas größer als Ferdinand. Elise hoffte, dass Ferdi dem Studenten aus diesem Grund nicht unterlag. Sie hatte schon mehrere Male mit angesehen, wie sich Burschenschaften hier auf dem Fest nach Saufgelagen gegenseitig die Süßholzpeitsche gaben. Es war ein Ritual, meist im Suff, und danach vertrugen sie sich wieder und saugten den bittersüßen Saft aus den Stellen, an denen die Süßholzrinde aufgeplatzt war. Ob sich diese beiden Streithähne wieder vertrugen, wagte Elise zu bezweifeln.

Amalie kannte dieses Ritual sicher auch. Sie verdrehte die Augen und bedachte Elise mit einem genervten Blick.

Einer der Burschen warf Ferdinand eines der reifenartigen Gewinde zu. Auch er riss es auf.

Schon versammelten sich die ersten blutrünstigen Schaulustigen um den Stand. Auch sie kannten sicher dieses Ritual und erhofften sich ein Spektakel, doch daraus wurde nichts, denn Ferdinand wich flink wie ein Wiesel einem Peitschenhieb nach dem anderen aus, was den Angreifer nur noch wütender machte und seine weiteren Schläge noch ungezielter. Ferdinand setzte dem Trauerspiel dann ein schnelles Ende. Ein gezielter Schlag in die Kniekehle seines Gegenübers ließ ihn wie einen gefällten Baum zu Boden gehen, wo er sich vor Schmerz krümmte, weil sein Hinterteil Bekanntschaft mit fränkischem Berggestein gemacht hatte.

Elise feixte. Amalie ebenso.

Schon wollte der Gedemütigte sich wieder hochrappeln. Einer seiner Kumpane, der anscheinend noch nicht so angetrunken war, half ihm auf. Elise konnte kaum glauben, dass er dazu ansetzte, sich erneut auf Ferdinand zu stürzen, doch daran hinderte ihn sein Kumpan, der ihm auf die Beine geholfen hatte.

»Laisse-le. Ce n'est qu'un paysan.« Oh. Schau an. Die feinen Herren ließen ihr vermeintlich blaues Blut heraushängen. Mit so einem einfachen Bauern sollte sich kein Edelmann abgeben. Elise verstand jedes Wort. Ferdinand auch, wie Elise wusste.

»Sans nous, vous n'auriez rien à manger. Nous cultivons les champs pour augmenter votre richesse. La question se pose donc de savoir qui est vraiment plus précieux«, gab Ferdinand ruhig und nahezu akzentfrei zurück. Ein Peitschenschlag hätte nicht schlimmer sein können. Die vier Burschen standen völlig perplex und wie versteinert vor ihm und starrten ihn so an, als hätte gerade der Blitz eingeschlagen. Die Schaulustigen, einfaches Bürgertum, tuschelten. So etwas hatten sie bestimmt auch noch nicht erlebt. Ein Bauer bot dem Edelmann Paroli und mit jedem Wort hatte Ferdinand recht, denn ohne die Bauern hätte niemand etwas zu essen. Die Arbeiter waren es, die die Felder bestellten, um den Reichtum der Großgrundbesitzer zu mehren. Insofern stellte sich die Frage zu Recht, wer wertvoller für die Gesellschaft war.

Amalie starrte Ferdinand ebenfalls völlig entgeistert an. Nur Elise amüsierte sich, denn sie wusste um seine gute Schulausbildung im Internat, die er seiner Mutter, einer gut situierten Schneiderin aus Nürnberg, zu verdanken hatte.

Einer der Burschen klaubte das Hemd und die Weste seines Kumpans vom Boden auf, drückte ihm beides in einer auffordernden Geste in die Hand.

»Komm … jetzt amüsieren wir uns. Dafür sind wir hier«, sagte er ihm, legte seinen Arm um seine Schulter und zog ihn auf diese Weise fort. Die anderen beiden Burschen nickten peinlich berührt, aber durchaus höflich zum Gruß, bevor sie sich den anderen anschlossen.

Die Schaulustigen zogen ebenfalls schnatternd von dannen.

Ferdinand sah noch einmal zu ihr her und zwinkerte ihr erneut zu, natürlich so, dass Amalie es nicht sehen konnte. Dann ging auch er.

»Ob der wohl ein Franzose ist? Ein Arbeiter, den es hierher verschlagen hat? Aber er hatte doch einen fränkischen Akzent«, wunderte Amalie sich, nachdem Ferdinand und die anderen sich bereits entfernt hatten.

»Vielleicht hat er Französisch in der Schule gelernt«, erwiderte Elise.

»Hübsch und gescheit. Man will gar nicht glauben, dass es hier so etwas gibt«, sagte Amalie, während sie Ferdinand, der sich zur Anhöhe der Kapelle begab, ebenfalls nachsah.

»Die Frau, die den mal bekommt, kann sich bestimmt glücklich schätzen«, sagte Elise und hoffte darauf, dass sie eines Tages diese Frau sein würde.

Es waren so viele Menschen, insbesondere Damen auch ihres Alters an Elises Stand gekommen, dass sich dieser Umstand bestens für eine Ausrede eignete. Angeblich hatte sie wie auch im Jahr zuvor eine ihrer Studienkolleginnen getroffen und sich mit ihr verabredet. Mittags nach einem sehr lebhaften Abverkauf auf Mutters Stullen zu verzichten und viel lieber etwas Warmes von einem der Stände im Beisein einer Freundin verzehren zu wollen, hatte Mutter und Amalie zugleich eingeleuchtet. Elise machte sich deshalb gleich auf den Weg hinauf zur Anhöhe, wo die Kapelle stand. Dabei ging sie zunächst in Richtung der Stände mit den Bratwürsten und allerlei anderen Leckereien. Sie konnte ja nicht ausschließen, dass Mutter oder Amalie ihr nachsahen. Erst als sie den obersten Punkt der Anhöhe erreicht hatte und sie die andere Seite mit jedem weiteren Schritt dem Blickfeld der Familie entzog, änderte sie ihre Richtung und lief schnurstracks von hinten auf die kleine Walpurgiskapelle zu. Mutter hatte Vater weiter unten am Hang bei ihrem jahrelang treu gesinnten Bankier Otto, der nun im Ruhestand war, auf einer Picknickdecke in Gesellschaft seiner Familie entdeckt, natürlich in Hermanns Begleitung. Auch die beiden würden nicht mitbekommen, was sie wirklich da oben auf dem Berg trieb.

Es überraschte Elise nicht, dass Ferdinand bereits hinter der Kapelle auf sie wartete. Der Ort war gut gewählt, weil die meisten Besucher sich natürlich um den Eingang scharten. Sie waren allein. Ferdinand strahlte vor Glück. Wieso hielt er die Arme hinter dem Rücken verschränkt? Keine Umarmung, nach der sie sich schon am Stand so verzehrt hatte?

»Meine Elise. Was hast du nur in dieses Gebäck getan? Mir schwirrt der Kopf und mein Herz schlägt Kapriolen«, sagte er und zog hervor, was er hinter seinem Rücken versteckt hatte. Es war ein geflochtener Blumenkranz aus Rosen und Lilien. »Für das schönste Maadla auf dem Walpurgisfest.« Elise sah ihm an, dass er es aus vollem Herzen sagte. Prompt stieg ihr Röte ins Gesicht.

Sie schloss die Augen und neigte ihren Kopf etwas nach vorne, eine Geste, die er richtig verstand, denn schon legte er ihr behutsam den Kranz auf ihr Haupt. Dann nahm er sie endlich in den Arm. Es fühlte sich so an, als wären ihre Körper wie füreinander gemacht – eine Einheit aus tiefster Zuneigung und inniger Liebe. Sie konnte seinen Herzschlag spüren und den Gleichklang ihrer Atemzüge, als seine Lippen sich ihren näherten. Dann küsste er sie sanft. Ein Schauer fuhr ihr über den Rücken und der hielt an, obwohl er von ihr abließ, ihre Hände in die seinen legte und sie einfach nur ansah. Elise genoss diesen Augenblick aus vollen Zügen.

»Ich hab so lange auf diesen Tag gewartet«, sagte er.

»Auf das Fest?«

»Nein … Deine Ausbildung. Sie ist doch zu Ende …«

Elise wusste, dass er sich davon erhoffte, sich häufiger zu sehen, doch genau das war nun schwieriger als zuvor.

»Hoffentlich gehen mir die Ausreden nicht aus. Du weißt ja, was Vater von mir erwartet.«

Er nickte stumm und führte sie dann zu einem Aussichtspunkt, von dem aus das gesamte offen liegende Tal vor den Augen des Betrachters lag.

»Ist so schön hier«, sagte Elise schwärmerisch. In seiner Gegenwart schienen die bunten Blumen und das Grün der Wiesen und Baumkronen noch viel intensiver zu leuchten.

»Wenn ich hier oben bin, dann befällt mich jedes Mal ein unbeschreiblich großes Gefühl von Freiheit. Alles, was uns beschäftigt und Sorgen bereitet, hat auf einmal keine Bedeutung mehr. Dabei mach ich mir klar, dass wir es doch selbst in der Hand haben, was aus uns wird, aus unserem Leben«, sagte er und setzte sich auf einen Felsen, der breit genug für sie beide war.

Elise nahm neben ihm Platz und schmiegte sich an ihn. »Es wird mir schon etwas einfallen, damit wir uns sehen können. Vater ist im Moment aber nicht gut auf mich zu sprechen.«

»Hast du etwas ausgefressen?«

Elise zögerte, zu antworten, weil sie Ferdinand noch nichts von Vaters Absichten in Sachen Furtenbach erzählt hatte. Höchste Zeit, es ihm zu offenbaren.

»Was ist mit deinem Vater?«, fragte Ferdinand behutsam nach.

»Wenn es nach ihm ginge … Am liebsten sähe er mich an der Seite eines widerlichen Bankiers, nur um seine Pfründe zu sichern. Mutter ist auf meiner Seite, aber Vater glaubt, dass ich für die Firma Opfer bringen müsste. Meine Schwester denkt vermutlich genauso. Wahrscheinlich hat sie ihren Hermann aus dem gleichen Grund geheiratet und ich möchte nicht enden wie sie.«

»Liebt sie ihren Mann denn nicht?«

»Ich habe nicht den Eindruck. Sie gehen wie Freunde miteinander um, ziehen geschäftlich an einem Strang, aber ich hab sie noch kein einziges Mal bei einer vertrauten Geste gesehen.

Sie wirken auf mich gar nicht wie ein Paar und wie ein glückliches schon gar nicht.«

»Sie hat sich dazu entschieden und du kannst dich auch entscheiden.«

»Wenn das so einfach wäre«, erwiderte Elise.

»Er kann dich zu nichts zwingen«, fuhr Ferdinand fort.

»Ich ihn leider auch nicht.«

»Wie meinst du das? Ach ja, verstehe schon. Deine Leidenschaft zu Geld zu machen. Er ist dumm, wenn er das nicht einsieht.«

»Eher stur, aber das ist genauso schlimm, wenn nicht noch schlimmer. Und wenn ich ihm von dir erzähle … Er würde mich mit Schimpf und Schande davonjagen. Ich müsste weg von hier. Mittellos und vogelfrei.«

»Dann lass uns von hier weggehen.«

Elise musterte ihn. Er meinte es ernst. »Und wohin? Wovon sollen wir leben?«

Ein Lächeln löste sich in seinem Gesicht. Darauf konnte sich Elise keinen Reim machen.

»Etwa von Luft und Liebe?«, hakte sie nach.

»Ich hab nicht vor, für den Rest meines Lebens bei Weber auf dem Feld zu arbeiten.«

»Möchtest du stattdessen in die Lehre gehen? Etwa beim Schmied oder Zimmerer? Beim Steinmetz? Oder deine Zeichnungen verkaufen? Leute auf den Märkten porträtieren?« Elise wusste von Ferdinands Interesse an allem, was mit dem Handwerk und technischen Dingen zu tun hatte, und kannte einige seiner Zeichnungen, die Zeugnis von seinem Talent ablegten. Am liebsten malte er Maschinen und Bauwerke. Ferdi verstand sich aber auch auf Porträts und Landschaften. Doch was nützten ihm die gute Schulausbildung und all seine Talente, wenn es am Geld für ein Studium mangelte? Elise wusste zudem, dass er darunter litt, gesellschaftlich niederen

Standes zu sein, was es nahezu unmöglich machte, eines Tages als Architekt tätig zu werden – sein großer Traum. Gerade in diesem Feld schien eine Herkunft aus namhaftem Hause von besonderer Bedeutung zu sein, sei es Adel oder Geld.

Ferdinand ließ sich mit der Antwort beunruhigend lange Zeit. Elise hoffte, dass sie ihm nicht zu nahe getreten war und er ihre Worte am Ende in den falschen Hals bekommen hatte. Auf alle Fälle spukte etwas in seinem Kopf herum. So weit kannte sie ihren Ferdi.

»Nichts von alledem. François, einer von Webers Arbeitern aus dem Elsass, geht nach Paris. Sie suchen dort händeringend nach schwindelfreien kräftigen jungen Männern«, sagte er.

»Nach Paris?« Dieser Gedanke klang im ersten Moment so verrückt wie eine Reise auf den Mond. »Und wozu müssen die Männer schwindelfrei sein?«, fuhr sie fort. Dass er es war, das wusste sie. Schon am Tag, als sie sich kennengelernt hatten, war er mühelos auf einen hohen Baum geklettert, auf einem der Äste entlangbalanciert, um dann von oben in die Fluten des Sees zu springen.

»Sie bauen dort den höchsten Turm der Welt. Zugleich das modernste Gebäude. Noch nie da gewesene Architektur«, schwärmte er.

Für einen Moment wurde Elise flau im Magen. Dachte er am Ende darüber nach, ohne sie von hier wegzugehen?

»Elise. Ich geh nicht ohne dich.« Ferdinand hatte ihr die Sorge darüber, sich vielleicht trennen zu müssen, sicher angesehen.

Elise ließ sich diesen verrückten Gedanken durch den Kopf gehen. Sie waren beide des Französischen mächtig und sie wusste, dass Paris derzeit weltweit die erste Adresse für die hohe Kunst der Confiserie war.

»Ich würde meine Familie nie mehr wiedersehen«, sagte sie mehr zu sich, denn Elise war klar, dass ihr Vater dem nie zustimmen würde, von finanzieller Unterstützung ganz zu schweigen.

Ferdinand nickte nachdenklich.

»Zusammen oder gar nicht«, beteuerte er dann mit gefestigter Stimme.

Das rührte Elise so sehr, dass sie ihm zärtlich durchs Haar fuhr. Sie wünschte sich, dass er sie noch einmal küsste, doch stattdessen zog er sie nur ganz nah zu sich.

»Wir müssen ja nichts übereilen«, sagte er.

Damit hatte er im Prinzip zwar recht, doch war jetzt nicht der beste Zeitpunkt für einen Neuanfang?

»Paris … Eine eigene Confiserie in Paris«, sagte Elise in Gedanken.

»Im Moment ist mir mehr nach einer Bratwurst«, gab Ferdinand brottrocken zurück, stand auf und reichte ihr die Hand, um ihr aufzuhelfen. Damit riss er sie endgültig aus ihren Träumereien, doch Elise war dankbar dafür, denn solche Entscheidungen traf man nicht ad hoc, und schon gar nicht mit leerem Magen.

Amalie machte sich normalerweise ja nichts aus deftigeren Mahlzeiten, doch den ganzen Tag an einem Verkaufsstand zu stehen und das Geflecht aus Süßholzgeäst hin- und herzuhieven, strengte an und ließ ihren Magen mittlerweile ordentlich knurren. Sollte sie sich genau wie Elise auch etwas Gebratenes gönnen? Wie jedes Jahr hatten die Flechtarbeiten vor allem bis zur Mittagszeit, wenn die meisten Besucher zugegen waren, schließlich doch recht guten Absatz gefunden. Amalie erstaunte das, weil es morgens und vor allem an einer gänzlich neuen Örtlichkeit noch nicht danach ausgesehen hatte. Die paar Stück, die sie noch hatten, konnte Mutter auch allein verkaufen, zumal Elises Ware bereits ausverkauft und die Nachfrage nach den Talern denkbar gering war. Die Mahlzeit musste dennoch etwas warten, denn Vater war wieder zugegen, nachdem er sich stundenlang nicht hatte blicken lassen.

»Wie ihr seht, ist unser Süßholz nicht totzukriegen.« Vaters euphorischer Kommentar in Anbetracht der guten Verkäufe ließ darauf schließen, dass er erfreulicherweise wieder ganz der Alte war. Tatendrang und Stärke waren bei jedem seiner Worte mitgeschwungen. Schon als sie ihn von Weitem in Hermanns Begleitung hatte kommen sehen, war ihr aufgefallen, dass er wieder lächeln konnte. Seine schnellen Schritte, noch dazu bergauf, waren ein weiteres Indiz dafür gewesen, dass mit guten Nachrichten zu rechnen war.

»Konntest du etwa bei Otto etwas erreichen?« Mutter kam ihr mit der Frage zuvor.

»Altes Eisen rostet nicht, sagt man doch immer. Das trifft auf Otto voll und ganz zu.«

»Auf dich aber auch.« Mutters Kompliment ließ Vaters Brust schwellen.

»Nun sag schon … Bekommen wir einen Kredit?«, drängte Amalie.

»Er hat noch immer sehr gute Kontakte und sehr viel Einfluss in der Bank. Ein Wort von ihm und Furtenbach wird es nicht weit auf der Karriereleiter schaffen. Er hat uns sogar zur Jagd eingeladen. Morgen. Ich habe spontan zugesagt. So eine Gelegenheit darf man sich nicht entgehen lassen.«

»Schon morgen?«, fragte Mutter alles andere als begeistert nach.

Amalie wusste, dass sie die Jagd verabscheute, weil sie die Meinung vertrat, Tiere nicht zur Erbauung einer Jagdgesellschaft und somit sinnloserweise töten zu dürfen.

»Ihr werdet sehen. Alles wird gut«, tönte Vater und Hermann nickte. Was sonst.

»Na, wenn das so ist, dann kann ich mir ja nun endlich getrost auch eine Bratwurst einverleiben«, sagte Amalie.

»Ich komme mit.« Hermann besann sich anscheinend darauf, mit ihr vermählt zu sein und nicht nur mit der Firma ihres Vaters, wie es so oft den Anschein erweckte.

Ein weiterer Kunde erschien am Stand und zog eines der noch übrig gebliebenen Wurzelgebinde heraus. Es verstand sich von selbst, dass Vater ihn höchstpersönlich bediente.

»Macht fünfzig Pfennig«, sagte er dem bärtigen jungen Mann, der dem um die Hüfte gebundenen Banner nach zu urteilen ein Erlanger Student sein dürfte.

»Haben Sie noch von diesen leckeren Plätzchen? Meine Mutter hat davon geschwärmt«, fragte er Vater.

»Die sind ausverkauft«, klärte Mutter den jungen Mann auf. Sie warf Vater einen bedeutsamen Blick zu.

»Vielleicht einen Lakritztaler?«, bot Vater ihm stattdessen an.

Der junge Mann schüttelte den Kopf. Auch das kommentierte Mutter mit vielsagendem Blick.

Vater kassierte die Pfennige, die er abgezählt auf die Hand bekam, und verabschiedete die Kundschaft.

»Elise hat alles verkauft. So schnell konnten wir gar nicht schauen, waren die Plätzchen weg«, erklärte Mutter.

In Vater rumorte es sichtlich.

Hermann bot ihr den Arm an, um sie hinaufzugeleiten. Besser so, denn auf ein Streitgespräch zwischen ihren Eltern hatte Amalie keine Lust. Sie hängte sich ein, was den Aufstieg etwas weniger beschwerlich machte. Einer der Vorzüge eines Ehemannes, sagte sie sich und schmunzelte.

»Meinst du, es klappt wirklich? Mit Otto?«, wollte sie von Hermann wissen, während sie nach oben gingen.

»Dein Vater ist felsenfest davon überzeugt. Soviel ich weiß, ist Otto ihm was schuldig.«

Davon wusste Amalie bisher nichts. Anscheinend tauschte man so manches Geheimnis nur unter Männern aus.

»Mein Vater hat einem Bankier Geld geliehen?«

»Nein. Ottos Frau war magenkrank. Unser Lakritz hat ihre Beschwerden gelindert und nach ein paar Monaten war alles wieder in Ordnung«, erklärte Hermann.

Amalie hielt dies für möglich, glaubten doch auch Mediziner an die gesundheitsfördernde Wirkung. »Aber Furtenbach hat doch jetzt das Sagen. Kann Otto ihn denn einfach so übergehen?«, hakte sie nach.

»Natürlich nicht, aber er zieht im Hintergrund noch viele Fäden. Wenn Otto sich zuversichtlich zeigt, Furtenbach umzustimmen, dann wird das wohl auch so sein«, erklärte Hermann. »Ah, sieh mal. Wenn man vom Teufel spricht.« Hermann folgte ihrem Blick in Richtung des Marionettentheaters, vor dem sich Jung und Alt auf Holzbänken unter einer Linde versammelt hatten. Neben der gut zwei Meter großen Bühne bediente einer der Puppenspieler eine Drehorgel, aus der Musik erklang. Dort stand Furtenbach wie angewurzelt, was Amalie seltsam erschien, denn es waren gerade keine Puppen auf der Bühne. Die Musik überbrückte anscheinend die Akte des Stückes.

»Er scheint ja eine recht kindliche Natur zu haben«, amüsierte Hermann sich.

Dass Furtenbach ebenfalls auf dem Fest zugegen war, verwunderte Amalie nicht, sehr wohl aber, dass er plötzlich regelrecht zusammenzuckte und dann im Stechschritt die Anhöhe herunterlief. Hermann warf ihr daraufhin einen verwunderten Blick zu. Auf der Bühne war eine neue Marionette aufgetaucht. Es war ein von unsichtbaren Fäden geführtes menschliches Skelett. Die Drehorgel verstummte.

»Ich bin der Tod, der Menschenfresser. Ho, ho, ho!«, grölte die heisere Stimme des Puppenspielers aus seinem vorhangbehangenen Versteck hinter der Bühne.

»Hat ihm etwa Gevatter Tod Angst eingejagt?« Hermann feixte.

Der Hanswurst in buntem Puppengewand und mit Zipfelmütze erschien nun auf der Bühne und gab sich unbeeindruckt. Er tänzelte um das Gerippe herum und schon ertönte eine zweite, ebenso penetrante Stimme, nur viel höher.

»Iss Bratwürst, die schmecken besser. Ho, ho, ho«, kam es von hinter dem Vorhang.

Amalie musste unwillkürlich lachen. Dem Publikum erging es nicht anders, doch dann fror Amalies Lachen ein, denn sie entdeckte ihre Schwester im Publikum. Sie saß neben diesem Bauernburschen, der den Studenten auf beeindruckende Art und Weise Paroli geboten hatte. Das, für sich allein genommen, war ja noch kein Grund, die Fassung zu verlieren, doch sein Arm lag zweifelsohne um ihre Hüfte geschlungen.

Hermann folgte ihrem starren Blick und entdeckte Elise nun auch.

»Sieh mal einer an«, sagte er nur.

Amalie hoffte inständig, dass Vater nicht auf den Gedanken kam, sich ebenfalls vom nahe liegenden Stand Essbares zu holen. Es war eigentlich schon ein Stoßgebet, doch es wurde nicht erhört, wie sich herausstellte, nachdem Hermann »Ich denke, es droht Ungemach« von sich gegeben und in die Richtung gesehen hatte, aus der sie gekommen waren.

Furtenbach und Vater waren im Anmarsch, und das auch noch im Stechschritt.

Für einen Moment überlegte Amalie, Vater aufzuhalten, doch kam zugleich zu dem Schluss, dass dies keinen Sinn ergab, weil Furtenbach ihm ja bereits geschildert haben musste, was er gesehen hatte. So ließ sie Vater ungehindert direkt auf das Puppentheater zustürmen. Zu allem Unglück zog der Bursche Elise nun auch noch in einer äußerst vertrauten Geste näher zu sich heran.

»Liebe macht anscheinend blind«, sagte Hermann.

Anders ließ es sich wohl nicht erklären. Elise konnte nicht wissen, dass Vater zurückgekehrt war, doch sich in aller Öffentlichkeit, auch wenn vermeintlich vor Blicken im Halbschatten der Linde geschützt, in so einer Vertrautheit mit einem fremden Burschen zu zeigen, entsprach nicht dem Verhalten einer anständigen jungen Dame. Hatte Elise ihren Verstand verloren?

Warum blieb Vater genau wie Furtenbach nicht einfach stehen? Er hatte doch sicher schon genug gesehen. Legte er es etwa darauf an, Elise jetzt und hier zur Rede zu stellen? Ein Affront vor allen Leuten? Er ging unbeirrt weiter in Richtung der Bühne.

Auf der gab der Hanswurst dem Gevatter Tod die Rute. Vater hatte eine unsichtbare dabei. Und die schlug zu. Elise zuckte unter seinem Blick zusammen.

Vater blieb für einen Moment wie versteinert stehen, dann wandte er sich angewidert ab und stapfte wieder bergab in die Richtung, aus der er gekommen war. Hermann zuckte mitleidig die Achseln und Amalie blieb nichts weiter übrig, als erst einmal tief Luft zu holen.

Vaters Blick steckte Elise in den Knochen, denn mehr an Enttäuschung und Zorn konnte man aus den Augen eines Menschen kaum ablesen. Sie saß immer noch stocksteif da und war ganz zittrig vor Aufregung. Ferdinand hatte vorhin seinen Arm vor Schreck von ihrer Hüfte gelöst, dabei brauchte sie seinen Halt jetzt dringender denn je.

»Es tut mir leid. Ich weiß auch nicht, was in mich gefahren ist«, hatte Ferdinand ihr zu verstehen gegeben, doch seine Entschuldigung nahm Elise nicht an, weil es dafür überhaupt keinen Grund gab. Sie hatte seine Nähe über alle Maßen genossen, vor allem aber, sich unter Menschen als Paar geben zu können. Das Versteckspiel der letzten Monate war zwar prickelnd, aber zugleich auch zermürbend gewesen, weil Elise genau wusste, dass dies keine Lösung für die Ewigkeit war.

»Es war unbedacht. Ich dachte, dass uns inmitten der Menge niemand bemerkt«, fuhr er fort.

»Wir haben nichts Unrechtes getan«, bekräftigte sie mit inzwischen gefestigter Stimme und überlegte, wie absurd es war, wenn sich ein junger Mann dafür entschuldigen musste, seine Zuneigung in Form einer Umarmung zum Ausdruck zu bringen.

Es war nichts Obszönes oder gar Anstößiges daran. Was war das für eine Welt, in der man sich den Zorn des Vaters einhandelte, nur weil man nicht nach seiner Pfeife tanzte und keine Heuchlerin war, die aus blankem Geschäftsinteresse Sympathien vortäuschte, die ein Furtenbach von keiner redlichen Frau verdient hatte?

»Du bist mir nicht böse?«, fragte Ferdinand.

»Warum sollte ich?«

»Er wird dir die Leviten lesen«, sagte er. Dafür musste man wahrlich kein Hellseher sein.

»Und wenn schon. Über kurz oder lang hätte er sowieso davon erfahren, für wen mein Herz schlägt«, sagte sie.

Ferdinand nahm ihre Hand und hielt sie fest. Ihre Worte rührten ihn.

»Keine Briefe von Henriette mehr?«

Elise machte sich in dem Moment erst vollumfänglich klar, was dies für Konsequenzen nach sich zog, doch keine Gelegenheit schien geeigneter dafür zu sein. Sie stand sowieso an einem Wendepunkt in ihrem Leben. Sie schüttelte in Beantwortung seiner Frage den Kopf.

»Vielleicht sollte ich besser gehen. So wie er uns angesehen hat …«

Elise nickte seinen Vorschlag tief betrübt ab, denn sie konnte ja wohl kaum angesichts Vaters gegenwärtiger Gemütslage in

Ferdinands Begleitung zurück zum Stand gehen und sich, vor allem aber ihre Gefühle für Ferdinand erklären. Hier sitzen bleiben konnten sie auch nicht, weil sie, obwohl sie leise gesprochen hatten, die Zuschauer störten.

»Ich lass dir eine Nachricht zukommen«, versprach Elise ihm. Wie schwer fiel es ihr, sich von seiner Hand zu lösen. Elise war froh, dass Ferdinand ihr zuvorkam, aufstand und ihr ein aufmunterndes Lächeln schenkte, bevor er als Erster durch die bis auf den letzten Platz gefüllte Sitzreihe schritt.

Gestärkt von seiner Zuneigung und ihrem eigenen Entschluss, die Zeit des Umbruchs zu nutzen, um reinen Tisch zu machen, ging Elise auf kürzestem Weg bergab zurück zum Stand. Sollte Vater ihr doch ruhig Vorwürfe machen. Er hatte sich nun auch ihren Zorn eingehandelt, denn den weiteren Verlauf des Tages hatte sie sich anders vorgestellt. Vater war jedoch wie vom Erdboden verschluckt. Hermann ebenso. Dafür standen Mutter und Amalie bereits Spalier, als sie ihren Stand erreichte. Ein Blick in Mutters Augen genügte, um sich sicher sein zu können, dass sie nicht missgestimmt, sondern einfach nur neugierig war.

»Du machst vielleicht Sachen.« Mutter schmunzelte, insofern nahm Elise es nicht als Vorwurf.

»Vater ist außer sich und heimgefahren.« Amalies Feststellung klang schon eher danach.

»Etwa meinetwegen?«

»Er will alles für die morgige Jagd vorbereiten«, erklärte Mutter, was Elise zunächst erleichterte. Fast hatte sie den Eindruck, dass Amalie sich enttäuscht über Mutters unaufgeregte Reaktion zeigte. Den wahren Grund für Vaters überstürzte Abreise hätte sie wohl noch gern etwas länger breitgetreten, doch Elise durchkreuzte ihre Pläne.

»Er will auf die Jagd?«, fragte sie natürlich auch, weil sie sich darüber wunderte. Seit Jahren war er nicht mehr auf der Jagd gewesen. Hatte er etwa vor, sich mit dem Gewehr in der Hand abzulenken?

»Otto hat ihn eingeladen. Du weißt schon, unser alter Bankier …«

Daher wehte also der Wind.

»Mir hat er gesagt, dass er dich heute nicht mehr sehen will, um sich nicht noch mehr aufzuregen«, setzte Amalie nun doch nach.

»Aufregen … Du hast doch selbst gesagt, dass es ein intelligenter Bursche zu sein scheint«, sagte Mutter an Amalie gerichtet.

»Das ist er auch, Mutter. Herzensgut, gebildet und blitzgescheit«, bestätigte Elise.

»Und ein einfacher Bauer.« Amalie gab einfach keine Ruhe.

»Dein Vater war früher auch einer«, stellte Mutter fest, woraufhin Amalie sich mit einem missmutigen Laut wieder hinter ihren Stand trollte. Das lag sicher auch daran, dass sich Kundschaft näherte. Ein paar der Gebinde hatten sie ja noch.

»Wie heißt er?«, wollte Mutter wissen.

»Ferdinand.«

»Ein schöner Name«, kommentierte Mutter. Amalie spitzte ihre Ohren. Sie schien froh zu sein, dass einer der Süßholzinteressenten nur an einem der restlichen Kränze herumspielte und schließlich weiterzog. Sie könnte ja sonst etwas verpassen.

»Amalie hat mir von seinen Künsten im Umgang mit der Peitsche berichtet«, sagte Mutter amüsiert.

»Die anderen haben ihn aufgezogen. War es nicht so, Amalie?«

Was blieb ihrer Schwester anderes übrig, als dies zu bestätigen? Sie nickte sichtlich widerwillig.

»Und dann seid ihr euch zufällig beim Kasperltheater begegnet?« In Mutters Stimme lag unüberhörbarer Argwohn. Amalie tänzelte bereits zu ihnen.

Jetzt die Wahrheit auftischen? Eine bessere Gelegenheit würde sich Elise wohl nicht mehr bieten.

»Wir kennen uns schon seit über einem Jahr.« Endlich war es raus. Elise fühlte sich unendlich erleichtert.

Amalie schien aus allen Wolken zu fallen. Ihr Mund stand sperrangelweit offen. Mutter hingegen musterte sie nur überrascht.

»Und wo habt ihr euch kennengelernt?«

»Am Badesee.«

»Ihr habt euch also seither heimlich gesehen?« Nun war Amalie es, die sie befragte. Es fühlte sich an wie eine polizeiliche Ermittlung.

Elise nickte, jedoch nicht schuldbewusst.

»Arbeitet er bei uns in der Gegend?«, wollte Mutter wissen.

Elise zögerte, denn dass Ferdinand ausgerechnet für Vaters ungeliebten Konkurrenten arbeitete, kam ja noch erschwerend hinzu.

»Bei Weber«, gestand Elise dann doch.

Mutter seufzte. Amalie schlug die Hände über dem Kopf zusammen.

»Wenn Vater all das erfährt …«, fing Amalie an.

»Das muss er nicht«, gab Mutter ihr zu verstehen. »Und du hast dich in ihn verliebt?«

Elise nickte erneut. Mutter konnte man sowieso nichts vormachen.

»Verliebt. Was heißt das schon? Ein gutes Auskommen und einen verlässlichen Mann an seiner Seite zu haben. Um das geht es doch im Leben«, stellte Amalie fest.

»Deine Schwester hat damit nicht so ganz unrecht«, erwiderte Mutter. Amalie genoss Mutters Bemerkung sichtlich.

»Du darfst es Vater nicht übel nehmen. Er will nur das Beste für dich«, versuchte Mutter, ihr nahezubringen.

»Für die Firma«, stellte Elise fest.

»Damit hast du wohl auch recht«, räumte Mutter ein.

»Und was ist so schlecht daran? Wir sind doch schließlich eine Familie«, protestierte ihre Schwester.

»Hast du Hermann deshalb geheiratet?« Elises Frage klang nach einer Feststellung.

Amalie ließ sich mit der Antwort Zeit.

»Selbstverständlich war das einer der Gründe, denn ich denke nicht nur an mich.« Was dies im Umkehrschluss hieß, war Elise klar, doch da es keinen Grund gab, sich diesbezüglich zu rechtfertigen, nahm Elise sich vor, den Vorwurf ihrer Schwester unkommentiert zu lassen. Jemanden zu lieben, hatte zudem rein gar nichts mit Selbstsucht zu tun.

Amalies zornerfüllter Blick, voller Verachtung, sorgte dann aber doch dafür, dass Elise sich nicht mehr zurückhalten konnte.

»Und bist du glücklich? Ich wäre es nicht, wenn ich jemanden heiraten würde, nur, damit es der Firma gut geht«, rieb sie ihrer Schwester unter die Nase, weil es ihrer Meinung nach überfällig war.

»Du willst damit doch nicht etwa sagen …?«, echauffierte Amalie sich.

»Gar nichts hat sie gesagt«, ging Mutter dazwischen. »Wenn er ein anständiger Kerl ist, gebildet und fleißig, sehe ich keinen Grund, warum ihr meinen Segen nicht bekommen solltet«, fuhr sie an Elise gerichtet fort.

Elise hätte Mutter am liebsten auf der Stelle umarmt, ließ es aber sein, weil Amalie das in diesem Moment, so konsterniert und in sich gekehrt, wie sie gerade dastand, sicher nicht gern gesehen hätte.

Kapitel 5

Elise stellte mit dem ersten Sonnenstrahl, der durch das Fenster ihres Zimmers fiel und sie weckte, mit Erleichterung fest, dass sie wohl doch noch – und zwar aus purer Erschöpfung – eingeschlafen war. Bis sie am Vortag gemeinsam mit Amalie und Mutter alles eingepackt und mithilfe der fleißigen Arbeiter verstaut gehabt hatte, war es schon dunkel gewesen. Normalerweise blieben sie zur Walpurgisnacht sogar länger, um dem ausgelassenen Gelage zuzusehen oder selbst zu tanzen. Doch mit wem hätten sie das tun sollen? Ohne männliche Begleitung ging das ja schlecht. Das galt für Amalie, Mutter und sie gleichermaßen, und wie gern hätte Elise mit *ihm* getanzt. Der Gedanke an Ferdinand, ja allein die Vorstellung, wie er sie in seinen Armen über die Tanzfläche führte, ließ den Tag wider Erwarten gut beginnen, aber nur für einen kurzen Moment, denn was vor ihr lag, wenn sie aufstand und sich zum Frühstück begab, das wusste sie. Elise quälte sich trotzdem aus dem Bett. Dann sollte Vater eben über sie herfallen. Immerhin ersparte sie sich auf diese Weise sicher die Teilnahme an der Jagdgesellschaft. Elise rechnete sowieso fest damit, dass er sie bei dieser Gelegenheit nicht mehr dabeihaben wollte. Andernfalls hätte sie jemand aus der Familie geweckt, in der Regel Mutter, denn sie war morgens stets als Erste auf den Beinen. Elise machte sich daher nicht die Mühe, im Schrank nach Kleidung zu suchen, die für einen Ausritt geeignet war. Auch auf ein Korsett verzichtete sie, weil sie wohl niemandem unter die Augen treten musste, um einen guten Eindruck zu hinterlassen. Das geblümte hellblaue Kleid passte zwar nicht zu ihrer Stimmung, doch es war bequem und wäre nach einer morgendlichen Katzenwäsche schnell übergezogen. Während Elise aus dem am Vorabend bereitgestellten Krug Wasser in die Waschschüssel der Kommode goss, musste sie unwillkürlich an Mutters Segen denken. Elise kam nicht umhin, sich einzuräumen, dass ihre Mutter sich gestern offen auf ihre Seite geschlagen hatte, und diesmal sicher nicht nur, um die Eskalation eines Streits zwischen Geschwistern abzuwenden. Elise erklärte sich dies damit, dass Mutter sich einst ebenso in ihren Bäckergesellen verliebt hatte und selbst eine Vernunftehe eingegangen war. Mutter wusste sicherlich, was in ihr vorging. Und dennoch hatte sie auf Amalies Hochzeit Tränen vergossen, sicherlich eher, weil Hochzeiten etwas Besonderes waren, und weniger, weil sie ganz im Gegensatz zu Vater in Hermann den Traumschwiegersohn sah. Mutter war feinfühlig genug, um zu erkennen, dass Amalie Hermann aus den gleichen Gründen geehelicht hatte wie sie seinerzeit ihren Mann. Vermutlich nahm sie das hin, weil Amalie mehr nach Vater kam. Jedem sein Glück. Doch warum hatte sie Amalie dann gestern so angegiftet? Wer selbst glücklich war, der gönnte es doch auch anderen. Elise seufzte, seifte sich ein und wusch sich Oberkörper und das Gesicht. Das kühle Wasser erfrischte die Sinne. Ihre Gedanken kreisten aber immer noch um ihre Schwester, Vaters Liebling. Doch war sie selbst nicht auch Mutters Liebling? Elise trocknete sich ab und hielt dann für einen Moment inne. War das eigentlich schon immer so gewesen? Elise bejahte sich die Frage und führte diesen Umstand darauf zurück, dass sie und ihre Mutter sich in ihrer ganzen Wesensart einfach ähnlicher waren. Mutter war es ja auch gewesen, die sich für ihre gute Ausbildung eingesetzt hatte, obwohl ihr klar gewesen war, dass ihre Tochter nie unterrichten würde. Nun seit Kurzem auch noch über Mutters unerfüllte große Liebe wissend, wurde Elise vollends klar, weshalb sie sich sowohl Amalie als auch Vater gegenüber so klar gegen Furtenbach ausgesprochen hatte. Ein gewagter Gedanke gesellte sich noch mit hinzu. Sah Mutter in Amalie am Ende Vaters Abbild? War das der Grund, warum sie ihr nur das gleiche Maß an Aufmerksamkeit und Zuneigung schenkte wie ihm? So oft wie Amalie nach seiner Anerkennung heischte und sich auf seine Seite schlug, um ihm gefällig zu sein, wäre das kein Wunder. Auch diese Überlegungen passten in die Zeit des Umbruchs, stellte Elise fest, während sie in ihr Kleid schlüpfte.

Vom Gang her vernahm sie schnelle Schritte. Sie öffnete die Tür einen Spalt breit und lugte hinaus. Amalie eilte in ihrem Kleid, das sie für Ausritte bevorzugte, die Treppe hinunter. Dass sie beim Jagdausflug mit dabei sein würde, war angesichts der geschäftlichen Brisanz klar.

Im Gegensatz zu ihrer Schwester ließ Elise sich treppab Zeit. Ein Schritt wurde langsamer als der andere. Für einen Moment blieb sie stehen und lauschte ins Haus hinein. Sie vernahm mehrere Stimmen, auch die von Vater.

»Wo bleibst du denn?« Mutter kam gerade aus der Küche und trug eine Teekanne auf einem Tablett. Ihre Laune schien nicht getrübt zu sein. Elise gab sich daher einen Ruck, nahm die letzten Stufen in normaler Schrittgeschwindigkeit und folgte ihrer Mutter in den Wohnraum. Sofort hatte sie die Blicke ihrer Familie, die am Esstisch zusammensaß, auf sich lasten. Hermann wirkte neugierig. Amalie eher so, als könnte sie es kaum abwarten, dass ihre kleine Schwester eine Abreibung bekam. Vaters Miene war so eisig, dass Elise sogleich ein Schauder über den Rücken lief. Sie wünschte allen Anwesenden trotzdem einen guten Morgen.

»Mathilde hat Obstkuchen gebacken. Er schmeckt vorzüglich zum indischen Blumentee. Soll ich dir eine Tasse einschenken?« Mutter war sichtlich um Normalität bemüht.

»Nun. Hast du mir nichts zu sagen?«

Elise zuckte nicht einmal zusammen. Dass Vater gleich zum Punkt kam, kannte sie von ihm. Und das kam ihr gerade recht, weil sie es so schnell wie möglich hinter sich bringen wollte.

Elise nahm trotzdem erst auf dem von ihrer Mutter zugewiesenen Stuhl Platz und ließ sich von ihr Tee einschenken.

»Nun?«, drängte Vater, der demonstrativ sein Frühstücksbesteck zur Seite legte und sie ins Visier nahm.

»Vermutlich hat man dir bereits alles erzählt«, sagte Elise. Obgleich ihres »man« warf sie Amalie einen bezeichnenden Blick zu. Den Gesichtsausdruck ihrer Schwester kannte sie. Er war genauso wie bei vielen Gelegenheiten in ihrer Jugend, bei denen Vater ihr eine Standpauke gehalten hatte. Amalie und ihr Ego. Seitdem ihre Zensuren nicht für ein Studium gereicht hatten und sogar Vater ihr davon abgeraten hatte, war es so klein geworden, dass sie missliche Situationen ihrer Schwester regelrecht auskostete.

»Sich mit einem Bauern herumzutreiben. Furtenbach war außer sich. Du kannst dir ja vorstellen, was er jetzt herumerzählen wird«, sagte Vater und schnaubte.

»Der Bauer heißt Ferdinand und ist ein intelligenter und zielstrebiger junger Mann mit vielen Talenten«, stellte Elise mit ruhiger Stimme klar. Auch das hatte Vater ja wahrscheinlich bereits erzählt bekommen.

»Vor allem das Talent, gut situierte junge Damen um den Finger zu wickeln, scheint mir«, verhöhnte er sie.

Elise sagte nichts darauf.

»Joseph. Du kennst den jungen Mann doch gar nicht und was Furtenbach herumerzählt, darauf sollten wir nichts geben.«

»Fällst du mir jetzt etwa auch noch in den Rücken?«, fuhr er Mutter scharf an.

»Es ist doch wirklich nicht gänzlich auszuschließen, dass Vater recht hat«, mischte sich nun Amalie mit ein.

»Womit? Dass er hinter unserem Geld her ist? Welches Geld? Ich dachte, die Firma steht kurz vor dem Untergang. Was du sagst, Amalie, ergibt angesichts der mir vermittelten Ernsthaftigkeit der Situation keinen Sinn.«

Amalie verzog keine Miene, doch in ihr brodelte es, ahnte Elise. Ihr erging es angesichts dieser Heuchelei genauso. Ausgerechnet Amalie wagte es, so etwas zu sagen. Über Hermanns Herkunft aus einer einfachen Kaufmannsfamilie hatte sich seinerzeit auch niemand echauffiert.

»Hat Hermann denn nicht auch eine gute Partie gemacht?«, platzte es daher aus Elise heraus.

Vater schlug wutentbrannt mit der flachen Hand so laut auf den Tisch, dass das Geschirr wackelte und alle zusammenzuckten.

»Jetzt reicht es aber! Was erlaubst du dir?« Vater war weiß wie die Wand und bebte am ganzen Körper.

»Also, ich muss schon sagen … Das ist ein starkes Stück«, sagte Hermann und spielte den Beleidigten. Ausgerechnet er.

Elise bereute kein einziges ihrer Worte. Zu verlieren hatte sie sowieso nichts mehr.

Amalies Hand zitterte mittlerweile vor Erregung so stark, dass sie ihre Teetasse absetzen musste, um nichts zu verschütten.

»Ich möchte in Ruhe und Frieden frühstücken. Vermutlich sind wir alle etwas angespannt, weil gerade viel für uns auf dem Spiel steht«, versuchte Mutter zu vermitteln und warf jedem Anwesenden einen bedeutsamen Blick zu.

»Ein verzogenes Gör bist du. Undankbar. Hedonistisch. Denkst immer nur an dich«, warf Amalie ihr mit gebrochener Stimme unvermittelt vor. Es kam Elise so vor, als hätte sie nur auf einen passenden Moment gewartet, um ihr das entgegenzuschleudern. Amalies Vorwürfe bestätigten, dass Elise ihre Schwester richtig einschätzte.

Nicht nur Elise sah sie fassungslos an, als sie urplötzlich aufstand und aus dem Salon eilte.

»Amalie!«, rief Hermann ihr nach. Ein Mann, der seine Frau liebte, würde ihr hinterhereilen. Es war bezeichnend für Hermann, dass er sitzen blieb. Eine unheilvolle Stille breitete sich daraufhin aus.

»Ich werde dir alle finanziellen Zuwendungen ab sofort entziehen«, sagte Vater nach einer gefühlten Ewigkeit.

Mutter seufzte und schlug die Hände vors Gesicht. Sie litt sichtlich.

Elise ließ Vaters Sanktion unbeantwortet.

»Joseph, ich bitte dich …«, fing Mutter an.

»Auf wessen Seite stehst du eigentlich? Der Kerl arbeitet auch noch für Weber«, fuhr er Mutter an.

Damit war klar, dass Amalie ihm auch dieses Detail erzählt haben musste.

»Auf der Seite meiner Familie. Dazu gehören Elise genau wie du und Amalie.«

Vater schien dies unbeeindruckt zu lassen.

»Und wenn du diesen Kerl noch einmal siehst, um noch mehr Schande über uns zu bringen … Ich sorge dafür, dass er seine Stelle verliert. Dessen kannst du dir sicher sein.«

»Joseph!«, schritt Mutter ein.

Erneut herrschte betretenes Schweigen. Elise hatte Vater noch nie so aufgebracht erlebt. Unverhohlen drohte er ihr, das Leben eines anderen Menschen zu ruinieren, der nichts weiter verbrochen hatte, als ihr sein Herz zu schenken.

»Was ist nur aus dir geworden, Vater?«, hielt Elise ihm vor.

Mutter schienen diese Worte mehr zu treffen als ihn. Er sagte nichts zu seiner Rechtfertigung. Daher stand Elise auf und verließ den Salon. Sein Verhalten bestätigte einmal mehr, dass es richtig gewesen war, ihm die Stirn zu bieten. Sie konnte zwar verstehen, dass seine Nerven geschäftsbedingt im Moment blank lagen, doch seine Haltung in Sachen Ferdinand hatte nichts damit zu tun. Es war eine Frage des Charakters. Während sie die Treppe nach oben ging, fiel ihr ein, was Amalie ihr einmal gesagt hatte. Dankbar solle sie sein, weil er ihre Studien finanzierte. Ein Pakt mit dem Teufel also? Nichts anderes war es doch, wenn er nun ihre Seele einforderte und sie sich an der Seite eines Mannes wie Furtenbach wünschte, anstatt sich um ihr Wohl zu sorgen, wie es jeder liebende Vater tun würde. Mutter tat es. Wie hielt sie es nur an seiner Seite aus? Wie groß musste ihr Herz sein, ihn all die Jahre ertragen zu haben? Sie begleitete ihn sogar zur Jagd, obwohl ihr das zuwider war.

Als Elise den Spiegel der Kommode im ersten Stockwerk erreichte, blieb sie für einen Augenblick stehen, um sich darin selbst zu betrachten. War die Frau, die sie vor sich sah, eine Hedonistin? Hatten das Studium und das Leben mit so vielen Freiheiten sie etwa dazu gemacht? Selbst wenn es so wäre, beschloss Elise in diesem Moment, nicht Vaters Stimme, sondern der ihres Herzens zu folgen. Weil dies der einzige Weg war, um ein Leben, wie Mutter und Amalie es offenkundig führten, zu vermeiden.

Amalie sah in der Jagd einen höchstwillkommenen Anlass, um auf andere Gedanken zu kommen. Elises Vorwürfe waren ihr so nahegegangen, dass sie sich erst einmal auf ihr Zimmer hatte zurückziehen müssen, um sich einigermaßen zu beruhigen. Was erlaubte sich ihre Schwester eigentlich? Elise war es doch, die auf alles, was sich für eine anständige Frau gehörte, spuckte und sogar noch die Firma, die sie nährte, mit Füßen trat. Sie war es Vater schuldig, seinen Ruf nicht zu beschmutzen. Amalie erschien es verachtenswert, sich von der Wollust getrieben an einen Bauernburschen zu werfen. War es nicht eine Todsünde, sich den Begierden des Fleisches hinzugeben, ihnen nicht sofort Einhalt zu gebieten? Eine jede Christenfrau hatte dies zu beachten, um Erfüllung in ihrem Leben zu finden, sich auf ihre Pflichten und erfreulichen Aufgaben in geregelten Verhältnissen im Hafen einer Ehe zu besinnen. Amalie hoffte, dass Elise nicht eines schönen Tages so tief fiel, dass sie gar als Dirne endete. Wie konnte jemand einerseits so gebildet und andererseits so naiv sein, das eigene Schicksal von einer Liebelei, weiter war es doch nichts, bestimmen zu lassen? All diese Gedanken verfolgten sie während des Ritts, der sie gottlob im bequemen Damensattel querfeldein zum nahe gelegenen Wald führte. Die frische Luft und die Harmonie der Natur, die sich an ihr vorbei an blühenden Wiesen darbot, wirkten wie Balsam auf ihre Seele. Die Distanz zu Elise tat ihr gut. Amalie musste sich eingestehen, dass ihre Schwester ihr bereits wie ein Stachel vorkam, der sich in sie bohrte und mit seinem Gift gelegentlich für Verwirrung und Verunsicherung sorgte, obwohl es für beides doch nüchtern betrachtet überhaupt keinen Grund gab. Dass Mutter, die wortkarg das erste Stück neben ihr hergeritten war, Elise den Rücken stärkte, sah sie ihr nach. Es lag nun einmal in der Natur einer Mutter, ihre Kinder zu lieben, auch wenn sie sich offenkundig auf Abwegen befanden. Was hatte man mit Elise nur in den letzten Jahren auf dieser Schule gemacht? Es musste der schlechte Einfluss ihrer Freundinnen gewesen sein, die, soviel Amalie wusste, ebenfalls meinten, sie müssten sich gegen alle gesellschaftlichen Konventionen stemmen. Einige verließen ja sogar die Heimat, als ob sie Wandergesellen wären.

Der Weg durch das Feld wurde steiniger. Amalie zügelte ihr Pferd, drehte sich nach ihrer Mutter um und rief nach ihr. Es war sicher besser, wenn sie in schwierigerem Gelände wieder nebeneinander ritten. Die Höflichkeit hatte es geboten, Ottos Gattin, Emma, zumindest auf einem Teil der Strecke

Gesellschaft zu leisten. Die Frauen ritten für gewöhnlich den Männern mit ihren Hunden in gehörigem Abstand hinterher, vermutlich auch, weil keine Frau so rechte Lust hatte, sich am Jägerlatein zu beteiligen. Mutter löste sich endlich von den beiden. Sie schien erleichtert darüber zu sein, dass Emma sich wieder mit ihrer Zofe unterhielt, einer jungen Frau etwa in Elises Alter, die auf ihre Herrschaft achtgab.

»Immer wenn ich Otto und Emma treffe, plagen mich gemischte Gefühle«, sagte Mutter unvermittelt, nachdem sie wieder zu ihr aufgeschlossen hatte.

»Ich dachte, du freust dich, sie zu sehen«, hakte Amalie nach.

»Die beiden erinnern mich an früher, als die Welt noch in Ordnung war. Wir konnten uns rauschende Empfänge leisten. Sogar der Adel ging bei uns ein und aus. Emma und Otto waren immer dabei gewesen. Und jetzt? Wir jagen Wildschweine, damit wir finanziell überleben«, sagte Mutter gerade so laut, dass es Emma und ihre Zofe, die inzwischen näher gekommen waren, nicht hören konnten.

»Es wird wieder bessere Zeiten geben. Da bin ich mir ganz sicher.«

»Die Zeit ist so schnelllebig geworden. Ich sehne mich nach der Ruhe von damals«, sagte Mutter.

»Alles verändert sich um uns herum. So viele Erfindungen. Die Elektrizität, Straßenbahnen, Eisenbahnen. Da wird einem ganz schummrig, aber das kann auch von Vorteil für uns sein. Denk an die Handelswege für unsere Waren.«

Mutter nickte einsichtig, wirkte dennoch resigniert. Normalerweise saß sie in ihrem Damensattel kerzengerade. Heute jedoch nicht, was angesichts der morgendlichen Verstimmungen auch kein Wunder war.

»Hoffentlich jagen sie nicht wieder einer Rotte nach«, merkte Mutter an, als sie den Männern auf einen lehmigen Weg mitten durch die Blumenwiese folgten, der direkt hinein in den Wald führte.

»Vater meinte, dass sie auf Keiler aus sind«, versuchte Amalie, ihre Mutter aufzumuntern, weil sie wusste, wie zuwider ihr die Jagd war. Den Männern schien sie ja größtes Vergnügen zu bereiten, auch Hermann, der ganz vorne stets in Vaters Nähe ritt und immer wieder lachte. Vermutlich über Vaters oder Ottos Jagdgeschichten.

»Das letzte Mal haben sie eine trächtige Bache erlegt. Sie war hilflos in ihrem Zustand. Sie konnte nicht einmal wegrennen«, erinnerte Mutter sich.

»Vielleicht aus Versehen?« Amalie hoffte es zumindest, weil allein die Vorstellung ihr Unbehagen bereitete.

»Das sind erfahrene Jäger. Wenn eine Rotte in der Nähe ist, dann stößt man auf keinen Keiler. Die älteren werden aus der Rotte ausgeschlossen. Gottlob sind die Tiere im Moment nicht in der Rauschzeit«, sagte Mutter.

Mutters Wunsch, alles möglichst schnell hinter sich zu bringen, schien in Erfüllung zu gehen, denn die Saufinder, mittelgroße wendige Hunde mit feinen langen Schnauzen, schlugen an. Otto hatte darüber hinaus noch fünf Saupacker dabei, hochgewachsene kräftige englische Doggen mit großen Lederhalsbändern und Panzerhemden, um sie vor den Hauern angreifender Wildschweine zu schützen. Er züchtete sie aber nicht nur für die Jagd, sondern auch, um Diebesgesindel von seinem Anwesen fernzuhalten. Der Anzahl der Hunde nach zu urteilen, rechnete Otto wohl mit fetter Beute. Amalie erinnerte sich an Vaters Ausspruch, als sie sich heute Morgen bei Otto eingefunden hatten: »Zwei Pfund Hund auf ein Pfund Sau.« So gesehen, waren sie wirklich gut gewappnet.

Anscheinend hatten die Hunde bereits die Witterung aufgenommen, denn die Männer gaben den Pferden die Sporen, um der bellenden Hundemeute, die in den Wald stürmte, zu folgen. Was blieb der Gefolgschaft anderes übrig, als ebenfalls schneller zu reiten? Schon verschwanden die Reiter vor ihnen im Wald, aus dem lautes Hundegebell drang.

Amalie fürchtete sich am meisten vor dem Schuss, der immer unvermittelt kam und sowohl sie selbst als auch die Pferde erschreckte. Als sie den Wald erreichten, gesellte sich zum Hundegebell noch das Geräusch von brechendem Unterholz. Die Hunde mussten die Wildschweine bereits durch den Wald jagen. Amalie hoffte, dass die Männer nun nicht querfeldein ritten. Sicherheitshalber verlangsamte sie ihr Pferd, denn immer wieder mussten sie Ästen ausweichen. Der ausladende Arm einer Buche streifte ihr Haar. Es war keine Eile geboten, denn man konnte den Jägern nach Gehör folgen und sich zudem an den Hufabdrücken der Pferde im weichen Waldboden orientieren.

Anscheinend trieben die Hunde ihre Beute auf eine Lichtung zu. Darauf waren sie abgerichtet. Die Tiere quer durch den Wald zu hetzen und sie einzukreisen, sodass nur noch der Weg zu offenerem Gelände blieb.

Ein lauter schmerzerfüllter Aufschrei gellte durch den Wald, dann vernahm Amalie ein Winseln. Zweifelsohne kam der Laut von einem der Hunde, der Bekanntschaft mit den Hauern eines Keilers gemacht hatte. Die Tiere taten Amalie leid. Die Jäger und die Gejagten. Was in den Köpfen der Männer vorging, die sich an der Jagd ergötzten, war Amalie ein Rätsel. Ihre begeisterten Rufe hallten durch den Wald. Es waren fast schon tierische Laute. Anscheinend steckte in jedem Mann ein Wolf, vor dem man sich auch als Frau in Acht nehmen musste. Amalie kam nicht mehr dazu, diesen Gedanken weiterzuverfolgen, denn vor ihnen lag die Lichtung, wo sich die Männer auf ihren Pferden versammelt hatten. Das Unterholz brach dort auf. Ein Keiler schoss daraus hervor, gefolgt von zwei Doggen.

Eine dritte schnitt dem Keiler den Weg ab. Er versuchte, einen Haken zu schlagen, doch dort standen die Pferde, auf denen die Männer mit ihren Gewehren bereits darauf lauerten, den Keiler zu erlegen. Die kleineren Hunde umzingelten das Tier von der anderen Seite.

Amalie zog sofort an den Zügeln, um ihr Pferd zum Stehen zu bringen. Mutter tat es ihr gleich, genau wie Ottos Frau und ihre Begleitung.

Der Keiler wusste anscheinend nicht mehr ein noch aus. Die Hunde kreisten ihn weiter ein. Die größere der beiden Doggen verbiss sich in der Flanke des Tieres, doch es gelang dem kräftig gebauten Keiler, den Hund abzuschütteln. Schon waren die anderen beiden Sauhunde zur Stelle und bissen zu. Der Keiler ging daraufhin geschwächt zu Boden. Vater und Otto stiegen als Erstes ab, das Gewehr im Anschlag. Der Schuss peitschte durch den Wald. Amalie war heilfroh, dass die Pferde nicht durchgingen und auch Mutter ihr Pferd unter Kontrolle hatte. Es tänzelte jedoch nervös auf der Stelle.

»Ruhig, ruhig«, redete sie ihrem Pferd gut zu und tätschelte dabei seinen Hals.

Zu Amalies Entsetzen lebte der Keiler noch. Nun war es Hermann, der Otto die Saufeder reichte. Er ergriff sie und stieß mit dieser Flügellanze in den Hals des Tieres. Mit einem letzten urtümlichen Aufschrei ergab der Keiler sich seinem Schicksal und starb.

Amalie konnte aus den Augenwinkeln sehen, dass Mutter sich abgewandt hatte.

Die Hunde wurden plötzlich unruhig, schlugen erneut an und ohne, dass jemand ihnen ein Kommando erteilt hätte, liefen sie in das Unterholz.

»Da ist noch einer«, rief Otto im Jagdfieber und lauschte in den Wald.

Die Doggen folgten den Spürhunden.

Amalie wurde angst und bang, denn die Geräusche von brechendem Unterholz kamen näher und genau auf sie zu.

»Verschwindet!«, rief Vater ihnen zu, doch dafür war es bereits zu spät, denn das Geäst des Waldes spuckte einen kräftig gebauten jungen Keiler aus, der genau auf Mutters Pferd zulief. Der Pfad, auf dem sie standen, war zu schmal, um auszuweichen. Alles ging so schnell.

Der Keiler schoss direkt auf Mutters Pferd zu und streifte es mit seinen Hauern an den Beinen.

Mutter schrie auf, denn ihr Pferd war für einen Moment am rechten Vorderlauf eingeknickt – und als dann auch noch die lautstark bellende Hundemeute aus dem Wald schoss, stieg es in die Höhe. Es war ein Wunder, dass Mutter sich überhaupt noch im Sattel halten konnte.

Dann rannte Mutters Pferd in Panik los. Amalie hatte noch versucht, dessen Zügel zu erreichen, jedoch ohne Erfolg.

Der Keiler verschwand im Unterholz auf der anderen Seite des Waldes. Die Hunde folgten ihm, doch Mutters Pferd galoppierte auf die Lichtung zu. Amalie gab ihrem Pferd die Sporen, um zu ihr aufzuschließen.

Die Männer stellten sich Mutter in den Weg, als ihr Pferd die Lichtung erreichte. Sie gestikulierten wild und schrien »Hoh, hoh«, um es aufzuhalten. Es half alles nichts. Sie mussten zur Seite springen, andernfalls hätte Mutters Pferd sie umgerannt.

Amalie ritt so schnell sie konnte. Aus den Augenwinkeln bekam sie gerade noch mit, dass die Männer nebst Gefolge ebenfalls ihre Pferde bestiegen.

»Was soll ich nur tun?«, schrie Mutter verzweifelt. Ihr Pferd reagierte trotz der Hebelwirkung der Kandare nicht mehr auf die Zügel. Es verriss nur den Kopf, wieherte und schnaubte.

»Zieh an nur einem Zügel, so fest du kannst. Mit beiden Händen«, rief sie Mutter zu. Es gab nur noch die Möglichkeit einer Volte, sodass sich ihr Pferd um die eigene Achse drehte. Vielleicht reagierte es ja auf dieses Kommando, und zwar rechtzeitig, bevor sie die Lichtung hinter sich gelassen hatten, denn später durfte das Pferd nicht mehr ausscheren. Es würde sonst unweigerlich abseits des Weges tief in den Wald hinein galoppieren, dessen tückisches Geäst Mutter aus dem Sattel stoßen könnte.

Mutter tat wie geheißen, ließ einen Zügel los und griff nun mit beiden Händen zum anderen, doch sie zog zu zaghaft, teils, weil sie sichtlich entkräftet war, teils, weil sie im Damensattel selbst um Halt rang. Hoffentlich stieg das Pferd nicht erneut.

»So fest du kannst. Jetzt!«, rief sie ihrer Mutter kurz vor dem Ende der Lichtung zu, auch wenn sie wusste, dass dies leichter gesagt als getan war. Der Wald mit seinem unberechenbaren Geäst lag nur noch wenige Meter vor ihr.

Der Versuch misslang. Mutters Pferd wurde zwar etwas langsamer, lief aber immer noch viel zu schnell in den Wald hinein. Der Pfad auf der anderen Seite der Lichtung verengte sich. Mutter ritt nun auch noch viel zu nahe am Waldrand.

»Halt durch!« Vaters Stimme hallte durch den Wald.

Mutter drehte sich für einen Moment um. Dann schlug ein dicker Ast gegen ihren Kopf. Sie stürzte mit einem dumpfen Schlag vom Sattel, überschlug sich im Fall und fiel gegen das Wurzelwerk eines Baumstammes, wo sie reglos liegen blieb. Ihr Pferd galoppierte weiter. Amalie brachte ihres zum Stehen, sprang herunter und lief zu ihr. Ihr Herz blieb fast stehen, als sie das schmale Rinnsal Blut aus den Mundwinkeln ihrer Mutter sickern sah.

»Mutter. Bitte. Mutter …«, schluchzte sie, griff verzweifelt nach ihrer Hand, doch sie zeigte keine Regung mehr.

»Wach auf, Mutter! Bitte.« Auch wenn Amalie wusste, dass sie tot war, sprudelten diese Worte immer wieder wie ein Gebet aus ihr heraus. Es konnte einfach nicht sein. Hätte sie ihr nur nicht gesagt, an nur einem Zügel zu ziehen. Wie konnte sie nur, warf sie sich vor.

Vater stieg ab und erreichte die Unglücksstelle schleppenden Schrittes.

»Sie ist tot«, wimmerte Amalie, bevor ihr die Tränen über die Wangen liefen.

Kurz bevor er sie erreichte, fiel er auf die Knie. Er war kreidebleich, wandte seinen Blick gen Himmel und schrie: »Nein!«

Dann sackte er schluchzend in sich zusammen. Hermann war sofort zur Stelle, um ihn aufzurichten, doch Vater stieß ihn von sich. Er streckte seine Hand nach der ihrer Mutter.

»Minna«, wimmerte er und legte sein Haupt auf ihre leblose Hand.

Hermann stand zunächst etwas ratlos da, gab den Männern dann aber zu verstehen, dass sie sich zurückziehen sollten.

»Sie wollte nicht mit auf die Jagd«, platzte es aus Amalie heraus. Im gleichen Moment machte sie sich starr vor Entsetzen die Bedeutung ihrer Worte klar. Sie hatte eben Vater indirekt die Schuld an ihrem Tod gegeben. Hatte sie es gesagt, um sich die eigene Schuld nicht einzugestehen? Sie hatte ihre Mutter doch dazu aufgefordert, das Pferd mit dem Versuch einer Volte zum Stehen zu bringen. Es war richtig. So hatten sie es doch auch beim Reitunterricht gelernt. Man tat das doch, wenn ein Zug an den Zügeln trotz Kandare nicht mehr half, sagte sie sich.

Vater starrte sie an, wirkte hilflos und beinahe so leblos wie Mutter.

»Es war ein Unfall. Ein tragischer Unfall«, versicherte sie ihm sogleich. Das war es doch auch, versuchte Amalie, sich selbst einzureden. Einen kühlen Kopf musste man jetzt bewahren, doch der Schmerz über den Verlust ihrer Mutter fraß sich immer tiefer in ihr Herz.

Normalerweise war Elise nicht der Typ Mensch, der gern alleine war. Sie liebte die Geselligkeit und hatte sich in den letzten Jahren während ihrer Ausbildung daran gewöhnt. Die vielen

Themen, die sie interessierten und mit denen sie sich hatte in Gesprächen insbesondere mit ihren Freundinnen beschäftigen können, seien sie gesellschaftlicher oder sonstiger Natur, waren ein nicht versiegen wollender Quell der Inspiration gewesen. Man fühlte sich lebendig und mitten im Leben. Nun war es genau umgekehrt. Es kam ihr so vor, als wäre sie in einem Käfig eingesperrt, und es war ja noch nicht einmal ein goldener. Fernab vom Trubel Bambergs fortan hier dahinzusiechen und sich nicht sinnvoll in die Firma miteinbringen zu können, war angesichts der Verlockungen, die ein Leben in Paris bot, schier unvorstellbar. Dennoch genoss sie ausnahmsweise die Zeit allein auf ihrem Zimmer und war heilfroh, dass ihr wenigstens die Jagd erspart geblieben war. Gleich nachdem ihre Familie sich auf den Weg zu Otto gemacht hatte, war ihr die Idee gekommen, Ferdinand einen Brief zu schreiben, um ihm von den jüngsten Vorkommnissen und vor allem von Vaters Reaktion zu berichten, doch was sollte das bringen? Die hatte er ja bereits auf dem Fest mitbekommen. So einen Brief zu schreiben, hätte aber auch dem Zweck gedient, sich selbst Klarheit darüber zu verschaffen, wie es in ihrem Leben weitergehen sollte. Wirklich mit Ferdinand nach Paris gehen? Wie lange würden ihre Ersparnisse reichen? Elterliche und großelterliche finanzielle Zuwendungen zu Geburtstagen und zu Weihnachten und etwas Geld für Ausflüge mit dem Seminar, das übrig geblieben war. Ein paar Scheine und Münzen. Mehr steckte nicht in ihrem Sparstrumpf, doch über die Jahre durften trotzdem um die zweihundert Mark zusammengekommen sein. War es angesichts dieser eher bescheidenen Summe nicht klüger, ihr Vorhaben zu verschieben? Vielleicht besann sich Vater und gab ihr ja doch eines schönen Tages die Möglichkeit, sich hier in der Confiserie auszuprobieren. Doch kaum war dieser Gedanke als vage Möglichkeit zu Ende gedacht, musste sich Elise eingestehen, dass auch dies nichts an der aktuellen Misere ändern würde. Bis an ihr Lebensende in Bamberg zu bleiben und Ferdinand in Paris zu wissen, kam nicht infrage. Elise hielt es mit sich und ihren Gedanken auf ihrem Zimmer nicht mehr aus, schob das Briefpapier endgültig zur Seite und beschloss, Mathilde in der Küche Gesellschaft zu leisten. Um die Mittagszeit war sie normalerweise damit beschäftigt, eine Mahlzeit vorzubereiten. Die fiel heute natürlich bescheidener aus, weil alle ausgeflogen waren. Der Duft von Hühnersuppe zog ihr schon im Treppenhaus in die Nase.

»Du kommst zur rechten Zeit. Die Suppe ist gerade fertig geworden«, sagte Mathilde, nachdem sie sie erspäht hatte. Sie stand am Herd und streute frische Kräuter in den Suppentopf.

Elise setzte sich an den bereits mit zwei Tellern gedeckten Tisch. Wahrscheinlich hätte Mathilde sowieso jeden Moment nach ihr gerufen.

»Damit du wieder zu Kräften kommst«, sagte Mathilde, die sicherlich den Disput vom Vortag mitbekommen hatte. Mutmaßlich von Mutter. Die beiden waren wie zwei gute Freundinnen, die sich, soviel Elise wusste, so gut wie alles erzählten.

»Wirst sehen. Dein Vater wird sich wieder beruhigen und einlenken. Er ist ja kein schlechter Mensch«, fuhr Mathilde fort.

Elise ließ dies unkommentiert und freute sich auf die Suppe, die Mathilde auf ihren Teller schöpfte.

»Du bist schon so lange hier. Hast du nie mit dem Gedanken gespielt, von hier wegzugehen?«, fragte Elise.

Mathilde lachte auf. »Du stellst vielleicht Fragen. Warum sollte ich denn von hier weggehen? Ich habe hier mein Auskommen und deine Familie war immer gut zu mir. Besser kann man es doch gar nicht haben«, sagte sie so überzeugend, dass Elise ihre eigene Umtriebigkeit und Unzufriedenheit infrage stellte. Hatte Amalie am Ende recht? War sie ein verzogenes Gör, das nur an das Vergnügen im Leben dachte?

»Ihr jungen Leute … Ihr habt weder Krieg noch Cholera miterlebt. Früher … Es waren harte Zeiten. Man konnte froh sein, wenn man etwas zu essen und ein Dach über dem Kopf hatte«, sagte Mathilde und setzte sich zu ihr an den Küchentisch.

»Vater und Mutter haben mir davon erzählt«, erwiderte Elise. Ein schlechtes Gewissen wollte sich dennoch nicht einstellen. Nur weil das Leben früher schwer war, musste es heutzutage doch nicht zwangsläufig genauso sein. Mathilde würde es vermutlich nicht nachvollziehen können, dass sie mehr aus ihrem Leben machen wollte, Träume hatte und am allerwenigsten, dass sie am liebsten von hier fortgehen würde, um in einer fremden Stadt eine Confiserie zu betreiben. Elise aß daher schweigend ihre Suppe.

Von draußen waren plötzlich Hufschläge und das Geräusch einer sich nähernden Kutsche zu hören. Mathilde saß direkt am Fenster und blickte hinaus.

»Sie sind ja schon wieder zurück«, wunderte sie sich, ließ von ihrer Suppe ab und stand auf, um besser auf die Zufahrt sehen zu können.

Elise empfand es auch als ungewöhnlich, denn normalerweise dauerte eine solche Jagd doch bis zum Abend. Was sie aber viel mehr irritierte, war Mathildes Miene. Gleich noch mehr Falten hatten sich auf ihre Stirn gelegt.

»Minna … Die Kutsche …«, stammelte sie.

Elise ergriff ein ungutes Gefühl, das sie sich zunächst überhaupt nicht erklären konnte. Sie legte den Löffel nun auch beiseite, stand auf und gesellte sich zu Mathilde. Sie sah nur Hermann und Vater auf einer Kutsche sitzen, die nicht ihre war. Zwei ihrer Pferde zogen sie und das Pferd, mit dem sie Mutter heute Morgen von ihrem Fenster aus hatte losreiten sehen, lief angeleint hinterher. Wo war Mutter?

Vater stieg ab und suchte Halt. Er konnte sich kaum auf den Beinen halten. Amalie stieg nach ihm auf seiner Seite aus und stützte ihn. Hermann saß wie versteinert auf dem Kutschbock und schlug die Hände vors Gesicht. Es musste etwas Schreckliches passiert sein.

Elise eilte sofort hinaus und schon nach wenigen Metern bemerkte sie, dass auf der Ladefläche etwas im Leinentuch für erlegte Beute lag.

»Elise. Mutter …« Mehr brachte Amalie mit gebrochener Stimme nicht heraus.

Elise blieb abrupt stehen. Sie war unfähig, auch nur noch einen einzigen weiteren Schritt zu gehen. Mutter tot?

»Ein Unfall. Elise. Es war ein tragischer Unfall«, flüsterte Vater. Er hielt sich wie ein Ertrinkender am Gestell der Lastkutsche fest. Amalies Arm stützte ihn.

»Was ist passiert?«, fragte Elise.

»Ihr Pferd … es scheute und …« Tränen liefen Amalie über die Wangen.

Elise wollte gar nichts mehr weiter hören. Sie sah nur noch den leblosen Körper auf der Ladefläche und schleppte sich schweren Schrittes zum Leichnam ihrer Mutter. Tränen schossen ihr in die Augen. »Warum bist du nur mitgefahren?«, hätte sie ihr am liebsten zugerufen. Mutters Arm zeichnete sich unter dem Tuch ab. Elise legte ihre Hand darauf und ertastete die kalte Hand ihrer Mutter, die sie dann umschloss.

Amalie gesellte sich wortlos zu ihr.

»Sie wollte doch gar nicht mitfahren«, wimmerte Elise.

Amalie sagte nichts darauf. Vater und Hermann näherten sich, doch nur ein Blick von Elise genügte, um sie zu Stein erstarren zu lassen.

»Sie wollte nicht mit auf die Jagd gehen«, warf Elise ihnen erneut vor und sah Vater dabei direkt in die Augen. Er wandte seinen Blick vor Scham ab.

»Mutter wird davon nicht wieder lebendig«, wisperte Amalie.

Elise ignorierte Amalies nichtssagendes Geschwätz. Blanker Zorn fuhr in ihr Herz. Das hatte Mutter nun davon, dass sie sich für diese Firma aufgeopfert hatte und für Vater.

»Sie wollte nicht mit auf die Jagd gehen«, wiederholte Elise mit kalter Stimme und so scharf wie ein Henkersschwert.

Vater reagierte nicht.

Elise ließ die leblose Hand ihrer Mutter los und wischte sich die Augen trocken. »Sieh mich an!«, verlangte sie von ihrem Vater.

Er tat es nicht.

»Ein Unfall. So glaub uns doch«, sagte Hermann.

»Elise«, beschwor ihre Schwester sie.

Vater reagierte immer noch nicht.

»Du hast nicht einmal mehr den Mut, mir ins Gesicht zu sehen?«, fuhr Elise ihren Vater an.

Er tat es dann doch. Elise erschrak, wie kalt und ausdruckslos sein Blick geworden war. Fast schien es, als ob mit Mutters Tod der letzte Funken Herzlichkeit und Mitgefühl aus ihm entwichen war. Es waren die Augen eines Toten.

»Sie hasste die Jagd. Ihr alle wusstet das, aber ihr tut ja alles für diese gottverdammte Firma«, klagte sie alle drei an und blickte jedem Einzelnen nacheinander ins Gesicht.

»Du hast sie auf dem Gewissen!«, schleuderte sie ihrem Vater zornerfüllt entgegen.

Er ließ es reglos über sich ergehen.

Amalie schluchzte. Hermann eilte zu ihr.

Elise verspürte nur noch den Drang, wegzulaufen. Unter Tränen rannte sie auf das Feld. Diese verfluchten Felder, auf denen nichts mehr wuchs außer frisch sprießendem Unkraut. Mit Mutters Tod verband sie nichts mehr mit dieser Erde. Auf die sank sie nun, mitten auf umgepflügten Boden, weil ihre Beine den Dienst versagten. Sie vergrub ihre Hände darin, riss einen Klumpen Erde heraus und warf ihn, so weit sie konnte. Elise schwor sich dabei, dass sie kein solches Leben, wie Mutter es hatte ertragen müssen, führen würde. Der Preis, den sie dafür bezahlt hatte, war zu hoch.

Kapitel 6

Elise war nach nahezu schlafloser Nacht zu der Überzeugung gelangt, dass dies wohl der schlimmste Tag ihres Lebens sein würde. Auf dem Weg zu Mutters Beerdigung verstärkte sich dieser Eindruck noch. Der Schmerz über den Verlust fühlte sich wie Messerstiche in ihrer Seele an. Sie verursachten tief klaffende Wunden. Die letzten drei Tage war der Schmerz dumpfer geworden, aber nicht minder lähmend. Es kam Elise so vor, als ob sich ein Leichentuch über das gesamte Anwesen gespannt hätte. Es erstickte jeden Funken Lebenskraft. Der graue Himmel, durch den schwarze Wolken zogen, und die toten Äcker passten nahezu perfekt dazu.

»Ach Elise«, seufzte Mathilde, die neben ihr auf der Lastkutsche saß. Tröstend legte Mathilde ihre Hand auf die ihre. Sie waren mit zwei Kutschen unterwegs, weil eine Ottos Familie gehörte. Hermann befand die Fahrt zum Friedhof für eine gute Gelegenheit, um die Lastkutsche zurückzugeben, denn Otto und seine Frau seien sicher bei Mutters Beerdigung zugegen. Dies war auch der Grund, weshalb Amalie, Hermann und Vater in der Familienkutsche vorausfuhren. Elise war froh darum, denn in Mathildes Gesellschaft fühlte sie sich ihrer Mutter näher. Mathilde war zudem die Einzige im Haus, mit der sie während der letzten Tage mehr als nur das Notwendigste gesprochen hatte – meist über Dinge aus Mutters Leben. Mathildes Schatz an Erinnerungen war schier unerschöpflich und Elise hatte es gutgetan, ihr zuzuhören. Allerdings nicht in Gegenwart ihrer Familie, denn sämtliche Rituale, zu denen auch gemeinsame Mahlzeiten gehörten, hatten mit ihrem plötzlichen Tod an Bedeutung verloren. Es wäre auch zu schmerzhaft gewesen, auf den leeren Stuhl, auf dem sie immer gesessen hatte, zu starren. Vater hatte ganze zwei Tage kaum noch das Bett verlassen, aber jegliche ärztliche Hilfe verweigert, weil er einfach nur allein sein wollte. Amalie und Hermann waren sich merkwürdigerweise auch aus dem Weg gegangen, was aber auch daran gelegen haben könnte, dass sie sich für die Abwicklung des Todesfalles mit all den damit verbundenen Amtsgängen hatten kümmern müssen, natürlich auch um Geschäftliches, wofür sich Hermann auserkoren gefühlt hatte. Welch schwacher Trost war es, nun doch einen Kredit von der Bank zu bekommen, wenn auch eine viel geringere Summe. Darin lag eine gewisse Ironie, denn die Kreditvergabe war sicher nicht auf Ottos wohlwollende Vermittlung zurückzuführen, sondern dem Umstand geschuldet, dass sie eine größere Summe seitens Mutters Lebensversicherung in Aussicht hatten. Hermann hatte ihr das am Vortag erzählt, als sie in der Küche aufeinandergetroffen waren. Wer Geld hatte, bekam leicht neues Geld. Insofern war nicht die Jagd in Ottos Gesellschaft, sondern der tragische Ausgang derselben, wie Elise sich eben klarmachte, letztlich der Grund dafür, dass sich der bevorstehende Niedergang der Firma abwenden ließ. Doch was interessierte sie noch die Firma? Elise hatte Ferdinand bereits vor drei Tagen einen Brief geschrieben und ihm ihren Entschluss mitgeteilt, mit ihm nach Paris zu gehen – bei nächstmöglicher Gelegenheit. Den Brief müsste er mittlerweile erhalten haben und wissen, dass sie ihn heute in der Stadt treffen wollte – eigentlich unpassend am Tag von Mutters Beerdigung, die zufällig auf einen Sonntag fiel und somit den einzigen Tag, an dem er frei hatte. Dieser Gedanke war im Moment das Einzige, was Regung in sie brachte. Genährt von Hoffnung und der Gewissheit, dass Mutter ihr auf dem Walpurgisfest ihren Segen ausgesprochen hatte.

Das Siechenhaus, der Ort für die Leprakranken, war bereits in Sicht. Wie makaber, denn es lag direkt am Hallstadter Gottesacker. Wie furchtbar musste es für die Erkrankten sein, stets den Hort des Todes vor Augen zu haben. Elise hatte immer geglaubt, dass die robuste Gesundheit ihrer Mutter sie uralt werden ließ und der Gang zum Zentralfriedhof nur dem Zweck diente, zu Ostern ihre Großeltern am Familiengrab zu besuchen, um dort Blumen abzulegen. Die Lilien waren heute aber für Mutter bestimmt. Elise hatte Mühe, ihre Tränen niederzuringen. Mathilde hingegen ließ ihren Tränen freien Lauf, als sie den Portikus erreichten und die Kutsche hinter der ihrer Familie zum Stehen kam. Die als Vorbau angelegte Säulenhalle am Eingang des Friedhofs kam feudal daher. Hinter ihr lag das Reich der ewigen Ruhe, das sie schweigend betraten. Lediglich Amalie hatte sich auf dem Weg zu Mutters Begräbnis kurz nach ihr umgedreht. In ihren Augen standen Tränen, die sie sich tapfer mit einem Taschentuch aus dem Gesicht wischte.

Elise schritt wie eine Schlafwandlerin an den Grabreihen entlang. Tausend Erinnerungen stürzten auf sie ein. Mathildes Erzählungen hielten sie lebendig. Selbst Mutters Stimme hatte sie im Ohr, ihr Flüstern, als sie ihr als Kind eine Gutenachtgeschichte vorgelesen hatte. Elise flüsterte ihr ebenfalls in Gedanken zu, auch wenn sie nun in einem schwarzen und blumenkranzgeschmückten Sarg lag, um den sich immer mehr Menschen versammelten. Wie lieb sie ihre Mutter gehabt hatte, war eine Botschaft des Herzens, die sicher auch im Himmel gehört wurde.

Der Pfarrer war bereits eingetroffen und hielt ein Gebetbuch in der Hand. Nun war er es, der Mutter etwas vorlesen würde, um sie in ewigen Schlaf zu betten. Elise nahm die Worte des Pfarrers gar nicht wahr. Sie dachte lieber an weitere gemeinsame schöne Momente, auch noch, als die Ersten an sie herantraten, um ihr und ihrer Familie von Herzen kommendes Beileid auszusprechen.

Elise ließ den nicht abreißen wollenden Reigen an Kondolenzbekundungen tapfer über sich ergehen. Sie sagte nichts, sondern nickte nur dankbar. Hermann hingegen gab sich redseliger. Amalie entlockte so manch Beileidsbekundung beim Händedruck gelegentlich eine Danksagung. Nur Vater tat es Elise gleich. Er blickte den meisten Menschen, die sich um das Grab versammelt hatten, noch nicht einmal in die Augen. Die waren auf den Sarg gerichtet. Vater rührte sich nicht einmal, als der Pfarrer mit der Zeremonie begann. Elise wusste von Hermann, dass Vater den Geistlichen angewiesen hatte, auf eine Leichenpredigt zu verzichten und nur eine kurze Grabrede zu halten. Er hielt sich nach kurzem Gebet daran und ging lediglich auf Mutters Verdienste um die Familie ein. Elise vernahm seine Worte wie einen Singsang, den sie zwar hörte, aber dessen Inhalt sie nicht aufnahm. Lediglich ein Psalm fand einen Weg in ihr Ohr.

»Erforsche mich, Gott, und erkenne mein Herz; prüfe mich und erkenne, wie ich's meine. Und sieh, ob ich auf bösem Wege bin, und leite mich auf ewigem Wege.« Elise hoffte inständig, dass Gott diese Gnade auch den Lebenden angedeihen ließ. Sie war sich aber gewiss, dass Mutter ihr Herz erkannte, auch wenn sie künftig nur noch als Engel unter ihnen weilte.

In Vaters Augen schimmerten Tränen. Konnte eine zu Stein gewordene Skulptur sie denn vergießen? Er regte sich immer noch nicht. Er schien nicht einmal mehr zu atmen oder zu blinzeln. Noch bevor der Pfarrer das Vaterunser sprach, trat Amalie neben ihn, um ihn zu stützen. Elise erschrak in diesem Moment über sich selbst, weil sie kein Mitgefühl für ihn empfand. Es kam ihr so vor, als wäre in ihrem Herzen kein Platz mehr für ihn. Es war gefüllt mit Schmerz und der wurde schier unerträglich, als der Sarg von vier kräftigen Männern an Seilen herabgelassen wurde.

Vater ließ sich wie ein gebrechlicher alter Mann von Amalie direkt ans Grab führen. Sie verharrten dort für eine Weile in stiller Andacht.

Elise war als jüngere Tochter nach Amalie an der Reihe, um sich zu verabschieden. Sie warf die Lilien hinein und sprach ein stilles Gebet. »Ich danke dir für all die Liebe, die du mir geschenkt hast, und ich verspreche dir, dass ich stets auf mein Herz hören werde, wie du es mich immer gelehrt hast. Amen.«

Elise ging zur Seite, um die anderen Trauergäste vortreten zu lassen.

Mathilde kam nach ihr an Mutters Grab. Hermann hingegen ließ anderen Trauergästen den Vortritt, was Elise überraschte. Er gesellte sich stattdessen zu ihr, vermutlich auch, weil Amalie und Vater zu einer trauernden Einheit verschmolzen waren und er sich momentan fehl am Platze vorgekommen wäre.

»Ihr werdet es schwer haben, diese Lücke zu füllen«, sagte er.

Elise sah ihn fragend an.

»Sie war die gute Seele dieses Hauses und hat sich um alles gekümmert. Wer kümmert sich nun um ihn?«

Elise erwiderte nichts darauf, denn eines war gewiss: Sie kam für diese Aufgabe nicht mehr infrage.

Vom Aufschwung, den das vielerorts aufblühende Bamberg erlebte, war Elises Meinung nach nichts in dieser Gasse zu spüren. Jedes zweite Gebäude erweckte den Eindruck, dass es bald in sich zusammenfallen würde. Das Holz der Fachwerkbauten war morsch, die Fassaden marode und man wunderte sich, wie die Dachbalken imstande waren, das Gewicht von zwei oder mehr Etagen zu tragen. Wer hier am Flussufer und ganz in der Nähe der Anlegestelle für die Schifffahrt wohnte, der gehörte sicherlich nicht zur Kaste der wohlhabenden Kaufleute. Ferdinand konnte sich von seinem kargen Lohn jedoch nichts anderes leisten. Er hatte Elise gegenüber auch keinen Hehl daraus gemacht, dass er sein Geld lieber zur Seite legen und dafür Abstriche bei seiner Behausung hinnehmen wolle. Elise hatte das Haus, in dem er wohnte, bisher nur von außen gesehen, denn es war undenkbar gewesen, sich mit ihm dort zu treffen, auch, weil die Gegend als nicht sonderlich sicher galt. Beides war ihr heute egal. Sollte sich hier doch an Gesindel herumtreiben, was wollte. Pünktlich um drei ging die schwere Holztür auf und Ferdinand stand vor ihr. Er warf ihr ein zuversichtliches, aber zugleich verlegenes Lächeln zu. Normalerweise reichte das, um ihr Herz gleich höherschlagen zu lassen, heute jedoch nicht. Stattdessen erfüllte sie ein Gefühl der Wärme, des Trosts und der Sicherheit, aber auch der Hoffnung, dass alles gut werden würde, als er ihr die Hand reichte und bedeutete, ihm ins Treppenhaus zu folgen. Erst als die schwere Holztür von innen wieder ins Schloss fiel, nahm er sie behutsam in den Arm.

»Es tut mir so leid. Ich weiß, wie sehr du sie geliebt hast«, sagte er ihr im Flüsterton.

Elise hatte Mühe, ihre Tränen im Zaum zu halten. Nicht hier im Zwielicht eines modrigen Ganges, der jeden Moment einen der Mitbewohner ausspucken konnte.

»Komm«, sagte er und führte sie zur Treppe, die bei jedem Schritt so knarzte, dass man das Gefühl hatte, durch die morschen Stufen zu brechen. Erst als sie den dritten Stock unter dem Dach erreichten und sie in seinem Zimmer waren, sah sie keinen Grund mehr, tapfer zu sein. Ferdinand nahm sie einfach nur in den Arm. Wie gut das tat, keine Scheu zu haben, all den Schmerz auf seinen Schultern abzuladen, dabei einfach nur gestreichelt und gehalten zu werden. Seine Hand fuhr über ihr Haupt, genau wie es Mutter früher immer getan hatte, um ihr Trost zu spenden. Erst als sie sich die Augen trocken gewischt hatte, nahm sie überhaupt seine Behausung wahr. Es war nicht mehr als eine größere Kammer. Darin standen ein Bett, ein Tisch aus Holz mit zwei Stühlen und ein Schrank sowie ein Herd, aus dem ein Rohr ragte, das in der Dachschräge verschwand, und daneben eine kleine Anrichte. Das war alles, was er hatte.

»Manchmal besucht mich hier sogar eine Maus, aber nur, wenn ich Käse gekauft habe«, sagte er unvermittelt und lächelte dabei.

Elises Stimmung hellte sich augenblicklich auf.

»Ich habe Tee gemacht«, sagte er. Das erklärte auch, warum der Herd spürbar Wärme abstrahlte.

»Ich nehme gern einen«, erwiderte sie und nahm auf einem der Stühle Platz.

»Weiß dein Vater …?«

»Wo denkst du hin. Er glaubt mich immer noch im Stephansdom. Unsere Mathilde ist ein Engel. Ich weiß, dass ich ihr vertrauen kann, und habe mir schon vor der Abfahrt überlegt, wie es sich einrichten lässt, dass wir uns sehen.«

»Im Stephansdom?«

»Eine Kerze für Mutter anzuzünden, kann Mathilde und mir niemand verwehren, und ich war mir sicher, dass Vater kein Verlangen nach einer Fährfahrt haben würde. Sie sind gleich nach der Beerdigung nach Hause gefahren.«

»Weiß sie auch, dass wir von hier weggehen?«

Elise schüttelte den Kopf. Zwar war sie sich sicher, dass Mathilde sie heute nicht verraten würde, doch was, wenn sie wüsste, was Elise vorhatte? Sie würde sich um sie sorgen und Vater eventuell doch sagen, wohin sie zu gehen beabsichtigte.

»Ich habe François bereits einen Brief geschrieben. Ich weiß, wo er wohnt. Er wird uns helfen, Fuß zu fassen.«

»Mit meinen Ersparnissen kommen wir nicht weit«, sagte Elise.

»Ich habe genug zur Seite gelegt, um mit der Bahn nach Paris zu kommen und um uns fürs Erste durchzuschlagen. Einmal dort, finde ich bestimmt schnell Arbeit. Gut bezahlt. Und selbst wenn es nicht gleich bei Eiffel klappt, jede Arbeit ist besser als hier auf Webers Feldern«, sagte Ferdinand, während er sich und ihr Tee eingoss.

»Es wird mir nur nachts gelingen, mich unbemerkt aus dem Haus zu begeben. Ich müsste mit der Kutsche in die Stadt fahren«, überlegte Elise laut. Sie hatten zwei und Mutter war mit der kleineren immer in die Stadt gefahren, um Einkäufe zu erledigen.

»Wir treffen uns bei mir«, schlug Ferdinand vor und reichte ihr eine Tasse mit schwarzem Tee.

»Wann fahren wir?«, fragte Elise.

»Heute Nacht. Meine Ersparnisse habe ich schon von der Bank abgehoben. Hast du einen Reisekoffer?«, wollte Ferdinand in Erfahrung bringen.

Elise nickte. Sie konnte kaum glauben, dass tatsächlich ein neues Leben auf sie wartete.

»Wenn du um fünf in der Früh hier bist, dann können wir um halb sechs mit dem Zug nach Nürnberg fahren.«

»Nach Nürnberg?«, fragte Elise verwundert nach.

Ferdinand setzte sich zu ihr. »Meine Mutter hat mir versprochen, dass sie mir aushilft, sollte ich einmal Geld benötigen.«

»Aber was wird sie sagen, wenn du in Begleitung einer jungen Frau …?«

»Was soll sie denn sagen? Sie hat sich bisher nie sonderlich für mein Leben interessiert.«

»Aber es ist doch deine Mutter.«

»Es gibt wohl solche und solche«, erwiderte er und trank von seinem Tee. Elise konnte ihm ansehen, dass er versuchte, die mit diesem Thema offenbar verbundenen Gefühlsregungen hinter einer gleichgültigen Miene zu verbergen.

»Aber sie hat dich doch unterstützt, dir die Schule ermöglicht.«

»Ihr lag daran, dass aus mir etwas wird.«

»Und dein Vater?«

»Er hat sie sitzen lassen, doch sie ist trotzdem ihren Weg gegangen. Als Schneiderin konnte sie arbeiten und zugleich für ein Kind sorgen, jedenfalls bis ich ins Internat kam.«

Elise verwirrte dieses doch etwas merkwürdig anmutende Verhältnis zu seiner Mutter, doch sie fragte sich zugleich, ob es im Leben nicht letztlich nur auf Taten und weniger auf Worte ankam. Sie legte ihm sicher keine Steine in den Weg, so wie ihr Vater es bei ihr tat.

»Du wirst sie vielleicht nicht mögen, aber sie hat einen guten Kern«, sagte Ferdinand.

»Hast du den von ihr geerbt?«

Ferdinand lächelte amüsiert.

»Noch hast du Zeit, mir all deine Schlechtigkeiten zu gestehen«, sagte Elise augenzwinkernd.

Ferdinand lachte. Eine Frohnatur wie er schaffte es, trotz der schlimmen Umstände ihre Lebensgeister zu wecken und den Schmerz für einen Moment zu vergessen. Ferdinands unbeschwerte Art war die beste Medizin.

»Oje. Die ganzen Schlechtigkeiten … Ich fürchte, dann kommen wir bis morgen früh nicht von hier weg.« Nun war Elise es, die lachte.

Ferdinand fuhr ihr sanft über das Haar. Selbst wenn er der Teufel in Person wäre. Sie liebte ihn und wie sehr er sie liebte, ließ sich in seinen Augen lesen. Er kam nicht näher, um ihr einen Kuss abzuringen. Elise, die sich sonst nicht nur in ihren Träumen danach sehnte, war dankbar, dass er es hier und jetzt unterließ. Seine Nähe und dass er sie einfach hielt, wie ein Bruder, der seine Schwester tröstete, sie seine Wärme spüren ließ und einfach nur für sie da war, machte Elise klar, dass sie auf ihn bauen konnte und es nicht nur Schmetterlinge im Bauch waren, eine Liebelei, sondern es schon jetzt wesentlich mehr war. Diese Gewissheit bekräftigte Elises Entschluss, mit ihm von hier fortzugehen.

»Ich muss los. Mathilde wartet bei der Fähre auf mich«, sagte sie ihm schweren Herzens. Die Zeit drängte, damit sie sich zu Hause nicht anhören musste, wo sie so lange gewesen war.

Vaters Zustand war so jämmerlich, dass Amalie schon das Schlimmste befürchtet und kurz davorgestanden hatte, seinen Leibarzt aufzusuchen. Wie sie vom Hörensagen wusste, kam es nicht selten vor, dass nach dem Tod einer der beiden Ehegatten der andere kurz darauf auch ging. Vater hatte nicht mehr das stärkste Herz und Mutters Beerdigung wegzustecken, war gerade für ihn alles andere als einfach. Kein Wunder, dass er sich zurück im Haus erst einmal hingelegt hatte. Amalie hätte daher nicht erwartet, dass er bereits am frühen Abend wieder auf den Beinen war. Er wollte, dass sich alle im Wohnzimmer einfanden, um Wichtiges zu besprechen. Lag das am Ende daran, dass Hermann nach ihm gesehen hatte? Er hatte sich den ganzen Nachmittag durch alle möglichen Dokumente gearbeitet, die sich bei einem Todesfall anhäuften. Amalies Aufgabe war es nun, ihre Schwester dazu zu bewegen, nach unten zu kommen. Sie hatte regelrecht Angst davor, an ihre Tür zu klopfen, und noch viel mehr, dass sie Vater erneut angehen und ihn an seine Schuld an Mutters Tod erinnern würde.

Kurz bevor Amalie die letzten Stufen nahm, machte sie sich klar, dass sie ebenfalls Schuld daran trug, und wie unzählige Male in den letzten Tagen zuvor bedurfte es all ihrer Willenskraft, um diesen Gedanken niederzuringen. *Die Volte in den Tod.* Das hatte sich förmlich in sie eingefressen. Wie in den Nächten zuvor waren Mutters letzte Momente ihr im Traum erschienen. Hättest du sie doch einfach weiterreiten lassen. Vater und die Männer hätten sie erreicht, überholt und wären dann vor ihr geritten, damit Mutters Pferd stehen blieb. Mutter könnte noch leben. Doch wer sagte, dass sie nicht trotzdem unglücklich gestürzt wäre? Der Weg durch den Wald hatte sich verengt. Nein. Es war nicht sicher, dass Mutter dann nicht gestürzt wäre. Amalie holte tief Luft, um sich wieder zu fangen, und klopfte dann entschlossen an Elises Tür.

»Herein«, kam es von drinnen prompt, was Amalie überraschte. Sie hatte zwar damit gerechnet, dass Elise, nachdem sie gemeinsam mit Mathilde vom Stephansdom mit einer Droschke zurückgekommen war, den Rest des Tages auf ihrem Zimmer verbringen würde, doch war sich sicher gewesen, dass sie niemanden aus der Familie würde sehen wollen.

Elise saß in einem Sessel, den sie ans geöffnete Fenster gestellt hatte, und blickte hinaus auf das Anwesen und die schier endlosen Felder.

»Vater möchte uns alle sprechen«, sagte Amalie. Sie rechnete fest damit, dass sie ihr eine Abfuhr erteilen würde, doch Elise nickte, erhob sich und folgte ihr wortlos, ohne eine Miene zu verziehen. Amalie verunsicherte das so sehr, dass sie das anhaltende Schweigen, während sie das Treppenhaus hinuntergingen, brach.

»Wie geht es dir?« Die Frage stellte sie auch, weil sie sich um Elise sorgte.

»Vermutlich wie uns allen«, sagte Elise ohne Regung. Amalie kam es fast so vor, als würde sie den Tod ihrer Mutter besser bewältigen als gedacht. Vielleicht hatte es ihr gutgetan, eine Kerze für Mutter im Dom anzuzünden. Amalie überlegte, es auch zu tun und dabei um Vergebung zu bitten. Erneut bedurfte es eines tiefen Atemzugs, um den Anflug der quälenden Schuldgefühle zu unterbinden.

Hermann war bereits im Salon und hatte es sich in einem der Sessel bequem gemacht. Vater hingegen stand mit dem Rücken zu ihnen gekehrt vor dem alten Gemälde ihres Anwesens. Er drehte sich erst um, als Hermann sich räusperte, dabei musste er ihre Schritte doch gehört haben, als sie hereingekommen waren. Amalie spürte seine Anspannung fast körperlich, als er zu Elise sah, doch ihre Schwester schien seinen bohrenden Blick einfach zu übergehen. Sie nahm im Sessel neben Hermann Platz und schaute erwartungsvoll in die Runde. Amalie tat es ihr gleich, jedoch setzte sie sich auf das Sofa. Vater stand reglos vor ihnen. Die Ansprache ließ nicht lange auf sich warten.

»Es sind schwere Zeiten, die auf uns zukommen. Der Verlust meiner geliebten Frau. Minna …« Vater konnte für einen Moment nicht weitersprechen. Er stützte sich an der Lehne des Sessels, der vor ihm stand. »Und eurer Mutter. Er ist kaum zu verkraften. Sie hinterlässt eine Lücke, die größer nicht sein könnte. In diesen Zeiten müssen wir zusammenhalten«, fuhr er fort und ließ seinen Satz mit Blick auf Elise ausklingen. Elise hingegen erweckte den Eindruck, als wäre sie gedanklich ganz woanders. Hermann nickte genau wie Amalie.

»Ich habe lange darüber nachgedacht, ob dieser tragische Unfall irgendjemandes Schuld war, ob wir ihn hätten verhindern können. Elise. Sieh mich an«, sagte er, doch ohne Strenge.

Elise sah zu ihm auf.

»Minna hat alles, was wir besitzen, mit mir gemeinsam aufgebaut. Es war ihr wichtig, dass es uns gut geht. Ich habe sie nicht gezwungen, uns auf die Jagd zu begleiten.« Aus der Ansprache wurde eine Bitte um Vergebung. Amalie musterte ihre Schwester. Sie sagte nichts, sondern sah ihn einfach nur an, ohne Regung. Vermutlich glaubte sie ihm nicht. So ganz wahrhaftig war Vaters Aussage gewiss nicht. Er hatte Mutter keine Sanktionen angedroht oder sie anderweitig unter Druck gesetzt, aber Mutter hatte wie so oft um des guten Friedens willen nachgegeben, natürlich ihm zuliebe. Konnte man in diesem Fall überhaupt von *Zwang* sprechen? Pflichtbewusster, verantwortungs- und liebevoller konnte niemand handeln.

»Wir sind eine Familie und haben sie geliebt«, fuhr er fort.

Elise nickte. Ihre Augen waren matt und leblos.

»Und das Leben muss weitergehen. Mutter würde sich das so wünschen«, sagte Vater an ihre Schwester gerichtet.

»Das Leben geht weiter«, erwiderte Elise mit erschreckender Monotonie in ihrer Stimme. Wie eine Marionette, der ein Puppenspieler etwas in den Mund gelegt hatte.

»Ich bin froh, dass du es genauso siehst. Der Schmerz wird uns noch lange plagen, aber wir dürfen nicht aufgeben.« Sein Appell war wieder an alle gerichtet. Elises Augen schweiften ins Leere.

»Ihr wisst, dass Otto sich für uns starkgemacht hat. Es liegt jede Menge Arbeit vor uns«, fuhr Vater fort.

Amalie wusste bereits, dass sie wieder liquide waren. Mit Otto hatte das aber wenig zu tun. Das lag wohl eher an der Lebensversicherung, um deren Auszahlung sich Hermann gekümmert hatte. Amalie beließ Vater in seinem Glauben. Vermutlich redete er sich das ein, um zu verdrängen, dass Mutters Tod der Preis für die Liquidität war.

»Wir müssen dringend Süßholz einkaufen, um unsere Kunden zu beliefern. Das der Chinesen ist günstig und nicht das schlechteste. Sie importieren es auf dem Seeweg nach Italien. Eine Reise nach Venedig ist daher unumgänglich und duldet keinen Aufschub.«

»Es wird uns allen guttun. Gerade jetzt«, warf Amalie ein, denn zu dieser Einsicht war sie im Gespräch mit Hermann gekommen. Im Haus zu bleiben, würde sie nur unentwegt an Mutters Tod erinnern. Sie mussten alle wieder zu Kräften kommen.

»Die Reise bringt uns auf andere Gedanken. Ein Ortswechsel belebt das Gemüt«, sagte Hermann in die Runde.

»Das ist wohl wahr«, sagte Elise, woraufhin Vater sichtlich aufatmete. Mit dieser Reaktion ihrer Schwester hatte auch Amalie nicht gerechnet.

»Deine Sprachkenntnisse werden uns sehr nützlich sein.«

»Ich spreche weder Chinesisch noch Italienisch«, wandte Elise ganz sachlich ein.

»Es gibt genügend Geschäftsleute, die des Englischen und Französischen mächtig sind. Ich habe mir zudem sagen lassen, dass das Italienische für einen frankophonen Menschen verständlich ist. Deine Ausbildung ist auch außerhalb einer Schule sehr wertvoll«, sagte Vater, der nun doch im Sessel Platz nahm. Er wirkte im Hinblick auf Elises Einsicht im Vergleich zu vorhin regelrecht gelöst.

»Du hast recht, Vater. Es gereicht einem zum Vorteil«, sagte sie.

Selbst Hermann wirkte nun entspannter. »Die Reise ist sehr angenehm. Wir fahren mit dem Zug nach Kufstein, dann weiter nach Innsbruck. Einmal in Verona, gibt es sogar eine Direktverbindung nach Venedig. Die Landschaft soll sehr reizvoll sein«, sagte er voller Vorfreude.

Unter anderen Umständen hätte Amalie sich ebenfalls darauf gefreut. Elise ging es wahrscheinlich nicht anders, denn sie lächelte milde. Vielleicht erhoffte sie sich davon, dass sich Vater dann ja doch noch dazu überreden ließ, seine Produktpalette auszuweiten. Die Mengen an Süßholz, die Vater sich beschaffen wollte, reichten für die Apotheken, die Brauereien und Tabakbetriebe. Der Ertrag aus dem kleinen Feld verblieb dann für andere Dinge, auch wenn ihr Familienbetrieb noch nicht darauf ausgerichtet war, verschiedenartige Süßigkeiten herzustellen. Wusch nicht eine Hand die andere? Auch Elise wusste das.

»Wann fahren wir?«, fragte Elise, was Amalie als ein gutes Zeichen wertete.

»Morgen um halb elf«, sagte Vater, der dann gedankenverloren hoch zum Gemälde seines Familienbetriebs blickte, entschlossen und voller Stolz. Elise sah auch dorthin, sogar länger als Vater. Was ging nur in ihrer Schwester vor?

Dass Elise in dieser Nacht keinen Schlaf finden würde, war ihr bereits klar gewesen, als sie sich zu Bett begeben hatte. Das lag in erster Linie noch nicht einmal an ihrem Vorhaben, sich in aller Herrgottsfrühe wie ein Dieb mit einem Koffer davonzuschleichen und ihrem bisherigen Heim voraussichtlich für immer den Rücken zu kehren, sondern vielmehr an ihrem schlechten Gewissen, weil sie bei Vaters Familienansprache die brave Tochter gemimt hatte. Seitdem sie klammheimlich, ohne dabei auch nur ein verräterisches Geräusch zu erzeugen, den Koffer mit allem für die Reise Notwendigen gepackt hatte, lag sie wie gelähmt auf ihrem Bett und starrte gegen die Decke, auf die das fahle Licht des Mondes fiel. Undenkbar, der Familie zu offenbaren, dass sie vorhatte, das Elternhaus zu verlassen. Obgleich volljährig, hätte Vater ihr die Hölle auf Erden bereitet und sie am Ende noch wie ein unmündiges Kind eingesperrt. Er sollte nicht einmal wissen, wohin sie gingen, auch ihre Schwester nicht, weil sie zu nichts weiter als einer Handlangerin ihres Vaters geworden war. Hierzubleiben kam ebenso wenig infrage. Mit ihrer Mutter hatte sie auch ihre Kindheit beerdigt. Das Haus hatte sein Herz verloren, seine Wärme, sah man von Mathilde ab, die dennoch Mutter nicht ersetzen konnte. Was einfach alles überwog, war die Gewissheit, mit Ferdinand ihr Glück zu finden. Ob sie von hier wegkam, ohne bemerkt zu werden, war allerdings alles andere als gewiss, zumal Vater nachts immer wieder auf den Beinen war, um seine im Alter schwach gewordene Blase zu entleeren. Zuletzt vor einer guten

Stunde. Es musste nun gegen vier Uhr morgens sein. Mutters Kutsche hatte sie bereits unter dem Vorwand eines kleines Abendspaziergangs überprüft. Mit ihr gedachte sie in die Stadt zu fahren, um im Falle, dass sie bei der Abfahrt gesehen wurde, eine falsche Fährte zu legen. Denn dass Vater ihr nachstellen würde, damit war zu rechnen. Es hatte keinen Sinn mehr, länger zu warten, denn sie wusste, dass Mathilde mit dem ersten Hahnenkrähen aufwachte.

Elise setzte sich auf und ließ ihren Blick ein letztes Mal über das Mobiliar ihres Zimmers schweifen. Auf der Anrichte saß ihre Lieblingspuppe aus Porzellan, die sie sich zum Andenken an eine glückliche Kindheit aufbewahrt hatte. Daneben stand eine Spieluhr, die ein Wiegenlied von sich gab, wenn man an der Kurbel ihres Holzgehäuses drehte. Es fühlte sich im Moment so an, als würde sie auch Abschied von ihrem Leben als Elise Imhoff nehmen und von einer unbeschwerten Zeit. Alle diese Erinnerungsstücke mussten hierbleiben. Im Koffer waren alltagstaugliche Kleidungsstücke, nur zwei hübschere Kleider und zwei Paar Schuhe – die festen und schwereren zog sie sich gerade an, damit der große Lederkoffer nicht noch mehr wog.

Elise schlüpfte in ihre zum Kleid passende braune Jacke, schnappte sich den Koffer und verließ ihr Zimmer, ohne sich noch einmal umzudrehen. Das Leben ging weiter, hatte es doch anlässlich Mutters Tod geheißen. Das tat es, auch wenn sie jeder Winkel des Treppenhauses an so viele Begebenheiten erinnerte und sie am liebsten innegehalten hätte, um diese Erinnerungen zuzulassen. Viel wichtiger war es jetzt, darauf zu achten, möglichst leise und genau dort, wo der Boden unter dem Teppichläufer am wenigsten knarrte, entlangzugehen. Es gelang. Auf den letzten Treppenstufen ließen sich Trittgeräusche jedoch nicht gänzlich vermeiden, doch wenn Amalie oder Hermann sie hörten, würden sie sicher glauben, dass Vater wieder aufgestanden war. Einmal unten im ausladenden Flur, der gefliest war, stand ihr nur noch die Tür im Weg. Sicherheitshalber warf sie einen Blick in die Küche. Es brannte noch kein Licht, auch nicht im Nebentrakt, in dem Mathilde untergebracht war. Die Haustür fiel nahezu geräuschlos ins Schloss. Würde man ihre Schritte im Kies hören? Elise hoffte inständig, dass alle tief und fest schliefen. Doch die größte Hürde lag noch vor ihr. Eine Kutsche verursachte Lärm. Elise wusste, dass man Besucher schon von Weitem hörte, doch eine andere Wahl hatte sie nicht, weil es bis zum Bahnhof viel zu weit war, um mit dem schweren Koffer die Distanz zu bewältigen.

Sich im Dunkeln ohne Petroleumleuchte im Stall zurechtzufinden, war auch eine gänzlich neue Erfahrung, bestimmt auch für die Pferde. Die rührten sich jedoch nicht und gaben gottlob keinen Laut von sich. Elise führte Nario, einen kräftigen Wallach, den Vater vor vielen Jahren von einem italienischen Pferdezüchter gekauft hatte, vor die Kutsche und legte ihm das Zaumzeug an. Jede Bewegung machte einen Höllenlärm. Nario verhielt sich normalerweise still, doch anscheinend passte es ihm nicht, zu so unchristlicher Zeit an die Arbeit zu müssen. Ausgerechnet heute fing er an zu wiehern. Man musste das bis ins Haus hören. Und es war um diese Zeit ein ungewohntes Geräusch. Elise blickte zurück zum Haus und fror förmlich ein. Licht ging im obersten Stockwerk an. Schnell hievte sie ihren Koffer auf die Kutsche und stieg auf. Sie wollte gar nicht mehr wissen, wer jetzt jeden Moment aus dem Fenster sehen würde. Sie fuhr los. Weil Elise so oft mit Mutters Kutsche und Nario in die Stadt gefahren war, wusste sie, wie sie ihn anspornen konnte. Es genügte, mit der Zunge zu schnalzen.

Die Räder gruben sich lautstark in den Kies des Weges, der das Süßholzfeld zur Straße hin teilte. Es war nur noch ein kurzes Stück bis zu einem Wäldchen. Elise vernahm das bedrohliche Knarren von Fensterläden. Nur noch wenige Meter, dann hatten sie die Bäume verschluckt, genau wie die verräterischen

Hufschläge, die auf dem weichen Waldboden niemals bis zum Haus dringen würden. Obwohl sie sich nun schnell entfernte, wurde sie das ungute Gefühl nicht los, dass irgendjemand im Haus auf sie aufmerksam geworden war. Im schlimmsten Fall hatte sie jemand wegfahren sehen. Es würde eine gewisse Zeit dauern, bis Hermann oder Amalie sich anzogen und Pferde vor die zweite Kutsche spannten. Erst als Elise die breite Straße, die direkt zur Fähre führte, erreichte, zerstreuten sich ihre Bedenken. Natürlich brauchte sie die Fähre diesmal gar nicht, weil der Bahnhof nördlich der Regnitz lag, doch erstens sollten sie glauben, dass sie auf die andere Seite übergewechselt war, und zweitens würde dort jemand die Kutsche sehen. Über kurz oder lang ließ Vater sicher nach ihr suchen.

Keine zehn Minuten später brachte sie Nario in unmittelbarer Nähe des Flussufers zum Stehen, stieg ab und hievte den schweren Koffer herunter. So früh am Morgen waren für gewöhnlich nur wenige Tagelöhner und Bauern unterwegs, die ihr Gemüse und Schlachtvieh in die Stadt fuhren. Von hier aus war es nicht weit bis zum Viertel, in dem Ferdinand wohnte. Hoffentlich trieb sich kein Gesindel herum. Diebe gab es auch hier, doch anscheinend schliefen sie genau wie anständige Bürger um diese Zeit. Der Koffer hatte mittlerweile gefühlt das doppelte Gewicht. Ihre Hände hatten bereits Striemen und ihre Schulter schmerzte, doch nur einmal setzte sie die schwere Last ab. Ferdinand wartete sicher schon auf sie. Noch eine Häuserzeile galt es zu bewältigen, dann bog sie in die Seitenstraße, die zu Ferdinands Wohnung führte. Ferdinand stand bereits mit einem prall gefüllten Kleidersack vor dem Haus. Er ließ ihn stehen und eilte ihr entgegen, um sie in die Arme zu schließen.

»Elise … Ich kann es noch gar nicht glauben. Ein neues Leben. Nur du und ich«, hauchte er ihr ins Ohr, während er sie fest an sich drückte.

»Ich glaube, meine Abreise blieb zu Hause nicht unbemerkt. Die Kutsche steht bei der Fähre. Niemand wird uns am Bahnhof vermuten«, sagte sie, woraufhin Ferdinand sie aus der innigen Umarmung entließ.

»Dann sollten wir keine Zeit verlieren.« Ferdinand nahm ihren Koffer und schulterte, als sie sein altes Zuhause erreichten, noch seinen Kleidersack. Er schien nicht die geringste Mühe zu haben, zwei so schwere Dinge zu tragen. Ferdinand ging so schnell durch die Gassen, die direkt zum Bahnhof führten, dass Elise sich beeilen musste, um mit ihm Schritt zu halten.

»Sind wir so spät dran?«, fragte sie daher.

»Wir müssen noch Fahrscheine kaufen«, erklärte Ferdinand. »Der Zug geht um zehn nach sechs.«

Als sie den großen Vorplatz des Bahnhofs erreichten, verstand Elise, warum Eile geboten war, denn auf der Bahnhofsuhr, die auf dem kleinen Türmchen mittig über dem Säulenportal der Bahnhofsfront thronte, war es bereits Viertel vor sechs. Die ersten Kutschen kamen ihnen entgegen. Arbeiter mit Lastkarren und sogar Zugreisende, die sich den Luxus eines Gepäckträgers gönnten. Männer in feinen Anzügen waren auch dabei. Vermutlich Geschäftsleute, die den ersten Zug nach Nürnberg nahmen, damit sie den ganzen Tag noch vor sich hatten.

Ferdinand ging ohne Umschweife hinein, stellte ihr Gepäck am Eingang ab und reihte sich in die Schlange vor dem Fahrkartenschalter ein. Elise beobachtete das Treiben am Vorplatz in der Dämmerung. Ob sie Bamberg wohl jemals wiedersah? Bald waren sie in Paris. Eine Weltstadt. Würde sie einer so großen Metropole überhaupt gewachsen sein? Elise nahm sich vor, die letzten Eindrücke mit voller Aufmerksamkeit auf sich wirken zu lassen, inhalierte die heimische Luft und besah sich die Menschen. Selbst die Pappeln auf dem Vorplatz versuchte sie sich wie ein Gemälde in ihr Gedächtnis zu malen.

»Der Zug fährt von Gleis eins.« Ferdinand riss Elise aus ihren Gedanken. Er reichte ihr die beiden Fahrscheine und schnappte sich ihren Koffer und den Sack.

Kaum am Gleis angekommen, roch Elise bereits den Rauch der sich nähernden Dampflok. Der Wind blies ihn her. Er schimmerte rötlich im Licht der aufgehenden Sonne. Wenige Augenblicke später fuhr der Zug mit Getöse ein. Der Rauch legte sich auf die Lunge, doch der Wind vertrieb ihn, bis der Zug zum Stillstand gekommen war.

Ein Schaffner mit Vollbart und in Uniform der Königlich Bayerischen Staatseisenbahn öffnete ihnen und zwei Mitreisenden die Tür.

»Ist das hier die dritte Klasse?«, wollte sich Ferdinand beim Schaffner vergewissern.

»Bei dem Waggon die linke Hälfte, die andere ist die zweite Klasse und bei dem daneben ist es umgekehrt«, erwiderte er.

Elise machte sich in dem Moment klar, dass ihr Leben auf kleinem Fuß eben begonnen hatte, denn wie nicht anders zu erwarten gewesen war, erwiesen sich die Holzbänke dieser Klasse als äußerst unbequem. Hauptsache, sie kamen nach Nürnberg.

Weil sich der Waggon der dritten Klasse nicht füllte, stellte Ferdinand ihr Gepäck einfach gegenüber auf die Sitzbank.

»Wenn wir Glück haben, steigt niemand mehr zu. Ich hab unsere Sachen gern im Blick«, sagte er.

Elise ging es nicht anders, denn ihr Sparstrumpf steckte darin. Bis der Zug anfuhr, konnten noch weitere Passagiere zusteigen. Elise öffnete daher das Fenster, um nachzusehen. Sie beugte sich ein Stück weiter hinaus, um den gesamten Bahnsteig bis zum Bahnhofsgebäude überblicken zu können, und erstarrte. Amalie und Hermann gingen die Fensterreihen des Zuges ab, gottlob aber vom anderen Ende des Zuges aus. Hermann entdeckte sie mit dem Pfiff des Schaffners, der nun auch die letzte Tür schloss, nachdem er selbst zugestiegen war. Der Zug setzte sich mit einem Ruck ächzend in Bewegung.

Elise stand wie gelähmt am Fenster.

Amalie und Hermann liefen, so schnell sie konnten, in ihre Richtung.

»Elise!«, rief Amalie aus.

Ferdinand hörte sie wohl auch, denn er sprang sofort auf. Elise drückte ihn mit der Hand von sich weg, sodass er nicht ans Fenster gelangen konnte.

»Sie dürfen dich nicht sehen«, sagte sie.

»Warum? Elise?«, rief Amalie verzweifelt, die nun fast auf Höhe ihres Abteils war. Es gab nichts mehr zu sagen. Tausend Gedanken schossen Elise durch den Kopf, darunter auch schöne Erinnerungen an eine gemeinsame Kindheit, in der sie sich nahegestanden hatten. Ihre Augen wurden unwillkürlich feucht. Es gab nur noch eines zu sagen und das rief sie Amalie kurz vor Ende des Bahnsteigs entgegen.

»Leb wohl, Schwester.«

Amalie und Hermann erreichten das Ende des Bahnsteigs. Sie wurden schnell kleiner und verschwanden mit der nächsten sanften Kurve, die der Zug nahm, aus ihrem Sichtfeld.

»Es ist vorbei … Endlich vorbei«, sagte Elise mehr zu sich selbst. Ferdinand legte seinen Arm um sie.

»Komm. Du verkühlst dich noch«, sagte er sanft.

Elise wischte sich die Augen trocken und hoffte trotz alledem, dass sie sich irgendwann wieder begegnen würden.

Kapitel 7

Hermann fuhr mit der Familienkutsche nach Hause. Amalie lenkte die von Mutter. Elise hatte sie bei der Fähre abgestellt, und zwar so, dass sie sie sehen mussten. Diese Umstände wühlten Amalie mittlerweile so auf, dass sie während der kurzen Fahrt zurück zum Haus weder vorbeiziehende Gebäude, Felder noch Arbeiter auf entgegenkommenden Kutschen, die sich frühmorgens auf den Weg zur Arbeit machten, bewusst wahrnahm. Ihr Verdacht, dass Elise vorhatte, der Familie für immer den Rücken zu kehren, hatte sich bestätigt. Nun war Amalie auch klar, warum ihre Schwester sich am Vortag bei Vaters Familienansprache so gelassen, ja nahezu gleichgültig gegeben hatte. Amalie war sich sicher, dass ihre Schwester zu diesem Zeitpunkt bereits geplant hatte, von hier fortzugehen.

Vater und Mathilde mussten die herannahenden Kutschen gehört haben, denn sie standen bereits vor dem Haus, als sie vorfuhren.

Vater war kreidebleich.

»Wo ist sie?«, wollte er wissen.

»Es ist doch hoffentlich nichts Schlimmes passiert?«, fragte Mathilde naheliegenderweise, schließlich war Elise mit Mutters Kutsche losgefahren und auf der saß nun ihre Schwester.

»Sie hat den Zug genommen«, eröffnete Hermann, noch bevor sie von den Kutschen gestiegen waren.

»Elise?« Mathilde war fassungslos, wohingegen Vater nach Worten zu suchen schien.

»Wohin?«, fragte er dann nur.

»Der Zug fährt in den bayerischen Süden. Nach München«, sagte Hermann.

»Allmächtiger. Was will unsere Elise denn in München? Sie kennt doch dort niemanden«, rief Mathilde aus.

»Ich fürchte, sie hat nicht die Absicht, jemanden zu besuchen. Sie ist sicher mit diesem Ferdinand durchgebrannt«, sagte Amalie.

»Habt ihr ihn gesehen?«, wollte Vater sogleich wissen.

»Nein, aber sie hatte einen großen Reisekoffer bei sich und die Arglist, die sie an den Tag gelegt hat, deutet ebenfalls darauf hin«, meinte Hermann.

»Sie hat die Kutsche beim Fährmann abgestellt. Wir mussten gar nicht lange nach ihr suchen. Die Anlegestelle liegt auf unserem üblichen Weg in die Stadt. Er hat sie mit einem großen Koffer aussteigen gesehen. Elise sei dann Richtung Bahnhof geeilt«, sagte Amalie.

»Vermutlich sollten wir glauben, dass sie ans andere Regnitzufer übersetzt, damit wir auf dem Stephansberg nach ihr suchen. Das ist an Listigkeit doch kaum noch zu überbieten, denn wir hätten sicher angenommen, dass sie sich mit Freundinnen trifft. Dort ist ja die Schule«, sagte Hermann.

»Oder mit diesem Bastard«, gab Vater zornerfüllt von sich. Dieser Gedanke war Amalie zunächst auch gekommen, denn der Stephansberg bot einige ruhige Ecken, an denen sich Liebespaare heimlich trafen, aber in der Regel nicht in aller Herrgottsfrühe.

»Wir hätten das ganze Bergviertel nach ihr abgesucht«, sagte Amalie, um Hermanns Annahme zu bekräftigen. Auf den

Gedanken, in Elises Zimmer nachzusehen, ob ihr Koffer noch auf dem Schrank stand, wäre sie nie gekommen und schon gar nicht in der Eile. Sie hatten sich ja blitzschnell ankleiden und die Pferde vor die Familienkutsche spannen müssen.

Vater schüttelte nur noch den Kopf.

»Aber das ist doch gar nicht Elises Art«, warf Mathilde ein. Ihr Blick wirkte unendlich traurig.

Vater berührten ihre Worte nicht, dafür aber Amalie, denn sie glaubte, den Grund zu kennen, weshalb Elise sich nicht mehr anders zu helfen gewusst hatte. Und dieser Grund stand schreckensbleich vor ihr.

»Vielleicht kennt dieser Ferdinand jemanden, wo sie Unterschlupf finden. Sie fahren doch sicher nicht einfach so ins Blaue«, überlegte Hermann laut.

»Wir könnten Weber nach Ferdinands Verbleib befragen. Wenn er bei ihm in Lohn und Brot steht, dann kennt er sicher auch seine Anverwandten«, schlug Amalie vor.

»Nichts könnte demütigender sein. Meine Tochter mit diesem …«, Vater sprach Ferdinands Namen erst gar nicht aus.

»Wir sollten uns dennoch Gewissheit verschaffen. Ich fürchte, dass wir sonst keine andere Möglichkeit haben, etwas über ihren Verbleib herauszufinden«, versuchte Amalie, ihrem Vater klarzumachen, obwohl es ihr genauso davor graute, zu Weber zu fahren. Sie mochte ihn genauso wenig wie Vater, und das nicht nur, weil er ihnen mit seinem Zuckerrübenanbau seit einigen Jahren das Leben schwermachte. Webers Anbau schien so zu florieren, dass er sogar anderen Bauern Arbeiter abwarb. Er zahlte mehr Lohn und machte Front gegen das Süßholz. Weber war es auch gewesen, der das Gerücht gestreut hatte, dass die meisten Süßholzbauern ihre Produkte mit Ochsenblut pantschten.

»Vielleicht kommt Elise ja wieder«, sagte Mathilde. Es lag so viel Hoffnung in ihrer Stimme.

»Es ist besser, wenn sie nicht mehr wiederkommt. Sie ist nicht mehr meine Tochter«, sagte Vater verbittert.

Mathilde standen daraufhin die Tränen in den Augen. Das konnte er doch unmöglich so meinen.

»Wir würden uns den Weg zu Weber ersparen«, sagte Hermann trocken.

»Ich will Gewissheit«, fuhr ihn Vater ungewöhnlich harsch an.

Hermann nickte einsichtig. Amalie horchte in sich hinein und stellte fest, dass sie in dieser Frage zwiegespalten war. In ihr brannte auch die Neugier, was ihre Schwester vorhatte, doch zugleich musste sie sich eingestehen, dass sie zunehmende Erleichterung empfand, weil Elise nicht mehr da war. Die letzten Tage hatten gezeigt, dass sie ständig aneinandergerieten. Der Stachel in ihrem Fleisch war weg. Aber sie war doch ihre Schwester, ermahnte sie sich. Schließlich fand ihr Verstand einen Konsens, der sie beruhigte. Elise würde ihr Glück finden und dabei ihres an Hermanns Seite nicht mehr stören. Ob Vater damit fertigwurde, stand jedoch auf einem anderen Blatt.

Amalie wurde während der kurzen Fahrt zu Webers Anwesen das Gefühl nicht los, dass Vater, der normalerweise mindestens so abgeklärt, verstandesbetont und ruhig wie Hermann war, sich plötzlich von einer ganz anderen Seite zeigte. Er wirkte nervös, spielte am dekorativen Knauf der Kutschentür herum und schien sich regelrecht innerlich zu zerfressen, weil Elise nicht nur der Familie den Rücken zugekehrt, sondern sich auch noch ausgerechnet auf einen von Webers Arbeitern eingelassen hatte.

»Undank ist der Welt Lohn. Fürwahr!« Amalie hatte Vater nicht widersprochen, denn im Prinzip hatte er ja recht. Welcher Vater ermöglichte seiner Tochter schon eine Ausbildung, wissend, dass sie gar keine Lehrerin werden wollte. Amalie beschlich der Verdacht, dass Elise das letztlich Mutters Einfluss zu verdanken gehabt hatte, und erinnerte sich nun an einige kritische Äußerungen von Vaters Seite, jedoch nie in Elises Beisein. Wahrscheinlich hatte er die Kröte geschluckt, weil er davon ausging, dass ihm Elises gute Ausbildung auch für den Familienbetrieb nützlich sein konnte. Sie hätte sie ja just aus diesem Grund nach Venedig begleiten sollen, fiel ihr in diesem Zusammenhang ein.

»Wer weiß, ob Weber nicht dahintersteckt«, spekulierte Vater. Er war offenbar schon so durcheinander, dass er anfing zu fantasieren. Was meinte er damit?

»Du meinst, dass Elise uns verlassen hat?« Der Zusammenhang erschloss sich Amalie nicht.

»Wie bekommt man am besten Informationen über einen anderen Betrieb? Weber wartet doch nur darauf, dass uns die Luft ausgeht. Er hat vor Jahren Strobels kleinen Bauernhof aufgekauft, um sich zu vergrößern.«

»Du meinst, er hat Ferdinand darauf angesetzt, sich bei Elise einzuschmeicheln, um uns zu schaden?« Amalie hielt das zwar für denkbar, aber glaubte nicht so recht daran.

»Ich traue ihm alles zu«, erwiderte Vater knapp.

»Aber wie hätte er das tun sollen? Elise hat erzählt, dass sie sich zufällig kennengelernt haben. Am Badesee. Und selbst wenn Weber in irgendeiner Weise so ein Aufeinandertreffen überhaupt hätte einfädeln können, er hätte nicht davon ausgehen können, dass Elise sich in Ferdinand verliebt.«

»Mit Geld kann er sich doch alles kaufen. Auch die Arbeiter«, kommentierte Vater, in dessen Augen der blanke Zorn stand. Der war es vermutlich auch, der ihn zu derart absonderlichen Ausuferungen seiner Fantasie trieb. Für einen Moment bereute Amalie, ihm gesagt zu haben, dass Ferdinand bei Weber in Lohn und Brot stand. Sie hatte es bisher für ein unwichtiges Detail gehalten und hoffte inständig, dass Vater sich wieder in den Griff bekommen würde, nicht dass er

Weber das vorhin Geäußerte auch noch vorwarf. Anscheinend hatte er vor, sich zur Ruhe zu zwingen. Denn als Hermann auf den Weg bog, der direkt zu Webers mindestens doppelt so großem Anwesen führte – einem Haupthaus mit Fachwerk, das ihrem ähnlich sah, und einem Anbau aus Stein neben einer riesigen Scheune –, holte Vater tief Luft und setzte sich gerade auf. Ein untrügliches Zeichen dafür, dass er vorhatte, Haltung zu bewahren. Einer der Arbeiter, an denen sie vorbeifuhren, grüßte ihn eher verlegen. Er nickte ihm nur zu. Vater ignorierte den Gruß, was Amalie nicht verwunderte, denn er hatte vor vielen Jahren für sie gearbeitet.

Allem Anschein nach bekam Weber, der verknöcherte Alte, nicht so häufig Besuch. Die Tür ging auf, noch bevor die Kutsche zum Stehen gekommen war. Er trug einen feinen Anzug, was für ein gutes Auskommen sprach. Weber sah so grimmig drein, als sich sein Blick mit dem von Vater kreuzte, dass Amalie nichts Gutes ahnte.

»Was führt dich in aller Herrgottsfrühe hierher? Und auch noch mit Gefolgschaft«, blaffte Weber ihn an.

Vater stieg mit nach außen zur Schau gestellter Gemütsruhe von der Kutsche und ging zu ihm.

»Es geht um einen deiner Arbeiter. Einen Ferdinand.«

Das schien Weber zu verblüffen. Seine grimmige Miene wich einer gewissen Neugier.

»Was ist mit ihm? Er ist heute nicht zur Arbeit erschienen.«

Vater tauschte Blicke mit Hermann. Nun bestand ja wohl kein Zweifel mehr daran, mit wem Elise sich von dannen gemacht hatte.

»Wir haben Grund zur Annahme, dass er mit meiner Tochter verreist ist.« Amalie atmete auf. Vater hatte sich wieder voll unter Kontrolle, andernfalls hätte er das Kind beim Namen benannt und von *durchbrennen* gesprochen.

»Hat sie ihm etwa den Kopf verdreht?«, schimpfte Weber. Fragte sich nur, wer wem den Kopf verdreht hatte. Vater schluckte die Bemerkung. Was half es auch, darüber zu spekulieren.

»Er hat sich wirklich unentschuldigt entfernt?« Hermann stieg nun ebenfalls von der Kutsche und nahm das Heft in die Hand. Amalie gesellte sich zu ihm.

»So ein Saubursch, ein elendiger«, fluchte Weber kopfschüttelnd. »Und blöd noch obendrein.«

»Blöde?«, hakte Amalie nach.

»Der Ferdinand. Der war einer der Besten. Hat sich hochgearbeitet. Ein blitzgescheiter Bursche. Hab ihm in Aussicht gestellt, eines Tages den Hof zu übernehmen, wenn ich nicht mehr kann«, sagte Weber. Das überraschte Amalie, auch wenn sie wusste, dass Weber keine Kinder hatte. Insofern glaubte sie ihm.

»Hat er Anverwandte im Süden?«, fragte Vater geradeheraus.

»Sicher. Seine Mutter wohnt in Nürnberg. Warum willst du das wissen?« Er musterte Vater für eine Weile misstrauisch. »Hat sie dir etwa nicht gesagt, wohin sie verreist, deine Tochter?« Sein Grinsen war schadenfroh.

Vater ließ auch das unkommentiert, was Weber natürlich als Bejahung seiner Frage wertete.

»Wenn ihr ihn findet, sagt ihm, dass er seine Zukunft hier auf dem Hof verspielt hat. Er braucht sich hier nicht mehr blicken zu lassen«, fuhr Weber fort.

»Nürnberg ist groß. Wissen Sie, wo sie wohnt?«, fragte Hermann.

»Was weiß ich. Irgendwo in der Innenstadt. Sie ist Schneiderin.«

»Schneiderin?« Vaters Stimme war heiser vor Erregung. Er wirkte völlig verstört. »Wie heißt sie denn? Es wird ja nicht so viele Schneiderinnen in der Nürnberger Innenstadt geben.«

»So wie er. Mangin. Ihren Vornamen kenne ich nicht. Was kümmert mich das auch?«

»Wir werden ihn finden.« Hermann zeigte sich zuversichtlich.

»Gibt es sonst noch etwas? Ich habe zu tun«, sagte Weber.

Amalie blickte hinüber zu Vater und erschrak, weil er kreidebleich wie versteinert dastand und vor sich hin starrte.

»Vater?«

Er reagierte zunächst gar nicht. Die ganze Aufregung und dann noch die Begegnung mit Weber. Amalies schlimmste Befürchtungen, dass ihm das alles zu viel wurde, schienen sich zu bewahrheiten.

»Kinder … manchmal bin ich froh, dass ich keine hab. Eine feine Tochter hast du da«, sagte Weber in einem Ton, der Amalie beinahe die Galle hochkommen ließ. Hoffentlich gerieten die beiden jetzt nicht auch noch aneinander. Weber schien es ja darauf anzulegen. Amalie hängte sich sicherheitshalber bei Vater ein, um ihn zurück zur Kutsche zu geleiten. Hier gab es nichts mehr zu tun.

»Einen schönen Tag noch«, wünschte sie ihm und gab Hermann mit Blicken zu verstehen, dass es Zeit war, abzufahren.

»Ebenso«, rief Weber ihnen zu und ging zurück zum Haus, wo er aber stehen blieb. Vermutlich kostete er diesen Moment, Vater gedemütigt zu sehen, in vollen Zügen aus.

»Es geht schon«, wimmelte Vater sie ab. Er wollte sich nicht beim Einsteigen helfen lassen.

Amalie nahm ihm gegenüber Platz. Hermann stieg auf den Kutschbock und fuhr los. Sie war heilfroh, dass sie diesen Besuch nun hinter sich gebracht und ein genaueres Bild über Elises Verbleib bekommen hatte.

»Wir sollten noch heute nach Nürnberg fahren und die Reise nach Venedig verschieben«, rief Hermann ihnen zu.

Vater reagierte erst gar nicht. Er saß da wie ein Fels. Reglos und mit leblosem Blick.

»Amalie? Joseph?« Hermann drehte sich diesmal um, damit sie ihn auch ja hörten.

»Nein. Das werden wir nicht«, sagte Vater mit überraschend scharfer Stimme.

Amalie traute ihren Ohren nicht.

»Aber wir müssen sie doch finden«, wandte Hermann ein. Er dachte sich vermutlich genau wie Amalie, dass dies doch Vaters Ansinnen gewesen war.

Vaters Blick verblieb starr und kalt. Seine Hand umschloss den Knauf der Tür so stark, dass das Weiß seiner Knöchel hervortrat. »Sie ist verloren … Ihr Leben … Sie will es so. Das Schicksal will es so«, brabbelte er nun vor sich hin. Verfiel er jetzt etwa wieder in diese merkwürdigen Fantastereien, die sicher der Ermüdung und nervlichen Überanstrengung geschuldet waren?

»Vater, aber deswegen sind wir doch hergefahren«, sagte Amalie.

»Ich will nichts mehr davon hören. Kein Wort mehr darüber! Wir fahren mit dem nächsten Zug nach Venedig«, fuhr er sie an. Dann wandte er ihr den Rücken zu.

Hermann hatte Vater wahrscheinlich auch noch nicht in dieser Verfassung erlebt. Er drehte sich zu Amalie um und zuckte ratlos mit den Schultern.

In diesem Moment machte Amalie sich vollends klar, dass sie Elise wohl für immer verloren hatte. Das verursachte ihr Unwohlsein, sogar einen dumpfen Schmerz. Doch er verging, als sie sich vor Augen hielt, dass Elise es gewesen war, die sich auch von ihr abgewendet hatte, ihrer eigenen Schwester. Und das alles nur wegen einer Liebschaft. Ja, Vater hatte recht. Kein Wort mehr über ihre Schwester.

Weil Elise noch nie zuvor mit der Eisenbahn gefahren war, hatte sie darauf gehofft, dass sie die vielen neuen Eindrücke während der Fahrt ablenken würden, doch kurz nachdem Ferdinand sie sanft bei Einfahrt in den Nürnberger Bahnhof geweckt hatte, machte sie sich gewahr, dass sie wohl aus purer Erschöpfung, die nicht nur körperlicher Natur und einer schlaflosen Nacht geschuldet war, gleich nach Abfahrt an seine Schulter gelehnt eingeschlafen sein musste. Als sie ihre Augen öffnete, setzte die Erinnerung an den unguten Abschied von Amalie ein – und das schlechte Gewissen, sich bei Nacht und Nebel ohne ein Wort aus dem Haus geschlichen zu haben. Seine Nähe, seine Wärme und sein im wahrsten Sinne des Wortes aufmunterndes Lächeln vertrieben jedoch die bösen Geister, die einen im Dämmerzustand gleich nach dem Aufwachen befielen.

»Du hast die ganze schöne Fahrt verpasst. Herrliche Wälder, Blumenwiesen, kleine Dörfer«, schwärmte er.

Elise nickte, doch es gab Schlimmeres. Dafür schenkte sie nun den neuen Eindrücken umso mehr Aufmerksamkeit. Wie groß Nürnberg doch war. Eine Stadtmauer umgab sie und von Weitem sah man eine Burg.

»Die Kaiserburg. Mutter wohnt ganz in der Nähe in der Altstadt. In den kleinen Gassen bin ich aufgewachsen«, erklärte Ferdinand.

Elise war gespannt auf seine Heimatstadt, die im Königreich für seine Handwerkskunst und den regen Handel bekannt war. Soviel sie wusste, konnte sich Nürnberg der ersten Eisenbahnverbindung auf deutschem Boden rühmen. Sie verband Nürnberg mit dem Nachbarort Fürth, und das schon seit über fünfzig Jahren. Die Strecke, auf der sie gefahren waren, gab es nahezu genauso lange. Man sah es an den abgenutzten Bänken, Dellen und Kratzern, die sich über die Jahre ins Holz gegraben hatten. Anscheinend war Nürnberg auch zu einer bedeutsamen Industriestadt geworden. Als sie sich zu Mitreisenden gesellten, die sich bereits beim Einfahren des Zugs in den Bahnhof vor der Tür versammelt hatten, bekam Elise ein Gespräch zweier Geschäftsleute mit, die aus der angrenzenden zweiten Klasse gekommen waren. Der eine arbeitete wohl für eine hiesige Erzgießerei, der andere für eine neu errichtete Maschinenfabrik. Obwohl sie offensichtlich in männlicher Begleitung war, ließ es sich der Ältere von beiden nicht nehmen, ihr beim Ausstieg den Koffer abzunehmen. Freundlicher hätte der Empfang in einer fremden Stadt kaum sein können. Schon im Bahnhof und auf dem Vorplatz machte sich Elise klar, dass Bamberg dem direkten Vergleich nicht standhalten konnte. Man sah es schon an der Kleidung. Sie war gediegener und selbst die Droschken und Kutschen, die an ihnen vorbeifuhren oder vor dem Bahnhof warteten, wirkten herrschaftlicher. Sie selbst mussten keine in Anspruch nehmen, weil es Ferdinands Schilderungen nach vom Bahnhof nicht weit bis zur Schneiderei war. Die Bahngesellschaft bewahrte gegen eine geringe Gebühr das Gepäck in einem Seitentrakt des Bahnhofsgebäudes auf. Ihre Reisekassen hatten sie sicherheitshalber vorher entnommen und in einem Beutel aus Leder verstaut, dessen Zugband Elise enger als bei Spaziergängen durch Bamberg üblich um ihr Handgelenk trug, weil es in einer großen Stadt sicher Diebesgesindel gab, vor dem man sich in Acht nehmen musste.

Einmal den großen Vorplatz überquert, führte Ferdinand sie durch eines der Stadttore. Es schien unzählige davon zu geben, eckige und runde Türme mit roten Zinnen, die über die Stadtmauer ragten. Elise fiel sofort auf, dass es hier weniger Fachwerkhäuser als in Bamberg gab. Die meisten Gebäude waren gemauert. Aus einigen ragte ein Holzchor mit großen Scheiben. Wie schön musste es sein, von dort oben das rege Treiben auf der Straße beobachten zu können!

»Früher war fast jede Gasse nach einem Handwerk oder Märkten benannt«, erklärte Ferdinand, nachdem ihr diese eigenwillige Namensgebung in der Schmidgasse zuerst aufgefallen war. Es gab den Heumarkt, den Rossmarkt, den Wein- und Säumarkt. Angeblich würden ältere Nürnberger diese Straßen und Plätze immer noch so nennen, auch wenn sie teilweise inzwischen andere Namen trugen.

»Mutter wohnt in der Tuchgasse jedenfalls standesgerecht«, fuhr Ferdinand fort und lachte. Als Schneiderin konnte man sich wohl keinen passenderen Ort für sein Geschäft wünschen, auch weil ihre Schneiderei direkt am Marktplatz lag. Zentraler ging es nicht mehr. Kolonnaden, hinter denen sich unzählige Stände der Bauern und Handwerker verbargen, umspannten ihn von allen Seiten.

»Mutter hat mir erzählt, dass all das hier bald abgerissen werden soll«, sagte Ferdinand, als sie an den Ständen entlangschlenderten. Elise besah sich daraufhin die Konstruktion dieses Arkadenganges. Sein Mauerwerk schien auf den ersten Blick einen recht intakten Eindruck zu machen.

»Sind sie zu alt und etwa nicht mehr stabil genug?«, fragte sie.

»Es verschandelt den Platz und versperrt den Blick auf den schönen Brunnen.« Dass er damit recht hatte, lag auf der Hand, denn ihr war bisher lediglich die alles überragende imposante Kirche auf der anderen Seite des Platzes ins Auge gefallen.

»Komm, lass uns zum Brunnen gehen«, schlug Ferdinand vor und führte sie quer über den Platz. Elise bedauerte, dass sie nicht um die Mittagszeit hier waren. Zu gern hätte sie das Männleinlaufen unter der Uhr am Westportal der Frauenkirche gesehen. Mutter hatte ihr erzählt, dass sich um Punkt zwölf Figuren auf einer kreisförmigen Bahn um den Kaiser herumbewegten. Im Moment war nur der Kaiser in seinen prächtigen Gewändern zu sehen.

Ferdinands Interesse galt jedoch dem Brunnen, der wie ein gotischer Kirchturm daherkam, prunkvoll mit bemalten Steinfiguren verziert und von einem schmiedeeisernen Schutzgitter umgeben. Elise bestaunte die Figuren. Wer dort alles stand, war Teil des Geschichtsunterrichts. Sie erinnerte sich noch genau daran. Wer von den dort posierenden Herren Sokrates, ein Papst und Karl der Große war, ließ sich anhand ihrer Kleidung erahnen.

Ferdinand schien nach etwas zu suchen und deutete dann auf einen in das Gitter eingearbeiteten Ring aus Metall.

»Wenn du kurz daran drehst und dir etwas wünschst, geht dieser Wunsch in Erfüllung«, sagte er, fasste an den Ring und drehte daran. Elise wagte es nicht, danach zu fragen, was ihm eben durch den Kopf gegangen war, weil man ja gemeinhin annahm, dass Wünsche nicht in Erfüllung gingen, wenn man sie ausplauderte. Er trat zur Seite und sie tat es ihm gleich. Was sollte sie sich wünschen? Dass sie mit ihm glücklich würde? Dass sie es schaffte, ihren Traum von einer Confiserie zu verwirklichen? Sie entschied sich für ein fortan glückliches Leben, weil dies beides beinhaltete, und drehte dann daran.

»Wenn sich zwei Menschen das Gleiche wünschen, geht dann ein Wunsch schneller in Erfüllung?«, fragte Ferdinand und sah sie mit verliebtem Blick an.

Elise zuckte mit den Schultern. Er ahnte sicher, dass sie sich das Gleiche gewünscht hatten. »Und wenn man noch einmal daran dreht?«, fragte sie.

»Warum? Hast du so viele Wünsche?«

»Vielleicht noch einen. Meinst du, dass deine Mutter uns wirklich hilft?« Elise wusste, dass sie im gegenteiligen Fall wohl bald unter Brücken schlafen mussten.

Ferdinand zuckte ratlos die Achseln und blickte bedeutungsvoll in Richtung einer der Gassen. Das Bekleidungsgeschäft am

Eck machte der Tuchgasse alle Ehre. »Ist das der Laden deiner Mutter?«, fragte Elise.

»Drei Häuser weiter.« Er holte tief Luft und tastete auf den letzten Metern nach ihrer Hand. Elise spürte, dass seine Handflächen feucht waren. So einfach schien es doch nicht zu sein, seine Mutter um Geld zu bitten. Weil er vor der kleinen Schneiderei, deren Schaufenster der Familienname »Mangin« in goldenen Buchstaben zierte, kurz verharrte und erneut tief einatmete, bereute Elise für einen Moment, dass sie sich nicht die Hilfe seiner Mutter gewünscht hatte. Sie erspähte durch das Schaufenster bereits eine Frau, die hinter einer Nähmaschine saß. Ein Bündel Kleidung lag auf dem Tisch daneben. Auf der linken Seite des Ladens hingen bereits genähte Kleider und zwei Anzüge. Die rechte Seite war kunterbunt. Dort lagen unzählige Stoffballen in allen möglichen Farben in einer Wand aus Regalen. Seine Mutter mochte an sich selbst anscheinend keine Farben, denn sie trug ein einfaches schwarzes Kleid, das lediglich Puffärmel zierten. Ihr Haar war zu einem Dutt nach oben gesteckt, was aus ihr eine strenge Erscheinung machte.

Ferdinand trat nun doch beherzt ein. Die Glocke an der Tür ließ seine Mutter aufhorchen. Sie blinzelte ihnen entgegen und erst, als sie ihren Nasenzwicker abgenommen hatte, schien sie ihren Sohn zu erkennen.

»Ferdinand.« Sie klang äußerst überrascht, ihn zu sehen, und weil ihr Blick auf seiner weiblichen Begleitung verharrte, war Elise klar, dass sich Ferdinands Mutter nun einige Fragen stellte. Ferdinand zögerte nicht, sie miteinander bekannt zu machen.

»Mutter. Darf ich dir Elise vorstellen?«

Sie erhob sich, ging zu ihnen und reichte ihr die Hand. »Angenehm, Ihre Bekanntschaft zu machen«, sagte sie.

Elise spürte eine eigenartige Kälte von dieser Frau ausgehen. Sie wunderte sich darüber, dass sie ihren Sohn nicht in den Arm nahm. Ihre Mutter hätte sie auf die Wange geküsst und gar nicht mehr losgelassen. Auguste Mangin hingegen zeigte keine Regung. Ihre grauen Augen, die den Eindruck der Kälte noch verstärkten, flößten Elise gehörigen Respekt ein.

»Geht es dir gut?«, fragte sie unvermittelt. Auch damit hatte Elise nicht gerechnet. War sie denn nicht neugierig auf die weibliche Begleitung, die offensichtlich mehr als nur eine Bekanntschaft war, der er den Laden zeigen wollte?

»Ich werde bei Weber aufhören«, sagte er. Sein Verhalten, vor allem aber sein Tonfall war nicht minder irritierend. Warum erzählte er nicht, wie es ihm ging? Die Begegnung hatte bisher eher den Anschein einer geschäftlichen Unterredung.

»Ist etwas vorgefallen? Zahlt er etwa nicht? Ich weiß nicht, ob ich dir noch einmal so eine Stelle mit so vielen Perspektiven vermitteln kann.« Elise kam aus dem Staunen nicht mehr heraus. Sie schien einflussreich und gut situiert zu sein, andernfalls könnte sie sich als Schneiderin keinen Laden in einer so guten Gegend leisten, doch würde eine Mutter nicht eher versuchen, ihrem Sohn eine Stelle zu verschaffen, die nicht so weit weg lag?

»Elise und ich. Wir werden nach Paris gehen. Dort gibt es Arbeit beim Bau des eisernen Turms.«

»Der Turm. Ich habe davon gehört. Er soll Paris verschandeln, aber Paris selbst soll ja sehr schön sein. Ich selbst war noch nie dort«, sagte sie und seufzte. »Und die junge Dame? Was schwebt Ihnen in Paris vor?«, fuhr sie an Elise gewandt fort.

Elise war so perplex, dass sie einen Blick mit Ferdinand tauschte. Er wirkte angespannt, was sich auf sie übertrug.

»Ich möchte eines Tages eine Confiserie aufmachen, mit Produkten aus Lakritz.«

»Einer Confiserie dieser Art wäre ich selbst nicht abgeneigt. Leider versteht man sich hierzulande nicht auf diese hohe

Kunst. Ich nehme an, du bist hier, um mich beim Wort zu nehmen«, sagte sie dann wieder an Ferdinand gerichtet.

Er nickte fast eine Spur beschämt.

»Nun. Was ihr vorhabt, klingt alles andere als unvernünftig. Paris hat Zukunft. Du bist der Sprache mächtig und eine Confiserie ist heutzutage dort nicht das Verkehrteste. Zumindest hat anfangs einer von beiden einen festen Verdienst. Ich nehme an, eure Zukunftspläne sind auch privater Natur?«

»Ich liebe Elise und möchte für den Rest meines Lebens mit ihr zusammenbleiben«, sagte Ferdinand erhobenen Hauptes und mit einer Ernsthaftigkeit, dass man glauben konnte, sie stünden vor dem Traualtar.

»Junge Liebe erfordert Achtsamkeit. Man soll nichts überstürzen. Wartet hier«, wies sie die beiden an und verschwand hinter einem Vorhang, der in einen hinteren Raum führte.

Elise hätte Ferdinand am liebsten sofort gefragt, was wohl in der Vergangenheit vorgefallen war, dass seine Mutter sich ihm gegenüber so abständig gab. Immerhin hatte er ihr die Frau vorgestellt, die er liebte. Jede andere Mutter würde irgendeine Reaktion zeigen, sei es überschwängliche Freude oder Abneigung.

»Du musst dir nichts denken. Mutter war schon immer so«, flüsterte er ihr zu. Elise gab dies nur noch mehr Rätsel auf. War er etwa ein ungewünschtes Kind gewesen oder seine Geburt so beschwerlich, dass sie fast daran gestorben wäre? Ihre Mutter hatte ihr von Fällen dieser Art erzählt. Elise wagte es jedenfalls nicht, im Moment weiter nachzufragen, denn als sie zurückkam, sah es ganz danach aus, dass sie ihnen zu helfen gedachte. Anders ließ sich das Stück Papier in ihren Händen, auf dem ihre Unterschrift stand, nicht erklären.

»Den Scheck kannst du bei jeder Bank einlösen. Ich denke, die Summe wird reichen, um fürs Erste ohne große Mühsal über die Runden zu kommen«, sagte sie und reichte ihm den Scheck.

»Ich danke dir, Mutter«, sagte er nur.

Sie nickte, dann besah sie sich Elise noch einmal.

»Sie sind sehr hübsch. In Paris wird man Ihnen den Hof machen. Du musst gut auf sie aufpassen«, sagte sie dann an ihren Sohn gewandt. »Wirst du mir ab und an schreiben? Es wird Fotografien von diesem Turm geben. Schick mir eine. Und Sie, werte Elise … von Ihrer Confiserie.«

»Versprochen«, sagte Elise postwendend.

»Hast du ein Stück Papier?«, fragte Ferdinand.

»Sicher«, erwiderte Auguste und riss einen Zettel von einem Block auf ihrem Arbeitstisch, den sie ihm dann aushändigte.

»Hier wirst du uns die erste Zeit erreichen können. Nur für alle Fälle«, sagte Ferdinand und notierte eine Elise unbekannte Adresse. Nur der Name seines Freundes, François, sagte ihr etwas.

»Ein Freund?«, fragte Auguste, die genau wie Elise ihren Blick auf den Zettel gerichtet hatte.

»Er will mir die Stelle bei Eiffel verschaffen«, erklärte er sich.

»Und bitte behandle die Anschrift vertraulich«, sagte Ferdinand, während er ihr den Zettel zurückgab.

»Du hast doch nichts ausgefressen, oder?« Auguste musterte ihren Sohn mit Argwohn.

»Wenn man an einem fremden Ort neu anfängt, ist es besser, die Brücken hinter sich abzubrechen«, sprang Elise ihm zur Seite.

»Verstehe«, erwiderte Auguste. Elise war sich sicher, dass sie mit ihrer Erklärung jeden Zweifel an etwaigen dubiosen Beweggründen ihres Sohnes im Keim erstickt hatte. Wahrscheinlich ahnte sie die Wahrheit, dass sie durchgebrannt waren, doch wie sie Auguste einschätzte, gereichte ihnen das sicher nicht zum Nachteil.

Auguste faltete den Zettel sorgsam und steckte ihn in eine aufgenähte Tasche ihres Kleides.

»Nun. Dann bleibt mir wohl nicht mehr viel mehr, als euch alles Glück dieser Welt zu wünschen. Man sagt ja dem Glück nach, dass man es selbst in der Hand hat.«

Ferdinand nickte voller Zuversicht.

Seine Mutter reichte Elise die Hand zum Abschied.

»Mach das Beste daraus«, sagte sie dann an ihren Sohn gerichtet und blickte auf den Scheck in seiner Hand. Noch nicht einmal ein Händedruck zum Abschied. Elise tat Ferdinand leid, denn sie hatte den Eindruck, dass er unter dieser Distanz mehr litt, als er sich vermutlich selbst eingestand.

»Danke für Ihre Hilfe«, sagte Elise, bevor sie zur Tür ging und sie öffnete.

»Schon gut. Es hat alles seine Ordnung«, sagte Ferdinands Mutter und sah ihnen nach, bis sie ihren Laden verlassen hatten.

Kapitel 8

Einerseits hatte es Amalie vor der langen und anstrengenden Reise nach Venedig gegraut. Es war ja nicht nur damit getan, sich stundenlang in einen Zug zu setzen. Dringende Korrespondenz mit der Bank musste vor Abreise noch in Windeseile unterschrieben und am Bahnhof aufgegeben werden, die richtige Kleidung ausgewählt, weil es in Italien um diese Jahreszeit ja bereits sehr warm war. So eine Hetzerei war das gewesen, nur um den Zug um halb elf noch zu erwischen. Zu all dem kam die Sorge um Vater und die damit verbundene Frage, ob er den Strapazen einer so langen Reise momentan überhaupt gewachsen war. Andererseits, und nur deshalb genoss sie die Zugfahrt nun doch, tat allen ein Tapetenwechsel in Ansehung der dramatischen Ereignisse der letzten Tage gut. Auch wenn Amalie es nicht für nötig erachtet hatte, Fahrkarten erster Klasse zu erwerben, war ihr spätestens bei der ersten Fahrt mit der Königlich Bayerischen Staatseisenbahn von Bamberg über Nürnberg nach München und weiter nach Kufstein klar geworden, dass sich Vaters Entscheidung als richtig erwiesen hatte. Die Sitze waren gepolstert, man bekam zu trinken und wohlschmeckende Stullen zu essen. Ein Hotel auf Rädern, anders konnte man die geschmackvoll eingerichtete erste Klasse nicht bezeichnen. Ihre Schwester war sicherlich zweiter oder dritter Klasse gefahren.

Die Frage, ob sie wohl immer noch in Nürnberg war und was sie dort tat, ließ sie nicht los, obwohl sie sich vorgenommen hatte, sich voll und ganz auf die vielen neuen Eindrücke und die Gespräche mit ihren Mitreisenden einzulassen. Erst nachdem sie in Kufstein in den italienischen Zug mit gleich noch besserem Komfort, den *Ferrovia del Brennero*, umgestiegen waren und über den Alpenkamm von Innsbruck via Brennerpass und Bozen das Trentino erreicht hatten, verloren sich die quälenden Fragen über den Verbleib ihrer Schwester und was sie vorhatte allmählich. Die Eindrücke auf dieser Trasse durch weitläufige Täler und atemberaubend hohe Felsmassive nahmen vermutlich jeden Reisenden in Beschlag. Die vielen Tunnels auf dieser Strecke waren beängstigend. Man dachte bei einigen, dass einen die Dunkelheit verschlang und nie wieder ins Licht entließ.

Vater ging es wieder besser. Es wäre aber zu viel, zu sagen, dass er wieder gänzlich der Alte wäre. Sein Gesicht schien gealtert zu sein und er hatte sich erst auf der Strecke durch Südtirol gesprächiger gezeigt. Das lag in erster Linie daran, dass Geschäftsleute zugestiegen waren, die ebenfalls nach Venedig fuhren. Einer von ihnen, Hubertus Balcke, hatte eine noch längere Reise vor sich – bis nach Neapel. Ohne Schlafwagen war das nicht machbar. Er kam aus Berlin und war natürlich heilfroh, dass es die Eisenbahnachse Berlin-Palermo inzwischen gab. Er war Amalies Ansicht nach ein überdurchschnittlich gebildeter Mann, worauf sich schon nach wenigen Wortwechseln hatte schließen lassen.

»Sie nennen die Lok immer noch Vesuvio, weil sie Rauch spuckt.« Wer solche Dinge über ein fremdes Land und seine Einwohner wusste, der war ein Mann von Welt. Und so jemand vertrieb einem die Zeit in einem Abteil, in dem es spätestens seit Trient so warm geworden war, dass Amalie nichts anderes übrig geblieben war, als sich immer wieder auf der Toilette frisch zu machen und sich mit einer Zeitschrift Wind zuzufächern.

»Ich möchte nicht wissen, wie viel Geld von den Rothschilds hier drinsteckt. Vor allem italienische Banken investieren viel in die Eisenbahn. Es entstehen immer mehr private Gesellschaften. Das belebt den Wettbewerb und wir als Reisende profitieren davon. Ist ja auch die Zukunft und wenn Sie mich fragen, die Italiener hätten nichts Besseres tun können, als die Bahn zu privatisieren.« Balcke schien Vater regelrecht zu fordern, um nicht zu sagen, herauszufordern, denn auch wenn er Balcke in einem feinen Anzug gegenübersaß, war er dennoch nichts weiter als ein Lakritzbauer aus Bamberg, der sich hier im Zug als Großunternehmer gab. Hermann ging es wohl ähnlich. Amalie kannte ihn gut genug, um zu wissen, über wie wenig Allgemeinwissen er verfügte. Insofern erstaunte es sie nicht, dass er das Wenige bei jeder sich bietenden Gelegenheit anbrachte.

»Wir können froh sein, dass Viktor Emanuel II Italien geeint hat. Seither geht es doch aufwärts und es herrscht Ruhe in diesem Land.« Hermann gefiel sich freilich in seiner Rolle als Italienkundiger. Bei Vater hinterließ das natürlich Eindruck. Immer, wenn Balcke ein Thema vertiefte, lenkten beide das Gespräch auf etwas gänzlich anderes, um sich ja keine Blöße zu geben. Was wusste schon ein Franke über das alte Königreich Sizilien, das von Neapel und welche Völker sich ihrer im Laufe der Historie bemächtigt hatten. Hermann jedenfalls nicht. Dass er sich zweimal den Fauxpas geleistet hatte, Venedig für eine Republik zu halten, ließ ihn für längere Zeit verstummen. Amalie hatte ihn vor weiteren Blößen gerettet und ihn gebeten, sie in den Speisewagen zu begleiten.

Vater schlief mittlerweile tief und fest. Amalie hoffte, dass er nicht schnarchte, was sie sich jeden Abend anhören durfte, weil sie ihr Zimmer neben seinem hatte. Man würde es im ganzen Waggon hören.

Obwohl ebenso von der stundenlangen Fahrt und Vaters Gesprächen ermüdet, genoss Amalie die an ihr vorbeiziehende

Landschaft des wunderschönen Veneto. Die Gegend musste einmal sehr reich gewesen sein. In der Ferne sah sie immer wieder herrschaftliche Anwesen und sogar ein Schloss, umgeben von Feldern, auf denen Bauern arbeiteten. Konnte man das nahende Meer riechen? Die Luft wurde schwerer und das Klima drückender. Amalie öffnete das Fenster und ließ sich den Fahrtwind um die Nase wehen. Gottlob blies der Wind den Rauch des Vesuvs auf Rädern in die andere Richtung. Amalie bemerkte weitere Gleise, die sich aus dem Landesinneren kommend mit der Trasse vereinigten, auf der sie fuhren. Der Bahnhof von Mestre konnte nicht mehr weit sein. Die ersten Gehöfte und Steinhäuser tauchten in der Dämmerung auf, Straßen, auf denen Kutschen fuhren. Irgendwo da hinten am Horizont musste das Meer liegen. Sie würden es vor Einbruch der Dunkelheit nicht erreichen.

»Ist Ihnen nicht gut, werter Joseph?«, hörte sie Balcke unvermittelt fragen.

Machte Vater nun etwa das Klima zu schaffen, weil sie das Fenster geöffnet hatte? Er wirkte angeschlagen. Sie brauchte nur seinem starren Blick zu folgen, um den Grund seiner gegenwärtigen Verfassung zu verstehen. Ein junges Paar hatte das Abteil durchquert. Vermutlich war es Vater genau wie ihr ergangen, denn die junge Frau sah Elise sehr ähnlich. Ihr Begleiter wartete, bis zwei Mitreisende ihre Koffer zur Seite geräumt hatten, und blickte sich im Abteil um. Wie aus dem Gesicht geschnitten. Das junge Fräulein lächelte ihnen unverbindlich zu, bevor sie weiterging. Vater sah ihr nach, bis sie das Abteil verlassen hatte.

»Wir sind bald da. Ich kann es noch gar nicht glauben. Und morgen möchte ich den Markusplatz sehen und mit einer Gondel fahren.« Amalie hoffte, dass ihre Vorfreude sich auf ihren Vater übertrug und ihn aus seiner Lethargie reißen würde. Der Versuch scheiterte.

»Aber lassen Sie sich dabei nicht übers Ohr hauen. Wenn die Gondolieri merken, dass Sie nicht von hier sind, verlangen sie den doppelten Preis. Sie müssen feilschen, auch beim Einkauf von Süßholz, wenn ich mir diesen Rat erlauben darf«, kommentierte Balcke. In Vater fuhr wieder Leben, was Amalies Annahme bestätigte, dass es im Moment für ihn nichts Besseres gab, als sich seinen Geschäften zu widmen.

Auch wenn Elise sich Nürnberg noch gern eine Weile angesehen hätte, zumal Ferdinand hier aufgewachsen war, passte dies ihrem Empfinden nach nicht zu einem Neuanfang. In Aufbruchstimmung hatte man zudem nicht die Ruhe und schon gar keine Muße, durch eine fremde Stadt zu bummeln, und sei sie noch so reizvoll. Und wenn einem das Glück eines Direktzugs von Nürnberg über Würzburg und Frankfurt nach Köln beschieden war und es von dort einen zeitlich günstig gelegenen Anschluss nach Paris gab, dann wäre es töricht, diese Gelegenheit nicht beim Schopf zu packen – diesmal allerdings zweiter Klasse, denn auf Holzbänken würde diese Fahrt zur Tortur.

Bereits auf dem ersten Teil der Strecke durch deutsche Gefilde hatte Elise sich überlegt, Ferdinand auf das denkwürdige Verhalten seiner Mutter anzusprechen. Irgendetwas musste doch zwischen den beiden vorgefallen sein. Waren Mütter normalerweise nicht immer stolz auf ihre Söhne? Ihrer Beobachtung nach und von dem, was sie aus dem Freundeskreis mitbekommen hatte, standen Mütter ihren Söhnen normalerweise besonders nah. In diesem Fall wohl nicht. Man konnte noch nicht einmal ansatzweise von nah sprechen. Für ein diesbezügliches Gespräch hatte sich jedoch keine passende Gelegenheit ergeben. Zum einen, weil er bis nach Frankfurt geschlafen hatte. Zum anderen, weil es ihn selbst nicht zu kümmern schien, dass seine Mutter sich ihm gegenüber so distanziert gab. Kein Wort darüber, als sie noch in Nürnberg gewesen waren. Ihr auf dem Weg zurück zum Bahnhof das eine oder andere Gebäude zu zeigen und darüber zu sprechen, was es alles im Germanischen Nationalmuseum zu sehen gab, war ihm wichtiger gewesen. Außerdem hatten sie sich beeilen müssen, den Scheck auf der Bank einzulösen und Mark in französische Francs zu tauschen. Der zweite Versuch, Näheres über seine Mutter zu erfahren, war dann nach dem Umsteigen in Köln an einem ganz banalen Anlass gescheitert. Einer der Mitreisenden der zweiten Klasse hatte ihnen seine Zeitung angeboten. Darin stand ein Bericht über das verrückte Bauvorhaben der Pariser, das Ferdinand als seinen künftigen Arbeitsplatz ins Auge gefasst hatte. Euphorischer konnte ein Mensch kaum sein. Angesichts der Gigantomanie des Projektes und seiner Leidenschaft für Architektur war dies durchaus verständlich.

»Stell dir das einmal vor. Über drei Millionen Francs soll er kosten.« Bei dieser Zahl konnte einem schwindlig werden, allerdings war sich Ferdinand sicher, dass diese Kosten nur eine optimistische Schätzung seien und sicher noch steigen würden. Das sei bei großen Bauprojekten so üblich. Wenn man die wahren Kosten von vornherein benannte, lief man Gefahr, keinen Auftrag für ein Projekt dieser Größenordnung zu bekommen. Andererseits, auch das hatte in dem Artikel gestanden, sollte dieser Eisenfachturm ja nicht nur das höchste Gebäude der Welt, sondern auch zum Symbol der Weltausstellung in zwei Jahren und zugleich zum einhundertsten Jahrestag der Französischen Revolution werden. Das rechtfertigte eventuell solche Summen. Es schienen auch andere Dinge, die in diesem Artikel standen, nicht so ganz zu stimmen. Der Name Gustave Eiffel war in aller Munde, doch von François wusste er, dass der Entwurf für den Bau dieses Turmes von zwei seiner Angestellten stammte, deren einschlägige Erfahrungen im Brückenbau Eiffel zugutekamen. Wieder einmal jemand, der sich mit fremden

Federn schmückte. Auch dieses Phänomen war Elise nicht neu. Eine ausgebildete Lehrerin, die sich auch Kompetenz in Landeskunde und Geschichte hatte aneignen müssen, konnte man damit nicht überraschen. Den Ruhm ernteten meist immer die anderen. Auch darüber hatten sie sich rege unterhalten. Der nächste Anlauf, ihn über das besondere Verhältnis zu seiner Mutter zu befragen, war an ihrem lautstark knurrenden Magen gescheitert. Sie hatten sich nicht genug Proviant am Nürnberger Bahnhof mitgenommen. Insofern konnte man von Glück sagen, dass dieser moderne Zug über einen sogenannten *Wagon-Restaurant* verfügte, wie die Franzosen ihn nannten. Durchgangszüge, die es erlaubten, von einem Waggon zum anderen und somit zum Speisewagen zu gelangen, gab es in Frankreich, wie Elise aus einem Zeitungsbericht wusste, erst seit ein paar Jahren. Im Kaiserreich noch nicht, dabei sagte man den Deutschen doch immer nach, wie fortschrittlich sie seien. Da sie Fahrscheine für die Polsterklasse hatten, war der Besuch des Speisewagens ohne Aufpreis möglich. Sogar eine Küche gab es in diesem Zug. Sie war im Gepäckwagen untergebracht.

Der Speisewagen war gut besucht. Kein Tisch, auf dem nicht ein Glas Wein stand und an dem sich nicht rege unterhalten wurde. Die gelöste Stimmung und das gute Essen passten nicht zu Gesprächen, wie Elise sie im Sinn hatte. Ferdinand philosophierte sowieso lieber über die Pariser Stahlkonstruktion, die so beschaffen sei, dass ihr Seitenwinde nichts anhaben konnten. Über dreißigtausend Kubikmeter Erdreich seien am Marsfeld nahe dem Seineufer für den Bau des sagenhaften Turms ausgehoben worden. Elise ließ sich lieber über das feine Essen in der Zugwirtschaft aus. Die Pastete mit gefüllter Hühnerbrust und Apfelkompott mit Zimt mundeten göttlich. Dazu ein Glas Wein. Löste Wein nicht die Zunge? Der Wein nicht, aber die Rechnung, die ihnen der uniformierte Ober präsentierte, zwar nicht gleich, aber als sie in ihr Abteil zurückgekehrt waren.

»Ohne das Geld meiner Mutter würden wir uns das wohl nicht leisten können«, merkte Ferdinand an. Eine bessere Gelegenheit, nun nachzuhaken, gab es nicht, zumal es auf diesem Streckenabschnitt nichts außer in der Dämmerung vorbeiziehenden gelben Rapsfeldern, aus denen vereinzelt Bäume ragten, zu sehen gab und Elise daher mit keiner weiteren Ablenkung rechnete.

»Hat sie dir immer wieder etwas zukommen lassen? Man verdient ja nicht so viel auf den Feldern«, wollte Elise wissen.

»Nein. Mein Verdienst reichte zum Leben.«

»Aber das Internat hat sie bezahlt?«

»Sie wollte, dass ich eine gute Ausbildung habe. Ich bin ihr dafür sehr dankbar.« Elise versuchte vergeblich, irgendeine emotionale Reaktion aus seiner Mimik abzulesen. Selbst technische Erklärungen, die den Bau dieses Turms betrafen, hatte er lebhafter vorgetragen. Elise beschloss, nicht mehr lange um den heißen Brei herumzureden.

»Mich hat überrascht, dass sie dich wie einen Fremden begrüßt hat«, sagte sie nun doch freiheraus.

Ferdinand überlegte für einen Moment, bevor er antwortete.

»Sie war schon immer so«, sagte er.

»Auch, als du noch ein Junge warst? Ich war auch auf dem Internat und wenn ich mich recht erinnere … Ja, Vater war mir ab diesem Zeitpunkt auch ganz anders begegnet. Er hat mich kaum noch in den Arm genommen. Mutters Verhalten mir gegenüber hatte sich aber nicht verändert.«

»Schwer zu sagen … War es da anders?«, überlegte Ferdinand laut. Er schien angestrengt darüber nachzudenken.

»Ich erinnere mich auch kaum noch an die Zeit vor dem Internat, nur an gewisse Dinge, eigentlich nur schöne Momente. Mutter hatte sich im Winter, wenn es so richtig frostig war, in ihrem Lesesessel immer mit einer riesigen Wolldecke zugedeckt. Ich bin unter die Decke gekrochen und legte mich auf ihren

Bauch. Ihren Atem und ihre Wärme, ich spüre sie heute noch, wenn ich daran denke.«

»Nein … offen gestanden … Ich weiß nur noch, dass es mir an nichts fehlte. Wir haben zusammen gegessen. Das weiß ich noch sicher.«

»Mutter hat mir immer Gutenachtgeschichten vorgelesen. Ich hab mich den ganzen Tag darauf gefreut, von ihr ins Bett gebracht zu werden«, sagte Elise.

Ferdinand schüttelte den Kopf. »Ich war viel mit den Jungs aus der Nachbarschaft im Freien. Ich hatte ein Baumhaus an der Pegnitz, auf der Insel Schütt. Selbst gebaut. Werkzeug hat mir der Tischler geliehen. Nägel, Seile.«

»Da warst du höchstens sechs. Einem kleinen Jungen gibt man doch kein Werkzeug dieser Art in die Hand.«

»Ich hab gelernt, damit umzugehen. An das Baumhaus erinnere ich mich noch genau. Ich saß oft dort oben, um die Menschen auf der anderen Seite des Flusses zu beobachten.«

Dass Ferdinand sich ausgerechnet daran erinnerte, wunderte Elise im Hinblick auf seine Leidenschaft für alles, was mit Bauwerken und Konstruktionen jeglicher Art zu tun hatte, nicht. Vielleicht empfanden Jungen die Kindheit auch anders als ein Mädchen, das eher am Rockzipfel der Mutter hing.

»Sie hat mich allein großgezogen und sich nie beklagt. Vermutlich wird man so, wenn man täglich mit den Härten des Lebens zu kämpfen hat«, überlegte Ferdinand laut.

»Und dein Vater? Du hast erzählt, dass er sie verlassen hat. Einfach so?«

»Mutter hat sich als einfache Schneiderin allein durchschlagen müssen und ist zur Geschäftsfrau geworden. Sind nicht alle Geschäftsleute so? Wenn man sich durchbeißen muss, wird die Schale hart«, erklärte Ferdinand, was Elise vor dem Hintergrund dessen, was sie nun über seine Mutter wusste, unmittelbar einleuchtete.

»Na hoffentlich geht es uns nicht eines Tages genauso. Einfach wird es sicher nicht, in Paris Fuß zu fassen«, sagte Elise ein wenig in Sorge.

Ferdinand legte seinen Arm um sie. »Das wird nicht passieren«, sagte er und sah ihr dabei in die Augen. Darin lag mehr als nur ein Versprechen, sondern auch noch Gewissheit, die sie ihre Sorgen augenblicklich vergessen ließ.

Amalie erstaunte es keineswegs, dass es vor drei Jahren eine Choleraepidemie in der Lagunenstadt gegeben hatte. Der modrige Gestank von Brackwasser war ihr bereits auf der Kutschfahrt entlang der Wasseradern des überwiegend mit Schilf bewachsenen Deltas in die Nase gezogen. Ein Paradies für Stechmücken, derer man sich kaum noch erwehren konnte. Gerade bei Einbruch der Dunkelheit fraßen sie einen förmlich auf. Der Geruch von Fäkalien kam mit hinzu. Er ließ erst nach, als sie die Anlegestelle des Vaporettos erreicht hatten und die Lichter Venedigs in der Ferne vor ihnen lagen. Vater kannte die Stadt bereits und war wohl ihrem morbiden Charme erlegen. Wie konnte etwas so morbid und charmant zugleich sein? Seine Worte. Amalie war gespannt, was sie auf der vor ihnen liegenden Inselgruppe erwartete, auf die Welt der Dogen, der Kaufleute und eine der ehemals bedeutendsten und reichsten Handelsstädte überhaupt. Vater hatte während der Kutschfahrt von Venedigs goldenen Zeiten erzählt und fast ein wenig bedauert, dass die moderne Schifffahrt Venedig als Zielhafen obsolet machte. Salz, Seide und Gewürze hatte man in früheren Zeiten nur hier bekommen und nicht in Bremerhaven. Er hätte als Vollblutgeschäftsmann, der er nun mal war, gut in die damalige Zeit gepasst. Vater bezeichnete Venedig auch nicht als Stadt im herkömmlichen Sinn. »Ein Flickwerk aus über hundert sumpfigen Inseln, fast ebenso vielen Kanälen, über das sich Hunderte von Brücken spannen« sei es. Eine dieser Brücken, auch das wusste sie nun dank seiner Erzählungen während der Zugfahrt, hatte Venedig den Österreichern zu verdanken. Die Eisenbahnbrücke verband seit gut vierzig Jahren das Festland mit der Lagunenstadt. Unter normalen Umständen hätten sie sich also diese strapaziöse Kutschfahrt ersparen können, doch aus einem unerfindlichen Grund war der Zug heute nur bis Mestre auf dem Festland gefahren. Einer der Mitreisenden hatte dies mit Wartungsarbeiten begründet und es sei nicht das erste Mal, dass der Zug nicht direkt zum Bahnhof Santa Lucia, der direkt am Canal Grande lag, durchgefahren sei.

Einmal auf dem Meer verflüchtigte sich nicht nur der üble Geruch, sondern auch die drückende Schwüle. Die Stechmücken blieben in den Sümpfen. Amalie war froh, dass ihr eine Gondelfahrt mit all dem Gepäck erspart blieb. Wie konnten diese Gondolieri überhaupt Halt auf so schmalen Booten finden und dabei auch noch singen? Mehr als maximal vier Menschen passten sowieso nicht darauf. Durch enge und schummrige Kanäle damit zu fahren, stellte sie sich dennoch äußerst romantisch vor, auf weitläufigen Gewässern aber eher als abenteuerlich. Da war es auf diesem modernen dampfgetriebenen Schiff, das erst seit wenigen Jahren Passagiere beförderte, doch viel angenehmer. Es fuhr direkt in den Canal Grande und hielt genau dort, wo sie hinwollten. Eine der Haltestellen befand sich direkt am Markusplatz. Die Fahrt dorthin empfand Amalie als angenehm, denn mit Einbruch der Nacht verlor sich die Hitze des Tages auf dem Wasser schneller als erwartet. Eine leichte Brise vom Meer tat ihr Übriges. Die vielen Lichter aus den Fenstern unzähliger Bauten wirkten einladend. Laternen auf den Gondeln funkelten wie Sterne über dem Wasser, auf dem sich ihr Schein im Takt der Wellen brach. Amalie konnte sich an den Kirchen, prunkvollen Bauwerken und den Palästen, die das Ufer des Canal Grande zierten, gar nicht sattsehen. Im

Licht unzähliger Laternen entlang der Trottoirs entfalteten sie anmutige Schönheit und verströmten pure Romantik.

»Bringt es nicht Glück, einer Braut zu begegnen?«, fragte Hermann unvermittelt, der die ganze Zeit genau wie Amalie schweigend die schier überwältigenden Eindrücke in sich aufgesogen hatte.

Amalie folgte seinem Blick. Erstaunlicherweise trug die Braut auf der Gondel, die ihren Weg kreuzte, Weiß und nicht Schwarz, wie sie es von Bamberg her kannte, und wie prächtig dieses Kleid war, genau wie der schneidige Kerl an ihrer Seite in Frack und Zylinder. Was für ein hübsches Paar. Weil die Passagiere einer vorbeifahrenden Gondel den frisch Vermählten zuwinkten und ihnen ihre Glückwünsche in der Landessprache zuriefen, tat sie es ihnen gleich. Hermann rief ihnen etwas auf Italienisch zu, ein Umstand, der Amalie erstaunte, weil er ihres Wissens des Italienischen nicht mächtig war. Und wie sich das junge Paar freute. Leider fuhren sie viel zu schnell an der mit Blumenkränzen geschmückten Gondel vorbei. Amalie bedauerte es nicht nur des schönen Kleides wegen, dessen Schnitt sie sich gern etwas länger eingeprägt hätte. Das Paar war so hübsch anzusehen, vor allem der junge Mann. Waren alle Italiener so gut gebaut und mit so einem schönen Gesicht gesegnet?

»Seit wann sprichst du Italienisch?«, fragte sie Hermann, als die feierlich geschmückte Gondel außer Sichtweite war.

»Tanti auguri heißt so viel wie *meine Glückwünsche.*«

»Woher weißt du das?«, fragte Amalie geradeheraus.

»Von Francesco Valentini«, sagte er und lächelte süffisant. Hermann packte wie immer jede Gelegenheit beim Schopf, um sich in ein gutes Licht zu setzen. In diesem Fall vermutlich, weil Vater sich wieder zu ihnen gesellt hatte und nicht mehr als einsame Gallionsfigur im Wind den Bug des Schiffs schmückte.

»Kennst du diesen Valentini aus Bamberg? Ein Kunde?«, fragte Vater.

Amalie wusste, dass sich im Laufe der Jahre eine Vielzahl von handeltreibenden Italienern in Bamberg niedergelassen hatten. Es waren Kaufleute, die Seide, Südfrüchte und Galanteriewaren aus Italien einführten. Vielleicht kannte er deshalb einen von ihnen persönlich.

»Nuovo dizionario portatile italiano-tedesco e tedesco-italiano«, sagte er und zog aus seiner Reisetasche ein Wörterbuch heraus.

Francesco Valentini war der Verfasser, wie Amalie eben las.

»Respekt«, sagte Vater anerkennend.

Das war es doch, was Hermann hören wollte.

»Was heißt *sehr erfreut, Sie kennenzulernen*?« Amalie stellte ihn gleich auf die Probe.

»Piacere.«

»Und sonst nichts?«, wunderte Amalie sich.

»Es gibt noch andere Floskeln, aber ich schätze, so weit bin ich noch nicht vorgedrungen.« Hermann reichte ihr das Wörterbuch.

Amalie nahm es an sich und blätterte darin. Ein paar Worte erinnerten sie an das Schullatein. Englisch und Italienisch, aber auch Französisch wurde leider nur den höheren Töchtern und Glücklichen wie ihrer Schwester zuteil. Amalie gab es ihm wieder zurück. Das lohnte sich doch gar nicht, nur wegen einer so kurzen Reise damit anzufangen, eine fremde Sprache zu erlernen. Wobei sie sich einräumen musste, dass ihr die Klangfarbe gefiel, sofern Hermann das Wort überhaupt richtig ausgesprochen hatte. Sie gab sich lieber wieder den Eindrücken hin, die diese Fahrt mit sich brachte. Ein hoher Turm war in Sicht, als der Canal Grande sie in ein viel breiteres Gewässer entließ. Das Vaporetto näherte sich einem großen Platz, vor dem eine ganze Reihe von Gondeln an hölzernen Stegen lagen. Zwei Großsegler ankerten unweit einer vom Vollmond in fahles Licht getauchten Anlegestelle. Ruderboote transportierten auch nachts noch Ladungen in Kisten und Säcken.

Amalie bewunderte nicht nur die beiden imposanten Säulen am Ufer, auf deren oberen Sockeln Statuen standen. Die des geflügelten Löwen gefiel ihr besonders gut. Es waren vor allem die prunkvollen Gebäude und die vielen Menschen, die auf diesem weitläufigen Platz flanierten oder ihn geschäftig überquerten, die Amalie in Beschlag nahmen. Um diese Zeit war in Bamberg so gut wie niemand mehr unterwegs.

»Die Piazzetta San Marco«, sagte Vater voll Ehrfurcht und Bewunderung, während das Boot anlegte und zwei Matrosen flink von Bord sprangen, um es zu vertäuen. Amalie hatte noch nie so einen schönen Platz gesehen. Zwei riesige weiße Paläste mit Arkadengängen flankierten ihn und an seinem Ende ragte ein Turm bis hinauf in den Nachthimmel. So viel Reichtum und Prunk! Amalie fühlte sich von diesen überwältigenden Sinneseindrücken förmlich berauscht. Hoffentlich ließen ihnen die Geschäfte etwas Zeit, um Venedig bei Tageslicht zu erkunden.

»Amalie. Wir müssen aussteigen. Das Vaporetto fährt gleich weiter«, ermahnte Hermann sie.

»Was heißt *danke* auf Italienisch?«, wollte sie dann beim Aussteigen doch noch wissen.

»Grazie.« Dieses Wort gefiel Amalie und sie gedachte, es sich für alle Fälle zu merken.

Schon während der Fahrt mitten durch das aus unzähligen Fenstern funkelnde Pariser Häusermeer machte Elise sich gewahr, dass die Stadt noch viel aufregender war, als man sich erzählte. Und wesentlich größer, als sie es sich in ihren kühnsten Träumen hätte vorstellen können. Der Bahnhof untermauerte diesen Eindruck. Sie zählte gleich acht Gleise, nachdem sie das

Ende des Bahnsteigs erreicht hatten. Sie führten allesamt in eine riesige Ankunftshalle, deren Dach imposante Säulen aus Stahl hielten, die wie gespreizte Finger einer Hand nach oben hin verzweigten. Einen überdachten Sackbahnhof sah sie heute zum ersten Mal. Er hatte zweifelsohne den Vorteil, bequemer umsteigen zu können und sich dabei nicht mehr Wind und Wetter aussetzen zu müssen. Es war Elise daher klar, warum Ferdinand seine Schritte verlangsamte und sein Blick auf die Decke gerichtet war. Dass nachts noch so viele Menschen unterwegs waren und geschäftig umhereilten, beeindruckte Elise genau wie die eleganten Roben der Damen und Herren. Vor allem die der Damen waren der Grund, warum sie nun auch ihre Schritte verlangsamte. Der berühmt-berüchtigte Pariser Hintern, den einige Damen hier zur Schau trugen, war so skurril, dass Elise kaum ihren Blick davon abwenden konnte. Vom *cul de ouatte* hatte sie bisher nur in einem Modemagazin gelesen. Die übermäßige Betonung des weiblichen Hinterteils, teils mit Reifrock, teils wattiert, bestickt und mit aufwendigen Schleifen versehen oder einfach nur von einem Oberkleid gesäumt, ließ den Hintern wackeln wie den Bürzel eines Enterichs, wenn sich die Damen schnell bewegten. Einige von ihnen trugen so körpernahe Schnitte, dass ihnen flinke Schritte gänzlich unmöglich waren. Dies zusammengenommen verstärkte ihren tollpatschigen Gang, der Elise schmunzeln ließ. Die vielen Farben und Kombinationen von Stoffen, von denen Elise glaubte, nur Hochadel würde so etwas tragen, schienen hier völlig normal zu sein. Dagegen kam Elise sich in ihrer nur leicht taillierten und somit reisetauglichen Bluse über einem weit geschnittenen Rock vor wie eine Dorfpomeranze. Wahrscheinlich sah man auf einen Blick, dass sie nicht von hier waren, denn auch Ferdinand trug nur ein einfaches Jackett und kam nicht als Mann von Welt daher. Warum starrte Ferdinand nun auch in die Richtung dieser Damen? Die Architektur eines Reifrocks interessierte ihn dabei sicher nicht. Den Herren der Schöpfung schienen solche Blüten der Mode anscheinend zu gefallen. Prompt stieß sie ihn in die Seite.

»Paris«, stieß er aus und seufzte. Es klang wie eine Rechtfertigung. Sein verwegenes Grinsen passte dazu, doch weil er sogleich einen Arm um sie legte und ihr tief in die Augen sah, wusste Elise, dass sie sich wegen eleganter und besonders hübscher Damen, die in dieser Stadt sogar an Bahnhöfen gegenwärtig waren, keine Sorgen zu machen brauchte.

»Wir sollten nach einer Unterkunft suchen und Hunger habe ich auch«, sagte Ferdinand, nahm das Gepäck wieder an sich und setzte sich in Richtung Ausgang in Bewegung, der zu einem weitläufigen Vorplatz führte. Kutscher standen mit ihren Droschken davor, doch nur ein Teil der Reisenden nahm ihre Dienste in Anspruch. Vermutlich waren sie zu teuer, überlegte Elise.

»Wir sollten gleich hier in der Gegend nach einer Herberge Ausschau halten. François hat es mir angeraten. Sie sind hier günstiger als im Zentrum«, sagte Ferdinand und sah sich auf dem großen Platz, der vor ihnen lag, um. Hier bot sich schon ein ganz anderes Bild als auf den Bahnsteigen der Fernzüge, deren Fahrscheintarife sich gewiss nicht jedermann leisten konnte. Das einfache Volk mischte sich hier mit den überwiegend elegant gekleideten Reisenden, die generell besser zum größten Pariser Bahnhof und dessen majestätischer Prunkfassade passten. Elise folgte Ferdinands Blick nach oben und begann zu zählen. Dreiundzwanzig Statuen thronten auf diesem Schienenpalast. Sein Name war oben auf je vier mächtigen Säulen eingraviert – *Nord* in großen Buchstaben. Der Gare du Nord machte der Stadt der Kunst wahrlich alle Ehre. Auf der anderen Seite des weitläufigen Platzes schienen Gaststätten zu sein. Nachdem Passanten darin verschwunden waren, hatten sie bestimmt noch geöffnet.

»Eine Droschke, Mademoiselle, Monsieur?«, rief ihnen einer der Kutscher auf Französisch zu, denn der Strom ankommender Passagiere war inzwischen versiegt. Der ältere Herr in Frack und Zylinder öffnete ihr bereits einladend die Tür zur Kutsche und Elise hätte im Moment nichts lieber getan, als sich direkt zu einer Herberge fahren zu lassen.

»Coco!« Elise vernahm die penetrante Stimme zuerst. Sie kam von einem Mann, der einen großen Kanister auf seinem Rücken trug, aus dem ein Schlauch ragte. Anscheinend schenkte er Tee aus, denn eine Frau mit einem Becher in der Hand fand sich vor ihm ein. Aber von einem Tee, der Coco hieß, hatte Elise noch nie etwas gehört.

»Coco«, rief er immer wieder.

Elise verneinte das Angebot des Kutschers höflich auf Französisch. »Aber ein Tee wäre jetzt genau recht«, fügte sie lächelnd hinzu.

»Kein Tee. Er verkauft Coco«, klärte der Kutscher sie auf.

»Coco? Ist das der Saft dieser weißen tropischen Frucht mit harter Schale?« Ferdinand sprach aus, was ihr eben durch den Kopf geschossen war. Zum Glück war auch er des Französischen mächtig.

»Lakritzwasser. Sie lösen Lakritzstangen in Wasser auf und geben etwas Zitrone dazu. Es ist sehr schmackhaft und löscht hervorragend den Durst«, erläuterte der Kutscher.

»Lakritz. Wenn das mal kein Wink des Schicksals ist«, sagte Ferdinand lächelnd. Im Gegensatz zu Elise verstand der Kutscher natürlich nicht, was Ferdinand damit meinte. Lakritz zur Begrüßung in der Stadt, in der sie ihre Confiserie eröffnen wollte. Ein gutes Omen.

»Coco!«

Ferdinand machte auf sich aufmerksam, woraufhin der Verkäufer zu ihnen kam.

Für einen Moment glaubte Elise, Ferdinands Hand an ihrer zu spüren. Dann folgte ein stechender Schmerz. Die Kordel, an der ihr Lederbeutel hing, schnitt in ihr Handgelenk. Es war nicht Ferdinand, der sie berührte, sondern ein junger Mann mit dunklen Haaren. Etwas blitzte auf. Elise erkannte ein Messer. Schon hatte er ihren Beutel in der Hand.

»Haltet ihn! Ein Dieb!«, rief sie aus.

Ferdinand fuhr herum und versuchte, den Mann aufzuhalten. Er erwischte ihn gerade noch an seinem Hemdsärmel, doch er riss sich los und rannte blindlings über den Platz, ohne entgegenkommenden Passanten auszuweichen. Er rempelte sie rücksichtslos an und stieß mit dem Coco-Verkäufer zusammen. Der drehte sich von der Wucht des Aufpralls um die eigene Achse und ging mitsamt dem Kanister zu Boden. Der Behälter barst und sein Inhalt ergoss sich über die Pflastersteine.

Ferdinand eilte dem Dieb hinterher, doch er rutschte auf der Flüssigkeit aus und geriet ins Taumeln. Das verschaffte dem Dieb einen gehörigen Vorsprung. Niemand stellte sich einem Ganoven mit einem Messer in der Hand in den Weg.

»Dreckiges Zigeunergesindel. Sind hier überall«, kommentierte der Kutscher und verfolgte genau wie Elise gespannt, ob Ferdinand ihn noch einholen würde. Elise hoffte insgeheim, dass er entkam und keine Gelegenheit hatte, Ferdinand mit dem Messer zu verletzen. Sein Leben war wertvoller als das Geld in ihrem Beutel.

Der Dieb drehte sich immer wieder nach seinem Verfolger um.

Ferdinand holte ihn ein, warf sich auf ihn und brachte ihn somit zu Fall. Das Messer glitt ihm zu Elises Erleichterung aus der Hand. Ein älterer Passant nahm es an sich, doch wagte es nicht, dazwischenzugehen.

Sofort gesellten sich Schaulustige zu den beiden. Um sich gegen Ferdinands Hiebe zur Wehr zu setzen, blieb dem Gauner nichts anderes übrig, als Elises Beutel fallen zu lassen.

Elise löste sich aus ihrer Starre und eilte zu ihm.

Der Kutscher zog seine Peitsche vom Kutschbock und folgte ihr lautstark fluchend: »Dieses Pack!«

Die beiden schenkten sich nichts. Ferdinands Lippe blutete, doch auch die Nase seines Gegners hatte etwas abbekommen. Ferdinand versetzte ihm erneut einen Schlag darauf. Er schrie vor Schmerz auf und hielt sich die Nase. Ferdinand war schon dabei, nach dem Beutel auf dem Boden zu greifen, als ihn der Kerl unvermittelt zwischen die Beine trat. Ferdinand ging wie ein gefällter Baum zu Boden und krümmte sich vor Schmerz, doch den Beutel behielt er in der Hand, auch wenn der Tunichtgut nun versuchte, ihn ihm zu entreißen.

Erst als der Kutscher die Peitsche lautstark in der Luft knallen ließ, löste der Dieb sich von Ferdinand. Er sah sich um. Ein junger kräftiger Mann eilte von der anderen Seite des Platzes herbei. Der Halunke ließ von Ferdinand ab. Sein Gesicht war mittlerweile blutüberströmt.

»Wenn ich dich noch mal sehe, bringe ich dich um«, drohte er Ferdinand und trat ihn in die Seite, bevor er die Flucht ergriff.

Sowohl der Kutscher als auch der Passant ließen ihn ziehen. Was sollten sie sich an ihm auch die Hände schmutzig machen?

Als Elise Ferdinand erreichte, versuchte er, sich aufzurichten. Gottlob war ihm beim Sturz auf die Pflastersteine nichts passiert. Sie reichte ihm die Hand, doch er legte zunächst den Beutel hinein. Schließlich half der Kutscher ihm auf. Elise atmete tief durch. Alles war noch einmal gut gegangen.

»Es ist nichts. Höchstens ein paar blaue Flecken«, beschwichtigte Ferdinand. Dann klopfte er sich den Staub von seiner Jacke. »Gibt es hier irgendwo in der Nähe eine Herberge, die günstig und sauber ist? Wir haben nicht so viel für ein Hotel«, gab Ferdinand dem Kutscher zu verstehen.

»Ich weiß eine und fahre Sie. Gratis. Kommen Sie!«, forderte er sie auf.

Ferdinand tauschte mit Elise einen fragenden Blick, der dem Kutscher natürlich nicht entging.

»Ich mache für heute sowieso Schluss. Ich fahr heim. Am Montmartre ist es günstig. War früher mal ein Dorf und ist es in vielerlei Hinsicht vermutlich immer noch. Es galt mal als verruchtes Viertel, aber dort gibt es weniger Gesindel als hier«, erklärte der Kutscher.

»Danke. Das ist sehr großzügig von Ihnen. Wir nehmen Ihr Angebot gern an«, sagte Elise.

Während sie den Platz überquerten, kam Elise am Coco-Verkäufer vorbei, der damit beschäftigt war, die losen und gebrochenen Teile des Kanisters in einem Leinensack zu verstauen. Der vertraute Duft des Succus zog von der klebrigen Lache auf den Pflastersteinen an ihre Nase. Elise bedauerte, dass sie nun nicht mehr davon probieren konnte, doch trotz des unschönen Vorfalls wertete sie die Begegnung mit dem ersten Lakritzprodukt, das die Pariser anscheinend mochten, nach wie vor als ein gutes Zeichen.

Kapitel 9

Amalie hatte bereits damit gerechnet, dass Vater ein gutes und vor allem sauberes Hotel telegrafisch für sie reservieren würde, wie er es immer tat, wenn er geschäftlich in eine andere Stadt reiste. Für ihn war es zudem nicht die erste Reise nach Venedig und seiner Erfahrung nach war es als Geschäftsmann besonders wichtig, standesgemäß zu logieren. Man musste als zahlungskräftiger Geschäftspartner wahrgenommen werden. Dass er für sie Zimmer in einem Palast gebucht hatte, daran hätte sie allerdings im Traum nicht gedacht. Man konnte sowieso nur von Dingen träumen, von denen man eine ungefähre Vorstellung hatte. Das Hotel Daniele unweit des Markusplatzes sprengte bei Weitem den Rahmen des auch nur Denkbaren.

Während Vater und Hermann sich von einem uniformierten Hotelpagen die Zimmer zeigen ließen, bevorzugte Amalie es, in der angenehm temperierten Lobby auf sie zu warten. Zu sehen gab es genug, und zwar nicht nur die interessanten Menschen aus aller Herren Länder, was man an der Hautfarbe und der Kleidung sah. Sogar ein Inder hatte sich an der Rezeption eingefunden. Seine Haut hatte die Farbe von dunklem Ebenholz. Wickelte man den Turban eigentlich um den Kopf oder war er ein Hut, den man sich aufsetzte? Er passte jedenfalls farblich zu seinem langen Leinengewand und den nach oben geschwungenen Pantoffeln, die spitz zuliefen. Ein wenig erinnerte er sie an den Mohren aus dem Morgenland, wie man ihn in der Bamberger Krippe des Stephansdomes zu Weihnachten bestaunen konnte. Es waren aber nicht nur die Menschen, die sie in Beschlag nahmen. Allein das Interieur der Eingangshalle war ein Kunstwerk für sich. Was für ein schöner Marmorboden. Er bestand aus rötlichen Quadraten und war weiß umrahmt. Die Empfangshalle ragte in die Höhe wie eine Kirche, über der sich ein Glasdach spannte. Die Treppenaufgänge waren offen gehalten, wie eine Arkade mit Rundbögen geschmückt, und ebenfalls mit beigebraun schimmerndem Marmor versehen. Grünpflanzen rankten von den Balkonen der Gänge in den oberen Stockwerken. Der an die Empfangshalle angrenzende Salon wartete mit edlem, gepolstertem Mobiliar und feinsten Orientteppichen auf. Die Kronleuchter waren aus weißem Glas, die hellblau gestrichenen Decken golden ornamentiert. Amalie drehte sich mit nach oben gerichtetem Blick im Kreis, um die ganze Pracht dieser Deckenarbeiten zu erfassen. Da konnte einem schwindlig werden, leider nicht nur im übertragenen Sinn, denn Amalie kämpfte für einen Augenblick zweifelsohne mit dem Gleichgewicht. Sie taumelte regelrecht rückwärts und somit genau in die Laufrichtung eines anderen Gastes, der sie prompt anrempelte. Warum er nicht ausgewichen war, erschloss sich erst, als sie die Zeitung in seiner Hand sah.

»Scusi«, gab der Mann von sich.

Amalie war so perplex, dass sie in der Annahme, dass dies »Entschuldigung« hieß, das Gleiche sagte. Der Mann in weißem Leinenanzug lächelte über das Malheur hinweg und musterte sie für einen Moment, bevor er anfing, auf Italienisch auf sie einzureden. Amalie wünschte, sie hätte es verstanden. Seiner Tonlage nach zu schließen, klang es nicht nach einem Vorwurf. Er sah hinauf zur Decke.

»Deutsch«, gab sie ihm zu verstehen. Daraufhin löste sich ein breites Lächeln in seinem Gesicht.

»Die Decken und das ganze Interieur. Wunderschön, nicht wahr?«, erwiderte er und schaute nun ebenfalls nach oben. Sein Akzent war bezaubernd. Das Deutsche bekam plötzlich eine weiche, ja fast schon melodiöse Klangfarbe, die zu einem Charmeur passte. Genau diesen ersten Eindruck hinterließ er bei ihr.

»Sie sprechen Deutsch?«, entfuhr es Amalie konsterniert.

»Und Französisch, Englisch, Portugiesisch, Griechisch, Latein, Spanisch … ich bin Übersetzer«, erklärte er sich.

Vor Schreck hatte sie ihn zunächst gar nicht so genau in Augenschein genommen. Noch nie zuvor hatte sie so schöne braune Augen bei einem Mann gesehen. Sein Haar trug er kurz, aber ungekämmt, vermutlich weil es schwierig war, solch kräftige schwarze Locken zu bändigen. Er musste viel in der Sonne sein, worauf seine Hautfarbe schließen ließ. Normalerweise hatten nur Arbeiter so gebräunte Haut und eine so kräftige Statur. Nur seine Hände passten nicht dazu. Sie waren gepflegt und unversehrt.

»Das hier war früher einmal ein Palast. Er gehörte der Adelsfamilie Dandolo. Man hat ihn restauriert. Das Klima hier ist ja sehr rau, so nah am Meer, doch der Aufwand ist es wohl wert. Ich liebe dieses Hotel. Man will gar nicht glauben, wer hier schon alles ein und aus gegangen ist. Frédéric Chopin, Charles Dickens«, fuhr er fort.

Amalie nickte beeindruckt, auch wenn sie Chopin und Dickens nur namentlich kannte, aber keines ihrer Werke jemals gehört beziehungsweise gelesen hatte.

»Sie sind geschäftlich hier?«, wollte er von ihr wissen. Wer so charmant lächeln konnte, dem konnte man eine Antwort ja nicht verwehren. Sie hielt es dennoch für klüger, sich gegenüber einem Fremden zunächst bedeckt zu halten.

»Und Sie?«

»Manchmal. Hier logieren Geschäftsleute aus aller Welt. Heute war mir nur nach einer guten Tasse englischem Tee und passend dazu nach einer englischen Zeitung. Man muss sich ja informieren, was in der Welt so vor sich geht.«

Ein Mann von Welt also, und dass man gern hierherkam, wenn man vor Ort wohnte, war niemandem zu verdenken.

»Sie sollten den Tee hier probieren. Unbedingt. Und wenn Sie meine Gesellschaft erdulden, würde ich mich freuen, Sie dazu einladen zu dürfen.«

Amalie wusste gar nicht, was sie darauf erwidern sollte. Sich von einem fremden Mann zu einer Tasse Tee einladen zu lassen? Das geziemte sich nicht. Was sollte sich denn Hermann denken, wenn er sie plötzlich in Gesellschaft eines auch noch äußerst attraktiven Mannes sah?

»Ich wollte mir gerade die deutsche Zeitung holen, aber für mich wäre es ein großer Luxus, wenn ich die Gelegenheit hätte, Deutsch zu sprechen.«

Sagte er das jetzt nur, weil er ihr angesehen hatte, in welche Verlegenheit er sie gebracht hatte? Glaubwürdig war es allemal. Auch wenn sie urplötzlich einen unerklärbaren Drang verspürte, sich mit diesem Mann zu einem dieser einladend gepolsterten Salonsessel zu begeben und mit ihm ein Gespräch zu führen, obsiegte dennoch die Vernunft.

»Ich fürchte, dazu habe ich nicht die Zeit. Ich warte hier nur, bis mir ein Zimmer zugewiesen wird. Mein Mann und mein Vater müssten jeden Augenblick zurück sein«, erklärte sie ihm wahrheitsgemäß.

Er nickte zwar verständnisvoll, doch Amalie spürte, dass er es bedauerte. Dann zog er eine Visitenkarte aus der Seitentasche seiner Weste.

»Für alle Fälle, falls Sie die Dienste eines Übersetzers benötigen. Ich habe eine Schreibstube ganz in der Nähe und derzeit noch Termine frei, auch kurzfristig«, sagte er und reichte ihr seine Karte, die Amalie sogleich entgegennahm.

»Marcello Surace«, stellte er sich vor und reichte ihr die Hand.

»Piacere«, erwiderte sie, nachdem sie sich auch namentlich vorgestellt hatte. Zum Glück hatte sie dieses Wort behalten.

Surace staunte nicht schlecht. Sein Lächeln wurde breiter. »Sie sprechen ja doch Italienisch«, stellte er begeistert fest.

»Gerade mal dieses eine Wort und was danke auf Italienisch heißt, weiß ich auch. Scusi habe ich erst vorhin von Ihnen gelernt«, sagte sie, woraufhin Surace lachte.

»Man lernt eine Sprache schnell, wenn man sich allen möglichen Situationen aussetzt. Sie werden sehen, wenn Sie von hier wegfahren, ist Ihr Wortschatz um einiges reicher«, sagte er.

»Ich fürchte, dazu bleiben wir nicht lange genug.« Aus den Augenwinkeln bemerkte sie Hermann und Vater in Begleitung eines Pagen. Die Zimmerfrage war nun anscheinend geklärt.

Surace folgte ihrem Blick.

»Es war mir ein Vergnügen.« Er nickte ihr zum Abschied zu und ging zur Rezeption, wohl um sich wie angekündigt eine deutsche Zeitung vom dortigen Stapel zu holen.

Amalie stellte fest, dass es auch ihr ein Vergnügen gewesen war und sie ihren Blick geradezu von diesem Mann losreißen musste, was aber dann doch gelang, weil Hermann sie bereits erspäht hatte.

Auch wenn der Kutscher ihnen ja versichert hatte, dass dem Hügel, auf dem er wohnte, beim Pariser Bürgertum immer noch zu Unrecht der Makel eines angeblich verruchten Viertels anhing, konnte Elise sich erst bei ihrem nächtlichen Spaziergang entlang des Boulevards Montmartre vom Gegenteil überzeugen – eine Prachtallee, von mehrstöckigen imposanten Gebäuden gesäumt und mit beidseitig großzügigen Trottoirs versehen, die selbst zu später Stunde noch recht belebt waren. Kleine Kutschen, aber auch große, die zweistöckig bestimmt zwei Dutzend Passagiere aufnehmen konnten, fuhren rege in beide Richtungen. Was für ein Gegensatz zu den ersten Eindrücken auf ihrer Fahrt, die Elise gleich nach Verlassen des alten Pariser Stadtkerns bergauf gesammelt hatte. Dort standen halb verfallene Gebäude und ganze Kolonien aus Holzbaracken mit kleinen Vorgärten und sogar Hühner liefen frei auf der Straße herum. Der Montmartre schien zugleich Dorf, Armenviertel und moderne Großstadt zu sein, der es nicht einmal an elektrischen Laternen fehlte. Die Pension in der Rue Saint-Rustique, wo der Kutscher sie abgesetzt hatte, lag irgendwo in der Mitte dieses Spektrums und unweit des quirligen Lebens in einer nur spärlich von Gaslaternen beleuchteten kleineren Straße, die sie nie ohne Begleitung betreten würde. Tagsüber war diese Straße sicherlich belebter, denn ihre Unterkunft lag direkt neben einer Wein- und Gewürzhandlung und gegenüber einem Trödelladen, denen es an Kundschaft sicherlich nicht mangelte. Die große Kirche, an der gerade gebaut wurde, worauf ein Gerüst schließen ließ, lag am Ende dieser Straße. Insofern musste das Viertel wohl insgesamt betrachtet doch eines der besseren sein. Die Kirche hieß dem Vernehmen nach Sacré-Cœur. Der Kutscher wusste auch, dass sie zum Gedenken an die Opfer des Französisch-Preußischen Krieges erbaut wurde und es wohl noch Jahre dauern würde, bis sie fertiggestellt war. Er hatte ihnen auch erzählt, dass der Montmartre erst seit knapp dreißig Jahren eingemeindet sei und erst seit dieser Zeit offiziell zu Paris gehöre. In seiner Jugend war es wohl ein Elendsviertel gewesen, in dem bittere Armut geherrscht und in dem es vor Ganoven, die in solchen Vierteln für gewöhnlich Unterschlupf fanden, nur so gewimmelt hatte. Heutzutage mischte sich sogar die Pariser Bourgeoisie unter das gemeine Volk, was seiner Ansicht nach daran lag, dass sich hier in den letzten Jahren so viele Cabarets und Amüsierstuben etabliert hatten, und zwar aus einem ganz einfachen Grund: wegen seiner Lage auf einem Hügel und außerhalb der früheren Stadtmauern von Paris. Bis vor wenigen Jahren hatte nämlich nur wer innerhalb dieser Mauern wohnte Steuern bezahlt. Am Montmartre jedoch nicht. Die Mieten seien heute noch billiger, und auch da hatte er recht behalten, ebenso die Pensionen. Das würde auch erklären, warum sich hier heutzutage Arme und besser Situierte das Viertel teilten und daraus ein ganz eigenwilliges Stadtbild entstanden war. Schon während des Abendessens in einem Restaurant am Boulevard war Elise aufgefallen, dass sich am Montmartre ein ganz eigenes Völkchen niedergelassen hatte. Man merkte es an der einfacheren Kleidung, die keinen modischen Konventionen folgte, und man hörte es an den Gesprächen, die sie vom Nebentisch aufgeschnappt hatten. Hier schienen sich auch viele Künstler zu tummeln und Intellektuelle. Derartig tiefgründige Gespräche über Gott und die Welt oder die Abgründe der menschlichen Seele führte man nicht einmal in hochgebildeten Bamberger Kreisen. Man sprach natürlich auch über die Pariser Mode, die chaotischen Verhältnisse aufgrund zu vieler und somit verwirrender Straßenbahnlinien, teils Pferdewagen, teils elektrisiert, die Schnelllebigkeit der Zeit und über Kunst, Theater und Cabarets – im Vergleich zur alten Heimat eine gänzlich andere Welt. Ebenso überwältigend anders und mit selbst guten Bamberger Gasthöfen nicht vergleichbar, war die reichhaltige Auswahl an raffinierten Speisen in den hiesigen Restaurants. Elise studierte neugierig die Speisekarte eines jener Lokale, an der sie vorbeischlenderten. »Haute Cuisine« nannte sich das hierzulande. Bei solch einer Vielfalt fiel die Auswahl schwer, doch nicht bei allen Gerichten lief Elise das Wasser im Mund zusammen.

»Die essen hier Schenkel von Fröschen und Schnecken. Stell dir das einmal vor.« Ferdinand konnte dem genauso wenig abgewinnen wie Elise. Die *Cassoulet*, ein Eintopf mit weißen

Bohnen, Speck und Fleisch, die es hier auch gab, hatte ihm jedoch geschmeckt. Dass in diesem Feinschmeckerrestaurant mit gesalzenen Preisen adrett gekleidete Herrschaften einkehrten, verwunderte Elise nicht. Das junge Paar, das gerade hineinging, musste aus Paris sein. Ihr Kleid aus schimmernder Seide, sein edler Anzug und die Hüte beider sprachen dafür. Obwohl Elise von der anstrengenden Reise und ihrem Spaziergang straßauf und straßab auf den Hügeln dieses Viertels mittlerweile bleischwere Beine hatte, saugte sie die fremde Welt auf wie ein Schwamm. Die vielen neuen Eindrücke belebten den Geist auf schier wunderbare Weise, und das galt insbesondere für die hier feilgebotene Kunst. Was von Weitem betrachtet auf der Staffelei eines bärtigen Künstlers wie ein normales Landschaftsgemälde aussah, schien aus kurzer Distanz besehen sämtliche Konturen der Bäume, Hügel und zweier Windmühlen in einem Meer aus bunten Tupfern zu verlieren. Die Landschaft war nur noch mit viel Fantasie zu erkennen. Der Künstler war immer noch zu Werke. Er malte nicht, sondern tupfte mit seinem Pinsel pastellfarbene Muster auf ein Gemälde, das vorhin eindeutig als ein ländliches Motiv des Montmartre, wie sie es auf der Herfahrt gesehen hatte, zu erkennen gewesen war.

Kaum in eine Seitenstraße abgebogen und zum Ende einer Häuserzeile spaziert, wurde aus dem städtischen Flair ein ländliches. Menschen hausten hier immer noch in Holzhütten, die abschüssig an die Hänge gebaut waren. Äcker und kleine Waldstücke schnitten dort wie eine Schneise in eine Stadt, deren moderner Charakter sich immer tiefer ins Umland zu fressen schien. Und doch bewahrte das belebtere moderne Viertel diesen ländlichen Charakter. Auf ihrem Weg zurück zur Pension kamen ihnen Mädchen mit blumengefüllten Körben am Arm entgegen. Sie verkauften sie an den Tischen der Straßencafés. Ein Messerschleifer in Lumpen, dessen Schuhe und Sohlen wie ein geöffneter Entenschnabel auseinanderklafften, warb um seine Dienste und natürlich durfte der Ruf des Coco-Verkäufers nicht fehlen. Es verstand sich von selbst, dass sie ihm diesmal folgten und bei dem Mann mit Kanister auf dem Rücken zwei Getränke erwarben.

»Das macht einen Franc«, verlangte der verknöcherte Alte mit Barettmütze, nachdem er sie für Elises Empfinden nach zu ausgiebig gemustert hatte. Sah man ihnen etwa an, dass sie nicht von hier waren, oder hatte sie Ferdinands deutscher Akzent verraten?

Elise stutzte, denn im Vergleich zu den vier Francs, die sie für das Essen hatten berappen müssen, erschien ihr diese Summe recht hoch. Außerdem hatte die Frau vor ihnen auch zwei Getränke gekauft und wie Elise gesehen hatte, mit wenigen kleinen Centime-Münzen bezahlt.

»Ist das der Preis für Reisende?«, fragte Elise daher keck.

Erneut musterte sie der Mann.

»Wir leben hier«, erklärte Ferdinand mit so einer Selbstverständlichkeit, dass sogar Elise ihm das abkaufte.

»Fünfzig«, gab er zähneknirschend nach.

Ferdinand lachte. Der Verkäufer schließlich auch.

»Irgendwie muss man überleben. Harte Zeiten«, rechtfertigte er sich.

Elise kostete von diesem Getränk. Es rundete den Rausch der Sinneseindrücke des heutigen Abends noch ab. Die Zitrone war nicht zu dominant und verlieh dem Succussaft einen erfrischenden Akzent. Schon geriet Elise ins Träumen. Kontraste. Das war es! Es mussten wohlgefällige Kontraste sein, wenn man mit Lakritz Köstlichkeiten zubereitete. Auf Ferdinand schien das Getränk auch eine anregende und vor allem enthemmende Wirkung zu entfalten, denn obwohl es sich nicht gehörte, sich in aller Öffentlichkeit zu küssen, für Unverheiratete schon gar nicht, ließ er sich dazu hinreißen. Es kümmerte hier niemanden und in einem Viertel, in dem die Bürgerlichen dem verruchten

Nachtleben frönten, konnte man sich anscheinend ungehemmt geben. Männer jeden Alters besahen sich vor einem Cabaret ungeniert halb nackte und lediglich in Korsetts geschnürte junge Damen, deren lange Beine aus viel zu knapp bemessener gerüschter Unterwäsche ragten. Diese Plakate erweckten offenkundig auch Ferdinands Interesse. Bekam sie deshalb gleich noch einen Kuss auf den letzten Metern vor ihrer Pension? Sie hatten sich nicht einmal als verheiratet ausgeben müssen. In einem normalen Hotel an jedem anderen Ort der Welt wäre es undenkbar gewesen, als unverheiratetes Paar ein gemeinsames Zimmer zu beziehen. Es störte hier niemanden, auch nicht ihre Concierge an der Rezeption namens Petit. Sie war wie schon bei ihrer Ankunft in ein Buch vertieft und reichte ihnen mit einem knappen »bonne nuit« die Schlüssel. Die erste Nacht in Paris. Die erste Nacht ihres neuen Lebens und zugleich die erste Nacht, die sie mit Ferdinand gemeinsam auf einem Zimmer verbringen würde. In einem Bett. Elise erstaunte, dass sie noch vor Stunden, als ihnen Petit mit einer Selbstverständlichkeit das Zimmer gezeigt hatte, im Zuge der ganzen Aufregung nach der Ankunft überhaupt nicht darüber nachgedacht hatte. Sie waren beide froh gewesen, eine so günstige Unterkunft bekommen zu haben. Nun aber befiel Elise eine gewisse Nervosität, während sie sich im Waschraum am Ende des Ganges Wasser aus einem bereitstehenden Krug in die Schüssel goss, um sich den Staub und Schweiß vom Körper zu waschen und sich im Anschluss daran die Zähne zu putzen. Was tun, wenn er sie leidenschaftlich küsste? Das erste Mal, hier in dieser Pension. Unverheiratet. Würde er es wagen? Hoffentlich wagte er es. Elises Herz pochte heftig, als sie wenig später zurück ins Zimmer ging und er bereits bis auf den Beinling entkleidet vor ihr stand.

»Die Seife im Waschraum, sie duftet nach Rose«, stammelte sie, weil ihr in der Aufregung nichts Besseres eingefallen war. Ob er ihre inzwischen geröteten Wangen wahrnahm?

»Rose«, gab er zurück, ebenfalls etwas verlegen. Er huschte an ihr vorbei hinaus in den Gang, die Zahnbürste und ein von Petit zur Verfügung gestelltes Tuch in der Hand.

Elise wagte es zunächst gar nicht, sich bis auf ihr Unterhemd entkleidet ins Bett zu legen, tat es dann aber doch, denn sie sagte sich, dass sie ein Paar waren und sowieso irgendwann heiraten würden. Was war so schlimm daran, in einem Bett zu liegen und sich zu küssen? Allein der Gedanke daran ließ sie innerlich glühen. Das Bild von ihm im Beinling, der sich dort wölbte, wo seine Männlichkeit war, ging ihr nicht mehr aus dem Kopf. Elise deckte sich zu. Komme, was da kommen wolle. Vielleicht noch nicht heute, sagte sie sich. Lass es heute geschehen, hoffte sie dennoch entgegen allen Regeln der guten Sitten. Schon hörte sie seine Schritte vom Gang. Elise traute sich nicht, zur Tür zu sehen.

»Du hattest recht. Rose«, sagte er und stand etwas unentschlossen vor seiner Seite des Bettes. »Es ist … ungewohnt …« Mehr brachte er nicht heraus. Er schluckte verlegen, legte sich dann ebenfalls rücklings hin, den Blick genau wie Elise zur Decke gerichtet. Nach einer Weile drehte er sich abrupt zu ihr um und sah ihr direkt in die Augen. »Ich lege mich besser etwas mehr auf die Seite«, sagte er dann verunsichert. Auch seine Wangen glühten.

Elise zuckte ratlos die Schultern, auch wenn sie sich wünschte, dass er es nicht tat. Was ging nur gerade in ihm vor? Er ließ sich wieder auf den Rücken fallen und verharrte für eine Weile schweigend in dieser Position. Elise wagte es nicht, zu ihm hinüberzusehen. Dann setzte er tatsächlich dazu an, sich von ihr abzuwenden und ein Stück näher zur Kante zu rutschen. Bevor er es tat, blickte er noch einmal zu ihr. Elise konnte ihm ansehen, wie sehr er mit sich zu kämpfen hatte. Ferdinand griff dann doch nach ihrer Hand. Es blieb nicht dabei. Er fing an, ihre Hand zu streicheln, dann fuhr er an ihrem Arm entlang. Elise genoss jede einzelne Berührung und rückte näher zu ihm.

»Ich habe noch nie …«, flüsterte er. Weiter kam er nicht, denn ihre Lippen berührten sich. Der Kuss fühlte sich noch viel intensiver an als all die Male zuvor. Der Mantel freundschaftlicher Nähe, der ihre Küsse bisher umhüllt hatte, fiel von ihr ab. Seine Wärme hautnah zu spüren, die geschmeidige Kraft seines muskulösen Körpers – und sein Duft war berauschend. Der Wunsch, sich ihm hinzugeben, hier, ausgerechnet hier, inmitten des lasterhaften Montmartre, war der letzte klare Gedanke, den Elise zu fassen imstande war. Es gab nur noch ihn, ihr beidseitiges Verlangen und diese Nacht, die ihnen die Unschuld aus dem Herzen reißen und dafür mit Liebe füllen würde.

Schon als sie gestern Nacht ihr Zimmer in Augenschein genommen hatten, war Amalie der schöne Kronleuchter ins Auge gefallen. Der in ihrem heimatlichen Schlafzimmer verfügte über die gleiche Anzahl von Armen, war ebenfalls elektrisch, aber natürlich lange nicht so wertvoll wie dieser aus Murano-Glas, wie Hermann wusste. Dorthin hatte sie in den Nächten nach ihrer Vermählung gestarrt, als Hermann es in den Sinn gekommen war, seine ehelichen Rechte einzufordern. Sich voll und ganz auf die anmutig geschwungenen Formen der kunstvoll verzierten Arme und Kelche des Kronleuchters zu konzentrieren, lenkte vom eigentlichen Geschehen ab. Fast kam es Amalie so vor, als würde sie daran Halt finden. Es hatte auch heute Morgen geklappt. Sie starrte immer noch darauf und redete sich ein, froh darüber sein zu können, dass es Hermann nicht schon am Vorabend eingefallen war, seinem Trieb nachzugehen. Das gebratene Rinderfilet und der Rotwein hatten sich als Segen erwiesen. Kopfschmerzen oder eine schlechte Befindlichkeit zu mimen, ließ sich leider nicht anbringen, weil sonst der Verdacht aufkeimte, sie sei ernsthaft krank. Und heute wollte sie etwas von Venedig sehen. Es tat schon nicht mehr so weh wie in ihrer Hochzeitsnacht. Dennoch sorgte Amalie sich, weil sie immer noch nicht auf die Natur, wie Mutter es genannt hatte, vertrauen konnte. Empfand sie am Ende deshalb nichts, weil er sie nicht einmal mehr küsste, bevor er sein Recht einforderte? Streichelte ein Mann seine Frau nicht, bevor er in sie eindrang? Wenn doch nur Mutter noch am Leben wäre! Sie könnte sie danach befragen. Das Einzige, was Amalie auch heute danach noch spürte, war ein raues Gefühl auf der Haut. Sein Nachthemd scheuerte stets im Rhythmus seiner schnellen Bewegungen auf ihrem Bauch.

»Ich bin gleich fertig«, rief er ihr aus dem Bad durch die halb offen stehende Tür zu. Amalie drehte sich zur Seite und riskierte einen neugierigen Blick. Der Spiegel gegenüber der Badewanne offenbarte ihn, wie Gott ihn geschaffen hatte. Zum ersten Mal bekam sie ihn so zu Gesicht. Sein Geschlecht sah nach dem Bade nun aus wie von einem Buben. Wie oft hatte sie als junges Mädchen heimlich Schuljungen am See beobachtet. Ihn nun so vor sich zu sehen, ihren Mann, übertünchte selbst die vagste Erinnerung an erotische Fantasien, die sie in jener Zeit heimgesucht hatten. Die Realität war immer anders. Das war nun einmal so im Leben, sagte sie sich. Dass er sie küsste, als er herauskam, wenngleich nur flüchtig, nahm ihr zumindest das ungute Gefühl der Gleichgültigkeit und füllte etwas die Leere in ihr.

»Das Wasser könnte wärmer sein, aber sie haben gute Düfte hier. Ein kurzes Bad wird dir guttun«, sagte er.

Amalie stand auf und stahl sich ins Badezimmer. Sie achtete darauf, dass die Tür diesmal ins Schloss fiel. Sie ließ Wasser in die Wanne. Ob es warm war oder nicht, interessierte sie weniger als seine reinigende Wirkung. Seine Saat war noch in ihr. Sie ekelte sich davor und der Gedanke, dass sie in ihr aufgehen könnte, wurde mit jedem Tag, dem sie sich ihrer fruchtbaren Tage näherte, größer.

Amalie stieg in die Wanne und seifte sich ein. Sie fragte sich, warum sie kein Kind von ihm haben wollte. Vater könnte sie damit glücklicher nicht machen. Amalie fand keine Antwort darauf und schob diesen Gedanken beiseite, weil er sie zu zermürben drohte. Es gab schließlich keinen vernünftigen Grund, der dagegensprach.

»Dein Vater erwartet uns zum Frühstück, aber hetz dich nicht«, rief Hermann von draußen.

Amalie hatte sich zwar vorgenommen, sich zu entspannen, doch Vater warten zu lassen, würde ihn verärgern. Sie wusch sich rasch die Seife vom Körper und achtete darauf, dass ihr Haar dabei nicht nass wurde. So schnell würde es sich dann nicht mehr herrichten lassen.

»Nach dem Frühstück wollen wir zum Hafen gehen«, hörte sie Hermann sagen.

»Will er schon heute bei chinesischen Händlern kaufen?«, fragte sie, nachdem sie aus der Badewanne gestiegen war, um sich ein Handtuch vom vergoldeten Ständer zu nehmen.

»Wir haben keine Zeit zu verlieren.«

»Kommt es denn auf einen Tag mehr oder weniger an? Ich hatte gehofft, wir könnten uns ein wenig Venedig ansehen.« Amalie wickelte sich das Handtuch um den Körper und verließ das Badezimmer. Das Kleid für den heutigen Tag hatte sie sich bereits am Vorabend auf einem der beiden prunkvollen Sessel zurechtgelegt.

»Das können wir doch auch noch danach machen. Venedig ist eine Stadt wie jede andere«, sagte Hermann abfällig.

Amalie glaubte, nicht recht zu hören. Hatte Hermann denn nur Zahlen im Sinn? Geschäfte? War ihm die Schönheit dieser Stadt denn gänzlich entgangen? Normalerweise gab es zwischen ihnen nie Anlass zu einer Verstimmung. Diesmal schien sie jedoch unausweichlich zu sein.

»Ihr könnt doch auch allein gehen. Ich verbringe den Tag auf dem Markusplatz. Ich möchte hinauf auf den Turm und mir den Dom ansehen.«

Hermann staunte. Widerspruch dieser Art war er freilich nicht gewohnt.

»Vater rechnet mit dir.«

»Mit mir?«

»Du kannst wenigstens ein bisschen Englisch. Er will mit Chinesen verhandeln«, erklärte Hermann.

»Die Zwischenhändler werden Italienisch sprechen, doch kein Englisch. Dafür hast du dein Wörterbuch«, wandte sie ein, schnappte sich ihr Kleid und ging zurück ins Badezimmer, um sich dort in Ruhe anzukleiden. In dem Moment fiel ihr ihre Begegnung im Hotel vom Vorabend ein.

»Mir hat sich gestern ein Übersetzer vorgestellt. Seine Visitenkarte ist in meinem Beutel. Soviel ich weiß, ist er mehrsprachig und auch kurzfristig verfügbar.«

Durch die halb geöffnete Tür sah sie Hermann nach ihrem Beutel greifen. Es dauerte nicht lange, bis er die Karte in der Hand hielt.

»Marcello Surace. Das scheint mir eine recht gute Idee zu sein«, sagte Hermann, während er sich die Karte näher besah.

»Ich werde Vater den Vorschlag unterbreiten und dann nach ihm schicken lassen.«

Amalie wunderte sich über die Intensität der Erinnerung an ihre kurze Begegnung im Nebenraum der Empfangshalle. Seine Augen schienen sie im Moment anzusehen. Seine sonore und doch so sanfte Stimme hatte sie förmlich im Ohr.

»Ich werde doch mitkommen. Vater zuliebe«, sagte sie, weil sie plötzlich das ungute Gefühl befiel, etwas zu verpassen. Ihn zu verpassen. Immerhin hatte er sich bei ihr bekannt gemacht.

Was würde er sich bloß denken, wenn sie nicht dabei wäre. Erneut erschrak Amalie über sich selbst. Es spielte doch überhaupt keine Rolle, was er sich dachte. Noch viel beunruhigender war ihr Eingeständnis, dass sie ihn sehen wollte und er sie mehr interessierte, als sich meisterlich gearbeitete Skulpturen und Prunk im Dom anzusehen.

»Das musst du nicht. Vater wird es schon verstehen.«

»Nein. Ich möchte mitkommen. Du weißt doch, dass er sich mit Zahlen schwertut. Außerdem können wir zu dritt doch viel besser auftreten. Das hat mehr Gewicht«, saugte sie sich aus den Fingern.

Hermann schien sich das durch den Kopf gehen zu lassen. Er nickte. »Eil dich!«, kam dann.

Amalie schloss die Tür hinter sich und lehnte sich für einen Moment dagegen. Was tat sie da? Nichts war schlimmer für Amalie, als sich Fragen dieser Art, die ihr Herz an sie herantrug, nicht beantworten zu können.

Vom Montmartre aus zu Fuß hinunter zur Pariser Innenstadt zu laufen, sei Ferdinands Ansicht nach zeitraubend und ziemlich anstrengend. Nicht gepflasterte Wege verliefen von der Anhöhe ihres Viertels bergab im Zickzack genau dorthin, wo Paris sich mit dem Montmartre vereinte. Es lohnte sich aber, die Mühe auf sich zu nehmen, denn von hier oben war der Ausblick phänomenal. In der Ferne ragte Notre-Dame von Paris mit ihren beiden Kirchtürmen aus dem morgendlichen Dunst, den die Sonne nach und nach dem Häusermeer entriss. Elise empfand ihren Fußmarsch eher als einen etwas schnelleren Spaziergang und hatte das Gefühl, den Hügel hinunterzuschweben. Sie scheute sich genau wie Ferdinand nicht davor, durch aufgeschüttetes Erdreich zu schreiten, um den Weg abzukürzen. Wer so glücklich am Morgen in den Armen des Geliebten aufwachte und wusste, dass eine Stadt, die nahezu danach schrie, von ihnen erobert zu werden, vor ihnen lag, dem war keine Mühe zu viel. Das hinderte sie aber nicht daran, in die nächstbeste Straßenbahn zu steigen, ein von Pferden gezogenes Gefährt auf Schienen, das sie, sofern sie ihrer Concierge Glauben schenken durften, direkt ins Herz von Paris bringen würde. Letztlich war Ferdinand es aber gewesen, der darauf bestanden hatte. Wenn es um technische Neuerungen und Errungenschaften ging, ließ er sich von seiner Begeisterung davontragen.

»Bald ist die Strecke elektrifiziert«, schwärmte er, nachdem er zwei Fahrscheine von einem uniformierten Schaffner erworben hatte und sie die Wendeltreppe des Waggons nach oben gingen.

»Die Vorstädte haben sie schon. Elektrische Straßenbahnen. Eine geht von Courbevoie direkt zum Triumphbogen. Eine andere Linie bis nach Saint-Germain-des-Prés mitten ins Herz von Paris. Ich bin gespannt, was sich durchsetzen wird. Strom oder Dampf.«

Elise ließ es unkommentiert. Sie genoss viel lieber den Blick auf die vorbeiziehenden Häuserzeilen mit ihren hohen Fenstern, die am Sims mit einem dekorativen Gitter versehen waren.

Ferdinand ließ die Frage nach der künftig zum Einsatz kommenden Technik wohl keine Ruhe und fragte kurzerhand den Schaffner, nachdem er nach oben gekommen war.

»Wir haben nur Schwierigkeiten mit dem Dampfbetrieb. Passen viele Leute rein, aber die Zukunft gehört den unterirdischen Bahnen. Ganz Paris wollen sie untertunneln, sofern sich die vielen Gesellschaften nicht vorher die Köpfe einschlagen. Wir haben schon genug Durcheinander«, erklärte er. Das interessierte Elise nun auch.

»Durcheinander?«

»Unorganisiert. Auf manchen Strecken fahren alle Linien, auf anderen wieder so gut wie keine, und wenn, nur jede Stunde«, beschwerte sich der Schaffner.

»Und wie viele Fahrscheine soll man dann lösen, wenn es so viele Gesellschaften gibt?«, fragte Elise.

Er zuckte nur mit den Schultern. »Sind Sie von hier? Ihr Akzent … Aber mit dem Pariser Straßenbahnverkehr scheinen Sie sich ja auszukennen«, sagte der Schaffner an Ferdinand gerichtet.

»Ein Freund von mir ist Franzose. Er arbeitet am neuen Eisenturm und liebt Technik, genau wie ich. Wir haben uns oft geschrieben«, erklärte Ferdinand. Elise hatte sich ebenfalls bereits gefragt, woher er das alles wusste.

»Sie wollen zum Marsfeld?«

Ferdinand nickte, denn sie wollten zu François.

»Dann steigen Sie am besten am Ende der Champs-Élysées aus. Die meisten Wagen halten in der Nähe des Triumphbogens. Sie müssten dort aber noch einmal umsteigen.«

»Mit einem neuen Fahrschein?«, mutmaßte Ferdinand.

Der Schaffner nickte mitleidig. »Ich würde zu Fuß gehen. Das Marsfeld liegt in südwestlicher Richtung. Sie gehen Richtung Seine, also immer bergab und dann über eine der Brücken. Die Baustelle ist kaum zu übersehen.«

Am liebsten wäre Elise die gesamte Strecke zu Fuß gegangen, denn es waren nicht nur die imposanten Bauwerke und die breiten Boulevards, Avenuen und Plätze, auf denen teilweise sogar Skulpturen und Brunnen standen, die sie faszinierten, sondern auch die einnehmende architektonische Harmonie, die diese Stadt verströmte – ganz im Gegensatz zum sicherlich auch reizvollen Durcheinander des Montmartre.

»Jetzt verstehe ich, warum François so von der Stadt geschwärmt hat«, sagte Elise, die sich gar nicht mehr sattsehen konnte.

»Sie hat sich rasant entwickelt. Seine Eltern haben Paris noch ganz anders erlebt. Schmutzig, eng und von Seuchen geplagt. Die Cholera. Deswegen sind sie auch ins Elsass gezogen«, erklärte Ferdinand.

»Die meisten Bauwerke scheinen mir noch gar nicht so alt zu sein«, überlegte Elise laut.

»Tausende von Häusern wurden abgerissen, kleine Straßen und Gassen verschwanden. Alles sollte klare Linien haben und Platz schaffen, für den Verkehr und die vielen Menschen. Ich nehme stark an, Napoleon wollte ein Zeichen der Größe setzen«, sagte Ferdinand.

»Ich dachte, er war Kriegsherr und kein Architekt«, wunderte Elise sich.

»Er hat Georges-Eugène Haussmann beauftragt. Er war Jurist, hatte aber eine Vision von einem Paris, das die Welt beeindruckt. François hat mir erzählt, dass er fast zweihundert Kilometer neue Straßen hat bauen lassen und Abwasserkanäle. Wahrscheinlich gibt es keine Stadt auf der Welt, die sauberer ist.«

Ferdinands Eindrücke bestätigten sich, als sie eine Straße erreichten, die noch breiter als der Boulevard Montmartre war. Die Champs-Élysées waren auch einer Bamberger Lehrerin ein Begriff, schließlich war hier der Schauplatz aufregender Geschichte. Gerade fuhr die Straßenbahn an der Stelle entlang, an der einst die Tuilerien standen, ein riesiger Palast, von den Medici erbaut, dessen zwei lange Galerien mit dem Louvre verbunden gewesen waren – jedenfalls bis der Palast vor sechzehn Jahren bei einem Aufstand in Brand gesteckt worden war. Nun standen dort nur noch zwei Portale.

Die Pferdebahn hielt, wie der Schaffner es angekündigt hatte, direkt am Triumphbogen. Es stiegen viele Passagiere aus und ein. Ferdinand setzte schon dazu an, weiterzugehen, doch Elise verharrte für einen Moment an diesem Monument, um die Weite des Platzes zu genießen. An wohl keinem anderen Ort in Paris konnte man die Größe der Stadt so eindringlich spüren.

Damit einher gingen ein belebendes Prickeln und das Gefühl, die richtige Entscheidung getroffen zu haben, fortan hier zu leben. Hier begriff man allerdings auch, was der Schaffner unter chaotischen Verhältnissen im städtischen Bahnverkehr verstand. Um das gewaltige Tor, das Napoleon ebenfalls hatte erbauen lassen, fuhren Kutschen und Pferdebahnen inmitten von Fußgängern kreuz und quer. Es war ein Wunder, dass hier niemand unter die Räder kam. Ferdinand schien trotzdem den Überblick zu bewahren.

»Mit der Linie können wir weiterfahren«, sagte er und deutete auf eine gerade ankommende Pferdebahn.

»Lass uns zu Fuß gehen. Der Schaffner hat doch gesagt, dass es nicht so weit ist«, schlug Elise vor. Man sah auf diese Weise einfach mehr.

Die Pferdebahn fuhr ohne sie los und bog in eine der nicht minder prächtigen Seitenstraßen, die sich allesamt sternförmig vom Triumphbogen verzweigten. Sie hieß Avenue d'Iéna, wie sich keine fünf Minuten später anhand eines Straßenschildes herausstellte, nachdem sie den kreisförmigen Platz um den Triumphbogen zu Fuß überquert hatten. Edle Droschken standen vor Häusern, die wohl erst im Zuge der neuen Städteplanung, von der Ferdinand erzählt hatte, entstanden sein mussten. Dass hier die Reichen residierten, wurde Elise vollends klar, als sie an einem Hotel vorbeischlenderten, das sich Hôtel du Prince Roland Bonaparte nannte und aufgrund der Namensgebung, die auf eine Abstammung vom großen Kriegsherren hindeutete, auf eine der ersten Adressen schließen ließ. Es war mehrstöckig, verfügte über gusseiserne Balkone und weitläufige Terrassen. Seine Fassade zierten Skulpturen und Ornamente über hohen Fenstern. Es musste ein Traum sein, hier zu wohnen.

»Dreihundert Francs. Das ist Wucher«, beschwerte sich ein Herr mit Bart, der in Begleitung einer etwa gleichaltrigen

Dame in edler Robe das Hotel verließ und nach einer Droschke Ausschau hielt.

»Ach was. Wir sind nur drei Tage hier. Also stell dich nicht so an«, ereiferte sich seine Gattin.

Elise tauschte Blicke mit Ferdinand. Mit dem, was sie hatten, könnten sie sich hier gerade einmal für zehn Nächte einquartieren. Insgeheim bewunderte sie die Robe der Dame und den dazu passenden Hut im gleichen Blau, doch darüber äußerte sie sich erst, als beide in die herbeigewunkene Droschke eingestiegen waren.

»Ihr Kleid kostet bestimmt auch ein paar Hundert«, sagte Elise.

Ferdinand legte seinen Arm um sie. »Eines Tages wirst du dir das auch leisten können.«

Er klang so zuversichtlich, als ob es nur ein Spaziergang bis dorthin wäre. Noch hatte er keine Arbeit – und ob sie jemals eine fand, um genug zu sparen, damit sie überhaupt an die Eröffnung einer Confiserie denken konnte, stand in den Sternen.

Kapitel 10

Das Marsfeld erinnerte Elise sofort an die brachliegenden umgepflügten Süßholzfelder ihrer alten Heimat. Dazu gesellten sich aufgeschüttete Erdhügel, an denen Arbeiter zugange waren, um die Erde auf Karren zu schippen. Es war nur ein kurzer, aber schmerzhafter Stich in ihrem Herzen, der bekannte Schmerz, der aber weniger mit dem Verlust ihres alten Zuhauses, sondern mit dem ihrer Mutter zu tun hatte. Sie gab sich ihm nur deshalb nicht hin, weil sich Ferdinands Begeisterung für die vier schräg aus dem Boden wachsenden Türme aus Eisen auf sie übertrug. Auch Elise zogen diese futuristisch anmutenden Gebilde so in ihren Bann, dass sie Ferdinands technischen Ausführungen und welche Herausforderungen beim Bau dieses Eisenfachwerkturms zu meistern waren auf ihrem Weg querfeldein über das Marsfeld mit Interesse lauschte.

»Die ganze Erde. Was müssen die weggeschaufelt haben«, stellte Ferdinand voll Bewunderung fest.

»Für das Fundament, damit der Wind ihn nicht eines Tages umbläst?«, mutmaßte Elise.

Ferdinand nickte. »Es liegt unter dem Niveau des Flussbetts der Seine. Sie haben Druckluft in eine Metallverschalung gepumpt, um sich das Wasser vom Leib zu halten«, erklärte er. François musste ihm ja wirklich alles detailgenau geschrieben haben. Vielleicht half ihm dieses Wissen ja, eine Anstellung zu finden.

Eine Lastkutsche, die von gleich sechs Pferden gezogen wurde, näherte sich dem wuchtigen Eisengeflecht, vier schief stehenden Trapezen, die aufeinander zuliefen und von einem Baugerüst gehalten wurden. Sie hielt vor einem Kran, an dessen Seilwinden zwei Schlaufen hingen.

»Laurent, Lefebvre, Roux, Fournier, Dubois. Abladen!«, rief ein Mann in feinem Anzug den Arbeitern auf dem Gerüst zu. Schon kletterten sie herunter und fanden sich vor der Kutsche ein. Einer stieg in den Kran und startete einen lärmenden Motor, der schwarzen Rauch spuckte. Zwei andere sprangen auf die Lastfläche und befestigten Seile an Eisenträgern. Nicht nur Elise beeindruckte, wie eingespielt die Arbeiter waren. Ferdinand konnte seinen Blick nicht mehr von diesem Schauspiel losreißen.

»Wie wird das Ganze denn befestigt?«, fragte Elise und vermutete, dass für solch große Teile eigentlich nur Verschraubungen infrage kamen.

»Die Sparren werden genietet. Präzisionsarbeit. Eiffel lässt sie deshalb in seiner Fabrik in Levallois-Perret herstellen.«

»Und wenn sie höher bauen? Jetzt steht da ja noch ein Baugerüst«, wandte Elise ein. Diese mächtigen geneigten Eisenpfeiler mussten tonnenschwer sein. Sie konnte sich kaum vorstellen, dass ein tiefes Fundament allein sie jemals halten würde.

»Die großen Teile da drüben linker Hand. Das sind bestimmt die Horizontalbalken – und wenn die erste Plattform darauf liegt, dann stützt sich das Ganze von allein. Gesetz der Statik«, erläuterte Ferdinand. Er machte auf Elise den Eindruck, als würde er am liebsten gleich selbst beim Abladen Hand anlegen. Er beschleunigte seine Schritte. Elise hatte Mühe, ihm hinterherzukommen.

»Hey. Ihr könnt von weiter hinten zuschauen, aber hier habt ihr nichts verloren«, blaffte sie der Mann im Anzug an, nachdem er auf sie aufmerksam geworden war.

»Ich suche François Mercier«, rechtfertigte Ferdinand sich.

»Der ist da oben und arbeitet. Kommen Sie um fünf wieder«, wimmelte ihn der feine Herr, offenbar einer der Vorarbeiter oder Architekten, ab.

»Er sagt, dass es hier Arbeit gibt.«

»Ihr beide sucht Arbeit?«, gab er zurück und musterte erst Ferdinand, dann Elise. »Und die Dame? Sie etwa auch? Unsere Kantine braucht kein neues Personal.«

»Nur ich.«

Der Mann nahm Ferdinand daraufhin näher in Augenschein. »Kräftiger Bursche. Woher kommst du? Nicht von hier.«

»Aus Bamberg. Hab lange auf dem Feld gearbeitet. Kann zupacken und habe keine Angst vor Höhen«, sagte Ferdinand.

»François hat auch in Bamberg gearbeitet. Kennt ihr euch von dort?«

Ferdinand nickte.

»Wie heißt du?«

»Ferdinand Mangin.«

»Und Sie?«, fragte Elise, die es für unhöflich erachtete, dass nur Ferdinand sich namentlich hatte vorstellen müssen.

»Armand Leclair«, erwiderte er knapp. »Nun, dann wollen wir doch mal sehen, ob du der Arbeit gewachsen bist. François ist dort oben. Es sind nur dreißig Meter. In ein paar Wochen sechzig und, bis wir fertig sind, über dreihundert. Du traust dir das zu?«

Ferdinand hielt bereits nach seinem Freund Ausschau.

»François. Besuch!«, rief Leclair nach oben.

Einer der Arbeiter reagierte und verschwand kurz hinter einem der Pfeiler. Ein anderer kam hervor. Der Blondschopf schien in Ferdinands Alter zu sein, ebenfalls kräftig gebaut. So wie er strahlte, musste das François sein.

»Auf was wartest du? Mal sehen, wie du dich anstellst«, sagte Leclair.

»François. Ich komme hoch«, rief Ferdinand dem Kerl da oben zu und setzte sich sofort in Bewegung. Er lief die letzten Meter zum Ende einer der eisernen Füße, als ob der Teufel hinter ihm her wäre.

Elise wurde angst und bang, denn sie hielt vergeblich nach einer Leiter Ausschau. »Ist denn schon jemand zu Schaden gekommen?«, fragte sie.

»Bis jetzt noch nicht. Darauf sind wir auch sehr stolz«, sagte Leclair und beobachtete genau wie Elise Ferdinands Fähigkeiten beim Aufstieg. Und die versetzten Elise ins Staunen. Auf Bäume zu klettern, war eine Sache, Halt an Eisenträgern zu finden, eine andere. Ferdinand schien zeit seines Lebens nichts anderes gemacht zu haben. Selbst die Arbeiter, die bis eben noch mit dem Abladen der Sparren beschäftigt waren, ließen von ihrer Arbeit ab und warfen dem Nürnberger Wiesel bewundernde Blicke zu.

»Respekt«, bemerkte Leclair, nachdem Ferdinand seinen Freund erreicht hatte und sie sich in die Arme gefallen waren. Ferdinand löste sich aus der Umarmung, blickte nach unten und winkte ihnen zu.

»Bekommt er die Stelle?«, wagte Elise nachzufragen.

Leclair sah noch immer ungläubig nach oben. Warum das so war, erschloss sich Elise erst, als sie seinem Blick folgte. Ihr Herz blieb fast stehen, weil Ferdinand auf einem der Verbindungsstücke in schwindelerregender Höhe spazieren ging. Er gebrauchte im Gegensatz zu einem anderen Arbeiter nicht einmal seine Arme, um seine Schritte auszubalancieren.

»Ein Draufgänger, dieser Ferdinand. Reden Sie ihm das besser aus«, riet Leclair in strengem Tonfall, aber zugleich schmunzelnd.

»Das mach ich«, versicherte Elise überzeugend, weil sie sich das eben selbst vorgenommen hatte.

»Er weiß, was er will. Er hat Mut. Ich rede mit Eiffel. Er soll sich im Büro melden, auf der anderen Seite. Im Holzverschlag. Papiere, Personalien, Vertrag, Versicherungen und so weiter.«

Elise strahlte und nickte in Ferdinands Richtung. Er musste es wohl gesehen haben, denn kaum auf der anderen Seite des Gerüsts angekommen, stieß er einen Jubelschrei aus. Elise freute sich mit ihm. Ein Einkommen müsste fürs Erste reichen, doch zugleich machte sie sich klar, dass sich ihr Traum im Gegensatz zu seinem mit Sicherheit nicht so einfach verwirklichen lassen würde.

Was hatte sich Amalie bei Ankunft in der Lagunenstadt darauf gefreut, sie zu erkunden, jedenfalls bis Hermann ihr zu verstehen gegeben hatte, dass er sich um den Übersetzer bemühen würde. Falls Surace tatsächlich so kurzfristig für sie Zeit hätte, konnte ein ausgiebiger Stadtbummel warten. Bis das klar war, lohnte es sich allerdings, einen kurzen Spaziergang hinüber zum Markusplatz zu unternehmen, allein, denn Vater hatte sich Hermann gleich nach dem gemeinsamen Frühstück angeschlossen, um Surace persönlich aufzusuchen.

»Ich kaufe doch keine Katze im Sack«, hatte er ihnen zu verstehen gegeben. Surace wollte Vater sich natürlich persönlich ansehen, denn er vermutete wahrscheinlich zu Recht, dass die Dienste eines Übersetzers sehr kostspielig waren. Erst in dieses sündhaft teure Hotel einbuchen und dann auf einmal aufs Geld schauen, überlegte Amalie, während sie noch etwas unentschlossen vor dem Portal der Basilica di San Marco stand. Eine gute Stunde hatte sie Zeit, um sich das Bauwerk anzusehen, zumindest ging Hermann davon aus, bis dahin geklärt zu haben, ob Surace sie noch heute zu einem der Händler begleiten konnte. Ihre Zusage, sich Hermann und ihrem Vater beim Einkauf anzuschließen, da machte sie sich nichts vor, lag einzig und allein daran, diesem Mann dann noch einmal zu begegnen. Er war gebildet und geistreich. Sie fragte sich, ob sein gutes Aussehen dabei eine Rolle spielte. Wohl kaum, schließlich war sie eine verheiratete Frau. Allein der Gedanke an ihn ließ dennoch eine gewisse Nervosität in ihr aufsteigen, die sie an sich weder kannte noch mochte. Amalie zwang sich daher regelrecht dazu, sich auf das vor ihr liegende Kunstwerk, die ehemalige Palastkapelle eines Dogen, einzulassen. Recht viel mehr wusste sie darüber nicht. Wenn Elise zugegen wäre, überlegte sie sich, würde sie ihr sicherlich endlose Vorträge über dieses Bauwerk halten. Das hatte sie bisher bei jeder sich bietenden Gelegenheit getan. So waren Lehrer nun einmal. Ob es ihr wohl gut ging? Sicher tat es das, sagte Amalie sich und unternahm erneut den Versuch, sich von den Farben und Formen der Fassade verzaubern zu lassen. Das gab ihr sowieso mehr, als sich die Bedeutung jedes einzelnen Mosaiksteins erklären zu lassen. Auf das Gesamtbild kam es an, nicht auf die Details. Amalie stellte mit Erleichterung fest, dass sie die herrlichen Mosaike an den Portalen, die sie nacheinander abschritt, nun doch mehr interessierten als alles andere. Auf dem Hauptportal thronte die Statue des heiligen Markus, umgeben von kleinen Engeln, unmittelbar darunter ein geflügelter goldener Löwe, der – immerhin das wusste sie – das Wahrzeichen der Lagunenstadt darstellte. Nun ärgerte sie sich doch darüber, so wenig zu wissen über die Welt, die Geschichte, die Kunst. Sie bedauerte dies umso mehr, als sie den Dom betrat und die wunderschönen Mosaike aus Marmor am Boden und die an den Säulen und Wänden mit der dafür erforderlichen Aufmerksamkeit bewunderte. Drei Kirchenschiffe mit so viel Gold zwischen den Deckengemälden warteten darauf, gebührlich in Augenschein genommen zu werden. Was mussten diese Dogen reich gewesen sein! War eine Stunde bereits vorbei? Man verlor im Angesicht von so viel überwältigender Pracht das Zeitgefühl. Sicherheitshalber brach sie ihren Besuch ab und eilte hinaus, um einen Blick auf die schräg gegenüber oben am Turm eines Stadttors angebrachte Uhr zu werfen. Die Stunde war um. Amalie überquerte daraufhin so schnell den Markusplatz, dass sie dabei eine ganze Taubenschar aufscheuchte. Die vielen Flügelschläge verursachten solchen Lärm, dass im Nu die Blicke vieler Menschen auf sie gerichtet waren. Vermutlich wunderten sie sich darüber, warum sie über die Piazza hastete.

»Amalie!« Das war doch Vaters Stimme.

Sie blieb stehen und sah sich um. Amalie hatte sich nicht getäuscht. Er war in Begleitung von Hermann und Marcello. War er nicht bis vor Kurzem für sie Signore Surace gewesen? Amalie ertappte sich dabei, seinen Vornamen zu bevorzugen, auch wenn er ein Fremder war. Hatte er nicht gesagt, dass sein Büro ganz in der Nähe lag?

Die drei standen bei den Gondeln und mussten auf dem Weg zurück zum Hotel sein. Amalie ging zu ihnen und es verwunderte sie keineswegs, dass Marcello sie mit einem warmen Lächeln bedachte. Dies ebenso herzlich zu erwidern, misslang, denn sie war immer noch außer Atem.

»Warst du auf Taubenjagd?«, fragte Hermann amüsiert. So viel Humor hätte Amalie ihm gar nicht zugetraut. Ihm den wahren Grund mitzuteilen, kam natürlich nicht infrage, denn der stand neben ihm.

»Ich hab auf die Uhr gesehen und du sagtest doch ungefähr eine Stunde«, keuchte sie.

»Sie sind nicht die Erste, dic Venedig die Zeit vergessen lässt«, sagte Marcello.

Amalie nickte dankbar. Dann tupfte sie sich mit der Handfläche den Schweiß von der Stirn und überprüfte dezent, ob ihr Haar noch in Form saß. Was für eine dumme Geste, sagte sie sich, denn sie musste sich eingestehen, dass sie es nur getan hatte, weil es ihr unangenehm gewesen wäre, Marcello derangiert zu begegnen.

»Musst du noch zurück zum Hotel gehen?«, wollte Vater wissen.

»Wir könnten gleich mit der Gondel zu einem der Händler fahren und müssten Signore Suraces Zeit nicht übermäßig in Anspruch nehmen«, fügte Hermann noch hinzu. Natürlich, denn Marcellos Rechnung würde sicher höher ausfallen, falls er sie für mehr als nur einen Tag begleitete.

Amalie hätte sich gern noch frisch gemacht, doch willigte ein.

Marcello signalisierte daraufhin einem der Gondelfahrer, dass sie seine Dienste benötigten. Der junge Mann mit blütenweißem Hemd, rotem Halstuch und Strohhut nickte und winkte sie herbei.

»Wir müssen damit doch nicht etwa aufs Meer hinausfahren?«, fragte Amalie verängstigt nach.

»Das ist hier noch nicht das offene Meer.« Hermanns Versuch, ihre Bedenken im Keim zu ersticken, misslang.

»Wir fahren nur ein kleines Stück in den Canal Grande und einmal in den kleinen Gassen, ist das Wasser ruhiger«, erklärte Marcello. Seine Sorge um ihr Wohlbefinden schien größer zu sein als die Hermanns. Der ging bereits mit Vater vor, stieg mutig als Erster in die Gondel, um dann Vater die Hand zu reichen. Ohne mit der anderen Hand zugleich nach dem Arm des Gondoliere zu greifen, hätte Vater es vermutlich nicht geschafft, Halt in der Gondel zu finden. So wie sie bereits an diesem Steg schaukelte, kamen sie sicher nicht trockenen Fußes an. Erst als Hermann und Vater auf den gepolsterten, aber doch recht schmalen Bänken saßen und sich nicht mehr bewegten, stabilisierte die Gondel sich. Marcello stieg nun ebenfalls zu. Er schien Gondelfahrten gewohnt zu sein, denn er glich die durch den Zustieg verursachten schaukelnden Bewegungen gekonnt aus, indem er nach dem Einsteigen leicht in die Knie ging. Dann reichte er ihr die Hand, nicht ohne seinen Blick von ihr zu wenden. Obwohl Amalie wieder bei Atem war, beschleunigte sich ihr Puls daraufhin erneut. Hoffentlich bemerkte er nicht, dass ihre Handflächen feucht geworden waren. Zwangsläufig mussten sie auf der Vater und Hermann gegenüberliegenden Seite Platz nehmen.

»Und Sie kennen den Händler persönlich?«, fragte Vater, noch bevor der Gondoliere das Seil vom Pfahl der Anlegestelle genommen hatte. Er stieg dann auf den hinteren Teil der Gondel und griff nach einem riesigen Stab. Schon fing die Schaukelei wieder an. Amalie klammerte sich bereits am Bootsrand fest.

»Wie will er denn mit dieser Stange die Gondel bewegen?«, fragte Amalie etwas beunruhigt.

»Es ist ein Ruder und wird Remò genannt. Am Ende hat es eine Führungsgabel. Fórcola. Sie werden gleich sehen, wie geschickt er damit umgehen kann«, erklärte Marcello.

»Fórcola«, wiederholte Hermann. Anscheinend hatte er sich vorgenommen, dieses Wort zu seinem Wortschatz hinzufügen. Aus Marcellos Mund hatte es poetischer geklungen.

Und wie dieser junge Gondoliere mit dem Remò umgehen konnte! Im Nu waren sie wenige Meter von der Anlegestelle entfernt und den Wellen, die ein vorbeifahrendes Vaporetto erzeugte, hilflos ausgesetzt. Amalie konnte sich einen ängstlichen Laut nicht verkneifen, doch den wusste Marcello sogleich zu ersticken. Nicht mit Worten, sondern mit Taten. Eine Hand legte sich auf ihren Arm und umklammerte ihn mit festem Griff, der ihr sofort ein Gefühl von Sicherheit gab.

»Halten Sie sich ruhig an mir fest. Am Rand werden Sie nur nass«, forderte er sie auf. Amalie griff, ohne zu überlegen, an sein Jackett. Nun mittiger zu sitzen, machte die Schaukelei erträglich, was aber auch daran lag, dass sich ihre Wahrnehmung momentan auf das Gefühl seiner Hand auf ihrem Arm konzentrierte. Sie rang sich ein Lächeln ab, in der Hoffnung, dass weder Hermann noch ihr Vater und am allerwenigsten Marcello bemerkten, dass sie innerlich leicht bebte. Selbst wenn, würde Marcello es hoffentlich der mit dieser Gondelfahrt verbundenen Aufregung zuschreiben.

Kapitel 11

Natürlich hatten sie allen Grund zum Feiern. Elise konnte es immer noch kaum fassen, dass Ferdinand aufgrund seiner akrobatischen Darbietung eine feste Anstellung gefunden hatte und seinem Lebenstraum, eines Tages ein großer Architekt zu werden, auf spielerische Art und Weise einen Schritt näher gekommen war. Von jetzt auf gleich. Und das Erstaunlichste daran war, mit welcher Selbstverständlichkeit Ferdinand dies hinnahm. Auch François schien es von Anfang an klar gewesen zu sein, dass Ferdinand schon ab kommender Woche mit ihm Eisensparren schieben, einpassen und vernieten durfte. Das alles war Grund genug, um sich einen Abend im *Le Lapin Agile*, was so viel wie »Zum flinken Kaninchen« hieß, zu gönnen. Das kleine Pariser Cabaret lag in der Rue des Saules, also im Herzen des Montmartre und unweit ihrer Unterkunft. François' Erzählungen nach war es im Moment der angesagteste Ort für Kleinkünstler, die hier des Abends Gedichte oder Lieder vortrugen. Heute stand Gesang auf dem Programm, der aber nicht so ganz zu ihrer Feierlaune passte. Eine blonde junge Schönheit in aufreizendem Kleid, das ihre Rundungen betonte, trug in Begleitung eines Ziehharmonikaspielers Chansons vor. Insbesondere Ersteres für sich allein genommen, ließ Männerherzen bestimmt höherschlagen, aber es strengte an, den Liedern zu folgen, weil sie auf ironische Weise und somit teilweise mit Vokabular, das sie nicht kannte, zumeist die aktuellen Missstände der Armen in der Stadt und den Größenwahn der Pariser Oberschicht anprangerten. Der Eisenfachwerkturm bekam dabei natürlich auch sein Fett weg, stand er doch just für Letzteres. Eine wirklich tragische Straßenlaterne sei er, ein Skelett von einem Glockenturm und bestenfalls ein düsterer Fabrikschlot, der Notre-Dame überragen und somit ganz Paris demütigen würde. Ferdinand und François amüsierten sich wider Erwarten darüber. Elise hingegen führte der Gesang vor Augen, dass in Paris nicht alles Gold war, was glänzte, und ihnen trotz Ferdinands Verdienst harte Zeiten bevorstanden. Die Wandgemälde taten ihr Übriges. Schaurige Bilder von Serienmördern und ihren Taten hingen dort, die ihr schon bei Betreten des Cabarets einen Schauder über den Rücken gejagt hatten.

»Das hieß früher *Au rendez-vous de voleurs*«, hatte ihnen François vor Betreten der Lokalität erklärt. Dass aus dem Treffpunkt der Diebe nun einer für Künstler geworden war, hätte er nicht hinzufügen müssen, denn Elise hatte den Maler erkannt, an dessen getupften Werken sie am Vorabend bei ihrem nächtlichen Spaziergang vorbeigeschlendert waren. Er saß am Tisch gegenüber und immer, wenn der Ziehharmonikaspieler eine Pause einlegte, schnappte Elise auf, was am Nebentisch gesprochen wurde – vermutlich einer der Gründe, warum François so von dieser ehemaligen Schenke geschwärmt und ihnen die interessantesten Menschen angepriesen hatte.

»Mal lieber wieder etwas Vernünftiges. Diese Tupferei ist doch keine Kunst. Wer will denn ein Bild haben, das nicht so aussieht wie die Realität«, warf der Tischnachbar des Malers ein. Er wirkte grimmig, war hager und trug einen ungepflegten Bart, den er sich über den Lippen und am Kinn bestimmt bereits seit einer halben Ewigkeit nicht mehr hatte stutzen lassen.

»Die Leute lieben es und ich kann davon leben«, rechtfertigte der Maler sich.

»Frauen … Die kaufen deine Bilder doch nur, weil sie farblich zum Mobiliar passen.«

Der Maler erwiderte nichts, verzog sein Gesicht und nahm einen Schluck Bier.

François und Ferdinand tauschten amüsierte Blicke.

»Renoir ist auch zur Vernunft gekommen. Malt ja jetzt wieder so, wie man früher gemalt hat. Erkennbar, saubere Formen. Hab sein Gemälde dieser badenden Frauen gesehen. Ist fast fertig. Das ist Kunst, mein Lieber«, fuhr sein Kumpan fort.

»Dir gefällt es doch nur, weil darauf bestimmt nackte Weiber zu sehen sind«, hielt der Maler ihm entgegen.

»Dir würde eine Frau auch guttun. Vielleicht bringt sie dich zur Vernunft, wie sie ihn zur Vernunft gebracht hat. Hat seit zwei Jahren Frau und Kind. Der Hafen der Ehe …«, sinnierte er.

»Tötet jegliche Fantasie und jeglichen Tatendrang«, warf der Maler ein, trank aus, stellte seinen Krug auf den Tisch und verdrückte sich nach hinten, wo es durch eine Tür zur Latrine ging.

»Also meinen Tatendrang wird es nicht töten«, sagte François.

»Du willst eine Familie gründen?«, hakte Ferdinand erstaunt nach.

»Erst wenn ich genug zur Seite gelegt habe und überhaupt die Richtige finde. Und ihr? Da haben sich doch schon die Richtigen gefunden«, erwiderte François, was Elise natürlich mit einem zustimmenden Lächeln kommentierte. Daran gab es nicht den geringsten Zweifel.

Ferdinand blickte zu ihr, vermutlich um sich rückzuversichern, bevor er François' Frage beantwortete.

»Mindestens drei. Kinder sind doch etwas Großartiges«, sagte Ferdinand.

Elise machte seine Aussage überraschenderweise zu schaffen, auch wenn es für sie klar war, dass sie heiraten würden, und eine Familie mit Kindern auch ihrer Ansicht nach das Glück perfekt machte. In seinem Blick glaubte sie, eine Erwartungshaltung gelesen zu haben, eine gewisse Vorfreude, die mit Dringlichkeit verbunden war. Was, wenn es tatsächlich so war und ein bürgerliches Leben, von dem der Freund des Malers gesprochen hatte, einem jeglichen Antrieb raubte? Was die Ehe aus Amalie gemacht hatte und wie sie sich ihrem Schicksal ergab, war ein abschreckendes Beispiel.

»Na, erst müssen wir heiraten«, lenkte Ferdinand ein. Weil er seinen Blick aber nicht von ihr nahm, war Elise davon überzeugt, dass er ihre Verunsicherung gespürt hatte.

»Eines Tages«, sagte sie nur, in Gedanken an ihre erste Liebesnacht, von der sie sich sicher sein konnte, dass sie in unfruchtbarer Zeit kein Kind von ihm empfangen haben konnte. Sie mussten achtgeben, dass dies nicht gerade jetzt passierte, denn einmal in anderen Umständen, würde ihre Lebenssituation davon sicher nicht besser. Ihren Traum konnte sie dann begraben.

»Meine Elise hat noch viel vor. Ich denke, Kinder müssen noch etwas warten«, sagte Ferdinand an seinen Freund gerichtet. Der Stein, der Elise gerade vom Herzen gefallen war, hätte größer nicht sein können. Gerade weil er sich um sie Gedanken machte, liebte sie ihn umso mehr.

»Ja, die Confiserie. Patisserien suchen hier immer wieder Aushilfen. Das wäre doch ein guter Einstieg«, schlug François prompt vor.

»Lass uns morgen danach Ausschau halten«, sagte Ferdinand und legte seine Hand auf die ihre.

Die Musik des Ziehharmonikaspielers setzte wieder ein. Elise war froh, nun wieder der Musik zu lauschen, und nicht der inneren Stimme, denn die Sorgen, wie es in ihrem Leben weitergehen sollte, wollten trotz des guten Zuspruchs und Ferdinands Hand auf der ihren nicht sogleich verschwinden.

Vaters Laune war verständlicherweise nicht die beste, als sie den mittlerweile dritten Importhandel und somit das übel riechende Lager verließen. Ein Wunder, dass Vater, Hermann und Marcello noch die Höflichkeit besessen hatten, dem Halsabschneider die Hand zu reichen. Amalie hatte die Ratte in seinem verliesähnlichen Lagerraum zuerst gesehen. Wo Ratten waren, breiteten sich Seuchen aus. Rattenkot neben dem gelagerten Süßholz, das zudem in einem viel zu feuchten modrigen Gewölbe lagerte, in dem vereinzelt Pfützen neben der Außenwand zum angrenzenden Kanal standen, machte die Entscheidung leicht. Marcello hatte dem italienischen Halsabschneider übersetzt, dass sein Süßholz aus besagten Gründen nicht infrage kam. Einem ihrer Kunden brauchte man vergammeltes Süßholz nicht anzubieten, noch nicht einmal, wenn man es vorher gründlich mit heißem Wasser wusch. Da nützte es auch nichts, dass es weniger als die Hälfte kostete als bei den anderen beiden Händlern, die sie nachmittags aufgesucht hatten.

»Hätten wir vielleicht doch bei diesem Gabani kaufen sollen?«, fragte Vater auf ihrem Weg zurück zu einer Brücke, an der es laut Marcello einfacher sei, eine freie Gondel zu bekommen, die sie zurück ins Hotel brachte. Zurückzulaufen kam nicht infrage. Es wäre ein Weg durch ein Labyrinth und der Gestank, der sich hier in den engen Gassen Venedigs nördlicher Viertel sammelte, schier unerträglich.

»Sein Süßholz war minderwertig. Zu wenig Succusgehalt. Aber das sagt man dem Süßholz aus China ja generell nach«, sagte Hermann.

»Und das aus Russland?«, fragte Amalie.

»Viel zu teuer«, gab Vater zurück. Ein Händler, der minderwertige Ware und dünnes Wurzelgeflecht im Inneren der Süßholzhaufen versteckte, der sollte sich im Preis in der Tat nicht nach oben vergreifen.

»Ich könnte mich nach weiteren Händlern erkundigen, aber ich fürchte, dass Sie hier nicht die Qualität finden, die Sie sich vorstellen. Das beste Süßholz kommt aus dem Süden Italiens und es wird nicht über Venedig verkauft, sondern direkt über den Landweg vertrieben oder von den Seehäfen im Süden verschifft«, erklärte Marcello, der sich Amalies Eindruck nach redlich bemühte, es Vater und Hermann recht zu machen.

»Das kostet doch bestimmt genauso viel wie das aus Russland«, sagte Vater.

»Es ist teurer, weil es qualitativ hochwertiger ist«, erwiderte Marcello.

»Soviel ich weiß, wächst der Fuchsbaum in Kalabrien wie Unkraut und man muss nichts weiter tun, als das Süßholz zu ernten. Wenn es auf dem Markt höhere Preise erzielt, dann machen die einen ganz schönen Reibach«, stellte Hermann fest.

»Wie lange, sagten Sie, dauert es, bis sich Ihre Felder erholen?«, wollte Marcello wissen.

»Mindestens drei Jahre«, erwiderte Vater.

»Wäre es denn in diesem Fall nicht klüger, das Süßholz selbst in Kalabrien anzubauen oder ein Feld zu erwerben?«, fragte Marcello.

Vater blieb augenblicklich stehen.

Konnten sie denn das nicht zurück im Hotel besprechen? Amalie hatte bereits mit Brechreiz zu kämpfen und die tote, halb verweste Katze, die in einer kaum armbreiten Gasse zwischen verfallenen Häusern lag, trug auch nicht gerade zur Gemütsaufhellung bei.

»Italien? Was sollen wir in Italien?«, brabbelte Vater vor sich hin, doch Amalie konnte ihm ansehen, dass es bereits in ihm arbeitete.

»Können Deutsche denn dort überhaupt Land kaufen und es bewirtschaften?«, wollte Amalie wissen.

»Sie glauben gar nicht, wie viele deutsche Industrielle mittlerweile in Italien investieren. Die Erntehelfer sind billig, das Klima angenehm und die Bodenschätze ein Segen«, erklärte Marcello. Ob er da mal nicht übertrieb. Wer ging denn freiwillig in den vermutlich unzivilisierten italienischen Süden?

»Ich schätze, dass der Kauf von Feldern günstiger ist, als sich drei Jahre lang mit entweder minderwertigem oder überteuertem Süßholz zu versorgen«, fuhr Marcello fort.

»Ich finde, er hat recht, Joseph«, fing nun auch noch Hermann an.

»Und da sind Sie sich ganz sicher?«, wollte Vater sich vergewissern.

»Ich komme aus Kalabrien und kenne es wie meine Westentasche. Meine Familie hat dort ein Weingut und selbst ein kleines Feld. Ich kann in Erfahrung bringen, wer an einem Verkauf interessiert ist.«

»Aber wenn der Lakritz so hochwertig ist, warum sollte dann jemand seine Fuchsbaumfelder verkaufen?«, fragte Hermann nicht zu Unrecht.

»Sehen Sie. Der Anbau von Süßholz ist traditionell überwiegend in der Hand des Landadels. Wer nicht auf mehrere Pferde setzt, nimmt nicht mehr genug ein, um alle Landgüter zu halten. Da ist es besser, sich von Land zu trennen, vor allem, wenn die Nachfahren sich nicht mehr für den Anbau interessieren. Auch wir Italiener haben mit der Konkurrenz des Zuckerrohrs zu kämpfen.«

Vater nickte einsichtig und ging endlich weiter. Die Brücke war bereits in Sicht. Dort endete die Gasse in einem breiteren

Weg, was auf frischere Luft hoffen ließ. Amalie war im Moment nicht imstande, klar zu denken.

»Und Sie kennen solche Leute?«, wollte Vater sich bei Marcello vergewissern.

»Ich werde mich erkundigen.«

»Also, ich finde Signore Surace hat recht. Wir sind doch nun sowieso schon in Italien. Da bietet es sich doch geradezu an, gleich weiter in den Süden zu fahren. Zugverbindungen gibt es bis Neapel«, schlug Hermann vor.

»Aber angenommen wir würden eines dieser Felder erwerben. Es müsste jemand vor Ort sein«, gab Vater zu bedenken.

»Das ist wohl wahr«, erwiderte Marcello.

»Was denkst du, Amalie? Für eine Zeit in Italien leben, bis alles läuft?«, fragte ihr Vater.

Amalie traute ihren Ohren nicht. Die Heimat verlassen, um im kargen und sicherlich viel zu heißen Süden zu leben? »Wir sind ja nicht einmal des Italienischen mächtig«, wandte sie ein.

»Wenn man für einige Zeit in einem Land lebt, lernt man die Sprache wie von allein«, versicherte Marcello.

»Ich sehe schon. Amalie werden wir dafür nicht begeistern können«, merkte Hermann an, als sich der Widerhall ihrer Schritte entlang des Kanals verlor und sie die Brücke erreicht hatten. Dort holte Amalie erst einmal tief Luft.

»Ich bin Ihnen gern vor Ort behilflich«, bot Marcello an.

»Für so lange Zeit? Ich fürchte, dann können wir gleich die teure Importware beziehen«, stellte Hermann fest.

»Ich lebe dort …«

»Aber haben Sie nicht Ihr Büro hier? In Venedig?«

»Es gehört meiner Familie. Ich bin mal hier, mal dort. In Neapel und auf Sizilien gibt es auch genug Arbeit für mich.«

Die eben noch verspürte belebende Wirkung der frischen Luft, die Amalies Wohlbefinden insgesamt verbesserte, schien nun an Kraft zu verlieren, denn die Vorstellung, Marcello auch künftig immer wieder zu begegnen, sorgte erneut für Aufregung und demzufolge feuchte Hände. Amalie ermahnte sich, dass es hier um rein geschäftliche Interessen ging und sie sich nicht von ridikülen Gefühlsanwandlungen leiten lassen sollte.

»Den gleichen Honorarsatz auf Stundenbasis … Ich fürchte …«, fing Vater an.

»Ich sagte doch, dass ich dort lebe. Wir finden eine Lösung«, ließ er Vater wissen, doch sein Blick wanderte zu ihr. Er musterte sie, und die Art, wie er es tat, erweckte nicht den Eindruck, rein geschäftlicher Natur zu sein.

»Ich finde, wir sollten es wagen. Was denkst du, Amalie?«, wollte Hermann wissen.

Vaters und auch Marcellos Blick lasteten auf ihr. Was sollte sie schon darüber denken? War es nicht sowieso schon entschieden? Natürlich graute ihr davor. Es ängstigte sie, sich auf so ein unberechenbares Abenteuer einzulassen, doch zugleich beruhigte sie sich mit dem Gedanken, dass sie ja erst einmal ein geeignetes Süßholzfeld finden mussten, das zum Verkauf stand. Wahrscheinlich gelang das ja sowieso nicht.

»In Gottes Namen«, sagte Amalie. Sie bereute es augenblicklich, denn das befreite Lächeln, das sich in Marcellos Gesicht löste, ging ihr nahe. Viel zu nahe. Doch wie schön dieses verstörende Gefühl zugleich war!

Geld und die richtigen Verbindungen regierten zweifelsohne die Welt. Mit nun einem festen Einkommen im Rücken, den Reserven und zu guter Letzt François' Ratschlägen folgend, wo es noch erschwingliche Wohnungen gab, rückte eine Mietwohnung in greifbare Nähe. Der *Le Figaro* war voll mit entsprechenden nach Vierteln sortierten Anzeigen. Die Entscheidung, ob sie sich in der Nähe der Innenstadt, also in irgendeiner Seitenstraße der Champs-Élysées und somit sozusagen in Bestlage nahe dem Marsfeld eine Bleibe suchen sollten oder eher am Montmartre, der Elise aufgrund seiner Vielfalt ans Herz gewachsen war, hatte sich als schwierig gestaltet. In der Nähe Ferdinands künftiger Arbeitsstelle zu wohnen, hätten sie sich nun zwar leisten können, doch es gab dort weder Märkte noch ließen sich fußläufig alle Läden des täglichen Bedarfs erreichen – ganz im Gegensatz zum Leben in einem stetig wachsenden Dorf, das zur Stadt geworden war. Die Anbindung mit Straßenbahnen erlaubte es, relativ schnell vom Montmartre zu Eiffels Baustelle zu gelangen. Die Fahrt nahm Ferdinand gern in Kauf, doch es gab noch eine Überlegung, die ihnen François am Vorabend nahegelegt hatte. Sie zielte auf die Frage ab, wo Elise gedachte, eines Tages ihre Confiserie zu eröffnen. François war sich absolut sicher, dass so ein Vorhaben besser zum Montmartre passte, weil dort viel mehr Menschen auf engstem Raum zusammenlebten und ein solcher Laden sicherlich von reger Laufkundschaft profitierte. Rechnete man sich noch mit hinzu, dass die Verkehrsanbindungen immer besser wurden, schon jetzt so viele Bürgerliche zum Montmartre kamen, um sich zu vergnügen, so war die Entscheidung letztlich doch zugunsten dieses Viertels gefallen. Alles schön und gut, doch nach zwei Absagen von Vermietern heute Vormittag hatte sich herausgestellt, dass sie im Eifer des Gefechts an eines überhaupt nicht gedacht hatten: Sie waren unverheiratet. Dementsprechend niedergeschlagen war Ferdinand auf dem Weg zur dritten Wohnung in der Rue Tholozé, die genau wie die anderen beiden im *Le Figaro* als sofort beziehbar angeboten wurde.

»Vielleicht sollten wir schnell noch heiraten, bevor wir uns dort vorstellen«, sagte er und schlang dann den letzten Bissen des Baguettes mit Käse hinunter, das sie sich in der Boulangerie am Eck zu Mittag gekauft hatten.

Elise aß noch an ihrem und zuckte etwas ratlos mit den Schultern. Wer konnte auch ahnen, dass ein Vermieter der

Kuppelei belangt werden konnte, wenn er seine Wohnung an ein unverheiratetes Paar vermietete. Sittenwidrig sei es, hatte ihnen bereits der erste Vermieter erklärt – und weil in seinem Mietshaus viel geredet würde, könne er einem Paar in wilder Ehe nichts vermieten. Ausgerechnet in Paris und vor allem in einem Stadtbezirk, in dem es ansonsten mit den guten Sitten nicht so genau genommen wurde.

»Ich meine das ernst. Aber ich fürchte, das wird nicht gehen.« Ferdinand wirkte verzweifelt.

»So schnell heiraten?« Elise wusste im Moment nicht so recht, was er meinte.

»Erst einmal müssen wir uns verloben und einen Verlobungsring kann ich mir erst leisten, wenn ich genug dafür zurückgelegt habe. Den schönsten Ring sollst du haben.« Nun verstand Elise, dass seine Verzweiflung vorhin gespielt gewesen war.

»Und einen Heiratsantrag auf Knien, mit einer Rose und in feinster Robe in einem der vornehmsten Restaurants von Paris«, sagte sie.

Ferdinand zog sie an sich, legte seine Arme um ihre Hüfte und lächelte sie nur glückselig an, bevor er sie küsste. Keiner der Passanten störte sich daran. Ganz im Gegenteil. Eine gut gekleidete Frau mittleren Alters in eleganter Bluse und weißem Rock, die ihnen entgegenkam, lächelte ihnen vergnügt zu. Dies bestätigte Elises Annahme, den richtigen Stadtteil gewählt zu haben. Die Rue Tholozé gefiel ihr zudem ausgesprochen gut. Es gab besagte Boulangerie direkt am Eck und die meisten der mehrstöckigen gemauerten Häuser verfügten über alle möglichen Läden des täglichen Bedarfs. Sie verlief bergauf mit leichter und somit nicht allzu anstrengender Steigung und wirkte besonders pittoresk, weil am Ende der Straße eine der alten Windmühlen hinter den Häusern herausragte.

Das dreistöckige Haus gehörte anscheinend einer Madame Moreau, die zugleich im Erdgeschoss eine Patisserie führte. Man könne jederzeit vorbeikommen, um die Wohnung im ersten Stock zu besichtigen. Elise hoffte, dass sie noch zu haben war. Zu ihrem Entsetzen stellte sie fest, dass eine ältere Dame, die ihr Haar in einer Haube trug, wie das beim Bäcker und in einer Konditorei oft der Fall war, gerade in Begleitung eines jungen Paares aus dem Hauseingang neben der Patisserie kam und den beiden zum Abschied die Hand reichte.

»Ich fürchte, wir kommen zu spät«, sagte Ferdinand.

Elise teilte seine Bedenken, zumal sie einen Ehering an der Hand der Frau, die nur unwesentlich älter als sie selbst gewesen sein dürfte, erspäht hatte. Das Lächeln der beiden wirkte jedoch etwas aufgesetzt und es schien, als hätten sie es eilig, von hier wegzukommen.

»Und wenn wir einfach sagen, dass wir verheiratet sind?«, flüsterte Ferdinand ihr zu.

»Warten wir es ab«, sagte Elise und überquerte schnellen Schrittes die Straße. Ferdinand folgte ihr ohne ein weiteres Wort.

»Madame Moreau?«, rief Elise ihr zu, weil die Dame mit Haube bereits dazu ansetzte, ihre Patisserie aufzusperren. Sie blieb stehen und sah sie fragend an.

»Wir sind wegen der Wohnung hier. Ist sie denn noch zu haben?« Elise kam gleich zum Punkt.

»Kommen Sie auf Empfehlung oder haben Sie die Annonce im *Figaro* gelesen?«

»Wir haben die Anzeige gelesen«, erklärte Ferdinand.

»Nun gut. Sie können sie sich ja einmal ansehen«, schlug sie vor, sperrte die Tür des Nebeneingangs auf und gab ihnen mit einer einladenden Geste zu verstehen, ihr zu folgen.

»Das Haus ist, wie Sie sehen können, sehr gepflegt. Mein verstorbener Mann hat hier nichts verkommen lassen«, sagte

Moreau und ging schließlich auf den Treppen vor. Elise stellte zu ihrer Erleichterung fest, dass sie nicht knarrten, in einem guten Zustand waren und auch die Fenster des Treppenhauses nicht nur makellos sauber, sondern auch dicht waren. In den anderen beiden Wohnungen hatte es bereits im Treppenhaus wie Hechtsuppe gezogen.

»Sie wissen, dass ich für sofort Mieter suche. Käme das für Sie überhaupt infrage?«, wollte Madame Moreau wissen.

»Sicherlich. Ferdinand arbeitet ab kommender Woche für Gustave Eiffel. Wir brauchen daher zeitnah eine Wohnung.«

»Warum dann hier? Am Montmartre?«

»Uns gefällt es hier«, erklärte Ferdinand.

Madame Moreau zog überrascht die Augenbrauen nach oben.

»Offen gestanden erhoffe ich mir, hier eine Stelle in einer Confiserie zu finden«, sagte Elise auch in der Annahme, dass Madame Moreau ihr als Inhaberin einer Patisserie, die das Viertel sicher gut kannte, eine Empfehlung aussprechen konnte. Die blieb allerdings aus.

Moreau nickte nur und sperrte dann die Holztür auf, in die ein vergittertes Glas eingefügt war. Auch das Innenleben der Mietwohnung konnte sich sehen lassen. Wunderschöne Tapeten, Holzdielen, die kaum Sprünge aufwiesen. Die Luft in der Wohnung war frisch. Sie schien also trocken zu sein, obwohl die Wohnung, was Elise sofort ins Auge sprang, sogar über eine Badestube mit einer Waschkommode verfügte.

»Das werden Sie hier sonst nirgendwo so schnell finden«, sagte Madame Moreau, nachdem sie die Tür zu diesem Raum geöffnet hatte. »Mein Mann hat kurz vor seinem Tod sogar eine Wanne aus Porzellan einbauen lassen. So einen Komfort gibt es selbst in der Innenstadt meist nur in feinen Hotels«, fuhr sie fort.

»Hier gibt es also fließendes Wasser?«, erkundigte Ferdinand sich.

»Gewiss. Die anderen Räume sind kaum abgewohnt und die Tapeten sind erst ein Jahr alt.«

Elise folgte ihr daraufhin ins Wohnzimmer. Die Möbel erschienen auf den ersten Blick wie neu. Zwei Sessel, ein Sofa, ein großer bestuhlter Holztisch und wunderschöne schwere Vorhänge machten den Raum sehr wohnlich. Das Beste an dieser Wohnung waren jedoch die hohen Fenster, die Elise so gern mochte.

»Sie war nur kurz bewohnt. Aus beruflichen Gründen musste das Paar die Wohnung aufgeben«, erklärte Madame Moreau.

»Ja … Sie entspricht genau meinen Vorstellungen«, gab Elise unverhohlen zu und blickte zu Ferdinand, um sich rückzuversichern.

»Sie sind verheiratet?«, fragte die Eigentümerin nach.

»Verlobt. Wir sind erst seit Kurzem in Paris und ich träume von einer Hochzeit, die gut vorbereitet ist«, schoss es aus Elise heraus.

Ferdinand nickte wild entschlossen.

»Nun ja … Wo kein Kläger ist …«, sagte Madame Moreau zu Elises großer Erleichterung.

Urplötzlich zerriss ein Schrei die Stille. Elise fuhr regelrecht zusammen. Ferdinand blickte bereits nach oben, denn aus dieser Richtung war dieser merkwürdige Laut gekommen, der einem einen Schauer über den Rücken fahren ließ. Er klang nicht menschlich, sondern wie der Schrei eines Tieres.

Madame Moreaus Miene verdunkelte sich.

»Meine Nichte. Sie hat einen kranken Sohn«, erklärte sie.

»Hört man das öfters? Auch in der Nacht?«, fragte Ferdinand.

»Mein Mann hat ihr die Wohnung vermacht. Ich kann sie nicht vor die Tür setzen. Wohin sollte sie denn sonst gehen?«, erklärte Moreau, deren bis eben noch fühlbare Souveränität wie weggeblasen war. Elise glaubte, nun den Grund dafür zu kennen, warum diese Wohnung so günstig war, und weshalb das Paar, das ihnen auf der Straße begegnet war, sie allem Anschein nach ja nicht hatte mieten wollen.

»Tja … Ich weiß …, aber leider kann ich Ihnen preislich nicht sehr viel mehr entgegenkommen.«

Erneut kam einer dieser Töne, allerdings dumpfer. Elise glaubte, eine Stimme zu vernehmen. Es waren aber keine klaren Worte, sondern eher ein Wimmern und einzelne Laute, die quälend, ja fast schon wie ein Heulen klangen.

»Nun ja … Sie sagten doch, dass Sie eine Stelle suchen, in einer Confiserie. Ich könnte eine Aushilfe gebrauchen. Es ist zwar nicht genau das, was Sie suchen, aber Sie hätten es wahrlich nicht weit«, bot Madame Moreau von sich aus an.

Ferdinand blickte noch immer gequält nach oben zur Decke. Elise hoffte, dass nicht noch ein solcher Laut von oben kam, denn dann würde sie es sich vielleicht doch noch einmal anders überlegen. Natürlich nahmen sie die Wohnung. Sie fragte Ferdinand trotzdem.

»Was denkst du?«

Ferdinand nickte, wenngleich zögerlich, woraufhin sich ein befreites Lächeln in Madame Moreaus Gesicht löste.

»Kommen Sie heute Abend gegen sechs wieder. Ich kann den Laden nicht so lange zusperren«, erklärte sie.

Elise sah sich noch einmal um. Wieder ein Schritt in die richtige Richtung, ob mit merkwürdigen Geräuschen, die sie in Kauf nehmen mussten, oder nicht.

Amalie hatte mit einer strapaziösen Fahrt gerechnet, nicht aber mit einer, die erschöpfend und derart faszinierend zugleich sein konnte. Ohne Pause einen Tag und die Nacht hindurch unterwegs zu sein, war schier unmenschlich, insofern konnte man es Marcello gar nicht hoch genug anrechnen, dass er sie auf dieser Fahrt begleitete – von Venedig nach Bologna und von dort in einem komfortablen Zug über Florenz, quer durch das Landesinnere nach Perugia mit anschließendem Halt in Rom, von wo aus es am nächsten Morgen weiter nach Neapel und schließlich nach Cosenza gehen würde. Marcellos Ansicht nach sei das Reizvolle an dieser Strecke, einen sehr guten Eindruck von der landschaftlichen Vielfalt seiner Heimat zu erlangen. Diesbezüglich konnte man ihm uneingeschränkt recht geben. Ein malerischer Landstrich nach dem anderen war an ihnen vorbeigezogen, tiefe Täler, ockerfarbene Getreidefelder, saftige Wiesen, auf denen Schafe weideten, und blühende Hügel. Ganz abgesehen von ausladenden Landstrichen, auf denen Olivenbäume bis zum Horizont wuchsen. Vater schienen die vielfältigen Eindrücke derart zu ermüden, dass er die meiste Zeit schlief. Am besten gefiel ihr die Strecke, die sie eine Zeit lang am Meer entlangführte. Ein malerisches Fischerdorf nach dem anderen säumte verträumte Buchten und idyllische Küstenabschnitte, die azurfarbenes Meer umrahmte. Insofern schien Marcellos augenzwinkernd dargelegte Theorie zu stimmen, dass der liebe Gott sich bei der Erschaffung der Welt in Italien verausgabt hatte, sodass nicht mehr so viel an Schaffenskraft für den Rest der Welt übrig geblieben war. Hermann hatte dies natürlich belacht.

»Anscheinend hat der liebe Gott dabei nicht bedacht, dass kein Mensch bei solch hohen Temperaturen angenehm leben kann«, sagte Hermann. Es wurde im Abteil fraglos immer wärmer, was den Wunsch nach Konversation bei allen deutlich einschränkte.

»Ist das nicht alles eine Frage des Standpunktes, den man einnimmt?«, gab Marcello zu bedenken.

Hermann ließ dies unkommentiert. Seine Augen waren bereits auf Halbmast.

Marcellos Replik beschäftigte Amalie. Denn was hieß schon angenehm leben? Hermann verstand darunter sicherlich ein stattliches Anwesen und gute Geschäfte. Marcello schien Glück aus ganz anderen Quellen zu beziehen. In der freien Zeit, also wenn Hermann ihn nicht mit seinem Wörterbuch in der Hand dazu nötigte, ihm geschäftlich unabdingbare Redewendungen und Ausdrücke beizubringen, oder er sich von ihm Vokabeln abfragen ließ, las Marcello einen Roman, der ihn seinen Worten nach auch in beruflicher Hinsicht interessierte. *Die Verlobten* eines italienischen Autors namens Alessandro Manzoni sei innerhalb der letzten Jahrzehnte zu einem Standardwerk der modernen italienischen Sprache geworden. Dabei strahlte Marcello eine Ruhe aus, die Amalie in ihren Bann zog. Jede noch so kleine Geste übte eine Faszination auf sie aus, die sie sich nicht erklären konnte. Es war die Art, wie er das Buch hielt, sorgsam zur Seite legte und wieder aufblätterte. Sein Daumen fuhr ab und an sanft über ein Blatt. Manchmal lächelte er verträumt oder schien so in das Buch vertieft zu sein, dass man das Gefühl bekam, er wäre in eine fremde Welt abgetaucht. Amalie konnte ihn dabei beobachten, ohne dass es auffiel, weil sie ihm am Fenster gegenübersaß, neben Vater und Hermann zu Marcellos Rechten. In seiner Mimik ließ sich erkennen, was er fühlte. Von Faszination über Anteilnahme, ja sogar Besorgnis und Anspannung. Hermann hingegen hielt die Zeitung wie ein gewöhnliches Stück Papier. Meist las er regungslos. Gelegentlich raschelte er damit, schlug sie auf, schüttelte die Seiten gerade und drosch so lange auf sie ein, bis sie geglättet und somit wieder lesbar waren. Seine Augen flackerten nervös durch den Blätterwald und beim Lesen war er ständig in Bewegung. Ab und an gab er Kommentare zum Besten, Gelesenes, das er für so interessant befand, dass er es jedem wie ein Marktschreier kundtun musste. Wie kraftvoll Stille sein konnte und welche Macht in ihr lag, hatte Marcello sie gelehrt. Größer könnten die Gegensätze zwischen zwei Menschen nicht sein. Wenigstens bekam Hermann hinter seiner Wand aus Blättern nicht mit, dass sie immer wieder verstohlen zu Marcello blickte, vor allem auf seine wohlgeformten Hände. Sie ertappte sich dabei, sich vorzustellen, wie es sich anfühlen würde, wenn er sie berührte und sein Daumen über ihren Handrücken führe, wie er es bei diesem Buch tat. Amalie schrieb ihre Gefühlsanwandlungen der brütenden Schwüle in diesem Abteil zu und den vielen Eindrücken, die in den letzten Stunden während der Fahrt auf sie eingestürmt waren. Den Geist und die Seele hatte Ersteres wohl vernebelt und Letzteres in Wallung versetzt. Die vorbeiziehenden malerischen Landschaften trugen sicherlich dazu bei, in eine Art lethargisch-romantische Stimmung zu verfallen. Obwohl sie ihr Interesse an ihm für ungewöhnlich und unschicklich entlarvte, blickte sie aufs Neue verstohlen zu ihm. Diesmal kreuzten sich ihre Blicke. Amalie fühlte sich ertappt und hoffte, dass er ihr die momentane Verlegenheit nicht ansah. Sein Lächeln war milde und so warm, dass sie es unbeschwert erwidern konnte. Sie blickte dennoch sofort wieder aus dem Fenster. Amalie nahm sich vor, dies auch weiterhin zu tun, nicht, dass er sie noch einmal dabei erwischte, dass sie ihn begaffte. Die innere Anspannung verblieb, weil sie es nahezu körperlich spüren konnte, dass er es nun war, der sie im Blick hatte. Ihre Vermutung bestätigte sich, weil sie an einer Baumreihe vorbeifuhren, die Schatten auf das Fenster warf. Es wurde zum Spiegel. Er sah sie an. Unentwegt, obwohl er sein Buch nach wie vor in Händen hielt. Amalie versteifte augenblicklich und spürte die Anspannung erst wieder von sich abfallen, als er sich wieder dem Roman widmete.

»Stellt euch das mal vor, Ferdinand von Sachsen-Coburg-Gotha-Koháry ist gestern in Sofia vom Parlament zum Fürsten von Bulgarien gewählt worden.« Wieder einer von Hermanns Einwürfen. Im Moment war Amalie jedoch dankbar dafür, riss sie das doch aus dieser unguten wankelmütigen Stimmung – Vater sogar aus seinem Schlummer.

»Ein Deutscher als Fürst von Bulgarien?«, fragte Vater ungläubig nach.

»Der Balkan. Ein einziges Pulverfass. Erinnerst du dich noch? Vor einem Jahr haben die Russen Fürst Alexander zur Abdankung gezwungen«, sagte Hermann.

Politik war sein Steckenpferd und nichts war langweiliger.

»Wundert dich das? Er hat zwei Jahre zuvor Ostrumelien besetzt und es Bulgarien einverleibt. Es gehörte zur Türkei. Das lässt sich der Zar nicht bieten«, kommentierte Vater.

Amalie konnte Marcello ansehen, dass dieses Gespräch ihn aus der Lektüre des Romans riss.

»Wenn's denn stimmt. Man weiß heutzutage ja gar nicht mehr, was wahr ist und was nicht. Wahrscheinlich gibt es sie gar nicht, die Wahrheit. Alles eine einzige Grauzone«, brabbelte Hermann vor sich hin.

»Ich glaube schon, dass es sie gibt«, brachte sich Marcello nun überraschenderweise mit ein, was auch Hermann offensichtlich verblüffte.

»Es kann nicht etwas zugleich so und anders sein«, sagte er.

»Weise Worte«, sagte Vater, den Marcellos bedeutsam vorgetragener Einwand sichtlich beeindruckte.

»Dehnbar. Ist doch alles dehnbar.« Hermann versuchte wieder einmal, über etwas zu sprechen, von dem er nichts verstand. Dann flüchtete er sich immer in allgemeine Aussagen.

Marcello klappte den Roman zu und legte ihn auf die Ablagefläche am Fenster. »Das denke ich nicht. Angenommen, Sie stehen vor einem tiefen Abgrund. Sie können stehen bleiben oder springen. Springen Sie, sind Sie tot. Es gibt dazu keine dehnbare andere Wahrheit.«

Hermann ließ sich dies durch den Kopf gehen.

»Ein ziemlich an den Haaren herbeigezogenes Beispiel, aber ein gutes, das Sie sich da ausgedacht haben«, sagte Vater.

»Es stammt nicht von mir. Aristoteles hat einen seiner Schüler vor die Wahl gestellt, weil er genau wie Sie, werter Hermann, am Satz vom ausgeschlossenen Widerspruch zweifelte. Meinen kann man, dass etwas so oder so ist, aber die Wahrheit erkennt nur, wer nicht nur meint, sondern erkennt«, erläuterte Marcello ruhig. Jedes seiner Worte schien Gewicht zu haben.

Hermann räusperte sich etwas pikiert. »So gesehen …«, sagte er nur.

Amalie war sich sicher, dass er die Tragweite dessen ebenso wenig erfasst hatte wie Vater. Sie musste sich sogar eingestehen, dass sie es selbst nicht vollumfänglich erfasst hatte. Meinen und Erkennen. Wahrheit lag im Erkennen? Darüber konnte man sicher stundenlang nachgrübeln.

Marcello widmete sich wieder seinem Buch und kam wohl schnell wieder in die Geschichte, was sie daran sah, dass seine Mimik wieder zum Spiegel der Handlung wurde und er die Buchseite liebkoste, als wollte er ihr seine Liebe für all das Wissen, das in Büchern steckte, zum Ausdruck bringen. Was er wusste, sein innerer Reichtum, schien sich wie ein heller Schein um ihn zu legen, der ihr Bewunderung abverlangte. Das musste der Grund sein, warum er sie so beeindruckte und anzog wie eine Motte das Licht. Einen Menschen seiner Größe als attraktiv zu empfinden, sich in so erlesener Gesellschaft wohlzufühlen und mehr als nur Wohlwollen zu verspüren, ja selbst kleinen Gesten so große Bedeutung zuzuschreiben, war daher alles andere als verwerflich, letztlich sogar mehr als nur verständlich. Das war die Magie, die sie verhext hatte, Gefühle erzeugte, die sie bisher nicht hatte fassen oder gar einordnen können. Der weiteren Fahrt sah Amalie dank dieser Erkenntnis nun regelrecht befreit entgegen.

Kapitel 12

Amalie hatte nach nur wenigen Stunden Schlaf auf einer unbequemen und viel zu harten Bank des Zugabteils das Gefühl, am Ende ihrer Kräfte zu sein. Anscheinend lief in diesem Land nichts geordnet und schon gar nicht nach Plan. Eigentlich hatten sie vorgehabt, in Neapel zu übernachten, doch wenn ein Zug sich verspätete und es einen verlockenden, wenngleich äußerst unkomfortablen Anschlusszug noch vor Einsetzen der Dämmerung gab, dann lohnte sich eine Übernachtung natürlich nicht mehr. Wie schade, denn man sagte ja, dass Neapel mit seinen unzähligen Kapellen und der Bastion am Hafen sehr sehenswert sei. Zumindest Marcello war davon überzeugt und seine Ausführungen über das alte Königreich Neapel mit all seinen kulturellen Schätzen konnten einen dazu verleiten, über einen längeren Aufenthalt in dieser Stadt ernsthaft nachzudenken. Cosenza hingegen, der Ort, an dessen zentralem Café namens Renzelli sie auf Marcellos Rückkehr warteten, war das genaue Gegenteil von einer Stadt wie Neapel. Man sah dem Ort an, dass er mehrere Erdbeben hatte überstehen müssen. Ein Teil der Steinhäuser wies Risse auf. Einige lagen auch heute noch in Trümmern und waren bestenfalls als Ruinen zu bezeichnen. In der Innenstadt hingegen schien das Leben in den engen Gassen der mehrstöckigen Häuserschluchten, über die sich Wäscheleinen mit bunter Kleidung spannten, wieder seinen normalen Lauf zu nehmen. Das Renzelli, ein von außen betrachtet ziemlich schmuckloses Kaffeehaus, aber mit ansprechendem Innenleben und schönem Mobiliar, war gut von Einheimischen besucht. Anscheinend bekamen die Leute hier selten Ausländer zu Gesicht und es überraschte Amalie daher keineswegs, dass der Mann hinter dem Tresen genau wie das gute Dutzend der anwesenden Gäste kein Wort Deutsch sprach. Das Wort *Kaffee* war international, also kamen sie in Marcellos Abwesenheit auch ganz gut alleine zurecht. Das anregende Getränk schmeckte vorzüglich und weckte, genau wie Marcello es angekündigt hatte, Tote auf. Das galt aber nur für Vater und Hermann, die allen Ernstes vorgeschlagen hatten, sich die Wartezeit damit zu vertreiben, das Dorf zu erkunden. Was außer alten Häusern gab es denn da zu sehen? Der Aufstieg zu einer Anhöhe, auf der sich eine uralte Burg befand, war Vater dann doch zu anstrengend gewesen und die romanisch-gotische Kirche, wie Marcello ihnen erklärt hatte, die sich hier etwas anmaßend Dom nannte, hatten sie auf dem Weg vom Bahnhof hierher bereits besichtigt. Die Stühle waren bequem, die dicken Mauern hielten die Hitze des Tages ab und der Waschraum war besser als am Bahnhof in Neapel.

»Amalie. Hörst du uns überhaupt zu?«, warf Vater ihr vor.

Sie nickte, auch wenn sie nicht zugehört, sondern durch die Scheibe des Kaffeehauses auf den Vorplatz gestarrt und Knaben beim Ballspiel zugesehen hatte. Man verstand sowieso kein Wort, weil zwei Dutzend Männer, die der Kluft nach zu urteilen in der Landwirtschaft tätig waren, sich lautstark und vor allem temperamentvoll unterhielten. Wenn man selbst kein Wort verstand und übermüdet war, lähmte das Brummeln aus so vielen sonoren Männerkehlen die Sinne.

»Ob es dir hier gefällt«, sagte Hermann gottlob ohne vorwurfsvollen Unterton.

»Die Ruinen, die Felder oder die blühende Natur?« Amalie fragte ganz direkt und bemühte sich noch nicht einmal, einen Hauch von Ironie in ihre Stimme zu legen. Selbst eine blühende Natur wie im Bilderbuch, damit meinte sie Blumenwiesen und Mischwälder, an denen sie auf dem letzten Streckenabschnitt vorbeigefahren waren, konnte nicht den misslichen Umstand aufwiegen, dass es hierzulande zu heiß und die Gegend nahezu entvölkert war. Was sollte einem daran gefallen?

»Ich habe es mir hier jedenfalls nicht so schön vorgestellt«, sagte Hermann.

»Wir sind nicht hier, um etwas besonders schön zu finden«, stellte Vater fest und nahm einen weiteren Schluck von seinem mittlerweile zweiten Kaffee.

»Wie lange müssten wir hierbleiben? Es reicht doch sicher, Felder zu kaufen und dann Arbeiter damit zu beauftragen, sie zu ernten.« Amalie malte sich dies zumindest so aus.

»Kind. Wie naiv du doch manchmal bist.« Vaters Laune war nicht die beste.

»Aber es hat doch geheißen, dass Süßholz hier wie Unkraut wächst«, wandte sie ein und hoffte, dass ihr ein längerer Aufenthalt erspart blieb.

»Man muss nach den Feldern schauen. Ein Bewässerungssystem brauchen wir auch. Man kann ja nicht immer auf Regen vertrauen hier im heißen Süden. Arbeiter müssen rekrutiert und eingewiesen werden. Wir brauchen einen Firmensitz und Lagerräume. Wir müssen die besten Transportwege ausfindig machen.«

»Das heißt, wir bleiben länger hier? Mehrere Wochen?«, fragte Amalie mit wachsender Besorgnis.

»Ich habe Marcello darum gebeten, nach einer Bleibe zu suchen, als Firmensitz und möglichst in der Nähe der Felder«, gestand Hermann ein.

»Wir könnten expandieren, genau wie in guten alten Tagen«, sinnierte Vater. Hermann pflichtete ihm bei.

»Reicht es denn nicht, wenn wir die nächsten drei Jahre überbrücken?«, sagte Amalie.

»Man muss das Glück am Schopfe packen, Amalie. Die Firma kann wieder erblühen, wenn nicht in Bamberg, dann eben hier«, sagte er und bedeutete dem Kellner, noch etwas Mandelgebäck zu bringen, indem er auf den leeren Teller vor ihm zeigte.

Amalie stand kurz davor, ihm zu sagen, dass Mutter ihn sicher nicht hierher begleitet hätte. Zu sehr hatte sie an ihrem Haus und Bamberg gehangen. Amalie erging es ähnlich. Beim Gedanken an Mutter setzte augenblicklich das schier erdrückende Gewicht der Trauer ein, der dumpfe Schmerz des Verlusts und der Schuldgefühle, die sie seit dem Unfall immer wieder plagten, aber in Anbetracht der Mannigfaltigkeit der Ereignisse der letzten Tage stets hatte erfolgreich verdrängen können. In geschwächtem Zustand und übermüdet gelang das nur mit größter Kraftanstrengung und Disziplin. Sie blickte hinüber zu Vater und fragte sich in dem Moment, warum er seit Mutters Tod kein einziges Mal über sie gesprochen hatte. Die Firma ging ihm anscheinend über alles, oder flüchtete er sich etwa deshalb in Träumereien? Was hatte sie davon, wenn die Firma erblühte? Hier, in einem fremden Land, auf Wochen, wenn nicht Monate festzusitzen, behagte ihr nicht, was sicherlich auch daran lag, dass Amalie, seitdem sie auf Marcello getroffen war, eine gewisse Unruhe befallen hatte, verstörender Wankelmut, der sie in einen inneren Zwiespalt stürzte. Einerseits genoss sie seine Gegenwart. Andererseits sorgte just seine bloße Anwesenheit für Gefühlsanwandlungen, die sie an sich nicht kannte und von denen sie sich nicht sicher war, ob sie diese überhaupt zulassen wollte und durfte, um nicht den Verstand zu verlieren. Daheim in Bamberg würde ihr alles wie ein Traum vorkommen, sie nicht mehr aufwühlen. Nur dort konnte sie wieder inneren Frieden finden.

»Cantuccini, per favore«, rief Hermann dem Kellner zu, denn Vaters Geste hatte er offensichtlich doch nicht als Bestellung registriert.

»Subito«, kam vom Kellner. Amalie nahm an, dass dies wohl »sofort« heißen musste.

»Und mit Marcellos Hilfe können wir uns sicher bald ganz ordentlich verständigen. Ich habe schon viel von ihm gelernt. Das wird schon. Alles geht seinen rechten Weg«, sagte Hermann voller Zuversicht.

Amalie seufzte und nickte. Der Gedanke, dass Marcello bald zurück sein würde, war das Einzige, was sie im Moment aufheiterte, doch zugleich war dies auch etwas, was sie ängstigte.

Gegen zehn Uhr morgens dünnte sich die Kundschaft in Madame Moreaus Patisserie aus. Zeit für eine Madeleine, den Brandteig aus Mehl, Fett, Zucker und Aromen. Madame Moreau hatte ihr das Rezept wohl nur deshalb verraten, weil es *Le Madeleine* überall in Paris gab und sie traditionell zum bevorzugten Tee- oder Kaffeegebäck der Franzosen gehörte. Elise hätte nicht gedacht, dass die Stärke erst verkleistern musste, bevor man Eier hinzugab. Madame Moreau verstand sich auf ihre Backkunst. Die Madeleine schmeckte himmlisch. Elise verzehrte sie mit Genuss, während sie durch das Schaufenster hinaus auf ihre neue Heimat blickte. Der erste Tag ihres neuen Lebens hätte gar nicht besser beginnen können. Ferdinand sah es offenbar genauso. Er war sogar noch früher als sie aufgestanden, um mit François gemeinsam zum Marsfeld zu fahren. Papiere mussten noch unterzeichnet werden und natürlich hoffte er, dass er schon heute mit der Arbeit beginnen konnte.

Madame Moreaus Patisserie war in vielerlei Hinsicht ein Glücksgriff. Torten, Kuchen, Petit Fours und eine kleine Auswahl an Pralinés standen zum Verkauf.

»Die Torten kaufen die Leute nur zu besonderen Anlässen«, hatte sie ihr erklärt und das deckte sich mit den ersten Erfahrungen als Aushilfe beim Verkauf hinter dem Tresen. Am besten waren heute Vormittag die Mille-Feuilles angekommen. Geschichteter Blätterteig mit cremiger Marmeladenfüllung – einfach unwiderstehlich. Ein Stück war noch übrig. Elise nahm sich vor, es für Ferdinand mit nach oben zu nehmen.

»Und, wie schmeckt sie Ihnen, meine Madeleine?«, rief Madame Moreau aus der Backstube.

»Zu köstlich.«

»Wenn Sie wollen, könnten Sie morgen früh wieder aushelfen«, bot sie ihr an, als sie mit einem Tablett frisch gebackener Madeleines herauskam.

»Wieder um sieben?«

»Wenn Ihnen das recht ist. Ich hoffe, Sie gewöhnen sich an … Na ja, Sie wissen schon.« Elise wusste es genau, denn sie waren in der Nacht zweimal aufgewacht, weil sie die Stimme des Sohnes von Madame Moreaus Nichte über ihr vernommen hatten. Den Grund für ihre dunklen Augenringe hatte sie Madame Moreau erklärt.

»Hat der Junge etwa starke Schmerzen?«, fragte Elise.

»Er ist sehr krank. Sie verlässt mit ihm kaum das Haus«, sagte Moreau, während sie frisches Gebäck fein säuberlich auf einem Regal der gläsernen Vitrine drapierte.

»Hoffentlich nichts Ansteckendes«, sagte Elise, denn so wie dieser Junge schrie, musste er entsetzlich leiden. Noch viel schlimmer empfand sie aber sein Wimmern, das nachts, wenn es auf der Straße still war, deutlich vernehmbar war. »Sind Ihre Mieter deshalb ausgezogen?«, wagte Elise zu fragen.

Madame Moreau nickte schuldbewusst, denn zunächst hatte sie ihnen ja etwas anderes erzählt. »Es ist nichts Ansteckendes. Keine Sorge, aber sie kann mit ihm nicht raus. Sperrt sich mit ihm ein. Vielleicht wäre es einfacher, wenn sie aufs Land ziehen würde, aber das will sie nicht. Hier kann sie wenigstens aus dem Fenster sehen und ein bisschen am Leben teilhaben.«

»Geht sie denn nie raus? Noch nicht einmal zum Einkaufen oder zum Arzt? Der Junge muss doch sicher Medikamente nehmen.«

»Ich kaufe für sie ein. Ich kann von Glück sagen, dass man es hier unten im Laden nicht hört. Ich würde all meine Kundschaft verlieren.«

Elise spürte, dass Madame Moreau dieses Thema höchst unangenehm war, und verzichtete daher, weiter darauf herumzureiten.

»In der Mille-Feuille ist Zucker drin, oder?« Elise konnte Madame Moreau ansehen, dass sie für den Themenwechsel dankbar war.

»Selbstverständlich. Ungesüßt würde ich sie nicht essen wollen.«

»Mein Vater ist Süßholzbauer. Succus eignet sich vorzüglich für Süßspeisen, ist sehr gesund und man kann ihn mit allen möglichen Aromen kombinieren.«

»Süßholz? Das nimmt doch niemand mehr zum Süßen her.«

»Lakritz … Succus mit Zusatzstoffen oder Lakritzpulver. Man kann alles Mögliche damit veredeln, ihm einen exotischen Geschmack verleihen, der den Gaumen herausfordert und ihm zugleich schmeichelt.«

Madame Moreaus Stirn legte sich in Falten. »Haben Sie so etwas denn schon einmal gemacht?«

»Im Hauswirtschaftsunterricht und erst kürzlich haben wir meine Lakritzplätzchen auf einem Bergfest verkauft. Die Leute mochten sie sehr«, sagte Elise wahrheitsgemäß. Sie hoffte, dass dies als Referenz ausreichte.

»Nun ja … Man könnte den Petits Fours damit einen außergewöhnlichen Geschmack verleihen. Mal etwas Neues. Trauen Sie sich das zu?«

Elise nickte, obwohl sie sich dessen gar nicht so sicher war. Andererseits, es hatte bei den Keksen für die Walpurgisfestlichkeiten geklappt, warum sollte es mit anderem Gebäck nicht ebenso gelingen?

»Gibt es hier in der Nähe einen Laden, der Süßholzwaren verkauft?«, wollte Elise wissen.

»An dem soll es nicht scheitern. Der jüdische Krämer zwei Querstraßen weiter unten hat welches, wenn ich mich nicht täusche. Vielleicht kriegen Sie es auch in einem Gewürzladen.«

»Ich darf es wirklich probieren?«

»Morgen früh um fünf in der Backstube«, sagte Madame Moreau streng. »So etwas Verrücktes … Hoffentlich wird niemandem schlecht davon. Das spricht sich hier schnell herum. Dann rennen die alle zu Petit zwei Straßen weiter«, gab sie weiter zu bedenken, doch dann lächelte sie Elises Ansicht nach recht zuversichtlich.

Elise konnte ihr Glück kaum fassen, allerdings trübte es sich für einen Moment ein, denn nun musste sie Süßholz bei einem Händler beziehen, obwohl ihre Familie welches hatte. Wie es Vater und Amalie wohl erging? Die Erinnerung an die letzten schrecklichen Tage in Bamberg rang ihre Neugier nieder. Sein Süßholz brauchte sie nicht. Eines Tages würde sie ihm beweisen, dass sie recht hatte, das schwor Elise sich.

An alles Mögliche hatte Amalie für ihre Reise nach Italien gedacht, nicht jedoch an einen Hut und dieser Umstand wurde ihr nun zum Verhängnis. Man konnte gar nicht mehr nur von heiß sprechen. Die Sonne schien sie regelrecht zu versengen.

Die Metallbeschläge der Kutsche, die sie zuweilen berührte, um während der Fahrt über holpriges Gelände Halt zu finden, glühten. Geschlossene Kutschen gab es Marcellos Aussage nach hier nicht zur Leihe. Ein Malheur. Stattdessen saßen sie nun auf seitlich angebrachten Holzbänken ungeschützt im Freien. Ein Wunder, dass hier die Flora noch so grün war. Die letzte halbe Stunde waren sie auf einer mehr schlecht als recht befestigten Straße an Olivenhainen vorbeigefahren. Diese Bäume brauchten ihrer Erinnerung nach ja nicht so viel Wasser. Süßholz brauchte mehr. Weil es hierzulande angeblich wie Unkraut wuchs, musste es hier in der Gegend genug Grundwasser geben. Erneut tupfte sie sich mit einem inzwischen durchnässten Tuch die Stirn ab. Hermann, dem die Hitze auch ohne Hut nichts auszumachen schien, erwies sich als sehr aufmerksam und reichte ihr unaufgefordert eine Feldflasche mit Wasser.

»Wir müssen viel trinken«, erinnerte er sie.

»Es ist nicht mehr weit«, rief ihnen Marcello zu, der sich zugleich als Kutscher betätigte und sie zum Anwesen der Putortis brachte. Entgegen ihrer Annahme waren die Putortis weder in Geldnöten noch ein Fall von verarmtem Adel, sondern Bauern wie sie selbst. Marcellos Informationen zufolge wollten sie altersbedingt verkaufen. Ihre beiden Söhne waren nach Rom gegangen, um dort einen Weinhandel zu betreiben. Verständlich, dass die Putortis im Alter in der Nähe ihrer Kinder sein wollten. Als alter Mensch hier allein zurückzubleiben, käme vermutlich einem Todesurteil gleich, sagte Amalie sich, und das nicht nur wegen der Hitze. Das nächste Dorf lag bestimmt schon eine halbe Stunde entfernt – und ob es dort einen Arzt gab, war fraglich. Mit Süßholz ließen sich nicht alle Beschwerden heilen. Von dem gab es hier allerdings genug. Um die vierzig Hektar Land standen zum Verkauf und wie Marcello ihnen bestätigt hatte, gedieh es hier fraglos besser also sonst wo auf der Welt. Die Zweige wirkten kräftig und trotz des heißen

Klimas saftiger als in der Heimat, mal ganz abgesehen davon, dass sie viel höher wuchsen und sie definitiv niemand gepflanzt hatte. Die Abstände zwischen den Sträuchern waren dafür zu unregelmäßig, die Höhe und Äste der Pflanze zu unterschiedlich. Einige der Sträucher erreichten Amalies Schätzung nach gut und gern eine Höhe von zwei Metern. Hier spielte Mutter Natur die erste Geige – und weil an einigen der rauen Stängel bereits zarte Knospen zu sehen waren, obwohl die Pflanze normalerweise erst später zu blühen begann, schien dies hier wahrlich das Süßholzparadies auf Erden zu sein. Mindestens eintausend Kilogramm pro Hektar, eher mehr, würden Putortis Felder hergeben. Damit ließe sich nicht nur ihr gesamter Bedarf decken, sondern auch noch Spielraum für die Belieferung neuer Kundschaft schaffen.

»Es wächst von allein. Das will man gar nicht glauben«, schwelgte Vater, nachdem sie auf einen schmalen Seitenweg abgebogen waren, der mitten durch die wildwüchsigen Fuchsbäume führte. Die Wurzeln waren so kräftig, dass sie den Boden zerfurchten. Dementsprechend holprig wurde die Fahrt, die auf ein Haus zuführte, das im Schatten von zwei hohen alten Laubbäumen stand. Palmenkronen ragten hinter dem Dach hervor. Blühende Ginstersträucher umrahmten das Haus zu seiner Linken, Lavendelbüsche zu seiner Rechten. Amalie musste sich eingestehen, dass das Farbspiel aus unterschiedlichen Grüntönen, dem schmutzigen Altrosa des Gemäuers und insbesondere den gelben Farbakzenten der Ginsterblüten etwas Malerisches an sich hatte.

»Und Sie sind sich sicher, dass er es verkaufen will?«, wollte Hermann sich vergewissern.

»Absolut sicher. Putorti wohnt hier nicht mehr, sondern bei Freunden im nächsten Dorf. Meiner Ansicht nach fällt es ihm trotzdem schwer, sich von seinem bisherigen Leben zu trennen.

Er hätte es sicher lieber an Landsmänner verkauft«, erklärte Marcello.

»Die werden nicht so zahlungskräftig sein, wenn ich diese Gegend hier richtig einschätze«, kommentierte Hermann. Dafür, dass sie noch vor nicht allzu langer Zeit selbst kurz vor dem Ruin gestanden hatten, nahm er Amalies Ansicht nach den Mund ziemlich voll. Dass seine Einschätzung sich nicht nur auf die Dörfer bezog, durch die sie gekommen waren, wurde Amalie klar, als die Kutsche vor dem Haus zum Stehen kam. Putz bröckelte an vielen Stellen vom Gemäuer. An der angrenzenden Scheune klaffte ein Loch im Dachgebälk. Es war offenbar nur notdürftig mit Brettern zugenagelt. Wie schön musste das zweistöckige Haus wohl früher ausgesehen haben? Die Eisenbalkone zierten es noch heute, auch wenn sie Rost angesetzt hatten.

»Marcello«, tönte es aus dem Haus. Heraus trat ein alter Mann, hager, sehnig und mit langem krausem Kinnbart. Seine Kleidung wirkte verschlissen, an der Hose war ein Flicken aufgenäht. Sein Lächeln war so herzlich, dass sie darüber hinwegsah. Die beiden mussten sich gut kennen, denn sie küssten sich auf die Wange. Erst nach diesem hierzulande wohl üblichen Ritual stellte Marcello sie vor.

»Piacere.« Amalie verblüffte, dass es aus Hermanns Mund fast so inbrünstig wie bei einem Italiener klang. Es wirkte, denn auch ihm schenkte er ein Lächeln. Das galt auch ihrem Vater, der ein verlegenes »Angenehm« brummelte. Putorti verstand es trotzdem.

»Über den Preis müssen wir aber noch einmal reden.« Hermann kam gleich zur Sache.

»Es wäre ungut, mit der Tür ins Haus zu fallen. Wollen Sie sich die Felder und das Anwesen nicht erst einmal ansehen?«, schlug Marcello vor.

»Es geht doch sowieso nur um die Felder«, wandte Hermann ein.

Putorti schien zwar kein einziges Wort Deutsch zu verstehen, doch Hermanns leicht genervten Tonfall registrierte er mit argwöhnischem Blick.

Marcello sprach daraufhin mit dem Alten. Der nickte zunächst dumpf, gab ihnen dann aber gestenreich zu verstehen, ihm zunächst in die Scheune zu folgen. Amalie schloss sich ihnen an.

Das Innenleben der Scheune erinnerte sie an ihre Kindheit, denn darin befand sich eine alte Steinmühle, die ihre Familie in ähnlicher Form selbst verwendet hatte. Zwischen den Mühlsteinen wurde die in Stücke geschnittene angefeuchtete Wurzel geknirscht, sodass eine Art Teig entstand, der dann mindestens acht Stunden lang in einem Kessel zu sotten war. Anscheinend erklärte Putorti ihnen das alles, denn er deutete auf einen Krug, mit dem während dieses Arbeitsschrittes stets Wasser hinzugefüllt wurde. Er ging zu einer Metallpresse jüngerer Zeit. Dort wurde der harzige zähe Saft heraufgetrieben und dann noch einmal mindestens vierundzwanzig Stunden gekocht, damit er zäh genug wurde, um ihn schneiden zu können.

»Haben Sie ihm nicht gesagt, dass wir selbst einen Lakritzbetrieb führen?«, fragte Hermann ungeduldig, nachdem Marcello in aller Gemütsruhe jede Etappe übersetzt hatte. Amalie sah Putorti an, wie stolz er auf seine kleine Manufaktur war. Hermann hingegen schien dieser Umstand entgangen zu sein.

»Wir sollten endlich zur Sache kommen«, drängte nun auch Vater, der sich erneut den Schweiß von der Stirn wischte.

Putorti hielt ihnen ein Stück der Süßholzwurzel hin. Auch ohne weitere Worte verstand Amalie, dass sie davon probieren sollten.

Marcello war der Erste, der es in den Mund nahm. Hermann zögerte.

»Probieren Sie«, forderte Marcello sie auf.

Der erwartungsfrohe Blick des alten Mannes lag auf Hermann und ihrem Vater.

Marcello begann, genussvoll daran zu saugen. Sofort löste sich ein Lächeln in Putortis Gesicht. Er schien sich der Qualität seines Süßholzes sicher zu sein.

Amalie tat es Marcello gleich und in der Tat war es lohnend, denn die stärkere Süße war nicht alles, was sie überraschte. Der Geschmack war intensiver, als sie ihn von der heimatlichen Ernte her kannte.

»Fantastico«, schwärmte sie in der Hoffnung, dass auch dieses italienische Wort dem Französischen, an das sie sich noch vage aus der Schulzeit erinnerte, ähnlich war.

Und wie er strahlte.

»Dem Gaumen einer Frau kann man nichts vormachen«, übersetzte Marcello.

»Ich denke, wir haben genug Süßholz geraspelt«, sagte Hermann recht schroff.

Immerhin hatte er hineingebissen.

»Was nützt diese Besichtigung, wenn wir noch nicht einmal wissen, ob wir uns preislich einigen?«, ergänzte Vater.

Beide schienen nicht das geringste Gespür für die Situation zu haben. Bekamen sie Putortis irritierten Blick denn nicht mit? Marcello übersetzte die Äußerung der beiden jedenfalls nicht, sondern warf ihr fast schon einen flehenden Blick zu.

Amalie verstand sofort, was Marcello meinte. Es ging Putorti um Wertschätzung. Und zweifelsohne, so viel hatte Amalie bereits im Hotel, aber auch auf den Straßen und Plätzen mitbekommen, waren die Italiener eher ein Volk des Herzens. Des Italienischen war sie nicht mächtig, doch sagten Gesten nicht mehr als tausend Worte? Amalie ging ein paar Schritte zu der alten Mühle, betrachtete sie mit bewunderndem Blick und fuhr in einer fast zärtlichen Geste darüber. Sie musste Putorti nichts vorspielen. Die Gerätschaften erinnerten sie an eine glückliche Kindheit. An ihnen haftete pure Melancholie.

Putorti nickte anerkennend und war wohl ebenfalls in Gedanken an so viele Jahre, die er hier verbracht haben musste.

Ein Blick zu Marcello genügte, um zu wissen, dass sie das einzig Richtige getan hatte, wobei sich Amalie im Moment fragte, über was er sich mehr freute: dass sie Hermanns schroffes Verhalten wettgemacht hatte oder Marcello und sie sich auch ohne Worte verstanden.

Madame Moreau hatte sich getäuscht. Süßholz war am Montmartre gar nicht so leicht ausfindig zu machen, auch nicht die Produkte, die daraus gewonnen wurden, vor allem Pulver und natürlich Lakritz. Beides brauchte sie für ihre Experimente in der Backstube. Der jüdische Krämer hatte weder das eine noch das andere. Zwar verkaufte er neben exotischen Gewürzen, Nüssen, Trockenfrüchten und Olivenöl auch geschnittenes Süßholz in kleinen Mengen, doch in Moreaus Backstube gab es keine Gerätschaft, um daraus feines Pulver oder kleine Lakritzstücke zu gewinnen. Auf dem kleinen Markt am Stadtrand würde es immer wieder Lakritzmasse geben, hatte ihr der jüdische Händler nahegelegt, doch sie zugleich zur Vorsicht ermahnt, denn dort würde es vor Diebesgesindel nur so wimmeln. Einer feinen Dame sei sowieso nicht anzuraten, sich ohne männliche Begleitung dorthin zu begeben. Elise war also gar nichts anders übrig geblieben, als zu warten, bis Ferdinand wieder zurück war. Eine Vertragsunterschrift konnte ja nicht so lange dauern, doch da hatte sie sich getäuscht. Erst gegen eins hatte er sich bei ihr blicken lassen. Dementsprechend schnell war ihr Schritttempo nun, denn der Markt schloss, wie ihr der jüdische Händler mitgeteilt hatte, gegen zwei.

»Sie lassen mich gleich in der Montage arbeiten. Ich nehme an, dass sie immer noch zu wenige Arbeiter haben, denen die

Höhe nichts ausmacht, und wer sich geschickt anstellt, wird schnell zum Vorarbeiter ernannt, genau wie François«, erzählte Ferdinand auf ihrem Weg zum Markt, der sie an den Stadtrand führte. Nun wusste Elise auch, warum es so lange gedauert hatte. Eine Stunde allein für die Unterweisung, wo, wann und was als Nächstes verbaut würde, wie die Eigenschaften des Materials waren, und eine weitere für das Studium der Bebauungspläne. Von einer Glückssträhne hatte er gesprochen und ihr versichert, dass ihr das Glück auch bald zu Hilfe eilen würde, wenn nicht, ginge er bis ans Ende der Welt mit ihr, um Lakritz für sie ausfindig zu machen. In diesem Fall war es das Ende ihrer neuen kleinen Welt. Die Gegend hatte mittlerweile jeglichen städtischen Charme verloren. Wo das Trottoir aufhörte, schien eine unsichtbare Grenze zwischen Arm und Reich zu verlaufen. Hier lebten Menschen teilweise noch in zusammengeschusterten Hütten. Elise fühlte sich wie ein Fremdkörper inmitten der anderen Seite der Gesellschaft, die schon anhand der Kleidung erkennbar höchstwahrscheinlich nicht einmal ein Dach über dem Kopf hatte. Die wenigen Bürgerlichen, die sich hierher verirrten, schienen ein gefundenes Fressen für Bettler zu sein, denn kaum hatten sie den Hauptweg zwischen Bretterverschlägen, Holzbuden und einfachen mit Waren überladenen Tischen erreicht, hielt ihnen ein hinkender Mann auf Krücken bereits die offene Hand entgegen. Ferdinand ließ sich erweichen und kramte eine Münze aus seiner Hosentasche.

»Que Dieu vous le rende«, bedankte er sich, was so viel wie »Vergelt's Gott« hieß.

»Weißt du, wo es hier Süßholz und Lakritz gibt?«, fragte Ferdinand. Die Gegenleistung erbrachte der Alte, dem der Grind auf der Haut stand, ohne Murren.

»Hassan hat welches. Da hinten, auf der anderen Seite. Neben dem Stand, wo die bunten Tücher verkauft werden«, erklärte er. Nun stachen Elise die Süßholzwurzeln ins Auge, die auf einem der Tische herausragten. Sie machten sich sofort auf den Weg.

Elise war froh, den Rat des jüdischen Händlers beherzigt zu haben, nicht allein hierherzugehen, denn sie wurde das Gefühl nicht los, dass sie immer wieder jemand argwöhnisch ins Visier nahm, musterte, taxierte. Es waren zweifelsohne merkwürdige Gestalten, die sich hier herumtrieben. Sie bemerkte, dass ein junger Mann ihnen folgte, zu dicht, wie sie aus den Augenwinkeln mitbekam. Instinktiv umklammerte sie ihren Lederbeutel fester und zog ihn an sich heran. Ferdinand schien den vermeintlichen Verfolger ebenso zu bemerken, blieb daher abrupt stehen und drehte sich blitzschnell um. Beinahe wäre der junge Mann mit zotteligem Haar, das er mit einem roten Band bändigte, gegen ihn gestoßen. Er war flink wie ein Wiesel ausgewichen und lachte nun auch noch unverschämt. Elise folgte ihm mit Blicken. Anscheinend gehörte er zu einer Gruppe von Herumtreibern, die sich um einen ihrer Wagen scharten.

»Zigeuner. Ich habe genug davon.« Ferdinand sprach ihr aus dem Herzen.

Elise war froh, dass der Stand nur noch wenige Schritte von ihnen entfernt lag. Was außer Lakritzpulver sollte in den an den Rändern bräunlich verfärbten Leinensäcken sein? Und in zwei Körben lagen Lakritzbarren in verschiedenen Größen. Der Weg hierher hatte sich gelohnt.

»Probieren Sie«, forderte sie der orientalisch aussehende Mann mit dunklem Haar und Stoppelbart auf und hielt ihnen eine kleine Schaufel hin. Er versuchte, sie mit weichem Lakritz zu locken. Elise war neugierig, wie er wohl schmeckte, und griff beherzt zu.

»Besonders süß ist er nicht. Woher kommt das Süßholz?«, merkte sie an.

»Aus meiner Heimat. Osmanien. Man sagt unserem Süßholz nach, das beste auf der Welt zu sein.« Elise beließ ihn in dem Glauben, denn sie wusste, dass jeder Händler das von seiner Ware behauptete.

»Ich nehme einen kleinen Sack mit Pulver und einen mit dem weichen Lakritz«, sagte sie.

»Sehr wohl, Madame.«

»Verrätst du mir, was du damit anstellst?«

»Ich lass dich morgen davon kosten«, erwiderte sie. Elise ließ dann ihren Blick über den Markt schweifen. Vielleicht hatten sie ja noch die Zeit, etwas anderes einzukaufen. Frisches Gemüse gab es hier zur Genüge und auch Haushaltswaren, Tuch und Seide. Täuschte sie sich oder waren sie schon wieder im Visier des Herumtreibers, der ihnen vorhin so unverschämt nahe gekommen war? Er stand keine zwanzig Meter von ihnen entfernt bei einem Wagen, vor dem Messerschleifer ihre Dienste anboten. Ein zweiter trat neben ihn. Elise fror förmlich ein. Das war der Mann, der sie am Gare du Nord überfallen hatte!

»Das macht fünf Francs. Für Madame natürlich ein Sonderpreis.«

Elise wandte ihre Aufmerksamkeit für einen Moment wieder dem Verkäufer zu. Die Bestellung war bereits in Säckchen gefüllt, die er mit Kordeln fest verschnürt hatte.

»Da drüben, beim Wagen«, sagte sie Ferdinand dann, doch als sie erneut hinübersah, waren die beiden Männer verschwunden.

»Was meinst du?«

»Der Zigeuner … Und der Mann vom Bahnhof … Sie standen nebeneinander und haben hergesehen«, erklärte sie mit wachsender Sorge. Die beiden waren wie vom Erdboden verschluckt und auch überall sonst auf dem gut besuchten Markt nicht mehr ausfindig zu machen.

»Ach. Mach dich nicht verrückt. Die sehen doch alle gleich aus«, beschwichtigte Ferdinand und griff nach den beiden Säcken.

Elise redete sich ein, dass Ferdinand recht haben könnte. Ihre Hände waren dennoch zittrig, als sie nach Münzen in ihrem Lederbeutel kramte.

Eigentlich hatte Vater vorgehabt, mit Hermann und ihr ins nächste Dorf zu fahren, um seinen erfolgreichen Geschäftsabschluss zu feiern, wobei man sicherlich nicht von *seinem* sprechen konnte. Amalie war davon überzeugt, dass sie ohne Marcellos schönfärbende Übersetzungen, die aus harschem deutschem Geschäftsgebaren italienische Konversation gezaubert hatten, und der Freundschaft, die ihn mit Putorti zweifelsohne verband, unverrichteter Dinge wieder zurück nach Cosenza gefahren wären. Der Vorvertrag zu einem angemessenen Preis war nun unterschrieben. Es gehörte nun faktisch ihnen, wenngleich noch die notarielle Beurkundung ins Haus stand. Über das Süßholz ließ sich insbesondere bei diesem Feld wahrlich nichts Schlechtes sagen. Amalie hatte noch nie Besseres probiert. Über den bemitleidenswerten Zustand des Hauses hatte sich Hermann, in der Hoffnung, den Preis zu drücken, ausgelassen, doch Amalie war sich sicher, dass Marcello auch das umformuliert hatte, schon allein aus Respekt gegenüber Putorti, der Zeit seines Lebens darin verbracht hatte. Natürlich fiel es dem Alten schwer, sich davon zu trennen, auch wenn er das Geld dringend brauchte. Per bestätigtem Bankscheck sollte Vater ihn bezahlen, für das Feld und für das Haus. Es stand leer und gehörte mit dazu. Dass Putorti ihnen angeboten hatte, es sofort zu beziehen, weil es keine Hotels in der Nähe gab, hatte selbst Hermann ein paar freundliche Worte abgerungen. Davon hatte sie allerdings nur »mille grazie« verstanden.

Zum Haus gehörte ein kleiner Weinkeller, in dem Vater in Begleitung von Marcello abgetaucht war. Sie hatte den beiden zwei Kerzen, die im Flur in einer Kiste herumlagen, mitgegeben, denn das Licht des Tages reichte nicht mehr, um durch die kleinen Kellerfenster für genug Helligkeit zu sorgen. Hermann hingegen begutachtete zwischenzeitlich jeden Winkel der Wohnräume. Kam er denn nie zur Ruhe?

»In der Küche. Schimmel und Stockflecken an der Wand. Westseite. Da regnet es rein«, rief er aus der Küche in die gute Stube, wo es sich Amalie auf dem einzigen gepolsterten Sessel vor einer mit Büchern gefüllten Regalwand bequem gemacht hatte.

»Ich mag den Specksteinboden. Das Mobiliar ist in Ordnung. Fürs Erste jedenfalls. Es ist zwar ein nicht zu unterschätzender Aufwand, aber ich denke, wir werden uns hier schnell einleben«, fuhr er fort, als er zurück in den Salon kam.

Amalie, die bis eben noch aus Dankbarkeit über den unerwartet guten Ausgang der Verhandlungen und wegen der Strapazen des Tages versucht hatte, sich zu entspannen, schreckte hoch. Hatte sie richtig gehört? *Einleben*?

»Hier und da ein paar Gemälde. Der Raum hier ist nicht schlecht. Hoffentlich funktioniert der Kamin noch. Im Winter ist es hier sicherlich recht feucht und kühl«, sinnierte er weiter.

»Ich dachte, wir bleiben in Cosenza, bis hier alles unter Dach und Fach ist«, erinnerte Amalie ihn. Es reichte ja schon, zu wissen, dass sie nicht so schnell wieder zurück nach Bamberg kamen.

»Du weißt, dass das nicht geht. Wir müssen vor Ort sein. Wer, wenn nicht wir, soll hier alles herrichten? Einen Tischler und Steinmetz beauftragen, Arbeiter rekrutieren, uns nach Absatzwegen und Transportmöglichkeiten erkundigen. Außerdem lernt man die Sprache am besten, wenn man eine Zeit lang hier lebt«, erklärte Hermann und nahm auf einem der Stühle Platz. Sein Blick geisterte über die Decke, die Wände und den Boden. »Wir wollen es doch schön haben.« Hermann stellte sich zweifelsohne darauf ein, hier Wurzeln zu schlagen.

»Und wer kümmert sich um unseren Betrieb zu Hause?«, wollte sie wissen.

»Die Bestellungen für die Apotheken und die Tabakfabrik gingen erst vor unserer Abreise raus. Auf dem großen Feld wächst so schnell nichts mehr und bis zur Ernte des kleinen im Herbst können sich Arbeiter um Dung, die Bewässerung und natürlich die Pferde kümmern. Vater wird sie diesbezüglich anweisen. Er muss sowieso bald zurück, um sich um die Ausstellung eines Schecks zu kümmern. Mathilde kann uns eingehende unerwartete Bestellungen telegrafisch mitteilen, doch du weißt so gut wie ich, dass da nicht mehr so viel kommen wird«, erklärte Hermann.

Amalie starrte wie gelähmt auf die Wand mit Rissen und den verrußten offenen Kamin. In dem Moment machte sie sich klar, dass sie ihr schönes Zuhause gegen die Verbannung inmitten der Einöde eintauschte. Was würde es bringen, dagegen aufzubegehren oder Bedenken anzubringen, dass sie hier schutzlos Dieben und Räubern ausgeliefert waren? Hatte er daran gedacht, dass sie eine Kutsche brauchten und somit die alten Stallungen wieder mit Pferden belebt werden mussten? Wer kümmerte sich darum? Würden sie eine Haushälterin bekommen oder blieb alles an ihr hängen? Amalie ergriff eine bleierne Schwere, die all die Freude auffraß, die die geschäftliche Seite betraf.

»Amalie, jetzt schau nicht so bedrückt. Du wirst sehen, morgen früh, wenn wir alle ausgeschlafen sind, sieht die Welt wieder ganz anders aus«, sagte Hermann warm und verständnisvoll. Im Moment wollte Amalie diese Welt am nächsten Morgen gar nicht sehen, sondern sehnte sich nach einem Hotelzimmer mit einem anständigen Bett. Die Vorstellung, auf den Betten der oberen Schlafräume zu nächtigen, verursachte ihr beim bloßen Gedanken daran Glieder- und Rückenschmerzen.

»Du hast ja recht«, sagte sie tapfer und zwang sich dazu, sich wieder aufrecht hinzusetzen. Es gab keinen anderen Weg, um die Firma am Leben zu erhalten, und manchmal musste man eben Opfer bringen.

»Nach dem Wein werden wir todmüde ins Bett fallen. Frische Bettwäsche ist ja zumindest da«, sagte Hermann.

Hoffentlich war die nicht völlig verwanzt, überlegte Amalie im Stillen. Ob sie hungrig einschlafen würde, beschäftigte sie nicht minder, denn eine Gaststätte schien es nur im zweiten Dorf, durch das sie gefahren waren, zu geben. Nun in der Dämmerung loszufahren und mitten in der Nacht zurückzukommen, kam bei den schlechten Straßenverhältnissen sowieso nicht infrage. Brot, Wurst und Käse sowie etwas Obst waren noch in den Körben. Der Reiseproviant musste genügen.

»Man könnte meinen, Putorti war Weinbauer. Erlesene Tröpfchen, meine Lieben. Wirklich erlesen, vor allem dieser Rote«, schwärmte Vater, der eben mit einer bereits geöffneten Flasche und einem Glas hereinkam. Marcello folgte ihm. Er trug ein Tablett, auf dem eine weitere Flasche und Gläser standen. Amalie konnte sich nicht erinnern, Vater in den letzten Tagen in so guter Laune erlebt zu haben.

Marcello stellte das Tablett ab und nahm die mit Spinnweben überzogene Weinflasche an sich. Er wischte das Etikett sauber und blickte die Flasche fast ehrfürchtig an.

»Der liebe Gott hat nicht gewollt, dass edler Wein verderben sollt, drum hat er auch zum Saft der Reben den nötigen Durst dazu gegeben«, sagte Vater, nachdem auch er seine Flasche auf den Tisch gestellt und sich erschöpft auf einem der Stühle niedergelassen hatte.

»Ein schöner Spruch. Ich nehme an von Johann Wolfgang Goethe?« Marcello sah Vater fragend an.

»Sie kennen Goethe?«, fragte er verblüfft nach.

»Wer Deutsch ernsthaft studiert, kommt nicht an ihm vorbei. Für Sorgen sorgt das liebe Leben. Und Sorgenbrecher sind die Reben«, sagte Marcello lächelnd.

»Hört, hört«, sagte Vater anerkennend.

»Auch von Goethe?«, wollte sich Hermann vergewissern. Er war freilich von Marcello beeindruckt. Amalie amüsierte der Gedanke, dass er in seiner Gegenwart nicht den großen Zampano spielen konnte, weil Marcello ihm zweifelsohne intellektuell überlegen war. Das Leben hatte ihnen allen schon genug Sorgen aufgebürdet. Vielleicht hatte Goethe ja auch recht. Sich den Reben hinzugeben, war zudem umso verführerischer, weil Marcello den Wein einschenkte und ihr das erste Glas reichte. Er zelebrierte den Akt regelrecht. Auch das schien ein Teil der italienischen Kultur zu sein und es war ein weiterer, der ihr gefiel.

Kapitel 13

Das leer gekaufte Regal entschädigte für eine weitere Nacht, in der Elise nicht hatte durchschlafen können – dank eines animalisch anmutenden Blökens, das wie so oft in verzweifeltes Wimmern übergegangen war. Elise hatte sich eigentlich vorgenommen, Madame Moreau erneut darauf anzusprechen, an was genau der arme Junge litt, doch sie war viel zu beschäftigt damit gewesen, drei ihrer Spezialitäten in eine exotische Besonderheit zu verwandeln. Die Füllung der Mille-Feuilles mit etwas Lakritzpulver zu ergänzen, hatte der sonst nur pappsüßen Spezialität eine gänzlich andere Süße verliehen und in Verbindung mit der Aprikosenmarmelade einen exotisch verführerischen Geschmack angenommen, dessen Erkundung Gaumenfreuden bereitete. Auch das hatte sie von ihrer belgischen Hauswirtschaftslehrerin gelernt. Exotisch und nicht sofort bestimmbar musste es schmecken. In den Teig des Brandgebäcks fein geraspelte Lakritzstücke hinzuzugeben, machte sie zu etwas Besonderem. Sogar das erste Schokotörtchen mit Lakritzfüllung war ihr geglückt.

»Wenn das so weitergeht, dann müssen Sie das Lakritzzeug bald in alles reintun«, stellte Madame Moreau fest, weil selbst Stammkundschaft abtrünnig geworden war und sich für Elises Variation im direkten Vergleich entschieden hatte.

»Und die haben alle Sie gemacht?«, fragte wenig später die nächste Kundin, Danielle, nachdem sie von den auf einem Teller am Tresen drapierten Kostproben gekostet und sich für den Kauf von je zwei Stück aller Lakritzvariationen entschieden hatte. Sie war ebenfalls eine Stammkundin, der Elise bereits am Vortag Moreaus Tartines verkauft hatte.

Elise nickte bescheiden. Sie bemerkte, dass Madame Moreau sich zwar einerseits für sie freute und sicherlich auch glücklich über den regen Abverkauf der Neuerungen war, aber andererseits zugleich auch ein wenig geknickt, denn ihre traditionelle Backkunst wollte nun kaum mehr jemand haben.

Elise packte Danielles Mille-Feuilles mit Lakritzfüllung ein.

»Meine Elise hat ein Händchen dafür. Zwei fünfzig macht das heute«, sagte Madame Moreau. Über ihr Lob freute sich Elise besonders.

»Ich hoffe, Sie bleiben uns lange erhalten«, meinte die Kundin beim Bezahlen.

Moreau sah Elise daraufhin erwartungsfroh an, doch mehr als ein betretenes Lächeln konnte ihr Elise nicht schenken. Sie hatte ja andere Pläne.

Danielle nahm das Päckchen entgegen und verließ den Laden.

»Und grüß mir deinen Mann«, rief Madame Moreau ihr noch nach.

In dem Moment bemerkte Elise ein kleines Mädchen, das höchstens vier oder fünf Jahre alt sein konnte, vor dem Schaufenster. Das Gesicht der Kleinen war schmutzig, genau wie ihre Finger, die an der Scheibe klebten. Das Kind sah ausgehungert auf die fein säuberlich im Schaufenster drapierten Madeleines.

»Zigeunerpack. Macht mir die ganze Scheibe schmutzig«, echauffierte sich Madame Moreau.

Elise konnte ihren Zorn vor allem im Hinblick auf ihre eigene jüngst schlechte Erfahrung mit dem fahrenden Volk durchaus verstehen, doch die Kleine tat ihr leid. War sie denn allein unterwegs? Ohne Mutter? Neugierig trat Elise näher an das Schaufenster heran. Nun blickte die Kleine zu ihr hoch. Ihre großen Augen bettelten förmlich darum, ein Stück zu bekommen.

»Vielleicht geht sie ja, wenn ich ihr eines schenke?«, sagte Elise an Madame Moreau gewandt.

»Wenn Sie das tun, kriegen Sie das Pack nicht mehr los.« Moreau musterte die Kleine nun aber ebenfalls und seufzte.

»Sie kann ja nichts dafür. Seine Eltern kann man sich schließlich nicht aussuchen«, fuhr sie fort. »Nur eine Madeleine«, wollte Elise sich rückversichern.

»Nun machen Sie schon, bevor ich es mir noch anders überlege«, erwiderte Madame Moreau.

Elise eilte zum Tresen, um sich eine Serviette zu holen, und dann wieder zurück zur Tür. Elise sah nur noch die Hand einer Frau, die das Kind vom Schaufenster wegzog. Die Kleine weinte so laut, dass man es bis in die Patisserie hören konnte. Elise zögerte keine Sekunde, schnappte sich gleich zwei Madeleines und schritt hinaus auf die Straße.

»Warten Sie!«, rief sie der jungen Frau nach, die ihr Kind auf den Arm nahm, weil sich die Kleine störrisch wie ein Esel gegen sie gestemmt hatte. Und nun schimpfte sie das Mädchen auch noch. Die Sprache verstand Elise nicht. Es klang etwas nach dem Jiddischen.

Die bildhübsche junge Frau mit schwarzem Haar fuhr herum und musterte Elise misstrauisch.

»Sie hat doch Hunger. Die Madeleines habe ich selbst gemacht. Mit Lakritzgeschmack.«

Das Mädchen hörte sofort auf zu weinen und streckte seine Hand danach aus.

»Wir brauchen keine Almosen«, sagte die junge Mutter stolz.

»Ich möchte Ihrer bildhübschen Tochter gern eine Freude machen. Nichts auf der Welt ist schöner als der Blick eines glücklichen Kindes.«

Elises Worte rührten die Frau sichtlich. Sie trat daraufhin an sie heran und reichte der Kleinen das Gebäck.

»Nun nimm schon. Und bedanke dich bei der Dame«, wies sie ihre Tochter an.

»Merci«, kam prompt. Dann biss sie hinein. Der darauffolgende Laut konnte wohliger kaum klingen.

»Ich habe zwei. Probieren Sie doch bitte auch davon«, bot sie der jungen Frau an.

Sie zögerte zunächst, doch tat es dann ihrer Tochter gleich.

»Es ist köstlich«, schwärmte sie nach dem ersten Bissen.

Elise lächelte beglückt und selbst Madame Moreau schmunzelte zufrieden. Sie stand hinter der Schaufensterscheibe und beobachtete das Geschehen.

»Es gibt nicht so viele Menschen wie Sie. Die meisten wollen von uns doch nichts wissen.«

»Man spricht schlecht über Zigeuner. Ich weiß«, sagte Elise. Sie ersparte es sich, von ihrer eigenen Erfahrung am Gare du Nord zu berichten.

»Zigeuner? Wir sind keine Zigeuner.«

Elise sah die Frau überrascht an.

»Wir sind Jenische, ein fahrendes Volk. Unsere Männer sind Messerschleifer und handeln mit Eisen und Schrott.«

Elise hatte noch nie davon gehört, doch registrierte sie, dass der Frau eine Abgrenzung zu den Sinti und Roma wichtig zu sein schien.

»Ich heiße Jelena«, stellte die Frau sich vor.

»Elise, und die Kleine?«

»Mariella.«

»Was für ein schöner Name«, sagte Elise.

»Alles Glück dieser Welt«, wünschte ihr Mariellas Mutter.

»Ihnen auch«, erwiderte Elise und sah den beiden noch eine ganze Weile nach. Das Glück fand man auch im Kleinen und anscheinend immer dort, wo man es am wenigsten erwartete, stellte Elise fest, bevor sie wieder zurück in den Laden ging.

Hermanns Einschätzung vom Vorabend stimmte nur teilweise. Zwar sah am nächsten Morgen die Welt in der Tat anders aus, nur nicht unbedingt besser, sondern eher schlimmer. Amalie war es gewohnt, ein modernes Badezimmer zu benutzen, mit Waschkommode und fließendem Wasser. Das Einzige, was im Bad ihrer neuen Zwangsbehausung nass war, waren zwei Wände. Um ein Bad zu nehmen, hätte sie wie in Mutters jungen Jahren Wasser aus dem Brunnen schöpfen und es in Bottichen ins Haus tragen müssen, um es dann in einem Kessel zu erhitzen, doch dummerweise hielt die alte Holzwanne kein Wasser mehr. Sich stattdessen im Freien zu waschen, wie ihr Hermann nahegelegt hatte, war nur deshalb erträglich, weil es selbst am frühen Morgen bereits warm war und der Brunnen mit dem Komfort eines an die Wand montierten Waschbeckens hinter dem Haus aufwarten konnte, sodass sie sich wenigstens vor neugierigen Blicken geschützt wusste. Hier war in der Tat noch viel zu tun und wie Amalie es sich dachte, blieb wahrscheinlich alles, was mit dem Haus zu tun hatte, an ihr hängen. Vater war mit Hermann bereits auf den Feldern unterwegs, um festzustellen, wann sie mit der ersten Ernte rechnen konnten. Außerdem hatte Vater sich in den Kopf gesetzt, sicherheitshalber Bewässerungsgräben zu ziehen, was die Ertragskraft seiner Ansicht nach steigern könnte, auch wenn der Fuchsbaum hier ohne menschliches Zutun gedieh. Der Verlauf der Gräben musste geplant und dazu erst einmal das natürliche Gefälle des Bodens festgestellt werden. Somit war klar, wer sich um die Einkäufe zu kümmern hatte. Ebenso klar war, wer sie dabei begleitete, was die eher wenig ersprießlichen Aussichten einerseits etwas aufhellte, andererseits dazu führte, dass Amalie fürchtete, an seiner Seite erneut in einen unkontrollierbaren Gefühlstaumel zu geraten. Marcello hatte just aus diesem Grund die Nacht im Haus verbracht, auf dem eher unbequemen Sofa im Salon, doch dies schien seine Fähigkeit, Charme zu versprühen, in keiner Weise beeinträchtigt zu haben. Er kannte die örtlichen Gegebenheiten und wusste, wo im nächsten Dorf alles zu haben war, was man fürs Erste brauchte.

Die Kutschfahrt dorthin entpuppte sich als Italienischunterricht im Freien.

»Il conto per favore.« Amalie war sich sicher, dass sie sich das nun merken konnte. Sie hatte es ja bereits einmal im Kaffeehaus gehört. Im Übrigen war Marcellos Leidenschaft und Begeisterungsfähigkeit für Fremdsprachen ansteckend.

»Bravo«, kam zurück und nicht zum ersten Mal während ihrer gut einstündigen Fahrt, für die Amalie sich sicherheitshalber Hermanns Wörterbuch mitgenommen hatte.

»Man muss es hören und sprechen. Das ist besser, als aus einem Wörterbuch zu lernen.« Mit diesen Worten hatte er es ihr gleich nach dem Einsteigen sanft aus der Hand gewunden und neben dem Sitz verstaut. »Das sagen Sie aber nur in einem Restaurant zu einer Bedienung«, ergänzte er.

»Und im Laden? Und wenn ich wissen möchte, wie viel etwas kostet?«

»Quanto costa? Wiederholen Sie es.«

Amalie tat es und merkte, dass sie bereits viel weniger Schwierigkeiten hatte, sich auf die Sprachmelodie des Italienischen einzulassen. Man konnte nicht sagen, dass man es sang, aber die Worte schienen wie Musik zu klingen und viel mehr Gefühl in sich zu tragen als das Deutsche.

»Tomaten heißen?«, fragte er.

Amalie schwirrte bereits so der Kopf, dass sie sich zunächst nicht daran erinnern konnte. Er hatte sie das bereits zweimal gefragt und sich anscheinend vorgenommen, es ihr einzutrichtern, mit sanfter Gewalt, doch äußerst penetrant.

»Pomodoro«, fiel ihr dann doch noch ein.

»Männlich oder weiblich?«

»Weiblich?«

Marcello sah sie nur etwas pikiert an. Es wirkte.

»Il pomodoro.«

Marcello lachte. »Sie werden sehen. In einem Vierteljahr werden Sie alle für eine Italienerin halten. Sie haben das im Blut. Das Gefühl, die Melodie …«

Amalie musterte ihn. Meinte er das jetzt ehrlich?

»Vermutlich fehlt mir dazu das Äußere.«

»Wenn Sie sich nicht im Haus verstecken, bekommen Sie schnell Farbe. Ihr Haar ist dunkel und Sie haben feine Gesichtszüge. Man wird Sie eines Tages für eine Hiesige halten.«

Amalie lachte. »Sie veralbern mich. Und es macht Ihnen auch noch Spaß.«

»Ich? Ich meinte das todernst«, sagte er, doch lachte dann erneut auf.

Amalie machte sich in diesem Moment klar, wie selten sie in letzter Zeit gelacht hatte. Sie konnte sich noch nicht einmal mehr daran erinnern, wann sie zuletzt überhaupt jemand zum Lachen gebracht hatte, noch dazu mit so einem Schabernack. Lachen befreite, stellte Amalie fest. Es machte vieles leichter, vor allem das Pauken von Vokabeln.

»Wie viele Jahre haben Sie Deutsch gelernt?«

»Zwei Jahre, aber das meiste vor Ort. In Berlin.«

»Sie hatten großes Glück. Nicht jeder hat die Möglichkeit, so viel zu reisen und sich zu bilden«, sagte Amalie voll Bewunderung.

»War es Ihnen nicht möglich?«

»Zu viele Verpflichtungen, wenn man die ältere Schwester ist.«

»Sie haben noch eine Schwester? Ist sie in Bamberg geblieben?«

Die bis eben noch gefühlte Leichtigkeit verflüchtigte sich. Für einen Moment überlegte Amalie, ihm irgendeine Geschichte aufzutischen, eine Ausrede, mit der das Thema gleich vom Tisch war, doch seine aufrichtige und offene Art rechtfertigte eine ehrliche Antwort.

»Sie ist durchgebrannt, mit einem Arbeiter. Mitten in der Nacht«, sagte sie.

»Der Liebe wegen? Und Joseph war dann wohl dagegen?«

Amalie nickte.

»Ist Ihre Schwester wie Sie?« Seine Frage überraschte Amalie.

»Ganz und gar nicht.«

»Sie verstehen sich nicht sonderlich?« Ihr Tonfall ließ zu Recht darauf schließen.

»Früher schon, doch … Sie hat studiert, aber nicht, um Lehrerin zu werden, sondern nur um des Studierens willen.« Ungewollt hatte dies wie ein Vorwurf geklungen.

»Was ist so schlecht daran? Es gehört Mut dazu und vielleicht hat sie ihre große Liebe ja gefunden.«

Amalie sagte zunächst nichts darauf. Dass ein hochgebildeter Mann wie Marcello anscheinend an die Existenz der großen Liebe glaubte, drohte ihre bisherige Sicht auf dieses Luftschloss infrage zu stellen. Sie schob es darauf, dass er Italiener war und somit mit einer romantischen Ader ausgestattet, was man seinen Landsleuten ja gemeinhin nachsagte.

»Ja, vielleicht findet sie ihr Glück«, sagte Amalie dann doch. Dass sie zuweilen die Eifersucht auf just jenen Mut und all das, was Elise hatte, zerfraß, behielt sie für sich. Es war kein guter Charakterzug, eifersüchtig zu sein. Im Moment empfand sie dieses Gefühl nicht, was wohl an seiner Gegenwart lag.

»Und Sie? Haben Sie Ihr Glück gefunden?«, wagte sie zu fragen.

»Ich bin dankbar für mein Leben. Als Übersetzer lernt man viele Leute kennen. Auf Reisen weitet sich der Horizont, und ich genieße es, frei zu sein. Womöglich das höchste Gut heutzutage.«

»Ist man denn wirklich jemals frei?«

»Vermutlich nicht, jedenfalls nicht, wenn andere Menschen einem etwas bedeuten und man Bindungen eingeht. La famiglia.«

»Oder in einer Ehe«, sagte Amalie. Sie war froh, dass es nicht nach einer Selbstgeißelung klang.

»Manchmal frage ich mich, was Freiheit wert ist, wenn man sie mit niemandem teilen kann. Vielleicht ist es das, was wahres Glück ausmacht«, sagte er nachdenklich.

Amalie schloss daraus, dass er weder verlobt noch verheiratet war, aber auch, dass er seine Freiheit gegen eine Liebesbeziehung eintauschen würde.

»Den richtigen Menschen zu treffen, mit dem man einfach alles teilen kann, ist etwas, wonach sich wohl die meisten sehnen«, sagte sie gedankenverloren und überlegte zugleich, ob Hermann so gesehen der Richtige war. Sie teilten alles Geschäftliche und neuerdings auch das Bett. Letzteres war allerdings etwas, wonach sie sich definitiv nicht sehnte.

»Sie hatten wohl das Glück.« Marcellos Einschätzung in Anspielung auf ihre Ehe traf sie ins Mark, denn Glück sah anders aus, wie sie sich in diesem Moment in Gegenwart eines Mannes, der an die große Liebe glaubte, besonders schmerzhaft klarmachte.

»Eine Ehe ist mehr als das. Das unterschätzen viele. Glück hat viele Facetten«, versuchte sie ihm zu vermitteln. Sie bereute augenblicklich, dass sie sich zu dieser Offenheit hatte hinreißen lassen. Ein intelligenter Mann wie Marcello musste daraus schließen, dass sie mit Hermann nicht glücklich war. Es hatte nach einer Rechtfertigung geklungen und es war auch eine.

»Da haben Sie sicher recht«, sagte er, ohne irgendein Gefühl in seine Aussage zu legen, was Amalie augenblicklich beruhigte.

»Tomate?«, fragte er dann unvermittelt.

»Il pomodoro.«

Marcello strahlte. »Na also. Sie haben recht. Facetten des Glücks. Ein kleines Glück ist auch viel wert. Ich zehre von solchen Momenten«, sagte er und musterte sie dabei irritierend lange.

Amalie wurde heiß, aber nicht vor Freude, weil das Wort nun felsenfest saß, sondern weil sie sich nicht sicher war, ob sich seine Bemerkung nur auf die inzwischen sitzende Vokabel bezog oder auf ihren Erguss in Sachen Ehe.

»Was heißt Zwiebel? Wir brauchen welche«, sagte sie, um sich möglichst schnell von sehr brüchigem Eis wegzubewegen.

»La cipolla«, kam prompt zurück.

Amalie war froh, dass das Dorf bereits in der Nähe war. Es gab noch ein paar Gemüsesorten, die sie noch nicht auf Italienisch gelernt hatte. Besser vor Ort lernen, als sich weiterhin mit dem großen Glück zu beschäftigen. Das kleine Glück, und wenn es nur ein paar neue Wörter waren, die nun sattelfest saßen, da hatte er wohl recht, war auch nicht zu verachten.

Der Spruch, dass jemand im Leben hoch hinauswollte, traf auf Ferdinand sicherlich nicht nur im übertragenen Sinn zu. Er lebte seinen Traum. Eiffel war seinem mittlerweile um einen halben Meter nähergekommen. Aus Ferdinands begeisterten Erzählungen von seinem ersten Arbeitstag schloss Elise, dass sich Leclair mit seiner Arbeit zufrieden zeigte. Viel wichtiger war aber, dass Ferdinand mit sich selbst zufrieden war.

»François meinte, dass ich der Erste sei, der sich beim Vernieten so gut angestellt hat«, sagte er, während er sich nach dem Bad fertig anzog und zuletzt in frische Socken schlüpfte. Spätestens kommende Woche mussten sie sich neu einkleiden, denn was sie im Koffer mitgenommen hatten, konnte gar nicht mehr so schnell gewaschen werden. Der Geruch der Backstube verfing sich in ihrer Kleidung und seine wurde bei harter Arbeit tagsüber in Schweiß getränkt.

»Lass dich nicht von deinem Eifer davontragen. Ein Sturz aus mittlerweile mehr als nur dreißig Metern Höhe …« Ferdinand ließ Elise den Satz nicht mehr aussprechen, sondern versiegelte ihren Mund mit einem blitzschnellen Kuss. Der zweite folgte, diesmal weniger gehetzt. Vermutlich wollte er damit auch sicherstellen, sich keine weiteren ängstlichen Reden einer besorgten Frau anhören zu müssen. Elise sah ein, dass die sowieso an einem Heißsporn wie ihm abprallen würden. Der dritte Kuss war gleich noch schmackhafter.

»Noch einen?«, fragte sie.

»Für die angehende Confiseurin, die bald ganz Paris mit ihren Pralinen und der besten Schokolade der Welt erobern wird.« So wie Ferdinand es sagte, klang es wie eine in Stein gemeißelte Tatsache.

»Bis dahin ist noch ein langer Weg, aber ich genieße jeden Schritt«, sagte Elise.

»Wir sollten den heutigen Tag feiern und essen gehen«, schlug er vor. Wann, wenn nicht heute? Der erste Arbeitstag, bei ihm auf der Baustelle und bei ihr als Confiseurin, hätte für beide kaum erfolgreicher verlaufen können.

»Muss ich mich in Schale werfen?«, fragte Elise. Zumindest ein schönes, bisher noch nicht getragenes Kleid hatte sie noch im Koffer.

»Erst wenn ich mir einen feinen Anzug gekauft habe, sonst denken alle noch, ich bin dein Stallbursche«, sagte Ferdinand augenzwinkernd.

Elise lachte, doch fuhr zusammen, weil aus heiterem Himmel erneut ein kurzer Aufschrei von oben kam. Ferdinand verdrehte die Augen und blickte ebenfalls hoch zur Decke.

»Ob wir mit Madame Moreaus Nichte nicht doch einmal reden sollten? Vielleicht braucht sie ja Hilfe. Ihr Sohn muss große Schmerzen haben«, überlegte Ferdinand laut.

Elise zuckte unschlüssig mit den Schultern.

»Hast du sie schon einmal das Haus verlassen sehen oder sie im Treppenhaus gehört?«

Elise schüttelte den Kopf.

»Ob sie aussätzig sind und sich deshalb verstecken?«, spekulierte er. Elise hatte sich das ebenfalls bis vor ihrem Gespräch mit Madame Moreau gedacht, denn sie wusste, was mit »Aussätzigen« passierte. Sie wurden von ihren Familien getrennt und in Verliese eingesperrt oder an einen einsamen Ort verbannt.

»Madame Moreau hat mir versichert, dass er keine ansteckende Krankheit hat. Sie würde ihn sonst sicher nicht in ihrem Haus wohnen lassen«, sagte Elise.

Ferdinand lauschte aufs Neue nach oben. Kein Mucks war mehr zu hören und auch, als sie wenig später die Wohnung verließen und für einen Moment leise im Treppenhaus verharrten, herrschte wieder Stille.

Seitdem Elise diese Laute zum ersten Mal gehört hatte, vermied sie es, das Treppengeländer anzufassen, und auch die Tür zur Straße öffnete sie mittlerweile aus Gewohnheit erst, nachdem sie sich den Ärmel ihres Kleides wie einen Handschuh übergestülpt hatte. Wer wusste schon, ob Madame Moreau die Erkrankung nicht verharmloste. Elise erinnerte sich nur allzu gut daran, welchen Bären sie ihnen bezüglich des Auszugs ihrer Vormieter aufgebunden hatte.

Zu ihrer großen Überraschung stand eine Kutsche vor dem Schaufenster der Patisserie. Sie fuhr gerade an, als die Haustür hinter ihnen ins Schloss gefallen war. Elise entdeckte eine Rose an der Türschwelle des Ladens. An ihr war eine Karte mit einer Schleife befestigt.

»Hast du etwa einen heimlichen Verehrer?«, belustigte Ferdinand sich.

Elise hob beides auf und erkannte auf einen Blick, dass ein Kind das Bild auf der Karte gemalt haben musste. Es zeigte eine Frau, die etwas in die Hand eines Kindes legte. Elise blickte der Kutsche nach, doch erst als sie direkt an der nächsten Straßenlaterne vorbeifuhr, glaubte sie, die Frau anhand ihres Haars zu erkennen. Es war schulterlang und unverkennbar das von Jelena, die neben einem jungen Mann auf dem Kutschbock saß.

»Warten Sie!«, rief sie ihr nach. Die Frau drehte sich um. Elise hatte sich nicht getäuscht.

Jelena gab ihrem Begleiter zu verstehen, die Kutsche anzuhalten. Der drehte sich nun ebenfalls um. Elises Herz fror ein. Es war zweifelsohne der junge Mann, der sie am Gare du Nord überfallen hatte. Und ihm schien nun auch zu dämmern, wer vor dem Laden stand. Er sprang vom Kutschbock, noch bevor Jelena die Kutsche zum Stehen brachte, und eilte auf sie zu.

Ferdinand stellte sich sofort schützend vor Elise. Die Nase des jungen Mannes wies immer noch einen blauen Fleck von Ferdinands Schlägen auf.

»Man kann sich in Paris nicht verstecken. Schon auf dem Markt habt ihr euch herumgetrieben«, blaffte er Ferdinand an und baute sich vor ihm auf.

»Wenn du wieder auf Geld aus bist, hast du Pech. Wir haben nur genug dabei, um essen zu gehen.«

»Was geht hier vor? Djamel?«, rief Jelena ihm vom Kutschbock aus zu. Er reagierte nicht, woraufhin sie abstieg und zu ihnen eilte.

So schnell konnte Elise gar nicht schauen, wie Djamel ein Messer in der Hand hatte und es Ferdinand an die Kehle hielt.

»Gib ihm, was er will«, sagte Elise, die spüren konnte, wie Ferdinand verkrampfte.

»Eine sehr kluge junge Frau hast du da«, sagte Djamel, doch dann war Jelena zur Stelle und riss ihn ohne Vorwarnung von Ferdinand weg. Er starrte sie perplex an und bekam von ihr eine schallende Ohrfeige. Das Messer ließ er vor Schreck zu Boden fallen. Ferdinand klaubte es gedankenschnell auf.

»Wie kannst du es wagen?«, fuhr Jelena den jungen Mann an.

»Er war es«, maulte Djamel und deutete auf seine Nase.

»Zu Recht. Es sind anständige Leute. Lass sie in Ruhe«, sagte sie ihm schroff. »Ich muss mich für meinen Bruder entschuldigen. Und er wird sich auch bei Ihnen entschuldigen«, fuhr Jelena aufgebracht fort, packte Djamel am Arm und drehte ihn in Elises und Ferdinands Richtung. Der reichte Jelena das Messer.

»Du beschmutzt die Ehre unseres Volkes. Entschuldige dich«, verlangte Jelena.

Elise konnte Djamel ansehen, welch innerer Kampf gerade in ihm vorging.

»Was ist am Bahnhof wirklich vorgefallen?«, wollte Jelena wissen.

»Er hat uns überfallen und wollte mein Geld stehlen«, sagte Elise wahrheitsgemäß.

Jelena stieß einen abfälligen Laut aus.

»Es war für Mutter. Sie ist so stur wie du. Will nicht zum Arzt gehen, als ob der Kräutersud ihr helfen würde. Die

Wahrheit ist doch, dass wir uns den Arzt nicht leisten können«, erklärte Djamel wütend.

»Das entschuldigt nicht, was du getan hast. Unglück über andere zu bringen, bringt dir selbst und uns allen Unglück«, versuchte Jelena ihm begreiflich zu machen.

Elise hatte das Gefühl, dass Jelenas Worte in Djamel nachhallten. Er wandte seinen Blick von ihr ab und senkte sein Haupt, doch eine Entschuldigung blieb aus.

»Mariella haben Sie verzaubert. Für meine Tochter sind Sie eine gute Fee. Sie hat das Bild für Sie gemalt«, erklärte Jelena.

»Es ist wunderschön.« Erst jetzt hatte Elise überhaupt die Muße, um das Bild der kleinen Künstlerin gebührend zu bewundern.

Djamel besah sich das Bild der Kleinen nun auch näher. Völlig überraschend reichte er Ferdinand die Hand. »Wollte dir eben nur Angst einjagen«, sagte er.

Ferdinand nahm Djamels Hand, ohne zu zögern.

Jelena atmete erleichtert auf. »Wir stehen in Ihrer Schuld«, sagte sie.

Djamel nickte.

»Ich denke, die Angelegenheit ist erledigt. Machen Sie sich keine Gedanken«, sagte Ferdinand.

»Wir sind noch für einige Zeit hier. Am Ende des Markts. Unsere Wagen sind nicht zu übersehen. Wenn ich irgendetwas für Sie tun kann, kommen Sie einfach vorbei«, bot Jelena an.

»Ich bringe für Mariella etwas von den Leckereien mit. Grüßen Sie sie von mir«, sagte Elise.

Jelena schenkte ihr ein dankbares Lächeln. »Komm. Mariella wartet bestimmt schon«, sagte sie ihrem Bruder, der nun all seine Grimmigkeit verloren hatte und ihr zur Kutsche folgte.

»Zigeuner mit Anstand und Ehre«, sagte Ferdinand mehr zu sich, als die beiden auf ihre Kutsche gestiegen waren.

»Es sind keine Zigeuner. Es sind Jenische.«

»Noch nie gehört. Spielt doch auch gar keine Rolle, was sie sind. Für mich einfach nur eine überraschend nette Frau und ein Mann mit Einsicht«, sagte Ferdinand, der genau wie Elise für eine ganze Weile der fortfahrenden Kutsche nachsah.

Die Strategie, das kleine Glück zu suchen, es festzuhalten und sich von einem glücklichen Moment zum nächsten zu hangeln, erschien Amalie mittlerweile wie eine Lebensweisheit, die hier in der Verdammnis auf Zeit äußerst wertvoll war, um an den gegebenen Umständen nicht zu verzagen. Die Küche war in einem desolaten Zustand, die Töpfe verstaubt, Kellen und Messer von Spinnweben überzogen. Amalie war es nicht mehr gewohnt, zu kochen. Das kam noch erschwerend hinzu, aber diente zugleich als Rechtfertigung, auch wenn niemand von einer Deutschen erwartete, italienische Gerichte auf den Tisch zu zaubern – Marcellos Idee, nachdem sie vom Einkauf zurückgekommen waren. Es verstand sich von selbst, dass auch Vater und Hermann darauf bestanden hatten, dass er zum Essen blieb. Ohne seine Hilfe hätte Amalie nicht einmal zum Dorf gefunden. Vermutlich hatte Vater die Einladung aber nur deshalb so offenherzig ausgesprochen, weil er sich sicher sein konnte, dass Marcello ihnen seine Dienste nicht mehr auf Stundenbasis abrechnete, sondern sie eine angemessene Provision für den Kauf von Putortis Anwesen vereinbart hatten. Marcello war es auch gewesen, der ihr beim Zubereiten der Vor- und Hauptspeise in der Küche zur Hand gegangen war, da Hermann und Vater sich stillschweigend in den Wohnraum verzogen hatten, um Geschäftliches zu besprechen. Amalie erfuhr bei dieser Gelegenheit mehr über Marcello und die kulinarischen Gaumenfreuden Italiens. Das Kochen hatte er von seiner Mama gelernt, was seiner Meinung nach nicht ungewöhnlich für einen Italiener war, denn das Leben spielte sich in der Küche ab und der zentrale Punkt einer italienischen Familie sei nun einmal die Frau Mama. Und von der hatte er sich anscheinend abgeschaut, wie man Gemüse so zubereitete, dass es nur mit Brot als Beigabe schmeckte. Auf der Speisekarte standen heute gedünstete und dann kurz in Olivenöl geschmorte *melanzane*, *zucchine*, *paprica*, *cipolle* und *pomodori* mit reichlich Knoblauch und Pfefferschärfe.

Auberginen, *melanzane* auf Italienisch, hatte Amalie noch nie zuvor in ihrem Leben gesehen. Marcello kannte das deutsche Wort dafür auch nur, weil sie in einigen wenigen italienischen Feinschmeckerrestaurants auch im Reich angeboten wurden und er sie in Berlin gegessen hatte. Pasta schien das Nationalgericht der hiesigen Bevölkerung zu sein. Die Teigwaren machte man normalerweise selbst, doch es gab sie auch auf dem Markt kochfertig zu kaufen. Marcello ließ es sich nicht nehmen, letzte Hand beim Würzen anzulegen, und gab noch mehr vom schwarzen Pfeffer in die Tomatensauce.

»Es riecht so verführerisch«, rief Hermann ihnen vom Salon aus zu. Hoffentlich vertrug ein deutscher Magen, der weder Olivenöl noch so scharfes Essen gewohnt war, ihr Gericht.

»Ich nehm die Pasta«, bot Marcello an, löste ein Küchentuch aus seinem Hemdkragen, das er sich zum Schutz seiner Kleidung angelegt hatte, und trug den Topf in den Wohnraum. Amalie folgte ihm mit dem Gemüse.

»Na, zu welchem Ergebnis seid ihr gekommen?«, fragte Amalie an Vater und Hermann gerichtet. Als sie mit Marcello in der Küche verschwunden war, hatten sie sich überlegt, wie sie künftig ihre Bankgeschäfte abwickelten. Dazu gehörte ja nicht nur, Putorti zu bezahlen, sondern auch weitere Transfers zwischen der alten und neuen Heimat zu ermöglichen. Marcello hatte ihnen bereits italienische Banken genannt, die Geschäfte mit dem Ausland tätigten und in der Lage waren, ausländische Devisen zu verrechnen.

»Es scheint tatsächlich das Beste zu sein, einen Scheck ausstellen zu lassen«, sagte Vater.

»Ließe sich die Summe denn nicht auch überweisen? Du könntest unsere Bank doch telegrafisch instruieren, die Gelder entweder direkt oder an eine italienische Niederlassung einer deutschen Bank zu überweisen«, fragte sie, während sie das Gemüse auf dem Esstisch abstellte. Hermann schien beim Anblick des bunten Tellers gar nicht mehr bei der Sache zu sein, sodass Vater auch diese Frage beantwortete.

»Auch dafür wäre meine Unterschrift erforderlich. Wir müssen so oder so ein Auslandskonto bei unserer Bank einrichten. Ich werde zurückfahren. Es bleibt ja sonst alles liegen. Außerdem, wer soll denn nach Minnas Grab schauen?«, erklärte Vater.

Sein Blick wanderte zum geöffneten Fenster und in die Ferne. Amalie wusste, wie sehr ihm Mutters Tod zu schaffen machte.

»Ich werde dich begleiten«, schlug sie vor. Man konnte Vater unmöglich allein reisen lassen.

»Vielleicht ist es besser, wenn ich Joseph begleite. Ich möchte dir die Strapazen der langen Reise nicht noch einmal zumuten. Wir bleiben ja nicht lange«, sagte Hermann.

»Hierbleiben. Allein?« Amalie verschlug es die Sprache.

»Das Scheunendach muss dringend repariert werden. Marcello kann uns kurzfristig Handwerker besorgen. Im Haus ist auch noch viel zu tun. Es muss jemand vor Ort sein.«

Amalie wusste im Moment nicht, was das größere Übel war. Die Strapazen der Fahrt oder allein hierzubleiben.

»Wenn ich mir die Bemerkung erlauben darf, rate ich ebenfalls davon ab, Amalie hier gänzlich allein zu lassen, vor allem nachts, wenn die Arbeiter weg sind. Nicht, dass ich die Gegend für gefährlich halte, aber es kann Gott weiß was in so einem alten Haus passieren.« Marcello sprach Amalie aus dem Herzen.

»Gibt es ein Hotel in der Nähe?«, fragte Hermann.

»In Cosenza«, warf Marcello ein.

»Und wie soll ich da hinkommen?«, stellte Amalie in den Raum.

»Wenn Sie nichts dagegen haben, Amalie, würde ich Sie gern dazu einladen, die Zeit der Abwesenheit Ihres Gemahls und Vaters im Haus meiner Familie zu verbringen. Wir haben immer ein Gästezimmer frei und es wäre uns eine Ehre. Meine Schwester wird Sie allerdings Löcher in den Bauch fragen.«

»Spricht sie etwa auch Deutsch?«, fragte Amalie verwundert.

»Aus beruflichen Gründen. Sie hat einige Zeit mit mir in Berlin verbracht. Wir exportieren unseren Wein auch ins Deutsche Reich«, erklärte Marcello.

»Nun. Ich halte das für eine hervorragende Idee«, kommentierte Vater.

»Ja, das denke ich auch. Du bist sicher in bester Gesellschaft«, sagte Hermann.

Amalie musterte ihn und bekam das Gefühl nicht los, dass es ihm nicht nur um ihr Wohlbefinden ging, sondern darum – und das wusste er genau –, dass Marcello hier in der Gegend über weitreichende Kontakte verfügte, die ihnen nützlich sein konnten.

»Es wäre mir ein Vergnügen.«

Dass dies mehr als nur eine Floskel war, dessen war Amalie sich sicher. Ob es auch für sie ein Vergnügen wurde, stand auf einem anderen Blatt. Allein schon der Gedanke, mit Marcello allein zu sein, wühlte sie auf. Sie freute sich darauf und gerade das machte ihr Angst.

Kapitel 14

Vater und Hermann waren bereits vor Einsetzen der Dämmerung nach Cosenza aufgebrochen, jedoch nicht, ohne Amalie mit einer ganzen Liste an Dingen, die dringend zu erledigen waren, in den Tag zu entlassen. Es verstand sich von selbst, dass Vater der Reparatur des Scheunendaches oberste Priorität einräumte, denn angeblich hätte ein Teil des Feldes bald geerntet werden können. Die Süßholzwurzeln mussten dann vor Feuchtigkeit und Regen geschützt sein. Marcello, der die beiden nach Cosenza kutschierte, hatte ihnen zugesichert, schon für den heutigen Vormittag Arbeiter zu organisieren, die sich um das Dach kümmerten und ihr zur Hand gingen. Was konnte sie schon allein hier ausrichten, sah man von Aufräumarbeiten und einem gründlichen Hausputz einmal ab – ebenfalls eine Tätigkeit, um die sie sich nicht gerade riss. Mathilde hatte sich bisher immer um alle Belange des Haushalts gekümmert.

Zumindest die Küche war mittlerweile in einem Zustand, den man als sauber bezeichnen konnte. Amalie leerte bereits den dritten Eimer mit Schmutzwasser hinter dem Haus in der Nähe der Sickergrube aus. Ihre Hände waren verschrumpelt und die Haut von der Schmierseife weiß aufgequollen. Als Nächstes wollte Amalie sich die Schlafräume vornehmen, deren Steinböden ebenfalls eine dringende Reinigung nötig hatten, weil sie so eingedreckt waren, dass man jeden Fußabdruck darauf sah. Da hörte sie die Geräusche einer sich nähernden Kutsche, wobei sie den Eindruck hatte, dass es sich anders anhörte als morgens, nämlich wesentlich lauter. Den Grund dafür fand sie heraus, als sie um das Haus herumging. Es war das Geräusch von gleich zwei Kutschen, das sie vernommen hatte. Marcello saß auf der, die sie sich in Cosenza besorgt hatten, und eine zweite folgte. Darauf saßen zwei kräftige Burschen. Wenn Marcello etwas in die Hand nahm, schien dies stets zu klappen. Das mussten die Arbeiter für die Dacharbeiten sein, denn kaum waren sie von der Kutsche gestiegen, deutete Marcello bereits auf die Scheune.

»Luigi und Antonio«, stellte er die beiden vor.

Amalie begrüßte sie mit einem herzlichen Lächeln, verzichtete aber darauf, ihnen die Hände zu reichen. Ihre waren nass, aufgedunsen und fühlten sich so an wie ein Schwamm.

Die beiden entluden daraufhin Werkzeug und eine Leiter, die sie als Erstes zur Scheune trugen.

»Wie haben Sie das nur so schnell geschafft?«, fragte sie.

»Das liegt vermutlich an der sprichwörtlichen italienischen Hilfsbereitschaft, aber die beiden arbeiten auch für meine Familie«, erklärte er. Dann fiel sein Blick auf ihre Hände. Amalie versuchte erst gar nicht mehr, sie zu verbergen.

»Ich fürchte, das harte Landleben ist für feine Damen nicht geeignet«, sagte er und besah sich die verschrumpelte Haut. »Sie haben sich geschnitten«, stellte er besorgt fest.

Amalie war das noch gar nicht aufgefallen. Eigentlich war es nur ein Kratzer. Die Seife musste das Blut weggespült haben.

In Windeseile zog er ein Taschentuch aus seiner Westentasche.

»Mit solchen Dingen darf man nicht spaßen. Nicht, dass noch Schmutz in die Wunde gelangt«, sagte er.

Amalie wollte schon nach dem Stofftuch greifen.

»Strecken Sie Ihre Hand aus. Für mich ist es dann einfacher«, wies er sie an.

Amalie tat wie geheißen.

Marcello besah sich den Schnitt zwischen Daumen und Zeigefinger an ihrer Handinnenseite, faltete das Tuch und legte es vorsichtig an, bevor er es behutsam um ihre Hand wickelte.

Amalie merkte, dass ihre Hand leicht zu zittern begann. Wie er sie umsorgte, erinnerte sie daran, wie bedacht er im Zug seinen Roman gelesen hatte. Er strahlte im Moment die gleiche Ruhe aus, was Amalie noch viel nervöser machte. Würde er mit seinem Daumen nun auch über ihre Hand fahren, so wie er es bei den Buchseiten getan hatte? Er unterließ es, leider.

»Einer unserer Feldarbeiter hat Erde in eine kleine Wunde am Daumen bekommen. Stunden später lief ein roter Strich an seinem Arm nach oben. Er ist kurz darauf gestorben. Seither überlasse ich nichts dem Zufall«, erklärte Marcello, während er einen kleinen Knoten band. »Und was Ihre geschundenen Hände betrifft. Meine Schwester hat für solche Fälle Salben. Sie macht sie selbst aus Kräutern und Olivenöl. Ihre Hände werden dann wieder so geschmeidig wie Seide«, sagte er und fuhr nun doch mit seinem Daumen über ihren Handrücken, bevor er sie losließ. Wie konnte eine so kleine Berührung ihr solch einen Schauer über den ganzen Körper jagen?

»Wann können wir losfahren?«, wollte er wissen.

»Und die Arbeiter?«

»Machen Sie sich keine Sorgen. Es wird nichts wegkommen. Außerdem haben Sie bei Tageslicht mehr von der Fahrt. Das Haus meiner Eltern liegt in einem der schönsten Täler Kalabriens«, schwärmte er. Amalie freute sich im Moment auf nichts so sehr, wie seine Welt näher kennenzulernen. Er blickte dem Ausflug ebenso mit Freude entgegen. Das spürte sie.

»Glaubst du wirklich, dass sie es annimmt?«, fragte Elise, während sie Ferdinand noch etwas Kaffee nachschenkte. Es war seine Idee gewesen, Madame Moreaus Nichte etwas von ihrem Lakritzgebäck vor die Tür zu stellen, natürlich mit einer Nachricht versehen, auf der sie sich als die neuen Mieter vorstellten und bei Bedarf Hilfe anboten.

»Irgendwann muss sie die Tür ja mal aufmachen. Spätestens wenn ihre Tante ihr die Einkäufe bringt. Vielleicht verlässt sie ja doch das Haus und wir haben es nur noch nicht mitbekommen«, erwiderte Ferdinand, tauchte sein Croissant in die Tasse und ließ es darin so lange einweichen, bis man es faktisch gleich, ohne zu kauen, herunterschlucken konnte. Aus ihm war bereits ein richtiger Franzose geworden. Angeblich machten das alle so. Elise bevorzugte es, ein Croissant zu essen und nicht zu schlürfen.

»Sie wird unsere Absicht sowieso durchschauen«, fuhr er fort.

Elise stimmte dem zu, denn die kleine Aufmerksamkeit diente nicht nur dem Einstand zur neuen Nachbarschaft, sondern natürlich auch dem Zweck, bei dieser Gelegenheit herauszufinden, was da oben eigentlich vor sich ging. Die letzte Nacht war relativ ruhig verlaufen. Ferdinand war nicht einmal mehr von diesen merkwürdigen und zugleich besorgniserregenden Geräuschen aufgewacht. Für Elise hingegen ergab sich ein ganz anderes Problem. Wenn einem so viele Gedanken durch den Kopf gingen und man nicht gleich einschlafen konnte, dann genügte nur der geringste Laut von oben, um die Bettschwere gänzlich zu verlieren. Man wartete geradezu darauf, dass der nächste gutturale oder spitze Laut von oben durch die Decke drang. Gerumpel und Stöße gegen Möbel, deutlich vernehmbar, kamen ja noch mit hinzu.

»Ist doch nicht verwerflich, wenn man bei dem Lärm mal nachfragt. Sie muss ja wissen, was in ihrer Wohnung vor sich geht, und kann sich denken, dass es die Mieter unter ihr stört. Die letzten sind ihretwegen ausgezogen. Wer weiß. Vielleicht nimmt sie unsere Hilfe ja auch dankbar an«, überlegte Elise laut.

»Ich fürchte, ich muss los, sonst komme ich noch zu spät zur Arbeit und Madame Moreau wird auch schon auf dich warten«, sagte Ferdinand und schlürfte den Rest seiner Kaffeesuppe aus der Schüssel – auch da hatte er sich angepasst. Anscheinend waren Schüsseln für Männerhände besser geeignet als feines Geschirr mit Henkeln.

Ferdinand stand auf und, auch das gehörte zu ihrem morgendlichen Ritual, setzte dazu an, ihr einen Kuss zum Abschied zu geben.

In dem Moment klopfte es an der Tür. Elise erschrak so sehr, dass sie gegen den Tisch stieß und Kaffee aus ihrer Tasse schwappte.

»Die von oben?«, flüsterte Ferdinand.

Elise zuckte mit den Schultern, stellte jedoch die gleiche Vermutung an.

Ferdinand verschwand im Flur.

Während Elise den Kaffee mit einem Lumpen aufwischte, bekam sie mit, dass Ferdinand sich mit jemandem an der Tür unterhielt. Wenn sie sich nicht täuschte, vernahm sie eine zweite männliche Stimme. Für einen Moment schoss ihr durch den Kopf, dass Vater sie vielleicht ausfindig gemacht hatte, doch sie beruhigte sich gleich wieder mit der Einsicht, dass dies so gut wie unmöglich war. Elise legte den mit Kaffee vollgesogenen Lumpen in den Waschtrog und ging zum Flur. Darin stand nur noch Ferdinand. Er hielt einen Umschlag in der Hand und starrte nachdenklich darauf.

»Ein Fernschreiben aus Nürnberg«, sagte er konsterniert.

»Von deiner Mutter?«, fragte Elise.

»Nein. Es ist von einem Notariat.« Ferdinand ging zurück zur Küche und setzte sich.

»Ja, mach es auf«, drängte Elise, holte ein stumpfes Messer aus der Schublade der Anrichte und reichte es ihm.

Behutsam öffnete er damit den Umschlag. Er las das Telegramm mit wachsender Besorgnis.

»Mutter ist tot«, sagte er dann mit angeschlagener Stimme.

Elise wusste nicht, wie sie reagieren sollte. Sofort hatte sie Ferdinands eher unterkühltes Verhältnis zu seiner Mutter in Erinnerung.

»Es tut mir leid«, sagte sie. Sollte sie ihn tröstend in den Arm nehmen, wenigstens ihre Hand auf die seine legen? Beides fühlte sich in diesem Moment falsch an. Elise blieb einfach nur stehen und regte sich nicht.

»Es muss vorgestern Nachmittag passiert sein. Sie wurde tot im Laden aufgefunden. Der Notar schlägt vor, dass ich nach Nürnberg komme. Es geht um die Beerdigung und Erbangelegenheiten«, sagte Ferdinand, der immer noch ungläubig auf das Telegramm starrte.

»Woher hat er denn unsere Adresse?«

»Das Telegramm ging an François. Ich hab ihr doch seine Anschrift hinterlassen. Er hat es gestern Nacht erhalten und dem Boten mitgeteilt, wo wir wohnen«, erklärte er.

»Du hast sie doch gebeten, François' Adresse vertraulich zu behandeln. Wie kommt der Notar an seine Anschrift?«

»Frag mich was Leichteres«, sagte Ferdinand nachdenklich.

»Und was wirst du jetzt tun? Fährst du nach Nürnberg?«

»Was bleibt mir anderes übrig? Ich nehme an, dass ein familiärer Todesfall mein Fernbleiben von der Arbeit rechtfertigt.«

»Ich werde dich nach Nürnberg begleiten.« Elise zögerte keine Sekunde. Das Wenige, was er ihr auf der Zugfahrt über sein Verhältnis zu seiner Mutter erzählt hatte, reichte schon, um zu erahnen, dass ihr Tod ihn vermutlich stärker traf, als er sich momentan anmerken ließ. Elise war felsenfest davon überzeugt, dass er darunter litt, nicht so geliebt worden zu sein, wie eine

Mutter einen Sohn normalerweise liebte, und nur zu tapfer war, es sich selbst einzugestehen. Wer wusste schon, wie es ihm ging, wenn er das Haus seiner Kindheit betrat oder Abschied von seiner toten Mutter nahm. Erst jetzt wagte sie es, ihre Hand auf die seine zu legen. Ferdinands Reaktion war ein dankbares Lächeln.

»Und Madame Moreau?«

»Sie wird sicher nichts dagegen haben«, erwiderte Elise.

»Dann sollten wir den nächsten Zug nehmen.«

Elise nickte. Sie fragte sich in diesem Moment, ob sie vielleicht bisher zu viel Glück gehabt hatten. Auch wenn es letztlich nur eine Zugfahrt war, noch dazu keine zurück nach Bamberg, keimte ein ungutes Gefühl in ihr auf, obwohl es an sich doch rein sachlich betrachtet überhaupt keinen Grund dafür gab. Sie würden den Sterbefall abwickeln. Sie konnte Ferdinand beiseitestehen und dann fuhren sie wieder zurück, in die neue Heimat. Das ungute Gefühl wollte trotzdem nicht vergehen.

Marcello hatte ihr nicht zu viel versprochen. Bisher hatte Amalie immer geglaubt, dass es keine schönere Berglandschaft auf der Welt als die der Fränkischen Schweiz gäbe, doch die hiesigen gewaltigen Gebirgsmassive mit tiefen Schluchten, die in fruchtbaren Ebenen mündeten, gespickt mit unzähligen Hügeln und Hängen, an denen Wein angebaut wurde, übertrafen in puncto Idylle einfach alles, was sie jemals zuvor gesehen hatte. Von hier kam er also, der allseits geschätzte und über die Grenzen hinaus berühmte Rotwein von Cirò, der, wie sich Amalie erinnerte, auch in deutschen Landen serviert wurde – vorausgesetzt man konnte sich ein Glas dieses edlen Tropfens leisten. Als Sohn eines Weinbauern wusste Marcello natürlich, warum diese Gegend sich nahezu perfekt für den Weinanbau eignete. Es sei das milde Klima zwischen dem Tyrrhenischen und Ionischen Meer sowie die nährstoffreiche Erde, was auch erklärte, warum ihr auf dem Weg so viele Zitrus- und Olivenplantagen entgegengekommen waren. Schon die Griechen hätten hier Wein angebaut und die Rebe, Gaglioppo-Trauben, die seine Familie seit vielen Generationen kultivierte, sei wie für guten Rotwein gemacht. Amalie war mittlerweile auch klar, warum die Suraces auch Süßholz anbauten. Sie bewirtschafteten ein kleines Feld und verkauften die Ernte an eine Süßholzfabrik unweit ihres Anwesens, doch den Großteil der Süßholzstauden pflanzten sie zwischen den Weinstöcken, was dem Wein ein holzig-süßliches Aroma verlieh. Marcello schien sehr viel über den Anbau von Wein zu wissen und stolz auf seine Heimat zu sein, auch auf seine Familie, insofern wunderte sich Amalie darüber, dass es ihn in andere berufliche Gefilde verschlagen hatte.

»Hat Ihr Vater nicht erwartet, dass Sie auch im Weinanbau tätig sind, oder haben Sie noch einen Bruder?«, fragte sie.

Marcello lachte. »Er ist aus allen Wolken gefallen, aber er teilt meine Leidenschaft für Literatur, ist belesen. Als ich anfing, Sprachen zu studieren und Romane zu übersetzen, profitierte er auch davon. Es gibt noch nicht so viele Leute, die diesen Beruf erlernen. Er hat Zukunft. Das sieht er genauso und um die Fortführung seines Lebenswerks wird sich meine Schwester kümmern. Sofia ist eine sehr tüchtige Geschäftsfrau.«

»Ist sie jünger oder älter als Sie?«

»Sie ist zwei Jahre älter. Sie werden sie mögen, allerdings muss ich Sie vorwarnen. Sofia hat eine sehr offene Art und ist sehr selbstbewusst. Vor allem in der Männerwelt eckt sie damit an«, sagte er.

»Dann ist sie noch alleinstehend?«

»Bisher hat sie wohl noch keinen Mann gefunden, der sie bändigen kann. Als Geschäftsfrau schüchtert sie die Männer wohl eher ein«, sagte er amüsiert.

»Weiß Ihre Familie eigentlich, dass Sie Besuch mitbringen?« Der Gedanke schoss Amalie durch den Kopf, als sie von der Straße abbogen und auf einem schmalen Weg durch unzählige Reihen von Weinstöcken fuhren, an deren Ende sich ein herrschaftliches und von Palmen umrahmtes Haus befand.

»Nein. Ich war in der Zwischenzeit noch nicht zu Hause«, sagte er, was Amalie sofort einen leicht flauen Magen verursachte.

»Und Sie sind sich sicher, dass ich …«

»Wir haben oft Gäste und meine Familie ist sehr gastfreundlich, um nicht zu sagen neugierig auf Fremde.«

Amalie überlegte sich in dem Moment, ob er vielleicht schon des Öfteren mit Damenbesuch nach Hause gekommen war. Wie immer dem auch sei. Das Anwesen, dem sie sich näherten, übte eine solch starke Anziehungskraft auf sie aus, dass sie all ihre Bedenken beiseiteschob. Allein schon die Zufahrt vor dem dreistöckigen Haus war der eines königlichen Jagdschlosses würdig. Ein Springbrunnen, aus dem Löwenköpfe Wasser spien, stand direkt davor. Vier Säulen antiker Bauart stützten die Terrasse, in deren Mitte eine schwere Tür aus dunklem Holz einen reizvollen Kontrast zum pastellfarbenen Gelbton des Hauses schuf.

Als Marcello ihr von der Kutsche half, entdeckte Amalie einen Pavillon inmitten eines blühenden Gartens, der seitlich ans Haus grenzte. Palmen ragten neben ihm in die Höhe und spendeten dem dort Rastsuchenden Schatten.

»Ich habe noch kein schöneres Haus gesehen und die Gärten …«, schwärmte Amalie, die sich gar nicht sattsehen konnte. Sie ging gleich zum Brunnen und kühlte ihre Arme darin.

»Den haben wir meiner Mutter zu verdanken. Sie lässt es sich nicht nehmen, den Garten selbst zu pflegen, solange sie noch kann.«

Ihre Ankunft blieb anscheinend nicht unbemerkt. »Marcello«, vernahm sie vom Haus. In der Tür zur Terrasse stand eine bildhübsche Frau, die in etwa in seinem Alter sein durfte.

»Sofia.« Auch wenn Marcello sie nicht begrüßt hätte, wäre Amalie klar gewesen, dass diese Frau sicher kein Dienstmädchen war. Das sah man an der geschmackvollen Kleidung, dem schön nach oben gesteckten roten Haar, dessen Locken sich an den Schläfen kringelten. Ihr Gang war aufrecht und ihre Augen waren wach. Sie richtete sie sogleich auf Marcellos Gast.

»Darf ich vorstellen? Das ist Amalie. Ihre Familie ist aus Bamberg. Sie haben von Putorti gekauft«, sagte er.

Sofia reichte ihr mit einnehmendem Lächeln die Hand.

»Leider spreche ich höchstens zehn Wörter Italienisch«, sagte Amalie.

»Mindestens einhundert, wenn nicht sogar ein bisschen mehr«, meinte Marcello.

»Aber nur Wörter, die man beim Einkauf braucht«, präzisierte Amalie.

»Dann kommt beim Abendessen wohl sehr viel Arbeit auf uns zu, Bruderherz. Vater wird alles über Ihr Vorhaben wissen wollen und Mutter müssen Sie vermutlich ausführlich von Ihrer Heimat erzählen. Sie war noch nie im Ausland und liebt es, wenn wir weit gereiste Gäste haben«, sagte Sofia.

»Maria soll das Gästezimmer vorbereiten. Amalie bleibt über Nacht«, sagte Marcello.

Daraufhin schmunzelte Sofia einen Tick zu verwegen. Amalie glaubte zu wissen, was sie sich nun dachte.

»Mein Vater und mein Mann sind aus geschäftlichen Gründen zurück nach Bamberg gefahren. Ich muss gestehen, dass ich mich allein in Putortis Haus ängstige.« Amalie hoffte, damit Sofias Gedankengängen gleich Nahrung entzogen zu haben.

»Ein glücklicher Zufall. Im Leben passiert so vieles nicht ohne guten Grund«, sagte Sofia. Dass sie dabei immer noch das gleiche Lächeln auf den Lippen hatte, irritierte Amalie.

Sofia hängte sich kurzerhand bei ihr ein. »Ich zeige Ihnen jetzt erst einmal Ihr Zimmer. Es wird Ihnen bei uns gefallen«, sagte sie. »Du kannst Amalie doch für einen Moment entbehren?«

Marcello lachte unbeschwert. Wie die beiden miteinander umgingen, ließ darauf schließen, dass sie sich sehr nahestanden. Bevor Amalie das Haus betrat, blickte sie sich noch einmal um. Marcello stand noch immer am Brunnen. Ihre Blicke kreuzten sich, auch das war ein untrügliches Zeichen, ein ziemlich beunruhigendes, doch gottlob waren sie ja nicht allein in diesem Traum von einem Haus.

Amalie glaubte sich nicht nur deshalb in einer gänzlich anderen Welt, weil sie noch nie in einem so prunkvollen Haus zu Gast gewesen war. Der Luxus, den sich die Suraces gönnten, stand dem des venezianischen Hotels Daniele in nichts nach. Der Kronleuchter über der Tafel – anders konnte man den mit Blumen dekorierten riesigen Tisch, an dem eine Großfamilie Platz finden würde, nicht bezeichnen – war mindestens doppelt so groß. Er hing von einer Decke aus mit Blattgold verzierten Kassetten. So sah also das Leben der wohlhabenden Italiener aus. Der zweite Grund, warum ihr der Abend so befremdlich vorgekommen war, lag an der Familie selbst. Zwar saß Marcellos Vater, dem er wie aus dem Gesicht geschnitten war, am Ende dieser Tafel und seine Frau seitlich neben ihm, wie das zu Mutters Lebzeiten auch zu Hause der Fall gewesen war. Doch sie hatte zweifelsohne die Hosen an, wie man so schön sagte. Giulia war trotz ihrer bestimmt schon sechzig Jahre immer noch eine sehr attraktive Frau, die großen Wert auf ihr Äußeres legte. Im Prinzip war sie ein Spiegelbild ihres Gartens. Sie erblühte im Glanze von dezentem Goldschmuck und einem bestickten Kleid, das so bunt wie ihre Blumenpracht daherkam. Und es stimmte, dass Amalie ihr zu Pasta und einem hervorragenden *arrosto di maiale*, einem Schweinebraten, wie Amalie nun dank Marcellos und Sofias Übersetzertätigkeiten wusste, alles von Bamberg und ihrem dortigen Leben hatte erzählen müssen. Einiges war natürlich nicht für das *cena*, wie die Italiener das Abendessen nannten, geeignet, vor allem nicht das Zerwürfnis mit ihrer Schwester. Dass sie den heimatlichen Betrieb verlassen hatte, um künftig auf eigenen Beinen zu stehen, schien Sofia aber als Erklärung nicht zu reichen.

»Ist sie etwa auch in Italien? Oder gar in der Ferne? Was macht sie dort? Geschäfte für die Firma Ihres Vaters? Ich finde es großartig, wenn eine Frau den Mut hat, sich in der von Männern dominierten Geschäftswelt zu behaupten.«

»Ich fürchte, sie hat der Liebe wegen diesen Schritt getan«, erwiderte Amalie, die insgeheim schon dafür betete, dass Sofia nicht weiter auf diesem Thema herumritt, denn sie hätte ihr ja nicht einmal sagen können, wo sich ihre Schwester aufhielt.

»Das ist ja hoffnungslos romantisch. Ich wünschte, mir würde eines Tages ein Mann begegnen, der es wert wäre, so einen waghalsigen Schritt zu tun«, sagte Sofia, seufzte und nahm einen weiteren Schluck vom Wein. Diese Pause nutzte Marcello, um seinen Eltern das Wesentliche zu übersetzen, jedenfalls kam es Amalie so vor, weil seine Rede gefühlt kürzer war.

»Vater meint, das wird so lange nicht passieren, bis Sofia sich auf alle Qualitäten einer Frau besinnt«, übersetzte Marcello.

Nun verstand Amalie, warum Sofia eine Schnute zog. Ihre Miene hellte sich aber auf, nachdem Giulia auch ihren Senf dazu abgegeben hatte.

»Mutter ist natürlich auf ihrer Seite. Sie meint, er soll nicht so hart mit ihr ins Gericht gehen. Und sie weiß wie wir alle, dass mein Schwesterherz ihm selbst in geschäftlichen Angelegenheiten überlegen ist. Ihr Verhandlungsgeschick sei ein Geschenk Gottes und wir sollten dankbar sein, dass sie es hegt und pflegt.«

Amalie konnte Sofia ansehen, dass sie jedes einzelne Wort genoss. Giulia nickte, um dem Gesagten Nachdruck zu verleihen, auch wenn sie sicher kein Wort der Übersetzung verstanden hatte.

»Sie fassen einen mit Glacéhandschuhen an, sind einem Flirt nicht abgeneigt und wenn sie den Reizen einer Frau erliegen und schwach werden, sind sie willige Opfer«, erklärte Sofia amüsiert. Marcello übersetzte es seinen Eltern, woraufhin sie lachten. Amalie jedoch nicht, denn Sofia schien in ihrem unkonventionellen Denken ja sogar Elise noch bei Weitem zu übertreffen. Andere Länder, andere Sitten, redete sie sich ein und rang sich wenigstens ein wohlwollendes Lächeln ab. Insgeheim bewunderte sie Sofia, genau wie sie Elise bewunderte, doch eben das war es, was sie daran hinderte, sich genau wie alle anderen darüber zu erheitern.

Marcellos Vater blickte zu ihr und sagte etwas in eher ernstem Tonfall. Marcello übersetzte es.

»Auch Ihnen zollt er den höchsten Respekt. Es ist sicher nicht einfach, in einem fremden Land Fuß zu fassen.«

Amalie nickte.

»Gefällt es Ihnen oder vermissen Sie Ihre Heimat?«, wollte Sofia wissen.

»Ich vermisse unser Haus. Das Leben war einfacher und komfortabler, aber vermutlich wird sich die Sehnsucht mit der Zeit legen.« Amalie hoffte es zumindest.

»Ich bin gespannt darauf, Ihren Vater und Ihren Mann kennenzulernen. Die beiden müssen Pioniere sein und sehr fortschrittlich in ihrem Denken. Es kommt ja nicht so oft vor, dass Deutsche in meiner Heimat investieren«, sagte Sofia.

»Es wird sich bestimmt eine Gelegenheit ergeben«, erwiderte Marcello, der Amalie wohl ansah, dass sie der Abend bereits etwas ermüdet hatte.

»Ich sehe schon. Ich habe wieder einmal zu viel geredet«, sagte Sofia.

Dies kommentierte Amalie mit einem warmen Lächeln. Selbst das strengte sie jetzt an.

»Ich möchte nicht unhöflich erscheinen, aber das gute Essen und der lange Tag. Vielleicht sollte ich mich besser zurückziehen«, kündigte Amalie an. Damit weder Marcello noch Sofia es übersetzen musste, faltete sie ihre Hände und bettete ihr Haupt seitlich geneigt darauf.

Sie verstanden ihre Geste.

»Wenn Sie möchten, begleite ich Sie auf Ihr Zimmer«, schlug Marcello vor.

Sofia wirkte überrascht und musterte ihren Bruder. War das am Ende nicht üblich? Besser sie ging allein, nicht, dass sich seine Eltern und seine Schwester noch sonst etwas dachten.

»Ich möchte Ihnen keine Umstände machen, Marcello. Es ist ja nur eine Treppe.«

Marcello nickte. Amalie schien aus seinem Blick Enttäuschung herauszulesen. Er vertrieb sie mit einem Lächeln und wünschte »buonanotte«. Dem schlossen sich die anderen an. Noch während Amalie zur Tür ging, fragte sie sich, ob sie sich eben albern verhalten hatte. Selbst wenn. Es war ein Unding, dass er sie auf ihr Zimmer brachte. Amalie hatte förmlich den Moment vor Augen, in dem er ihr vor der Tür ihres Zimmers eine gute Nacht wünschte oder am Ende noch schöne Träume. Es war schon schlimm genug, seine Nähe mit eiserner Disziplin zu ertragen und den sündhaften Wunsch, von ihm berührt zu werden, allem Möglichen zuzuschreiben, nur nicht dem Verlangen ihres Herzens. Was waren das für wirre Gedanken! Sie gehörten sich nicht für eine verheiratete Frau. Amalie hatte gehofft, dass die Anspannung von ihr fallen würde, sobald sich die Tür zum Salon hinter ihr schloss und jeder Meter Abstand von ihm ihr Erleichterung verschaffen würde. Das tat es nicht. Hoffentlich träumte sie nicht auch noch nachts von all dem, was sie sich tagsüber bereits ausgemalt hatte.

Kapitel 15

Schon während der Zugfahrt nach Nürnberg hatte sich Elises Sorge um Ferdinand bestätigt. Normalerweise besprach er mit ihr Dinge, die ihm durch den Kopf gingen, in aller Offenheit. Diesmal jedoch nicht. Den Tod seiner Mutter nahm er hin, als ob es sich um eine gänzlich fremde Person handelte, dabei hatte sie ihm ansehen können, dass es in ihm rumorte. Das war nicht Ferdinand, jede noch so banale Begebenheit zum Anlass zu nehmen, über irgendetwas zu reden, nur nicht über das Wesentliche. Die Baustelle am Marsfeld und das Tagesgeschehen in der Zeitung vorzuschieben, war durchschaubar. Ersteres war zwar nicht unwesentlich für ihr weiteres Leben, vor allem sein berufliches Fortkommen, technische Details jedoch nicht. Selbst als sie in Nürnberg angekommen waren, änderte sich daran kaum etwas. Obwohl sie den Weg vom Bahnhof in die Innenstadt bereits kannte, begann er erneut, von den nach Märkten benannten Straßen zu erzählen. Elise nahm das kommentarlos hin, weil sie sein Verhalten einem Zustand der Verwirrung zuschrieb. Es musste ja auch anstrengen, unentwegt Zwangskonversation zu betreiben, wenn die Gedanken ganz woanders waren. Wo genau, das verschwieg er ihr auch beim späteren Abendessen in einer Gaststätte, die sich in unmittelbarer Nähe des Notariats befand. Ferdinands fast schon zwanghafte Suche nach neuen Gesprächsthemen, um sich abzulenken, war nicht nur ermüdend, sondern inzwischen auch beängstigend, denn sie machte aus ihm einen Fremden. Und wenn er sich bleierne Müdigkeit mimend nach einem kurzen Gutenachtkuss auf seine Seite drehte und sich in die Decke einmummelte, war dies äußerst besorgniserregend. Keine Nähe, keine Zärtlichkeiten. Stattdessen eine nahezu schlaflose Nacht.

Elise beschloss daher, ihn am nächsten Morgen gleich nach dem Frühstück, bei dem die Morgenzeitung erneut ihre Konversation bestimmt hatte, darauf anzusprechen. Sie tat es dann auf dem Weg zum Büro des Notars in der Winklergasse. Dass er auf dem Weg dorthin durch die Waaggasse ging, obwohl die Tuchgasse direkt dort hinführte, bot den idealen Anlass.

»Das war aber jetzt schon ein Umweg. Wir hätten doch auch am Laden deiner Mutter vorbeigehen können«, hielt sie ihm vor.

»Ich wollte den alten Bäcker sehen, ob sie dort inzwischen auch so viele Leckereien wie bei Madame Moreau haben«, sagte er genau wie alles andere so, als wären sie auf einer Vergnügungsreise. Es klang glaubhaft, ergab sich aus der Situation und dennoch glaubte sie ihm kein einziges Wort.

»Unsinn. Du wolltest nur nicht am Laden deiner Mutter vorbeigehen.«

»Und wenn es so wäre?«

»Ferdinand. Deine Mutter ist gestorben und wir haben auf der ganzen Herfahrt kein einziges Mal darüber gesprochen. Stattdessen kann ich vermutlich bald Vorträge über die verbauten Materialien von Eiffels Turm halten«, entrüstete sie sich, was ihr nach all den Stunden trivialer Konversation zustand.

Er nickte dumpf und ging in sich gekehrt neben ihr her.

»Darüber müssen wir ja jetzt sowieso sprechen«, sagte er, als sie die Tür des Notariats in einem stattlichen mehrstöckigen Haus erreichten – wahrscheinlich pünktlich, denn vorhin waren sie am Schaufenster eines Uhrmachers vorbeigegangen und sie hatte die Zeit abgelesen.

»Es belastet dich und du sprichst nicht darüber.« Elise erachtete es als richtig, nun deutlicher zu werden.

»Weil ich dich nicht damit belasten möchte«, kam zurück. Das war allerdings wieder ihr Ferdinand.

Die Räumlichkeiten des Notars wirkten wenig einladend und passten daher zu Elises gegenwärtiger Stimmung. Zwei schwere Ledersessel standen im Empfangsbereich, von dem aus ein kahler Gang in angrenzende Büroräume führte. Die Blumen auf dem Schreibtisch der Empfangsdame wirkten wie ein Fremdkörper, doch sie entsprachen dem freundlichen Gemüt der älteren Dame mit Nasenzwicker, die sie begrüßte.

»Wir haben ein Telegramm vom Herrn Notar bekommen. Meine Mutter ist verstorben. Frau Mangin, Auguste Mangin.«

»Haben Sie schon einen Termin mit ihm vereinbart?«

»Nein. Wir sind erst gestern aus Paris angereist«, erklärte Ferdinand.

»Ach ja, stimmt. Das Fernschreiben nach Paris. Es ging an eine Adresse, die die Gendarmen in der Wohnung gefunden haben. An einen François …« Sie erinnerte sich offenkundig nicht mehr an seinen Familiennamen.

»Mercier«, ergänzte Ferdinand. »Und wie kamen Sie darauf, dass Sie mich dort erreichen können?«, wollte er dann noch wissen.

»Die Anschrift stand auf einem handgeschriebenen Zettel. Ihre Mutter hat darauf noch Ihren Namen notiert.«

»Dann hat die Gendarmerie das Notariat benachrichtigt?«

Die Empfangsdame nickte.

»In den Ausweispapieren Ihrer Mutter befand sich ein Schreiben, wonach unsere Kanzlei nach ihrem Ableben den Todesfall abwickeln soll. Die Sterbeurkunde liegt uns bereits vor«, erläuterte sie.

Ferdinand wirkte nachdenklich und in sich gekehrt, während die Notariatsangestellte in ein Kalendarium sah, in dem bereits viele Einträge für den heutigen Tag standen.

Elise erstaunte nicht minder, wie geflissentlich sich seine Mutter auf ihren Tod vorbereitet hatte, aber auch, dass sie auf den Gedanken gekommen war, alles Administrative in die Hände eines Notariats zu legen. Normalerweise kümmerten sich doch die Angehörigen darum.

»Warten Sie hier. Er hat noch einen Termin um elf, aber nachdem es sich um eine einfache Erbangelegenheit handelt und keine weiteren Erben benannt wurden, kann ich Sie bestimmt dazwischenschieben.«

Sie stand auf und ging zum Zimmer am Ende des Ganges, klopfte und verschwand darin.

»Wahrscheinlich hat uns der Fahrschein mehr gekostet, als das Erbe wert ist«, sagte Ferdinand.

»Selbst wenn, jemand muss sich doch um die Beerdigung kümmern. Sie ist ja schließlich deine Mutter.«

Ferdinand nickte schweren Herzens und nahm genau wie Elise in einem der Ledersessel Platz. Hoffentlich erwartete sie keine böse Überraschung, denn Elise erinnerte sich, dass man auch Schulden erben konnte und leibliche Kinder für die Beerdigung aufkommen mussten. Das wäre momentan vermutlich ihr Ruin.

Amalie wusste zunächst nicht, ob sie bereits wach war oder noch träumte. Ein äußerst verwirrender Zustand, der erst ein Ende fand, als sie sich auf die andere Bettseite drehte und die Morgensonne ihr direkt ins Gesicht schien. Sie hatte bis eben geglaubt, immer noch darauf zu warten, endlich einzuschlafen. Normalerweise genügte es, sich zu diesem Zweck in eine Bettdecke einzukuscheln. Gestern Nacht jedoch nicht. Wie sollte das auch gehen, wenn sie sich unentwegt fragte, warum sie sich zu Marcello hingezogen fühlte? Es gab keinen vernünftigen Grund dafür. Auch Hermann hatte seine Qualitäten. Man durfte sich vom Reiz des Neuen nicht blenden und vor allem nicht von völlig abwegigen Fantastereien davontragen lassen, wie sie junge Mädchen hatten. Wenn sie ihm doch nur nie begegnet wäre. Zugleich wünschte sie sich, ihn um sich zu haben. Aufgewühlter konnte eine Seele kaum sein. Ein Orkan wütete im Meer ihrer Sehnsüchte und sie selbst kam sich vor wie eine darin schaukelnde Barke, die den immer höherschlagenden Wellen kaum noch widerstehen konnte. Die Gespräche zu Tisch hatten ihr Übriges dazu beigetragen, stundenlang wach zu liegen. Sie hatten letztlich zu einer Bestandsaufnahme ihres Lebens geführt, eines Lebens in Bamberg. Die Begegnung mit Sofia war der Auslöser dafür gewesen. Sie war Elise in vielerlei Hinsicht ähnlich, hatte ihren eigenen Kopf und schien dafür auch noch von ihrer Familie geadelt zu werden. Sie beneidete Sofia immer mehr, mittlerweile auch dafür, dass sie in einem palastgleichen Haus inmitten einer Weinbergidylle lebte. Dagegen nahm sich ihr Heim in Bamberg eher bescheiden aus. Das Gästezimmer mit all seinen liebevollen Details zu begutachten, hatte ihr gestern das Gefühl gegeben, für eine Nacht die Tochter eines Dogen zu sein. Edles Mobiliar, ein Kronleuchter aus buntem Glas, Mosaike auf dem Boden und vor allem der barocke Spiegel an der Wand gegenüber ihrem Himmelbett trugen dazu bei. Amalie sah sich erneut um. Es war ein Traum aus Farben und Formen. Vielleicht konnte sie ihn noch eine weitere Nacht hier genießen, in so anregender Gesellschaft, oder sogar noch ein paar Nächte mehr. Das hing davon ab, wann Vater und Hermann zurückkamen. Hoffentlich nicht so bald wie angekündigt. Dieser Gedanke riss sie abrupt aus ihren Träumereien. Es war ja noch so viel in ihrem neuen Haus zu tun. Sie konnte es sich gar nicht erlauben, sich hier einen faulen Lenz zu machen. Von dieser inneren Unruhe getrieben stand

Amalie auf und blickte von ihrem Fenster aus hinaus in den Garten. Dem Sonnenstand nach zu urteilen, musste es noch sehr früh am Morgen sein. Täuschte sie sich oder hatte sie eben ein weißes Stück Stoff zwischen zwei Hecken vorbeihuschen sehen? Amalie öffnete sogleich die Fenster, um besser hinaussehen zu können. Am Ende der Heckenreihe, die den Garten begrenzte, schritt Sofia hervor. Sie folgte dem schmalen Weg in Richtung des Pavillons und trug ein Tablett, auf dem eine Teekanne und eine Tasse standen. Sofia sah zu ihr hoch. Vermutlich hatte sie mitbekommen, dass sie das Fenster geöffnet hatte.

»Ein herrlicher Morgen. Leisten Sie mir doch Gesellschaft. Ich hole eine zweite Tasse«, rief sie ihr zu.

Amalie dachte nicht zweimal darüber nach. Einen erfrischenderen Auftakt für den neuen Tag konnte sie sich kaum denken.

»Geben Sie mir eine Viertelstunde«, ließ Amalie sie wissen.

Eigentlich hatte sie sich ja vorgenommen, das Badezimmer nur eine Tür weiter aus feinstem Marmor, das Sofia ihr am Vortag im Zuge der Hausbegehung gezeigt hatte, und eines der feinen Badesalze aus vollen Zügen zu genießen, doch das musste nun warten. Ein Krug mit frischem Wasser und eine Porzellanschüssel nebst Leinentüchern standen darin ebenso bereit. Amalie streifte sich ihr Nachthemd vom Leib und goss Wasser in die Schüssel. Es duftete nach Jasmin. Das Licht fiel durch das Seitenfenster des Bads auf ihr Haar. Es schimmerte seidig. Amalie betrachtete sich im Spiegel. Ihr schulterlanges Haar war über Nacht in Unordnung geraten. Sollte sie es erneut nach oben binden? Sofia trug es heute offen. Sollte sie es wagen? Amalie entschied sich dafür und zupfte die verknoteten und über Nacht flachgelegenen Haarsträhnen auseinander. So war sie noch nie unter Menschen gegangen. Obwohl nun mehr Haar ihr Gesicht umrahmte, fühlte sie sich entblößt und das hatte nichts damit zu tun, dass sie nackt vor dem Spiegel stand.

Ein Parfumflacon auf dem Regal über dem Becken fiel ihr ins Auge. Sie sprühte sich etwas davon ins Haar, auf den Hals und den Puls, nachdem sie sich das Gesicht und den Körper schnell mit Seife und Wasser gewaschen hatte. Ein frisches Unterhemd hatte sie sich wohlweislich mitgenommen, doch leider kein zweites Kleid. Sie zog sich an und zupfte erneut ihr Haar in Form. *Bin das wirklich ich?* Würden die Suraces sich nicht fragen, warum ihr Gast nun auf einmal das Haar anders trug? Sofia wartete auf sie. Es blieb gar keine Zeit mehr, sich darüber den Kopf zu zerbrechen.

Amalie eilte die Treppen hinunter. Alle anderen schienen noch zu schlafen. Nur die Hausangestellte war in der Küche zugange, wie sie durch die offen stehende Tür sehen konnte. Die ältere Dame mit Haube und in Küchenschürze grüßte sie. »Buongiorno«, gab Amalie zurück.

Der gleiche Gruß kam von Sofia. Amalie erwiderte ihn, inhalierte den Duft von Sternjasmin, der an den Streben des Pavillons nach oben rankte, und setzte sich zu ihr.

»Wie haben Sie geschlafen? Früher war das mein Zimmer. Wenn der Wind günstig steht, zieht der Duft der Blumen bis nach oben, aber mir wurde es zu klein«, sagte sie, was Amalie überraschte, denn der Raum war gut und gern zwanzig Quadratmeter groß.

»Ich hatte zu viele Kleider und Schuhe«, erklärte Sofia, auch ohne Nachfrage.

»Es ist ein Traum. Sie haben es so schön hier«, sagte Amalie.

»Und doch zieht es mich immer wieder in die Ferne. Da geht es mir nicht anders als Marcello.« Sofia schenkte ihr Tee ein. Er duftete nicht nach schwarzem Tee oder irgendeiner Sorte, die sie kannte. Amalie schnupperte daran.

»Aus Osmanien. Pfefferminze. Dort trinkt man ihn konzentriert aus kleinen Gläsern. Sie süßen ihn dort so sehr, dass man glauben könnte, ein Teelöffel bliebe darin stecken. Und ich kann bestätigen, dass dieses heiße Getränk bei hohen Temperaturen den Durst besser löscht als ein Glas Wasser. Man transpiriert weniger.«

Amalie probierte und war überrascht, wie gut er ihr schmeckte.

»Sie sind also beide viel unterwegs und wie mir scheint, haben Sie schon die halbe Welt gesehen.«

»Das Leben ist so aufregend, so bunt. Jede Begegnung mit einer anderen Kultur, ja manchmal sogar mit nur einem Menschen, verändert einen, manchmal ändert man nur eine Sichtweise, manchmal entstehen daraus neue Ideen. Das Leben ist ein einziges Abenteuer.«

»Marcello sieht das glaube ich genauso«, mutmaßte Amalie.

»In dieser Hinsicht sind wir uns sehr ähnlich.«

»Nur in dieser?«

»Abgesehen davon könnten wir gegensätzlicher kaum sein. Er ist eher ruhig und nachdenklich. Ich könnte beispielsweise nie stundenlang über einem Text brüten, um ihn in eine andere Sprache zu übersetzen. Er macht das mit Hingabe und hat auch viel mehr Geduld. Und er ist ein Träumer. Man darf ihn nicht ansprechen, wenn er liest.« Amalie hatte sofort die Lektüre seines Buches im Zug vor Augen. Sofias Beschreibung entsprach dem Bild, das Amalie von Marcello hatte.

»Sie stehen sich trotzdem sehr nah. Zumindest hatte ich den Eindruck«, sagte Amalie.

»Er ist mein kleiner Bruder und mein Augenstern. Das haben Sie sofort bemerkt?«

Amalie nickte schmunzelnd.

»Es ist schön, so einen Bruder zu haben. Ich kann mich immer auf ihn verlassen. Wir haben auch keine Geheimnisse voreinander, erzählen uns von unseren Träumen, Wünschen. Warum nur finde ich keinen Marcello in der Männerwelt?«, sagte Sofia seufzend.

»Seine Träume scheint er ja bereits alle erfüllt zu haben. Er macht das, was er liebt. Beneidenswert.«

»Sie kennen anscheinend noch nicht all seine Träume«, sagte Sofia.

Amalie sah sie fragend an.

»Ich glaube, ihm geht es so wie mir«, sagte Sofia schmunzelnd.

Amalie brauchte eine Weile, bis sie ihr gedanklich folgen konnte. »Sie meinen, so wie Sie einen Marcello in der Männerwelt suchen?«

Sofia lachte und trank erst noch einen Schluck ihres Pfefferminztees, bevor sie weitersprach. »Suchen wir nicht immer das, was uns fehlt? Ich will nicht sagen, das genaue Gegenteil von einem selbst, aber gewisse Eigenschaften, die einem nicht in die Wiege gelegt sind, die einen herausfordern, einen dazu bringen, Dinge in sich zu entdecken, die in einem stecken, doch die noch nicht aus ihrem Schlummer erwacht sind. Auf diese Weise kann man sich ein Leben lang ergänzen und weiterentwickeln. Ich glaube, man wird dabei zu einem Ganzen, weil die Teile des einen die des anderen ergänzen. Und erst zusammengefügt ergibt es Sinn. Erst im Einklang beider findet man Erfüllung. Es fehlt dann nichts mehr. Können Sie mir folgen? Ich weiß, ich rede oft wirres Zeug«, sagte Sofia schmunzelnd.

Auch wenn Amalie die Fülle dieser weitreichenden Gedankenflut nicht so schnell erfassen konnte, spürte sie, dass Sofia im Wesentlichen recht hatte. Es fehlte etwas in ihrem Leben und es gab so viel, was sie an sich selbst nicht zulassen wollte, und am wenigsten den Verdacht, dass ausgerechnet Marcello dieser fehlende Teil sein könnte. Sofia lebte, woran sie glaubte. Begegnungen, die Veränderungen hervorriefen. Auch davon hatte sie gesprochen. Amalie wühlten Sofias Worte immer mehr auf. Sie musterte sie nachdenklich, was Amalie gleich noch nervöser machte.

»Ich könnte mir vorstellen, dass Marcello jemanden finden müsste wie Sie«, sprudelte dann auch noch aus Sofia heraus.

Amalie stellte ihre Tasse sogleich auf den Untersetzer. Um ein Haar hätte sie sich verschluckt. »Aber was habe ich denn, was einen Mann von Welt …«, begann Amalie laut zu überlegen.

»Sie sind bildhübsch, aber was noch viel wichtiger ist, Sie haben Verantwortungsgefühl, Organisationstalent. Sie scheinen mir sehr verlässlich und bodenständig zu sein und sehr loyal.«

»Das alles glauben Sie, über mich zu wissen?«

»Menschenkenntnis. Und ich schließe es aus dem, was Sie mir gestern über Ihr Leben in Bamberg erzählt haben.«

Amalie nahm es als Kompliment, doch was Sofia eben gesagt hatte, machte letztlich alles nur noch schlimmer, denn tief in ihrem Inneren wusste sie ja bereits, dass Marcello all das hatte, was ihr fehlte und was sie brauchte.

»Wer weiß … Wenn Sie sich früher begegnet wären …«, sinnierte Sofia.

»So darf man nicht denken«, wandte Amalie ein.

»Er mag Sie. Das wissen Sie.«

Amalie wurde heiß, dabei hatte es doch geheißen, dass dieser Tee kühlen würde.

»Woraus schließen Sie das?«

»Er hat es mir gesagt. Sie wissen doch, dass wir keine Geheimnisse voreinander haben.«

»Warum erzählen Sie mir das?«, fragte Amalie mit aufsteigender Verzweiflung.

»Damit Sie es sicher wissen. Es ist doch immer gut, Gewissheit zu haben«, sagte sie.

»Für eine verheiratete Frau wäre diese Art von Gewissheit wohl eher eine Bürde, sofern sie diese Art von Zuneigung erwidern würde«, rang Amalie sich tapfer ab.

Sofia musterte sie für eine Weile. Ihr konnte man sicher nichts vormachen. Amalie kam sich so vor, als hätte sie eben ihr Innerstes entblößt, doch erstaunlicherweise führte dies in Sofias Gegenwart nicht zu Unbehagen.

»In dieser Situation war ich mehr als nur einmal«, deutete Sofia an.

»Und … was haben Sie getan?«

»Das Richtige. Oft ist ein Moment des Glücks wertvoller als alles andere.« Sofia sah ihr direkt in die Augen, als sie es sagte.

Amalie fragte sich, wie sie Marcello nun in der Gewissheit, wie viel er für sie empfand, fortan begegnen sollte. Das Richtige tun, hallte nach. Wenn sie es nur könnte, denn sie wollte es nicht, auch wenn sie sich danach sehnte wie nach nichts anderem auf der Welt.

Elise fragte sich, warum Ferdinand wie angewurzelt vor dem Laden seiner Mutter stand. Regte sich in ihm nun doch eine Art Verbundenheit, wie sie normal für einen Sohn wäre? Lähmte ihn gar die Trauer? Überfielen ihn Erinnerungen an seine Kindheit? Er hatte die Schlüssel zu ihrem Laden und ihrer Privatwohnung im ersten Stock vom Notar ausgehändigt bekommen und hielt sie nun unentschlossen in der Hand.

»Woher hatte sie nur so viel Geld? Allein für die Ladenmiete und sie hatte ja auch noch ihre private Miete zu bezahlen«, sagte er unvermittelt.

Das fragte sich Elise allerdings auch. Wie konnte eine Schneiderin rund fünfundzwanzigtausend Mark, ein riesiges Vermögen, auf die Seite gelegt haben?

»Wer hier einen Laden hat, kann sich über Kundschaft bestimmt nicht beklagen. Deine Mutter hat Abendkleider und aufwendige Roben genäht«, erinnerte Elise sich.

»Sie hat immer gesagt, dass man als Schneiderin Tag und Nacht arbeiten muss, um zu überleben«, sagte Ferdinand.

Dies hatte Elise bis vor einer Stunde auch angenommen. Sie kannte keinen Schneider, der es je zu Reichtum gebracht hatte, wobei sie auch nur Schneidereien in Bamberg kannte und die lebten eher von kleinen Änderungen oder vereinzelten Aufträgen für einen guten Anzug oder ein Kleid zu besonderen Anlässen. Nürnberg war eine reiche Großstadt. Vielleicht war es hier anders, räumte sie sich ein. Selbst ihre Bestattungskosten hatte Auguste bereits im Voraus bezahlt. Warum sie auf einen Grabstein verzichtete, leuchtete Elise nicht ein. Dies hatte aber den Vorteil, dass die Beerdigung schnell vonstattengehen konnte und auf Veranlassung des Notars bereits für morgen angesetzt worden war. Einen Grabstein hingegen konnte man ja nicht so schnell fertigen lassen. Nur eine Bepflanzung mit Hecken hatte sie haben wollen und das übernahm, wie der Notar ihnen mitgeteilt hatte, der Friedhofsgärtner. Er würde sich gegen einen jährlichen Obolus sogar um die Pflege des Grabs kümmern. Auch den hatte Auguste bereits bezahlt.

»Warum will sie kein anständiges Begräbnis? Sie hätte es sich doch leisten können. Noch nicht einmal ein Kreuz wollte sie.« Diese Frage schien Ferdinand ebenso zu beschäftigen.

»Vielleicht weil sie wusste, dass es niemand zu schätzen weiß. Hand aufs Herz, hättest du das Grab besucht und dich darum gekümmert?«, fragte Elise.

»Sie wusste, dass wir in Paris sind.«

»Und selbst wenn wir nicht nach Paris gegangen wären. Hätte es etwas daran geändert?«

Ferdinand schüttelte kaum merklich den Kopf.

»War deine Mutter denn nicht gläubig?«, hakte Elise wegen des Kreuzes nach.

»Nein. Sie ging nie zum Gottesdienst«, erwiderte er. Elise wunderte sich trotzdem darüber, denn es war ungewöhnlich, in einem Testament explizit darauf hinzuweisen, kein Kreuz auf dem Grab haben zu wollen, sondern nur eine einfache Holztafel mit einer Inschrift. Andererseits ließ dies nicht zwangsläufig auf einen schlechten Charakter schließen, denn all ihre Kleider und Stoffe vermachte Auguste den Armen.

Ferdinand gab sich einen Ruck, entschied sich für den zweiten Schlüsselbund und sperrte damit die Haustür auf.

»Du willst nicht in den Laden?«

»Später«, erwiderte er nur.

Elise folgte ihm schweigend auf den Treppen nach oben. Vor der Tür zu Augustes Wohnung angekommen, zögerte er, sie aufzuschließen.

»Ich kann mich nicht einmal mehr daran erinnern, wann ich das letzte Mal in ihrer Wohnung war«, sagte er.

Seine innere Anspannung übertrug sich nahezu körperlich auf Elise. Ihre Hand fuhr durch sein Haar und legte sich auf seine Schulter. Er sperrte dann doch auf.

Elise traute ihren Augen nicht. Was sie an edlen Möbeln, Kronleuchtern und feinsten Orientteppichen im Flur und Salon zu sehen bekam, warf erneut die Frage auf, wie sich eine Schneiderin all das hatte leisten können.

»Schade um die schönen Sachen«, sagte Elise, denn auch das ganze Mobiliar hatte Auguste ans Armenhaus vermacht. Ein Wunder, dass sie ihren Sohn mit dem Geld auf ihrem Konto bedacht hatte. Elise versuchte, sich in ihre Lage zu versetzen. Sie hatte kaum Kontakt zu ihm gehabt und sich vielleicht überlegt, was ein junger Mann mit den meisten Einrichtungsgegenständen anfangen würde? Die ganzen bestickten Kissen, die geblümten Polstermöbel und die vielen Skulpturen aus Glas, die auf zwei Regalen herumstanden, waren zudem persönliche Dinge, die man höchstens als Andenken behielt. Ferdinand hatte daran vermutlich auch gar kein Interesse.

Elise nahm in einem der roten Sessel Platz und versuchte, sich Augustes Leben vorzustellen. Hatte sie nach einem anstrengenden Tag auch hier gesessen? Hatte sie am Abend ein Glas Wein getrunken? Eine Vitrine mit geschliffenen Weingläsern sprach dafür.

Ferdinand ging zu ihrem Sekretär, der direkt vor dem Fenster stand und von grünen Brokatvorhängen gesäumt wurde. Er öffnete die Schubladen und sah kurz hinein.

»Nur Rechnungen.«

»Suchst du etwas Bestimmtes?«

»Nein. Ich weiß auch nicht. Vielleicht sehe ich nur hier hinein, weil ich als Kind hier nie etwas anfassen durfte.«

»Sie wollte anscheinend nicht, dass du etwas durcheinanderbringst.«

Ferdinand ließ sich auf dem Holzstuhl vor dem Sekretär nieder.

»Was hatte sie zu verbergen? Auf der einen Seite macht sie kein Aufhebens um ihr Begräbnis, bezahlt alles vorab, vermacht Dinge dem Armenhaus, mit denen ich sowieso nichts anfangen kann, als ob sie mir nicht zur Last fallen wollte. Aber warum um alles in der Welt hat sie einen Notar beauftragt, ihr Konto nach ihrem Tod aufzulösen und es treuhänderisch zu verwalten?«

»Weil es einfacher ist? Sie hatte einen Laden. Vielleicht wollte sie, dass jemand alle Rechnungen bezahlt und du dich damit ebenso wenig belasten musst«, überlegte Elise laut.

»Das ist möglich«, sagte er, stand auf und ging in den zweiten Flur, der zu drei weiteren Räumen führte. »Dort hinten war mein Zimmer, wenn ich mich recht erinnere«, sagte er.

Elise erhob sich und folgte Ferdinand. Sie betrat nach ihm ein hellblau gestrichenes Zimmer, in dem tatsächlich noch eine Wiege stand.

»Sie hatte sie doch in den Keller getan«, sagte Ferdinand und starrte nachdenklich darauf.

Elise sah sich um und bemerkte erst jetzt, dass der Raum eigentlich gar nicht wie der eines Jungen aussah, der bis vor seiner Einschulung im Internat hier gelebt hatte.

»Sie hat sogar deine Säuglingskleidung aufgehoben.« Ein Kleid für ein Neugeborenes lag auf dem Bettchen ausgebreitet. Kleine gehäkelte Söckchen daneben.

Ferdinand nahm sie an sich und sah sich im Zimmer um, als ob er versuchen würde, sich an seine früheste Kindheit zu erinnern.

»Warum hat sie ausgerechnet das aufgehoben? Ich hatte eine Spielzeugeisenbahn aus Holz. Ein Schaukelpferd. Das alles hier … Ich verstehe das nicht.« Ferdinand wirkte komplett durcheinander.

Da entdeckte Elise eine Schatulle in einem der Schränke, der ebenfalls mit Säuglingskleidung gefüllt war. Sie nahm sie an sich und öffnete sie. Darin lagen Karten mit Abdrücken von kleinen Händen und Füßchen. Sie musste Ferdinands mit Tinte eingepinselt und dann diese Drucke gefertigt haben.

»Ist das nicht süß?« Sie zeigte sie Ferdinand, doch er reagierte gar nicht.

Darunter entdeckte Elise mit einem Faden zusammengebundene blonde Locken.

»Sie hat sogar deine Haare aufgehoben«, sagte sie.

Ferdinand trat zu ihr und besah sich das Büschel. Es waren die Locken eines Engels.

»Aber meine Haare sind doch dunkel.«

»Das ist bei Säuglingen so, habe ich mir sagen lassen.«

»Aber warum hat sie ausgerechnet diese Sachen aufgehoben?«, wiederholte Ferdinand. Er blickte sich in seiner Welt der Kindheit um und wirkte verloren.

»Vielleicht hat sie dich doch sehr geliebt und wollte die glücklichsten Momente hier in deinem Zimmer lebendig halten.«

Ferdinand nahm dann doch das Haarbüschel in die Hand. Er rang tapfer die aufsteigenden Tränen nieder.

»Nein, Elise. Sie hat mich nicht geliebt. Keine Sekunde lang hat sie mich geliebt. Das alles hier … Es fühlt sich so falsch an«, sagte er mit angeschlagener Stimme.

»Was macht dich da so sicher?«, fragte Elise behutsam nach.

»Sie hat mich nie in den Arm genommen. Ich kann mich nicht daran erinnern. Kein einziges Mal in den Arm genommen«, schluchzte er. Ferdinands Augen wirkten nun wie die eines verletzten Kindes, hilflos und alleingelassen. Und all der Schmerz, der sich in ihm über all die Jahre aufgestaut haben musste, quoll nun in Form von bitteren Tränen aus ihm heraus.

»Aber ich nehme dich in den Arm. Ich liebe dich, Ferdinand. Egal was passiert ist. Ich liebe dich!« Elise legte die Schatulle zur Seite und umarmte ihn, so fest sie konnte. So schmerzhaft dieser Moment auch war, so befreiend musste er für ihn sein. Noch nie hatte sie sich ihm so nah gefühlt. Seinen Schmerz teilte er mit ihr. Es gab nun nichts mehr, was zwischen ihnen stand, noch nicht einmal mehr das Leid, das ihm in der Kindheit widerfahren sein musste. Es hatte ihn aber in Konsequenz zu einem der stärksten und liebenswürdigsten Menschen gemacht. In dieser Erkenntnis lag so viel Trost und Hoffnung.

Es war nun schon die zweite Nacht in ihrem kleinen Pensionszimmer in Nürnberg vergangen, in der Ferdinand sich nicht wie sonst üblich zu Gesprächen oder Zärtlichkeiten vor dem Einschlafen hatte hinreißen lassen. Elise beunruhigte dies im Gegensatz zum Vorabend aber nicht mehr. Er war aus purer Erschöpfung gleich nach einem kleinen Abendessen in der pensionseigenen Schänke wie ein Stein ins Bett gefallen. Dafür hatte sie kaum ein Auge zugetan. Sie fand einfach keine Erklärung dafür, warum Auguste ihrem Sohn so viel vermacht hatte. Späte Reue? Doch wofür? Sie hatte sich allein durchs

Leben geschlagen, für sich und für ihn sorgen müssen. Was konnte man dieser Frau zum Vorwurf machen? Elise wusste, wie kostspielig ein Internat war. Vater hatte es ihnen ja oft genug vorgerechnet. Das alles machte doch normalerweise nur eine liebende Mutter. Fragen konnten sie sie nun nicht mehr. Augustes bevorstehende Beerdigung war im Übrigen der zweite Grund, weshalb sie nun wie gerädert neben Ferdinand in der Kutsche saß. Es waren die vielen Erinnerungen an ihre eigene Mutter, die sie ebenso wach gehalten hatten. Mit der Gewissheit, im Gegensatz zu Ferdinands Mutter von ihr so viel Liebe erfahren zu haben, setzte der Schmerz ein, und zwar so intensiv, als ob sie nicht zu Augustes, sondern zur Beerdigung ihrer Mutter fahren würden. Die schwarze Trauerkleidung, die sie sich gestern Nachmittag noch in der Innenstadt gekauft hatten, tat ihr Übriges. Das in Eile gekaufte Oberteil und der bodenlange Rock kniffen. Dieser missliche Umstand verstärkte zudem ihr Gefühl des Unwohlseins.

Während der weiteren Fahrt zum Nürnberger Zentralfriedhof, der im Westen der Stadt lag und dessen Grund erst seit sieben Jahren den Toten geweiht war, schossen ihr bisher noch gar nicht beachtete Merkwürdigkeiten durch den Kopf, die mit dem Tod seiner Mutter zutage gekommen waren. Beim gestrigen Abendessen hatten sie vor allem Überlegungen darüber angestellt, was wohl passiert sein konnte, dass sie sich von ihm entfremdet hatte. Man konnte von einem ausgewachsenen Mann nicht verlangen, dass er sich an seine früheste Kindheit erinnerte. Meist setzten die ersten Erinnerungen mit der Schulzeit ein, zumindest konnte Elise das von sich behaupten. Kurios war jedoch, dass Ferdinand am nächsten Morgen beim Frühstück davon angefangen hatte, sich vage zumindest an die Wiege erinnern zu können. Die Farbe des Zimmers war ihm ebenfalls vertraut vorgekommen, doch glaubte er, sich zu erinnern, dass sie dunkler gewesen war. Er sinnierte immer noch über all das, was ihm aus frühester Kindheit über Nacht und gleich nach dem Aufwachen ins Gedächtnis gekommen war. Elise erging es nicht anders. Am meisten beschäftigte sie, warum Auguste sich von ihm derart distanziert hatte.

»Hast du etwas ausgefressen?« Selbst das hielt sie mittlerweile für möglich.

»Garantiert nicht. Was soll denn ein kleiner Junge schon ausfressen? Du meinst, sie hat mich deshalb weggeschickt? Aufs Internat?«

»Sie hatte einen Laden zu führen. Das ist wohl naheliegender«, überlegte Elise laut.

»Vielleicht kam ich zu spät vom Spielen. Ich kann mich erinnern, dass ich immer mit anderen Jungen auf der Straße gespielt habe. Das war vor dem Internat. Ich höre heute noch ihre schneidende Stimme, wie sie durch die Straße hallte, wenn sie mich rief.« Ferdinand suchte wie schon am Vorabend und heute Morgen die Schuld immer noch bei sich.

»Das kann ja wohl nicht der Grund gewesen sein. Es lag bestimmt nicht an dir«, versicherte sie ihm erneut. Nur um ganz sicherzugehen, dass nicht doch etwas Schwerwiegenderes vorgefallen war, schlug Elise erneut in diese Kerbe, zumal sie sich aufgrund seiner Schilderung an einen Vorfall aus ihrer eigenen Kindheit erinnerte.

»Hat sie dich jemals geschlagen? Eine Ohrfeige? Meist erinnert man sich an so etwas. Ich habe von meinem Vater mal eine bekommen, weil ich meine Schwester in ihrem Zimmer eingesperrt hatte. Sie wollte meine Puppe haben und ihr die Haare abschneiden.«

Elise hatte damit gerechnet, dass er erneut schweigend in sich gehen und in allen Schubladen seiner Erinnerung kramen würde. Stattdessen antwortete er diesmal prompt.

»Ich hätte sie in diesem Fall dann aber auch eingesperrt«, sagte er lächelnd. Elise tat seine Reaktion im Herzen wohl, auch wenn ein Lächeln am Tag der Beerdigung seiner Mutter sicherlich nicht angebracht war.

»Ich kann immer noch kaum glauben, dass sie mir so viel vermacht hat. Bis wir wieder in Paris sind, wird das Geld dort angekommen sein«, sagte er. Auch dass er wieder nach vorne sah, wertete Elise als gutes Zeichen.

»Ich bin froh, dass deine Mutter so vorausschauend war und alles für ihren Abschied von dieser Welt geplant hat. Wenn der Notar nicht alles abwickeln würde, wir säßen noch kommende Woche hier fest«, sagte Elise.

Das Eingangsportal des Zentralfriedhofs lag vor ihnen. Es wirkte auf Elise wie die Zufahrt zu einem Schloss. Ein großes Kreuz thronte über einem von zwei Säulen gehaltenen Torbogen, der links und rechts von zwei kleineren flankiert wurde. »Der Staub zu Staube« und »Der Geist zu Gott« stand darauf in goldenen Buchstaben geschrieben. Der Kutscher hielt genau davor. Elise bemerkte ganz in Schwarz Gekleidete unterschiedlichen Alters, die wohl eben erst angekommen sein mussten. Gingen sie am Ende auch zu Augustes Beerdigung? Möglich wäre es, denn der Tod einer am Ort vermutlich recht bekannten Schneiderin, die ihren Laden im Zentrum hatte, sprach sich höchstwahrscheinlich schnell herum. Die Beerdigung war zudem sicherlich an der Tafel beim Eingang angeschlagen.

Ferdinand stieg als Erster ab, reichte dem grauhaarigen Kutscher in Frack einige Markstücke und half Elise dann herunter.

Zwei uniformierte Gendarmen mittleren Alters mit Schnurrbärten standen am Eingang des Portals. Zwei weitere Trauergäste in schwarzem Gewand grüßten sie. Elise nahm daher an, dass es noch eine zweite Beerdigung geben musste, die zeitgleich stattfand. Die meisten Trauergäste, die sich in Richtung der kleinen Kapelle, in der nach Angaben des Notars der Sarg seiner Mutter aufgebahrt sei, waren Frauen, also sicherlich Kundschaft. Sie beachteten sie überhaupt nicht. Elise hängte sich bei Ferdinand ein und folgte den Menschen zur Kapelle. Daneben lagen bereits Kränze. Eine Frau legte einen weiteren ab.

»Die Auguste. Die wird mer fei fehlen. Wer soll mer denn die Kleider nähen? Es kann doch niemand so gut wie sie«, hörte Elise eine der beiden Frauen sagen.

»An was ist's denn überhaupt g'storm?«, fragte eine zweite Frau in Schwarz.

»Man sagt, des Herz war's. Hat ja auch zu viel gärbert, die Auguste.«

»Aber ned a mal a Zeremonie gibt's. Hat doch gnuch verdient. Jetzt stemmer do wie bstellt und ned abgholt«, beschwerte sich die andere.

Ferdinand tauschte Blicke mit Elise. Der Notar hatte ihnen ja bereits mitgeteilt, dass seine Mutter weder eine Ansprache in der Kapelle noch eine an ihrem Grab wünschte. Anscheinend wollte sie nicht, dass sich irgendjemand über ihr Leben ausließ. Angesichts der trauernden Kunden hätte der Pfarrer wohl nur Gutes über sie gesagt.

Ferdinand ging direkt zur Tür, um ein Rosengeflecht, das sie heute Morgen noch am Markt gekauft hatten, auf ihren Sarg zu legen. Weil sie Rosen in ihrer Wohnung entdeckt hatten, schien dies auch die passende Blume zum Abschied zu sein.

»Horngs. Uns homs gsagt, do derf mer ned nei. Die Blumma soll mer später auf'n Sarch leng«, wies sie eine der Frauen zurecht.

»Ich bin ihr Sohn«, stellte Ferdinand knapp klar. Dass die beiden Damen nun tuschelten, war kein Wunder, doch ihre Stimmen waren nicht mehr zu hören, als sie die Kapelle betreten und die Tür hinter sich geschlossen hatten. Es war kalt in diesem Raum. In der Mitte lag Augustes Sarg. Er war aus einfachem Holz gefertigt, wie Särge, die man für einfaches Volk und Obdachlose verwendete. Warum nur wollte Auguste so sang- und klanglos aus dem Leben verschwinden? Ohne Segen, ohne Kreuz? Hielt sie sich am Ende nicht für gut genug? Hatte sie gesündigt? Sich versündigt an ihrem Sohn? Selbst dieser Gedanke war Elise bereits gekommen.

Ferdinand löste sich von ihr und ging zum Sarg. Er legte die Blumen darauf und verharrte für einen Moment schweigend davor. Elise hatte den Eindruck, dass er ein stilles Gebet sprach, auch wenn sich seine Lippen keinen Millimeter bewegten.

Andere Trauergäste schienen die Anweisungen des Friedhofswärters nun wohl auch zu ignorieren, denn die Tür ging erneut auf. Die zwei Gendarmen, die Elise bereits am Eingangsportal aufgefallen waren, traten ein.

»Herr Ferdinand Mangin?«, fragte einer der beiden so lautstark, wie man es an einem stillen Ort der Trauer normalerweise nicht erwartete.

Ferdinand fuhr herum und starrte die beiden irritiert an.

»Ich muss Sie bitten, mit uns zu kommen«, sagte einer der beiden in eher schroffem Ton.

»Was wird mir denn vorgeworfen?«, fragte Ferdinand fassungslos.

»Diebstahl und Entführung«, kam knapp zurück.

»Das ist unmöglich«, wandte Elise ein.

»Darf ich fragen, wer Sie sind?«, fragte der Gendarm an Elise gerichtet.

»Elise Imhoff und Herrn Mangins Verlobte.«

Die beiden Gendarmen tauschten daraufhin Blicke, die Elise nicht deuten konnte.

»Das ist absurd«, protestierte Ferdinand.

»Wir müssen Sie dennoch mit auf die Gendarmerie nehmen.«

»Aber seine Mutter darf er schon noch zu Grabe tragen«, hielt Elise ihnen keck entgegen.

»Selbstverständlich. Aber versuchen Sie nicht, sich davonzumachen.«

»Warum sollte ich? Ich habe mir nichts zuschulden kommen lassen.«

Die beiden Gendarmen tauschten erneut Blicke. Der Ältere von beiden nickte.

»Es ist mir sogar lieber, wenn wir gleich gehen. Ich habe mich von meiner Mutter verabschiedet und kein Bedürfnis, mir von Unbekannten kondolieren zu lassen.« Das verblüffte nicht nur die beiden Gendarmen.

»Gut. Dann gehen wir«, erwiderte einer der beiden und zückte Handschellen.

Elise schlug das Herz vor Aufregung mittlerweile bis zum Hals, nur Ferdinand schien gelassen zu bleiben.

»Ich komme freiwillig mit Ihnen, um diese Angelegenheit aufzuklären, und möchte Sie daher darum bitten, darauf zu verzichten«, sagte er den Gendarmen.

Die beiden taxierten ihn. Der Ältere nickte, woraufhin sein Kollege die Handschellen wieder in einer Seitentasche seiner Uniform verschwinden ließ. Elise atmete auf, als die beiden zum Ausgang gingen. Wenigstens blieb ihnen Aufsehen erspart.

»Geh zum Notar und lass dir einen Anwalt empfehlen. Er soll zur Gendarmerie kommen«, flüsterte Ferdinand ihr zu.

Elises Hand lag fest in der von Ferdinand, als sie die Kapelle verließen und den Gendarmen zum Eingangsportal folgten. Ferdinands Handflächen waren feucht, auch wenn er nach außen Gelassenheit demonstrierte.

»Es muss ein Missverständnis sein«, sagte er.

Elise hoffte es und blickte noch einmal zurück zur Kapelle. Ihr Gefühl sagte ihr, dass Auguste Mangin irgendwie mit seiner Verhaftung zu tun hatte, auch wenn sie sich nicht einmal ansatzweise erklären konnte, warum.

Kapitel 16

Es hatte Ferdinand überhaupt nichts eingebracht, noch einmal nach dem Grund seiner Verhaftung zu fragen. Die Gendarmen kannten die Hintergründe allem Anschein selbst nicht. Elise hatte mit ansehen müssen, wie er gemeinsam mit einem der beiden Uniformierten in eine vergitterte Kutsche gestiegen war, in der man sonst Verbrecher abtransportierte. Sie hatte gleich eine Droschke herbeigewunken, um sich damit sofort in die Winkelgasse fahren zu lassen. Dort auf Empfehlung des Notars einen Advokaten in der gleichen Straße vorzufinden, der Zeit hatte und die Dringlichkeit seines Agierens sofort erkannte, war ein Glücksfall gewesen und sicherlich nur der persönlichen Bekanntschaft zwischen ihm und dem Notar zu verdanken. Petzolt sei ein hervorragender Advokat. Der hagere Mittevierzigjährige mit Halbglatze machte auf Elise einen vertrauenswürdigen Eindruck. Die kuriose Verhaftung in einer Friedhofskapelle schien ihn zudem persönlich zu interessieren. Wo die Gendarmerie war, wusste er. Sie hatten keine Zeit zu verlieren und die Droschkenfahrt bis zur Gendarmerie eignete sich bestens, um ihn so ausführlich wie möglich ins Bild zu setzen.

»Und Sie haben wirklich nicht den leisesten Verdacht, wer ihn des Diebstahls bezichtigt haben könnte?«, wollte sich Herr Petzolt vergewissern.

»Es ist unmöglich. Wann hätte er denn etwas stehlen können? Wir leben in Paris.«

»Und vorher? Sie sagten doch, er war in Bamberg für einen Zuckerrübenbauern tätig.«

»Was soll er denn stehlen? Etwa Zuckerrüben? Das Ganze stinkt doch zum Himmel. Wenn etwas wegkommt oder man den Eindruck hat, dass etwas gestohlen wurde, geht man dann nicht sofort zur Gendarmerie, um den Diebstahl anzuzeigen?«

»Sie haben recht. Vielleicht handelt es sich auch wirklich nur um ein Missverständnis, das sich alsbald aufklärt. Es kommt auch immer wieder vor, dass jemand eine andere Person grundlos beschuldigt, um ihr zu schaden.«

»Wer kommt denn auf so eine verrückte Idee? Man muss einen Diebstahl doch sicher vor Gericht nachweisen«, wandte Elise ein.

»Wer immer ihn beschuldigt hat, musste davon ausgehen, dass er als einfacher Bauer mittellos ist und sich keinen Advokaten leisten kann«, gab Petzolt zu bedenken.

»Sie meinen, dass Unschuldige kein Recht bekommen, weil sie niemanden haben, der sie vor Gericht vertritt?«

»Das kommt auf den Leumund des Klägers an. Ich habe bereits solche Fälle erlebt. Manche Richter neigen immer noch dazu, dem einfachen Volk weniger Glauben zu schenken, und wenn ein einfacher Arbeiter von heute auf morgen seinen Arbeitsplatz verlässt, dann sieht das ganz danach aus, als sei er geflohen«, sagte Petzolt, was in Elise nun doch Zweifel daran schürte, dass sich alles in Windeseile aufklären würde. Anscheinend hatte Ferdinand gewusst, dass er ohne Anwalt Gefahr lief, wegen einer Straftat verurteilt zu werden, die er gar nicht begangen hatte.

»Machen Sie sich keine Sorgen. Jetzt müssen wir erst einmal herausfinden, wer hinter dieser Anzeige steckt und was er angeblich gestohlen haben soll«, sagte er, während die Droschke vor dem schmucklosen, aber wuchtigen und ziemlich Respekt einflößenden Gebäude der Gendarmerie zum Stillstand kam. Elise war infolge Petzolts Ausführungen dankbar, jemanden an ihrer Seite zu haben, der noch klar denken konnte. Ihre Gedanken schlugen schon Kapriolen. Als sie die Gendarmerie betraten, keimte in ihr sogar der Verdacht auf, dass Ferdinand tatsächlich etwas von Weber gestohlen haben könnte. Hatte er wirklich nur seine Ersparnisse dabeigehabt, als sie nach Paris aufgebrochen waren? Elise verwarf den Gedanken aber sofort wieder, denn Ferdinand war über jeden Zweifel erhaben und würde sie niemals belügen, dessen war sie sich absolut sicher.

»Wer ist mit dem Fall Mangin betraut? Advokat Petzolt. Ich werde ihn anwaltlich vertreten«, machte Petzolt sich am Tresen der Gendarmerie vorstellig, nachdem sie hineingegangen waren.

»Die Aussagen werden gerade zu Protokoll genommen. Sie können zu ihm, sobald der Vorgang abgeschlossen ist«, erwiderte ein uniformierter Gendarm.

»Aussagen? Wer sagt denn noch aus?«, fragte Elise aufgebracht.

»Sie sind …?«

»Elise Imhoff«, stellte sie sich vor.

»Ich wünsche Auskunft darüber, wer Herrn Mangin des Diebstahls bezichtigt hat«, sagte Petzolt.

»Ein Joseph Imhoff, vertreten durch …« Der Gendarm blickte sich zu einem jüngeren Kollegen um. Anscheinend war ihm der Name nicht mehr präsent. Allein den Namen ihres Vaters zu hören, genügte, um Elise einen Stich zu versetzen. Ihr Atem stockte. Sie suchte Halt am Tresen.

»Mein Vater«, stammelte sie.

»Hermann Ebert«, sagte der andere, nachdem er ein Dokument aus einem Papierstapel herausgezogen hatte.

»Und Sie sind die Tochter von Herrn Imhoff?«, fragte der Gendarm am Tresen ungläubig nach.

»Wir sollten Ihre Aussage dann wohl auch zu Protokoll nehmen, denn angeblich seien Sie von Herrn Mangin entführt worden«, sagte sein Kollege.

»Entführt?«, entrüstete Elise sich.

»Ich denke, eine Vernehmung wird nicht nötig sein, andernfalls hätte Frau Imhoff mich ja wohl kaum beauftragt, Herrn Mangin zu vertreten.«

Die Stirn des Gendarmen legte sich in Falten.

»Hermann ist noch da? Herr Ebert?«, fragte Elise, die mittlerweile vor Aufregung am ganzen Körper wie Espenlaub zitterte. »Ich will ihn sofort sprechen.«

»Das geht jetzt nicht«, erwiderte der Gendarm.

»Ich bin mir sicher, dass Frau Imhoffs Anwesenheit den Sachverhalt und vor allem dessen Einschätzung vonseiten Herrn Eberts verändern könnte und der Justiz Arbeit erspart würde, weil vermutlich gerade ohne Wissen um Frau Imhoffs Anwesenheit eine Aussage gemacht wird, von der ich glaube, dass sie revidiert werden müsste.«

Die beiden Gendarmen sahen sich kurz an. Elise dankte dem lieben Gott, Petzolt und somit einen Mann mit unbestechlich scharfem Verstand bei sich zu haben.

»Hol ihn«, wies der Gendarm seinen Kollegen an.

»Verfügen Sie über einen Raum, in dem ein Gespräch mit Herrn Ebert möglich ist?«, fragte Petzolt.

Der Gendarm zögerte nicht und wies sie an, ihm durch eine Tür in einen Gang mit gut einem Dutzend Türen zu folgen. Die dritte öffnete er und bedeutete ihnen, einen spärlich eingerichteten Raum, in dem nur zwei zusammengestellte Tische und Stühle standen, zu betreten. Elise stellte sich gerade vor, dass

Ferdinand in einem dieser vergitterten Räume saß und vermutlich nicht wusste, wie ihm geschah. Petzolt hatte anscheinend die Ruhe weg, denn er nahm Platz und wirkte nicht die Spur angespannt.

Elise hingegen begann von wachsender Nervosität getrieben auf und ab zu laufen, nachdem der Gendarm die Tür hinter ihnen zugezogen hatte.

»Ihr eigener Vater«, sagte Petzolt nur und schüttelte verwundert den Kopf.

»Er hasst Ferdinand und glaubt, er hätte mich der Familie entrissen. Es war mein eigener Entschluss, von Bamberg wegzugehen.«

»Darf ich fragen warum?«

»Wenn es nach meinem Vater gegangen wäre, hätte ich jemanden ehelichen sollen, den ich nicht liebe. Ein Leben am Herd hätte ich führen sollen. Und von meinen Ideen, unsere Firma wieder profitabler zu machen, wollte er nichts wissen.«

Petzolt winkte gelassen ab. »Das alte Lied. Es sind merkwürdige Zeiten. Während selbst in Nürnberg Frauen immer häufiger ein eigenständiges Leben zu führen gedenken, tut sich die Provinz damit schwer. Dabei ist eine Frau, die sich frei entfalten kann, wie eine Blume. Sie erlangt erst dann ihre volle Schönheit, wenn man sie erblühen lässt.«

Seine Bemerkung brachte Elise dazu, abrupt stehen zu bleiben. Das aus dem Munde eines Mannes zu hören, war höchst ungewöhnlich.

Er lachte. »Meine Frau wollte Sängerin werden und hat eine begnadete Stimme. Nun singt sie an der Oper und ihr Vater zählt weiter die Kühe im Stall«, erklärte er.

Trotz dieser erheiternden Worte zuckte Elise zusammen, als die Tür aufging. Zuerst sah sie nur den Gendarmen. Sie vernahm aber Hermanns Stimme, die sie augenblicklich in Rage versetzte.

»Ich weiß nicht, ob es sinnvoll …«, stammelte er.

»Gehen Sie rein«, wies der Gendarm ihn an.

Hermann tat wie befohlen, und als er Elise sah, zuckte er förmlich zusammen. »Elise.«

»Man hat Ihnen also nur gesagt, dass Sie mit mir …?«, fragte Petzolt amüsiert.

Hermann antwortete nicht. Er stand wie ein Kaninchen vor der Schlange da.

»Nun klären Sie uns einmal auf«, verlangte Petzolt.

Elise war dankbar, dass er das Wort ergriff. Ihr fehlten sie im Moment. Die Wut schnürte ihr die Kehle zu.

»Ich habe versucht, ihm das auszureden, doch er beharrte darauf.«

»Vater?«

»Er war wie von Sinnen, als er von Mangins Tod erfuhr«, erklärte Hermann, vermied es dabei aber geflissentlich, Elise in die Augen zu sehen.

»Wie hat er denn davon erfahren?«, wollte Elise wissen.

»Ein Schreiben. Er hat von einem Schreiben gesprochen.«

»Wer sollte ihn denn über Augustes Tod in Kenntnis setzen? Weber? War es Weber?« Elise schien dies die einzig logische Erklärung zu sein, weil Ferdinands Mutter ihm die Stelle bei Weber verschafft hatte. Er könnte daher benachrichtigt worden sein, doch von wem und vor allem warum?

Hermann zuckte nur die Schultern. »Es ging alles so schnell. Ich dachte, Joseph stirbt vor Aufregung«, versicherte Hermann ihnen.

»Sie wissen, dass Sie sich mit einer Falschaussage strafbar machen, ebenso Herr Imhoff.«

Hermann sagte nichts darauf.

»Was soll er denn gestohlen haben, Ferdinand? Etwa mich?«, fuhr sie Hermann an. Er zuckte wie unter einem Peitschenhieb zusammen.

»Nun?«

»Er kommt nicht darüber hinweg. Dass du gegangen bist. Er wollte dich nie wiedersehen. Du seist nicht mehr seine Tochter, hat er gesagt. Ich verstehe selbst nicht, warum er so außer sich war.«

»Er hat Sie nach Nürnberg geschickt, um Herrn Mangin anzuzeigen?« Petzolt konnte es offenbar auch kaum glauben.

Hermann nickte niedergeschlagen.

»Feige und niederträchtig«, stellte Elise fest.

»Er brach zusammen. Ich konnte nicht einschätzen, ob er die Wahrheit sagt. Bestohlen hätte er ihn, jahrelang. Ein halbes Vermögen. Was hätte ich tun sollen? Ihn der Lüge bezichtigen? Mathilde musste den Arzt rufen.«

»Du hast doch schon immer getan, was Vater von dir wollte«, sagte Elise.

Hermann schwieg.

»Ich nehme an, dass sich die Angelegenheit nun wohl erledigt hat. Wenn ich Ihnen den guten Rat geben darf, sagen Sie den Gendarmen, dass Sie sich geirrt haben und sich der Sachverhalt aufgeklärt habe. Alles andere hätte äußerst penible Folgen, für Sie, aber vor allem für Herrn Imhoff«, drohte Petzolt ihm mit autoritärer Stimme.

Hermann stand da wie ein geprügelter Schuljunge. Er nickte. »Wie geht es dir? Wo lebst du?«, wollte er dann doch wissen.

»Ich existiere nicht mehr für meinen Vater. Insofern ist all dies für die Familie Imhoff nicht mehr von Belang. Nur eines. Ferdinand und ich haben unser Glück gefunden und wir werden heiraten. Aus Liebe und nicht aus niederen Beweggründen oder falschem Gehorsam.« Ihm das ins Gesicht zu schleudern, tat gut.

Hermann schluckte. Er wusste sicher genau, was sie meinte.

»Und Amalie? Bedeutet sie dir auch nichts mehr?« Dass er nun ihre Schwester mit ins Spiel brachte, änderte nichts an ihrer vorhin geäußerten Meinung.

Elise hüllte sich in Schweigen. Sie hatte schon genug gesagt.

»Willst du nicht wissen, wie es ihr geht?«, fragte Hermann.

»Verschwinde. Geh einfach«, forderte Elise ihn auf, obwohl es sie tief in ihrem Herzen ja doch interessierte. Kein weiteres Wort mehr mit diesem Mann. Kein Gedanke mehr an ihren Vater. Sollte ihn doch der Teufel holen!

Telegramme hatten es an sich, dass sie meist unangenehme Nachrichten überbrachten. Das war auch in diesem Fall so, wenngleich eigentlich gar nichts Schlimmes darin stand, sondern Vater lediglich avisierte, dass er in Hermanns Begleitung nicht wie ursprünglich geplant heute Abend, sondern erst morgen Vormittag hier eintreffen würde. Auch darüber, dass der Scheck ausgestellt sei, das Auslandskonto eröffnet und die notarielle Beurkundung nun erfolgen konnte, hatte er Amalie informiert. An sich war das eher ein Grund zur Freude, denn es hätte ihr die Möglichkeit gegeben, noch eine weitere Nacht in Marcellos und Sofias Gesellschaft zu verbringen. Daraus wurde nun aber nichts mehr, weil Sofia in der Annahme, dass Hermann und Vater bereits heute Abend zurückkehren würden, eine Reise nach Osmanien ins Auge gefasst hatte, um ihren Wein zu vertreiben – natürlich in Marcellos Begleitung. Ihre Hotels hatten sie bereits telegrafisch avisiert, die geschäftlichen Termine vereinbart. Es konnte Wochen dauern, bis sie sich wiedersehen würden. Mit den Suraces, die des Deutschen nicht mächtig waren, abends überwiegend mit Händen und Füßen zu reden, kam nicht infrage. Sie hatte Marcello deshalb gleich nach Erhalt des Telegramms zu verstehen gegeben, dass sie lieber die Nacht hier verbringen würde. Das alles zusammengenommen hätte schlimmer eigentlich gar nicht sein können.

Amalie saß immer noch niedergeschlagen auf der neuen Bank vor ihrem Landhaus, die sie am Vortag im Dorf von einem Tischler erworben hatte. Sie las das Telegramm erneut und kam sich vor wie das Aschenbrödel, auch wenn die Standesunterschiede zwischen den Imhoffs und den Suraces zwar beträchtlich, nicht nur hinsichtlich ihres Vermögens, aber letztlich nicht gar so drastisch wie in besagtem Märchen waren. Man gewöhnte sich an ein Leben im Stile der Dogen – nichts anderes hatte sie in den letzten drei Tagen erleben dürfen. Prunk, anregende Gespräche, vor allem mit Sofia, deren Lebenshunger regelrecht ansteckend war. Sie malte in Öl und Kohle, sie wusste, wie man im Dorf die Blicke aller Männer auf sich lenkte, ohne sich der Gefahr auszusetzen, als leichtes Mädchen verkannt zu werden. Selbst Amalies Wortschatz war bereits deutlich angewachsen, was in erster Linie aber an Marcello lag, weil sie die letzten beiden Tage und auch heute Vormittag damit beschäftigt gewesen waren, das Haus auf Vordermann zu bringen und er sie währenddessen das inzwischen erlernte Vokabular abgefragt hatte. Mit Luigi und Antonio ein paar Worte in der Landessprache wechseln zu können, gab ihr zudem das Gefühl, nicht mehr so ganz fremd in diesem Land zu sein. Es war genauso, wie Marcello es ihr vorhergesagt hatte. Worte, die man brauchte, saßen schnell. All das war bald vorbei. Ab heute würde sie die Nacht wieder auf einer alten unbequemen Matratze verbringen und ab morgen neben Hermann liegen, versuchen, sich ehelichen Pflichten zu entziehen, und sein Schnarchen ertragen. Am liebsten hätte sie das Telegramm verbrannt. War es das jetzt gewesen? Das kleine Glück? Amalie kämpfte mit aller Willensstärke dagegen an, nicht in Schwermut zu verfallen, denn noch war das kleine Glück ja nicht vorbei. Gewissheit verschaffte sie sich, indem sie aufstand, um nach Marcello zu sehen. Hinter dem Haus waren die beiden Arbeiter damit beschäftigt, eine Art Bad zu bauen. Es war letztlich nichts weiter als eine Umzäunung des Waschbeckens, die einem das Gefühl eines Badezimmers vermitteln sollte. Luigi und Antonio nagelten die letzten Latten quer über die am Boden liegende Seitenwand. Es wunderte Amalie nicht, dass die beiden sich ihrer Hemden und sogar Unterhemden entledigt hatten. Die Sonne stand im Zenit. Und wo war Marcello? Wollte er ihnen nicht dabei behilflich sein? Amalie entdeckte ihn bei der Kutsche. Er stand vor der Ladefläche und zog zwei Holzlatten hervor. Dann hielt er für einen Moment inne, wischte sich den Schweiß von der Stirn und knöpfte sich sein Hemd auf. Er zog es aus und legte es auf die Ladefläche. Auch sein Unterhemd lag keine zwei Atemzüge später dort. Amalie hatte noch nie einen so gut gebauten Mann gesehen. Seine Oberarme waren noch muskulöser, als sie es bisher hatte erahnen können. Die Muskelpartien seines breiten Rückens waren definiert, was vollends zur Geltung kam, als er die Latten hob und schulterte. Sein Körper spannte sich, auch am muskulösen Bauch. Schwarzes Haar kräuselte sich auf seiner Brust und verlief in einem feinen Streifen hinunter bis zum Gürtel seiner Hose. Wie konnte jemand, der die meiste Zeit damit verbrachte, Texte zu übersetzen, nur so gut gebaut sein? Amalie führte dies darauf zurück, dass er, wann immer seine Verpflichtungen es erlaubten, zum Schwimmen ans Meer fuhr. Sofia hatte es ihr während der Einkäufe im Dorf erzählt. Amalie hoffte, dass er sie nicht zu früh bemerkte. Diesmal stellte sie sich nicht nur vor, wie es wäre, wenn er sie berührte. Sie gab sich ungehemmt der Fantasie hin, ihn auf sich zu spüren, ihn zu riechen, mit ihren Händen an seinem breiten Kreuz entlangzufahren und sich in seine starken Arme zu begeben. Amalies Atem ging schwer. Wenn sie das doch nur einmal erleben würde.

Dann kreuzten sich ihre Blicke. Ihr Tagtraum war augenblicklich vorbei. Sie versuchte, sich wie immer zu geben. Heiter winkte sie ihm zu. Ein Schauspiel, doch es erlöste sie von einer süßen Qual, dem Glühen in ihrem Inneren, das sie in den letzten Tagen immer wieder befallen hatte, doch zum Glück verging, wenn sie sich willensstark dagegenstemmte. Ihn und die anderen beiden bei der Arbeit zu beobachten, erregte sicher keinen Argwohn. Daher tat sie es. Jede seiner geschmeidigen Bewegungen, als er die Latten ablegte und sie dann einem der Arbeiter reichte, prägte sie sich ein, für die Zeit, in der sie sich nicht mehr so oft sehen würden. Sie wollte diesen Anblick mit in ihre Träume nehmen, denn nichts weiter würde ihr bleiben. Ein kleines Glück, das sie auf diese Weise festzuhalten gedachte.

Luigi befestigte die Verbindungsstücke, die Marcello ihnen gebracht hatte. Dann richteten sie zu dritt den Sichtschutz mit vereinten Kräften auf. Die beiden befestigten die zusammengenagelten Latten mit Seilen an Haken, die sie bereits an der Hauswand angebracht hatten. Marcello ging zurück zur Kutsche, wischte sich den Schweiß mit dem Unterhemd von der Stirn und dann vom Oberkörper, bevor er wieder in sein Hemd schlüpfte. Er knöpfte es nicht ganz zu und krempelte sich die Ärmel nach oben.

»Haben Sie noch Wasser für mich?«, rief er ihr zu.

»Ich hole welches aus dem Keller«, gab sie zurück. Ihr war selbst nach etwas Erfrischendem. Als sie das Haus erreichte und die Treppen hinunter in die stillen Räume hinter sich gelassen hatte, verharrte sie für einen Moment an einer der Wände gelehnt. Es war bald vorbei, sagte sie sich. Der Gedanke kühlte wie die Wand, die sie regelrecht frösteln ließ. Sie nahm eine der mit Wasser aus dem Brunnen gefüllten Karaffen und ging nach oben. Dort wartete Marcello bereits auf sie.

»Wir haben viel geschafft. Vor allem das Scheunendach. Es ist dicht«, sagte Marcello. Er ließ seinen Blick über die Scheune wandern, bevor er sich auf die Bank fallen ließ. Amalie schenkte ihm aus der Karaffe ein und reichte ihm das Glas mit zittrigen Händen, was Marcello offensichtlich nicht entging.

»Die Hitze«, erklärte Amalie. Sie schenkte sich auch ein und nahm einen kräftigen Schluck, bevor sie sich zu ihm auf die Bank gesellte.

»Bei uns ist es nicht so heiß. An den Hängen geht mehr Wind«, sagte er.

»Die letzten Tage. Sie waren wunderschön. Ich weiß gar nicht, wie ich Ihnen für Ihre Gastfreundschaft und Hilfe danken soll«, sagte Amalie, obwohl sie ihm eigentlich hatte sagen wollen, dass sie das Haus und seine Familie vermissen würde.

Marcello nickte und wirkte nachdenklich. Er trank dann das Glas in einem Zug aus und stellte es auf dem Tisch neben der Karaffe ab.

»Möchten Sie noch eines?«

Er schüttelte den Kopf. »Ich werde mich wohl langsam auf den Weg machen müssen«, sagte er dann.

»Bleiben Sie nicht bis zum Nachmittag? Und die beiden?«

»Die machen ihre Arbeit auch ohne mich«, erklärte er und verfiel erneut in nachdenkliches Schweigen.

Amalie vermutete, dass ihn die bevorstehende Abreise bedrückte, doch sie wagte es nicht, ihn darauf anzusprechen.

»Ich wünschte, ich hätte noch hierbleiben können, aber ich muss Sofia nach Venedig begleiten. Eine Frau allein in Osmanien. Es wäre zu gefährlich.« Marcellos Rechtfertigung machte ihr klar, wie schwer es ihm fiel.

»Wann kommen Sie wieder?« Wie töricht! Amalie erschrak über ihre Offenheit. Wie konnte sie ihn das nur fragen?

»Ich weiß es noch nicht, aber Sie sind ja ab morgen wieder in Gesellschaft«, versuchte er, sie aufzumuntern, doch das gelang nicht.

Amalie nickte tapfer und rang sich ein zuversichtliches Lächeln ab, das sie unendlich viel Kraft kostete, denn das bevorstehende Ende der schönen Zeit hatte so viel Gewicht, dass es sich so anfühlte, als würden nun Tonnen auf ihren Schultern lasten.

»Antonio hat angeboten, in der Scheune zu schlafen, damit Sie heute Nacht nicht allein sind.«

»Das ist nicht nötig … Wirklich«, versicherte sie ihm.

Das daraufhin einsetzende längere Schweigen war an seiner Seite gänzlich ungewohnt. Marcello brach es nach einer gefühlten Ewigkeit.

»Ich werde Ihre Gegenwart vermissen.« Marcello sah ihr dabei direkt in die Augen. Das machte es gleich noch bitterer für Amalie, denn darin las sie, wie schwer ihm der Abschied gerade fiel. Warum nur sah er sie immer noch an? Amalie wünschte sich in dem Moment, sie könnte sich seinem Blick entziehen, doch sie schaffte es nicht. Las er die Verzweiflung und die Angst in ihren Augen? Angst, ihn so lange nicht mehr zu sehen?

»Es ist Zeit«, sagte er sichtlich schweren Herzens. Dann reichte er ihr die Hand. Amalie zögerte, zwang sich dann aber doch dazu, diesen Akt der Höflichkeit zu vollziehen, doch der Moment, in dem sich ihre Hände berührten, war viel mehr als das. Er sah sie immer noch an und dann wanderte sein Daumen über ihren Handrücken. Sein Atem wurde schwer, genau wie ihrer. Wenn er ihr jetzt sagte, dass er sie küssen wollte, dann würde sie nichts auf der Welt daran hindern, schoss Amalie durch den Kopf, doch Marcello löste sich von ihr und stand auf. Amalie konnte ihm ansehen, dass er mit sich rang.

»Grüßen Sie mir Sofia. Ich werde auch sie vermissen«, sagte Amalie tapfer. Sie tröstete sich mit dem Gedanken, dass sie wahrscheinlich nicht zum letzten Mal bei den Suraces zu Gast war. So viel hatte Sofia ja bereits verlauten lassen.

Die Trennung auf unbestimmte Zeit schien ihm mindestens so schwerzufallen wie ihr. Er schenkte ihr dennoch ein aufmunterndes Lächeln und ging dann zu seiner Kutsche. Amalie fühlte sich wie an diese Bank genagelt und glaubte, sich nie wieder erheben zu können, als er losfuhr. Jeder Traum kam irgendwann zu einem Ende, sagte sie sich und rief sich die vorhin eingeprägten Bilder ins Gedächtnis, nachdem seine Kutsche am Ende des Weges auf die Landstraße abgebogen war und das Grün der Felder sie verschluckt hatte. Das konnte ihr niemand mehr nehmen. Dieser Gedanke gab so viel Kraft, dass sie sich seufzend dazu zwang, aufzustehen, und sich vornahm, ihren Pflichten nachzukommen. Es gab noch so viel im Haus zu tun.

Elise war klar, dass es überhaupt nichts brachte, sich weiterhin den Kopf über den Vorfall in Nürnberg zu zerbrechen. Ferdinand war auf freiem Fuß, da Hermann die Anschuldigung nicht hatte aufrechterhalten können. Sie verfügten über genug Kapital, um sich ihre Existenz in Paris aufzubauen, auch wenn es sein Geld war. Die Hintergründe der Verhaftung hatten sie während der Fahrt zurück nach Paris trotzdem immer wieder beschäftigt, auch Ferdinands Veränderung, zum Positiven, wie Elise glaubte.

An sich hatten sie sich ja für den Nachmittag vorgenommen, direkt zu einem klitzekleinen Laden zu gehen, der zum Verkauf stand, doch Ferdinand war an der St-Pierre de Montmartre, einer wunderschönen alten Kirche, die in einem kleinen Park eingebettet war, nicht unverrichteter Dinge vorbeigekommen. Das lag diesmal nicht daran, dass die Kirche gleich neben der Baustelle von Sacré-Cœur lag. Wenn er achtlos an einem in Bau befindlichen Meisterwerk vorbeiging und sich nicht in ausschweifenden architektonischen Erklärungen darüber verlor, wollte dies etwas heißen. Es war ihm ein Bedürfnis gewesen, eine Kerze für seine Mutter anzuzünden.

»Immerhin verdanken wir ihr sehr viel«, hatte er Elise wissen lassen, als ob er sich dafür rechtfertigen müsste. Das war in Elises Augen doch das Normalste der Welt. Elise bemerkte, dass er ein stilles Gebet sprach und sich danach bekreuzigte. Dann reichte er ihr die Hand, um sie aus der Kapelle zu führen.

»Es gab eine Zeit, da habe ich sie regelrecht gehasst«, sagte er unwillkürlich.

Elise horchte auf. Sie konnte sich kaum vorstellen, dass Ferdinand zu solchen abscheulichen Gefühlen überhaupt imstande war. Ein überraschter Blick genügte, um ihn dazu zu bewegen, ihr dies zu erklären.

»Es war während der ersten Jahre im Internat. In den Ferien haben die Eltern ihre Kinder abgeholt. Mich hat sie nie abgeholt. Ich gehörte zu den wenigen, die die Ferien dort verbrachten. Die anderen hatten ihre Eltern verloren, oder sie waren krank. Manchmal auch verreist.«

»Meinst du, sie war so beschäftigt, dass sie es deshalb nicht wollte?«

»Welche Mutter tut das?«

»Ich frage mich das Gleiche bei meinem Vater. Dich grundlos anzuschuldigen«, sagte Elise, als sie die Kapelle verlassen hatten und sich in den Strom der Passanten auf der Straße einreihten.

»Warum hasst er mich so sehr? Weil ihm ein Feldarbeiter nicht gut genug ist?«, fragte Ferdinand.

»Er bildet sich ein, dass du mich ihm weggenommen hast, und begreift einfach nicht, dass er mich von daheim vertrieben hat.« Auch darüber hatten sie bereits auf der Rückfahrt gesprochen. So schnell waren Ereignisse dieser Art wohl doch nicht zu bewältigen.

»Es gibt noch eine andere Sache, die ich überhaupt nicht verstehe. Wer hat deinen Vater vom Tod meiner Mutter in Kenntnis gesetzt? Dein Vater war in Bamberg. Woher wusste derjenige das?«

»Hermann hat von einem Schreiben gesprochen. Von wem, das wusste er nicht. Zuerst dachte ich ja, dass Weber …«

»Selbst wenn Weber jemand aus irgendeinem Grund über Mutters Tod informiert haben sollte, wieso schreibt er deinem Vater? Es ist doch nur ein Katzensprung zu eurem Anwesen. Er hätte es ihm persönlich sagen können. Und dann stellt sich ja noch die Frage, warum Weber es ein Bedürfnis gewesen sein soll, die Imhoffs darüber in Kenntnis zu setzen.«

»Und der Notar? Nur die Gendarmerie und der Notar wussten, dass Auguste verstorben war. Aber das ergibt ja noch viel weniger Sinn.«

»Wir haben keine Todesanzeige in der Zeitung aufgegeben. Wer hätte überhaupt ein Interesse an Augustes Ableben? Hat Hermann die Wahrheit gesagt?«, fuhr Ferdinand fort.

»Ich kann mir darauf ebenso wenig einen Reim machen wie auf Vaters Verhalten. Gut, er konnte nicht wissen, dass ich dich begleite, und wenn ich Petzolt richtig verstanden habe, hat er wohl darauf spekuliert, dass du dich als vermeintlich Mittelloser gegen solche Anschuldigungen nicht zur Wehr setzen kannst und sie dich wegsperren … Aber es ist so dreist. Als ob er den Verstand verloren hätte.« So deutlich hatte Elise es noch nicht formuliert.

Ferdinand zeigte sich ebenso ratlos.

»Wie kann ein Mensch bei klarem Verstand nur glauben, dass du ihn bestohlen hast?«, fuhr sie fort.

»Sagt man älteren Menschen nicht nach, dass sie im Alter etwas merkwürdig werden?«, mutmaßte Ferdinand.

»Zumindest Hermann scheint das zu glauben, wobei ich mir auch nicht sicher bin, ob er uns nur etwas vorgespielt hat.«

Ferdinand legte unwillkürlich seinen Arm um sie.

»Wir reden schon wieder darüber. Dabei sind wir doch in der schönsten Stadt der Welt und ich hab die schönste Frau der Welt im Arm.« Ferdinand würgte damit in der Tat jeden weiteren Gedanken an Vater und die Ereignisse in Nürnberg ab. Zur rechten Zeit, denn sie trennten nur noch wenige Schritte von dem kleinen Laden, der zum Verkauf stand. Er war winzig im Vergleich zu Madame Moreaus Patisserie. Sein Schaufenster nur halb so groß. Ein Schuhmacher hatte darin jahrelang gearbeitet. Einige seiner Arbeiten und Werkzeuge lagen noch im Schaufenster, das mittlerweile schon völlig verdreckt war. Ferdinand hatte von François erfahren, dass der Schuhmacher verstorben war und seine Erben nichts damit anzufangen wussten. Wie oft waren sie an diesem Laden schon achtlos vorbeigelaufen?

»Wird dir der kleine Laden denn reichen?«, fragte Ferdinand, der mit seinem Ärmel die Scheibe sauber wischte, um einen Blick in das Innere werfen zu können.

»Ich brauche nicht so viel Platz wie eine Boulangerie oder Patisserie. Es geht um Pralinen, Süßigkeiten, Schokolade. Sagt man nicht immer, klein aber fein? Die Leute werden hier Schlange stehen und sich die Nasen an der Scheibe plattdrücken.«

»Bis dahin ist aber noch jede Menge zu tun«, merkte Ferdinand an.

Damit hatte er wohl recht, denn auf den ersten Blick sah es so aus, als ob sie lediglich einen kleinen Tresen, auf dem eine Kasse stand, verwenden konnte. Vielleicht noch die alten Schuhregale, um ihre Waren darauf zu drapieren.

»Mutters Erbe muss wohl doch für mehr reichen als gedacht. Ich muss verrückt sein«, klagte Ferdinand.

Elise sah ihn fragend an. Er hatte es doch von sich aus angeboten, weil immer noch genug übrig bliebe. Zog er sie etwa auf?

»Ja, ich bin verrückt nach dir und ich hoffe, dass bald halb Paris nach dir verrückt ist«, sagte Ferdinand und scherte sich nicht darum, sie mitten auf der Straße innig zu küssen.

Amalie rechnete damit, dass Vater und Hermann auf keinen Fall pünktlich sein würden. Die Fernzüge verspäteten sich fast immer und auch der weitere Transport musste erst noch organisiert werden – diesmal ohne Marcellos Hilfe, denn er war gemeinsam mit Sofia vermutlich bereits auf dem Weg nach Osmanien. Sie hoffte regelrecht darauf, noch eine Weile länger allein zu sein, um ihren Gedanken nachzuhängen. Küchenarbeit eignete sich perfekt dafür. Sie schnitt Gemüse vom Markt und nahm sich vor, als Nächstes die Kartoffeln zu schälen. Ein Eintopf ließ sich schnell aufwärmen. Zurück zur Normalität. Aus der Traum. Amalie fiel es schwer, nicht in Selbstmitleid zu zerfließen. Sich ihrem Schicksal zu ergeben, war jedoch einfacher, weil Marcello nicht mehr zugegen war. Die Erinnerung an die schönen Tage konnte ihr niemand nehmen und sie hatte nichts Verwerfliches getan, auch wenn sie oft genug daran gedacht hatte. Wieder sie selbst sein, gab ihr Sicherheit. Sie entsprang der Einsicht, dass ihr Leben auf Werten ruhte, an denen unter allen Umständen festzuhalten war. Dies betraf in erster Linie ihre Ehe. Nächtliche Träume, in denen es zum Äußersten zwischen ihr und Marcello gekommen war, ließen sich dennoch nicht so leicht abschütteln. Sich unentwegt zu disziplinieren, die Gedanken in richtige Bahnen zu lenken, strengte an. Um ein Haar hätte sie sich beim Schälen der Kartoffeln in die Hand geschnitten. Das kochende Wasser war über den Topfrand gelaufen und gerade bemerkte sie, dass sie einen Teil der Kartoffelschalen, die zu Boden gegangen waren, immer noch nicht aufgeklaubt hatte. Amalie setzte dazu an, doch hielt mitten in der Bewegung inne, weil sie das Geräusch einer sich nähernden Kutsche vernahm. Das mussten Vater und Hermann sein – früher als erwartet. Obwohl sie nicht den geringsten Antrieb verspürte, nach draußen zu gehen, um die beiden zu begrüßen, tat sie es dennoch, weil sie sich sonst wundern würden, wo sie blieb. Allerdings konnte sie sich selbst unter größten Mühen kein Lächeln zur Begrüßung abringen, als die Kutsche vorfuhr und Hermann ihr sogar zuwinkte. Vater hingegen saß wie ein schlaffer Sack auf dem Kutschbock. Hatte er auf dem Weg hierher etwa geschlafen? Er sah mitgenommen aus, was nach so einer langen Anreise kein Wunder war. Hermann hingegen stieg mit Schwung ab und reichte Vater die Hand, um ihm von der Kutsche zu helfen.

»Wie war die Fahrt? Ihr seid früher da als gedacht. Ich habe das Essen noch gar nicht fertig«, sagte Amalie.

»Marcello hat uns eine Kutsche organisiert. Er selbst scheint auf Reisen zu sein, aber einer ihrer Arbeiter hat auf unsere Ankunft gewartet.« Das erklärte, warum sie so zeitig angekommen waren.

»Du siehst mitgenommen aus, Vater«, stellte Amalie fest.

Er nickte nur und stützte sich auf Hermanns Arm.

Amalie hatte damit gerechnet, dass er sie begrüßen würde. Stattdessen sah er über sie hinweg zur Scheune. Sie interessierte ihn allem Anschein nach mehr als seine Tochter. Seine Augen waren von dunklen Schatten unterlegt und gerötet, sein Gesicht eingefallen. Er musste am Ende seiner Kräfte sein.

»Das Dach … Es ist fertig«, krächzte er.

»Und ein kleines Bad hinter dem Haus. Die Löcher im Mauerwerk sind verputzt und man kann jetzt durch das Haus gehen, ohne sich dabei schmutzig zu machen«, sagte sie.

Vater nickte anerkennend. »Ich denke, ich werde mich gleich hinlegen«, fuhr er fort.

Amalie bot ihm ihren Arm an, um ihn ins Haus zu begleiten, doch er lehnte nicht nur ihre, sondern auch Hermanns Hilfestellung mit einer abweisenden Handbewegung ab.

»Bringt nur den Koffer rein«, sagte er, während er sich zum Haus schleppte.

»War die Fahrt so anstrengend?«, fragte Amalie.

Hermann sah Vater ebenso besorgt nach, nickte und ging dann zur Ladefläche, um die Koffer abzuladen.

»Ist er krank? Er ist so blass«, wunderte Amalie sich.

»Es ging ihm nicht gut.«

»Hast du einen Arzt nach ihm schicken lassen?«

Hermann nickte.

»Und. Was hat er gesagt?«

Hermann vergewisserte sich, dass Vater im Haus war.

»Sein Herz. War wohl alles zu viel für ihn.«

»Die Geschäfte?«

»Es ist etwas vorgefallen«, sagte er.

»Hatte er einen Herzanfall? Was ist passiert?«, bedrängte sie ihn.

»Es geht um Elise. Auch wenn er es uns glauben machen will. Er kommt nicht darüber hinweg.«

»Habt ihr etwa von ihr gehört? War sie in Bamberg?« Amalie platzte vor Neugier.

»Nein … Ich verstehe es selbst nicht. Ferdinands Mutter verstarb. Er hat ein Schreiben bekommen, frag mich nicht, woher … Joseph war sich sicher, dass Ferdinand zur Beerdigung erscheinen würde. Dein Vater war völlig verwirrt und aufgebracht. Er hat Ferdinand der Entführung und des Diebstahls bezichtigt und mich nach Nürnberg geschickt, um der Angelegenheit nachzugehen.«

»Du warst in Nürnberg?«

»Was hätte ich denn machen sollen? Ich musste ihn anzeigen.«

»Du warst bei der Gendarmerie, um Ferdinand anzuzeigen?« Amalie war fassungslos.

Hermann nickte.

»Aber warum fiel ihm das erst vor ein paar Tagen ein?«

»Ich weiß es nicht.« Hermann wirkte verstört, sodass Amalie keinerlei Zweifel an seinen Schilderungen befielen.

»Hast du Ferdinand gesehen? War Elise denn auch in Nürnberg? Sind sie nicht zusammen durchgebrannt?«

Hermann nickte.

»Konntest du mit ihr sprechen? Wie geht es ihr?«

Hermann musterte sie etwas irritiert. Wunderte er sich etwa darüber, dass sie wissen wollte, wie es ihrer Schwester ging?

»Sie hatte einen Anwalt dabei. Anscheinend können sich die beiden das jetzt leisten. Ich fürchte, Vater hat den Diebstahl nur behauptet, um Ferdinand zu schaden.«

Amalie suchte Halt am Rahmen der Kutsche. Es wurde ja immer besser.

»Ich würde mir um Elise keine Gedanken machen. Sie hat mir gesagt, dass sie heiraten wird. Sie hat wohl doch ihre große Liebe gefunden«, sagte Hermann kopfschüttelnd. Er schnappte sich dann die Koffer und ging damit zum Haus.

Amalie hatte Mühe, all das eben Gehörte einzuordnen, geschweige denn zu verstehen. Sie konnte kaum noch klar denken. Vor allem Hermanns letzter Satz ging ihr nicht mehr aus dem Sinn. Die große Liebe. Ihr war sie vergönnt. Elise war alles vergönnt, nur ihrer großen Schwester nicht. Amalie sah Hermann nach. Wie ein Fremder kam er ihr vor. Ein Geschäftspartner. Noch nicht einmal mehr wie ein Freund. Es regte sich auch überhaupt kein Widerstand mehr in ihr, sich einzugestehen, dass sie ihn nie geliebt hatte. Marcellos Gift, versuchte sie sich einzureden, um das eben Gedachte zu revidieren, alles zu relativieren, sie an ihre Pflichten zu erinnern, doch es wollte nicht mehr gelingen. Hör endlich auf, dich selbst zu belügen, sagte sie sich. Das machte aber alles nur noch schlimmer, denn kaum etwas war schmerzhafter, als sich selbst einer Lüge zu überführen.

Hermann verschwand im Haus, ihrem Gefängnis, in das sie sich selbst mit ihrer Eheschließung begeben hatte.

Kapitel 17

Paris war wohl die verrückteste Stadt der Welt und lief in dieser Hinsicht eines nicht allzu fernen Tages vielleicht sogar Berlin den Rang ab. Es passierte viel. Der Eisenfachturm stand symbolisch für beides. Das Verrückte und das Wachstum. Ferdinand berichtete täglich nach der Arbeit über die Fortschritte, letztlich über die in den letzten vier Wochen dazugewonnenen Meter. Bald würde eine Plattform die vier Pfeiler des umstrittensten Bauwerks der Welt stützen. Auch in kulinarischer Hinsicht gab es wohl keine bessere Stadt, um sein Glück als Confiseur zu versuchen. Während ihrer letztwöchigen Spaziergänge, um die Konkurrenz auszukundschaften, hatte sich herausgestellt, dass der Fantasie der Pariser Confiseure keine Grenzen gesetzt waren. Selbst Gemüse und essbare Blumen wurden zu Naschwerk verarbeitet. Verrückter ging es wohl nicht. Elise hatte sich davon inspirieren lassen, auch wenn sie nicht so weit ging, sich auch noch an Gemüse zu vergehen. Und dennoch hatte sie sich für Außergewöhnliches entschieden, ermutigt von Ferdinand und vor allem von François, der wusste, wie die Pariser ticken. Hauptsache, man erregte Aufmerksamkeit. Und das war ihr mittlerweile gelungen. Zum einen, weil das Innenleben des Ladens nicht wie eine Boulangerie oder Patisserie aussah. Das Interieur des alten Schuhladens mit bunt gefliesten Böden, zwei schweren gepolsterten Sesseln, in denen die Kunden des Schusters wohl das Schuhwerk anprobiert hatten, und vor allem unzählige gekippte Regale mit Abschlussleiste waren wie für eine kleine Confiserie mit besonderem Charme gemacht. Die Regale waren nun weiß, der Tresen in Altrosa gestrichen und die neuen Lampen rot. Es sah verspielt aus und passte Elises Ansicht nach zu Süßigkeiten. Und die hatten sich im Laufe des Tages stärker dezimiert als in ihren kühnsten Träumen erwartet. Elise schritt die Regalwand ab, in der nun statt Schuhe kleine Holzkisten gefüllt mit ihren Kreationen standen. Die Lakritzschnecken zum Aufrollen musste sie wieder auffüllen. Sie herzustellen, verursachte den geringsten Aufwand, da sie dazu lediglich harte Lakritzblöcke in heißem Wasser auflösen und mit Rohrzuckermelasse, Mehl und Aromastoffen vermischen musste. Sie waren daher kostengünstig und besonders bei Kindern beliebt. Daneben standen gleich fünf Kisten mit Lakritzpastillen, teils naturbelassen, teils aromatisiert oder karamellisiert. Die wenigsten Kunden wussten, wie gesund Naturlakritz war – von Zahnhygiene und um Entzündungen im Mundraum entgegenzuwirken einmal ganz abgesehen. Es überraschte Elise nicht, dass Pfefferminzaroma an warmen Sommertagen wie diesem besonders gut ankam. Es sorgte zudem für einen frischen Atem, was vor allem Raucher zu schätzen wussten. Im Regal darüber hatte die Kundschaft bei den Pralinen, Schokolade mit Lakritzpulver oder flüssigem Lakritz heute ebenfalls kräftig zugegriffen. Das hieß, dass sie morgen noch früher als sonst aufstehen musste, um für Nachschub zu sorgen. Tagsüber war der Laden nämlich so voll, dass sie nicht gleichzeitig verkaufen und Ware fertigen konnte, auch wenn das an sich möglich war, denn sie hatten den Tresen um eine Arbeitsfläche verlängern lassen, sodass Kunden ihr direkt bei der Arbeit zusehen konnten. Angeblich gab es das in keiner anderen Pariser Confiserie. Die dragierten Pastillen, Nougat mit Lakritz, Lakritztrüffel und Mandeln in Honig gebunden, mit Lakritzstückchen versehen und in kleine Stücke gebrochen, müssten selbst bei anhaltend guter Nachfrage noch bis kommende Woche reichen. Die Regale darüber waren noch leer, genau gesagt zwei Reihen. Dorthin kamen demnächst in Plätzchenformen gegossene Pralinen mit allen möglichen Motiven, vom Häschen bis zur Blume – Fundstücke des hiesigen Marktes, die sich ideal dafür eigneten. Zu verdanken hatte sie diesen Einfall Jelena, die ihr bei ihren Einkäufen auf dem Markt fast täglich begegnet war und die Formen an einem Stand mit Trödel entdeckt hatte. Gewiss verdankte sie den Jenischen auch, dass sich ihre Lakritzspezialitäten bis weit über den Montmartre hinaus herumgesprochen hatten. Als Scherenschleifer waren sie in ganz Paris unterwegs und nutzten wohl jede sich bietende Gelegenheit, um Flugblätter, die für ihren Laden warben, unters Volk zu streuen oder an öffentlichen Plätzen anzuschlagen. Das erklärte auch den Andrang vor drei Tagen, als sie den Laden eröffnet hatte. Selbst bei Madame Moreau lagen die Flugblätter aus. Die knüpfte daran allerdings die Bedingung, dass sie ihre Backwaren, insbesondere die Madeleines, nach wie vor nach Elises Rezept verkaufen durfte.

Elise beendete die Bestandsaufnahme und nahm drei Kisten aus dem Regal, um sie in den kleinen Keller zu tragen, wo sie kühl lagerten und somit länger frisch blieben. Gerade als Elise überlegte, noch Wasser am Herd aufzusetzen, um damit den Tresen zu säubern, klopfte es an der Tür. Die Leute mussten doch das Schild gesehen haben. Ab sechs war geschlossen. Für diesen Kunden öffnete sie die Tür aber gern. Hatte Ferdinand heute früher frei? Normalerweise kam er erst gegen sieben von der Arbeit. Er trug eine Kiste. Elise konnte sich denken, was darin war. Noch ein Grund, sofort zur Tür zu eilen, um ihn hereinzulassen.

»Aber mein Herr. Wir haben doch bereits geschlossen. Haben Sie das Türschild denn nicht gesehen?«, zog sie ihn auf.

»Ihre Dragees sind so unwiderstehlich. Ich konnte nicht anders. Ich bin süchtig danach«, sagte er und stellte die Kiste auf der Anrichte ab. Dann schloss er die Augen und öffnete demonstrativ den Mund.

»Kostet einen Kuss.«

»Versprochen.«

»In Ihrem Fall muss ich leider auf Vorkasse bestehen«, sagte Elise.

Ferdinand seufzte, zog sie an sich und löhnte in Naturalien. Für diesen Kuss hatte er sich zwei Dragees verdient. Flink hatte sie sie zur Hand. Er ließ sie sich willig in den Mund legen, zwischen einem weiteren Kuss, zu dem sie ihn gar nicht auffordern musste. Ferdinand schmeckte nun nicht nur nach Liebe, sondern nun auch noch nach Pfefferminz. Eine unwiderstehliche Mischung.

»Wie sehen sie aus?«, fragte Elise.

Ferdinand öffnete die Holzkiste und befreite den Inhalt von seiner Ummantelung aus Papier. Ein gutes Dutzend bunter Döschen aus Metall lachte sie an. Sie hatten alle eines gemeinsam. Darauf stand in schwungvoller Schrift »Réglisse d'Elise«, der Name ihres Ladens, der auch das Schaufenster zierte.

»Ich hätte nicht gedacht, dass sie so schnell fertig werden«, sagte Ferdinand und nahm eines der Döschen heraus. Es sah nicht nur so aus wie ein Tabakdöschen. Es war auch eines, künftig jedoch mit anderem Inhalt. Sie waren als dekorative Geschenkideen gedacht und setzten zudem schöne Farbakzente im zweiten noch leeren Regal. Eine Kundin hatte sie darauf gebracht, die gelegentlich rauchte und stets Lakritzpastillen dabeihatte, um den schlechten Geschmack im Mund damit zu kompensieren. Angeblich seien ihre sogar erfrischender als die

»Cachou Lajaunie«, kleine runde gelbe Döschen, die es schon seit einigen Jahren in jedem Tabakladen zu kaufen gab.

»Ende der Woche kriege ich mein Referenzschreiben. Für die Bewerbungen«, sagte Ferdinand.

»Von Leclair?«

»Eiffel wird mit unterschreiben.«

Das überraschte Elise allerdings. »Befürchten sie jetzt nicht, dass du dir eine andere Arbeit suchst?«

»Sie wissen doch, warum ich es brauche.«

»Sie begrüßen, dass du studieren willst?«, wunderte Elise sich.

»Eiffel bestimmt. Er sucht gute Mitarbeiter und wenn jemand dann noch Erfahrung beim Bau hat …«

»Und Leclair?«

»Der braucht Leute vor Ort, aber wird trotzdem unterschreiben. Wahrscheinlich glaubt er nicht, dass mich irgendeine Universität aufnimmt«, sagte Ferdinand.

»Wie kommt er denn darauf? Dein Schulzeugnis kann sich sehen lassen.«

»Es ist ein deutsches Zeugnis. Ob sie die Zensuren hier in Frankreich anerkennen, ist fraglich, aber es gibt ein viel größeres Problem. Architekten kommen normalerweise nicht aus einfachen Verhältnissen. So wie es aussieht, werde ich die Fertigstellung des Turms also noch hier erleben.«

»Du schaffst es«, munterte sie ihn auf.

»Wer weiß. Vielleicht bist du eines Tages so eine Berühmtheit, dass mir meine Herkunft nicht mehr zum Nachteil gereicht«, sagte er schmunzelnd.

»So ein Unsinn.«

»Jemand vom *Figaro* war hier«, erinnerte Ferdinand sich.

»Er hat ein bisschen genascht und ich habe ihm ein paar Pastillen eingepackt«, sagte Elise, die dem keine so große Bedeutung beigemessen hatte.

Ferdinand schüttelte den Kopf und lächelte verwegen. »Schau mal, was noch in der Kiste steckt.«

Elise schob die Döschen zur Seite und entdeckte eine Ausgabe besagter Tageszeitung. Ferdinand hatte sie bereits so gefaltet, dass der Artikel ihr gleich ins Auge sprang. Jemand musste klammheimlich ihren Laden so skizziert haben, und zwar so gut, dass man meinen konnte, es handle sich um eine Fotografie. Sie konnte sich sogar hinter dem Tresen stehen sehen und vor der Tür standen zwei Damen, die auf die Auslage blickten.

»Das war doch erst gestern. Ich erinnere mich noch genau an den Federhut dieser Frau«, staunte Elise.

»Und du hast gar nicht mitbekommen, dass dich jemand gezeichnet hat?«

»Der Laden war voll.«

Elise überflog die Zeilen.

»Erste Adresse für Lakritz. Der Laden so charmant eingerichtet wie die Besitzerin selbst. Und wie recht er hat«, sagte Ferdinand.

»Noch ein Dragee?«, fragte Elise.

Ferdinand schloss erneut die Augen. Elise freute sich auf den Kuss mit Lakritz-Pfefferminz-Geschmack.

Das Haus war inzwischen in einem bewohnbaren und ansprechenden Zustand, was in erster Linie am Kauf neuer Möbel lag: bequeme Sessel und ein Sofa, eine Anrichte und Tische aus edlen Hölzern, darüber hinaus ein neuer Sekretär und Betten, in denen man gut schlief. Ein kleiner Kräutergarten gedieh neben dem Haus. Aus Tontöpfen sprießten blühende Kakteen und Sukkulenten. Sogar der Keller war mittlerweile weitgehend trocken, sodass sich darin Hausstand einlagern ließ. Amalie schnappte sich die nächste Kiste mit fein geschliffenen Weingläsern aus einem der Kellerregale und trug sie hoch in die

Küche, um sie auszupacken. Sie hoffte, dass sie sauber waren, denn es waren schon so viele Gäste da, dass sie nicht mehr die Zeit hatte, alle zu spülen. Das bisschen Staub, das sich verfangen hatte, war schnell weggewischt. Amalie nahm sich ein sauberes Tuch und bearbeitete damit Glas für Glas, indem sie es gegen das Licht der untergehenden Sonne hielt. Dabei streifte ihr Blick die Menschenmenge, die sich auf dem Vorplatz ihres Hauses unter einem gespannten Tuch eingefunden hatte, das wie ein riesiges Segel in der abendlichen Brise zwischen den Bäumen flatterte.

Amalie drapierte das erste blank polierte Glas auf das Tablett und nahm sich das nächste vor, doch nun blieb ihr Blick bei Vater hängen, der sich mit Putorti unterhielt, natürlich in Hermanns Gesellschaft, den er sich als Übersetzer zu Diensten machte. Hermann sprach zwar bei Weitem nicht fließend, aber mit seiner Schätzung nach gut vierhundert Wörtern, die er sich in den letzten Wochen angeeignet hatte, mussten nicht mehr nur Hände und Füße bei Gesprächen mit Einheimischen herhalten. Vater wirkte überglücklich und schien sich von den Strapazen der letzten Wochen erholt zu haben. Er hatte auch allen Grund dazu, denn die Ernte war ergiebig, die Scheune randvoll mit Süßholz, was nicht zuletzt daran lag, dass Putorti seit Monaten keine Wurzelschneider mehr beschäftigt hatte. Dem hiesigen Wildwuchs schadete es ja nicht, später als in der Heimat üblich geerntet zu werden.

Die Bäuche der gut gelaunten Gesellschaft waren ebenso gefüllt – mit Spanferkel, Rosmarinkartoffeln, Pasta und Kuchen. Die Rezepte hatte Amalie sich am zweiten Abend bei den Suraces von Sofia geben lassen. Es verstand sich von selbst, dass alle Erntehelfer geladen waren. Sie stammten aus dem Nachbardorf – Jung und Alt, wohlhabende Kaufleute und einfache Feldarbeiter. Hier im Süden, auch das hatte Amalie inzwischen gelernt, gab es auf Erntefesten keinen Standesdünkel. All das zusammengenommen war ein Grund zum Feiern, doch letztlich nicht der ausschlaggebende, denn selbstverständlich hatte Vater ebenso die Suraces gebeten, zu kommen. Marcello hatten sie schließlich nicht nur die Geschäftsidee, sondern auch dieses Anwesen zu verdanken, das sich vom rostigen zum goldenen Käfig verwandelt hatte und nun sogar einen ländlich feudalen Charme versprühte. Jetzt, wo diese Idylle so belebt und dadurch so anders wirkte, fragte sich Amalie, wie sie die letzten vier Wochen überstanden hatte. Vermutlich nur, weil so viel zu tun gewesen war. Das lenkte nicht nur ab, sondern spendete eine gewisse Zufriedenheit, weil man Ergebnisse sah. Die viele und vor allem körperlich anstrengende Arbeit hatte aber noch einen weiteren Vorteil gehabt. Es war glaubhaft, abends todmüde, mit Rücken- oder Kopfschmerzen ins Bett zu fallen und sich somit Hermanns Versuchen, eheliche Pflichten einzufordern, erfolgreich zu entziehen.

Musik des Akkordeonspielers setzte ein. Es war allerhöchste Zeit, die Gläser nach draußen zu bringen, um den guten Wein aus Putortis Weinkeller zu servieren.

»Da bist du ja. Wir sind schon am Verdursten«, sagte ausgerechnet Hermann, der dem Tafelwein bereits fleißig zugesprochen hatte und sich überraschend humorvoll und gelöst zeigte. »Mia moglie meraviglioso«, schwärmte der Pfau mit geschwollener Brust, als Amalie das Tablett mit den Gläsern neben den Karaffen mit dem guten Rotwein abstellte. Hermanns Italienisch war mittlerweile wirklich beachtlich. Amalie hatte auch an ihrem gearbeitet und war stolz darauf, dass ihn seine »wunderbare Gattin« korrigieren konnte.

»Meravigliosa«, sagte sie, woraufhin Putorti klatschte und begeistert »bravo« ausrief. Hermann nahm es gelassen, was sicherlich dem Tafelwein geschuldet war. Der sorgte sicherlich auch dafür, dass sich die ersten Gäste zum Tanz aufforderten. Die Musik des Akkordeonspielers lud dazu ein. Sie war beschwingt und fröhlich. Ebenso der Tanz, der so gut wie gar nichts mit den Tänzen zu tun hatte, die sie aus der Heimat kannte. Es war eine kuriose Mischung aus Ballett und Polka. Zugegebenermaßen sah es bei den meisten eher so aus, als würden sie einfach nur ausgelassen zum Takt der Musik umherhüpfen und dabei die Beine scheinbar unkontrolliert in alle Richtungen werfen. Die Arme hielten sie dabei in die Luft, mal mehr, mal weniger theatralisch. Es musste anstrengend sein, überlegte Amalie und hoffte, dass ihr eher ungelenker Gatte nicht auf den Gedanken kam, den Harlekin zu geben. Er tat es.

»Danza! Danza!«, forderte sie Putorti begeistert auf. Auch wenn sie das Wort offiziell noch nicht gelernt hatte, wusste sie, was alle von ihr erwarteten.

Erstaunlicherweise stellte sich Hermann dabei nicht so ungeschickt an wie noch auf ihrer Hochzeit. Dieser Tanz hatte zudem den Vorteil, dass man keinerlei Körperkontakt pflegte und den anderen nicht führen musste. Amalie begann also, wie der Tanz es gebot, zu hopsen, erst zaghaft, doch dann fuhr die Musik ihr genau wie allen anderen in die Beine. Hermann umtänzelte sie wie ein Ziegenbock, der sich an einer Polka versuchte. Zwei der älteren Damen aus dem Dorf in kalabrischer Tracht, bei denen sie ihr Gemüse kaufte, lachten, doch sie lachten sie nicht aus. Auch das gefiel ihr an der hiesigen Mentalität. Man sprach nicht schlecht über andere und amüsierte sich über deren Ungeschicke, ohne dabei schadenfroh zu sein. Die gute Laune war ansteckend, Hermann kaum wiederzuerkennen. Er schlüpfte aus seiner Jacke und warf sie ausgelassen auf einen der Stühle, als sie an Vater und Putorti vorbeitanzten. Nicht nur ihm stand mittlerweile der Schweiß auf der Stirn. Amalie war froh, dass sich seine Bewegungen verlangsamten, denn ihr taten bereits die Füße weh. Das Lied kam zu einem Ende. Hermann hielt ihr den Arm hin. Sie hängte sich ein und ließ sich zurück zu ihrem Platz führen.

»Man könnte meinen, ihr habt das im Blut. Aus euch sind richtige Italiener geworden«, schwärmte Vater.

Das schien Putorti zu verstehen. Er klopfte Hermann anerkennend auf die Schulter. »Come veri italiani«, sagte er.

Hermann schenkte ihr und sich etwas Wein nach und hob das Glas. »Facciamo un brindisi.«

Amalie war gespannt, auf was er anzustoßen gedachte.

»Veri italiani«, krächzte er immer noch etwas außer Atem. Vater und Putorti, aber auch Antonio, einer der Arbeiter, die ihnen geholfen hatten, stießen mit an.

»Adesso mancano solo i bambini«, fuhr Putorti fort.

Amalie verschluckte sich beinahe, denn was das hieß, wusste sie.

»Was hat er gesagt?«, fragte Vater nach.

»Jetzt fehlen nur noch Kinder«, stieß Hermann glückselig aus und legte gleich seinen Arm um ihre Taille. Amalie ließ es ausnahmsweise – und um die gute Stimmung nicht zu verderben – geschehen, auch wenn sich in ihr alles gegen diese in den letzten Wochen erleichternderweise rar gewordene Nähe sträubte.

»Meine Worte. Hermann. Es wird allerhöchste Zeit. Wer soll denn das alles eines Tages einmal erben?«, fragte Vater.

Amalie betete, dass die Musik wieder einsetzte. Lieber forderte sie Hermann zu einem weiteren Tanz auf, als dieses Thema weiter zu vertiefen. Sie könnte mit ihm auch so lange tanzen, bis er später erschöpft ins Bett fiel, doch ihn noch einmal aufzufordern, war nicht mehr notwendig, denn endlich näherte sich das Geräusch einer Kutsche, auf das sie bereits sehnsüchtig gewartet hatte. Die Suraces hatten Hermann wissen lassen, dass sie aus geschäftlichen Gründen erst später nachkommen würden, vermutlich zum Sonnenuntergang. Die Sonne verabschiedete sich gerade am Horizont, doch zugleich ging sie wieder auf, jedenfalls in ihrem Herzen.

»Die Suraces. Sofia und Marcello. Sogar ihre Eltern sind mitgekommen«, juchzte Amalie.

Marcello winkte ihnen zu, Sofia ebenfalls.

Amalie hielt es nicht mehr neben Hermann und sie löste sich aus seiner Umarmung. Niemand würde sich darüber wundern, denn sie hatte Hermann und ihrem Vater von der Zeit bei den Suraces vorgeschwärmt und von der Freundschaft, die sie mit Sofia verband. Das entsprach den Tatsachen. Dass nur ein einziges Lächeln von *ihm* und *sein* Blick, der auf sie gerichtet war, ein unbeschreibliches Glücksgefühl in ihr auslöste, erschreckte sie nicht mehr. Noch spürte sie irgendeinen Widerstand oder auch nur die Spur von Scham, weil all die Momente, in denen sie sich vor seiner Abreise angenähert hatten, mit einem Mal wieder präsent waren. Ihm schien es genauso zu gehen, doch nachdem beide von der Kutsche gestiegen waren, fiel ihr erst Sofia in den Arm.

»Benvenuti alla nostra festa«, begrüßte Amalie sie.

»Ich sehe schon. Sie haben in meiner Abwesenheit fleißig gelernt«, sagte Marcello. Amalie reichte ihm die Hand, auf der er galant einen Handkuss andeutete. Sie spürte seinen Atem trotzdem auf ihrer Haut. Das kleine Glück, auch wenn es sich nur in ihrer Vorstellung zu voller Blüte entfaltete.

Elise freute sich auf einen der ersten ruhigen Abende seit Eröffnung der Confiserie. Es kam sowieso generell selten vor, dass Ferdinand sie von der Arbeit zurück nach Hause begleitete. Sich dabei nicht beeilen zu müssen war ein Luxus, den Elise aus vollen Zügen genoss.

»Du schälst die Kartoffeln«, gab Elise ihm auf dem Weg nach oben zu ihrer Wohnung zu verstehen.

»Das nennt sich dann freier Abend«, maulte er, allerdings nicht im Ernst, denn er grinste dabei. Man konnte nicht sagen, dass Ferdinand nichts lieber tat, als ihr in der Küche zu helfen, doch untätig allein herumzusitzen, das hielt er auch nicht aus.

»Das glaube ich nicht«, sagte er unvermittelt.

Elise folgte seinem Blick und entdeckte ihren kleinen Teller, den sie ihrer Nachbarin im Stockwerk darüber am Vorabend vor die Tür gestellt hatte. Schon vor Wochen hatte Elise versucht, auf diese Weise Kontakt mit Madame Moreaus Nichte aufzunehmen, jedoch ohne Erfolg. Ihr war gestern aber der Gedanke gekommen, dass feinste Confiserie aus ihrem Laden vielleicht bewerkstelligte, was Moreaus Gebäck, wenngleich mit Lakritz verfeinert, nicht zu leisten imstande gewesen war. Elise eilte die restlichen Stufen nach oben, nahm den kleinen Teller an sich, auf dem ein Kärtchen mit einer Schleife lag, und begann zu lesen, was darauf stand.

Meinen Dank von Herzen. Meine Tante hat nicht übertrieben. Ihre Pralinen sind ein Traum. Colette.

Und entschuldigen Sie bitte den Lärm, den mein Sohn macht.

Elise reichte Ferdinand die Karte und blickte dann zur Treppe, die hinauf zu Colette führte.

»Willst du jetzt zu ihr raufgehen?«, fragte er sichtlich beunruhigt.

»Warum nicht?«

»Sie will das bestimmt nicht, sonst hätte sie sich doch persönlich bei dir bedankt.«

»Es kann doch aber nichts schaden, oder?«

Ferdinand zuckte unschlüssig die Schultern.

»Ich möchte jetzt wissen, was da oben los ist«, sagte sie, stellte den Teller vor ihrer Tür ab und machte sich auf den Weg nach oben.

Ferdinand seufzte, folgte ihr dann aber doch.

»Also, ich würde jetzt doch lieber Kartoffeln schälen«, sagte er auf dem Weg nach oben. Elise ignorierte es.

Auf den letzten Stufen wurde ihr nun doch etwas mulmig, denn schon vernahm sie ein merkwürdiges Schaben und sie glaubte, jemanden von drinnen schwer atmen zu hören. Prompt kam wieder einer jener unheimlichen Laute, die einem ins Mark fuhren. Auch Ferdinand war zusammengezuckt. Dann waren schnelle Schritte zu hören.

»Bleib sitzen«, glaubte Elise zu vernehmen.

Elise ging beherzt zur Tür und klopfte an. Sofort wurde es still. Nur noch ein leises Wimmern konnte sie von hinter der Tür vernehmen.

»Wer ist da?«, kam dann.

»Elise und Ferdinand von unten.«

»Gehen Sie. Bitte gehen Sie«, beschwor sie ihre Nachbarin.

»Bitte, Colette. Wir kommen mit den allerbesten Absichten. Wenn wir irgendetwas für Sie tun können, oder wenn Sie Hilfe brauchen.«

»Bitte«, flehte sie Colette an.

Ein gutturaler Laut, der Elise ängstigte, folgte.

»Wir hören es doch jeden Tag. Wir haben uns schon daran gewöhnt, aber es wäre einfacher, wenn wir wüssten, warum Ihr Sohn solche Schmerzen hat. Haben Sie keine Angst, Colette«, sagte Elise.

Für einen Moment regte sich nichts mehr hinter der Tür.

»Komm. Wir sollten gehen«, flüsterte Ferdinand.

Die Tür ging dann doch auf. Eine bildhübsche Frau mit lockigem blondem Haar und schneeweißem Teint lugte durch den Türspalt. Sie wirkte gehetzt und verängstigt.

»Colette. Freut mich, Sie kennenzulernen.« Elise schenkte ihr ein warmes Lächeln.

Ein Laut folgte, den Elise als »Maman« interpretierte.

»Frédéric«, erklärte Colette.

»Was ist mit ihm?«, fragte Elise.

Die Laute schwollen an und klangen nicht einmal mehr ansatzweise nach Worten. Etwas stieß gegen Holz, dann ging etwas Schweres mit Gepolter zu Boden. Colette eilte nahezu panisch zurück in die Wohnung.

Elise und Ferdinand tauschten Blicke, doch dann wagte Elise es, die Tür weiter aufzustoßen. Was sie sah, brach ihr fast das Herz. Vor einem Stuhl auf Rädern lag eine Gestalt mit verdrehten Gliedern. Die Hände des Jungen waren deformiert. Speichel rann aus seinem Mund und die schreckgeweiteten Augen waren anklagend auf sie gerichtet.

Colette hatte Mühe, ihn wieder in den Stuhl zu hieven. Ferdinand zögerte keine Sekunde und eilte hinein, um ihr zu helfen, doch der Junge fing an, entsetzlich zu schreien.

»Gehen Sie. Sie machen ihm Angst«, flehte Colette sie an.

Elise wagte es nicht, sich zu nähern. Die Augen des Jungen ängstigten sie, sein Blick schien sich in ihre Seele zu bohren. Er hatte etwas Dämonisches an sich.

Ferdinand ließ sich davon aber offensichtlich nicht abschrecken.

»Frédéric. Ich bin Ferdinand. Ich helfe dir. Ich habe mehr Kraft als deine Maman. Vertrau mir. Ich will dein Freund sein«, sagte er.

Der Junge hörte auf zu schreien. Er starrte den Fremden überrascht an. Colette wirkte perplex und ließ Ferdinand gewähren.

Der reichte dem Jungen die Hand, ganz vorsichtig. Frédéric zuckte zusammen und versuchte, seine Hand wegzuziehen, doch Ferdinand ließ sich nicht abwimmeln. Er begann, den Handrücken des Jungen zu streicheln, erst etwas ungelenk, dann fuhr er fast zärtlich an seinen verdrehten zarten Fingern entlang.

»Darf ich dir helfen? Und keine Angst«, wisperte Ferdinand.

Der Laut, den der Junge dann ausstieß, klang so, als würde er versuchen, das Wort »Angst« zu wiederholen. Ferdinand verstand es wohl genauso.

»Nein. Keine Angst. Nie wieder Angst«, sagte Ferdinand mit sanfter Stimme.

Die Laute, die Frédéric dann von sich gab, waren leise. Sie hörten sich fast so an wie von einem Hündchen, das zufrieden vor dem Einschlafen grunzte.

»Darf der Mann dir helfen?«, fragte Colette.

Der Junge nickte.

Elise atmete auf, als sie sah, dass sich Frédéric von beiden berühren ließ. Colette hielt den Stuhl, damit er nicht wegrollte. Ferdinand hob den Jungen behutsam hoch. Er atmete schwer, ließ es aber über sich ergehen. Nun saß er im Stuhl, doch mit schiefer Körperhaltung und verrenktem Hals, der auf einer Seite dicker war als auf der anderen. Erst jetzt bemerkte Elise die Gurte. Colette legte ihm gleich einen um den Leib an.

»Ich wollte ihn umkleiden. Der Gurt war auf«, erklärte Colette.

Elise machte sich sofort Vorwürfe. Wahrscheinlich war der Junge nur ihretwegen gestürzt.

»Tut mir leid«, sagte sie betroffen, doch Colette reagierte überhaupt nicht darauf. Sie beobachtete ihren Jungen, dessen Blick auf Ferdinand gerichtet war.

Der Junge bemühte sich, den Kopf zu schütteln. Er strengte sich sichtlich an, einen Laut zu bilden. Ein lang gezogenes A, das in einem »Scht« mündete. »Angscht.« »Keine Angst«, wollte er damit sagen.

»Er kommt nie unter Menschen«, erklärte Colette.

»Das sollte er aber«, sagte Ferdinand.

Colette schüttelte nur traurig den Kopf.

»Wie alt ist er?«, wollte Elise wissen.

»Er wird im Dezember dreizehn«, erwiderte Colette und seufzte.

Elise musterte ihn genauer. Sein Gesicht wirkte wie das eines Dreizehnjährigen, aber wenn er einem, wie vorhin, direkt in die Augen blickte, hatte man das Gefühl, er sei viel älter.

»Er muss sich jetzt ausruhen«, sagte sie dann, zog ein Tuch aus ihrer Schürze und tupfte ihm den Speichel vom Mund.

»Er muss doch auch einmal an die frische Luft«, legte Ferdinand ihr nahe.

»Menschen wie ihn sperren sie weg«, sagte Colette bitter.

Elise wusste, dass man mit Menschen mit Behinderung in Bamberg das Gleiche tat. Als Krüppel beschimpfte man sie. Wie schlimm musste das für den Jungen sein? Er schien mitzubekommen, was um ihn herum vorging, und was sie für Schmerzlaute gehalten hatten, für Schreie, war nichts weiter gewesen als der Versuch, zu sprechen oder seine Mutter zu rufen.

»Vielleicht finden wir einen Weg«, sagte Ferdinand.

»Es ist nett, dass Sie das sagen, aber ich habe mich mit meinem Schicksal abgefunden«, erwiderte Colette.

»Nehmen Sie unsere Hilfe trotzdem an? Es wäre uns nicht nur eine Freude, sondern ein Bedürfnis.« Elise pflichtete Ferdinand bei, indem sie heftig nickte.

»Es tut ihm bestimmt gut, wenn er wenigstens ab und an andere Menschen sieht«, sagte Elise.

Colette nickte schließlich. »Und bitte. Erzählen Sie niemandem von ihm. Sie würden ihn mir wegnehmen.«

Elise versuchte sich gerade vorzustellen, wie viel Leid diese Frau durchmachte, auf was sie alles verzichten musste, und dennoch liebte sie ihren Sohn. War das nicht das wertvollste Geschenk des Lebens?

Amalie sang ein stilles Loblied auf Putortis starken Rotwein, denn Hermann hing mittlerweile wie ein angeschlagener Boxer in den Seilen und besah sich das rege Treiben im Licht von Laternen und Fackeln aus glasigen Augen, die zudem bereits auf Halbmast standen. Amalie schenkte ihm und Vater gern nach, allein schon, um auch in dieser Nacht vor ihm Ruhe zu haben. Doch das war nicht der Hauptgrund. Es schuf eine Möglichkeit, wenigstens für ein paar Minuten mit Marcello allein zu sein. Er war kein Mensch, dem es Mühe bereitete, sich in trivialer Konversation zu ergehen, doch die strengte an und Amalie spürte, dass er sich ebenso nach einem trauten Moment mit ihr sehnte. Es waren seine Augen, die immer wieder Kontakt suchten, vor allem in Momenten, in denen Sofia alles, was ihre Eltern sagten, übersetzte und somit Vaters und Hermanns Aufmerksamkeit auf sich zog. Zuletzt mit der ausgesprochenen Einladung zu ihrem Erntefest im Herbst, wenn sie ihre Reben einbrachten.

»Mein Vater wundert sich darüber, wie sich doch die Zeiten ändern. Wenn man ihn noch vor Jahren gefragt hätte, ob es jemals deutsche Lakritzbauern hier in Kalabrien geben würde, er hätte es für unmöglich gehalten«, übersetzte Sofia.

»Früher haben die Italiener nicht einmal gewusst, wie wertvoll das Süßholz ist«, warf Marcello ein. Erneut blickte er kurz zu ihr her.

Der Akkordeonspieler hatte anscheinend genug gegessen und getrunken. Er kehrte zu seinem Hocker zurück. Auch Marcello hatte ihn nun im Blick. Und dann begann der Bärtige zu spielen. Einer der Arbeiter forderte sogleich die Tochter der Gemüsehändlerin auf.

»Diese Musik. Sie ist Lebenslust pur«, bemerkte Vater, was Sofia übersetzte.

»Hat der Tanz eigentlich einen Namen?«, wollte er noch wissen.

»Wir nennen ihn Tarantella. Auf dem Dorf glaubt man, dass sich die Bezeichnung von der hier heimischen Tarantel ableitet. Und die verdankt ihren Namen wiederum Tarent in Apulien. Tarantella ist also die kleine Spinne. Ihr Biss ist aber nicht giftig und führt nicht zu Tarantismus, der wohl der eigentliche Namensgeber sein dürfte.«

»Taranwas?«, gellte Hermann.

»Tanzwut. Die Sucht zu tanzen«, erklärte Marcello. Hermann erweckte nicht den Eindruck, dass er ihn verstand. Amalie erging es aber nicht anders.

»Aber wieso heißt der Tanz dann so?«, wollte Amalie wissen.

»Dem giftigen Biss der Schwarzen Witwe sagt man diesen Effekt nach. Sie ist sogar hochgiftig, wie Sie sicher wissen«, erklärte Marcello.

»Der Tanz heißt vielleicht auch so, weil die Leute so schnell tanzen, dass man meinen könnte, sie hätten mehr als nur zwei Beine«, kommentierte Sofia augenzwinkernd.

»Die schnellen Bewegungen der Beine könnten in der Tat etwas damit zu tun haben, aber historisch betrachtet ist es trotzdem anders. Gebissene sollten so schnell tanzen und sich so wild bewegen, um das Gift herauszuschwitzen, es aus ihrem Körper zu treiben.« Die italienische Logik schien verwinkelte Wege zu gehen, überlegte Amalie.

»Also, wenn mich jetzt so eine Tarent… Sie wissen schon … oder dieses Schwarze Witwending beißen würde … Ich fürchte, ich würde elendig verenden«, gestand Hermann wohl angesichts seines sichtlich angeschlagenen Zustands ein.

»Schade. Ich hätte so gern noch einmal getanzt.« Amalie seufzte. Sie war sich sicher, dass Marcello es als Aufforderung auffassen würde.

»Wenn Sie möchten?« Schon hielt er ihr seinen Arm hin.

»Marcello hat bestimmt noch nicht so viel Wein getrunken wie unser guter Hermann.« Vater tätschelte ihn väterlich auf die Schulter und schenkte ihr ein wohlwollendes Lächeln, vermutlich auch, weil ihm an einer guten Verbindung zu den einflussreichen Suraces lag.

Marcello lachte nur und führte Amalie galant zu den anderen Tanzenden. Als er mit dem Rücken zu Hermann und Vater stand, blinzelte er ihr zu. Amalie hatte Mühe, keine Miene zu verziehen, und dann packte sie auch schon der beschwingte Takt der Musik. Marcello erging es nicht anders, nur stellte er sich dabei nicht so ungelenk wie Hermann an. Seine Bewegungen waren geschmeidig und die Sprünge auf der Stelle, die dieser Tanz erforderte, hatten bei ihm nichts von einem Hampelmann. Amalie schaute sich die Technik von ihm ab. Man musste den Körper bis hinunter in die Waden anspannen und sich mit kleinen, eher ruckartigen und kräftigen Sprüngen im Takt bewegen. Die Armbewegungen dienten dem Zweck, das Gleichgewicht zu halten und zugleich Gefühle auszudrücken. Mal wirkten sie wie eine angedeutete Umarmung, mal wie ein Juchzen vor Freude, wenn man die Arme in die Luft warf. Der Rhythmus bestimmte die Art der Bewegung. Schwoll die Musik an, waren die Sprünge etwas höher, waren die Töne lieblich, drehten sich die Frauen im Kreis. Das waren die Momente der Anmut. Amalie entdeckte immer mehr Facetten und erntete, wie sie aus den Augenwinkeln sehen konnte, Beifall von ihrem und Marcellos Vater. Ebenso von Sofia, die sich ganz dreist Antonio geschnappt hatte und ihnen beim Tanz Gesellschaft leistete. Amalie achtete gar nicht mehr auf die anderen. Entgiftung, schoss ihr durch den Kopf. Es kam ihr so vor, als würde sie das gerade tun, wobei es eher eine endgültige Befreiung war von allem, was sie bisher davon abgehalten hatte, ungehemmt ihren Gefühlen nachzugehen, ohne sich dabei stets Selbstvorwürfe zu machen und sich aus purer Angst vor den Konsequenzen selbst zu belügen. Das Gift der Erziehung, der Konventionen, der anerzogenen Etikette, der Vernunft bei Herzensangelegenheiten. All das tanzte sie sich aus dem Leib und der Seele. Hinfort damit. Amalie war bereits außer Atem, doch es störte sie nicht. Marcello warb im Tanz um sie, genau wie es die anderen Männer spielerisch taten. So gesehen war der Tanz wie eine Balz, auf Kalabrisch, leichtfüßig, verspielt und ohne dabei in irgendeiner Form anzüglich zu sein. Hermann empfand das vermutlich anders, denn als sich ihre Blicke nach der letzten Drehung zur ausklingenden Musik kreuzten, bemerkte sie, wie finster er dreinsah. Amalie ignorierte es geflissentlich. Diesen schönen Moment gedachte sie sich nicht davon kaputt machen zu lassen, zumal Marcello überglücklich strahlte.

»Ich fürchte, ich brauche jetzt erst einmal etwas zu trinken, aber keinen Wein«, sagte er ebenfalls etwas außer Atem.

Amalie konnte dem nur zustimmen und begleitete ihn zum Tisch mit Gläsern und zwei Krügen, doch wie sich herausstellte, war im ersten nur noch ganz wenig Wasser. Es reichte gerade einmal, um ein Glas halb zu füllen. Der zweite Krug war leer.

»Wir sollten sie auffüllen«, schlug Amalie vor.

»Am Brunnen hinter dem Haus?«, fragte er. Es war nichts weiter als der Vorschlag, allein mit ihr zu sein.

Amalie nahm einen Krug an sich. Er den zweiten. Gefüllt waren die tönernen Gefäße so schwer, dass Amalie nur einen davon hätte beidhändig tragen können. Sie hielt einen der beiden Krüge gekippt und demonstrativ in Richtung Hermann, sodass auch er mitbekam, dass er frisch befüllt werden musste. Endlich hatte Amalie die Gelegenheit, mit Marcello ungestört über all das zu sprechen, was ihr auf der Seele brannte.

»Was haben Sie in Osmanien gesehen, erlebt?« Amalie hatte tausend Fragen, doch Marcello antwortete erst, als sie den Weg, der hinter das Haus und zum Brunnen führte, erreicht hatten.

»Ein paar Bauwerke. Bildhübsche Frauen, die mit entblößtem Bauchnabel vor einem tanzen, unzählige Händler, Basare.«

»Abgesehen von den bildhübschen Frauen klang das eben aber nicht sehr begeistert«, sagte Amalie.

»Ich musste Sofia nur begleiten, weil ich ein Mann bin. Mit einer Frau würden die Osmanen keine Geschäfte betreiben. Ich muss offen gestehen, dass mir zum ersten Mal, seitdem ich denken kann, eine solche Reise wie eine halbe Ewigkeit vorkam und das, obwohl Sofia sicher die beste Gesellschafterin ist, die man sich nur wünschen kann«, erklärte er.

»Sofia ist wie ein kleiner Wirbelwind.«

»Aber manchmal auch etwas anstrengend«, erwiderte er.

»Und in Venedig?«

»Ein paar Übersetzungen. Nichts Aufregendes. Auch dort wollte die Zeit kaum vergehen.«

»Sie haben sicher viel gelesen«, spekulierte Amalie.

»Das wollte ich, aber auch dazu konnte ich mich nicht so recht aufraffen«, gestand er ein.

Amalie glaubte, den Grund dafür zu kennen, zumindest hoffte sie, ihn zu kennen. Sie wagte nicht, weiter nachzuhaken, denn am Ende täuschte sie sich. Das würde ihr einen Stich ins Herz versetzen.

»Ich halte den Krug und Sie pumpen«, wies sie ihn stattdessen an, als sie den Brunnen erreicht und sie einen der Krüge auf dem Steinrand abgestellt hatte, um ihn zu befüllen. Er tat wie geheißen. Kurz darauf sprudelte frisches Wasser in das Gefäß. Während er die Pumpe betätigte, hörte er nicht auf, sie anzusehen.

»Sie fragen nicht warum?« Wie er es sagte, klang es nicht nach einem Vorwurf. Ein warmes Lächeln löste sich in seinem Gesicht.

»Sagen Sie es mir.« Amalie wollte es aus seinem Mund hören.

»Ich musste die ganze Zeit an Sie denken. Ich habe mir überlegt, was Sie gerade machen, ob Sie zurechtkommen und …« Marcello sprach nicht weiter.

»Und?«

»Wissen Sie es denn nicht?«

Amalie stockte der Atem. Das Wasser lief bereits über den Rand. Sie ließ es geschehen.

»Der Krug«, sagte er, doch Amalie war mittlerweile so heiß geworden, dass ihr das kühle Wasser, das über ihre Hand und die Arme hinunterlief, gerade recht kam. Sie blickte ihm dann doch direkt in die Augen und nickte. Ohne Scham, ohne Angst vor einer Blöße. Dann stellte sie den Krug auf den Boden und den zweiten hinauf. Marcello fing wieder an zu pumpen.

»Wie lange werden Sie diesmal hierbleiben?«, fragte sie.

»Das hängt davon ab, ob ich hier gebraucht werde«, sagte er schmunzelnd. Er erweckte den Eindruck, dass er auf keine weitere Erklärung wartete. Es war bereits alles gesagt. Amalie kam es so vor, als ob ihr Herz nun wieder im Takt der Tarantella schlagen würde, beschwingt und mit jener Lebensfreude, die nur der Tanz, aber auch Marcellos Gegenwart ihr zu schenken imstande waren. Erneut genügten nur Blicke, die sie tauschten. Wie sehr sie ihn brauchte, musste sie ihm gar nicht sagen. Als der zweite, etwas größere Krug ebenfalls voll war, kam er ihr zu Hilfe. Er war so schwer, dass sie ihn diesmal nicht allein herunterheben konnte. Dabei berührten sich ihre Hände. Sie ließ diese Berührung geschehen. Die Welt schien für einen Augenblick stillzustehen, weil ihre Blicke aufeinander verharrten, doch das genügte Amalie nicht mehr. Ohne ein Wort fuhr ihr Daumen über den seinen. Marcello schloss die Augen und lächelte glückselig.

»Wir sollten zurückgehen«, flüsterte Amalie.

Marcello nickte. Gemeinsam hoben sie den Krug von der Kante des Brunnens. Marcello nahm ihn an sich. Amalie nahm den zweiten, etwas kleineren, und hoffte auf einen weiteren Tanz mit ihm und dass der Takt des Tarantella von nun an nicht nur ihren Herzschlag, sondern ihr ganzes Leben bestimmen würde.

Kapitel 18

Amalie blickte in Marcellos Augen. Darin glaubte sie, einen See aus purer Liebe zu sehen. Sie selbst spiegelte sich darin. Er näherte sich, um sie zu küssen. Er liebkoste sie, streichelte ihre Brüste, ihre Scham. Er lag wie Gott ihn schuf neben ihr, kniete sich dann zwischen ihre Beine, seine Männlichkeit bereit, um in sie einzudringen, doch er tat es nicht und streichelte sie immer weiter. Amalies Atem ging schnell. Sie rekelte sich im Rhythmus seiner Berührungen. Ihre Haut glänzte seidig. »Ich liebe dich«, hauchte Marcello ihr ins Ohr. Amalie blickte ihn glückselig an, doch dann erschrak sie. In seinen Augen sah Amalie im Licht flackernder Kerzen eine Gestalt in der Tür stehen. Amalie fuhr zusammen, als sie Hermann erkannte, doch dann, auf einmal, stand er nicht mehr in der Tür, sondern lag neben ihr. Gleißendes Licht fiel in den Raum. Sein Blick war ernst und besorgt zugleich, als er sie wachrüttelte.

»Amalie. Es war nur ein böser Traum. Ein Traum, hörst du?«

Amalie brauchte eine Weile, um sich zu fangen. Sie bemerkte, dass sie schweißgebadet war. Das Kopfkissen war patschnass, ebenso der Rand der Decke, in die sie sich eingewickelt hatte, um Hermann nicht neben sich spüren zu können, wenn er sich im Schlaf auf ihre Seite wälzte.

Wer dem Weine frönte, dessen Gesicht war am nächsten Morgen davon gezeichnet. Hermann sah furchtbar aus. Seine Augen waren verschwollen, sein Haar zerzaust und der Geruch aus seinem Mund schier unerträglich.

»Was hast du geträumt?«, fragte er.

»Wirres Zeug.« Die Wahrheit auch nur anzudeuten, kam nicht infrage.

»Du arbeitest zu viel. Deine Kopfschmerzen und das häufige Unwohlsein. Du solltest einen Arzt aufsuchen«, sagte Hermann, der natürlich nicht erfreut darüber war, dass sie sich ihm und seiner Lust seit der Rückkehr aus Bamberg bis auf einmal hatte entziehen können. Amalie verdrängte sofort die Erinnerung daran. Keine eheliche Pflicht konnte schlimmer sein.

»Das Gröbste liegt ja nun hinter uns. Ich werde wieder zu Kräften kommen«, stellte sie in Aussicht. Sie rang sich dabei ein zuversichtliches Lächeln ab.

»Gestern schien es dir an Kräften ja nicht gefehlt zu haben«, merkte er an.

»Das Fest war wunderschön.« Amalie wusste genau, was er mit seiner Andeutung meinte.

»Fürwahr. Ein schönes Fest.«

Hermann ging gottlob nicht weiter darauf ein. Er streckte sich und setzte sich stöhnend auf. Im gegenwärtigen Zustand würde er sie sicher in Ruhe lassen.

»Für Joseph und mich fängt die Arbeit jetzt erst an. Das Süßholz wird heute verladen«, sagte Hermann, der sich mittlerweile die Schläfen massierte.

»Schon heute?«

»Dein Vater will es noch am Vormittag zum Bahnhof bringen lassen. Wenn wir Glück haben, ist bis zum Abend alles verladen. Marcello wird uns Arbeiter besorgen und uns beim Ausfüllen der Zolldokumente helfen.«

»Reist ihr dann etwa schon wieder ab?« Amalie bemühte sich darum, es nicht hoffnungsvoll klingen zu lassen.

»Joseph glaubt, dass es besser ist, wenn ich hierbleibe, um Maschinen zu besorgen.«

»Aber wir können ihn doch nicht allein fahren lassen«, wandte Amalie ein.

»Es geht ihm wieder gut. Er wird erster Klasse reisen und in Bamberg abgeholt.«

Amalie suchte nach einem schlüssigen Argument, um Hermann doch noch dazu zu bringen, ihren Vater zu begleiten.

»Du machst dir Sorgen um ihn. Das verstehe ich ja«, sagte Hermann. Gut, dass er den Moment der Stille so interpretierte.

»Zu Recht. Nach der letzten Anreise war er erschöpft und durcheinander. Der Vorfall in Nürnberg. Und vergiss nicht, dass Mutters Tod ihn immer noch sehr belastet«, führte Amalie ins Feld.

Hermann geriet erfreulicherweise ins Grübeln. Für einen Moment schämte sich Amalie dafür, dass sie den Gemütszustand ihres Vaters und vor allem den Tod ihrer Mutter dazu nutzte, um Hermann dazu zu bewegen, von hier zu verschwinden.

»Du weißt doch sicher noch, wie verwirrt und aufgebracht er war. Hast du nicht gesagt, Vater hätte behauptet, er sei bestohlen worden? Sobald er zurück in Bamberg ist, wird ihn all das wieder einholen.«

Hermann schien in sich zu gehen.

»Vielleicht sollte ihn wirklich jemand begleiten. Du warst schon lange nicht mehr in der Heimat«, überlegte er laut.

Amalie stellte mit Schrecken fest, dass der Schuss nach hinten loszugehen drohte. Eigentlich hatte sie ja gehofft, dass er vorschlagen würde, Vater zu begleiten. Allein der Gedanke, wieder in Bamberg zu sein, verursachte ihr einen flauen Magen. Letztlich aus Angst, ihrem alten Leben zu begegnen. Daheim lauerten die alten Ansichten und Einstellungen, die Werte, an die sie geglaubt und die man ihr eingebläut hatte. Damit wollte sie sich auf keinen Fall erneut infizieren. Sie musste sich auf die Schnelle irgendetwas ausdenken, das Hermann dazu brachte, ihren Vater nach Bamberg zu begleiten.

»Du hast recht. Der Kauf des zweiten Feldes kann warten«, sprudelte aus Amalie heraus. Sie hoffte, dass er anbeißen würde.

»Ein zweites Feld?« Er tat es.

»Hast du das gestern gar nicht mehr mitbekommen?« Auf seinen Rausch anzuspielen und somit auf Erinnerungslücken zu bauen, könnte sie nun retten. »Die Suraces. Sie haben doch noch ein kleines, aber ertragreiches Süßholzfeld. Vater wollte, dass ich mich darum kümmere. Die Freundschaft, die mich mit Sofia verbindet, könnte nützlich sein.« Letzteres hatte ihr Vater wörtlich gesagt, wenngleich in einem gänzlich anderen Kontext.

»Sie würden es uns verkaufen?«

»Sofia findet, dass sie sich ganz dem Weinanbau verschreiben sollten, aber ihre Eltern müssen wir erst noch überzeugen. Sie hat mich eingeladen, ein paar Tage gemeinsam mit ihr zu verbringen. Ich glaube, sie hat sonst niemanden hier.«

»Außer ihren Bruder.«

»Marcello ist mal hier, mal dort. Er muss geschäftlich wieder nach Venedig, soviel ich weiß.« Das hingegen war glatt gelogen, doch Amalie scherte sich nicht mehr darum.

Hermann geriet sichtlich ins Grübeln. Dass er sie dabei nachdenklich musterte, verunsicherte sie.

»Es wäre dumm, wenn wir uns diese Möglichkeit entgehen ließen. Also gut, ich werde deinen Vater begleiten.«

Amalie fiel ein Stein vom Herzen. Auch das ließ sie sich nicht anmerken. Wenn Hermann nur schon weg wäre!

Elise hätte sich nicht träumen lassen, dass sie eines Tages ein freundschaftliches Band ausgerechnet mit einer Frau verbinden würde, die in den Augen vieler zu einer Randgruppe der

Gesellschaft zugehörig angesehen und als Zigeunerin beschimpft wird. Letztlich war Jelena weder eine Sinti noch eine Roma, doch für die Pariser gab es diese feinen Unterschiede nicht. Banditen und Halsabschneider seien sie in den Augen aller, hatte ihr Jelena während einer ihrer letzten Marktbesuche erklärt. Elise bewunderte Jelena für ihren Mut und die Kraft, sich über all die diskreditierenden Blicke, die sie oft genug erntete, hinwegzusetzen. Jelenas Frage vor ein paar Tagen, ob sie sie überhaupt in ihrem neuen Lakritzparadies aufsuchen durfte, ohne dabei Elises Geschäft nachhaltig zu schädigen, war fast schon beschämend. Eigentlich sollten die hochnäsigen Pariser sich schämen. Die Dienste des fahrenden Volks nahmen sie gern in Kauf. Sie ließen sich ihre Messer schleifen, doch ansonsten wollte niemand etwas mit ihnen zu tun haben. Elise freute sich daher umso mehr über Jelenas Besuch am frühen Morgen, weniger allerdings über den despektierlichen Seitenblick einer ihrer Kundinnen, die mitbekommen hatte, dass Jelena mit Mariella vor dem Laden stand. Die Kundin war eine feine Dame, vermutlich aus einem wohlhabenden Viertel von Paris, worauf ihre exquisite Kleidung und ein Kutscher, der vor dem Laden auf sie wartete, hindeuteten. Wer nicht auf den Preis achtete und so viel einkaufte, konnte gar nicht aus diesem Stadtteil sein.

»Zigeunergesindel. Man hat sie einfach überall«, bemerkte sie abfällig, während sie Elise das Geld über den Tresen reichte. Elise überlegte für einen Moment, ob sie darauf eingehen oder ihr einfach nur das Wechselgeld geben und sie freundlich verabschieden sollte, entschied sich dann aber dagegen. Sie winkte Jelena zu, woraufhin die Kundin sie verwundert ansah.

»Jelena und ihre Tochter Mariella. Sie sind zwar keine Zigeuner, sondern Jenische, aber ich vermute, dass das für Sie keinen Unterschied macht.«

Die Kundin sah sie entgeistert an.

»Wenn Sie möchten, stelle ich sie Ihnen gern vor.«

»Ich denke, das wird nicht nötig sein«, sagte die Kundin sichtlich verunsichert.

»Ihnen entgeht die Bekanntschaft zu einer höchst liebenswürdigen Person«, sagte Elise, auch wenn es ihr zugleich unangenehm war, diese Frau damit spürbar zu bedrängen und in wachsende Verlegenheit zu bringen.

Die Kundin nahm das Wechselgeld und ließ es ohne ein weiteres Wort in ihrer Geldbörse verschwinden.

In dem Moment öffnete Jelena die Tür und Mariella stürmte auch schon herein, duckte sich, um hinter den Tresen zu gelangen. Dort fiel sie Elise in die Arme.

Elise hievte sie hoch. Die Kleine strahlte, weil sie nun Verkäuferin spielen durfte.

»Was darf es sein, verehrte Dame?«, sagte sie zur Kundin, die sich Mariellas einnehmendem Lächeln trotz aller anfänglicher Irritation nicht entziehen konnte.

»Ich habe schon eingekauft.«

»Das stimmt, und ich finde, guten Kunden sollte man immer etwas schenken«, sagte Elise.

»Das muss nicht sein. Wirklich«, wehrte die Kundin ab.

Jelena amüsierte sich über ihre Tochter, die sich wie eine Vollblutverkäuferin gab.

Elise drückte dem Mädchen eine kleine Schaufel in die Hand, klappte die Absperrung zum Tresen auf und führte sie zu den Kisten, die mit Dragees gefüllt waren. Sie nahm eine Tüte und hielt sie der Kleinen hin.

»Von denen da«, wies sie an. »Oder lieber die mit Anis?«, fragte Elisa an die Kundin gerichtet.

»Die mag ich am liebsten«, sagte Mariella.

»Ja, gut … Warum nicht. Aber ich bezahle sie auch gern.«

»Geschenkt ist geschenkt«, sagte Mariella so goldig, dass selbst die Kundin sich ein warmes Lächeln nicht mehr verkneifen konnte.

Das Mädchen füllte die Dragees ein und reichte sie der Kundin, die sich zu ihr hinunterbeugte, um das Geschenk des Hauses entgegenzunehmen.

»Ich danke dir«, sagte sie und steckte die Tüte in die größere mit ihren Einkäufen.

»Ein reizendes Mädchen haben Sie da«, sagte sie an Jelena gewandt.

Sie nickte und betrachtete sich ihre Kleine mit Stolz.

»Beehren Sie uns bald wieder«, sagte Mariella. Das hatte sie von Elise aufgeschnappt. Verkäuferin wollte sie eines Tages werden, genau wie Elise.

Die Kundin lachte verzückt, wünschte ihnen einen guten Tag und verließ den Laden.

»Meine Mariella. Mit ihrem Lächeln erobert sie die ganze Welt. Wenn es nur immer so einfach mit den Leuten wäre«, klagte Jelena und nahm sie auf den Arm.

»Du hast es schon von draußen mitbekommen?«

Jelena nickte. »Das ist normal. Leute wie wir werden in feinen Läden nicht gern gesehen. Wenigstens lassen sie uns mittlerweile am Markt unbehelligt. Es gab Zeiten, da haben sie uns eingesperrt, ohne Grund. Wir machen ihnen Angst, weil wir anders sind.«

»Ich fürchte, das tun sie immer noch. Das betrifft wohl jeden, der nicht in diese Welt zu passen scheint«, sagte Elise mehr zu sich, weil ihr in dem Moment Colette und Frédéric in den Sinn gekommen waren.

»Ich kann mir nicht denken, wer noch weniger in diese Welt passt als ein fahrendes Volk.«

»Ich hab dir doch von diesen Schreien erzählt, aus der Wohnung unserer Nachbarin von oben. Wir haben ihren Sohn gesehen. Er ist verkrüppelt und kann nicht sprechen.«

»Sie würden ihn wegsperren, nicht wahr? Verlässt sie deshalb kaum das Haus?«

Elise nickte.

»Manchmal hat es wohl auch seine Vorteile, zu unserem Volk zu gehören«, sagte sie dann.

Elise verstand kein Wort.

»Es gibt jede Menge Roma südlich von Paris. Es sind Gaukler und Schausteller. Der Sohn des Jüngsten ist ein Zwerg. Nur sein Kopf ist gewachsen. Und sie haben noch ein Kind, das verkrüppelt ist. Der Zwerg ist gar eine Attraktion auf dem Jahrmarkt. Niemand behelligt sie.«

»Wirklich niemand?«

»Nein. Sie sind ja immer unter sich.«

»Der Junge … Er kommt nie an die frische Luft. Er lebt immer nur in vier Wänden. Wenn er auf einem eurer Wagen wäre, nur für einen Tag. Es würde ihm dann nichts passieren?«, wollte Elise sich vergewissern.

»Du kannst dich darauf verlassen. Morgen ist Sonntag. Ich werde Djamel bitten, dass er sie abholt. Kommst du mit?«

»Natürlich komme ich mit, und Ferdinand auch. Ganz sicher. Der Junge mag ihn.« Je mehr Elise darüber nachdachte, desto besser gefiel ihr Jelenas Idee. Ob Colette über ihren Schatten springen würde, stand allerdings auf einem anderen Blatt.

Die Zeit wollte einfach nicht vergehen. Es hatte ganze zwei Stunden in Anspruch genommen, um die Ernte aus der Scheune auf ein Dutzend Lastkutschen zu verladen. Mittlerweile hätte alles bereits in einem Güterwaggon verstaut sein müssen und Vater müsste in Hermanns Begleitung auf dem Weg nach Verona sein. Amalie hatte sich eigentlich vorgenommen, die Wartezeit, bis Marcello zurückkehren würde, sinnvoll zu nutzen. Es war ja nach wie vor genug zu tun, um die Spuren des Fests zu beseitigen, doch sobald sie mit irgendeiner Tätigkeit angefangen hatte, war ihr die Lust daran vergangen. Nur herumzusitzen kam aber auch nicht infrage. Der Versuch, im Schatten auf ihrer Bank vor dem Haus weitere italienische Vokabeln zu lernen, war erst recht gescheitert, denn dazu musste man sich konzentrieren. Ihre Gedanken waren aber woanders, natürlich bei Marcello, und genau das führte zu Gefühlswallungen, die extremer nicht sein konnten. Amalie wusste, dass sie einen Ehebruch plante – oder vielmehr darauf hoffte. Das widersprach gänzlich ihrem Naturell. Es war eine Sache, davon zu träumen, es sich in seiner Fantasie vorzustellen, aber eine andere, es einzufädeln. Sie plante, sich zu versündigen. Doch war es eine Sünde, sich zu jemandem hingezogen zu fühlen? War es nicht eher sündhaft, jemanden geheiratet zu haben, den man zu keinem Zeitpunkt geliebt hatte? Während sie sich hinter dem Haus Staub und Schweiß vom Körper wusch, kam es ihr so vor, als würde sie versuchen, sich zugleich von Sünde reinzuwaschen – in Gedanken und Träumen ja bereits begangen. Es wollte nicht gelingen, weil mit jeder Stunde, die verging, ihre innere Unruhe stärker wurde, die Fragen quälender, ob sie nicht dabei war, einen schweren Fehler zu begehen. Nur für eine Nacht, sagte sie sich. Das erleichterte, doch es machte es ihr zugleich schwerer, denn sie wusste, dass sie mit Marcello nicht zusammenbleiben konnte, ohne sich von Hermann scheiden zu lassen. Sie würde sich Vaters Zorn zuziehen und viel schlimmer noch, riskieren, dass er es nicht verkraftete. Die Trennung von Tisch und Bett erforderte, soviel sie wusste, einen richterlichen Beschluss. Die Schuldfrage musste geklärt, Vermögensregelungen getroffen werden. Wollte sie sich das antun? Hermann war ihr bis zu ihrer Hochzeit ein guter Freund gewesen und Vaters rechte Hand. All das plante sie nun zu zerstören.

Während sie sich abtrocknete, verlor zumindest dieser Gedanke zunehmend an Bedeutung, denn letztlich lag ihr altes Leben ja bereits in Trümmern. Und was Hermann betraf, so hatte er sich doch sowieso nur eingeheiratet, um sich finanziell besserzustellen, und sie ihn auf Vaters Geheiß. Das alles moralisch abzuwägen, kostete dennoch Kraft. Der Verrat am eigenen Ich ebenso, denn Amalie kam es so vor, als wäre sie nicht mehr sie selbst. Während sie sich ankleidete, überlegte sie, ob sie am Ende nur von Sinnen war und alles wieder ins rechte Lot käme, sobald sie nach Bamberg zurückkehrte. Das rechte Lot? Eine Farce war es. Und die letzten Zweifel nahm ihr Elises vermeintliches Glück. Ohne Liebe war Glück nicht möglich. Allein schon, um sich diesbezüglich allerletzte Gewissheit zu verschaffen, war sie bereit, jeden Preis dafür zu bezahlen.

Amalie ging zurück zum Haus, um sich einen Pfefferminztee zuzubereiten. Sie setzte sich dann erneut auf die Bank davor, nippte an ihrem Tee und überlegte, ob Marcello heute überhaupt kommen würde. Sie hatten sich nicht direkt verabredet. Hatte er verstanden, was sie Hermann kurz vor Abfahrt auf seine Nachfrage, ob sie in seiner Abwesenheit wieder bei den Suraces bleiben würde, gesagt hatte? »Jetzt, wo alles so schön hergerichtet ist, bleib ich gern alleine hier.« War das deutlich genug gewesen?

»Keine Angst mehr so ganz alleine?« Amalie hatte Hermanns Nachfrage noch im Ohr.

»Was soll mir denn schon passieren?« Amalie und Marcello hatten währenddessen Blicke getauscht. Sie glaubte, in seinem gelesen zu haben, dass er wusste, worauf sie hinauswollte.

»Sie sind bei uns jederzeit willkommen.« Es war klar, warum Marcello das gesagt hatte. Amalie rief sich noch ein Indiz dafür, dass Marcello heute zu ihr kommen würde, in Erinnerung. Sie hatte geistesgegenwärtig daran gedacht, dass Hermann ihn während der Fahrt auf den frei erfundenen Verkauf des kleinen Süßholzfeldes seiner Familie ansprechen würde. Das war hochgefährlich. Dass sie sich morgen mit Sofia wegen des Verkaufs des Süßholzfeldes treffen würde, hatte sie Hermann versichert. Es war ihr klar gewesen, dass Marcello davon nichts wissen konnte. Mit seinem fragenden Blick hatte sie gerechnet.

»Hat Sofia Ihnen noch gar nicht davon berichtet? Ihre Eltern wollen sich davon trennen«, hatte sie ihm augenzwinkernd gesteckt und diskret in einem unbeobachteten Moment ihren Finger auf ihre Lippen gelegt. Das hatte Marcello sicher richtig interpretiert, zumindest ließ sich das aus seiner Antwort schließen. Sofia kümmere sich um solche Angelegenheiten, weil sie die Geschäfte der Familie lenke. Hermann hatte daraufhin gelacht. Marcello sie lediglich bedeutsam angesehen. Amalie konnte sich daher sicher sein, dass sie nicht auffliegen würde.

Nichtsdestotrotz wuchs die Nervosität mittlerweile im Minutentakt. Hieß es nicht immer »Abwarten und Tee trinken«? Amalie musste darüber unwillkürlich schmunzeln, denn an sich bezog sich dieser Ausspruch ja auf kranke Menschen, die geduldig so lange Tee trinken sollten, bis sie geheilt waren. Sie tat letztlich das Gleiche für ihre Seele, doch hatte sie überhaupt eine berechtigte Aussicht auf Heilung? Amalie seufzte, stand auf und nahm sich vor, eine Einkaufsliste für die kommenden Tage zu erstellen, doch dazu kam es nicht mehr, denn das Geräusch der sich nähernden Kutsche ließ ihr Herz augenblicklich höherschlagen. Marcello! Noch konnte sie sich umentscheiden, wieder in ihr altes Leben zurückkehren. Ruhe, Beständigkeit und Respekt wären ihr sicher. Mit jedem Meter, den sich die Kutsche näherte, setzte sie all das aufs Spiel. Noch heute Morgen hatte sie sich gefragt, ob Marcello am Ende Skrupel plagen würden und er sich nicht als ihr Liebhaber in spe sah, ja sehen konnte und durfte. Ein Italiener war streng katholisch erzogen. Die Ehe und die Familie waren einem Mann von hier heilig. So viel wusste sie, doch Marcello war vermutlich kein typischer Italiener. Zu viel hatte er von der Welt gesehen. Er war Kosmopolit. Es spielte auch keine Rolle mehr, denn sein strahlendes Lächeln, schon bevor er vorfuhr und endlich abstieg, vertrieb alle düsteren Gedanken und die letzten Schatten der Zweifel, die sie bis eben geplagt hatten.

»Sie sind im Zug?«, wollte Amalie sich vergewissern.

»Das nehme ich an. Ich habe nicht so lange gewartet«, sagte er.

Für einen Moment standen sie nur da und sahen sich in die Augen. Amalie glaubte, dass er in ihren erkunden wollte, was jetzt geschehen sollte. Sie versuchte, das Gleiche bei ihm herauszufinden. Augenblicke süßer Qual verstrichen. Aus ihnen erwuchs jedoch die Gewissheit, dass er sie küssen wollte. Er trat näher, fuhr ihr in einer zärtlichen Geste durchs Haar – und ohne seinen Blick abzuwenden, näherte sich sein Mund dem ihren. Amalie bebte innerlich. Der Moment, in dem ihre Lippen zueinander fanden, war so unbeschreiblich schön. Er schmeckte gut. Sein Atem wurde zu ihrem Atem und er wurde schwerer, als er sie innig umarmte und seine Hand an ihrem Körper entlangfahren ließ, bis er ihre Brüste berührte. Amalie fing seine Hand ab, hielt sie und bedeutete ihm, ihr ins Haus zu folgen. Es gab kein Zurück mehr. Ihn zu spüren, wie sich Menschen spürten, die sich wahrhaftig liebten, deren Küsse den Himmel aufrissen und das Paradies auf Erden versprachen, rechtfertigte einfach alles.

Elises Versuche, Colette davon zu überzeugen, sich mit Frédéric in den Wagen zu begeben, waren zunächst fruchtlos geblieben. Es sei viel zu gefährlich. Und was, wenn sie jemand sähe? Ferdinand hatte auf der Straße mit Engelszungen auf sie eingeredet, aber im Gegensatz zu Elise nicht damit argumentiert, dass es doch zum Wohle des Jungen sei, einmal rauszukommen, und wie gut es auch ihr täte. In manchen Fällen waren die Argumente eines Mannes gewiss schlagkräftiger, vermutlich auch deshalb, weil Ferdinand technisch versiert war und sein Augenmerk zunächst auf eher praktische Dinge lenkte. Es war genug Platz auf der Kutsche. Die Ladefläche war abgedeckt, sodass nur jemand, der unmittelbar hinter ihnen fuhr, letztlich hineinsehen konnte. Frédérics Stuhl ließ sich mit Stricken rutschfest befestigen und überhaupt würde der Junge so niedrig darin sitzen, dass die hintere Klappe der Ladefläche seinen Rollstuhl fast bedeckte. An all diese überzeugenden Dinge hatte Elise bei ihrem Versuch, Colette den Ausflug zum Bois de Boulogne schmackhaft zu machen, nicht gedacht, ebenso wenig an die Attraktionen dieses wunderschönen Stadtparks westlich von Paris, auf die sich Colette nun doch freute. Ihr Sohn ebenso. Warum sonst hatte er bei der Abfahrt gejuchzt? Am meisten hatte Colette Angst davor gehabt, dass Frédéric bei der geringsten Aufregung laute Geräusche von sich geben würde, die Fremde auf der Straße erschrecken könnten. Nichts dergleichen war geschehen, denn Ferdinand saß unmittelbar neben ihm. Er hatte einen besonderen Zugang zu dem Jungen und dazu bedurfte es keiner großen Worte. Wenn der Lärm vorbeifahrender Kutschen oder zu viele Eindrücke von Passanten auf belebten Straßen den Jungen erregten, genügte es, wenn Ferdinand seine Hand um die von Frédéric legte. Elise sah immer wieder zu den beiden nach hinten in den Wagen, um sich zu vergewissern, dass alles in Ordnung war. Sie selbst saß mit Colette neben Djamel auf dem Kutschbock. Weil Colette in den letzten Jahren das Haus so gut wie nie verlassen hatte, bot sich das an, denn an ihr musste die rasante Entwicklung der Stadt komplett vorbeigegangen sein – natürlich auch der Bau des Eisenfachturms, an dem sie trotz eines kleinen Umweges vorbeigefahren waren. Und weil Djamel mit seinen Brüdern als fahrender Scherenschleifer Paris so gut kannte wie seine Westentasche, war auch Elise auf ihre Kosten gekommen. Er hätte sich genauso gut sein Geld als Fremdenführer verdienen können. Colette wirkte wie ausgewechselt. Sie hatte Farbe im Gesicht. Frische Luft wirkte wahre Wunder. Und wie tief sie die inhalierte, als sie den Park erreicht hatten. Dass es dort einen hohen Wasserfall gab, das wusste selbst Djamel nicht. In der

Dämmerung waren auf dieser Seite des Parks nur noch wenige Spaziergänger unterwegs. Würde es Colette nicht guttun, auch einmal wieder ein bisschen zu spazieren, sich außerhalb der vier Wände zu bewegen? Als sie den großen See, der sich Lac inférieur nannte, erreicht hatten, konnte es in Anbetracht der einsetzenden Dämmerung doch nicht schaden, auch Frédéric das Vergnügen, sich im Freien aufzuhalten, zu gönnen.

»Halt an«, wies sie Djamel an. »Ein kleiner Spaziergang am See?«, fragte sie Colette.

»Ich schiebe Frédéric«, bot Ferdinand sogleich an.

Colette stieg ab, nachdem die Kutsche zum Stehen gekommen war, und ging zur Ladefläche, wo Djamel und Ferdinand den Jungen mitsamt seinem Stuhl auf Rollen nach unten hievten. Der Junge schien mehr wahrzunehmen als alle anderen. Er gestikulierte in Richtung einer Baumkrone. Erst jetzt bemerkte Elise die Vögel. Nachdem er einen seiner unkontrollierten Laute von sich gegeben hatte, schrak der Schwarm auf und flatterte über ihre Köpfe hinweg über den See.

»Du bleibst brav bei Ferdinand. Maman möchte ein bisschen spazieren«, sagte Colette überraschend.

»Und wir gehen zum See«, schlug Ferdinand dem Jungen vor. Dort schwammen Schwäne. Er hatte sicher genau wie Elise bemerkt, dass Frédéric bereits die ganze Zeit dort hinsah.

»Tut mir gut, mal ohne ihn …«, rechtfertigte Colette sich, obwohl sie Elises Ansicht nach nicht den geringsten Grund dazu hatte.

Djamel und Jelena schlossen sich Ferdinand an, der Frédéric in Richtung der Schwäne schob. Elise hingegen nahm Colette am Arm und schlug den Spazierweg um den See ein.

»Es war sicher nicht einfach für Sie«, sagte Elise, als sie das Seeufer erreicht hatten.

»Die Hölle. Die Hölle auf Erden und nichts anderes«, gab Colette unverhohlen zu.

Elise blickte zu ihr. Der Anflug von Fröhlichkeit und Gelassenheit, den sie während der Fahrt durch die Stadt gezeigt hatte, war wie weggefegt.

»Sie waren von Anfang an allein mit ihm? Und sein Vater?«, wagte sie zu fragen.

»Sein Vater?« Colette ließ einen abfälligen Laut folgen. »Er war auch mein Vater«, fuhr sie fort.

Elise stutzte. Hatte sie richtig gehört? Sie wagte es nicht, weiter nachzufragen. Von Inzest in Familien und dessen möglichen Folgen hatte Mutter ihr erzählt. Wie viel Leid muss dieser Frau widerfahren sein?

»Das ist der Grund, warum Frédéric so ist, wie er ist. Was hätte ich tun sollen? Ich habe mein Elternhaus verlassen. Nach dem, was er mir angetan hatte … Ich hätte nicht bleiben können … bei ihm. Ich war mittellos und fand Unterschlupf in einem Kloster. Selbst den Schwestern konnte ich nicht erzählen, was wirklich vorgefallen war. Dass mein eigener Vater …« Colette konnte nicht mehr weitersprechen, obwohl Elise das Gefühl hatte, dass es ihr guttat, ihr all das zu offenbaren. Einen größeren Vertrauens- und Freundschaftsbeweis konnte es kaum geben.

»Ich hatte entsetzliche Angst, denn man weiß ja, dass Kinder mit Missbildungen, Kranke oder geistig Eingeschränkte in solchen Fällen zur Welt kommen. In der ersten Zeit wollte ich zu einer Engelmacherin gehen, doch dann habe ich ihn in mir gespürt. Ich konnte es nicht mehr tun, verstehen Sie?«

»Er ist ein so liebenswerter Junge«, sagte Elise aus vollem Herzen. »Sehen Sie nur, wie er sich freut«, fuhr sie fort,

Colette folgte Elises Blick. Der Junge grunzte, juchzte und fuchtelte ganz aufgeregt mit seinen Händen herum.

Djamel warf Steine ins Wasser. Sie hüpften auf der Wasseroberfläche. Erneut gab Frédéric fröhliche Laute von sich, die selbst Passanten nicht notgedrungen als ungewöhnlich empfinden würden.

»Ja. Das ist er, aber …« Colette wandte sich ab, um weiterzugehen.

»Sie lieben ihn. Das spürt man. Sie opfern sich für ihn auf.«

»Er raubt mir dennoch mein Leben. Ich habe keines mehr. Ständige Angst ist mein Wegbegleiter. Ich sehe aus dem Fenster. Menschen lachen, streiten. Paare laufen Arm in Arm vorbei. Ob Sommer ist oder Winter. Ich sehe alles seit Jahren immer nur von meinem Fenster aus, als wäre ich kein Mensch mehr, sondern ein Geist, der das Leben nicht mehr greifen kann«, sagte Colette.

»Wie lange sind Sie schon in dieser Wohnung?«

»Ich habe das Kloster verlassen, gleich nachdem ich ihn bei einer Hebamme außerhalb der Klostermauern zur Welt gebracht hatte. Die Schwestern hätten ihn mir sonst weggenommen – oder noch Schlimmeres. Mein Onkel war kurze Zeit zuvor verstorben und hat mir die Wohnung vermacht. Vielleicht wusste er vom Vergehen meines Vaters und wollte damit etwas gutmachen. Es war ein Geschenk des Himmels.«

Elise dämmerte, wie sehr diese Frau gelitten haben musste, aber auch wie groß eine Liebe sein musste, die so viele Opfer ertrug.

»Ich liebe ihn, ich hasse ihn, nicht oft, aber es kommt vor. Manchmal wünschte ich, der Herr würde ihn erlösen. Mich erlösen«, sagte sie bitter.

»Vermutlich hat alles einen Sinn, auch wenn er sich mir manchmal nicht erschließt«, versuchte Elise, sie zu trösten.

Colette rang sich ein tapferes Lächeln ab. »Es hat keinen Sinn, jahrelang zu leiden. Es ist ein Schicksal, dem man sich nicht stellen muss. Wenn ich ganz ehrlich bin, rückblickend, und auch wenn ich ihn liebe … Ich hätte zur Engelmacherin gehen sollen. Es hätte ihm und mir viel Leid erspart«, sagte sie.

Elise wusste darauf nichts mehr zu erwidern. Wie gebannt sah sie hinüber zum See. Ferdinand fütterte die Schwäne mit Brotkrumen. Sie schwammen ganz dicht am Ufer. Der Junge hatte so eine Freude daran und trotz alledem wünschte seine Mutter, er wäre nicht da. Elise konnte es ihr nach dem, was sie nun wusste, nicht einmal übel nehmen.

Amalie lag mit ihrem Haupt auf seiner behaarten Brust gebettet. Sein Atem war wie der Hauch einer sommerlichen Brise, die ihre warme Haut kühlte und den Schweiß der Erschöpfung, der wie Tau auf ihrem Körper lag, allmählich vertrieb. Er streichelte sanft ihren Rücken, kaum spürbar und doch so mächtig. Was für ein schönes Gefühl der Nähe und der Vertrautheit. Amalie war ohne Reue, weil sie sich an ihn und er sich an sie verschenkt hatte. Körperliche Liebe konnte so schön sein, so tief, ein so starkes Band, das Herzen ganz nah beieinanderhielt. Es bedurfte auch keiner Worte mehr. Sich so nah zu sein und dem Atem des anderen zu lauschen, genügte, um glücklich zu sein. Amalie fühlte sich wie von einer lebenslangen Last befreit, weil sie immer geglaubt hatte, dass der Liebesakt etwas Schmutziges sei und letztlich nur dazu da, für Nachkommen zu sorgen – eine Pflicht für jede Ehefrau. Mutter hatte sich getäuscht. Anscheinend war es ihr genau wie ihr an Hermanns Seite ergangen. Lust aus Nähe konnte man nicht als Wollust bezeichnen, wie es alle taten, die hinter vorgehaltener Hand über den Beischlaf sprachen. Dazu gehörte auch, sich hemmungslos hinzugeben. Keine Scham zu empfinden, sich vom Geliebten entkleiden zu lassen. Er hatte ihre Hand an seinen Schritt geführt, als wäre es das Normalste der Welt. Sie hatte es zelebriert, ihn zu entkleiden, ihn zu erkunden, weil es das erste Mal gewesen war, den Körper eines Mannes so berühren zu können. Sich endlos lange zu küssen, immer wieder, zu spüren, wie sich das Verlangen nach Vereinigung mit jeder Berührung bis ins Unermessliche steigert und schließlich seine Erfüllung findet, raubte einem die Sinne. Nun wusste Amalie, was Mutter mit dem Ruf der Natur gemeint hatte. Amalie hatte ihn heute zum ersten Mal in ihrem Leben gehört, war ihm gefolgt und dennoch kam es ihr so vor, als wäre sie während des Liebesspiels eine gänzlich andere gewesen, als ob sie all das nur geträumt hätte. Träume konnte man nicht berühren. Sie tat es und begann nun auch, ihn zu streicheln. Er stöhnte wohlig auf, sah zu ihr und setzte dazu an, sie zu küssen. Amalie richtete sich etwas auf, damit ihre Lippen aufs Neue zueinanderfinden konnten. Ihr Blick streifte dabei das Fenster, in dem sich das Licht des aufgehenden Mondes spiegelte, doch da war noch etwas. Täuschte sie sich oder hatte sie eine schnelle Bewegung wahrgenommen?

»Was hast du?«, fragte Marcello.

Amalie lauschte in die Nacht. Waren da nicht Schritte auf dem Kies?

Marcello musste es auch vernommen haben, denn auch er versteifte und richtete sich auf.

Die Schritte näherten sich der Tür zu ihrem Schlafzimmer. Amalies Herz schlug bis zum Hals, als die Tür aufflog und Hermann darin stand. Er wirkte wie von Sinnen.

»Du dreckige Dirne!«, fuhr er sie an. Wie ein wildes Tier ging er auf sie los, packte sie brutal am Arm und versuchte, sie aus dem Bett zu zerren.

Marcello sprang auf, doch noch bevor er sich gegen Hermann werfen konnte, versetzte er ihm einen Schlag gegen die Brust, der ihn zurücktaumeln ließ.

Amalie versuchte, sich aus Hermanns festem Griff zu befreien, doch er holte aus und verpasste ihr eine schallende Ohrfeige. Dann schlug er blind vor Wut auf sie ein. Amalie versuchte, ihr Gesicht mit der freien Hand vor seinen Schlägen zu schützen.

»Ich bringe dich um, du dreckige Hure!«, brüllte er.

Marcello schmiss sich erneut gegen ihn. Diesmal mit Erfolg. Hermann geriet ins Straucheln und ließ sie los.

»Ich bringe euch beide um«, schrie er und stürzte sich wie wild auf Marcello. Der taumelte gegen die Wand, doch fing sich, noch bevor Hermann zu einem Schlag ausholen konnte.

Marcello sprang blitzschnell zur Seite. Hermanns Faust traf die Kommode, deren Schublade daraufhin splitterte. Er schrie auf vor Schmerz.

Marcello packte ihn am Kragen und schmiss ihn gegen die Wand.

»Du bringst niemanden um«, drohte Marcello ihm. Seine Hand umklammerte Hermanns Kehle, doch dann trat Hermann Marcello unverhofft in den Bauch.

Marcello ging auf die Knie und japste nach Luft.

Hermann griff nach einem der beiden Kerzenständer und holte damit aus.

»Hermann! Nein!« Amalie ging dazwischen und packte ihn am Arm. Er wehrte sie mit einem Schlag ab. Sie fiel auf den harten Steinboden. Ihre Rippen schmerzten so sehr, dass ihr der Atem wegblieb. Nun holte er erneut aus, doch zielte er diesmal auf sie.

Marcello schoss heran, packte Hermann am Arm und schleuderte ihn mit Wucht gegen die Kommode. Der massive Kerzenständer fiel dabei klirrend zu Boden. Marcello verpasste Hermann einen Schlag in den Magen, dann einen gegen sein Kinn.

Hermann strauchelte und verlor das Gleichgewicht. Er versuchte vergeblich, Halt an der Kommode zu finden, ging zu Boden und fiel mit dem Kopf auf den massiven Kerzenständer. Dann war alles vorbei. Hermann lag reglos neben ihr.

Marcello erschrak darüber genauso wie Amalie.

»Was hab ich getan?«, flüsterte Marcello.

Amalie starrte auf Hermanns reglosen Körper. Auch wenn sie sich für einen Moment gewünscht hatte, dass er tot wäre, war sie nun doch darüber erleichtert, dass er noch atmete.

Kapitel 19

Amalie hörte auf, die Stunden zu zählen, die sie bereits neben Hermann am Bett des Dorfhospitals gesessen hatte. Dass er bald wieder zu sich kommen würde, hielt der Arzt für zweifelhaft. Manchmal nach Stunden, manchmal nach Tagen oder vielleicht nie, hatte es geheißen, nachdem er ihn untersucht hatte. Die Wunde am Kopf war zwar winzig, doch der Aufprall war massiv gewesen. Amalie wusste im Moment nicht, welche Schuld schwerer auf ihren Schultern lastete. Dass sie sich wünschte, er würde nie wieder aus der Bewusstlosigkeit erwachen, oder dass sie im Grunde genommen für seinen Zustand verantwortlich war. Letzteres hatte Marcello versucht, ihr schon vor Abfahrt zum Hospital auszureden. »Ein Unfall. Es war ein tragischer Unfall«, hatte er sie beschworen.

Natürlich war es das, doch wieso es dazu gekommen war, das wussten beide. Der Arzt allerdings nicht. Hermann sei nur unglücklich gestürzt, hatte sie ihm erzählt. Das war möglich, weil sie selbst keine Verletzungen, also sichtbare Spuren einer Handgreiflichkeit davongetragen hatte, die sich nicht mit Puder hätten kaschieren lassen, und Hermann sich die Wunde auf landwirtschaftlichem Gelände sonst wo zugezogen haben konnte – bei ihr, nicht aber bei Marcello. Das war auch der Grund gewesen, warum er sie auf ihren Wunsch hin nur bis zum

Rand des Dorfes hatte begleiten dürfen. Diese Maßnahme war zu seinem eigenen Schutz, denn seine Schürfwunde im Gesicht wäre jedem Arzt sofort aufgefallen. Falls Hermann nicht mehr aufwachte, würde niemand von ihrem Ehebruch erfahren. Wäre Marcello bei der Einlieferung dabei gewesen, hätte der Arzt im Falle von Hermanns Ableben sicher die Polizei verständigt. Es war klüger, Marcello nach Hause fahren zu lassen. Dort würde man ihn sicher nach dem Striemen im Gesicht fragen, doch den konnte er sich auch während der Kutschfahrt von einem tief hängenden Ast zugezogen haben. Alles andere kam im Moment nicht infrage und Marcellos Vorschlag, die Wahrheit zu offenbaren, schon gar nicht, auch wenn es sie rührte, dass er bedingungslos zu ihr stand. Hatten sie richtig gehandelt? Als er sie am Rand des Dorfes noch einmal in den Arm genommen und fest gedrückt hatte, war sie sich dessen noch sicher gewesen, doch mit jeder Stunde, die verging und in der sie Hermann reglos vor sich liegen sah, wurden die Schuldgefühle größer. Mittlerweile kam ihr sogar der verwegene Gedanke, dass Gott sie dafür bestrafte, weil sie den heiligen Bund der Ehe gebrochen hatte, und sie dazu verdammte, fortan in der Gewissheit zu leben, ein Menschenleben auf dem Gewissen zu haben – Unfall hin oder her. Strafe für die Lust, die Sünde. Amalie hielt es wie so oft in dieser Nacht nicht mehr auf dem Stuhl neben seinem Bett. Sie stand auf, ging zum Fenster und blickte hinaus in die Nacht, auf die Steinhäuser des vor ihr liegenden Dorfes, hinauf zum Mond. Alles wirkte so friedlich. In ihr selbst herrschte Krieg. »Ich bin schuld an seinem Tod« wechselte sich ab mit dem verführerischen Gedanken, dass sie nur nach einem Kissen zu greifen brauchte, um sicherzustellen, dass er nie wieder aufwachte. Niemand würde es angesichts seines Zustands und der Einschätzung des Arztes als ungewöhnlich empfinden. Niemand würde sie als seine Ehefrau, die ihn in einem aufgewühlten und desolaten Zustand ins Hospital gebracht hatte, verdächtigen.

Sie hätte ihn für immer los. Kaum zu Ende gedacht, verachtete sie sich für diesen Gedanken. Eine Dirne sei sie. Hatte er damit nicht recht? Was war von der Nacht mit Marcello geblieben? Sie vermisste ihn und wusste, dass er vermutlich auch kein Auge zutat. Was half es, sich weiter zu quälen? Amalie nahm erneut Platz und überlegte, ob sie sich nicht vielleicht doch hinlegen sollte. In übermüdetem Zustand war es mittlerweile unmöglich, auch nur noch einen einzigen klaren Gedanken zu fassen. Amalie stand auf, beugte sich über Hermann, um sich zu vergewissern, dass er noch atmete. So hilflos wie er nun vor ihr lag, tat er ihr leid. Sie machte sich erneut klar, dass er sie nie schlecht behandelt hatte. Man konnte ihm die Rage, in die er geraten war, nicht vorwerfen. Die Schläge hatte sie sich verdient. Hoffentlich verstarb er nicht. Amalie legte sich nun doch auf das zweite Bett. Die Wärterin hatte ihr sowieso angeraten, ein wenig zu ruhen. Es brachte nichts, sich immer wieder mit den gleichen Gedanken zu martern. Ihre Glieder waren bleischwer und kaum legte sie sich hin, fühlte sie Schwindel. Ihr Kopf schien nach hinten wegzukippen. Sie drehte sich auf die Seite und blickte zu ihm. Sein gleichmäßiger Atem füllte kaum hörbar den Raum, bis sie Stille umhüllte und die Dunkelheit empfing.

»Signora Ebert?« Amalie erschrak, als sie das Gesicht einer jungen uniformierten Wärterin mit Haube vor sich sah. Es war taghell im Raum. Amalie kniff die Augen zusammen, als die Wärterin zur Seite trat und sie das gleißende Licht der Sonne mitten ins Gesicht traf.

Die Wärterin sagte irgendetwas mit »marito« und »bene«, sichtlich erfreut. »Mann« und »gut«.

Sie blickte zu Hermann. Er saß aufgerichtet im Bett und starrte sie aus eiskalten Augen an.

»Guten Morgen, Amalie«, sagte er in einem schneidenden Tonfall, der ihr einen Schauer über den Rücken und ihren Puls nach oben jagte.

»Tè, pane?« Amalie schüttelte den Kopf, woraufhin die Wärterin nickte. Dass der Doktor gleich nach ihm sehen würde, verstand Amalie auch.

»Ein Unfall also«, sagte Hermann mit heiserer Stimme, nachdem die Wärterin das Zimmer verlassen hatte.

Amalie stand auf und ging zum Fenster, um es zu öffnen. Sie brauchte dringend frische Luft.

»Es war ein Unfall«, sagte sie nach einem tiefen Atemzug.

»So nennt man das also …«, erwiderte er.

Amalie spürte, dass all das Mitgefühl, das über Nacht immer wieder in ihr aufgekeimt war, sich mit jedem Atemzug am Fenster verlor.

»Du wirst ihn nie wiedersehen. Hörst du?« Seine Kiefer mahlten vor Anspannung aufeinander.

Nun wusste Amalie, dass Hermann sie nie geliebt hatte. Kein Vorwurf? Keine Aufforderung, es ihm zu erklären? Nur Wut und Hass? Sie drehte sich zu ihm um und sah ihm direkt in die Augen.

»Du kannst dich von mir scheiden lassen.«

Hermann lachte lakonisch auf, was ihm zu Amalies Genugtuung Schmerzen bereitete. Er hielt sich die Schläfen.

»Das hättest du wohl gern«, sagte er dann aalglatt.

Amalie wusste darauf nichts zu erwidern.

»Ich war dir nicht gut genug? Hab ich dir nicht alles gegeben?«

»Im Rahmen deiner Möglichkeiten. Ich schätze auch heute noch viele Dinge an dir«, erwiderte sie.

»Viele Dinge …« Hermanns Mundwinkel begannen zu zucken.

»Es war ein Fehler, ohne Liebe zu heiraten.«

»Das steckt wohl eurer Familie im Blut. Lasst euch den Kopf verdrehen … Elise … und dann du …«, raunte er.

»Es tut mir leid, dass es passiert ist, aber ich bereue es nicht, auch wenn du sicherlich etwas anderes von mir hören möchtest.«

»Du könntest immer noch alles rückgängig machen. Niemand würde je etwas davon erfahren.« Ein ermutigendes Lächeln stahl sich auf seine Lippen.

Amalie schüttelte den Kopf.

»Weißt du, was du deinem Vater damit antun würdest?«

Amalie wusste es und schwieg.

»Er würde es nicht überleben«, fuhr er fort.

»Ich kann nicht bei dir bleiben«, versuchte Amalie ihm nahezubringen.

»Nur ein Wort von mir …«

»Marcello scheut sich nicht vor einem Eklat. Die Schande trifft auch dich«, sagte Amalie.

»So. Der edle Marcello. Der Ritter. Es geht nicht nur um Marcello. Du hast gelogen, dem Arzt erzählt, es sei ein Unfall gewesen, doch es war kein Unfall. Der Liebhaber meiner Frau hat versucht, mich umzubringen. Wem wird die Polizei wohl glauben? Ich muss ihn hier nur vor Gericht zerren. Man wird ihn einsperren und dich mit dazu. Man wird glauben, du seist die Komplizin in einem Mordkomplott. Meinst du, dein großer Ritter wird vor Gericht dann noch den Romeo geben? Seine Liebe vor aller Welt bekunden? Der Sohn einer einflussreichen Familie? Hier, wo Ehre und Familie mehr bedeuten als irgendwo sonst in der Welt? Dich heiraten und versorgen, wenn man ihn als alten Mann aus dem Gefängnis entlässt?«

Amalie verschlug es die Sprache.

»Schon auf dem Fest hab ich mir von Joseph anhören dürfen, dass ich besser auf meine Frau aufpassen soll, und dann noch deine Lüge mit dem Süßholzfeld, das sie verkaufen wollen. Mir war klar, warum du wolltest, dass ich wegfahre.«

Amalie trafen seine Worte. Den Vorwurf, ihn und den Arzt belogen zu haben, musste sie sich gefallen lassen. Obwohl sie bis vorhin dagegen angekämpft hatte, stiegen die Schuldgefühle der Nacht erneut in ihr hoch.

»Und was bringt dir eine Scheidung? Was passiert mit Frauen, die ihre Männer betrügen? Du wirst zu Hause vor Gericht schuldig gesprochen. Und Vater? Für ihn ist Elise gestorben. Möchtest du, dass er dich auch verstößt? All das nur für eine Romanze? Für Wollust in unserem gemeinsamen Bett?«, redete er sich in Rage.

Seine Augen fixierten sie. Kalt und ohne Gnade. Zorn und Angst tobten in ihrer Brust.

»Du wirst ihm sagen, dass es aus ist«, verlangte er.

Amalie wandte sich von ihm ab und blickte durch das Fenster auf den neuen Tag. Wieso hatte sie ihm nicht das Kissen ins Gesicht gedrückt?, warf sie sich vor. Im nächsten Moment wünschte sie sich, sie selbst wäre tot. Hermann hatte mit jedem Wort recht. Das alles konnte sie Marcello nicht antun. Er würde dafür zahlen, dass er ihr das Glück dieser einen Nacht geschenkt hatte. Wenn jemand bezahlen musste, dann nur sie allein.

Mittlerweile wusste Elise, dass Paris immer für eine Überraschung gut war. Selbst in ihrem Viertel, in dem freilich nicht so viel gebaut, eröffnet und veranstaltet wurde wie im Zentrum, bot jeder Tag Neues, Interessantes, das in erster Linie die Kundschaft in den Laden trug. Menschen jeder Couleur suchten sie auf und jeder hatte eine Geschichte zu erzählen. Das ergab sich ganz automatisch beim Probieren ihrer Köstlichkeiten. Oft reichte es schon, Menschen zuzuhören, die zu zweit einkauften, oder Familien. Elise hatte dabei vor allem eines gelernt: Der erste Eindruck täuschte und so manche Kundin, die sie auf den ersten Blick als schnöde Bürgerliche abgetan hatte, als überheblich oder unsympathisch, entpuppte sich als äußerst liebenswerte Person. Das markanteste Beispiel hierfür war sicherlich Madame Dupont, die anfangs ihrem Unmut über Jelena und ihre Tochter freien Lauf gelassen, aber ihr Herz dann doch für das Mädchen erweicht hatte. Das war für eine reiche Erbin eines Pariser Bankiers, wie Elise nun wusste, umso bemerkenswerter. Sagte man Bankiers nicht Habgier und Wucher nach? Das gleiche Vorurteil wie gegenüber dem fahrenden Volk.

»Wer weiß. Vielleicht hat sie uns nur wegen dem Artikel im *Figaro* eingeladen. Du gehörst jetzt anscheinend auch zur feinen Gesellschaft.« Ferdinand hatte diesen Gedanken auf dem Weg zu Duponts imposanter Stadtwohnung am Parc Monceau geäußert.

Sie bewohnte die obere Etage eines fulminant ornamentierten Hauses. Jedes Fenster wirkte wie ein kleines Mausoleum, von Säulen umgeben, mit Gesichtern geschmückt. Das Haus war zudem mit einem fantastischen Blick über den gesamten Park gesegnet. Hier wohnten also die Reichen und Schönen von Paris und die hatte Elise für ihren Empfang mit einer reichen Auswahl ihrer Köstlichkeiten zu versorgen. Dass ein Lieferant von Speisen zugleich eingeladen wurde, war sicher kein Regelfall. Für Dupont womöglich schon, denn kurioser konnte eine Gesellschaft kaum sein. Elise schätzte, dass sie gut und gern zweihundert Gäste anlässlich ihres Geburtstags geladen hatte. Sogar Jules Grévy, der Präsident, hatte in Begleitung einer Dame, die wohl seine Frau sein musste, sein Stelldichein gegeben, um ihr persönlich zu gratulieren. Einer der wenigen, der nicht jedem die Hand schüttelte und nicht länger als für eine gute Stunde geblieben war. Dupont schien obgleich ihrer anfangs gezeigten Ablehnung kein besonderes Augenmerk auf die Zugehörigkeit zu einer sozialen Schicht zu legen. Elise hatte den Holländer mit zerzaustem Haar bereits im Künstlerviertel inmitten der ganzen Bretterbuden malen sehen. Dupont hatte ihn ihnen als Vincent van Gogh vorgestellt. Ein sehr begnadeter Landschaftsmaler sei er. Eines der Bilder, die in ihrem Salon hingen, war von ihm – es zeigte ein typisches Straßencafé am Montmartre.

»Man muss die Künstler unterstützen. Der Ärmste. Ich glaube, ich war die Einzige, die seinerzeit ein Bild auf der Ausstellung von Père gekauft hat«, hatte sie ihnen beim Rundgang durch ihre Wohnung erklärt. Damit meinte sie Père Tanguy, einen Farbenhändler und Kunstliebhaber, den sie ihnen ebenfalls hatte vorstellen müssen.

Das Büfett mit ihren Köstlichkeiten aus Lakritz schien für die meisten jedoch interessanter zu sein als Duponts Kunstsammlung.

»Sind die wirklich von Ihnen?«, fragte eine ältere Dame, die Elise als Amerikanerin einstufte. Man hörte es am Akzent. Dupont hatte sie ihr als Elizabeth vorgestellt, Gattin eines amerikanischen Kaufmanns, der in Frankreich Spinnmaschinen für Baumwolle vertrieb.

»Haben Sie schon von den Anis-Dragees probiert?« Elise nutzte natürlich jede sich bietende Gelegenheit, ihre Confiserie in aller Munde zu bringen – nicht nur im übertragenen Sinn.

»Einfach zu köstlich. Das will man gar nicht glauben, dass ausgerechnet eine Deutsche uns allen den Verstand raubt. Wenn ich mich weiter so sehr an diesem Büfett vergehe, werde ich zeit meines Lebens nie wieder in ein Korsett passen«, sagte sie und lachte.

»Wie ich sehe, amüsierst du dich prächtig.« Dupont kam hinzu.

»In Gesellschaft eines so hübschen Paares ist das auch kein Wunder. Jung müsste man noch einmal sein.«

Ferdinand errötete, weil sie ihren Blick dabei fast ein wenig anzüglich auf ihn gerichtet hatte. Nicht ohne Grund. Elise musste sich eingestehen, dass ihm ein Frack stand. Die meisten der reichen Geschäftsleute hatten mit körperlicher Arbeit wenig am Hut. Dementsprechend unattraktiv war ihre Figur. Die älteren schoben einen Ranzen vor sich her. Ferdinand stach in dieser Gesellschaft förmlich heraus.

»In welcher Branche ist Ihr Gatte tätig?«, fragte Elizabeth.

Elise beließ sie in dem Glauben, dass sie verheiratet waren. Vermutlich waren sie hier das einzige Paar in wilder Ehe.

»Ich arbeite für Eiffel.«

»Damit machen Sie sich hier beileibe nur wenig Freunde. So ein abscheuliches Teil aus Eisen. Paris wird zum Gespött der Welt«, mutmaßte sie.

»Hört nicht auf Elizabeth. Amerikaner halten uns Franzosen sowieso alle für verrückt, aber trotzdem lieben sie Paris«, amüsierte sich Dupont.

»Warten Sie doch erst einmal ab, bis er fertig ist. Sie werden sehen. Bei der Weltausstellung wird ihn jeder bewundern. Allein schon wegen des Blicks über ganz Paris.«

»So hoch hinaus?«, wunderte Dupont sich.

»Ich fürchte, meine Liebe, davon werde ich nichts haben. Ich habe Höhenangst und so viele Stufen kann ich gar nicht mehr erklimmen«, sagte Elizabeth.

»Es wird mehrere Personenaufzüge geben und zu Ihrer Beruhigung, sie sind von einer amerikanischen Firma«, sagte Ferdinand.

Damit hatte er wohl endgültig auch Elizabeths Herz erobert.

Elise erstaunte, wie charmant er sich auf diesem Parkett bewegte. Man konnte sogar behaupten, dass die Damenwelt ihm zu Füßen lag. Entsprechende Blicke waren ihr keineswegs entgangen und ihm ebenso wenig ihre Reaktion. Kaum hatte sie ihn nur für fünf Minuten allein gelassen, um sich auf der Toilette zu erleichtern, klebten auch schon die Blicke zweier junger Schönheiten auf ihm. Ein Mann, der mit einem Glas Champagner allein an einem Fenster stand, war anscheinend in diesen Kreisen eine fette Beute. Elise schritt demonstrativ in ihr Sichtfeld, lächelte ihnen zu und legte ihren Arm um Ferdinand. Die beiden verzogen sich tuschelnd in den Nebenraum.

»Jetzt weiß ich, warum François mich vor den Französinnen gewarnt hat«, sagte Ferdinand. Er schien sich über ihre Eifersucht auch noch zu amüsieren.

»Daher lässt er also keine Feier aus.«

»Ich schätze, er liebt sein Junggesellendasein. Kann man einem Mann das wirklich verübeln?«, sagte Ferdinand.

Elise musterte ihn. Zog er sie jetzt auf?

»Diese vielen hübschen Frauen. Da wird einem ganz schummrig«, säuselte er. Dann angelte er sich ein weiteres Champagnerglas vom Tablett eines Obers in Reichweite.

»Du solltest weniger davon trinken«, riet Elise ihm, als er wieder neben ihr stand.

»Nein. Eher noch ein Glas und du solltest auch noch eines trinken«, sagte er und reichte es ihr. »Lass uns an die frische Luft gehen«, schlug er dann vor und forderte sie mit einer einladenden Geste auf, ihm auf den kleinen Balkon zu folgen. Der Park im Licht der Laternen lag vor ihnen.

»Ich habe so lange damit warten wollen, bis wir beide uns sicher sein können.«

»Sicher?« Elises Herz klopfte schneller. Redete er etwa über ihre Beziehung? Was meinte er damit? War er sich jetzt auf einmal nicht mehr sicher und wollte lieber noch wie François sein Junggesellendasein genießen?

»Eine Familie zu gründen, hier in Paris … Das muss doch alles auf solidem Boden stehen«, fuhr er fort. Sein Grinsen wurde immer breiter. »Elise. Wir sollten heiraten. Es ist an der Zeit«, fuhr er fort.

Elise lachte befreit auf. Sie hatten Champagnergläser in der Hand, waren beide in feiner Robe und auch der Balkon mit diesem Ausblick hätte romantischer nicht sein können, aber aus seinem Munde hatte ein unromantischer Technokrat gesprochen.

Dass sie unwillkürlich lachen musste, verunsicherte ihn sichtlich.

»Aber nur, wenn du mir einen richtigen Heiratsantrag machst. Wie sich das gehört«, verlangte sie streng.

»Du meinst auf den Knien?«

»Das ist doch das Mindeste.« Elise spielte die Echauffierte.

Ferdinand tat es. »Willst du meine Frau werden?«, fragte er in feierlichem und dem Anlass angemessenen Tonfall.

»Das gibt es doch nicht. Ich suche Sie schon die ganze Zeit. Rudolf von der *Allgemeinen Zeitung* möchte Sie kennenlernen. Er ist …« Madame Dupont stutzte. Erst als die Schwingtür Ferdinand nicht mehr verdeckte, wurde sie sich der Situation vollends gewahr.

»Romeo und Julia. Und das in meinem Heim. Dann sind Sie noch gar nicht verheiratet?«, fragte sie.

Ferdinand wirkte nun wie ein Sünder, der vor ihr kniete und um Vergebung bat.

»Sie nehmen den Antrag doch hoffentlich an?«, fragte sie an Elise gerichtet. »Wenn Sie es nicht tun, werde ich mir Ferdinand schnappen.«

Ferdinand lachte.

Dupont musterte ihn und wirkte auf einmal irritiert. »Sie haben ja gar keinen Ring. Also, ohne Ring geht das doch gar nicht!«, sagte sie und trat näher.

»Sie erlauben?«, fragte Dupont und griff dann nach Elises Hand.

»Sie haben so schöne feine Hände. Die hatte ich früher auch einmal«, sagte sie wehmütig. Dann wandte sie sich an Ferdinand und musterte auch eine seiner Hände.

»Sie bleiben hier. Und lassen Sie sich in der Zwischenzeit nicht von Marie und Louise bezirzen. Die beiden fressen Sie sonst noch mit Haut und Haaren auf.« Dann nahm sie Elise an der Hand. »Wir finden einen passenden Ring. Ich hab so viele. Ich weiß gar nicht mehr wohin damit.«

»Aber …«, wandte Elise ein.

»Aber, aber … Was ist das für ein Unwort. Keine Widerrede.«

Ferdinand wirkte mindestens so verblüfft wie Elise. Er kniete immer noch auf dem Balkon und musste mit ansehen, wie Dupont sie in eines ihrer Gemächer führte.

Spätestens als Amalie nachts die letzten Zeilen an Marcello zu Papier gebracht hatte, fühlte es sich so an, als wäre der letzte Tropfen ihrer Seele mit der Tinte aufs Papier geflossen. Amalie spürte nur noch ihren Körper, die schmerzenden Rippen vom Sturz auf den Steinboden und eine Mattigkeit und Schwere, als ob sie sich eine schlimme Krankheit eingefangen hätte. Sie kam sich vor wie eine Marionette, die die Zwänge des Lebens führten. Die Puppenspieler hatten sich im Laufe der Jahre verändert. Früher war es vor allem ihr Vater gewesen, dann Lehrer in der Schule und nun Hermann. Die Fäden, die er momentan in der Hand hielt, waren zu fest, wie aus dickem Draht, und ihr fehlten sowohl das Werkzeug als auch die Willenskraft, um sie zu kappen. Das Einzige, was in ihr noch lebte und Kraft gab, war der Wunsch, dass Marcello nichts geschah. Der Schmerz, sich Hermanns Willen fügen zu müssen, auch weil Marcello letztlich mit an diesen Fäden hing, und die Gewissheit, ihn zu verlieren und somit das größte Glück, das sie jemals empfunden hatte, erzeugten eine solche Leere, dass sie sich nur noch wie eine Hülle fühlte, die dieser Schmerz zusammenhielt. Amalie nahm den Brief an sich und las ihn noch einmal durch, um sicherzustellen, dass sie die richtigen Worte gewählt hatte.

Liebster Marcello,

wenn Du diesen Brief liest, bin ich bereits in Bamberg. Es bleibt mir keine andere Wahl. Hermann droht, dafür zu sorgen, dass wir beide ins Gefängnis kommen. Selbst wenn nur bei unseren Familien zutage käme, was tatsächlich passiert ist, wären die Konsequenzen für uns beide schwerwiegend. Sofia würde sicher damit umgehen können, doch wie würden Deine Eltern reagieren? Mein Vater darf nichts davon erfahren. Er hat meine Schwester verstoßen und ist von Hass zerfressen, weil sie sich für die Liebe und gegen die Familie entschieden hat. Ich würde es sogar in Kauf nehmen, mit Schimpf und Schande von Hermann geschieden zu werden, fortan mittellos dazustehen, sofern wir nur zusammenbleiben könnten, doch ich fürchte, Vater würde es nicht überleben. Im Moment tröstet mich ein nahezu absurder Gedanke. Kann es sein, dass die Erinnerung an diese eine Nacht nicht wertvoller ist als alles andere? Kann etwas jemals wieder schöner sein, auch wenn uns keine Hindernisse im Weg stünden? Kann man mehr Liebe überhaupt empfinden? Dieser Schatz ruht von nun an immer in meinem Herzen, wird mir Halt in schweren Zeiten geben, die mir in der alten Heimat bevorstehen. Vor allem Dein Glück liegt mir am Herzen. Der Gedanke, dass Hermann Dir schaden könnte, ist für mich unerträglicher, als mich meinem Schicksal zu fügen, zurückzufinden in die Gefangenschaft eines Lebens als verheiratete Frau. Mir bleibt nur, dafür zu beten, daran nicht zu zerbrechen. Die Hoffnung, dass es Dir gut ergeht, wird mir die Kraft geben, diese Zeit durchzustehen.

In Liebe
Deine Amalie

Amalie flossen Tränen über die Wangen. Sollte sie ihm diesen Brief tatsächlich schicken? Sie wischte sich die Augen trocken, lehnte sich zurück und suchte erneut nach einem Ausweg, jedoch ohne Erfolg. Den ganzen Tag hatte sie schon darüber nachgedacht. Hermann schlief seit Stunden, was in Anbetracht seines Sturzes nach Auffassung des Arztes normal sei. Sie hatte sogar überlegt, zu den Suraces zu fahren, um Marcello aufzusuchen, doch die Angst vor dem, was Hermann ihnen angedroht hatte, obsiegte. Ihr Herz versuchte trotzdem, immer noch gegen ihre Entscheidung anzukämpfen. Es würde ihr schon genügen, ihn nur kurz zu sehen, sagte sie sich. Nur eine einzige Umarmung würde sie allen Kummer vergessen lassen. Für nur einen Kuss von ihm würde sie so gut wie alles in Kauf nehmen. Amalie erschrak bei diesen Gedanken. Er bewies, dass sie den Brief abschicken musste. So reagierte nämlich ein junges, verliebtes und törichtes Gör, aber keine erwachsene Frau, die bis vor wenigen Wochen noch ein völlig normales Leben geführt hatte, in Zufriedenheit mit sich und der Welt. Es war aber nicht töricht, zu lieben, und ihr bisheriges Leben war nur in den Augen all derjenigen, die sich dem Joch der Konventionen beugten und nie vom Honigtopf leidenschaftlicher Liebe hatten kosten dürfen, *normal* gewesen. Den Unterschied zwischen Zufriedenheit, die man sich auch einreden konnte, und Glück, wahrem Glück, den kannte sie jetzt auch.

Amalie gab sich einen Ruck und entschied sich dazu, den Brief in ein Kuvert zu stecken und aufzugeben, noch bevor Hermann wach wurde. Sie musste sowieso Arznei für ihn im Dorf holen. Zumindest dieser Brief würde unentdeckt bleiben. Amalie klammerte sich an noch einen Gedanken. Ob sie Marcello wirklich liebte, sich also nicht nur von einem Rausch der Gefühle hatte davontragen lassen, und diese Liebe groß genug war, um alles drohende Leid in Kauf zu nehmen, würde sich erst herausstellen, wenn sie zurück in Bamberg war. Dann konnte sie sich sicher sein. Zu viel war passiert, was sie aus ihrem Leben gerissen hatte. Am Ende verblasste alles, was sie bisher erlebt hatte, aus reinem Selbstschutz, und sie fand wieder zu jener vorgegaukelten Zufriedenheit zurück, die sie zeit ihres Lebens begleitet hatte. Walzer statt Tarantella. Der seelische Schmerz würde ein Gradmesser dafür sein und Schmerz hatte sie sich verdient. Fegefeuer an Hermanns Seite für den Ehebruch, dessen sie sich zweifelsohne schuldig gemacht hatte.

Kapitel 20

Hermanns Hoffnung, dass der Ortswechsel und die damit verbundene Rückkehr in ihr altes Leben Amalie wieder »zur Vernunft brachte«, wie er es ihr während der Zugfahrt zurück wörtlich nahegelegt hatte, wollte sich auch nach über zwei Wochen in der alten Heimat nicht erfüllen. Es gab nur eine Sache, auf die Amalie sich jeden Tag aufs Neue freute. Das war der Abend und die Möglichkeit, früh zu Bett zu gehen, die Augen zu schließen und sich von Bamberg, ihrem Vater und vor allem von Hermann wegzuträumen. Wenigstens fasste er sie nicht mehr an. Ein Teil der Vereinbarung, die sie während der Zugfahrt getroffen hatten. Ihr nach der Hochzeit geschmiedeter Plan, ein gemeinsames Schlafzimmer einzurichten, war vom Tisch, angeblich, weil Hermann so sehr schnarchte, dass sie kein Auge zutat. Auf diese Weise bekam Vater nicht mit, dass sich zwischen seiner Tochter und dem Schwiegersohn eine unsichtbare Mauer geschoben hatte. Sie durchscheinend zu halten, sodass selbst Außenstehende und Geschäftspartner nichts bemerkten, kostete so viel Kraft, dass es ein Leichtes war, nach dem gemeinsamen Abendessen mühelos ins Land der Träume zu reisen. Träume von ihm und Kalabrien. Mittlerweile vermisste sie jeden noch so kargen Strauch und selbst das provisorische Bad hinter dem Haus. All der Komfort ihres Bamberger Heims verblasste gegen das süße Leben, von dem sie hatte kosten dürfen. Wie jeden Morgen, seitdem sie zurück war, obwohl dies gar nicht ihrem Naturell und ihren früheren Gewohnheiten entsprach, zögerte Amalie den Moment aufzustehen so lange hinaus wie nur irgendwie möglich. Hier auf ihrem Zimmer und mit abgedunkelten Fenstern ließ sich der kommende Tag noch auf Distanz halten. Das gab ihr Zeit, um sich zu fangen, aus dem Sumpf der süßen Träume zu waten, obwohl Amalie sie am liebsten mit in den Tag retten würde. Diese Zweiteilung ihres Lebens ermöglichte es, ihren Pflichten nachzukommen, ohne innerlich zu zerbrechen. Sie überlegte, wie lange es noch dauern würde, bis sie wieder nach Italien reisen konnte – ebenfalls ein Teil der Vereinbarung, die jedoch nicht Hermanns Großmut zu verdanken war, sondern dem Umstand, dass er sie brauchte, um alle Geschäfte abzuwickeln und den Schein zu wahren. Der Kontakt zu den Suraces war ihm wichtig, ebenso sein Ansehen. Amalie überlegte, ob er vielleicht damit rechnete, dass sich ihr Verhältnis im Laufe der Zeit wieder bessern würde. »Die Zeit heilt alle Wunden«, hatte er ihr vor Tagen zwischen Tür und Angel nach der gemeinsamen Buchhaltung prophezeit, dabei aber weiß Gott nicht bedacht, dass es gar nicht um Wunden, sondern um ein durchtrenntes Band zwischen ihnen ging, das man genauso wenig wie einen abgetrennten Arm wieder annähen konnte. Wenigstens ehrlich sollte sie fortan zu ihm sein. Hermann hatte dies in Anrechnung, dass er bis zum Zeitpunkt ihres Ehebruchs gut zu ihr gewesen war, durchaus verdient. Dem gegenüber stand allerdings die inzwischen in Stein gemeißelte Tatsache, dass all sein wohlgefälliges Gebaren und das vermeintlich gute freundschaftliche voreheliche Verhältnis, welches sie an ihm so geschätzt hatte, letztlich nur aus rein geschäftlichem Interesse gewachsen war. Vor ihrer Zeit in Italien war es nur eine Ahnung gewesen, die fast schon an Unterstellung gegrenzt hatte. Nun, aus der Distanz und genährt mit all den Erfahrungen, wie schön Liebe sein konnte, wie tief und wie anders als alles bisher mit Hermann Erlebte, konnte es keinen Zweifel mehr daran geben, dass er ebenfalls Schuld auf sich geladen hatte. Auch er hatte sie nie geliebt. Wenn er das wenigstens von sich aus zugeben würde, doch diesen Gefallen tat er ihr nicht. Es war ja auch viel bequemer, die Schuld bei anderen abzuladen, sie sich zunutze zu machen. Vermutlich wusste er gar nicht, was Liebe war. Diese Erkenntnis gab Amalie die Kraft, sich zu erheben und die Vorhänge zur Seite zu ziehen. Das grelle Morgenlicht blendete und läutete brachial den Teil des Tages ein, den sie am liebsten überspringen würde.

Als sie in ihr Kleid stieg, fühlte es sich so an, als würde sie sich für einen Auftritt auf einer Theaterbühne verkleiden. Ihre Rolle war die der Geschäftsfrau und Gattin. Sie wurde gut bezahlt, denn die Geschäfte florierten. Jeden nur erdenklichen Wunsch konnte sie sich nun wieder erfüllen. Nur einen nicht, und zwar den sehnlichsten. »Du bist selbst schuld«, prangerte sie sich an, als sie vor dem Spiegel das Kleid in Form zupfte. Amalie stellte dabei fest, wie verhärmt ihre Gesichtszüge geworden waren. Selbst ein Lächeln brachte sie nicht mehr zustande. Der Versuch wurde zur Grimasse einer venezianischen Karnevalsmaske. Während sie sich das Gesicht puderte, um die dunklen Ringe unter ihren Augen zu kaschieren, überlegte sie, ob nicht ihre Erziehung letztlich schuld an allem war. Hatte sie ihr wahres Wesen wirklich nur deshalb verleugnet, um Vater alles recht zu machen? Wut auf ihn stieg in ihr hoch, auch auf sich selbst. Sie nährte den eisernen Willen, die Zeit bis zur nächsten Reise nach Kalabrien, bei der sie Hermann und Vater begleiten sollte, zu überstehen. Irgendwann würde sie Marcello dabei zwangsläufig wieder begegnen. Durchhalten! Amalie holte tief Luft und ging hinunter zum gemeinsamen Frühstück – eines der Rituale, die Hermann, um den Schein zu wahren, ihr abverlangte. Sie hielt sich daran, zumal es sich seit Jahren eingebürgert hatte, morgens über das anstehende Tagwerk zu sprechen und eventuell Aufgaben zu verteilen oder an sie zu erinnern. Mathilde war der einzige Lichtblick in diesem Haus, doch zugleich erinnerte sie Amalie schmerzhaft an ihre Mutter. Noch nicht einmal ihr konnte sie sich offenbaren, den Schmerz teilen, ihre Gedanken. Mathilde würde sie verachten und was noch schlimmer war, vielleicht kein Stillschweigen bewahren. Daher beließ Amalie es dabei, sie wie jeden Morgen herzlich zu begrüßen. In ihrem Fall gelang es sogar, zu lächeln. Das war vorbei, als sie den Salon betrat. Es genügte ja schon, Hermann zu sehen. Vater wirkte guter Dinge. Das war nicht ungewöhnlich, solange er seine Zeitungen zum Frühstück lesen konnte, vor allem die *Allgemeine*, seiner Meinung nach die einzige Zeitung, die solide über wirtschaftlich bedeutsame Geschehnisse berichtete. Auf diese Weise ersparte sie sich die Lektüre, denn Vater trug ihnen alles Wichtige jeden Morgen vor.

»Guten Morgen, Amalie.« Hermann sah nicht einmal zu ihr her, während er sie grüßte. Auch das war nicht ungewöhnlich, denn er las ebenfalls Zeitung.

Amalie nahm Platz und schenkte sich schweigend etwas vom schwarzen Tee ein. Sie hoffte auf seine belebende Wirkung, denn sie fühlte sich immer noch schwer wie Blei.

»Das muss man sich einmal vorstellen. Die Engländer wollen deutsche Produkte brandmarken«, ereiferte Vater sich.

»Wie soll das gehen?«, fragte Hermann nach.

»Sie wollen ein Warenzeichengesetz erlassen. Auf allen importierten Produkten soll künftig das Herkunftsland vermerkt sein. *Made in Germany* soll darauf stehen.«

»Betrifft das auch unser Süßholz?«, fragte Amalie. Immerhin dafür interessierte sie sich noch, wohl mehr aus Gewohnheit, räumte sie sich ein.

»Vorerst nur Industrieprodukte, aber das wird bald auf allen Waren zu lesen sein.«

»Was ist eigentlich so schlecht daran?«, fragte Amalie.

»Die englische Presse stellt unsere Produkte als minderwertig hin, weil sie preisgünstiger sind«, erklärte Vater.

»Ob der Schuss da mal nicht nach hinten losgeht«, überlegte Hermann laut.

Amalie teilte seine Ansicht, kommentierte es aber nicht weiter. Sie nahm sich Brot und Marmelade und hoffte darauf, dass Vater wie üblich nun auch ein bisschen vom kulturellen Leben im Reich berichtete, sei es über ein Theaterstück, ein Buch, das in aller Munde war, oder die Neueröffnung eines Museums.

»Wir müssen heute die Abrechnungen für die Apotheken machen«, sagte Hermann an Amalie gerichtet.

»Sind sie zufrieden?« Amalies Frage war rein rhetorischer Natur, weil sie ja um die Qualität des kalabrischen Süßholzes wusste. Wenigstens kam auf diese Weise ein einigermaßen erträgliches Gespräch zustande. Es half ja nichts, Hermann anzuschweigen. Vater würde Verdacht schöpfen, dass irgendetwas nicht stimmte.

»Mehr als das. Und sie wollen mehr bestellen«, erklärte Hermann. Merkwürdig war, dass Vater es nicht kommentierte. Eigentlich hatte Amalie mit einer Lobeshymne gerechnet. Sie blickte zu ihm und bemerkte sofort, dass etwas nicht mit ihm stimmte. Er hielt die Zeitung mit zittrigen Händen. Die gesunde Farbe war aus seinem Gesicht gewichen.

»Etwas Beunruhigendes?«, fragte sie. Am Ende waren die Preise für Süßholz eingebrochen.

Vater legte die Zeitung ab und starrte ins Leere. Ihre Frage blieb unbeantwortet.

Hermann war schneller, sich den Artikel zu schnappen. Und seine Reaktion war nicht minder befremdlich.

»Elise«, sagte er nur.

Die Trägheit des Morgens verlor sich augenblicklich. Amalie schoss das Blut in den Kopf. Ihr Herz fing an, heftig zu pochen.

»Réglisse d'Elise. Paris …«, stammelte Hermann.

Vater starrte immer noch schweigend auf sein Frühstücksbrot.

»Sie ist in Paris? Und das steht in der Zeitung?«, wunderte Amalie sich.

»Sogar mit Illustration. Die haben sie aus dem *Figaro* übernommen«, sagte Hermann, las den kurzen Artikel zu Ende und legte ihn so hin, dass auch sie die Abbildung sehen konnte.

»Ganz Paris scheint Kopf zu stehen. Sie hat eine Confiserie am Montmartre. Der *Figaro* hätte schon darüber berichtet und in den höchsten Kreisen würde sie verkehren.«

Amalie konnte das kaum glauben und besah sich die Illustration näher. Die zweifelsohne von einem sehr talentierten Illustrator gezeichnete Frau hinter dem Tresen sah tatsächlich so aus, wie Amalie ihre Schwester in Erinnerung hatte. Zwei Frauen standen vor dem Laden und auf der Schaufensterscheibe stand der Name ihrer Confiserie. Die Illustration wühlte sie so sehr auf, dass sie nicht einmal mehr in der Lage war, den dazugehörigen Artikel zu lesen. Sie starrte regungslos darauf. Elise. In Paris. Sie lebte ihren Traum, hatte so großen Erfolg, dass selbst die Zeitungen darüber berichteten, sogar die deutsche *Allgemeine*. Amalie überfiel augenblicklich Neid. Zugleich freute sie sich für sie. Wehmut gesellte sich mit hinzu. Sie vermisste Elise. Das Wechselbad der Gefühle konnte verstörender nicht sein. Die Freude überwog im Moment. Dazu kam nun auch noch, dass sie Stolz auf ihre junge Schwester empfand, zugleich bemitleidete Amalie sich selbst. Was war mit ihr? Was hatte sie? Nichts!

»Die erste Adresse. Lutschpastillen, Dragees, Lakritz mit Schokolade, Pralinen. Wer hätte das gedacht?«, sagte Hermann kopfschüttelnd.

»Sie hat es gewusst. Elise hat es uns gesagt, aber wir wollten nicht auf sie hören«, sprudelte aus ihr heraus. Aus Amalie sprach pure Bewunderung. Sie empfand sogar Genugtuung, auch wenn sie sich damit selbst anklagte, denn sie erinnerte sich nur allzu gut daran, dass sie ihrer Schwester seinerzeit bei ihrem Vorhaben nicht in ausreichendem Maße zur Seite gestanden hatte. Und das, nur um es Vater recht zu machen. Was für eine Farce.

»Pralinen«, sagte Vater abfällig. Wie konnte er nur so starrsinnig sein?

»Mit Verlaub, Joseph. Der Artikel stimmt mich nachdenklich. Wir sollten ernsthaft …«, überlegte Hermann laut.

»Wir sind nicht in Paris«, fiel Vater ihm aufgebracht ins Wort. Auch das hatte Amalie noch gut im Ohr. Vater bebte vor Aufregung.

»Wenigstens geht es ihr allem Anschein nach gut. Es sei ihr vergönnt«, sagte Hermann. Kam das von Herzen?

Amalie spürte Übelkeit in sich aufsteigen.

Vater stand wortlos auf. Er rang um sein Gleichgewicht. Normalerweise wäre sie sofort aufgesprungen, um ihn zu stützen. Sie konnte es nicht. Dafür sprang Hermann auf, obwohl er nicht wie sie unmittelbar neben ihm saß.

Vater wies ihn mit einer schroffen Handbewegung ab und verließ wortlos den Raum.

»Wir könnten zusammenarbeiten. Von irgendwoher muss sie den Lakritz doch beziehen«, sagte Hermann. Er dachte wie üblich nur ans Geschäft.

»Ich kann mir kaum vorstellen, dass Elise daran überhaupt noch Interesse hätte«, erwiderte Amalie, die nun ebenfalls aufstand, denn in seiner Gegenwart war es unmöglich, die Vielzahl der Gefühle, die wie Blitze durch ihre Seele fuhren, einigermaßen zu verarbeiten.

Hermann sagte zum Glück nichts mehr darauf und ließ sie gehen.

Noch bevor sie die Treppen erreicht hatte, überlegte sie sich ernsthaft, ungeachtet aller Konsequenzen, mit Marcello durchzubrennen und letztlich genau das zu tun, was auch Elise getan hatte. Das eigene Leben leben und nicht für andere leiden. Das Land verlassen? Sich dem Zugriff der Justiz dadurch entziehen? Dann konnte Hermann behaupten, was er wollte. Alles hinter sich lassen, auch den eigenen Vater. Wie viele Emigranten ließen sich nach Ankunft in Amerika neue Papiere ausstellen? Erst kürzlich hatte Vater darüber in der Zeitung gelesen, dass man sich von den Chinesen in der neuen Welt Pässe kaufen konnte. Meister der Fälschung hatte er sie genannt. Ganoven tauchten unter. Das konnten sie auch. Ihr Verbrechen war es, sich zu lieben. Selbst dieser verrückte Gedanke schoss ihr durch den Kopf. Konnte man überhaupt Glück haben, wenn man es nicht suchte? Einmal hatte sie es doch gefunden und alles in allem doch nur, weil sie etwas dafür getan hatte. Den Preis dafür zahlte sie nun. Elise hingegen präsentierte das Leben keine Rechnung, aber vielleicht lag das daran, weil sie nie den Fehler begangen hatte, sich selbst zu belügen.

Elise hatte Colette und Jelena vorgeschlagen, sich einmal pro Woche in der Mittagszeit zu treffen, was naheliegend war, weil aus ihnen spätestens seit ihrem Ausflug in den Bois de Boulogne Freundinnen geworden waren. Es war auch so gut wie unmöglich, sie nicht zu mögen. Das galt vor allem für Colette. Elise zollte ihr Respekt und Bewunderung. Ihr Traum, sich einmal unbeschwert mit Freundinnen in einem der schicken Cafés an den Champs-Élysées zu treffen, war unter normalen Umständen natürlich unmöglich, weil sie ihren Sohn ja nicht allein lassen konnte. Die Umstände hatten sich aber geändert, weil es nun jemanden gab, dem sie Frédéric blind anvertraute. Der Junge sah in Ferdinand vermutlich mittlerweile seinen besten Freund und, was auch Elise erstaunte, in seiner Gegenwart verhielt er sich ruhiger, als wenn Colette bei ihm war. Aus der Fahrt zu den Champs-Élysées wurde trotzdem nichts, denn im Notfall wollte Colette es dennoch nicht so weit zurück zu ihrer Wohnung haben, was nichts damit zu tun hatte, dass sie Ferdinand nicht vollumfänglich vertraute. Nur Colette kannte alle Eigenarten ihres Sohnes und wusste Signale, wenn es ihm nicht gut ging, besser zu interpretieren. Insofern mussten sie sich heute mit einem Café am Boulevard ihres Stadtbezirks begnügen, was vielleicht sogar besser war, denn das Publikum war hier bunter und es gab viel mehr zu sehen. Colette wäre allerdings nicht Colette, wenn sie nicht unentwegt an Frédéric denken würde. Wer konnte ihr das verübeln? Ihr Leben bestand aus ihm, seinen Bedürfnissen, und sie schien ihres dem des Jungen komplett untergeordnet zu haben.

»Du musst ihm einfach mehr zutrauen«, riet Jelena ihr an, weil Colette sich auf dem Herweg mit der Frage gequält hatte, wie Ferdinand es nur anstellte, dass der Junge bei ihm so ruhig blieb.

»Wie soll das denn gehen? Er sitzt doch im Rollstuhl.«

»Ferdinand hat den Ledergürtel einfach nicht benutzt«, offenbarte Jelena.

Colette blieb daraufhin fast der Bissen ihrer Erdbeertartine im Hals stecken.

»Er ist sogar herausgefallen«, fuhr Jelena fort.

»Was? Aber es hätte sonst etwas passieren können. Der Boden war doch voller Steine«, wandte Colette entsetzt ein.

»Er hat keinen Mucks von sich gegeben. Ferdinand hat ihn einfach wieder in den Stuhl gesetzt und ihm gesagt, dass er ruhig sitzen bleiben soll.«

Colette schüttelte fassungslos den Kopf.

»Davon höre ich auch zum ersten Mal«, gab Elise unverhohlen zu.

»Man muss nicht alles im Leben wissen«, meinte Jelena schmunzelnd.

»Ihm fehlt vermutlich ein Vater«, überlegte Colette laut.

»Er hat ja jetzt Ferdinand und glaub mir, seit unserem Ausflug ist der Junge nachts kaum noch zu hören«, gestand Elise.

»Du hast so ein Glück. Er wird sicher einmal ein sehr guter Vater. Habt ihr denn schon darüber gesprochen? Ehe … Kinder … Familie?«

Elise blickte erst verschmitzt lächelnd in die Runde, öffnete dann ihren Beutel und kramte eine kleine Schachtel hervor. Darin befand sich Duponts steinbesetzter Ring, den sie erst am Vortag vom Goldschmied zurückbekommen hatte. Ohne ihn etwas kleiner zu machen, hätte sie ihn beim Tragen verloren. Sie steckte ihn sich an den Ringfinger und ließ den darauf eingelassenen Saphir im Licht der Sonne funkeln.

Jelenas Augen wurden groß. Sogleich nahm sie ihn in Augenschein.

»Nein. Ihr seid verlobt? Und das erfahren wir so ganz nebenbei?«, entrüstete Colette sich zu Recht, denn Elise hatte es ihren Freundinnen just erst heute, natürlich mit dem Ring an ihrem Finger, eröffnen wollen.

»Der Ring muss ja ein Vermögen gekostet haben. Und erst der Stein. Zieh den ja nie an, wenn du zum Markt gehst«, riet Jelena ihr.

»Ist ja nur für heute und für besondere Anlässe. Mir war danach«, erklärte Elise.

»Er muss ja wirklich gut verdienen.« Colettes Anmerkung war natürlich eine Frage.

»Wir haben ihn geschenkt bekommen. Und zwei Eheringe. Aber die müssen wir auch noch zum Goldschmied bringen, um sie kleiner machen zu lassen. Hoffentlich bringt das kein Unglück. Sie sind von Dupont. Bei der waren wir doch eingeladen.«

»Sachen gibt's.« Jelena schüttelte ungläubig den Kopf.

»Also. Wann wollt ihr heiraten?«

»Wir haben noch keinen Termin im Auge, aber wir sollten damit nicht mehr allzu lange warten«, sagte Elise, woraufhin Jelena sie misstrauisch musterte.

»Sag bloß …«

»Was? Gibt es etwas, was mir entgangen ist?«, fragte Colette.

»Weshalb heiraten Paare zügig?« Jelena half ihr auf die Sprünge.

»Nein!« Bei Colette fiel der Groschen.

»Ich weiß es noch nicht sicher, aber wenn ich die Zeit zurückrechne … Ich weiß von meiner Mutter, dass wenn das Blut ausbleibt …«

Jelena nickte wissend.

»Du bist tatsächlich guter Hoffnung«, freute Colette sich.

Einer der Gäste am Nebentisch drehte sich prompt zu ihnen um.

»Sag es noch lauter, damit es morgen der halbe Montmartre weiß«, rügte Elise sie.

»Habt ihr euch das gut überlegt? Deine Confiserie … Ist doch jede Menge Arbeit«, merkte Colette an.

»Was will ich sagen? Ich hab auf den Zyklus geachtet, die Tage gezählt, aber …«

»Dich dann von der Leidenschaft davontragen lassen«, sagte Jelena, aber dankenswerterweise nun in einer Lautstärke, die sicherstellte, dass es nur sie und Colette hören konnten.

»Hast du es Ferdinand schon gesagt?«, wollte Colette wissen.

Elise schüttelte den Kopf.

»Besser so. Ich würde noch ein paar Tage warten. Bei mir blieb es aus und nach vier Wochen war alles so, wie es die Natur vorgesehen hat«, sagte Jelena.

»Du meinst, dass er sich darauf freut und dann enttäuscht ist?«

»Ich glaube, Jelena hat recht«, riet ihr nun auch Colette.

Elise gedachte, den Rat ihrer Freundinnen anzunehmen, auch wenn sie sich fast sicher war, in anderen Umständen zu sein. Hatte ihre Mutter nicht auch gesagt, dass sich dann Essgewohnheiten änderten und man Appetit auf Dinge bekam, die man sonst nicht einmal in Betracht zog? Dazu musste Elise ja nur auf das Stück Marzipantorte auf ihrem Teller schauen, denn normalerweise aß sie die nie.

Vater hatte das gemeinsame Mittagessen ausfallen lassen, weil er mit Hermann geschäftlich außer Haus speisen wollte. Ein Tabakhersteller aus Gießen zog in Betracht, größere Mengen ihrer Ware zu beziehen. Es musste sich wie ein Lauffeuer herumgesprochen haben, dass sie zum Importeur von hochwertigem italienischem Süßholz geworden waren. Auf einmal bot die Bank wieder mehr finanzielle Spielräume an. Mathildes einfache Lebensweisheiten trafen den Nagel wie so oft auf den Kopf.

»Wer was hat, der kriegt immer mehr. Wer nichts hat, der muss schauen, wie er über die Runden kommt. Aber das hat dein Vater ja wirklich gut gemeistert«, sagte Mathilde, deren Gesellschaft beim Essen ihr sowieso lieber war als die von Hermann und ihrem Vater. Am liebsten hätte Amalie ihr erzählt, wem sie es zu verdanken hatten, nämlich Marcello, dass ihr Vater nun wieder hoffnungsvoll in die Zukunft blicken konnte, doch was brachte das? Sie müsste zu weit ausholen und lief dabei auch noch Gefahr, dass sie Mathilde dabei gleich ihr ganzes Herz ausschüttete. Amalie sehnte sich danach, doch sie hatte es Hermann versprechen müssen, über die Geschehnisse in Kalabrien Stillschweigen zu bewahren.

»Deine Hühnersuppe ist und bleibt mein Lieblingsgericht.« Amalie machte Mathilde lieber ein Kompliment, das auch noch von Herzen kam.

»Hat dir das Essen in Italien geschmeckt? Man sagt, es sei nicht schlecht, aber sie essen zu viel Teigwaren.«

»Sie nennen es Pasta. Man gewöhnt sich schnell daran und an fast allem ist Olivenöl. Sie kochen sogar damit.«

»Statt mit Schmalz und Butter?«, wunderte Mathilde sich.

Amalie nickte.

»Du hast kaum etwas erzählt, seitdem du hier bist.« Mathildes unterschwelliger Vorwurf war nicht zu überhören.

»Wir hatten viel Arbeit. Das Haus war in einem sehr schlechten Zustand und musste hergerichtet werden.«

»Das hat mir dein Vater schon berichtet. Und sonst? Die Menschen? Sind sie zugänglich?«

»Sogar sehr.« Amalie merkte, wie sich prompt der Wunsch, sich möglichst bald hinzulegen, immer stärker wurde.

»Hast du denn auch ein bisschen Italienisch gelernt?«

»Es bleibt einem ja nichts anderes übrig. Ich mag die Sprache. Sie ist so melodiös.«

»Und die Männer dort? Sie sind bestimmt sehr hübsch. Also die Italiener in Bamberg sind bestimmt hübscher, als was hier so herumläuft. Die braune Haut. Das dunkle Haar. Da könnte selbst eine alte Frau wie ich noch ins Träumen geraten.«

Amalie brachte das Hühnerfleisch in der Suppe kaum noch hinunter, zumal Mathilde sie nun auch noch kritisch musterte. Sie vermisste Marcello in diesem Moment so sehr, dass es fast körperlich wehtat. Amalie zwang sich dazu, weiterzuessen, allein schon, damit Mathilde sie nicht mehr so besorgt ansah.

»Was ist denn bloß mit dir los? Seitdem du wieder hier bist, wirkst du so ernst und bedrückt«, stellte Mathilde fest.

»Es ist nicht leicht, sich so schnell wieder einzugewöhnen«, erwiderte Amalie. Überzeugend klang sie dabei nicht.

»Hermann hat sich auch verändert … und von deinem Vater wollen wir gar nicht erst reden. Welcher Mann würde nicht darunter leiden, wenn seine Frau auf so tragische Weise verstirbt, aber als er mit Hermann allein hier war, dachte ich, er sei von Sinnen.«

»Was ist denn passiert?« Amalie kannte ja bisher nur Hermanns Version.

»Ich verstehe es selbst nicht. Er hat nur einen Brief erhalten. Von einem Notar.«

»Das wird sicher ein Schreiben wegen des Grundstückskaufs gewesen sein.«

»Das dachte ich zunächst auch, aber dein Vater … Er war gar nicht mehr ansprechbar und dann … Ich habe das nur zufällig mitbekommen, als ich die Wäsche aus dem Keller holte. Er hat getobt und behauptet, dieser Ferdinand hätte ihn bestohlen. Aber wie soll das denn gehen? Der Junge war doch nie hier im Haus.«

»Hermann hat mir davon erzählt.«

»Also, wenn tatsächlich etwas aus dem Haus weggekommen ist. Ich habe nichts angefasst. Das darfst du mir glauben.«

»Ach Mathilde. Wie kommst du überhaupt auf so einen abwegigen Gedanken?«

»Also ist gar nichts weggekommen?«

»Ich habe mit Vater nicht mehr darüber gesprochen, aber ich fürchte, er kommt nicht darüber hinweg, dass Elise von hier fortgegangen ist. Er macht Ferdinand dafür verantwortlich. Ich schließe nicht aus, dass er das frei erfunden hat, um ihm zu schaden«, sagte Amalie schweren Herzens.

Mathilde ließ sich das für einen Augenblick durch den Kopf gehen. »Mag sein, doch das passt doch alles nicht zusammen. Hinten und vorne nicht. Frei erfunden? Wieso hat er sich dann so aufgeregt? Das war nicht gespielt. Und warum kam deinem Vater diese Idee erst, nachdem er wieder hier war? Hermann fuhr nach Nürnberg, kurz nachdem er diesen Brief gelesen hat.«

Amalie kam das alles zusammengenommen nun auch äußerst merkwürdig vor. Der Zusammenhang zwischen dem Erhalt eines notariellen Schreibens und einem vermeintlichen Diebstahl erschloss sich ihr nicht. Paradoxerweise nahmen ihr diese Überlegungen die Schwermut. Darüber weiter zu spekulieren, brachte allerdings nichts, denn nur Vater wusste, welcher Teufel ihn geritten hatte.

»Wenigstens geht es Elise gut«, sagte Amalie, um das Thema zu wechseln.

»Hab's in der Zeitung gelesen. Ich vermisse sie so sehr. Ihr Lächeln. Sie war ein richtiger Sonnenschein. Die eine geht nach Paris und die andere nach Italien. Ihr seid wie eigene Kinder für mich. War nicht leicht für mich, hier ganz allein zu sein …«, sagte Mathilde und deutete dann auf die Suppe. »Soll ich sie noch einmal aufwärmen?«

Amalie schüttelte den Kopf und aß tapfer weiter.

»Und ich hatte schon gedacht, du bist … Nun ja, weil du so müde wirkst und immer so zeitig ins Bett gehst … Und die Wäsche … Ich bekomme das ja mit, wenn …«

Amalie verstand beim besten Willen nicht, worauf sie hinauswollte.

»Das Blut …«, sagte sie.

Amalie begann fieberhaft zu rechnen. Sie hatte überhaupt nicht darauf geachtet, vor Gram, vor Arbeit, vor lauter Träumereien. Der Schreck fuhr ihr in die Glieder.

»Also doch?«

Amalie begann innerlich zu zittern, denn ihre Rechnung ergab, dass Hermann nicht der Vater sein konnte.

»In ein paar Tagen weißt du es sicher, aber vielleicht solltest du zu Kunigunde gehen«, schlug Mathilde vor.

»Kunigunde?«

»Die alte Hebamme. Sie hat dich und Elise zur Welt gebracht.«

Amalie stockte der Atem. Der Gedanke, dass sie von Marcello in guter Hoffnung sein könnte, war kaum greifbar, die damit einhergehenden Gefühle noch weniger. Ein Kind von ihm, ohne an seiner Seite zu sein, schmerzte bis ins Mark. Dann war da aber noch Freude und ein Gefühl der Wärme. Ein Kind von Marcello. Das änderte so viel. Er musste davon erfahren.

»Dein Vater wird außer sich sein vor Freude. Endlich hat er einen Enkel und Erben. Davon hat er doch immer geträumt. Und Hermann … Er ist dann sicher auch überglücklich«, sagte Mathilde.

Hermann als Vater des Kindes zu proklamieren, wäre zwar möglich. Was wussten Männer schon über fruchtbare Tage einer Frau? Doch ihm etwas zu schenken, was Marcello gehörte, kam nicht infrage – und wenn der Himmel über ihr zusammenbrach.

Amalie hoffte, dass Hermann und ihr Vater nicht so schnell von ihrem Termin in der Stadt zurückkommen würden, denn nichts erschien ihr im Moment wichtiger, als allein zu sein, um in sich hineinzuhorchen. Konnte man es nicht spüren, wenn man in anderen Umständen war? Mutter hatte ihr davon erzählt. Sie lag nun schon mindestens eine halbe Stunde auf ihrem Bett und mit jeder weiteren Minute, die verging, wurde die innere Unruhe größer. Die Konsequenzen, die sich aus einer möglichen Schwangerschaft ergaben, waren in vielerlei Hinsicht so weitreichend, dass es ihr unmöglich war, auch nur einen einzigen klaren Gedanken zu fassen. Freude, Angst und Sorgen darüber, wie es in ihrem Leben weitergehen sollte, wechselten sich im Sekundentakt ab. Fest stand nur, dass sie ihm erst schreiben würde, wenn sie sich sicher sein konnte, dass sie ein

Kind erwartete. Hoffentlich war die Hebamme in der Lage, dies festzustellen. Zumindest ein Entschluss war gefasst. Sie würde sie gleich morgen aufsuchen. Was brachte es also, weiterhin wie gelähmt auf dem Bett zu liegen und gegen die Decke zu starren? Die Post musste erledigt, Rechnungen bezahlt werden. Solange Hermann unterwegs war, ersparte sie sich bei diesen Tätigkeiten wenigstens seine Gegenwart. Dieser Gedanke gab ihr die Kraft, sich zu erheben und nach unten ins Büro zu gehen. Anscheinend war ihr heute nicht einmal mehr das Glück beschieden, in Ruhe arbeiten zu können. Noch bevor sie ihre Zimmertür hinter sich zugezogen hatte, hörte sie Stimmen an der Haustür. Wahrscheinlich waren Hermann und Vater früher als erhofft wieder zurückgekehrt, doch da täuschte sie sich, denn als sie die Treppen nach unten schritt, sah sie Mathilde die Haustür schließen. Sie war allein und hielt einen Brief in der Hand, den sie sich verwundert betrachtete.

»Eine Eilzustellung aus Italien«, sagte sie, als Amalie sie erreichte.

Amalie spürte ihr Herz augenblicklich schneller schlagen. War der Brief von Marcello?

»Schöne Briefmarke«, stellte Mathilde noch fest und überreichte ihn ihr.

Amalie las den Absender mit zittriger Hand. Sofia Surace stand darauf.

»Ist alles in Ordnung mit dir?«, fragte Mathilde. Amalie musste gar nicht in den Spiegel im Flur sehen, um zu wissen, dass sie weiß wie die Wand war.

Sie nickte und ging sofort ins Büro, auch wenn sie Mathilde angesehen hatte, dass sie sich ein paar Worte zum Absender erhofft hatte.

Amalie setzte sich an den Sekretär und schnappte sich den Brieföffner. Ihre Hand zitterte so sehr, dass sie Mühe hatte, ihn an der Kante durch den kleinen Schlitz zu führen. Kaum war der Brief aus dem Umschlag befreit, begann Amalie ihn zu lesen.

Allerliebste Amalie,

es kommt mir schon wie eine halbe Ewigkeit vor, dass Sie nicht mehr hier sind. Ich vermisse Sie und hoffe, dass es nicht mehr allzu lange dauern wird, bis Sie wieder nach Kalabrien reisen. Es wäre ja auch schade um das schön hergerichtete Haus, doch das ist nicht der Hauptgrund, weshalb ich Ihnen schreibe. Es geht um meinen Bruder. Seine Zuneigung zu Ihnen konnte er vor mir von Anfang an nicht verbergen. Natürlich übe ich mich in Diskretion, doch dass die Schürfwunden in seinem Gesicht von einer Kutschfahrt herrühren, erschien mir gelinde gesagt merkwürdig, um nicht zu sagen unglaubwürdig, weil er, soviel ich wusste, zu Ihnen gefahren war und die Straßen nicht durch unwegsames Gelände führen. Hermann war wider Erwarten nicht abgereist. Ich habe Marcello darauf angesprochen, doch er hat sich in Schweigen gehüllt, was ganz und gar nicht seiner Art entspricht, zumal, wie Sie wissen, wir nie Geheimnisse voreinander haben. Auf jeden Fall ist er seit Ihrer Abreise nicht mehr er selbst. Es kam mir fast so vor, als ob er mir aus dem Weg gehen würde. Seit zwei Wochen ist er in Venedig. Das allein wäre kein Grund zur Besorgnis, doch gestern erreichte uns eine schreckliche Nachricht. Marcello hat sich als Freiwilliger bei der italienischen Armee gemeldet. Italien zieht gegen die Eritreer in den Krieg. Was ist nur in jener Nacht geschehen? Marcello war der Krieg von jeher verhasst. Was bringt ihn dazu, alles hinter sich zu lassen und sich großen Gefahren auszusetzen? Wir wissen nicht, wann genau das nächste Schiff von Venedig aus in See sticht. Die Freiwilligen werden erst noch an der Waffe ausgebildet. Wir haben erst kürzlich in der Zeitung gelesen, dass eine ganze italienische Division von den Eritreern abgemetzelt wurde. Das allein ist ein schier unerträglicher Gedanke. Bitte schreiben Sie mir, was ihn dazu veranlasst haben könnte. Ich ahne, dass es etwas mit Ihrer plötzlichen Abreise zu tun haben könnte und den starken Gefühlen, die Sie in seinem Herzen entflammt haben. Bitte schreiben Sie mir. Ich hoffe immer noch, dass ein Missverständnis ursächlich für seine Entscheidung sein könnte und dessen Aufklärung uns noch die Möglichkeit gäbe, das Schlimmste zu verhindern. Marcello ist nicht für den Krieg gemacht. Ich habe solche Angst, ihn nie wiederzusehen.

Ihre tief verbundene Sofia

Amalie legte den Brief zur Seite und schlug die Hände vors Gesicht. Wenn man glaubte, es konnte gar nicht mehr schlimmer kommen, schien das Leben sich einen besonderen Spaß daraus zu machen, einen vom Gegenteil zu überzeugen. Wenigstens bekamen weder Vater noch Hermann etwas von Sofias Schreiben mit und das war gut so, denn ihre Tränen flossen noch immer. Was sollte sie denn nur tun? Sofia antworten, ihr die Wahrheit gestehen? Sie ahnte ja sowieso schon, dass sie und ihr Bruder sich nahegekommen waren. Ihre Koffer packen und nach Venedig reisen, um Marcello ausfindig zu machen? Versuchen, ihn daran zu hindern, das Land zu verlassen? Wollte er sie wirklich vergessen und sah er nur darin eine Möglichkeit? Es konnte keinen anderen Grund dafür geben, denn wieso sollte ein schöngeistiger Mensch sich plötzlich für den Krieg in einer italienischen Kolonie in Afrika interessieren? Würde er seine Entscheidung revidieren, wenn er wüsste, dass sie ein Kind von ihm erwartete? Wäre das nicht Grund genug, um sich ungeachtet aller Konsequenzen von Hermann zu lösen? Von ihrem alten Leben endgültig Abschied zu nehmen? Und Vater? Er würde es nicht verkraften, doch was war mit Marcello? Wenn er in den Krieg zöge, riskierte er sein Leben. Amalie saß wie gelähmt an ihrem Schreibtisch und fragte sich, wie sie durch den restlichen Tag kommen sollte.

Kapitel 21

Am nächsten Morgen war Amalie sich ziemlich sicher gewesen, in anderen Umständen zu sein. Gefühlswallungen jedweder Art gehörten angeblich mit dazu und davon hatte ihr die nahezu schlaflose Nacht reichlich Gelegenheit gegeben. Ihr ganzes Leben war mittlerweile aber in *anderen Umständen*, insofern könnte man insbesondere Stimmungsschwankungen auch der schier unerträglichen Situation im Haus zuschreiben. Sie führte eine Scheinehe, um Vaters Seelenheil willen und damit Marcello nicht in Schwierigkeiten kam – absurd, wie sie nun wusste, denn er würde das Land verlassen und in den nahezu sicheren Tod fahren. Davon musste sie ihn so oder so abbringen. Nur, wie stellte sie das am besten an? Gleich nach Italien abreisen, sich klammheimlich davonstehlen, wie Elise es getan hatte, oder Sofia schreiben und den Brief per Eilboten zustellen lassen? In beiden Fällen musste sie sich vorher Gewissheit verschaffen, ob sie guter Hoffnung war oder nicht. Dies war auch der Grund, warum sie nun im Vorraum von Kunigundes Untersuchungs- und Behandlungszimmer im Stadthaus darauf wartete, dass sie die Hebamme hereinrief. Amalie vermutete, dass Kunigunde sie nur deshalb bereits heute ohne vorherige Terminvereinbarung untersuchen wollte, weil sie sich tatsächlich daran erinnert hatte, Minna bei der Geburt ihrer beiden

Töchter beigestanden zu haben. Eine junge Frau, die etwa im Alter ihrer Schwester sein dürfte, ließ sich gerade von Kunigunde ihren stattlichen Bauch untersuchen. Amalie fuhr an ihrem entlang, obwohl sie nicht erwartete, nach so kurzer Zeit irgendeine Veränderung zu spüren. Kaum vorstellbar, dass neun Monate lang ein kleiner Mensch darin heranwachsen würde. Ein kleiner Marcello. Der Gedanke munterte sie trotz allem auf. Die junge Frau, die noch von Kunigunde behandelt wurde, hatte anscheinend mehr Glück. Ein Mensch, der so strahlte, der freute sich auf die Mutterschaft. Wahrscheinlich war sie glücklich in ihrer Ehe. So glücklich wie Elise. Amalie musste sich förmlich zusammenreißen, nicht erneut in Selbstmitleid zu versinken. Es blieb ihr auch gar nichts anderes übrig, denn die Frau mit Bauch kam heraus, gefolgt von Kunigunde, einer überaus einnehmenden Erscheinung, die etwas älter als ihre Mutter gewesen sein dürfte. Ihr Haar war grau und zu einem Dutt zusammengebunden. Ihre grauen Augen wachsam. Sie strahlten Klugheit und Herzensgüte aus.

»Sie kommen in zwei Wochen wieder vorbei«, gab sie der jungen Frau mit auf den Weg.

»Ob es wirklich ein Junge wird?«, wollte sie wissen.

»Spitzbäuche deuten meiner Erfahrung nach darauf hin«, sagte Kunigunde, woraufhin die Frau sich über ihren Bauch fuhr. Bei näherer Betrachtung war es wirklich keine Kugel.

»Bald wissen wir es«, sagte die Frau, reichte ihr die Hand und schenkte auch Amalie ein Lächeln zum Abschied, bevor sie ging.

»Amalie … Es kommt selten vor, dass Kinder, die ich zur Welt bringe, mit ihren Bäuchen zu mir kommen, aber noch haben Sie ja gar keinen. Kommen Sie erst einmal herein«, sagte sie.

»Deswegen bin ich hier. Ich möchte mir sicher sein«, erwiderte Amalie, während sie ihr ins angrenzende Zimmer folgte.

»Ich nehme an, die monatliche Blutung blieb aus«, sagte Kunigunde.

Amalie nickte.

Kunigunde bedeutete ihr, sich auf eine gepolsterte Liege zu begeben.

»Haben Sie in den letzten Tagen eine leichte Blutung im Urin festgestellt?«

»Ich habe nicht darauf geachtet, aber ich glaube nicht«, erwiderte Amalie.

»Empfinden Sie schwankende Stimmungen und Gemütslagen?«

Amalie nickte, verzichtete aber darauf, Kunigunde zu erklären, dass die momentan auch andere Ursachen haben konnten.

»Wenn Sie sich oben bitte frei machen würden«, forderte Kunigunde sie auf.

»Können Sie das etwa an meinem Körper ablesen?«

»Ich zeig es Ihnen, sofern Sie wirklich in anderen Umständen sind.«

Amalie streifte sich die Bluse und das Unterhemd vom Leib und legte sie auf die Liege. Kunigunde nahm als Erstes ihre Unterarme in Beschau.

»Sehen Sie. Die Blutgefäße unter der Haut. Sie zeichnen sich deutlich ab. War das bei Ihnen schon immer so?«

Amalie sah sich ihre Armbeuge daraufhin ebenfalls genauer an und verneinte.

Dann nahm Kunigunde die Brüste in Beschau und fuhr mit ihrem Zeigefinger sanft über das Gewebe unter der Brustwarze.

»Die Stelle ist dunkel und etwas verrunzelt, aber sehen Sie selbst«, sagte Kunigunde und hielt Amalie einen Handspiegel hin.

Amalie ertastete die Stelle nun selbst. Sie hatte noch nie zuvor darauf geachtet, doch als sie über ihre Brüste fuhr, fiel es ihr auf. Das Gewebe fühlte sich fürwahr weicher an als noch vor Wochen.

»Also, ich glaube, dass es kaum noch einen Zweifel gibt«, sagte Kunigunde.

Amalie war hin- und hergerissen zwischen Freude und all den damit verbundenen Konsequenzen. Falls sie ihre Familie verließ und nach Italien reiste, war es überhaupt sicher, dass Marcello mit ihr zusammenbleiben und für das Kind sorgen würde? Würde er ihr verzeihen, dass sie zurück nach Bamberg gegangen war? Gab es überhaupt etwas zu verzeihen? Erneut waren all die vielen Fragen letzter Nacht präsent.

»Was bedrückt Sie?«, fragte Kunigunde ganz offen.

Amalie überraschte Kunigundes Frage nicht.

Sie musterte sie mit sorgenvollem Blick. »Ein Kind spürt, wenn die Mutter unglücklich ist. Das ist nicht gut. Haben Sie denn einen Grund dazu? Glauben Sie mir, ich kenne alle möglichen Gründe und die meisten Frauen haben keine Möglichkeit, ihren Kummer mit jemandem zu teilen«, gab ihr Kunigunde zu verstehen.

Amalies Augen wurden unwillkürlich feucht.

»Ist es wegen des Vaters?«, fragte Kunigunde.

Amalie nickte, auch wenn Kunigundes behutsames Nachfragen nicht sonderlich präzise war.

»Sie sind nicht glücklich mit ihm?«

Amalie nickte erneut.

»Er ist der Vater des Kindes?«

Amalie verneinte.

»Ach, meine Liebe. Da sind Sie doch wahrlich nicht die Erste«, sagte Kunigunde und fuhr ihr tröstend durchs Haar. »Sie werden bei Ihrem Mann bleiben?«

»Nein. Das kann ich nicht«, sagte Amalie.

»Wenn ich Ihnen einen guten Rat geben darf. Folgen Sie Ihrem Herzen.«

Amalie nickte, denn genau das hatte sie vor. Sie stand auf und streifte sich das Unterhemd über.

»Wie geht es Ihrer Schwester? Elise?«

»Sie ist in Paris«, erwiderte Amalie knapp. Sie hatte momentan keinen Nerv, um sich nun auch noch ausufernd über Elises Leben auszulassen.

»Oh. Der kleine quirlige Wurm treibt sich in der Welt herum. Was macht sie denn dort?«

»Sie führt eine Confiserie und verkauft Produkte aus Lakritz«, erwiderte Amalie, während sie in ihre Bluse schlüpfte.

»Na, das nenne ich aber eine glückliche Begebenheit. Ihr Vater ist bestimmt sehr froh darüber. Er muss stolz auf Elise sein«, mutmaßte Kunigunde.

Amalie trafen ihre Worte. Elises anscheinend gepachtetes Glück war nach wie vor ihr wunder Punkt und gerade, wenn es ihr selbst schlecht ging, immer wieder Quell von Missgunst und Neid, doch Kunigundes Freude machte Amalie auch klar, wie unnormal und herzlos sich Vater ihrer Schwester gegenüber verhalten hatte. Getrieben von Hass, dabei könnte sich ein Süßholzbauer doch gar nichts Besseres wünschen als eine Tochter, die im Lakritzgeschäft erfolgreich war.

»Wenn Sie Elise sehen, dann grüßen Sie sie von mir, auch wenn sie sich natürlich nicht mehr an mich erinnern kann. Man bringt sie zur Welt und auf einmal sieht man sie erst wieder, wenn sie selbst Mütter werden. Mein Beruf steckt voller Überraschungen.«

»Ich fürchte, das wird sich nicht so einfach bewerkstelligen lassen«, sagte Amalie, selbst auf die Gefahr hin, dass Kunigunde nachhakte. Amalie musste sich in dem Moment eingestehen, dass sie es entgegen ihrem Vorsatz, nicht über Elise zu sprechen, nun sogar darauf anlegte. Mit wem sonst konnte sie darüber reden? Kunigundes vertrauenswürdige und offene Art ermunterte sie dazu.

Kunigunde sah sie wie erwartet fragend an.

»Wir haben keinen Kontakt mehr.«

»Was ist vorgefallen?«

»Elise ist mit einem Nürnberger Bauernburschen durchgebrannt. Und vermutlich war das die richtige Entscheidung. Wahrscheinlich hat sie mit Ferdinand ihr Glück gefunden und wird bald nicht mehr Imhoff, sondern Mangin heißen.«

»Gönnen Sie es ihr etwa nicht? Es klang zumindest so.«

»Doch, aber … Ja, sie hat so viel Glück … die ganze Welt liegt ihr zu Füßen und ich …« Amalie seufzte und stellte sich Kunigundes verwundertem Blick.

»Nur wer anderen das Glück gönnt, findet es selbst«, riet sie ihr dann mit Nachdruck.

Amalie nickte und nahm sich vor, es sich zu Herzen zu nehmen. Sie wusste, dass Kunigunde damit recht hatte.

Warum nur legte sich Kunigundes Stirn nun in Falten? Überdachte sie etwa ihren eben erteilten Rat?

»Mangin. Das sagten Sie doch. Ferdinand Mangin? Etwa so alt wie Elise?«, hakte Kunigunde nach.

»Ja. Warum?«

»Ich erinnere mich gerade an einen Ferdinand, den ich zur Welt gebracht habe. Seine Mutter war aus Nürnberg. Ich bin mir sicher, sie hieß Mangin. Auguste Mangin. Und die beiden wollen sicher heiraten?«

»Ich gehe davon aus.«

»Das dürfen sie nicht«, sagte Kunigunde.

Amalie kam es so vor, als ob sie mit sich selbst gesprochen hatte. »Warum?«, hakte sie irritiert nach.

Kunigunde schien nun in sich gekehrt mit sich zu kämpfen.

»Nun sagen Sie schon.«

»Wenn ich es Ihnen sage, versprechen Sie mir dann, dass Sie Ihre Schwester von einer Heirat abhalten werden?«

»Um Gottes willen. Nun reden Sie. Ja, ich verspreche es.«

»Ferdinand ist Elises Halbbruder. Joseph ist sein Vater.«

Amalie schlug die Hände vors Gesicht. Ihr wurde augenblicklich übel.

»Unter normalen Umständen hätte ich Ihnen das nicht erzählt, doch aus dieser Ehe könnte ein Kind mit einer schweren Deformierung hervorgehen. Eine sehr wahrscheinliche Folge von Inzest«, sagte Kunigunde.

Amalie konnte immer noch kaum glauben, was sie da eben gehört hatte. Ihr war heiß und sie rang nach Luft.

Kunigunde öffnete sofort das Fenster ihres Untersuchungszimmers und schenkte ihr ein Glas Wasser ein, das sie ihr reichte.

»Danke … Ich …«, stammelte Amalie und nahm mit zittrigen Händen einen Schluck. Unwillkürlich hatte sie Ferdinand vor ihrem inneren Auge, ihre Begegnung auf dem Walpurgisfest.

»Vater … Er hatte früher schwarzes Haar … Mutter hat mir mal erzählt, dass es in seinen jungen Jahren lockig war … genau wie bei Ferdinand«, überlegte sie laut.

»Sieht er ihm ansonsten ähnlich?«

»Ich habe ihn nur einmal kurz gesehen und … Vater ist alt und füllig. Und früher? Ich weiß es nicht.«

»Auguste hat sich mir kurz vor der Niederkunft offenbart. Sie hatte starke Schmerzen und Angst, dass sie die Geburt nicht übersteht. Sie war völlig verzweifelt und brauchte jemanden zum Reden. Der Vater wollte sich seiner Verantwortung nicht stellen und sie großzügig abfinden.«

»Sind Sie sich da ganz sicher?«, wollte Amalie sich dann vergewissern.

Kunigunde nickte. »Ich glaube, mich zu erinnern, dass sie mich für die erste Konsultation nicht bezahlen konnte. Sie war mittellos. Er hat ihr dann das Geld gegeben.«

»Und wenn sie das alles nur frei erfunden hat?«

»Ich kann mir offen gestanden keinen Grund denken, warum sie das hätte tun sollen.«

Amalie saß mit hängenden Schultern da, unfähig, auch nur noch einen klaren Gedanken zu fassen.

»Sie müssen mit Ihrer Schwester Kontakt aufnehmen. Versprechen Sie mir das?«

Amalie nickte in Gedanken und die kreisten nun um ihren Vater. Amalie dämmerte, warum er gegen die Verbindung zwischen Elise und Ferdinand war. Im Nu hatte sie ihren Besuch bei Weber vor ihrem inneren Auge. Kunigundes Schilderung erklärte sein Verhalten. Er hatte Ehebruch begangen. Das lag dann vermutlich in der Familie. Welch Ironie!

Natürlich wusste Elise, dass es Tage gab, an denen alles mit links gelang, und solche, an denen es anstrengte, auch nur das tägliche Arbeitspensum zu stemmen. Bisher war es kein Problem gewesen, die Confiserie allein zu führen, stets für Nachschub in den Regalen und der Auslage zu sorgen und sich zugleich um den Haushalt zu kümmern, weil Ferdinand ihr dabei nicht sonderlich unter die Arme greifen konnte. Er arbeitete mittlerweile von früh bis spät und hatte somit keine Möglichkeit, ihr zumindest bei den Einkäufen zur Hand zu gehen, von Waschen und Kochen ganz zu schweigen, auch wenn er Letzteres mochte und sie an Wochenenden Gerichte gemeinsam zubereiteten. Auch beim wöchentlichen Hausputz half er ihr, weil es zugegebenermaßen sehr anstrengte, den Holzboden zu schrubben. Männerarbeit musste ja anstrengend sein. Die vielen kleinen Handgriffe im Haushalt unterschätzte aber auch jemand wie er, der um keine helfende Hand verlegen war. Während sie das Abendessen zubereitete, die Kartoffeln schälte und das Gemüse wusch, überlegte Elise, wie sie das alles erst bewältigen sollte, wenn sie noch ein Kind zu versorgen hatte. Sie könnte es mit in den Laden nehmen. Also noch früher aufstehen, nach schlafloser

Nacht. Zumindest hatte sie davon gehört, dass Neugeborene einem die Nachtruhe raubten, weil sie auch zu unchristlicher Zeit gestillt werden wollten. Irgendwann bräuchten sie eine größere Wohnung. Würde es denn bei einem Kind bleiben? Nein, eher nicht. Elise wunderte sich über diese Einsicht, denn bis vor Kurzem hatte sie nicht einmal darüber nachgedacht, so schnell Kinder haben zu wollen. Vermutlich mangels Möglichkeit, das Leben einer Geschäftsfrau und Mutter unter einen Hut zu kriegen, sagte sie sich. Kaum diesbezüglich mit sich im Reinen, weil die Vorfreude auf den Nachwuchs überwog, überlegte sie sich, ob Ferdinand im Moment überhaupt ein Kind wollte. Wie würde er reagieren, wenn sie ihm eröffnete, dass sie guter Hoffnung war? Besser noch ein paar Tage warten, bis sie absolut sicher sein konnte. Angesichts ihrer wechselhaften Stimmungen, auch davor hatte Colette sie gewarnt, war es doch sowieso schon so gut wie sicher. Am besten, sie sagte es ihm gleich, doch kaum hörte sie verräterische Schritte vor der Tür, verwarf sie den Gedanken sofort wieder. Ferdinand war sicherlich müde von der Arbeit. Besser, sie wartete auf einen günstigeren Zeitpunkt. Erstaunlicherweise sah er heute alles andere als erschöpft oder ruhebedürftig aus. Schwungvoll und voller Elan war er, ganz anders als sonst nach einem harten Arbeitstag.

»Meine Elise.« Ferdinand ging zu ihr, nahm sie fest in den Arm und küsste sie. War heute ein besonderer Tag? Gute Neuigkeiten? War er etwa befördert worden?

»Ich sterbe vor Hunger«, sagte er und blickte leidend, jedoch mit Schalk im Nacken, auf das noch nicht zubereitete Essen.

»Wenn du mich loslässt, dann kann ich wieder an den Herd«, gab sie zurück.

»Brav. So gehört sich das für eine gute Ehefrau.« Er grinste immer noch, auch nachdem sie ihm eine Kopfnuss verpasst hatte.

»Stell dir vor. Ich habe Antwort aus Lyon. Sie haben meine Zeichnungen gesehen und das Referenzschreiben. Heute haben sie sich persönlich bei Leclair über mich erkundigt. Was will ich sagen? Die École des Beaux Arts de Lyon würde mich aufnehmen.« Ferdinand strahlte. Das steckte an. Elise freute sich mit ihm und für ihn, zugleich warf dies aber schlagartig Fragen über Fragen auf.

»Dein Traum. Er geht jetzt wahrscheinlich in Erfüllung«, sagte sie. Dass sie im Moment an andere Dinge dachte, Probleme, die damit verbunden waren, entging ihm nicht.

Ferdinand setzte sich und zog sie zu sich auf den Schoß.

»Ich weiß schon … Ich müsste nach Lyon …«, sagte er sich der Tragweite dieses Umstands sicherlich bewusst.

»Für wie lange?«

»So eine Ausbildung dauert mindestens drei Jahre. Es ist ein Studium, aber vielleicht kann ich nach einem Jahr die Fakultät wechseln und in Paris weiterstudieren. Leclair hat das auch so gemacht.«

Elise nickte konsterniert. Unter normalen Umständen wäre es möglich, sich nur an Wochenenden zu sehen – bestenfalls. Es lagen aber keine normalen Umstände vor. Unmöglich, ihm das jetzt zu sagen. Nicht heute.

»Und wenn es nicht klappt? Zu wechseln?«, wagte sie zu fragen.

»Ich mag gar nicht daran denken. Ich könnte doch nicht ohne dich …«, sagte er, zog sie enger an sich und begann sie zu streicheln. Dass er das nahende Problem eben versuchte wegzustreicheln, beunruhigte Elise.

»Ich müsste meinen Laden aufgeben«, sagte sie unvermittelt.

»Und in Lyon einen neuen aufmachen?« Allein, dass er so schnell darauf einging, bewies Elise, dass er es bereits in Erwägung gezogen hatte.

»Und von was wollen wir leben?«

»Ich bekäme ein Stipendium.«

Elises Sorgen wuchsen mit jeder seiner Streicheleinheiten, denn würde das reichen, um eine Familie zu ernähren?

»Über ungelegte Eier soll man nicht reden. Noch habe ich nicht zugesagt. Über Termine wurde noch nicht gesprochen. Und vielleicht klappt es ja auch erst im nächsten Jahr«, sagte er.

Elise nickte nachdenklich, löste sich aus seinen Armen und stand auf, um sich in der Küche wieder der Zubereitung ihres Abendessens zu widmen. Was für ein Dilemma! Ferdinand hatte das gleiche Recht, seinen Traum zu leben, wie sie den ihren, doch musste das eine denn auf Kosten des anderen gehen? Das Kind würde seinen Vater für mindestens ein Jahr lang nur einmal pro Woche sehen, wenn überhaupt, denn Lyon lag nicht gerade in der Nähe, wenngleich nicht aus der Welt. Bisher war alles so gut verlaufen, fast wie ein Spaziergang. Elise beschlich die Angst, dass alles Glück der letzten Wochen zwischen ihren Händen zerrinnen könnte. Kein Mensch konnte immer nur Glück haben. Allerdings konnte man Unglück auch herbeireden. Deshalb beschloss sie, für heute nicht mehr darüber nachzudenken.

Entscheidungen zu treffen, die mit einem Schlag das gesamte Leben auf den Kopf stellten, war schwer, doch gerade weil Amalies Vorhaben einfach alles zerstören würde, woran sie bisher geglaubt hatte, erleichterte das die Situation ungemein. Nach dem, was sie nun von Kunigunde wusste, hielt sie nicht einmal mehr die Sorge um ihren Vater zurück. Er hatte keine Schonung mehr verdient. Erschreckenderweise gesellte sich noch etwas anderes mit hinzu. Sie verspürte eine gewisse morbide Lust, das Lügengebilde seines und ihres Lebens einstürzen zu sehen. Amalie ging auch mit sich selbst hart ins Gericht, während sie in ihrem Zimmer auf und ab ging und darauf wartete, dass Hermann das Haus verließ. Das half, der Wahrheit unverblümt ins Auge zu sehen. Natürlich trug Vater die Schuld an Mutters Tod. Elises Vorwürfe waren mehr als berechtigt gewesen und sie hatte es nicht wahrhaben wollen. Ob Mutter wohl von Vaters Liebschaft gewusst hatte? Vor allem diese Frage quälte sie und der Verrat, der damit einherging, doch war sie selbst nicht auch eine Verräterin? Ehebruch war Ehebruch. Der Gedanke wog schwer. Hatte sie überhaupt das Recht, ihrem Vater irgendwelche Vorhaltungen zu machen? Auf den ersten Blick wohl nicht, doch es gab einen großen Unterschied. Mutter hatte ihn ihres Wissens aus freien Stücken geheiratet und ihn geliebt, ihm zwei Töchter geschenkt. Sie starb für ihn, für die Firma.

Amalie ließ sich entkräftet erneut in ihren Sessel neben ihrem Fenster fallen. Wenn nur Hermann endlich das Haus verlassen würde! Er hatte es doch angekündigt, als sie von ihrem Besuch bei Kunigunde zurückgekehrt war. Hermann war doch sonst auch jeden Nachmittag unterwegs. Sie konnte Vater unmöglich in Hermanns Beisein damit konfrontieren. Andererseits, warum nicht? Erneut stieg Wut in ihr hoch. Dafür gab es genügend Gründe. Hatte Vater von Anfang an gewusst, dass Ferdinand sein Sohn war? Vermutlich nicht, denn der Name Mangin war erst gefallen, als sie Weber aufgesucht hatten. Hätte er es ihnen nicht spätestens dann gestehen müssen? Elise aus seinem Leben zu verbannen, nur um sein Geheimnis zu bewahren, sie dem Risiko auszusetzen, dass sie ein behindertes Kind gebar, war unverzeihbar.

Amalie vernahm Schritte und blickte aus dem Fenster. Endlich! Hermann ging zur Kutsche. Amalie wartete gar nicht mehr ab, bis er losfuhr. Am liebsten wäre sie die Treppen hinuntergerannt, weil es sich in ihrem Inneren so anfühlte, als würde ihre Seele jeden Moment bersten. Sie versuchte stattdessen, sich zur Ruhe zu zwingen. Während Amalie hinunterging, überlegte sie, womit sie am besten anfing – ein gänzlich sinnloses

Unterfangen, denn die Fülle all dessen, was sie ihm vorzuwerfen gedachte, ließ sich genährt von Wut und Enttäuschung nicht mehr ordnen.

Vater saß wie erwartet im Salon und las wie jeden Tag um diese Zeit seine Zeitung.

»Na. Amalie. Geht es dir besser?«, fragte Vater, was Amalie nicht überraschte, denn als sie zurückgekommen war, hatte sie Hermann erzählt, sie hätte sich ein Mittel gegen Kopfschmerz aus der Stadtapotheke geholt. Dass es Kräuter waren, die Kunigunde ihr empfohlen hatte, um sich und dem Kind in ihrem Leib etwas Gutes zu tun, hatte sie geflissentlich verschwiegen.

»Es gibt etwas Wichtiges zu besprechen, Vater«, sagte sie in schneidendem Tonfall, der Vater sichtlich irritierte.

»Du bist ja ganz blass. Setz dich doch erst einmal, Kind.«

Amalie begann innerlich zu beben und blieb lieber stehen. »Es geht um Ferdinand Mangin.«

Vater stutzte.

»Was hat er denn gestohlen?«, fragte sie. Insgeheim hoffte sie, ihren Vater dazu zu bewegen, ihr nun von sich aus ein Geständnis abzulegen.

»Das ist doch unwichtig«, versuchte er, sich herauszureden.

»Was stand in dem Schreiben vom Notar, das dich zu dieser Aussage bewogen hat?«

»Amalie … Welches Schreiben?« Er versuchte immer noch, sie für dumm zu verkaufen. So nicht!

»Als du hier warst. Mit Hermann. Was war das für ein Schreiben?«, beharrte sie.

»Geschäftlicher Natur.«

Amalie sah die Farbe aus seinem Gesicht weichen. Die Zeitung legte er mit zittrigen Händen zur Seite.

»Du wolltest dafür sorgen, dass er verhaftet wird, damit er von Elise getrennt ist, habe ich recht?«

Vater sagte daraufhin nichts mehr.

»Hättest du das nicht auch schon viel früher tun können, indem du ihr und uns allen die Wahrheit offenbarst? Die Wahrheit über deinen Sohn, Ferdinand Mangin?«, fuhr sie ihn an.

Vater wurde schreckensbleich.

»Erspar mir weitere Lügen. Ich war bei der Hebamme. Auguste hat sich ihr gegenüber offenbart.«

Vater schlug die Hände vors Gesicht und sackte buchstäblich in sich zusammen.

Amalie holte tief Luft, um sich einigermaßen zu beruhigen, und musste sich förmlich dazu zwingen, im Sessel ihm gegenüber Platz zu nehmen. Nun sollte er reden. Sie hoffte darauf, dass er endlich die Wahrheit sprach.

»Sie hatte es mir zugesichert … Auguste …«, stammelte er.

»Was hat sie dir zugesichert?«

»Dass es niemand erfährt. *Vater unbekannt* hat sie mir zugesichert. In der Urkunde …«

»Sprichst du von der Geburtsurkunde?«

Vater nickte.

»Darin steht, dass der Vater unbekannt ist?«

»Ich hab sie bezahlt. Teuer dafür bezahlt …«, sagte er mit angeschlagener Stimme.

»Sie hat dich erpresst?«

»Was hätte ich denn tun sollen? Für sie, für ihn, seine Ausbildung, für ihre Schneiderei. Es hörte nicht auf und wurde immer mehr … Wir hatten nicht mehr so viele Mittel. Ich hatte sie gebeten, weniger zu verlangen. Dann hat sie mir gedroht, Ferdinand alles über seine Herkunft zu erzählen, damit er die Hand aufhält«, sagte er bitter.

Amalie brauchte einen Moment, um das alles zu verdauen.

»Warum? Mutter hat dich doch geliebt. Warum nur?«, fragte sie dann.

»Ich war betrunken … Sie wusste, wie man bei Männern Wirkung erzielt. Das Fest in Coburg. Mutter kam nicht mit. Sie fühlte sich nicht wohl und … Es ist unverzeihlich. Ich weiß. Es ist unverzeihlich.«

»Du hättest es Elise sagen müssen.«

»Aber die Schande … vor Mutter … Ich hab sie geliebt. Sie hätte es mir nie verziehen. Ich hab sie doch so geliebt, meine Minna«, sagte er. Tränen lösten sich aus seinem Gesicht.

Amalie fühlte Mitleid in sich aufsteigen, vermischt mit Wut, aber auch der Erleichterung darüber, nun die Wahrheit zu erfahren. Sie stand auf und schenkte sich und ihm ein Glas Wasser ein. Sie stellte es ihm auf den Tisch. Er nahm es an sich und hatte Mühe, das Glas ruhig zu halten.

Amalie beschloss, keine weiteren Fragen mehr zu stellen, weil sie spürte, dass er ihr nichts mehr verheimlichen würde, aber auch, dass es ihm guttat, sich alles von der Seele zu reden. Es war nun an ihm, die Beichte bei seiner Tochter abzulegen. Vergebung brauchte er von ihr aber nicht zu erwarten.

»Es war ein Teil unserer Vereinbarung. Wenn sie verstirbt, sollte mich ein Notar benachrichtigen, damit die Zahlungen eingestellt werden. Als der Brief kam … Ich war außer mir. Es kam alles hoch. Meine Schuld, dass ich Minna betrogen habe, all die Jahre. Nicht Ferdinand hat mich bestohlen. Sie war es. Und ich habe mich bestehlen lassen. Und dann machte ich mir auch Sorgen um Elise. Ich überlegte, wie ich die Verbindung zwischen ihr und Ferdinand lösen kann, ohne die Wahrheit preiszugeben. Die horrenden Alimentenzahlungen all die Jahre brachten mich auf die Idee, ihn des Diebstahls zu bezichtigen. Ich war verzweifelt. Stell dir vor, Elise würde einen Krüppel zur Welt bringen. Ich wäre dafür verantwortlich, weil ich zu feige gewesen war, mich der Wahrheit zu stellen.«

»Und Hermann? Weiß er davon?«

Vater schüttelte den Kopf. »Bist du Kunigunde zufällig begegnet? Woher weißt du das alles?«, wollte Vater dann wissen.

»Warum geht eine Frau wohl zu einer Hebamme?«

Die leblos wirkenden Augen ihres Vaters, die all ihren Glanz verloren hatten, richteten sich fragend auf sie.

»Es ist nicht von Hermann«, stellte Amalie klar.

»Marcello?«

Amalie nickte.

»Hab dich mit ihm tanzen gesehen. Hermann auch. Er ist vermutlich deshalb nicht mitgefahren.«

»Er kam zurück und ging auf mich los. Hat mich geschlagen. Marcello war bei mir. Sie sind aufeinander losgegangen. Hermann ist gestürzt. Er war bewusstlos. Wir mussten ihn ins Krankenhaus bringen. Ich musste Hermann versprechen, Marcello nie wiederzusehen. Hermann hat mir mit einem Leben als Geächtete gedroht und Marcello wollte er ins Gefängnis bringen. Mich mit dazu. Ich konnte dem Arzt ja schlecht sagen, was wirklich vorgefallen war. Das alles hätte ich noch hingenommen und ertragen, aber …«

»Aber?«, fragte er.

»Ich hatte Angst, dass du es nicht mehr verkraftest, noch eine Tochter zu verlieren.«

Vater trafen ihre Worte tief. Er wendete beschämt den Blick ab.

»Marcello hat sich freiwillig zur Armee gemeldet.«

Vater schüttelte fassungslos den Kopf.

»Ich möchte die Scheidung. Mutter hatte recht. Man sollte nur aus Liebe heiraten.«

»Aber ich dachte … Du und Hermann?«, fragte Vater konsterniert.

»Ich kannte es ja nicht anders. Du wolltest es doch, dass wir heiraten, oder etwa nicht?«

Vater nickte schuldbewusst. »Wenn wir Elise die Wahrheit sagen. Wird sie es uns glauben?«, fragte er dann.

Amalie hatte darüber noch nicht nachgedacht. Nach dem Versuch, Ferdinand zu verhaften, war es nicht gänzlich auszuschließen, dass ihre Schwester auf den verwegenen Gedanken kommen würde, dass ihr Vater eine erneute Intrige gegen sie schmiedete. Einmal hatte er ja bereits gelogen.

»Wir müssen es aber tun, Vater. Zu ihrem Schutz. Es steht sogar unter Strafe.«

»Ich bitte dich nicht aus Feigheit, aber vielleicht solltest du ihr schreiben«, schlug er vor.

»Sie wird mir auch nicht glauben, aber was noch viel schlimmer ist: Sie würde mich dafür hassen.«

»Du vermisst sie?«

Amalie nickte melancholisch.

Vater trank erneut. Er wirkte niedergeschlagen. In so jämmerlicher Verfassung hatte sie ihn noch nie zu Gesicht bekommen. »Es ist alles meine Schuld. Was hab ich nur getan?«, fragte er mit gebrochener Stimme.

»Du musst doch noch Belege dieser vielen Zahlungen haben.«

Vater horchte auf.

»Ich nehme an, sie sind von deinem privaten Konto erfolgt. Gib mir einen Beleg pro Jahr. Vielleicht lässt sich das Problem auf diese Weise lösen.«

»Was hast du vor?«

»Du sagtest doch, dass dich der Notar nach Augustes Tod angeschrieben hat«, überlegte Amalie laut.

Vater nickte.

»Ferdinand war in Nürnberg, also muss ihn der Notar doch auch über den Tod seiner Mutter informiert haben. Er muss seine Adresse kennen. Wir sollten ihn kontaktieren«, schlug sie vor. Vater sah immer noch nicht so aus, als ob er ihr folgen könnte.

Amalie hoffte, dass sie den richtigen Weg gefunden hatte, um ihre Schwester vor Unheil zu bewahren, ohne Gefahr zu laufen, sie für immer zu verlieren.

Zumindest eines konnte Amalie nach Durchsicht von Vaters Büchern nun nachvollziehen. Auguste hatte ihn wahrlich um ein halbes Vermögen gebracht. Amalies Wissens kosteten Internatsausbildungen, wie sie Ferdinand genossen hatte, nur einen Bruchteil dessen, was sie für den Jungen bekommen hatte. Kaltblütige Erpressung traf es wohl am ehesten. Da es sich um regelmäßige monatliche Zahlungen handelte, waren die Dokumente schnell zusammengestellt. Es genügte, ihrem Schreiben nur einige beizulegen, um die Situation glaubhaft zu machen. Den Brief an Elises Confiserie zu schicken, wäre nur zur Not infrage gekommen, zumal sie die genaue Adresse auch gar nicht hatten. Eine Anfrage bei der *Allgemeinen Zeitung* wäre aber möglich gewesen, um sie herauszufinden. Amalie erschien es jedoch sinnvoller, ihn an François Mercier zu adressieren. Seine Anschrift hatte sie kurz nach ihrer telegrafischen Anfrage beim Nürnberger Notariat ebenfalls fernschriftlich erhalten. Diese Adresse habe Ferdinand hinterlegt. Es musste sich um einen Freund oder Vertrauten handeln, zumindest hoffte Amalie das, als sie die sieben gestempelten Kontoabschriften fein säuberlich zusammenfaltete und in das Kuvert mit dem Vermerk »zu Händen von Ferdinand Mangin« steckte. Sie zögerte, den Brief an Ferdinand dazuzulegen. Was, wenn er Elise davon erzählte? Würde er das zwangsläufig? Wäre es nicht doch besser, ihn anonym zu versenden? Vater hatte aber zu Recht darauf verwiesen, dass dies unklug sei, weil Ferdinand dann Elise sicher darauf ansprechen würde und es für Elise den Anschein hätte, sie oder Vater würden versuchen, einen Keil zwischen das Paar zu treiben. Es wirkte seriöser und es gebot der Anstand, dass ein Absender benannt war. Amalie beschloss, den Brief sicherheitshalber noch einmal durchzulesen, bevor sie ihn per Eilboten vom zentralen Postamt aus auf die Reise nach Paris schicken würde.

Werter Ferdinand,

wir sind uns nur einmal am Stand meiner Eltern auf dem Walpurgisfest begegnet. Ich bin Elises Schwester und habe mich über Ihre Auseinandersetzung mit der Studentenschaft mokiert. Sie werden sich sicher fragen, warum ich mich nicht direkt an meine Schwester wende. Es sind schlimme Nachrichten, die ich Ihnen überbringen muss, und ich fürchte, dass Elise mir nicht glauben würde oder annähme, ich würde ihr schaden wollen. Nichts läge mir ferner und auch wenn uns die Ereignisse der letzten Zeit auseinandergetrieben haben, so bereue ich jedes meiner Worte, das im Zorn oder weil ich Dinge nicht besser wusste, gefallen war. Ich beneide und bewundere meine kleine Schwester, vor allem für den Mut, dass sie ihrem Traum gefolgt ist. Umso mehr liegt sie mir am Herzen, auch wenn ich es ihr vermutlich brechen muss, auch Ihres, so weh es mir tut. Ich nehme an, dass Sie nicht wissen, wer Ihr leiblicher Vater ist, andernfalls hätten Sie eine Liaison mit meiner Schwester nie in Betracht gezogen. Ihr Vater ist zugleich Elises und mein Vater. Ich weiß es von einer Bamberger Hebamme, die ich aufsuchte, weil ich selbst in guter Hoffnung bin. Als ich Ihren Namen erwähnte, konnte sie sich an Ihre Geburt erinnern, und weil sie auch geholfen hat, Elise zur Welt zu bringen, brach sie ihr Schweigen. Aus Sorge um Elise. Ihre Liebe, sie darf nicht sein, denn deren Frucht könnte ein Kind hervorbringen, das man in eine Irrenanstalt steckt. Ihre Eheschließung, so denn geplant, wovon ich ausgehe, wäre zudem strafbar. Ich hoffe inständig, dass sie noch nicht erfolgt ist. Bitte stürzen Sie sich und Elise nicht ins Unglück.

Damit Sie mir Glauben schenken, finden Sie anbei beglaubigte Kontoabschriften aus vielen Jahren, in denen mein Vater Ihrer Mutter, Auguste, Zahlungen für Sie, aber auch für ihr Schweigen leistete. Mein Vater ist am Boden zerstört, weil ich ihn damit konfrontierte. Dies erklärt auch, warum er nach dem Tod Ihrer Mutter den naiven Versuch unternommen hat, Sie inhaftieren zu lassen. Er war zu feige, sich seiner Schuld, dem Ehebruch an seiner Frau, unserer geliebten Mutter, zu stellen. Falls Sie Zweifel an meinen Worten haben, bitte lassen Sie die Abschriften der Konten überprüfen und erkundigen Sie sich über die medizinischen und juristischen Konsequenzen bei Inzest. Ich muss es leider so benennen. Bitte lassen Sie Elise nichts von diesem Brief wissen. Sie würde es mir nie verzeihen. Ich lege unsere schwesterliche Bande, von der ich mir so sehr wünsche, dass sie noch nicht gänzlich zerrissen ist, weil ich mich gegenüber Elise falsch und ungerecht verhalten habe, in Ihre gnädigen Hände. Es steht mir nicht zu, Ihnen Ratschläge zu erteilen, doch bitte ich Sie von ganzem Herzen, von einer Heirat abzusehen. Sie können keine Kinder miteinander haben.

Ich weiß, wie weh Ihnen dieser Brief tun muss. Bitte verzeihen Sie mir, Ihnen diesen Schmerz zugefügt zu haben, doch vielleicht tröstet Sie eines Tages die Gewissheit darüber hinweg, dass Sie sich und Elise viel größeren Schmerz erspart haben.

Ich wünsche Ihnen alles Glück der Welt. Gehaben Sie sich wohl.

Amalie Ebert

Kapitel 22

Während der Kutschfahrt vom Postamt zurück nach Hause beruhigte Amalie sich mit dem Gedanken, dass der Eilbrief an François Mercier normalerweise übermorgen in Paris eintreffen würde. Fraglich war allerdings, ob er Ferdinand am selben Tag erreichte. Nach Auskunft des Schalterbeamten wisse sie bis spätestens Ende kommender Woche, ob der Brief zugestellt worden sei, da ihr Absender darauf stand und bei Nichtzustellung an diesen zurückgesandt würde. Was blieb ihr anderes übrig, als das Risiko in Kauf zu nehmen? Selbst nach Paris zu fahren, um François Mercier aufzusuchen, wäre die einzige Möglichkeit gewesen, um die Gewähr zu haben, dass der Brief auch sicher ankam, doch das ging im Moment nicht. Nach dem klärenden Gespräch mit Vater war eine andere Reise nicht minder bedeutsam. Wer wusste schon, wie lange Marcello noch in Italien verweilen würde. Einmal auf hoher See oder an der Front, wäre es nahezu unmöglich, mit ihm Kontakt aufzunehmen. Amalie hatte sich daher vorgenommen, noch heute Abend mit dem Nachtzug nach Venedig zu reisen, zumal es überhaupt keinen Sinn gehabt hätte, Sofia ebenfalls einen Eilbrief zukommen zu lassen. Nach Kalabrien wäre er nach Auskunft des Postbeamten viel länger unterwegs als ein Brief nach Paris, zu lange, und eine Antwort würde frühestens nach einer weiteren

Woche eintreffen. Sie hatte aber keine Zeit zu verlieren. Dass vor der Tür ihres Hauses bereits zwei gepackte Koffer standen, als sie vorfuhr, irritierte sie, auch, dass ihre Lastenkutsche vor dem Haus stand. Vater hatte nichts von einer längeren Reise erwähnt, Hermann ebenso wenig und doch waren es seine Koffer. Und da täuschte sie sich nicht, denn Hermann war es, der mit einem weiteren kleineren Koffer aus dem Haus trat, als sie von der Kutsche stieg.

»Da kommst du ja zur rechten Zeit«, sagte er in spitzem Tonfall.

»Du verreist?« Amalie fragte eher aus Verlegenheit, denn was er tat oder unterließ, war ihr inzwischen gleichgültig geworden.

»Unter den gegebenen Umständen ist es wohl das Beste.«

Amalie entdeckte Vater am Fenster des Salons. Die Umstände konnte sie sich nun denken. Er musste mit Hermann gesprochen haben. Selbst auf Reisen nach Kalabrien hatte er nicht gleich drei Koffer gepackt. Es sah ganz danach aus, dass er das Haus verließ.

»Wenigstens hattest du den Anstand, mir keinen Bastard unterzujubeln«, sagte er abfällig, womit klar wurde, dass Vater ihn vollumfänglich über ihre Unterredung aufgeklärt haben musste. Die Bemerkung kränkte sie nicht einmal mehr, zumal sie das nie vorgehabt hatte.

»Du willigst in die Scheidung ein?« Amalie überraschte, wie ruhig sie blieb. Hatte er ihr nicht mit üblen Konsequenzen gedroht, falls sie sich von ihm trennte? Zu diesem Zeitpunkt hatte er sich allerdings Vaters uneingeschränkter Solidarität sicher sein können. Amalie nahm an, dass dies nun nicht mehr der Fall war.

»Du kannst dich bei ihm bedanken, dass ich vor Gericht die Wahrheit verschweige.«

»Was ist denn die Wahrheit? Hast du jemals ernsthaft darüber nachgedacht?«

»Das fragst ausgerechnet du?«, kam nahezu fassungslos zurück.

»Kommst du nicht auch zu dem Schluss, dass es ein Fehler war, zu heiraten?« Amalie hielt es für notwendig, dass all das nun auf den Tisch kam. Vater hatte nichts mehr zu verbergen. Sie genauso wenig. Es gab nichts mehr, worauf sie Rücksicht nehmen musste oder was sie ängstigen konnte. Am wenigsten er.

»Warst du etwa nicht glücklich? Hattest du nicht alles, was eine Ehefrau sich nur wünschen kann?« Nun kam er wieder mit dieser Leier.

»Würde sich eine glückliche Ehefrau in einen anderen Mann verlieben?«

»Keine, die ihren Pflichten nachkommt. Aber ich sehe schon. Die Frauen in dieser Familie … Vermutlich lastet ein Fluch auf ihnen. Ich hätte es früher wissen müssen.«

»Etwa der Fluch, zu lieben? Sich nicht zu unterwerfen, wie es Mutter auch noch aus den falschen Gründen getan hat? Zu viel ist passiert. Mir scheint, du hast nichts aus alledem gelernt«, gab sie zurück.

»Möchtest du das etwa bei unserer Scheidung vor Gericht zum Besten geben? Eine Frau, die lieben will? Die eine Romanze mit einem italienischen Casanova dem Leben an der Seite eines angesehenen Geschäftsmannes vorzieht und ihn bei der erstbesten Gelegenheit betrügt?«

»Wenn du es wünschst. Wird man sich nicht unter vorgehaltener Hand fragen, warum? Ich hätte deine Drohung von Anfang an nicht ernst nehmen sollen. Das Ansehen … Es ist dir doch so wichtig.«

»Du solltest es nicht auf die Spitze treiben«, drohte er. Dass er aufgebracht war, sah sie ihm an. Auch das war ihr mittlerweile egal.

»Wie viel wird dir Vater zahlen? Du hast doch sicher eine Abfindung verlangt.« Amalie war sich dessen so gut wie sicher. Es war unmöglich, dass er weiterhin in der Firma blieb. So weit kannte sie ihn, aber auch ihren Vater. Für beide wäre es eine untragbare Situation.

Hermann gab als Antwort nur einen abfälligen Laut von sich. Es konnte ihr doch eigentlich auch egal sein, was er bekam, machte sie sich klar.

Hermann stellte seine Koffer auf die Ladefläche der Kutsche.

»Wenn es dir hilft, Hermann. Ich nehme die Schuld am Scheitern unserer Ehe auf mich, denn letztlich kannst du nichts dafür, dass alles so gekommen ist.« Amalie meinte das zuletzt Gesagte nicht ironisch, auch wenn es danach klang. Hermann war ein Opfer der gesellschaftlichen Konventionen und all der Werte, die einem schon von Kindesbeinen an eingetrichtert wurden – genau wie sie selbst.

»Ach ja?«

»Wir waren einmal Freunde und gute Geschäftspartner, Hermann. Das steht außer Frage und, auch wenn du es mir nicht glauben magst, ich habe mit mir gekämpft und versucht, mich daran zu klammern, weil ich um den Wert dessen wusste.«

»Und dann kam der Italiener.«

»Es war nicht nur Marcello … Gesteh dir doch wenigstens das ein.«

Hermann trat an sie heran und musterte sie. »An mir lag es also doch nicht allein?«

»Wenn das deine größte Sorge ist. Nein.«

Hermann nickte einsichtig.

Amalie glaubte, dass sie sich weitere Erklärungen sparen konnte. Mutters Tod, das neue und ganz andere Leben in Kalabrien, weitab von allen gesellschaftlichen Erwartungen und Zwängen, die einem wie ein Korsett die Luft zum Atmen nahmen, Elises Mut, aber auch Vaters Geheimnis – all das hatte ebenfalls dazu beigetragen, dass aus ihr eine andere geworden war. Damit hatte Hermann in der Tat nichts zu tun.

Vater erschien in der Tür.

»Bereit für die Abfahrt?«, fragte er ohne Gefühlsregung, was Amalie überraschte, denn es war ihm sicher nicht leichtgefallen, Hermann reinen Wein einzuschenken und zugleich einen geschäftlichen Vertrauten zu verlieren.

»Gehab dich wohl, Hermann.« Amalie hätte noch vor ihrem Gespräch nicht gedacht, dass ihr das über die Lippen kommen würde, doch nun hatte sie das Bedürfnis, ihm alles Gute zu wünschen.

»Ja … Freunde sollten sich auf diese Weise Lebewohl sagen. Du hast wohl recht. Wir waren nie mehr«, stellte Hermann in Vaters Beisein fest und reichte ihr die Hand. Zum ersten Mal war sein Händedruck fest und resolut.

Vater wirkte erleichtert.

»Wohin fährst du?«

»Nach Kalabrien. Es müssen dort noch einige Dokumente unterzeichnet werden, um mich aus allem auszutragen. Dann … Ich weiß es noch nicht… Die Zeit wird diese Fragen beantworten«, sagte er und stieg auf die Kutsche.

Dass Vater ihn fuhr, deutete ebenfalls darauf hin, dass sie in gegenseitigem Respekt auseinanderzugehen gedachten.

Als Vater losfuhr, fühlte es sich so an wie früher, als Mutter ihr dabei geholfen hatte, das Korsett zu lösen. Sie bekam dann mehr Luft. Es war ein Gefühl von Freiheit, genau wie damals.

Während Elise nach Ladenschluss ihre täglichen Listen durchging, auf denen aktuelle Bestände und anstehende Aufgaben notiert waren, und ihr dabei auffiel, dass sie immer länger wurden, überlegte sie, ob sie noch jemanden einstellen sollte. Seitdem der *Figaro* über ihre Confiserie berichtet hatte, wollte der Strom an Kunden nicht mehr abreißen. Das war einerseits gut, aber auf die Dauer allein nicht zu bewältigen, mit Kind erst recht nicht. Elise beschloss, sich morgen darüber Gedanken zu machen. Feierabend! Sie legte die Listen zurück in die Schublade unter der Kasse, schnappte sich den Schlüsselbund und sperrte den Laden wie immer eine gute Viertelstunde nach Ladenschluss zu.

»Einen schönen Abend wünsche ich.« Eine Passantin, die mittlerweile zur Stammkundschaft gehörte und an ihrer Confiserie vorbeischlenderte, war offenbar einem Plausch auch außerhalb der Öffnungszeiten nicht abgeneigt, doch Elise wusste, was noch alles zu Hause zu tun war, und beließ es dabei, den Gruß herzlich zu erwidern. Es war ein wunderschöner lauer Abend, ideal, um durch die Straßen zu bummeln, wie es viele um diese Zeit taten. Vor allem Pärchen, die sich meist in einem der Cafés niederließen, um das rege Treiben in den Straßen zu beobachten. Dieser Luxus war ihr und Ferdinand so gut wie nie vergönnt, denn nur am Sonntag hatten sie beide frei, doch dann war das Straßenbild weniger geschäftig. Sie überlegte, ob sie heute darauf spekulieren sollte, dass Ferdinand nicht zu spät nach Hause kam. Sie könnten essen gehen. Vielleicht sogar in ein Cabaret, er könnte einen guten Wein trinken, und dann würde sie ihm in guter Stimmung offenbaren, dass sie bald zu dritt sein würden. Bis Elise ihre Haustür erreicht hatte, entschied sie sich dann doch dazu, lieber einen gemütlichen Abend im trauten Heim zu verbringen.

Auf dem Weg nach oben vernahm sie die Stimme von Frédéric. Mittlerweile konnte sie die Laute, die er von sich gab, einordnen. War die Stimme schrill, wollte er irgendetwas, schwankte sie, war er erregt, und ein Singsang aus eher melodiösen Lauten signalisierte Zufriedenheit. Die arme Colette. Am besten, sie organisierten bald wieder einen Ausflug. Das hatte ihr so gutgetan. Auch das nahm sie sich vor, sperrte auf und ging in ihre Wohnung. Elise legte die Schlüssel auf die

Kommode und begab sich in die Küche. Sie stutzte, weil dort ein beschriebenes Blatt Papier auf dem Tisch lag. Schon von Weitem erkannte sie Ferdinands schwungvolle Handschrift mit ausladenden Großbuchstaben. War er etwa schon früher nach Hause gekommen und musste noch einmal weg? Vielleicht eine Überraschung? Noch bevor sie den Tisch erreichte, überfiel sie ein merkwürdiges Gefühl, eine gewisse Beunruhigung, obwohl dazu doch eigentlich gar kein Grund bestand, aber wieso hatte er diese Nachricht unterschrieben? Elise erstarrte, denn die letzten Worte vor seiner Unterschrift bekräftigten ihre Vorahnung. *Leb wohl. Es ist besser so. In Liebe, Ferdinand.*

Elises Knie gaben nach. Sie ließ sich kraftlos auf den Stuhl sinken. Was um alles in der Welt ging hier vor? Sofort fiel Elise ihr Gespräch vom Vortag ein. Wollte er sie etwa verlassen, um sein Studium anzutreten? Sah er keine Möglichkeit mehr, mit ihr zusammenzubleiben, weil er sonst sein berufliches Fortkommen gefährdete und seine Träume begraben musste? Und warum war seine Handschrift so unregelmäßig? War er krank? Elises Gedanken überschlugen sich, bis sie zu lesen begann.

Liebe Elise,

der Moment, Dir diesen Brief zu schreiben, ist der schwärzeste in meinem Leben. Nichts könnte je schlimmer sein, doch ich bin zuversichtlich, dass der Schmerz, den ich uns beiden zufügen muss, in einigen Jahren der Einsicht weichen wird, dass es keinen anderen Weg gab. Unsere Liebe darf nicht sein und wir müssen versuchen, fortan mit der vermutlich glücklichsten Zeit unseres Lebens als Erinnerung zu leben, in Dankbarkeit dafür, dass wir uns zumindest für eine kurze Zeit hatten. Wie soll ich es Dir nur beibringen? Mich ereilte eine Nachricht aus der alten Heimat und einige Dokumente, die beweisen, dass Dein Vater meiner Mutter bis zu ihrem Ableben monatlich beachtliche Summen hat zukommen lassen. Es waren Alimentenzahlungen. Dein Vater ist auch mein Vater. Es gibt keinen Zweifel daran. Das erklärt auch, warum meine Mutter zu so einem beachtlichen Vermögen kommen konnte. Du weißt, was das bedeutet. Wir können nie Kinder miteinander haben. Uns würde das gleiche Schicksal wie Colette ereilen. Dein Leben wäre zerstört, Deine Träume verloren. Ihr Leid möchte ich Dir ersparen. Wir könnten nicht einmal heiraten. Es wäre strafbar. Ich habe lange überlegt, ob wir die Kraft aufbringen könnten, all das zu ignorieren, um uns dem Schicksal zu widersetzen, doch ich fürchte, das wäre ein aussichtsloses Unterfangen. Ich werde noch heute Paris verlassen, weil ich es nicht ertragen könnte, in Deiner Nähe zu sein, ohne mich nach Dir zu verzehren, Dich bei mir zu wissen. Ich habe Dir alles von meinem Erbe auf das Konto der Confiserie übertragen lassen, bis auf eine kleine Summe, die ich brauche, um in einer anderen Stadt neu anzufangen. Nach dem, was ich jetzt weiß, steht es mir nicht zu. Es ist das Geld Deines Vaters und es war nicht recht, sich für den Fehler, den er begangen hat, zu bereichern. Liebste Elise. Wenn ich doch nie diesen Brief hätte schreiben müssen.

Leb wohl. Es ist besser so.
In Liebe,
Ferdinand

Ein Teil der Tinte war bereits von seinen Tränen verlaufen. Elises Tränen gesellten sich dazu. Und dann erst traf sie der Schmerz wie ein Messerstich und ließ sie über seinem Brief auf dem Tisch zusammenbrechen.

Colette hielt Elise immer noch fest im Arm, dabei schluchzte sie gar nicht mehr. Ihre Augen brannten dafür umso schlimmer. Der Schmerz hatte all ihre Glieder erfasst. Er war dumpf und schwer, genau wie ihr Atem. Elise hatte Colette den Brief in Tränen aufgelöst gleich wortlos an der Tür gereicht.

»Du armes Ding.« Mehr hatte Colette nach der Lektüre von Ferdinands Nachricht auch nicht zu sagen gehabt. Auch sie hatte Tränen vergossen. Wenn es jemanden auf dieser Welt gab, der sich auch nur annähernd vorstellen konnte, was nun in ihr vorging, dann Colette.

Frédéric saß in seinem Stuhl auf Rädern. Auch er schluchzte und war aufgebracht.

»Elise ist traurig. Sehr traurig. Ich muss sie trösten, Frédéric«, hatte sie ihm erklärt. Seither starrte er auf Elise und seine Mutter. Gelegentlich wimmerte er. Dass auch er Anteil nahm, weil es Elise schlecht ging, war mindestens so tröstlich wie Colettes Hände, die sie innig hielten und streichelten.

»Und wenn das alles gar nicht stimmt?« Elises Stimme war gebrochen.

»Aber Ferdinand denkt sich doch so etwas nicht aus. Du musst was trinken. Ich habe Tee zubereitet. Er ist bestimmt noch warm«, sagte Colette, entließ sie aus der Umarmung und stand auf, um ihn von der Anrichte in der Küche zu holen. Elise fröstelte, vermisste sofort ihre Wärme, die ihr so gutgetan hatte.

»Ich frage mich, woher er es weiß. Irgendjemand muss Ferdinand doch benachrichtigt haben. Und wer hat ihm diese Dokumente geschickt?«, fragte Colette, während sie frische Tassen aus dem Schrank holte.

Elise war noch gar nicht dazu gekommen, großartig darüber nachzudenken.

»Vielleicht hat der Notar etwas im Nachlass seiner Mutter gefunden. Ferdinand sprach von Dokumenten. Er hatte ja François' Adresse, sonst hätte er uns über Augustes Tod ja gar nicht informieren können«, überlegte Elise laut.

»Dem Notar hat Ferdinand doch sicher auch seine aktuelle Adresse mitgeteilt«, sagte Colette.

»Nein. Er musste sich nur ausweisen. In seinem Pass stand noch die alte Adresse in Bamberg. Wir waren ja erst kurze Zeit in der Mietwohnung. Ich hatte meinen Laden noch nicht. Wir waren noch gar nicht dazu gekommen, uns behördlich umzumelden. François hingegen hatte eine feste Anschrift, unter der wir sicher zu erreichen waren«, erläuterte Elise.

»Du meinst, der Notar hat die Dokumente an François geschickt? Aber wenn in ihrem Nachlass Unterlagen über Alimentenzahlungen waren, wieso hat er ihm die nicht gleich ausgehändigt, als ihr in Nürnberg wart?«

»Nachdem Ferdinand die Erbschaft angetreten hat, können die Dokumente nicht mehr aufgetaucht sein. Es war ja sonst niemand mehr in der Wohnung. Höchstens der Vermieter oder jemand vom Armenhaus, dem sie ihre Möbel, die Kleidung und den ganzen Krimskrams vermacht hat. Aber warum sollte jemand damit ausgerechnet zum Notar gehen?« Elise schwirrte der Kopf. Man konnte es drehen und wenden, wie man wollte. Es fand sich einfach keine stimmige Erklärung.

»Hat sonst vielleicht jemand gewusst, wo ihr seid?«, fragte Colette dann.

»Als wir in Nürnberg waren … Ferdinand musste bei der Gendarmerie Auskunft über seinen Wohnort geben und, wenn ich mich recht erinnere, auch darüber, wo er arbeitet.«

»Wenn die Gendarmerie seine Anschrift herausgegeben hätte, an wen auch immer, wären diese Dokumente doch dann hier angekommen«, schlussfolgerte Colette.

»Es kann sein, dass Ferdinand vor mir den Briefkasten entleert hat, aber er ging früh zur Arbeit. So zeitig kommt der Postbote ja nicht«, stellte Elise fest.

»Also muss die Post an François gegangen sein«, schlussfolgerte Colette, stellte die Teetassen auf den runden Tisch und schenkte ihnen ein. »Wenn du mich fragst, ergibt das doch alles keinen Sinn. Woher kommen diese Dokumente und wer hatte ein Interesse daran, dass Ferdinand sie auf welchem Weg auch immer bekommt? Das sind die entscheidenden Fragen.«

»Hermann war in Nürnberg«, schoss es dann aus Elise heraus.

»Wer ist Hermann?«

»Mein Schwager.«

»Du meinst, dein Schwager hat von der Nürnberger Gendarmerie Ferdinands Adresse bekommen? Und woher hat er die Belege über die Alimentenzahlungen deines Vaters?«

»Vielleicht steckt ja auch meine Schwester dahinter«, überlegte Elise laut.

»Aber warum sollte deine Schwester das tun? Sie hätte dir doch auch persönlich schreiben können. Warum schreibt sie Ferdinand? Angenommen, sie hätten diese Dokumente über Alimentenzahlungen woher auch immer bekommen oder sie aufgefunden, wer weiß, am Ende sogar in eurem Haus. Sie hatten eure Adresse nicht. Die hatte ja nur die Nürnberger Gendarmerie, wovon Hermann aber nicht sicher ausgehen konnte. Und wieso sollte die den beiden Auskunft erteilen? Wenn ihr verheiratet gewesen wärt, dann könnte ich mir das noch vorstellen, denn die Heirat wäre strafbar, aber so …«

»Ich weiß es nicht, aber mein erster Gedanke war, dass Amalie … Es ergibt keinen Sinn, aber …«

»Ihr hattet kein gutes Verhältnis zuletzt, oder täusche ich mich? Du hast ja kaum etwas von ihr erzählt. Aber die Unterstellung deines Vaters, er wäre bestohlen worden, diente doch wahrscheinlich dem Zweck, Ferdinand von dir fernzuhalten. Vielleicht sollte diese Nachricht an Ferdinand das Gleiche bezwecken?« Einzig darin fand sich eine gewisse Logik. Die Umsetzung dieses Vorhabens seitens ihres Schwagers oder ihrer Schwester schien angesichts ihrer Überlegungen aber nahezu unmöglich zu sein.

Colette reichte Elise die Tasse. »Trink. Du solltest etwas trinken.«

Elise musste die Tasse mit beiden Händen an ihren Mund führen, weil sie sonst den Tee verschüttet hätte. Der warme Schluck tat ihr gut.

»Was wirst du jetzt tun? Du kennst die Risiken.«

Elise stellte die Tasse ab und blickte auf Frédéric. »Aber du schaffst das doch auch.«

Colette blickte sie nun streng an. »Tu es nicht. Tu es dir nicht an. Eines Tages würdest du dich dafür hassen. Du hast Ferdinand verloren. Du würdest auch noch deinen Traum verlieren. Die Confiserie. Und schau mich an. Möchtest du so leben?«, flüsterte Colette ihr zu.

Elise reagierte nicht darauf. Frédéric sah sie so an, als hätte er jedes Wort verstanden, als ginge es um ihn anstatt um das winzige Wesen, das in ihrem Bauch heranwuchs.

»Jelena wird dir helfen. Sie kennt bestimmt jemanden, der es macht.«

Erneut lösten sich Tränen in Elises Augen. »Ich kann das doch nicht tun«, wisperte Elise.

»Du kannst und du musst!« Auch wenn Strenge aus Colettes Stimme sprach, nahm sie sie erneut in den Arm. Trost spendete im Moment nur Frédéric, der ihr das warme Lächeln eines Engels schenkte.

Amalie hoffte, dass Vater recht behalten würde und es für Marcello eine Möglichkeit gab, seine Meldung zum Militärdienst rückgängig zu machen. In Ausnahmesituationen oder bei einer gewichtigen familiären Angelegenheit sei dies eventuell möglich. Aus Sofias Brief wusste sie, dass er sich freiwillig gemeldet hatte. Das hieß nicht zwangsläufig, dass man einen einmal geschlossenen Vertrag annullieren konnte. Vater wusste aus der *Allgemeinen Zeitung*, dass die Italiener es seit der Gründung ihrer Kolonie in Eritrea auf Abessinien abgesehen hatten, weil das Königreich über einen Zugang zum Meer verfügte, und Italien daher jeden Mann brauchte, um gegen die Abessinier zu kämpfen. Hohe Verluste hätten die Italiener erst im Januar dieses Jahres hinnehmen müssen. Auch aus diesem Grund, und da stimmte Amalie ihrem Vater zu, musste es gelingen, Marcello an diesem Himmelfahrtskommando zu hindern. Sie rechnete ihrem Vater hoch an, dass er ihr sogar angeboten hatte, sie nach Venedig zu begleiten, doch die jüngsten Ereignisse waren einfach zu viel für ihn gewesen. Was sollte er, des Italienischen nicht mächtig, schon ausrichten? Was sie selbst erreichen konnte und wie sie es am besten anstellte, als Zivilistin auch nur in die Nähe eines militärischen Stützpunktes zu kommen, überlegte sie sich nicht nur einmal während der Zugfahrt und immer mit dem gleichen Ergebnis. Es gab keinen Plan. Mehr als es irgendwie zu versuchen, konnte sie nicht tun. Die Zugfahrt gab ihr aber auch Raum, um die Ereignisse der letzten Tage zu verarbeiten. Am meisten beschäftigte sie die Frage, warum sie so folg- und fügsam, so formbar gewesen war. Warum hatten erst die Begegnung mit Marcello und ihr Aufenthalt in Kalabrien diese drastischen Veränderungen hervorgerufen? Liebe allein konnte es nicht sein. Wie konnte man zeit seines Lebens zufrieden mit sich und der Welt sein, ohne dabei zu merken, wie viel einem letztlich fehlte? Glücklichsein war viel mehr, als zu versuchen, es allen recht zu machen und sich für eine Firma aufzuopfern, um dafür Anerkennung zu ernten. Amalie räumte sich ein, dass sie dabei abgestumpft war. Die unbeschwerte Stimme des Kindes in ihr, das sich in jungen Jahren an so vielen Dingen hatte erfreuen können, war im Laufe der Jahre gänzlich verstummt. Vermutlich lag das aber auch am Tellerrand, über den sie im Gegensatz zu Elise aufgrund ihrer Studien und all der damit verbundenen Freiheiten, des Wissens über die Welt, nie hatte hinaussehen dürfen. Elises Freiheitsdrang war sicherlich auch darauf zurückzuführen. Und nun wollte sie selbst frei sein, stellte Amalie schmunzelnd fest, doch sie erinnerte sich zugleich an Marcellos Worte, an den Wert der Freiheit, wenn man sie mit niemandem teilen konnte, den man aufrichtig liebte. *Ach Elise, wenn ich doch nur mit dir über all diese Dinge sprechen könnte.* Amalie musste sich einräumen, dass sie diese Themen in Gesprächen mit Elise immer tunlichst vermieden hatte. Es war ja auch viel einfacher, die Schwester als Rebellin abzustempeln und sie als Hedonistin zu verurteilen, um sich das eigene Leben schönzureden. Reiner Selbstschutz. Mit sich derart hart ins Gericht zu gehen, ließ die Zeit nur so verfliegen. Es strengte an, doch es stärkte zugleich, was Amalie auf eine neue innere Klarheit zurückführte. Klarheit über Marcellos genauen Aufenthaltsort wäre ihr aber lieber gewesen, denn sie wusste ja lediglich, dass er sich an einem Militärstützpunkt in der Nähe von Venedig befand, das mittlerweile am anderen Ende der Brücke, die im Gegensatz zu ihrem ersten Besuch diesmal für den Zugverkehr geöffnet war, vor ihr lag. Sofort hatte Amalie ihre erste Begegnung mit Marcello in der Hotellobby des Hotels Daniele vor ihrem inneren Auge, was sie augenblicklich schmunzeln ließ, denn sie räumte sich nun ein, dass ihre anfangs eher abständige Haltung ihm gegenüber der Angst geschuldet gewesen war, sich eingestehen zu müssen, dass er ihr gefiel und sie sich für ihn interessierte.

Amalie kramte den Zettel mit der Übersetzung für das Wort *Militärschule*, die sie sich aus dem Wörterbuch herausgeschrieben hatte, noch bevor sie ausgestiegen war, aus ihrer Tasche. Die einzige Möglichkeit, dorthin zu gelangen, war, darauf zu hoffen, dass einer der venezianischen Kutscher das Camp kannte. Genug Lire für eine längere Fahrt hatte sie dabei, doch was nützte das Geld, wenn anscheinend niemand mit dem, was auf ihrem Zettel stand, etwas anfangen konnte.

»Scuola militare«, erklärte sie sich erneut.

»Si. Ho capito. Accademia militare ma dove? Ce ne sono diverse«, gab ihr ein junger Kutscher zu verstehen. Diverse hieß

»mehrere«. Amalie überlegte fieberhaft, wie sie die Suche nach der richtigen eingrenzen konnte.

»Eritrea. Colonia«, stammelte sie, zog ihr Wörterbuch heraus und schlug das Wort für »Krieg« nach. »Guerra«, erklärte sie ihm. Er zuckte mit den Schultern und wandte sich an einen älteren Kollegen, einen Mann, den Amalie auf über sechzig schätzte.

»Eritrea. Militare. Si … andiamo.«

Wenn Amalie es richtig verstand, sollte sie ihm zu seiner Kutsche folgen.

»Lontano«, sagte er. Damit bestätigte er Amalies Vermutung, dass das Ausbildungslager nicht in der Nähe der venezianischen Lagune liegen würde. Amalie kalkulierte daher eine längere Fahrt ein, doch bereits kurz nach Maestre bog er auf eine kleinere Straße ab und kurz darauf wieder in eine, die nicht besonders gut befestigt schien. Dementsprechend holprig war die Fahrt durch eine schilfbewachsene Sumpflandschaft. Amalie schloss daraus, dass sie sich wieder in Richtung Meer bewegten. Immer mehr Mücken umkreisten die Kutsche. Die Luft wurde schwer und roch nach Salz. Am Ende des Weges tauchte ein Zaun aus Drahtgeflecht auf. Der Kutscher musste gar nichts mehr sagen. Sie waren am Ziel.

»Aspetta.« Amalie bat ihn, hier zu warten. Dann stieg sie ab und ging beherzt zu der Absperrung, einer Schranke, an der zwei uniformierte Soldaten standen. Es war kein Wunder, dass die beiden sie verblüfft ansahen. Eine Zivilistin bekamen sie hier mit Sicherheit so gut wie nie zu Gesicht und schon gar nicht eine deutsche. Amalie verstand, was die erhobene flache Hand zu bedeuten hatte. Sie sollte stehen bleiben. Amalie zog daraufhin ihr Wörterbuch aus ihrer Tasche. Was *suchen* hieß, musste sie nachschlagen.

»Sono tedesca. No parlo italiano. Sto cercando Marcello Surace.« Dass sie eine Deutsche war, die kaum Italienisch sprach, und wen sie suchte, hatten sie wohl verstanden. Einer von beiden wiederholte Marcellos Namen. Der andere zuckte etwas ratlos mit den Schultern.

»Eritrea. Guerra. Scuola.«

Der Mann nickte dann doch. Amalie schnappte nur das Wort »divisione« auf. Der Begriff einer Division beim Militär war ihr geläufig. Sie hoffte, dass Marcello noch hier war. Was er sonst noch sagte, verstand sie nicht. »Aspetta« jedoch schon. Sie sollte hier warten.

Amalie setzte sich auf einen Stein am Wegrand, denn sie rechnete damit, dass es wohl eine Zeit lang dauern würde, bis der Soldat zurückkam. Ein größeres Gebäude war zumindest vom Zaun aus nicht in Sicht. Der Kutscher gesellte sich zu ihr.

»Sta cercando qualcuno?« Er wollte wissen, ob sie jemanden suchte.

Amalie nickte.

»Tuo marito?«

Marcello war nicht ihr Mann. Sie nickte trotzdem, weil sie ihm alles andere in der Landessprache nicht hätte erklären können. Der Kutscher schenkte ihr daraufhin ein aufmunterndes Lächeln.

Es verging gut und gern eine Viertelstunde, die sich Amalie damit vertrieb, Stechmücken zu verscheuchen, bis sich hinter dem Zaun wieder etwas tat. Der junge Soldat kam in Begleitung eines älteren Uniformierten zurück. Ein bärtiger Geselle, dessen Haut von der Sonne gegerbt war. Er trug eine Narbe im Gesicht. Eine eher Furcht einflößende Erscheinung, befand Amalie. Sie stand trotzdem wieder am Zaun, noch bevor er ihn erreicht hatte.

»Colonnello Varese. Ich spreche Deutsch«, stellte er sich vor. »Sie suchen einen Marcello Surace?«

Amalies Herz schlug bis zum Hals. Sie nahm an, dass er ihn kannte.

»Er hat sich als Freiwilliger für den Krieg gemeldet, doch wir erwarten ein Kind. Er weiß das nicht«, erklärte sie ihm.

Varese nickte nachdenklich und erklärte dem Soldaten, um was es ging. Amalie schnappte die Wörter »moglie« und »bambino« auf. Sie ließ auch ihn in dem Glauben, dass sie Marcellos Frau war.

»Tut mir leid. Er ist bereits auf dem Weg nach Eritrea«, sagte er voller Mitgefühl.

Amalie stockte der Atem. Alles umsonst? »Können Sie ihm eine Nachricht zukommen lassen? Es gibt doch sicher eine telegrafische Verbindung?«

»Das ist ein Ausbildungslager. Wir haben keine weiteren Befugnisse. Es herrscht Krieg. Eine andere Division«, versuchte er ihr klarzumachen.

»An wen könnte ich mich denn wenden?«

»Die dortigen Befehlshaber, aber ich fürchte, Ihr Wunsch wird nicht gehört werden. Wie ich schon sagte. Es herrscht Krieg.«

»Aber er hat sich doch nur aus purer Verzweiflung freiwillig gemeldet, weil er glaubte, dass unsere Liebe keine Chance hat, und jetzt weiß er nicht einmal, dass wir ein Kind erwarten. Bitte verstehen Sie doch«, appellierte sie an ihn den Tränen nahe.

Der Offizier musterte sie eine Weile schweigend. »Wie heißen Sie?«, fragte Varese dann.

»Amalie Ebert.«

»Woher kommen Sie?«

»Aus Bamberg.«

Er schmunzelte, was Amalie irritierte.

»Meine Mutter… Sie hat sich während einer Pilgerreise nach Assisi in meinen Vater verliebt. Sie stammt aus Würzburg. Das ist doch nicht so weit von Bamberg weg? Ich war trotzdem nie dort«, sagte er.

»Eine schöne Stadt, nur viel kleiner als Würzburg«, erwiderte Amalie.

Der Colonnello musterte sie für einige Augenblicke. »Sie sind eine mutige Frau«, konstatierte er dann.

»Können Sie nicht vielleicht doch versuchen …?«

»Ich kann Ihnen aber keine großen Hoffnungen machen. Ich werde telegrafieren. Ob die Nachricht in die richtigen Hände gelangt, ist fraglich. Ob man ihn aus dem Kriegsdienst entlässt? Es gibt viele Väter, die in den Krieg ziehen. Rechnen Sie besser nicht damit«, sagte er.

»Ich danke Ihnen von Herzen. Mille grazie.«

Er nickte und reichte ihr zum Abschied die Hand.

»Ich wünsche es Ihnen von Herzen. Man soll die Hoffnung nie aufgeben. Gerade in schwierigen Zeiten«, sagte er.

Amalie nahm sich vor, seinen Rat zu beherzigen.

Elise konnte Colettes Leid mittlerweile umso mehr nachvollziehen, weil sie nun schon den zweiten Tag zu Hause geblieben war. Sie hatte am Vortag lediglich noch ein »Geschlossen«-Schild am Laden angebracht. In ihrem jetzigen Zustand war an Arbeit nicht zu denken. Jede Bewegung war zu viel, selbst sich morgens aus dem Bett zu erheben. Der Schmerz folgte ihr wie der eigene Schatten und in seinem Nebel fiel es ihr schwer, zu atmen, zu denken. Er ließ kaum noch Raum für irgendeine andere Empfindung. Es half aber nichts, sich zu Hause einzusperren. Ebenso wenig die Entscheidung, ein Kind auszutragen oder nicht, das wahrscheinlich ein Leben wie Frédéric führen würde, auf die lange Bank zu schieben. Colette hatte ihre Meinung dazu nicht geändert und sprach nicht nur aus persönlicher Erfahrung. Sie kannte zwei andere Fälle. In einem war es zu ähnlichen, aber noch viel schlimmeren Missbildungen gekommen. In einem anderen sei es sogar unmöglich, mit dem Kind zu sprechen. Man hatte es der Mutter schließlich weggenommen. Auch wenn Colette immer wieder betont hatte, dass Elise letztlich auf die Stimme ihres Herzens hören sollte, fiel es unter diesen Umständen schwer, diese Stimme überhaupt noch zu hören. Die Last der unbestreitbaren Tatsache des Inzests erstickte sie. Insofern war es die Stimme des Verstandes, die ein Treffen mit Jelena unabdingbar gemacht hatte.

Der gemeinsame Spaziergang mit ihrer Freundin durch den Markt in Richtung der ländlichen Gegend des Montmartre brachte zwar keine neuen Erkenntnisse, aber schien diese Last etwas von ihr zu nehmen. Denn im Gegensatz zu Colette hielt Jelena es durchaus für möglich, dass das Kind auch gesund zur Welt kommen könnte. Dazu gab es aus ihrem Stamm ebenfalls Beispiele.

Ein Feldweg, der sie vorbei an den Bretterverschlägen und Äckern hinaus aus der Stadt führte, kreuzte eine kleine uralte Kapelle.

»Du musst einfach auf Gott vertrauen. Ich bete darum, dass er mich führt, wenn ich nicht mehr weiterweiß«, legte sie ihr nahe. Jelena ließ einfach nicht locker, ihr ins Gewissen zu reden.

Elise verzichtete darauf, weil sie dazu innerlich einfach viel zu aufgewühlt war.

»Ich war seit Jahren nicht mehr in der Kirche, um zu beten. Es fühlt sich nicht richtig an, nun damit anzufangen«, rechtfertigte sie sich.

Jelena nickte. Elise merkte ihr die Enttäuschung darüber, dass sie nicht wenigstens den Versuch unternommen hatte, trotzdem an.

»Ich habe einfach so schreckliche Angst, dass ich dem nicht gewachsen bin. Du hast Colette doch gesehen und von was soll ich leben, wenn ich Tag und Nacht auf mein Kind aufpassen oder mich verstecken muss, wie Colette das seit Jahren tut?«

»Du könntest auch zu uns kommen. Dann lässt man dich in Frieden.«

Elise wusste, dass Jelena es nur gut meinte, aber ein Leben in einem Wagen, nur um nicht geächtet zu werden, kam nicht infrage.

»Ihr seid mir vielleicht Freundinnen«, sagte Elise schließlich.

Jelena sah sie daraufhin irritiert an.

»Colette lässt nichts unversucht, um mich davon zu überzeugen, dass ich zu einer Engelmacherin gehen soll, und du machst genau das Gegenteil, und das schon seit gut einer Stunde«, beschwerte sich Elise.

»Nein. Das tue ich nicht«, erwiderte Jelena, was Elise verblüffte.

»Aber du redest doch die ganze Zeit davon.«

»Warum wohl mache ich das?«, fragte Jelena.

Elise zuckte ratlos die Schultern.

»Mir ist wichtig, dass du dir sicher bist.«

»Ich bin es nicht.«

»Als du zu mir gekommen bist, hast du mich gefragt, ob ich eine Engelmacherin kenne. Das tue ich, aber solche Entscheidungen sind mitunter die schwersten, vor die einen das Leben stellen kann. Ich hatte nie die Absicht, dich umzustimmen, aber ich wollte sichergehen, dass du dich nicht aus einer momentan schwierigen Situation heraus entscheidest, die dir Angst macht.«

»Du würdest also genauso handeln?«

»Elise. Du hast so hart für deinen Traum gekämpft. Du hast Erfolg. Du wirst auch wieder jemanden finden, der dich liebt. Das Kind … Es würde alles kaputt machen.«

»Aber du hast doch vorhin selbst von Fällen gesprochen …«

»Wenige.«

Elise holte tief Luft und blickte vom Hügel, den sie mittlerweile erklommen hatten, auf die Häuser des Montmartre. Dort lag das Leben, auf das sie sich so gefreut und von dem sie gekostet hatte. Mit Ferdinand. Würde sie ohne ihn jemals wieder glücklich sein? Ein Kind von ihm wuchs in ihrem Bauch heran. Das war doch alles, was ihr noch von ihm geblieben war. Zugleich bewirkte der Blick zurück aber auch, dass sie sich an ihre Sehnsüchte erinnerte.

»Du musst dich ja nicht gleich entscheiden, aber nur ein Wort von dir genügt und wir gehen gemeinsam hin«, sagte Jelena und nahm sie in den Arm. Wie gut tat es, so eine Freundin zu haben.

Kapitel 23

Von Hoffnung getragen zu werden, war ein Geschenk. Der Kopf wurde frei. Die Last der Sorgen leichter. Die Worte des italienischen Obersten hallten nach. Amalie hatte sich während der Rückfahrt mit dem nächsten Nachtzug nach Bamberg sogar dazu aufraffen können, wieder ein paar neue italienische Wörter zu lernen. Vielleicht brachte es Glück. Es ermüdete aber auch. Amalie hatte wohlwissend um die Strapazen der letzten beiden Tage ein Abteil in einem Schlafwagen genommen. Erst kurz vor München aufzuwachen und nach einem Umstieg in Nürnberg knappe zwei Stunden später wieder zu Hause zu sein, fühlte sich daher unwirklich an. Amalie hatte nach ihrer Rückkehr auf etwas Ruhe gehofft, um Vater ausführlich von ihrer Reise berichten zu können, doch nun saß sie nach einem kleinen Frühstück und einer Katzenwäsche erneut in der Kutsche. Kunigundes Brief musste am Vortag angekommen sein, als sie in Venedig gewesen war. Sie bat darin um ein dringliches Treffen, da sie ihr etwas Wichtiges mitzuteilen hätte, was Auguste Mangin betraf und delikater Natur sei. Mit der Ruhe war es somit vorbei. Die Zeit im Haus hatte gerade noch gereicht, um Vater die Umstände ihrer Reise mitzuteilen, und dass Marcello bereits auf dem Weg nach Afrika war. Sie rechnete Vater hoch an, dass er ihr Glück wünschte. Noch vor Tagen hätte er sicherlich Genugtuung darüber empfunden.

Auf der Fahrt in die Innenstadt zermarterte sie sich den Kopf darüber, was es noch Delikateres über Ferdinands Mutter geben könnte, als sie bereits wusste. Es musste etwas Schlimmes sein, andernfalls hätte Kunigunde es ihr auch schriftlich mitteilen können. Sie hoffte, dass die Hebamme sie nicht lange warten lassen würde. Das genaue Gegenteil war der Fall. Sie hatte anscheinend gerade niemanden bei sich und musste die Kutsche vor dem Haus gehört haben, denn Amalie bemerkte sie am Fenster. Kunigunde kam heraus, noch bevor sie von der Kutsche gestiegen war.

»Ich hatte fest damit gerechnet, dass Sie mich bereits gestern aufsuchen würden«, sagte sie, nachdem sie Amalie begrüßt hatte. Vermutlich brannte es Kunigunde unter den Nägeln, mit ihr zu sprechen.

»Ihr Brief hat mich erst heute erreicht«, erklärte sie und folgte der Hebamme ins Haus.

»Ich habe einen feinen Kräutertee aufgesetzt. Er stärkt die Nerven«, sagte Kunigunde und bedeutete Amalie, in ihrem Kabinett Platz zu nehmen.

»Offen gestanden kann ich es kaum erwarten, zu hören, was Auguste Mangin noch auf dem Kerbholz haben soll.«

»Das, meine Liebe, sprengt wirklich die Vorstellungskraft eines anständigen Menschen, aber der Reihe nach …«, sagte sie und versorgte sich und Amalie erst einmal mit Tee.

»Mir ging die Angelegenheit einfach nicht mehr aus dem Kopf. Ich führe eine Art Tagebuch über alle Geburten, weil jede für sich etwas Besonderes ist. Das hilft mir auch bei meiner Arbeit. Komplikationen ähneln sich und ich notiere mir, welche Mittel und Kräuter ich den Frauen gebe. Ich schreibe mir auch alles über die Kinder auf. Wie groß sie sind, wie schwer, wie sie aussahen, als sie zum ersten Mal das Licht der Welt erblickten. Ich musste mich einfach vergewissern.«

»Und worüber?«, bedrängte Amalie sie.

»Seine Haarfarbe. Sie sagten doch, Ferdinand hätte schwarzes lockiges Haar. Er war aber blond, als er zur Welt kam.«

»Aber ist denn das so ungewöhnlich? Meines bescheidenen Wissens kann sich die Haarfarbe von Neugeborenen später ändern.«

»Da haben Sie vollkommen recht, aber wir reden von später, nicht gut drei Wochen nach der Geburt«, sagte Kunigunde und schüttelte den Kopf. »Ich frage mich, warum ich mir nicht schon damals Gedanken darüber gemacht habe. Ich traf Auguste zufällig während des Einkaufs auf der Straße und fragte sie, warum sie nicht mehr zur Nachuntersuchung gekommen war. Die meisten Frauen halten sich ja daran. Vermutlich hatte mich das so verärgert, dass ich über die Haarfarbe des kleinen Ferdinands hinwegsah. Er hatte dunkle Haare und war sehr proper. Ich habe daraufhin in meinem Tagebuch nachgesehen. Augustes Sohn kam früher als erwartet zur Welt und war recht klein und schmächtig gewesen. Ich hatte Bedenken, ob er am Leben bleibt. Aber auch solche Fälle habe ich schon bei anderen Säuglingen erlebt und vermutlich auch deswegen dem Ganzen seinerzeit keine allzu große Bedeutung beigemessen.«

»Um Gottes willen. Worauf wollen Sie hinaus?«

»Dass es gar nicht mehr Ferdinand im Kinderwagen war.«

Amalie konnte kaum glauben, was Kunigunde ihr da vorgetragen hatte.

»Auguste ist nach dieser Begegnung nicht mehr in meine Praxis gekommen und nach Nürnberg verzogen. Aber was ist aus ihrem Sohn geworden, dem Säugling, den sie mit meiner Hilfe zur Welt gebracht hat? Nun. Ich wollte Gewissheit und bin ins Sterberegister gegangen und Sie werden es nicht glauben.

Mein Verdacht hatte sich bestätigt. Ferdinand war verstorben. Keine Woche nach der Geburt. Im Kindbett.«

»Aber … wie ist es möglich, dass sie dann Vater jahrelang hat zahlen lassen?«, stammelte Amalie. Ihr schwirrte der Kopf.

»Wie ich schon sagte, Auguste ging nach Nürnberg. Ihr Vater wusste sicher nicht, dass sein Sohn verstorben war. Das konnte er auch gar nicht, weil sie ihn als ›unbekannt‹ in seine Geburtsurkunde hatte eintragen lassen. Es war leichtfertig von Ihrem Vater, dass er Augustes Ansprüche allem Anschein nach nie überprüfte. Vermutlich aus Angst, dass seine Untreue herauskommen könnte. Sie wollte sich das zunutze machen, doch sie hatte nun kein Kind mehr. Woher bekommt man ein Neugeborenes, mit dem man den Kindsvater erpressen kann?«

»Ich … Ich weiß gar nicht mehr, was ich denken soll. Woher? Etwa von Zigeunern? Ein Findelkind?«

»Sie sagen es. Zur damaligen Zeit hat es nur ein Waisenhaus gegeben. Ich kenne die Schwestern. Sie rufen mich in delikaten Fällen, wenn eine von ihnen sündhaft war. Urkunden zur Vertuschung sind dann schnell ausgestellt, solange genug Geld fließt. Auch heutzutage. Man will es gar nicht glauben. Eine Hand wäscht die andere. Also haben sie im Archiv nachgesehen und tatsächlich: Auguste hat einen dunkelhaarigen Jungen adoptiert. Ferdinand. Ein namenloses Findelkind, noch ungetauft und somit ideal für Augustes Pläne.«

»Und Vater all die Jahre mit einem Kind, das gar nicht von ihm ist, erpresst?« Amalie war fassungslos, doch zugleich dämmerte ihr, dass dies zugleich die besten Neuigkeiten waren.

»Ihre Schwester und Ferdinand können also bedenkenlos heiraten und Kinder in die Welt setzen«, resümierte Kunigunde und holte erst einmal tief Luft.

Amalies anfängliche Erleichterung verlor sich schlagartig.

»Sie freuen sich ja gar nicht darüber?«, wunderte Kunigunde sich.

»Ich habe Ferdinand einen Brief geschrieben. Darin klärte ich ihn über die Situation auf und legte ihm nahe, sie zu verlassen. Wenn er es getan hat, wird Elise mich bis in alle Ewigkeit hassen«, sagte sie niedergeschlagen.

»Vielleicht ist es noch nicht zu spät. Sie sollten keine Zeit mehr verlieren und nach Paris fahren, um dieses tragische Missverständnis am besten persönlich aufzuklären. Sie meinten es ja nur gut.«

Amalie nickte und hoffte, dass Kunigunde recht behielt.

Es fühlte sich für Elise an wie der Gang zum Schafott. Nichts anderes war es doch, nur dass nicht sie, sondern ein Teil von ihr, ungeborenes Leben, hingerichtet werden sollte. Im Gegensatz zu einer zum Tode Verurteilten lagen ihre Hände und Füße nicht in Eisen, doch die Fesseln der Vernunft erfüllten den gleichen Zweck. Selbst Jelenas sanfte Hand, die in ihrer lag und sie inmitten der Holzhüttensiedlung zu einer Frau führte, die angeblich sehr erfahren in diesen Dingen sei, fühlte sich im Moment so an wie die eines Scharfrichters. Jelena musste spüren, wie kalt ihre Hand mittlerweile geworden war, obwohl die Sonne schien und Elise glaubte, innerlich zu verglühen.

»Du musst wirklich keine Angst haben«, versicherte Jelena ihr.

Elise hatte bereits die Nacht zuvor kein Auge zugetan und war heute Morgen schweißgebadet aufgewacht. Vom Hörensagen hatte sie eine ungefähre Vorstellung dessen, welche Prozeduren Frauen bei einem solchen Eingriff zu erdulden hatten. Zangen, Nadeln, Seile – allesamt blutige Prozeduren, bei denen nicht wenige Frauen starben. Diese Sorge hatte ihr Jelena bereits nehmen können, denn Makayla lehnte diese Methoden strikt ab. Sie sei allerdings keine Hebamme. Das wiederum beunruhigte Elise. Jelena hatte sie als Kräuterhexe bezeichnet. Angeblich müsste sie eine Substanz trinken und sich dann gleich wieder nach Hause begeben, weil sie den Keim des Lebens, den sie in sich trug, dann alsbald ausscheiden würde. Übelkeit und Unwohlsein seien das Schlimmste, mit dem sie zu rechnen hätte. Jelenas Worte in Gottes Ohr, doch Elise vermutete, dass Gott bei dem, was sie vorhatten, nicht anwesend sein würde.

Als sie die Hütte am Stadtrand erreichten, wurde Elise vollends klar, warum Makayla, ebenfalls eine Jenische, Kräuterhexe genannt wurde. Ihre Behausung stand mitten in einem riesigen Kräutergarten. Einige der Pflanzen kannte Elise. Rosmarin war dabei. Die meisten anderen Gewächse hatte sie noch nie gesehen. Einige von ihnen blühten und verliehen dem Kräutergarten einen lieblichen Charme.

Jelena warf ihr noch einmal einen fragenden Blick zu, bevor sie an Makaylas Tür klopfte. Es gab nun kein Zurück mehr. Die grauhaarige Alte, die die Tür öffnete, schenkte ihnen ein einnehmendes Lächeln. Sie hatte nur noch wenige Zähne und ihre Haut wirkte wie gegerbtes Leder. So hatte sich Elise in ihrer Kindheit immer eine der Hexen auf der Walpurgisnacht vorgestellt. Ihre Augen hingegen passten nicht dazu. Sie strahlten sehr viel Wärme aus.

»Kommen Sie herein. Sie müssen Elise sein«, sagte sie.

Elises Kehle war wie zugeschnürt. Sie nickte nur und trat ein.

Makaylas Haus schien nur aus zwei Räumen zu bestehen. Ein größerer, der mit zusammengeklaubten Möbeln gemütlich und einladend wirkte. Blumen und Kräuter steckten in Vasen. Knoblauchzehen und Gewürzpflanzen hingen neben Kellen und Messern an Holzstreben über dem Herd. Der Duft aus diesem Vielerlei zog ihr in die Nase. Im Raum daneben stand eine Pritsche, wie Elise sie aus Krankenhäusern kannte. Sie hoffte inständig, dass sie sich nicht darauflegen und entblößen musste.

»Setzen Sie sich«, bot Makayla an.

Elise nahm neben Jelena auf einem Sofa, das vor einem kleinen Teetisch stand, Platz.

Die Alte musterte sie eine ganze Weile, was Elise verunsicherte.

»Sie haben sich den Schritt gut überlegt?«, wollte sie dann wissen.

Elise bejahte ihre Frage.

»Jelena hat mir von Ihren Lebensumständen erzählt«, fuhr sie fort.

»Würden Sie mir in meinem Fall auch dazu anraten?« Elise wollte sich vergewissern.

»Es wäre vermessen, Ihnen einen Rat zu erteilen, und anmaßend. Ich würde mich zum Richter machen. Es geht hier um eine Entscheidung zwischen Leben und Tod.«

»Aber Sie haben doch Erfahrung mit Frauen in meiner Situation.«

»Sicher – und davon kann ich Ihnen guten Gewissens berichten. In den meisten Fällen wäre es besser gewesen …«, sagte sie. Makayla legte ihr damit die nächste Fessel an. »Was werden Sie tun?«, fragte sie dann.

Elise nickte schweren Herzens.

»Ich habe die Tinktur bereits vorbereitet. Es ist eine Mischung, mit der ich bei Frauen, bei denen die Empfängnis noch nicht so lange her ist, die besten Erfahrungen gemacht habe. Der Sud enthält Wurzeln der Angelika und Rosmarin. Auch etwas vom Lebensbaum.«

Elise erschauderte. Ausgerechnet die Blätter des Baumes, der nach dem Leben benannt war, würde ihr das Leben in ihrem Unterleib nehmen, es aus ihrem Körper treiben.

Makayla stand auf und ging hinüber zum Herd. Dort stand der Sud. Sie füllte ihn in einen Becher.

Jelena warf Elise ein aufmunterndes Lächeln zu und nahm sie noch einmal in den Arm. Dann löste sie sich von ihr. Und das war gut so, denn den nächsten Schritt musste Elise allein gehen.

Makayla kam zurück und stellte den Becher auf den kleinen runden Tisch.

»Möchten Sie lieber allein sein?«, fragte sie behutsam nach.

Elise reagierte nicht und starrte nur auf den Becher. Die Flüssigkeit darin war wohlriechend und dennoch schlummerte in ihr der Tod.

»Elise?«, hakte Makayla nach.

Elises Hände fingen an zu zittern, als sie sich dem Becher näherten. Nur wenige Schlucke davon und das winzige Wesen in ihrem Körper, ein Teil von Ferdinand, würde bald nicht mehr sein. Plötzlich spürte sie Wärme in sich aufsteigen. Das Wesen in ihr war sicher noch viel zu klein, als dass man es spüren konnte, doch es fühlte sich auf einmal so an, als würde sich etwas in ihr bewegen, dagegen protestieren. In ihrem Unterleib wurde es immer heißer.

»Ich kann es nicht«, brach aus ihr unter Tränen heraus.

Makayla nickte anerkennend. Elise hatte den Eindruck, dass sie erleichtert darüber war.

Jelena legte ihren Arm um sie.

»Sie haben es gespürt, nicht wahr?«, fragte Makayla.

Elise nickte.

»Alles wird gut. Das ist es, was ich spüre«, versicherte Makayla ihr. Es klang wie ein Versprechen und Elise glaubte nun fest daran.

Kapitel 24

Amalie vermochte im Moment nicht zu sagen, wer vor der Begegnung mit Elise mehr Angst hatte. Sie oder ihr Vater. Obwohl sie ihm aus gesundheitlichen Gründen dringend davon abgeraten hatte, sie nach Paris zu begleiten, hatte er es sich nicht nehmen lassen.

»Zu viel ist passiert. Zu viel Unrecht.« Seine Einschätzung traf es auf den Punkt. Amalie hoffte inständig, dass sie noch die Möglichkeit hatten, Schaden abzuwenden, den ihr Brief höchstwahrscheinlich angerichtet hatte. Während der Fahrt hatte Vater nichts so sehr beschäftigt wie die Frage, ob Elise ihm jemals verzeihen würde. Was, außer seine Sorgen zu beschwichtigen und selbst darauf zu hoffen, hätte sie ihm sagen sollen? Musste er sich nicht zunächst selbst verzeihen? Und damit meinte Amalie nicht nur, dass er Elise aus purem Eigennutz in ein gänzlich anderes Leben an der Seite eines Bankiers hatte zwingen wollen. Es ging um den Tod ihrer Mutter. So oft, wie er sie während der Fahrt erwähnt und sich an gemeinsame schöne Zeiten erinnert hatte, war dies sicherlich ein Stachel, den er so schnell nicht mehr aus dem Fleisch bekam. Dabei konnte weder sie noch Elise ihm helfen. Der Betrug an Mutter kam noch mit hinzu. Hoffentlich erwartete er sich von der Begegnung mit ihrer Schwester nicht allzu viel. Amalie kam er so vor, als wäre er auf Pilgerfahrt, von der er sich am Ziel die Vergebung all seiner Schuld erhoffte. Elise war aber keine Marienstatue, keine Heilige, die Wunder vollbringen konnte, doch allein schon reinen Tisch zu machen, konnte ein wichtiger erster Schritt sein. Dessen war Amalie sich sicher. Sie hoffte, dass dies auch für sie galt. Ihr Herz fing an zu rasen, wenn sie nur daran dachte, ihrer Schwester gegenüberzustehen. Vaters Aufregung übertrug sich. Amalie konnte sich nicht daran erinnern, ihn jemals so nervös und gedankenverloren erlebt zu haben. Man merkte es an Kleinigkeiten. Obwohl der Schaffner ihnen erklärt hatte, dass sie am Gare du Nord in Paris ankommen würden, war ihm dies offenbar nicht im Gedächtnis haften geblieben. Er hatte ihn ein zweites Mal gefragt. Hinzu gesellte sich bestimmt auch die Aufregung, in einer fremden Stadt zu sein, deren Sprache er nicht mächtig war. Amalie ging es nicht anders. Paris traf sie mit voller Wucht, wenngleich ihre Gedanken ganz woanders waren. Bei Elise und bei Marcello. Die Frage, ob Colonnello Vareses Nachricht ihn erreichen würde, hatte sie während der Zugfahrt ebenfalls begleitet. Wenn der Kopf sowieso schon barst, war die Wucht der neuen Sinneseindrücke kaum noch zu verarbeiten. Allein schon das Bahnhofsgebäude konnte einen in Beschlag nehmen, so imposant war es. Insgeheim hoffte Amalie, dass sie irgendwann die Zeit finden würde, Paris kennenzulernen, an Marcellos Seite. Was für eine schöne Vorstellung.

Einen kleinen Einblick in das städtische Pariser Leben vermittelte die Kutschfahrt hinauf zum Montmartre. Die Pferdebahn zu nehmen, kam nicht infrage. Zu verwirrend war das städtische Verkehrsnetz. Ein Schaffner, der etwas Deutsch sprach, hatte ihnen davon abgeraten, auch wenn es wohl Verbindungen vom Gare du Nord bis zum Montmartre geben sollte.

Amalie war letztlich doch dankbar um die vielen neuen Eindrücke. Sie lenkten ein wenig ab, vor allem Vater, dessen Blicke sich ebenso an die prunkvollen Gebäude hefteten.

Bergauf verlor sich das Bild der pulsierenden modernen Großstadt und machte einem Sammelsurium aus Alt und Neu, Arm und Reich, Äckern und Stadthäusern Platz.

»Und Elise hat ausgerechnet hier eine Confiserie eröffnet?«, wunderte sich nicht nur Vater.

»Die Illustration in der Zeitung erweckt jedenfalls einen recht feudalen Eindruck«, bestätigte sie ihm.

Der Kutscher, ein älterer Herr im Frack, dem sie den Zeitungsausschnitt mit dem Hinweis auf den Montmartre gezeigt hatte, wusste zweifelsohne, wo Elises Confiserie lag. Wie sonst sollte man seinen verzückten Gesichtsausdruck deuten, als er von »chocolats exquis« gesprochen hatte. Amalie glaubte, verstanden zu haben, dass er selbst dort bereits Dragees probiert hatte, und es sah ganz danach aus, dass sie sich nicht täuschte, denn das Straßenbild veränderte sich erneut. Zwar wirkten die ersten Häuser nicht so pompös wie die in der Pariser Innenstadt und ihre Fassaden waren lange nicht so opulent ornamentiert, aber hier herrschte das gleiche quirlige Leben. Unterschiedliche Kleidung, mal elegant, mal einfach, deutete darauf hin, dass hier Menschen unterschiedlichen sozialen Standes lebten. Das galt auch für die nächste Straße, in die der Kutscher einbog. Schon sprang Amalie die Confiserie ihrer Schwester ins Auge. Sie freute sich darauf, zu sehen, was Elise auf die Beine gestellt hatte. Komischerweise überwog dieses Gefühl momentan all die Sorgen und Ängste, die sie auf der Herfahrt geplagt hatten.

»Das ist ja richtig herrschaftlich«, merkte Vater mit Blick auf das Gebäude an, vor dem der Kutscher gehalten hatte.

Amalie drückte ihm einen Franc mehr in die Hand als verlangt und stieg als Erste aus, um Vater von der Kutsche zu helfen.

»Réglisse d'Elise«, hauchte Vater respektvoll. Er kam Amalie vor wie ein kleiner Junge, der in der Weihnachtszeit vor dem Schaufenster eines Warenhauses stand.

»Geschlossen«, stellte Amalie enttäuscht fest, nachdem ihr das an der Tür angebrachte Schild ins Auge gefallen war.

Vater reagierte nicht. Amalie ließ genau wie er ihren Blick durch das Schaufenster über die Regale der Confiserie schweifen. Ein Teil davon war mit Dragees gefüllt. Sie lagen in Kisten, die auf gekippten Regalen standen. Das Innenleben wirkte gemütlich und die dominante Farbe, Rosa, gefiel ihr ausgesprochen gut.

Vater nickte nur anerkennend.

»Was machen wir jetzt? Wir können ja schlecht bis morgen hier stehen bleiben?«, fragte sie.

»Ein Hotel suchen …«, sagte er gedankenverloren. Dem Zauber dieser Confiserie konnte er sich allem Anschein nach nicht entziehen. Was ging nun wohl in ihm vor? Wie oft hatte Elise ihn darum gebeten, diese Dinge herzustellen und mit der Zeit zu gehen. Und wie hatte er sich dagegengestemmt. Wahrscheinlich ein schwerer Fehler, den er eben erkannte.

»Vielleicht wohnt sie in der Nähe?«, überlegte Amalie laut.

Erst jetzt bemerkte sie, dass der Kutscher immer noch nicht abgefahren war und sie musterte.

»Elise est ma sœur«, sagte sie und deutete auf den Schriftzug auf dem Fenster.

Er verstand offenbar, dass Elise ihre Schwester war, und erwiderte etwas so schnell auf Französisch, dass Amalie nur die Worte Patisserie und Madeleine verstand. Daraus wurde Amalie nicht schlau, ebenso wenig ihr Vater, der ihr einen fragenden Blick zuwarf.

Der Kutscher gab ihnen gestenreich zu verstehen, wieder aufzusteigen. Wusste er, wo Elise aufzufinden war? Wie konnte das sein?

»Vielleicht hat sie ja noch einen Laden«, mutmaßte Vater, der ebenso wieder aufstieg und selbst als der Kutscher losfuhr, seinen Blick nicht von Elises Lakritzparadies lösen konnte.

Die Fahrt war nicht der Rede wert. Die Kutsche hielt vor einer Patisserie ganz in der Nähe. Sie war geöffnet. Eine ältere Dame bediente Kundschaft darin, wie Amalie durch das Schaufenster sehen konnte.

Dann deutete der Kutscher auf einen Teller mit Gebäck im Schaufenster. Amalie ging ein Licht auf. Mit Madeleine hatte er eine dieser köstlichen Stücke gemeint, die dort verführerisch drapiert lagen.

»De Elise«, sagte er. Anscheinend hatte er sie bereits probiert, denn ein wohlwollender Laut folgte. Er deutete auf die Konditorin und forderte sie und ihren Vater mit einer Geste auf, hineinzugehen. Amalie interpretierte dies dahingehend, dass sie wohl wissen musste, wo sich ihre Schwester aufhielt. Im Verkaufsraum war sie jedenfalls nicht.

Amalie ging hinein, als eine der beiden Kundinnen die Patisserie verließ.

Vater folgte ihr und stellte sich zu Amalie an den Verkaufstresen. Die Konditorin begrüßte sie freundlich, während sie Gebäck für die zweite Kundin einpackte, eine junge Frau, die allem Anschein nach ganz in der Nähe wohnen musste, weil sie über ihrem einfachen Kleid nur eine Küchenschürze trug.

»Vous desirez?«, fragte die Konditorin.

»Je cherche ma sœur, Elise.« Um ihr klarzumachen, dass sie Elise suchte, reichte ihr Schulfranzösisch.

»Je ne l'ai pas vue depuis deux jours et sa confiserie est fermée«, erwiderte sie im Gegensatz zum Kutscher langsam und deutlich. Dass sie nicht von hier waren, verriet Amalies deutscher Akzent.

»Sie hat sie seit zwei Tagen nicht gesehen«, übersetzte sie für ihren Vater. Dass der Laden geschlossen war, wussten sie bereits. Ein äußerst beunruhigender Umstand.

»Je crois qu'elle est malade. Elle est à la maison. Je l'ai entendue. Elle est ma locataire.«

Amalie übersetzte es erst gar nicht, dass die Konditorin glaubte, Elise sei erkrankt, um Vater nicht noch mehr in Aufregung zu versetzen.

»Locataire?« Dieses Wort kannte Amalie nicht.

»Elle vit chez moi. Première étage.« Das wiederum verstand Amalie. Elise musste ihre Mieterin sein.

Die Konditorin deutete nach oben.

»La porte à côté. Il y a une sonnerie«, fuhr sie fort.

Amalies Nervosität, die sie während der gesamten Zugfahrt begleitet hatte, war schlagartig wieder präsent. Sie brachte nur noch ein »merci« heraus.

»Sie wohnt im ersten Stock. Wir sollen klingeln«, erklärte sie Vater.

Vaters Blick nach oben war bedeutsam. Er litt sichtlich. Vielleicht sollten sie sich mit einem dieser Madeleines stärken, bevor sie nach oben gingen. Amalie verwarf den Gedanken aber sogleich wieder, denn nun war ihr auch noch flau im Magen.

»Ich warte unten. Geh allein. Sonst wird es ihr unter Umständen zu viel«, schlug Vater verunsichert vor.

Die Konditorin musterte sie, vor allem Vater, der mittlerweile deutlich an Farbe verloren hatte.

Ohne ein weiteres Wort griff sie in ihre Auslage am Tresen und holte zwei dieser Gebäckstücke heraus, die sie ihnen reichte.

»De Elise. Délicieuse«, sagte sie.

Das verstand auch Vater, der sich daraufhin bei ihr bedankte. Er nahm aber erst einen Bissen davon, nachdem sie den Laden verlassen hatten.

Elise wertete es als gutes Zeichen, dass sie nicht mehr über ihre Entscheidung nachdachte. Es plagten sie keinerlei Zweifel, ob sie richtig gehandelt hatte. Sie hatte sich sogar etwas zu Essen gekocht, nicht nur für sich selbst, sondern in dem Bewusstsein, dass jemand in ihrem Bauch heranwuchs. Es schien fast so zu sein, als ob dieses warme Gefühl, das sie bei der Engelmacherin empfunden hatte, alle Ängste vor der Zukunft von ihr nahm und sie stärkte. Elise nahm sich vor, für das Kind stark zu sein, komme was da wolle. Auch wenn es völlig absurd erschien, ertappte sie sich immer wieder dabei, ihren Bauch zu streicheln. Es entspannte. Sie war davon überzeugt, dass das winzige Etwas in ihr es mitbekommen würde. Diese Wärme tröstete allerdings nicht darüber hinweg, dass Ferdinand nicht mehr bei ihr war. Während sie selbst zubereitetes Coco in eine Karaffe füllte, fragte sie sich, ob sie nicht doch versuchen sollte, ihn ausfindig zu machen. Er wusste ja nicht, dass sie ein Kind von ihm unter ihrem Herzen trug. Doch was würde das an seiner Entscheidung ändern? Er hatte sie ja nicht aus Feigheit verlassen, sondern gerade, weil er sie liebte. Und sie liebte ihn. Noch mehr als jemals zuvor und genau aus dem Grund hoffte sie, dass er sich seine Träume ebenfalls erfüllen konnte. Selbst wenn sie ein gesundes Kind zur Welt brachte, wäre es ihnen trotzdem verwehrt, zu heiraten. Elise seufzte und trank etwas vom Coco. Sollte sie später noch hinunter zum Laden gehen, um nach dem Rechten zu sehen? Heute noch nicht.

Als sie mit dem Glas aus der Küche kam, klingelte es an der Tür. Colette? Doch die würde doch nicht klingeln, sondern wie üblich gleich an der Tür klopfen. Madame Moreau, schoss ihr durch den Kopf. Sie hatte sich seit zwei Tagen nicht mehr bei ihr blicken lassen und ihr lediglich Bescheid gegeben, dass sie sich nicht wohlfühle. Ferdinand? Dass sie daran dachte, machte ihr klar, wie sehr sie ihn vermisste und insgeheim immer noch hoffte, dass er wieder zu ihr zurückkommen würde – wider jede Vernunft. Elise drückte den Knopf der Klingelanlage und lauschte in das Treppenhaus. Jemand ging hinein. Die Schritte waren ungewöhnlich schleppend und langsam. Elise lugte um die Ecke und erstarrte.

Amalie stand wie vom Blitz getroffen da, als sich ihre Blicke begegneten.

»Elise«, stammelte sie nur.

Elises Herz begann zu rasen. Was um Himmels willen wollte ihre Schwester hier? Woher wusste sie überhaupt, dass sie hier wohnte?

»Bitte … Ich muss dich dringend sprechen. Schick mich nicht weg«, flehte sie.

Elise nickte nur, weil sie unfähig war, etwas zu erwidern. Wie ein Geist aus vergangenen Tagen kam Amalie die restlichen Stufen nach oben. Sie wagte es nicht, näher zu treten, nachdem sie die letzte Treppenstufe genommen hatte und vor ihrer Tür stand.

»Ach Elise … Es tut mir alles so leid.«

»Was? Amalie … Warum bist du hier?«, flüsterte Elise.

»Ich habe einen großen Fehler gemacht. Nicht nur einen, aber ich bin hier, um zumindest diesen Fehler wiedergutzumachen.«

»Wovon sprichst du?«

»Ferdinand. Er ist nicht dein Halbbruder. Ich bin hier, um dir das zu sagen.«

Elise suchte Halt am Türrahmen. Freude und Wut kämpften um die Vorherrschaft. Es war also tatsächlich Amalie gewesen, die Ferdinand geschrieben hatte. Die Freude über die gute Nachricht tilgte den Zorn aber im Nu. Tränen stiegen ihr in die Augen, doch sie flossen nicht nur, weil sie nun sicher sein konnte, dass ihr Kind gesund auf die Welt kommen würde. Ihre Schwester wie eine Bittstellerin vor ihr stehen zu sehen, brach ihr fast das Herz. Sie reichte ihr die Hand. Amalies Augen wurden feucht. Dann schloss sie sie in die Arme.

»Du hast mir so gefehlt. Und ich wollte mir nie eingestehen, wie sehr«, schluchzte Amalie.

Elise spürte, dass ihre Schwester die Umarmung mindestens so sehr genoss wie sie selbst. Wie lange war es her, dass sie sich so nahegekommen waren? Es gab so unendlich viele Fragen, doch diesen Moment auszukosten, der die Mauer, die sich zwischen ihnen aufgebaut hatte, mit der Urgewalt eines Sturms der Herzen wegspülte, war nun wichtiger als alles andere.

Amalie löste sich von ihr und fuhr ihr durchs Haar. »Wie schön du bist. Und deine Confiserie ist großartig.«

»Du hast sie gesehen?«, fragte Elise verwundert.

»Nicht nur ich«, deutete sie an.

»Ist Hermann etwa auch …?«

Amalie lachte bitter auf und wischte sich die Tränen aus den Augen.

»Hermann … Eine lange Geschichte … Nein. Vater ist mitgekommen.«

»Vater ist hier?« Elise wusste im Moment nicht, ob sie sich darüber freuen sollte.

»Ich glaube, er würde dafür sterben, auch nur einmal von deinen Pralinen kosten zu dürfen.«

»Wo ist er?«

»Vater wartet unten. Er hat es nicht gewagt, mich zu begleiten. Egal, was du von ihm denkst und zu Recht, du musst mir glauben, er liebt dich und er ist stolz auf dich.«

Elise rührten Amalies Worte. »Dann bitte ihn doch, heraufzukommen«, schlug Elise vor. Es war auch die Neugier, die sie plagte. Sie war stärker als die vielen dunklen Erinnerungen aus der Zeit, kurz bevor sie Bamberg verlassen hatte. Der verhärmte alte Mann nahm in ihrer Vorstellung langsam wieder die Gestalt ihres Vaters an, wie sie ihn als Kind wahrgenommen hatte.

Amalie eilte daraufhin die Treppen hinunter.

Elise lehnte sich gegen den Türstock und atmete auf. Dass ihrer Liebe zu Ferdinand nichts mehr im Weg stand, überstrahlte im Moment einfach alles. Der Wermutstropfen daran war, dass sie momentan nicht einmal wusste, wo er sich befand. Doch dieses Problem, nahm Elise sich vor, würde sie lösen.

Amalie hätte nicht gedacht, heute noch zu einem nächtlichen Spaziergang entlang des Boulevards Montmartre zu kommen, noch dazu an der Seite ihrer Schwester. Vater war nach der langen Aussprache in Elises Wohnung dazu nicht mehr in der Lage. Sie hatten ihn in einem Hotel ganz in der Nähe einquartiert. Amalie wunderte sich noch immer darüber, mit welcher Gefasstheit ihre Schwester auf Vaters Beichte nahezu all seiner Verfehlungen reagiert hatte. Er warf sich mittlerweile sogar vor, ihre Lakritzplätzchen missachtet zu haben, ganz zu schweigen von seinem Versuch, Elise mit Furtenbach zu verkuppeln. Elises Großmut, nun über vieles hinwegzusehen, lag sicher an ihrer Freude darüber, ein gesundes Kind zur Welt bringen zu können und dass sie und Ferdinand heiraten durften, vorausgesetzt sie fanden ihn. Sie hatte Vater einfach nur reden lassen. Es war ihm naturgemäß am schwersten gefallen, über den Betrug an ihrer Mutter zu sprechen. Erneut waren Tränen geflossen. Vater litt vermutlich von ihnen allen am meisten darunter, in erster Linie aber unter seiner Feigheit und dem Unglück, das seine Lügen über die Familie gebracht hatten. Dass sie nun beide in guter Hoffnung waren, schien letztlich alles zu übertünchen. Auch jeglichen Groll, weil ihre Kinder etwas waren, das in der Zukunft lag – und die war wesentlich bedeutsamer als Vergangenes, auch wenn es sicher noch lange dauern würde, bis sie alle die Geschehnisse verarbeitet hatten. Es verwunderte Amalie daher nicht, dass sie nach wie vor mit Elise über Vergangenes sprach. Das Farbenspiel und die vielen Eindrücke und Menschen, die ihnen entgegenkamen, nahm Amalie daher nur am Rande wahr.

»Ich hätte nie gedacht, dass Hermann sich zu solchen Gewaltausbrüchen hinreißen lässt«, sinnierte Elise, der sie, nachdem Vater sich zurückgezogen hatte, natürlich mehr von Marcello und ihrer Zeit in Kalabrien hatte erzählen müssen.

»Wahrscheinlich würde jeder Mann so reagieren. Es war der schlimmste Moment meines Lebens. Ich habe mich geschämt, bin mir so schlecht vorgekommen und dann hatte ich Angst, dass er stirbt. Amalie, die Ehebrecherin …«

»Bereust du es?«

»Ich bereue, dass ich nicht den Mut hatte, früher zu meinen Gefühlen zu stehen. Frag mich nicht, was ich alles bereue. Im Prinzip mein halbes Leben.«

»Aber hast du denn nicht das gemacht, was du immer wolltest? Die Firma … eine Hochzeit … Ich hatte stets den Eindruck, dass dir das wichtig war.«

»Zu der Zeit dachte ich es auch, doch ich habe mich selbst belogen und du hast mir den Spiegel vorgehalten.«

»Ich? Was habe ich denn gemacht?«

»Es reichte ja schon, dein Leben mitanzusehen. Ich hatte Angst.«

»Angst? Vor mir?«

»Nein, vor mir. Ich spürte eine wachsende Unzufriedenheit und wusste nicht einmal warum. Es hat mich zermürbt. Die Firma gab mir Halt, die Familie ebenso. Das schöne Gefühl der Sicherheit in dieser kleinen Welt, aber es war so trügerisch. Nach Mutters Tod brach ein Pfeiler dieser Sicherheit weg und in Italien geriet alles, woran ich bisher geglaubt hatte, ins Wanken. Vielleicht wäre alles anders gekommen, wenn ich mich in der Schule nicht so dumm angestellt hätte und mal rausgekommen wäre aus dieser kleinen Welt.«

»Du wolltest doch gar nicht studieren.«

»Vater hat es mir doch ausgeredet. Jemand musste ja die Firma eines Tages übernehmen. Deswegen hat mich die Schule zuletzt auch nicht so sehr interessiert.«

»Und dann kam Hermann.«

»Der Sohn, den er nie hatte. Wir hätten nie heiraten dürfen«, klagte sich Amalie an.

»Jetzt jammer nicht. Das alles hatte doch auch etwas Gutes. Immerhin habt ihr jetzt einen Betrieb in Kalabrien, die Firma wird überleben und wer weiß … Du und Marcello … Ich bin mir sicher, er kommt zurück.«

»Offen gestanden finde ich im Moment nur etwas Halt, weil wir wieder zueinandergefunden haben«, sagte Amalie.

Elise schenkte ihr daraufhin ein aufmunterndes Lächeln.

»Zwei Frauen suchen ihre Männer«, sagte Amalie dann und musste unwillkürlich lachen.

Elise deutete auf ein Wohnhaus neben einer Schenke in unmittelbarer Nähe.

»Da vorne ist es«, gab Elise ihr zu verstehen.

»Und du denkst, dass er es weiß?«

»Ferdinand muss gekündigt haben. Ich kann mir kaum vorstellen, dass er einfach so verschwunden ist. François ist der Einzige, der wissen könnte, wo er steckt«, erwiderte Elise.

Das dem Zustand nach zu urteilen noch nicht so alte dreistöckige Gebäude verfügte genau wie Elises Wohnung über eine elektrische Klingel, auf der François' Familienname stand. Elise betätigte sie.

Eine Gestalt erschien kurz darauf im Fenster des zweiten Stocks.

»François«, rief Elise dem blonden jungen Mann zu.

Er zog sich vom Fenster zurück und kurz darauf schnappte das Schloss der Haustüre auf. Amalie ließ ihrer Schwester den Vortritt.

»Er hat sich seither nicht mehr bei dir blicken lassen?«, wollte sie wissen, nachdem sie hineingegangen waren.

Elise schüttelte den Kopf und folgte Amalie ins Treppenhaus.

»Findest du das nicht merkwürdig? Du hast mir doch erzählt, dass ihr befreundet wart.«

»Offen gestanden hatte ich mir darüber gar keine Gedanken gemacht. Ich war mit anderen Dingen beschäftigt.«

»Ich weiß, du Arme«, sagte Amalie und folgte Elise schweigend nach oben.

François stand schon in der Tür und begrüßte sie mit einem einnehmenden Lächeln.

»Meine Schwester. Amalie«, stellte Elise sie vor.

François staunte nicht schlecht und reichte ihr dann die Hand. »Enchanté.« Seine Stimme klang belegt. Amalie konnte ihm ansehen, dass ihn der Besuch nicht nur überraschte. Er vermied Blickkontakt zu ihrer Schwester. Das war augenfällig.

»Kommt doch rein«, bot er ihnen dann doch an und führte sie in eine gemütlich eingerichtete Junggesellenwohnung, in der farblich Amalies Ansicht nach so gut wie gar nichts zusammenpasste. Lediglich die Stühle und ein Sofa harmonierten, weil sie mit dem gleichen blauen Stoff bezogen waren.

»Möchtet ihr etwas trinken? Einen Wein?«

»Wasser, wenn du welches hast«, sagte Elise.

»Für mich auch.« Amalie war im Moment ebenso wenig nach einem Getränk, das die Sinne benebelte.

Wieso fragte er nicht, wie es ihr ging? Er musste doch wissen, dass Ferdinand sie verlassen hatte.

»Du sagst ja gar nichts«, wunderte sich auch Elise.

»Ich … Was soll ich denn sagen?«, erwiderte François sichtlich verunsichert und zusehends nervöser. Er holte Gläser aus dem Schrank und stellte sie neben eine mit Wasser gefüllte Karaffe auf den Tisch neben dem Sofa.

»Dürfen wir uns setzen?«, fragte Amalie.

Er nickte, woraufhin sie alle drei Platz nahmen. Elise neben ihr auf dem Sofa und er gegenüber auf einem der Stühle.

»Hat Ferdinand dir gesagt, wohin er geht?«, fragte Elise geradeheraus.

Amalie konnte François ansehen, dass er sich bis auf die Knochen schämte.

»Tut mir so leid. Das alles«, stammelte er.

»Was meinst du damit? Das alles.«

»Er ist ja nicht mehr da«, kam dann.

»Was hat er dir gesagt?«, wollte Elise wissen.

»Er hat gekündigt.«

»Das habe ich dich nicht gefragt.«

François wippte bereits nervös mit seinem Bein und biss sich auf die Lippen. Er wusste mehr, dessen war Amalie sich sicher.

»Er muss dir doch gesagt haben, warum er kündigt.«

François nickte schuldbewusst. Er trank einen Schluck Wasser, bevor er weitersprach.

»Dass ihr Geschwister seid. Glaub mir. Er hat geweint, als er den Brief gelesen hat. In meinen Armen geweint …« François durchlitt diesen Moment in seiner Erinnerung sichtlich.

»Du weißt, wo er ist«, mutmaßte Elise.

»Ich darf es dir aber nicht sagen. Ich musste es ihm versprechen. Er will, dass du glücklich bist. Verstehst du? Ihr würdet niemals glücklich sein. Das musst du doch verstehen«, flehte er ihre Schwester an.

»Er täuscht sich. Ferdinand täuscht sich, weil ich mich getäuscht habe«, versuchte Amalie ihm zu erklären.

François sah sie irritiert an.

»Er ist nicht ihr Halbbruder. Der Sohn seiner Mutter ist gleich nach der Geburt im Kindbett verstorben. Ferdinands Mutter hat ein Kind aus dem Waisenhaus adoptiert, um weiterhin in den Genuss von Alimenten zu kommen.«

François blickte zu Elise. Anscheinend wollte er sich rückversichern. »Aber dann …«, stammelte er.

»Ja. Es stimmt. Du weißt, wo er ist. Jetzt kannst du es uns sagen.«

»Ich komme mit … Wenn ich darf.« Seine Niedergeschlagenheit war in Euphorie umgeschlagen. »Er ist in der Normandie und arbeitet dort für Eiffel.«

Elise seufzte so befreit auf, dass es fast wie ein Aufschrei klang.

Während der Zugfahrt in den Nordwesten belustigte Elise der Gedanke, dass Ferdinand bereits *anwesend* war. François und er waren nämlich aus einem Holz geschnitzt. Beide konnten sich ohne Punkt und Komma stundenlang über Architektur auslassen und schafften es auch noch, andere dafür zu interessieren. Elise hatte Vaters Entschluss, sich von den Strapazen des Vortags zu erholen und in Paris zu bleiben, zunächst bedauert. François hätte ihn in Beschlag nehmen können. Sie selbst hatte sich ja bereits an Gespräche über Bauwerke aller Art gewöhnt und glaubte sich mittlerweile sogar dazu in der Lage, sinnstiftend mitreden zu können. Sie hatte jedoch damit gerechnet, dass Amalie Konversation dieser Art als unerträglich empfinden würde. Dem war aber nicht so. Der Souleuvre-Viadukt, eine einspurige stählerne Eisenbahnbrücke, die über das Tal der Souleuvre nördlich von Vire wachsen sollte, interessierte Amalie so sehr, dass sie ihn regelrecht Löcher in den Bauch fragte. Ferdinand musste mit ihm über sein Vorhaben ausführlich gesprochen haben. François wusste daher, dass der Viadukt ebenfalls eines von Gustav Eiffels prestigeträchtigen Vorhaben war, wenngleich nicht so pompös wie der Eisenfachwerkturm in Paris und eher zweckdienlich, wie sich herausstellte, als die Baustelle nach kurzer Kutschfahrt vom Bahnhof in Vire in Sicht war. Die Mauerarbeiten der fünf Pfeiler im Tal hatten gerade erst begonnen. Auf ihnen sollte in ein paar Jahren eine Stahlwerkkonstruktion mit darin verlegten Schienen ruhen. François wusste, dass sie rund dreihundertsechzig Meter lang und um die sechzig hoch würde. Wenn etwas in die Höhe wuchs, war Ferdinand anscheinend gern dabei, auch wenn er hier nicht so hoch hinaus kommen würde wie in Paris.

Elise streckte ihren Hals aus der Kutsche, in der Hoffnung, Ferdinand unter all den verdreckten und im Schlamm watenden Arbeiter zu erkennen. Ein aussichtsloses Unterfangen.

»Bist du dir sicher, dass er hier ist?«, fragte sie an François gerichtet, als die Kutsche zum Stehen kam.

Er nickte, denn auch er hatte bereits aus dem Fenster der Kutsche gesehen. Dass er dabei schmunzelte, irritierte Elise.

»Also mich müsst ihr nicht fragen. Ich habe ihn bisher nur einmal gesehen«, brachte Amalie sich auch noch mit ein, die als Erste von der Kutsche stieg und dem Fahrer Geld reichte. François gab ihm zu verstehen, dass er hier auf sie warten sollte.

»Du hast ihn schon entdeckt. Hab ich recht?«, wollte Elise wissen.

François nickte.

»Aber wie kann das sein? Auf die Entfernung?« Aus der Distanz sahen die vielen jungen Burschen, die dort unten Schubkarren umherfuhren, mit Hacken zugange waren und sich Steine reichten, wahrlich alle gleich aus.

»Die blaue Mütze. Er trägt sie auch hier«, sagte François.

Elise ließ ihren Blick über die Arbeiterschaft schweifen und dann entdeckte sie ihn.

»Sollen wir hier bei der Kutsche warten?«, fragte Amalie.

Elise nickte und dann gab es kein Halten mehr, auch wenn der Trampelpfad, der hinunter ins breite Tal führte, rutschig, dornig, steinig und halb von Gebüsch zugewachsen war. Einige der Arbeiter wurden auf sie aufmerksam. Vielmehr auf den roten Blitz, der den Weg hinunterlief. Ihr Kleid hob sich aus dem satten Grün der Gräser und Sträucher sichtlich ab und fiel daher ins Auge. Nur er bemerkte sie nicht. In Arbeit versunken, mit Kelle und Mörtel zugange.

Elise blieb kurz stehen und überlegte, ihn zu rufen, entschied sich aber dagegen und lief lieber die letzten Meter ins Tal herunter. Gleich noch mehr Männer drehten sich nun nach ihr um. Da ertönte ein lauter Pfiff. Er hallte durch das Tal. Elise glaubte, dass er von oben kam, aus der Richtung, aus der sie gekommen war. Und da täuschte sie sich nicht. François pfiff erneut.

Elise blickte hinauf zu Ferdinand. Er suchte den oberen Rand des Tals ab, legte seine Maurerkelle zur Seite und winkte François zu.

Elise stand als roter Punkt inmitten der Wiese und rührte sich nicht. Er bemerkte sie erst, als einer der Arbeiter ihn in die Seite stieß und auf sie deutete. Elise schlug das Herz mittlerweile bis zum Hals.

Ferdinand kraxelte das Holzgerüst nach unten.

»Frauenbesuch. So ein Glück möchte ich auch mal haben«, unkte einer der Arbeiter in Elises unmittelbarer Nähe, nachdem er mitbekommen hatte, auf wen Ferdinand zusteuerte.

Ferdinand schien völlig durcheinander zu sein. Unter normalen Umständen wäre er sicher zu ihr geeilt, um sie in die Arme zu schließen. Elise konnte sich denken, was gerade in ihm vorgehen musste, und sah daher darüber hinweg. Stattdessen schenkte sie ihm ein Lächeln, als er sie erreichte. Ein Moment der Stille entstand zwischen ihnen.

»Elise …«, sagte er dann gerührt, verlegen und immer noch verunsichert. Elise wusste, warum. Sein Kenntnisstand war ja ein anderer. Und dennoch trat er an sie heran und nahm sie wortlos in den Arm.

»Ich hab dich so sehr vermisst«, hauchte er.

Elise genoss schweigend seine Nähe.

»Du machst es uns so schwer. Wie soll ich dich denn jemals vergessen?«, sagte er dann traurig.

Elise löste sich von ihm, was Ferdinand irritierte, vor allem, weil sie ihn anlächelte.

»Vergessen? Du willst die Mutter deines Kindes vergessen?«

Ferdinand stutzte.

»Kind? Aber … Elise …« Kein Wunder, dass er die Hände vor dem Gesicht zusammenschlug.

»Sag bloß, du willst dich jetzt aus der Verantwortung stehlen?«, sagte sie augenzwinkernd.

Ferdinand sah so aus, als ob er nicht so recht wusste, wie ihm geschah, und ob er sich darüber freuen sollte. Er fuhr sich mit den Fingern durchs Haar, als ob er damit die Verwirrung in seinem Kopf hätte von sich schütteln können.

Elise erlöste ihn von seinen Qualen. »Auguste hat dich adoptiert«, erklärte sie ihm.

Ferdinand stutzte erneut. Es war klar, dass die Tragweite all dessen, was sie ihm offenbart hatte, nicht in Sekundenschnelle zu verarbeiten war.

»Ihr Sohn verstarb im Kindbett. Auguste hat dich aus dem Waisenhaus geholt und meinem Vater glauben gemacht, dass ihr Sohn noch lebt.«

»Ich bin also gar nicht … Und wir können uns lieben, ohne …« Er sprach nicht mehr weiter.

»Sonst wäre ich nicht hier.«

Ferdinand traten Tränen in die Augen, dann riss er sich unwillkürlich sein blaues Barett vom Kopf und warf es juchzend vor Glück kerzengerade in die Höhe. Seine darauffolgende Umarmung fühlte sich anders an als die vorherige und der Kuss glich einer Erlösung, die von Applaus begleitet und mit Pfiffen der Arbeiter begeistert aufgenommen wurde.

Epilog

Paris war zweifelsohne dabei, zu einer der aufregendsten Weltmetropolen zu werden, doch sobald der Herbst mit seinem kalten Atem Einzug hielt und sich ein graues Tuch der Trostlosigkeit über der Stadt spannte, vermochten einen nicht einmal mehr die bunt leuchtenden Blätter in den Parks und Alleen so recht aufzuheitern. Nun war Elise es, die ihre Schwester beneidete, auch wenn sie sich unentwegt darüber beschwerte, dass sie mitten im Nichts und umgeben von Süßholzfeldern Müßiggang betrieb. Im *Nichts* war es um diese Jahreszeit allerdings noch warm und die Sonne versteckte sich nicht hinter Wolken. Weder die Blumen in Amalies Garten neben dem Haus noch die Gräser und Sträucher hatten etwas von ihrer sommerlichen Farbenpracht eingebüßt. Was könnte schöner sein, als es sich auf der Bank vor ihrem romantischen Steinhaus bequem zu machen und sich die Sonne auf den Bauch scheinen zu lassen, jedenfalls für zwei Wochen. Solange kümmerte sich Jelena um den Laden, den Elise vor Abreise noch ausreichend befüllt hatte. Die Kunden hatten bestimmt Verständnis dafür, dass sich Elise mit dem besten Süßholz der Welt, nämlich dem kalabrischen, versorgen wollte. Schließlich kam es ihnen nach ihrer Rückkehr zugute. Doch daran wollte Elise im Moment noch gar nicht denken. Die Flügel hängen zu lassen, Italiener nannten es »la dolce vita«, war ein Zustand, an den man sich sehr schnell gewöhnen konnte.

Elise fuhr wie so oft dieser Tage über die Wölbung, die sich auf ihrem Bauch abzeichnete.

»Dir gefällt es hier sicher auch, in der Wärme«, sagte sie und erneut bildete sie sich ein, eine Reaktion in ihrem Unterleib zu spüren. Ob es wohl ein Mädchen wurde? Im Gegensatz zu Amalie wölbte sich ihr Bauch rund. Amalie schien sich gedanklich auf einen Jungen einzustellen, sehr zu Vaters Freude, denn natürlich wünschte er sich einen männlichen Nachfahren für seine Firma. Dass sie fortan nicht nur finanziell überleben würde, sondern expandierte, lag aber nicht nur an ihrer Investition in Italien. Der sture Bock hatte endlich eingesehen, dass es sich lohnte, Confiserie aus Lakritz herzustellen und sie in deutschen Landen zu vertreiben – statt der Lakritztaler, die sowieso kein Mensch mehr haben wollte. Allein die Abnehmer in Hamburg und Berlin führten Amalies Ansicht nach sicher bald zu zwanzig Prozent mehr Umsatz. Um ihre Verantwortung beneidete sie Elise nicht, auch nicht um die vielen Fahrten zwischen Bamberg und ihrem kalabrischen Feld, das zwar von allein wuchs und so gut wie gar nicht bewirtschaftet werden musste, aber rein organisatorisch genug Arbeit machte. Noch hatte sie niemanden fest eingestellt, der sich um die Pferde, die Stallungen, die Lagerhaltung und den Versand kümmerte. Administrative Tätigkeiten kamen ja noch mit hinzu, genau wie Einkäufe – und das eine oder andere war noch am Haus zu tun. Genau aus dem Grund war sie mit Ferdinand vormittags in die Stadt gefahren. Sie hatten Farbe kaufen wollen – vielmehr Ferdinand, obwohl Amalie ihm nahegelegt hatte, die Zeit hier unbeschwert zu genießen und sich einfach nur auszuruhen. Einem Mann mit Hummeln im Hintern brauchte man das nicht allen Ernstes vorzuschlagen. Wenn er nicht am Haus herumwerkelte, auf dem Dach herumkraxelte, um Ziegel auszuwechseln, dann fertigte er weitere Skizzen für seine Bewerbungsmappe, die sich mittlerweile sehen lassen konnte. Sie war prall gefüllt mit Entwürfen für Brücken, Villen, Wohnhäuser und futuristisch anmutende Gebäude, an denen Eiffel seine Freude haben würde. Elise verstand davon nicht genug, um die technische Seite seiner Arbeiten zu beurteilen, die Zeichnungen an sich wirkten jedoch wie kleine Kunstwerke.

Der Geruch des frischen Anstrichs des neuen Badezimmers – was für ein Luxus auf dem Land – setzte sich mittlerweile gegen den Duft der Lavendelsträucher vor dem Haus durch. Wahrscheinlich entstanden darin gerade Fresken. So lange konnte man doch gar nicht an vier Wänden herummalern. Elise beschloss, sich darüber nicht mehr den Kopf zu zerbrechen, lehnte sich zurück und schloss die Augen. Da näherte sich das verräterische Geräusch einer Kutsche. Die Neugier trieb sie dazu, sich zu erheben. Die Kutsche, die hinter dem kleinen Wäldchen hervorkam, kannte sie. Sie gehörte den Suraces. Sofia hatte sie am Vortag besucht. Eine reizende Person. Amalie konnte sich glücklich schätzen, dass sie eine so gute Freundin in ihr hatte, vor allem jemanden, der mit ihr etwas unternahm. Sogar eine Fahrt nach Neapel und Capri hatten sie geplant. Und einen Besuch in ihrer Pariser Confiserie hatte Sofia in Aussicht gestellt. Vermutlich kannte sie die Stadt besser als Elise, so oft wie sie dort schon gewesen war. Dass sie sie heute besuchen wollte, davon hatte sie am Vortag jedenfalls nichts verlauten lassen.

»Wer ist es?«, tönte Amalies Stimme aus dem Haus.

»Sofia«, rief Elise in Richtung des geöffneten Fensters, aus dem es immer penetranter nach Farbe roch. Dann lugte Amalie heraus. Sie hatte Farbtupfer in den Haaren und auch noch im

Gesicht. Ferdinand, der sich neben Amalie drängte, um auch einen Blick nach draußen zu werfen, sah noch viel schlimmer aus. Im Prinzip wie ein lebendes Gemälde.

Sofias Kutsche fuhr vor. Elise wunderte sich, dass Sofia sie diesmal selbst lenkte, denn gestern Abend hatten sie und ihre Eltern sich von einem ihrer Arbeiter herbringen lassen.

»Salve«, rief sie ihr vergnügt zu.

Elise erwiderte den Gruß und ging zu ihr. Eine Holzkiste, aus der Glasflaschenhälse ragten, stand auf dem Kutschbock. Ein Geschenk der Suraces? Kam sie deshalb vorbei?

»Ich habe Champagner dabei. Französischen versteht sich«, erklärte Sofia und hievte die kleine, noch teilweise mit Eisbrocken bedeckte Kiste, in der Elise sechs Flaschen zählte, von der Kutsche.

»Champagner?«, rief ihre Schwester, die mit all den Farbtupfern wie ein bunter Paradiesvogel aussah.

Sofia bemerkte sie am Fenster und lachte.

»Das steht dir gut. Das Blau«, zog Amelie sie auf.

»Gibt es denn etwas zu feiern?«, fragte Elise.

Sofia zuckte nur geheimnisvoll die Schultern.

»Aber nur ein klitzekleines Schlückchen«, sagte Elise und blickte dabei bedeutsam auf ihren Bauch.

Amalie schoss kurz darauf aus dem Haus. Sie ging zu ihnen und war immer noch damit beschäftigt, sich die restliche Farbe mit einem feuchten Tuch von den Händen zu wischen. Vergeblich.

»Hast du eigentlich Champagnergläser?«, wollte Sofia wissen.

»Natürlich. Ein zivilisierter Haushalt hat so etwas. Aber Champagner? Um diese Zeit?«, erwiderte Amalie, worüber Elise sich amüsierte, denn sie hörte Vater aus ihr sprechen.

»Dann hol sie doch«, wies Sofia sie an.

»Warum um alles in der Welt? Jetzt? Schau mich doch an …«, beschwerte ihre Schwester sich.

»Ferdinand sieht noch wilder aus«, merkte Sofia an und amüsierte sich über den blaugefleckten Mann, der sich zu ihnen gesellt hatte.

»Willst du mir jetzt endlich sagen, was hier vor sich geht?«, forderte Amalie sie auf.

»Nein. Aber ich habe noch ein Geschenk für dich. Es ist in der Kutsche. Wie du siehst, habe ich gerade die Hände voll. Es ist nicht schwer. Du kannst es sicher allein tragen«, sagte Sofia an ihre Schwester gerichtet.

Amalie musterte sie mit Argwohn, seufzte und ging dann zur Kutsche. Kaum hatte sie die Tür geöffnet, schreckte sie regelrecht zurück. Schönes Geschenk, das einen so erschreckte. Ihre Schwester regte sich nicht und fing urplötzlich an zu schluchzen, was Sofia auch noch amüsierte. Dann erschienen zwei Hände und Arme, die Amalie halb in die Kutsche zogen. Wer der dazugehörige Mann war, der nun ausstieg und ihre Schwester innig umarmte, konnte Elise sich aufgrund Amalies endloser Schwärmereien denken. Und sie hatte noch untertrieben. Die beiden hörten gar nicht mehr auf, sich zu küssen.

Sofias Augen wurden vor Rührung feucht. Ferdinand trat an Elise heran und nahm ihre Hand. Er wusste von Marcello und war nun sicher auch im Bilde.

Die beiden ließen eine halbe Ewigkeit nicht voneinander ab. Amalie hielt es dann wohl doch für nötig, ihr den Mann offiziell vorzustellen.

»Marcello«, schluchzte sie.

Und der musterte Elise und die Gestalt in Blau.

»Meine Familie«, stammelte Amalie und wischte sich die Augen trocken. Schade, dass Vater nicht hier war, denn sie glaubte zu wissen, dass er sich ebenfalls für Amalie freuen würde.

Elise holte besser die Gläser. Sie wusste ja, wo ihre Schwester sie aufbewahrte. Amalie brauchte sich gar nicht mehr zu beschweren. Von wegen ein halbes Leben verschwendet, wie sie ihr vorgejammert hatte. Für so einen sündhaft attraktiven Mann lohnte es sich doch, ein halbes Leben lang zu warten, und genau darauf gedachte sie mit Amalie und der *famiglia*, wie sich das hierzulande nannte, anzustoßen.

Printed in Poland
by Amazon Fulfillment
Poland Sp. z o.o., Wrocław

66244751R00282